YARALASAR

II

MARAL ATMACA

YARALASAR
II

Yazar: Maral Atmaca

Genel Yayın Yönetmeni: Mustafa Güneş
Yayına Hazırlayan: Emre Özcan
Editör: Nurdan Başalan
Düzelti: Elif Evin Musluoğlu
Kapak Tasarım: Sidem Zelal Edin
Sayfa Tasarım: Sidem Zelal Edin

1. Baskı: Mayıs 2021
ISBN: 978-625-7382-32-8

Yayınevi Sertifika No: 40169

Baskı: Kerem Promosyon ve Matbaacılık San. Tic. Ltd. Şti.
Maltepe Mah. Litros Yolu Sok. No:12 Fatih San. Sitesi no: 138
Zeytinburnu / İstanbul
Tel: 0 (212) 612 01 74
Matbaa Sertifika No: 50399

Yayımlayan
Mürekkep Divit Bas. Yay. San. Dış Tic. Ltd. Şti.
Gültepe Mahallesi Şahinler Sokak No:2/1
Küçükçekmece / İstanbul
Tel: 444 0 454
www.ephesusyayinlari.com / iletisim@ephesusyayinlari.com

YARALASAR

II

MARAL ATMACA

EPHESUS

1. BÖLÜM

Buraya gelmem hataydı. Bu odaya, bu tesise gelmem hataydı. Herkes bir şeyler saklıyordu ve ben, onların sır perdesini aralamak istemiyordum. Daha bugün Alaz'ı şüpheli listemden çıkarmıştım ancak odasında gördüklerimden sonra yine listenin başındaki yerini almıştı. Kullandığı parfüm farklıydı ama ondan aldığım koku da farklıydı. Üstelik öcü ile aynı kokuya sahipti. Daha ürpertici olan ise ölen kişileri işaretleme şekliydi. Tamam, filmlerde polisler de hep öyle yapıyordu ama kim kalem kullanmak yerine onları kan ile işaretlerdi ki? Artık emin olmuştum, hastalıklı bir yönü vardı. Üstelik telefonda bir kızdan kurtulmak istediğinden bahsetmişti ve bu, beni rahatsız eden başka bir konuydu. Her defasında ona güvenmem gerektiğini kendime hatırlatıyordum ancak Alaz, mutlaka güvenimi sarsacak bir şeyler yapıyordu. Şimdi ise odasında olduğumu bildiği için benimle alay ediyordu. Aslında telefonu kapattığı an odasında biri olduğunu biliyordu, değil mi? Fotoğraf hafızası olmalı ki her şeyin yerini belleğine kaydetmişti. Öyle ki o kadar sayfanın içinde hangi sayfaya dokunduğumu bile anlamıştı. Ne bekliyordum ki? Herkes ondan en iyisi diye bahsederken anlamaması saçma olurdu. Önsezileri mükemmeldi ve adamdaki rahatlık kimsede yoktu. Hadi ama, odasında davetsiz bir misafir varken kim banyoya girip dış alırdı ki?

Ben yapmazdım.

Elimdeki bıçağı pantolonumun kemerine, yani belime sıkıştırıp derin bir nefes aldım ve perdenin arkasından çıktım.

"Başkası da olabilirdi," dedim. "Azılı düşmanlarınızdan biri de olabilirdi. Nasıl duşa girecek kadar rahat olabilirsiniz?" Tamam, odasında biri olduğunu anlamıştı ama Allah aşkına, hiçbir şey olmamış gibi duş almak da neyin nesiydi?

Başını kaldırarak gözlerime bakarken sadece havluyla olduğunu kendime unutturmaya çalışıyordum. "Odamda sadece parfümümün kokusu yok, senin de kokun var." Yok artık! Tazı gibi bir burnu olmalı ki benim bile zor aldığım kokumu fark etmişti.

Çıplak olduğu için onun dışındaki her yere bakıyordum. O havlunun düşme ihtimalini görmezden gelemezdim. "Saçmalık!" Gözlerim duvarda oyalanırken aslında duvara bakmıyordum. "O kadar yoğun zeytin koktuğumu sanmıyorum," diye homurdandığımda güldüğünü duydum. "Aldığım koku zeytin kokusu değildi."

"Giyinin ve şu kapıyı açın lütfen." Parmak uçlarım belimdeki bıçağı kavramak için sabırsızlanırken gözlerimi duvardaki fotoğraflardan alamıyordum.

Bir süre bekledikten sonra kıyafet seslerinden giyindiğini anladım. "İnci'nin kartını sana vermesinin sebebini söyle." Buz gibi bir sesle sorduğu soru karşısında aceleyle ona doğru döndüm. Siyah bir eşofman altı ve tişört giyinen adamın gözleri bomboştu.

Seni öldürmem için bana verdi, belki de veren kişi sendin.

Paniklememeye çalışarak, "İnci'nin kartının bende olduğunu da nereden çıkardınız?" diye sorduğumda bana doğru yürüyünce korkmaya başladım. "Bu tesiste tüm kapıları açan anahtar sadece iki kişide vardı. Anahtarlardan biri bendeydi, diğeri ise karımda. Üstlerimizde de var ama onlar nadiren tesise gelir." Söylediği onca sözün içinde dikkatimi çeken tek bir şey vardı. *Karım* mı demişti?

İyi ama parmağında yüzük yok.

"Evli misiniz?" dediğimde gelip tam karşımda durdu. Boyu uzun olduğu için başımı kaldırıp ona baktım. "Evliydim," diyerek beni sakince düzeltti. Eğer tıpkı eğitmeni gibi karısını da öldürdüğünü söylerse şurada düşüp bayılırdım.

Elimi usulca belime götürerek bıçağı kavradım. Onunla olan göz temasımı kesmemeye çalışarak, "O nerede?" diye sordum. "Amerika'da." Tepkilerimi izlerken sorularıma cevap veriyordu. "Eşi ve çocuklarıyla mutlu bir hayatı var. Elindeki kart çok eski ve İnci, yani eski karım, istifa etmeden önce onundu. Anahtarını iptal etmeyi unutmuşlar. Zaten yeni soy ismi Sipahi değil." Elini bana doğru uzatınca kartı istediğini anladım ve boştaki elimle kartı çıkartıp ona uzattım.

"Eski eşinizden bahsederken gözleriniz fazla boş bakıyor," dedim. Gözlerinde zerre kadar sevgi veya kıskançlık görmediğime emindim.

Verdiğim kartı yumruğunun içinde sıkarak kırdı. "İnci benim takımımdan biriydi ve kocası yakın arkadaşımdı. Evliliğimiz bir görev sebebiyle kâğıt üzerinde olan bir şeydi ve sadece bir ay sürdü. O sırada bile Cihan ve İnci nişanlıydı. Anlayacağın, göstermelik bir evlilikti." Şimdi neden onlardan bahsederken bu kadar kayıtsız olduğunu anlıyordum. Formaliteden bir evlilikti. Bir ara bu kalpsizin bir kadını evlenecek kadar sevdiğini düşünmüştüm. Onun, görevinden başka kimseye bağlanmayacağını unutmak benim hatamdı.

Gözlerimle kapıyı gösterdim. "Açar mısınız?" Üzerime eğildiğinde çığlık atmamak için kendimi zor tuttum. "Sana, seni bu kadar kolay bırakacağımı düşündüren nedir?" Nefesini dudaklarımda hissederken, gözlerimin içine bakarak söyledikleri yüzünden kaskatı kesildim.

Tabii ki bırakmaz çünkü beni de öldürecek!

Benden uzaklaşıp arkasını döndüğü an, belimdeki bıçağı çıkartıp ona saplamak için hareket ettim. Lakin aniden bana doğru dönerek hızlı bir refleksle bileğimi havada yakaladı. Daha ben ne olduğunu anlamadan bıçağı tutan elimi yumruğunun içine aldı ve kolumu arkaya doğru çevirip bıçağı belime yasladı. Gözlerim irice açıldığında beni hızla kendisine doğru çeken adamın göğsündeydim. Üstelik bıçağın ucu benim belimdeydi ve bıçağı ben tutuyordum. Çünkü o, elimi yumruğunun içine aldığı için bıçağı elimden atamıyor veya elini belimden çekemiyordum. "Onu aldığını fark etmedim mi sanıyorsun?" Kahverengi gözleri tehlikeli bir şekilde ışıldarken bıçağı belime bastırmasıyla acı içinde inledim. "Yapma!" Acı çekişimden zevk alıyormuş gibi güldü. "Başladığın işi bitir, aksi takdirde seni öldürmekten çekinmem." Elimi bırakıp benden bir adım uzaklaştığında afallamıştım. Onu öldürmemi mi istiyordu?

Allah'ım, ne çeşit bir hasta bu?

Belimde hafif bir sızı hissedince, kaşlarımı çatarak başımı salladım. Elimdeki bıçağı sıkıca kavrayıp ona doğru hamle yaptığım an, başını sola eğdi ve göğüs kafesime geçirdiği yumrukla yere düştüm. Kahretsin! Nefes alamıyordum! "Böyle zayıflık göstermeye devam edersen düşündüğümden daha erken ölürsün," dedi. Başımı kaldırmış, saçlarımın arasından öfkeyle ona bakıyordum. "Ben sizin gibi bir cani değilim!" Ayağa kalktım ve bıçağı yüzüne doğru savurdum. Bu adamın ölmesini istediğimi fark ettiğimde şoka girmiştim.

Bıçak daha tenine değmeden bileğimi havada tutarak sertçe sıkınca, bağırmadan duramadım. Elimdeki bıçağı aldı ve kolumu kesip dizlerime vurduğunda kendimi yerde buldum. Başımı çevirdiğimde kolumdan akan kanı gördüm ve afalladım. Bu adam gerçekten acımasız biriydi. "Katil!" Kanayan kolumu ona gösterirken dehşete kapıldım. Tamam, çok derin değildi, sadece küçük bir çizikti ama kanıyordu. Elinde benim kanım olan bıçağı tutması oldukça ürperticiydi.

"Kalk ve devam et."

"Yaralasar, efendim."

" 'Yarasalar' demek istedin sanırım?"

"Hayır, yaralasar, efendim."

"Açıkla!"

"Kolumu kestin, vicdansızın oğlu! Yaraladın bari sar! Yara-la-sar!" diye bağırarak kanayan kolumu tuttum. Bu adamdan her geçen gün daha çok nefret ediyordum.

Koluma bakarak alayla güldü. "Küçük bir çizik." Bıçağı sehpanın üzerine bırakarak yanıma geldi ve tam karşımda diz çöktü. "Şimdi bana neden burada olduğunu söyle." Ondan şüphelendiğimi söyleyemezdim. Beni öldürmesi için ona geçerli bir sebep verecek değildim.

Gülerek omuz silktim. "Sizi öldürmek için," dediğimde dudakları kıvrılırken, kestiği kolumu tutup sertçe sıktığında inledim. "Benimle oyun oynama küçük Yarasa, çünkü şu anda kime baktığının farkında değilsin." Yüzüm acıyla kasılırken duyduklarımı neye yormam gerektiğini bilemedim. Bana *küçük Yarasa* demişti ve öcü de buna benzer bir şey söylüyordu.

Şu anda kime baktığının farkında mı değilsin?

Bu adam gerçekten o olabilir mi?

Beni korkutmayı başardığında yüzüne baktım. Yüzünde hiçbir duygu kırıntısı yoktu. "Sizde beni rahatsız eden bir şeyler var," dediğimde elini kolumdan çekti. Parmakları yüzüme değince ürperdim. Gözlerimi kapatan saçlarımı çektiğinde karanlık hissi saklandığı yerden çıkmıştı. "Hisler bizi gerçeğe götürür, bunu aklının bir köşesinde bulundur." Çenemi tutarak başımı kaldırdı ve yüzünü benimkisine yaklaştırdı. "Hastalıklı bir katilin düşünce yapısını, sadece onun gibi olanlar anlar. Ne demek istediğimi anlamıyorsun, değil mi?" diye fısıldadı. Kahverengi gözleri daha önce hiç görmediğim bir karanlığı içinde saklıyordu. En küçük bir tereddüt veya yalan olmayan sözleri zihnimde çınlayıp duruyordu. Katildi veya katile benzer biriydi. Bunu bana doğrudan söyleyecek kadar kalpsiz biri vardı karşımda.

Bir an önce ondan kurtulmalıyım.

"Sizi anlamıyorum."

Odadaki koltuğu gösterdi. "Otur, Sedef." Burada kapana kısıldığım için zorluk çıkarmadan söylediğini yaptım. Çekmeceleri karıştırdıktan sonra aradığını bulamayınca banyoya girdi. Birkaç dakika sonra elindeki ilkyardım çantasıyla yanıma geldi. Üzerime eğilince ne yapmak istediğini anlamadım. Çantayı açtıktan sonra kanayan koluma uzandı fakat önce ne yaptığını anlamadığım için kendimi geriye çektim. "Ne yapıyorsunuz?"

Kolumdaki kanı temizlemeye başlamıştı. Sargı bezini alarak küçük bir kesik açtığı kolumu sarmaya başladı. "Kendi açtığım yarayı sarıyorum."

"Önce yaraladınız, şimdi de sarıyor musunuz?"

Başını yukarı kaldırıp kirpiklerinin altından bana baktı. "*Yaralasar* demedin mi?" Bunları söylerken beni dinlediğini ummamıştım.

İşi bittikten sonra otuz Yarasa'nın fotoğraflarının olduğu panonun önünde durdu. "Yanıma gel, Sedef." Ayağa kalkarak hemen yanında durdum ve bana panoyu gösterdi. "Az önce söylediklerimi hatırlıyor musun?"

"Bir katil gibi düşünmekle ilgili olanları mı?" dediğimde beni başıyla onayladı. "Onu bulmak istiyorsan o olmalısın." Fotoğraflardaki kanlı çarpıları gösterdi. "Bu işaretli fotoğrafları bırakan oydu. Önce öldürüyor ve ertesi gün hayatına son verdiği Yarasa'nın bir fotoğrafını kanla işaretleyip bana gönderiyor." Rahat bir nefes alıp bir nebze de olsun korkularımdan arınmıştım. Bunları işaretleyen Alaz değildi.

"Bu ne demek, biliyor musun Sedef?" Kafamın karıştığını anlayınca, yürüyüp cam büfeden iki şişe içki çıkardı. "Bana meydan okuyor ve benimle oynuyor. Aslında bu savaş onunla benim aramda," dedi. Masanın üzerindeki tüm evrakları elinin tersiyle yere itti ve her iki şişeyi de karşı karşıya koydu. "Ve sen bu savaşın tam ortasındasın." Masadan uzaklaştıktan sonra bir şey arar gibi etrafına bakındı. Bakışları, pencerenin önünde duran küçük vazodaydı. Vazonun içinde dalından kesilmiş küçük, pembe bir kiraz çiçeği vardı. Onu vazosundan çıkartıp tekrar masanın yanına geldi ve kiraz çiçeğini her iki şişenin tam ortasına koydu. "O, seni istiyor." Sağdaki şişeyi yavaşça çiçeğe doğru itti. "Ve ben, seni ona asla vermem." Diğer elini kaldırıp soldaki şişeyi de çiçeğe doğru itti ve her iki eliyle şişeleri kiraz çiçeğine doğru yaklaştırdı.

"Bunu biliyor, bu yüzden bana meydan okuyor," dedi ve alay edercesine gülümsedi. "Kabul ettiğim bir meydan okuma. Peki, ikimiz de silahlarımızı çektiğimizde sana ne olacak, biliyor musun?" Başını kaldırıp gözlerimin içine baktığında, aynı anda şişeleri çiçeğe yaklaştırıp tüm gücüyle birbirine vurdu. Her iki şişe de paramparça oldu ve aralarında kalan kiraz çiçeği ezildi. Şişenin içindeki kırmızı alkol, çiçeği kana boyar gibi rengini değiştirmişti ve cam kırıkları kadife yapraklarını kesip atmıştı.

Sanırım ne demek istediğini artık anlıyorum.

Parmaklarından içki akarken uzanıp yara bere içindeki çiçeği aldı ve doğrulup bana baktı. "Tetiğe bastığımızda kurşun ilk seni kanatacak. Daha sonra bir diğerini..." Çünkü ben her ikisinin tam ortasında duruyordum. İki namlunun tam ortasında. Kurşun beni delerek bir diğerine gidecekti.

Elindeki ölmüş kiraz çiçeğini avuçlarıma bıraktı. "Ya onun safına geç ya benim ama ortada durmaktan vazgeç." Kapının kilidini benim için açınca elimdeki mahvolmuş dönmüş çiçekle öylece durdum. Kahretsin! Ben, bu oyunun tam ortasına nasıl düştüğümü bilmiyordum.

Açık kapıya doğru yürürken elimdeki çiçeği yere attım. "Çiçek sevmem." Zaten ölü olan çiçeği ezerek çıktım odasından. Beni temsil edecek daha iyi bir şey bulabilirdi. Bir çiçeğe benzetilecek kadar nahif biri değildim.

Asansörün yanında durduğumda kendi kartıyla benim için asansörü çalıştırdı. Az önce söylediklerinin şokunda olduğum için ona bakamadım. Kapılar kapandığı an rahatlayıp derin bir nefes aldım. "Burada kalırsan ya bu adam ya da öcü sonunu getirecek, Sedef," dedim. Sadece ajanların kullandığı üçüncü asansörde olduğumu fark ettim. Bu şansı heba edemezdim çünkü benim anahtarım bu asansörü açmazdı. O farkında olmadan benim için bu asansörü kendi anahtarıyla çalıştırdı. "Kaçıyorum oğlum işte!" Hemen Efe'nin tarif ettiği gibi yanımdaki çelik duvarı kontrol etmeye başladım.

Kaçsam nereye gideceğim ki? Beni her şekilde bulurlar.

Pes ederek durdum çünkü bu saçma olurdu. Daha ben çıkmadan Alaz beni bulurdu ve üstüne de ceza verirdi. Tek sorun bu değildi ki! Efe'nin de başı belaya girerdi, o yüzden kaçmaktan vazgeçtim. Zaten bir süre sonra açılan kapıdan çıkarak odama girmiştim. Yatağa kıyafetlerimle uzandığımda ne yapacağımı bilmez bir haldeydim. Kesilen kolumu bile umursamadan gözlerimi kapattım. "Babalarıma ulaşmanın bir yolunu bulmalıyım." Bana sadece onlar yardım edebilirdi. Bu yerde beni rahatsız eden çok şey vardı.

Ortada duran bir hedef konumundayım. Umarım kimse atış talimi yapmaya kalkışmaz.

Sabah hazırlanıp yemekhaneye girdiğimde, masasında sigarasını içen adamın gözleri hemen beni bulmuştu. Boş bakışlarımı ondan çektim ve yiyecek hiçbir şey almadan eskisi gibi küçük masalardan birine oturdum. "Kedicik? Hayırdır, yine mi tek başına oturmaya başladın?" Bugün hastaymışım gibi hissettiğim için Kuzey'e sadece omuz silktim.

"Hasta mısın lan Sakar?" Hakan gözlerini kısarak beni inceliyordu. "Yiyecek hiçbir şey almamışsın." Birkaç kişi daha kıkırdayınca ona ters ters bakmakla yetindim. Ne var yani, tok olamaz mıydım?

"Belki de diyet yapıyordur." Fulya'nın alayla söylediklerine karşı göz devirdim. *Ben kim, diyet yapmak kim!* "Sonunda şu paspal görünümüne çekidüzen vermeye mi karar verdin?" Şu anda o kadar bitkin hissediyorum ki, bu kız ne söylerse söylesin ona kızacak halim yoktu.

"Yok artık!" Ecrin gözlerini büyüterek şaşkınlığını gizlemeden bana bakıyordu. "O kıza cevap vermediğine göre gerçekten hasta olmalısın." Tüm gece düşünmekten beynim iflas ettiği için onlarla uğraşmadım ve ayağa kalkıp yemekhaneden çıktım. Bugün kimseyi çekecek durumda değildim.

Dersin başlamasına daha bir saat olduğu için bahçeye çıkıp temiz hava almak en iyisiydi. Asansör açılınca iki adım atmıştım ki etrafına bakarak koridorda yürüyen Şafak'ı gördüm. Sanki kimsenin onu görmesini istemiyormuşçasına bakışları temkinli ve şüpheliydi. O gözden kaybolunca tesisin kapısından içeri giren Araf'a baktım. "Hey, Karaoğlan!" Seslendiğimi duydu ve başını kaldırıp bana baktı. Elimle Şafak'ın gözden kaybolduğu koridoru gösterdim. "Senin şu sessiz ve gizemli platoniğin ne haltlar karıştırıyor?" Boş koridora baktıktan sonra bana döndü. "Canın mı sıkkın senin? Yine uğraşacak birilerini arıyor gibisin." Gülerek başımı salladım ama uğraşacak birilerini aramıyordum.

"Gel, hadi." Şafak'ın gittiği yöne doğru yürüdüm fakat peşimden gelmediğini fark edince kaşlarımı çattım. "Hey! Şu gizemli sevgilin canımı sıkacak bir işler karıştırıyorsa senin beni koruman gerekiyor. Benimle gelmezsen, yemin ederim ki, tüm gün kulağının dibinde çığlık atarım!" Homurdanarak peşime düşmesi uzun sürmedi. "Sanki şu anda çığlık atmıyorsun." İlk dediğimde gelseydi ben de bağırmazdım.

Düz koridordan geçtikten sonra sağa döndük. Şafak'ın girdiğini düşündüğüm odaların kapılarını kontrol ediyordum. Hepsini tek tek açmak üzereydim ki Araf burnundan soluyarak beni durdurdu. "Nereye gittiğini tahmin ediyorum." Benden sıkıldığını açıkça belli eden çocuğa güldüm. "O zaman yolu göster azizim, yoksa tüm kapılardan geçeriz." Kısa bir an gülecek gibi olmuştu ama gülüşünü benden sakladı.

Araf'ı takip ederek birkaç koridordan geçtim. Beni büyük harflerle MORG yazan bir kapının önüne getirdi. "Koruyucu ailesi doktor olduğu için tıp okumak istiyor ama serumun ne işe yaradığını bilemeyecek kadar bilgisiz. Asıl istediği yazar olmak ve bunu herkesten sakladığı için iki yıldır tıp fakültesine gidiyor. Üniversiteyi de ailesinin yardımlarıyla kazandı. İki yıldır derslerde uyuduğu için pek bir şey öğrendiği söylenemez. Şimdi ise tıpkı diğer Yarasalar gibi üniversite kaydını dondurup buraya geldi. Bu yüzden İbrahim'in cesedini incelediğine eminim." Sır verir gibi bana yaklaştı. "Ortaya attığı hiçbir teoriye inanmamanı tavsiye ederim." Ağzım açık bir şekilde karşımdaki çocuğa bakıyordum. İki dakikada Şafak'ın tüm hayatını anlatmıştı.

"Yıllarca kızı sapık gibi takip mi ettin yani?" diye afalladığımda güldü. "Onunla aynı liseye gittik ve aynı üniversitede okuyoruz. Ama sorsan aynı okulda olduğumuzun bile farkında değildir." Sesinde saklı olan o gizli ıstırabı hissedince, Şafak'ın gerçekten burnunun dibindekini göremeyen biri olduğunu anladım. Çocuk yıllardır onu uzaktan seviyordu ama kızın hiçbir şeyden haberi yoktu. Üstelik Araf gerçekten çok yakışıklıydı. Tabii, birini sevebilmeniz için sadece yakışıklı olması yeterli değildi.

"Biliyor musun?" Kömür gibi siyah gözlerine bakarken tebessüm ettim. "Biri beni, senin gibi sevse ben onu severdim." Bu sözlerim onu teselli etsin diye değildi, aksine tüm dürüstlüğümle söylemiştim. Araf gerçekten güzel ve derin seven erkeklerdendi.

Dudakları usulca kıvrıldı. "Bu çeneyle seni sevecek bir erkek çıkar mı, emin değilim."

"Haklısın ve mümkünse kimse çıkmasın." Morgun kapısını iterek içeri girdim. Bu sıralar erkekler en son düşüneceğim şey bile değildi.

Buz gibi soğuk yere girdiğimiz an ürperip geriye doğru bir adım atmıştım ki Araf, "Ölülerden korkma, yaşayanlar daha tehlikeli," diyerek elini belime koydu. Derin bir nefes aldım ancak dokunuşu beni rahatsız ettiği için ona belli etmeden uzaklaştım.

Yürümeye başladığımızda bir sedyenin üzerinde yatan İbrahim'in cesedini ve onu inceleyen Şafak'ı gördüm. Elinde bir not defteri ve kalemle öylece cesede bakıyordu. "Bir şey buldun mu?" Araf'ın sesiyle yerinden sıçrayarak korku içinde bize döndü. "Ha-hayır." Doğrudan kimsenin gözlerine bakamadığını fark ettim, bakışlarını sürekli kaçırıyordu.

Araf bana bakarak gözleriyle sedyenin üzerindeki cesedi gösterdi. "Hadi, şaşırt beni. Çünkü senin tam bir aptal olduğunu düşünüyorum." Kaşlarımı çatarak sedyeye doğru yürüdüm. Bir aptal olmadığıma emindim.

"Ben ölü görmekten korkuyorum," diyemedim!

Sedyenin yanına yaklaştığımda nefes alışlarım hızlanmıştı. Ten rengi buz mavisini andıran çocuk her an gözlerini açacak diye diken üstündeydim. Beyaz çarşaf boynuna kadar geliyordu ve sanırım yüzünü Şafak açmıştı. Titreyen ellerim çarşafı bulduğunda her an çığlık atıp kaçabilirdim. Çarşafı beline kadar kaydırıp bedenine baktım. Gözlerim karnında, göğüs kafesinde ve oradan da kollarında dolaşıyordu. "Tuhaf, herhangi bir çürük ya da darbe izi yok. Üstelik silah veya bıçak yarası da yok." Korkumu bir kenara attım ve çenesini tutarak ağzını açmaya çalıştım. "Bu da ne?" Araf yanıma geldiğinde ona dilini gösterdim. "Dilinin üzerine baksana, yeşile boyanmış gibi. Zehirlenmiş, belki de asansöre binmeden önce zehirlenmişti." İlk teorimi dile getirince Araf başını olumsuz anlamda salladı.

"Bu mümkün değil çünkü onunla aynı şeyleri yedik, biliyorsun ve yemek saati dışında yemekhane kapalı oluyor." Gülerek başımı olumsuz anlamda salladım. "Bu kurallar benim için de geçerliydi ama ben eğitmenim tarafından zehirlendim." Aklıma gelenler yüzünden gözlerimi irice açtım. "Ama öldüğü gece tesise girdiğimde ajanlardan biri katilin içeride olduğunu söylemişti. İbrahim'in öldüğü asansörün kameraları çalışmıyorsa, o zaman katil bizzat ona asansörde zehir verdi." Onu asansörde öldürdüğü için tanınmak istemediğinden kamerayı devre dışı bırakmış olmalıydı.

"Kaldır cesedi, yani onu." Araf bana dümdüz bakınca ofladım. "Boynunda veya bedeninde herhangi bir iz yok, sırtını görmem lazım," dedim. İbrahim'e dokunmak istemiyor olacak ki yüzünü buruşturdu. Omuzlarını kavradığı gibi cesedi oturur pozisyonda tutmaya çalıştı.

Sedyenin etrafında dönerek sırtına baktım lakin yine bir iz bulamayınca afalladım. "Bu çocuk eğitimlerde ne halt yiyordu? Benim bile bedenimde aldığım darbeler yüzünden bir sürü morluk var." Hiç iz olmaması garip gelmişti. "Nefes darlığı olduğu için eğitimlere nadiren katılırdı. Genelde tüm gün odasındaki bilgisayarda oyun oynardı." Araf'ın söyledikleri, neden hiç morluk olmadığını açıklıyordu.

"Şu *şeyi* bırakabilir miyim artık?" diye homurdanınca gülerek başımı sallamıştım ki ensesinde bir iz fark edip elimi kaldırdım. "Bekle bir dakika! Ayrıca İbrahim'den *şey* diye bahsetmen çok kaba."

"Sen ondan ceset diye bahsederken normal mi yani?"

"Şu anda nefes almıyorsa o bir cesettir, sert çocuk." Elimle ensesindeki saçları çekince küçük bir nokta kadar olan kızarıklığı gördüm. Kızarıklık, solgun teninde çok belirgindi. "Şırıngayla ensesinden zehirlemiş. İbrahim'de herhangi bir boğuşma izinin olmaması katili tanıdığını ve ondan korkmadığını gösteriyor. Daha önce onu görmüş olmalı ki birlikte asansöre bindiği kişinin katil olduğundan habersizmiş. Ona sırtını dönünce ensesinden iğneyi yemiş." Onu şaşırtmayı başarmış olmalıyım ki afallayarak cesedi yeniden sedyeye bırakıp bana döndü.

"O zaman tesisten biri..." Gülerek parmağımı kulağının yanında şaklattım. "Aynen öyle, zeki çocuk. Ben bunu günlerdir söylüyorum ama bana kimse inanmıyor!" Dehşete düşen Şafak'ı boş verip kapıya yöneldim. "Beni takip et, Araf. Daha işimiz bitmedi." Morgdan çıktığımda bugün dedektifliğimin üzerimde olduğunu düşündüm.

Tuhaf ama Araf, Şafak'ı orada bırakarak peşimden gelmişti. Koridorda yürürken başımı çevirip ona baktım. "Şafak'ı orada bırakacağını düşünmemiştim." İç çekerek önüne döndü. "Benimle yalnız kalkmak hoşuna gitmeyecektir." O korkak kızı gerçekten seviyordu. Neden gidip ona açılmak yerine yıllardır böyle uzaktan seviyordu, anlamıyordum.

"Ona hislerinden bahsetmelisin," dediğimde bana bakarak güldü. "Ben onu uzaktan sevmeye alıştım, şimdi ona söylersem bu yaşadığım şeyin büyüsü bozulur diye korkuyorum," diyerek gözlerinin önüne düşen tutamlarını çektiğinde, kuzguni bakışlarını yakından gördüm. Gözleri çok güzeldi.

"Ben anlardım," dedim. "Beni böyle derin seven birinin hislerini hemen anlardım." Ona baktığım için önüme bakmıyordum. O yüzden kendi ayağıma takılıp yine düşmek üzereyken kolumdan tuttuğu gibi beni göğsüne çekti. Beni, "Sen daha gittiğin yeri görmüyorken birinin seni sevdiğini nasıl anlayacaksın?" diyerek azarlayınca kıkırdayıp ondan uzaklaştım. "Düşsem de lütfen bana dokunma," diye küçük bir uyarıda bulunarak koridordan çıktım. Düşmeyi, erkek temasına tercih ettiğim doğruydu.

Asansörlerin olduğu koridora girdiğimizde üçüncü asansörün önünde durdum. Başımı kaldırarak etrafıma baktım ve sol taraftaki kamerayı Araf'a gösterdim. "O kamera bu asansöre binen kişileri çekmiştir." Sağ köşede duran kamerayı işaret ettim. "Asansör o kameranın da görüş alanında." Çıkış kapısının hemen üzerindeki kamerayı gösterdim. "O kamera ise asansör kapanırken bile içindekileri çok net kaydetmiştir." Elimi indirerek ona baktım. "Diyelim asansördeki kamera o esnada arızalandı; peki, bu üç kamera da mı arızalandı?" Araf fark ettiği şey yüzünden kaşlarını çatarken, şüphelerimin yersiz olmadığından artık emin oldum. Eğitmenler bizden bir şey saklıyordu. İbrahim ile asansöre binen kişinin kim olduğunu bildiklerine emindim.

Aniden gözlerini irice açan Araf, bir küfür savurdu. "Bu olabilir mi?" Şaşkınca fısıldayıp bana döndü. "Bu sabah koridorda senin ve şu çekik gözlü arkadaşının eğitmenini konuşurken gördüm." Atalay ve Alaz'ı konuşurken görmenin nesi şaşırtıcı olabilirdi ki?

"O, senin eğitmenine diğerleri görmeden kayıtları sildiğinden bahsediyordu. 'İbrahim ile o esnada asansörde olan sendin,' dedi eğitmenine. Ne işler karıştırdığını sordu ama onun tek söylediği 'Sessiz kalmaya devam et!' oldu." Katil, İbrahim ile asansördeydi ve Araf'ın söylediklerine göre o esnada İbrahim ile asansörde olan Alaz'dı. Yetkisi herkesin üstünde olan biri, kolaylıkla kayıtları sildirebilirdi ve böyle de oldu çünkü kayıtları Atalay, arkadaşı için silmişti. Ellerimle şakaklarıma baskı yapıyordum. Tüm oklar Alaz'ı gösteriyordu. Katille kokuları bile aynıyken aksini düşünmek aptallık olurdu.

"O adamın suratını dağıtacağım!" Araf öfkeyle asansöre yöneldiğinde koşarak yolunu kestim. "Saçmalama! Eğer katil oysa daha biz ne olduğunu anlamadan bizden kurtulur. Oğlum, kamera kayıtlarını silmişler! Elimizde sağlam bir kanıt olmadan onu suçlarsak hedef haline geliriz. Bir süre daha aptalı oynayıp burada ne işler döndüğünü anlamalıyız." Kaşlarını çatan çocuk, haklı olduğumu anlayınca isteksizce başını sallamıştı. Mantıklı bir plan yapmadan atağa geçmemiz doğru değildi.

Burada ne haltlar döndüğünü öyle ya da böyle bulacağım.

Eğitim saatinin geldiğini fark edince yanımızdan geçen bir ajandan bize beşinci kata kadar eşlik etmesini istedik. Kendi anahtarımızla en fazla üçüncü kata kadar çıkabilirdik. Asansör beşinci katta durunca adamla birlikte biz de asansörden indik.

Eğitim salonuna doğru yürürken yan odalardaki kapıları görünce güldüm. "Süslü ve Efe bu yan odaları çok seviyor, dur bir tanesini de ben açayım," diye kıkırdayıp kartımı boynumdan çıkardığımda, Araf bana göz devirdi ve beni bırakıp gitti.

Bu çocukta merak denilen şeyin bir zerresi bile yok.

Kartı kapıya ilk okuttuğumda açılmayınca tekrar denedim ama yine açılmadı. Kendi kartımı elimde çevirirken bozuk mu diye kontrol ediyordum. Sanki bozuk olsa anlayacaktım da... "Efe'nin kartı kadar olamıyorsun, onunkisi açmış..." demiştim ki aniden fark ettiğim şeyler yüzünden yutkundum. Beşinci kattaydık ve geçen gün bu katta birini öcü sanıp kavga ettiğimizde Naz sopayı yan odadan aldığını söylemişti. Tamam, yemekhaneden de benzin bidonunu almıştı ama yemekhane üçüncü katta, yani bizim anahtarlarımızın açacağı katta. O zaman Naz'ın kartı beşinci kattaki odalardan birini nasıl açtı?

"Yankı, sen hâlâ oyalanıyor musun? Geç kaldık." Asansör açıldığında koşarak Naz'ın yanına gittim. Evet, asansörden inen oydu. "Sen geçen gün o beyzbol sopasını nereden buldun?" *Niye soruyorsun* der gibi bakınca kolunu sertçe tuttum. "Cevap ver, bu çok önemli."

"Yan odalardan birinden." Kolunu benden kurtararak beni yürümeye zorladı. "Aradığın cevaplar bende yok, Yankı çünkü benim anahtarım bu kapıları açmıyor."

"O kapıyı nasıl açtın?"

"Of Yankı!" Sıkılmış gibi görünerek bana döndü. "Bir seferinde Efe'yi gizlice bu odalardan birine girerken gördüm. Odalarda ne var diye merak ettiğim için o gün Efe'nin anahtarını çalmıştım. Ancak çocuklar kavga edince odaları hızlıca ararken o sopayı buldum. Tabii, Efe bu vesileyle anahtarının bende olduğunu anlayıp onu benden aldı," diyen Naz beni bırakıp gidince birkaç dakika boyunca olduğum yerde kaldım. *Efe mi? O korkak çocuğun anahtarı bu kapıları açabiliyor mu? Bu da ne demek şimdi? Ne saklıyorsun Efe Can?*

"Hadi!" Araf, eğitim salonunun kapısında durmuş, bana sesleniyordu. Bu kara çocuk içeri girmek yerine hâlâ beni mi bekliyordu?

Araf'la yan yana içeri girdiğimizde, geç kaldığımız için buradaki herkesin dikkatini çekmiştik. Kuzey ve diğer Yarasalar kaşlarını çatarak yanımda duran Araf'a bakıyordu. Kuzey, yumruklarını sıkarak dişlerinin arasından, "Ne işin var kızım senin onun yanında?" dediğinde Araf sırıttı ve "Birlikte küçük bir kaçamak yaptık," dedi. Bu sözlerin ardından Kuzey, kelimenin tam anlamıyla çıldırdı. "Ne saçmalıyorsun lan sen!" diyerek Araf'ın üzerine yürüdüğünde koşup Kuzey'in önünde durdum. "Asansörde karşılaştık." Olay çıkmasın diye yalan söylemek zorunda kalmıştım. Rakip takımdan biriyle olan küçük kaçamağım onları delirtirdi.

"Karşılaşmayacaksın kızım!" Bu geri zekâlı Naz, az önce koridorda beni tek başına gördüğünü unutmuş olmalı ki bir ayağını sertçe yere vurdu. "Onlardan biri asansöre binince sen ineceksin ya da onu dışarı atacaksın!" Bu kız normal değildi. Küçücük boyuyla resmen kavga çıkarmaya yer arıyordu.

"Biraz abartmadın mı, Necmiye?" Aynı fikirde olduğumuz için hepimiz Yiğit'e başımızı salladık.

"Abartmıyorum! Düşmanın casusu onlar, ayrıca adım Naz!"

Ecrin, "Sanki hâlâ abartıyor gibisin," diyerek kıkırdarken biz de gülmemek için kendimizi zor tutuyorduk. Bıraksak buraları yıkıp geçecekti bacaksız.

"Hani bunların ağzını burnunu kıracaktık? Şimdi ben mi abartıyorum?"

Hakan güldü. "Ne ara öyle anlaştık lan?"

"Bağımlı doğru diyor, ben de hatırlamıyorum sanki," dedim. Kendi uydurduğu şeylere inanıyordu.

"Kız uçtu, Kedicik. Takım, usulca Süslü'den uzaklaşıyoruz." Kuzey'in sözleri üzerine gülerek geriye doğru bir adım attığımızda, Naz bu halimizi görüp kıkırdadı. "Tamam ya, azıcık abartmış olabilirim ama onlara yaklaşmak yok!" Bu kızın çirkefliği tam bir faciaydı.

Yiğit gülerek, "Azıcık mı?" dedi. "Ben bir ara çakmak gibi gözlerinden lazer ışığı fırlatacaksın sandım, Nesibe." Naz tekrar çıldırdı. Bu ikisinin kavgası beni hep güldürüyordu.

Herkes yeniden kendi eğitmeninin yanına giderken, mecburen ben de sırtını duvara dayayıp beni izleyen adama doğru yürüdüm. Tam karşısında durdum. Ondan şüphelendiğimi anlamasın diye kendimi zor kontrol ediyordum. "On dakika, elli iki saniye, yirmi üç salise geciktin," dediğinde aklımı kaçıracağımı hissettim. Adam saliseyi bile hesaplamıştı.

"Araf'la birlikteyken zamanı unutmuşum, üzgünüm." Ona karşı dürüst oldum fakat duydukları hoşuna gitmemiş gibi kaşlarını yukarı kaldırdı. "Ben burada seni beklerken..." Kelimelerin üzerine basa basa konuştu. "Sen onunla birlikte zaman öldürüyordun, öyle mi?" Yaslandığı duvardan doğrulup bana doğru bir adım attığında geriye gittim. Bu adam şimdi niye üzerime geliyordu?

Geç kalmakla ilgili sorunu ne bu adamın?

"Evet." Geriye doğru bir adım daha attım. "Şunu yapmayı kesmezseniz çığlık atarım." Bilerek beni korkutuyordu sanki, bundan sadistçe zevk alıyordu.

Dudakları kıvrılırken üzerime gelmeye devam ediyordu. "Ne yapıyorum?" dediği an kaşlarımı çatarak suratına yumruğumu geçirdim. "Beni böyle sindiremezsin, lanet adam!" diye bağırdığımda herkes bize bakmıştı ama zerre kadar umurumda değildi. Kimse beni korkutarak üzerimde baskı kuramazdı.

Hafifçe sağ tarafına düşen başını yavaş yavaş bana çevirdi. "Şu yumruklarının üzerinde çalışmalıyız." Ona vurmam hoşuna gitmiş gibiydi. Söyledikleri yüzünden sinirlerim bozulduğu için kıkırdadım. "Ne çeşit bir hastasınız siz?" Gülerek ceketini çıkardı. "Sen karar ver." Ceketini yere attığında işkence seanslarımın başladığını anladım.

"Drakula'nın çaylağı olduğuma beni pişman edeceksiniz, değil mi?" Korkuyla yutkunduğum esnada sırıtarak karnıma bir yumruk attı "Kesinlikle." Harika!

Saatler sonra

Yüzüstü yere düştüğümde ellerimi yere bastırarak kalkmaya çalıştım ama nefes almakta bile zorlanırken bunu yapmam çok zordu. Düştüğüm yerde dizlerimin üzerine oturmayı başardığımda beyaz tişörtümün önünün kan olduğunu fark ettim. Burnumdan akan kanları elimle durdurmaya çalıştım. Akşam olmuştu ve herkes gitmişti ama biz hâlâ çalışıyorduk. Pardon, çalışıyorduk mu dedim? Resmen dayak yiyordum burada! Bana doğru geldiğini saçlarımın arasından görünce oturduğum yerde hiç kıpırdamadım. "Beni yere sermediğin sürece sabaha kadar buradasın." Yumruklarımı öfkeyle sıktım. Saatlerdir o dediği şeyi yapmaya çalışıyordum ama yere düşürmek şöyle dursun, adama diz çöktürememiştim bile.

Bugün bana karşı hiç olmadığı kadar sert.

Aramızda üç adım kalmıştı ki ellerimi yere bastırdım ve bacaklarımı karnıma doğru çekip tüm gücümle her iki bacağına vurdum. Bu beklenmedik hamlemle iki dizinin üzerine düşünce, üzerine atlayıp sırtüstü yere düşmesini sağladım. O, bu hareketimle afallamışken yumruk yaptığım sol elimi burnuna geçirdim. "Akşama kadar canımı çıkardın, hayvan!" Öfkeyle bağırıp kontrolümü kaybetmiş gibi bir yumruk daha attım.

Ona vurmak için üçüncü yumruğumu yine havaya kaldırmıştım ki burnundan akan kanları umursamadan gülmeye başladı. Afalladım. "Acaba mazoşist olabilir misiniz?" Ona vurmamdan zevk almasının başka bir açıklaması olamazdı.

Nerede tımarhanelik deli varsa gelsin beni bulsun zaten!

Öfkelendiğim için karnına oturduğumu ancak fark edebilmiştim. Aceleyle kalkmaya çalıştığımda belimi kavradı. "Mazoşist değilim." Belimi tuttuğu gibi kendimi yerde ve onu da üstümde bulmuştum. "Ama senin sınırlarını biliyorum." Dudakları sinsice kıvrıldı. "Sen düştükçe daha fazla güçlenerek ayağa kalkanlardansın." Elini uzatarak yüzümdeki saçlarımı çekti ve burnumun ucuna düşen gözlüğümü düzeltti. "Hırslı ve inatçısın, ben seni zorlamadıkça kolay kolay atağa geçmiyorsun." Üzerimdeki kanlı tişörte baktı. "Kabul ediyorum, biraz fazla zorlamış olabilirim."

"Biraz mı?" Onu üzerimden iterek ayağa kalktım. "Kırılmadık kemiğim kalmadı ve siz bana biraz mı diyorsunuz?" Duvarın yanındaki cam dolabı açtığım gibi elime geçen su şişelerini kafasına fırlatmaya başladım. "Alın size 'biraz', vicdansız adam!" Sonunda beni delirtmeyi başarmıştı, hayvan herif!

Eliyle su şişelerinden kendini korumaya çalışırken, "Hepsini toplamadan bir yere gitmiyorsun..." demişti ki kafasına çarpan şişe yüzünden homurdanınca güldüm. "Nasıl oluyormuş?" Bir şişe daha fırlattım ve o da boynuna çarptı. Nasıl rahatlamıştım, anlatamam.

Onun yüzünden morarmadık yerim kalmadı.

Kendini şişelerden korumaya çalışırken bir yandan da bana doğru geliyordu. "Sedef, oraya gelirsem hiç gelmemiş olmamı dileyeceksin!" Son şişeyi de kafasına fırlatıp kapıya doğru koştum. "Mümkünse bir süre görüşmeyelim, bayım!" Son sürat koşarken, bağırarak spor salonundan çıktım.

Korkuyla bağırdım: "Ahmet, asansör!" Ahmet hemen asansörü çağırırken Buzdağı'nın peşimden koştuğunu biliyordum. "Buraya gel, daha seninle işim bitmedi!" Bana bağırdığını duyunca, daha hızlı koşarak kendimi asansörün içine attım. Hemen giriş katın düğmesine bastım. Buzdağı tam yetişmişti ki kapıların kapanmasıyla kahkaha attım. "İşte bu be!" Gülerek sırtımı asansörün duvarına yasladım, sonunda rahat bir nefes almıştım. Bugün ondan kurtulmuştum ama yarın için aynı şeyleri söyleyemezdim.

Ahmet, garibim, dağınık saçlarıma, kan içinde kalmış yüzüme ve kırışık kıyafetlerime şaşkın gözlerle bakıyordu. "Orada tam olarak ne oldu?" Sorduğu soru karşısında güldüm. "Bu gördüğün muhteşem yaratık ona haddini bildirdi, ajan."

Eliyle savaştan çıkmış halimi gösterip güldü. "Muhteşem misin, bilmem ama yaratık kısmına katılıyorum."

"Bakıyorum da yine formundasın ajan, malum günlük laf sokmalarına tam gaz devam ediyorsun da!" diye homurdanmam onu daha fazla güldürmekten başka bir işe yaramamıştı.

Bugün bela okumayacağım.

Asansörün kapısı açıldığında Ahmet'i geride bırakarak odama girdim. Ilık bir duşla üzerimdeki ter ve kandan kurtulmuştum. Üzerime rahat bir şeyler giyerek kendimi yorgunlukla yatağa attım, uykuya dalmam uzun sürmemişti.

"Sedef?"

"Sedef uyanmalısın."

"Ilgaz..." diye fısıldayıp gözlerimi güçlükle açtım, sanki Ilgaz bana sesleniyordu.

Yattığım yerden doğrulup oturduğumda bir an nerede olduğumu anlayamadım. Her şeyi bulanık görüyordum ve sehpanın üzerine uzanıp gözlüğümü almaya çalıştım. Ancak odamda olmadığımı fark edince yavaşça ayağa kalktım. Gözlüğümü taktığımda artık etrafımdaki her şeyi daha net görüyordum. Kahretsin! Gerçekten odamda değildim. Hava hafif karanlıkken her yerde ağaçların olması bana bahçede olduğumu düşündürdü. Ancak etrafta gökyüzüne doğru uzanan bir tesis ve yüksek duvarlar göremeyince kaşlarımı çattım. Nerede olduğumu anlamak için ağaçların arasında gezinmeye başladım. Tesisten çıkmış olabilir miydim? Her akşam kartımı Yosun'a verdiğim için kendimi genelde ya odamda ya da odamdaki küçük bahçede uyanır halde buluyordum. Lakin bu gece eğitim beni yorduğu için kartımı Yosun'a vermeyi unutmuştum. Ormanın derinliklerine indikçe tesisten çıktığıma daha çok emin oldum. Allah kahretsin, ormanda mıydım ben?

Tesisten çıkarak ormana nasıl geldim, aklım almıyor.

Silah sesinin yankılanmasıyla ağaçların içinde saklanan kuşlar kanat çırparak uçmaya başladı. Bu sesler beni korkutmuştu. "Kuzey!" diye bir ses duyduğumda kaşlarımı çatarak sesin geldiği tarafa doğru koştum. Kuzey de mi buradaydı? Tesis bir ormanın içindeydi ve ben şu anda ormanda olmalıydım. Hem de gecenin bir yarısı!

Ellerimle önüme çıkan dalları çekerek yaklaşık beş dakika koştum. Önümdeki büyük ağacı geçince birilerini gördüm ve durmak zorunda kaldım. Yosun, elindeki silahı doğrultarak kendi etrafında dönüyordu. Yerde baygın biri vardı ve Yosun, sanki yerdeki kişiyi korumaya çalışıyordu. Önümdeki ağacın arkasına saklanarak neler olduğunu anlamak için başımı usulca uzattım ve Yosun'u izlemeye başladım. "Senin gibi biri, onu benden koruyamaz." Ağaçların arasından gelen kalın ve boğucu sesi duyduğum an yutkundum. Bu oydu, öcü. Aman Allah'ım, Yosun burada tek başına yerdeki kişiyi ona karşı korumaya çalışıyordu.

Yosun hızla arkasına dönerek silahı ağaçların olduğu tarafa doğrulttu ve ateş etti. Yerdeki kişinin önüne geçerek onu arkasına alınca kendisini hedef haline getirmişti. Vakit sabaha karşı olmalıydı çünkü etraf o kadar da karanlık değildi. Büyük ihtimalle birkaç saat içinde güneş doğacaktı. "Benim gibi biri?" Yosun etrafını gölgelendiren ağaçları hızlıca incelerken elindeki silahı indirmemeye kararlıydı. "Neden bunu anlamak için doğrudan karşıma çıkmıyorsun!" diye öfkeyle bağırdı. "Ben uluslararası bir teşkilatın ajanıyım ve bu gece o, kesinlikle senin sıradaki kurbanın olmayacak!" Yerdeki kişiden bahsettiğine emindim. Yosun'u daha önce bu kadar öfkeli gördüğümü hatırlamıyordum.

Elindeki silahı bırakmadan düşmanının nerede olduğunu bulmaya çalışan kadın, bir anda yere eğildi. Üzerinden geçen bir kurşun arkasındaki ağacın köküne saplanmıştı. Refleksleri sayesinde son anda kendisini kurtarması çok etkileyiciydi. Bu kadını hafife almak aptallık olurdu. Evet, duygusal biriydi ama ajan olmuşsa bu, onun da çok yetenekli olduğunu gösteriyordu. Ayakta dik durduğu an arkasındaki çalılıklardan sesler geldiğini fark etti. Hemen o yöne dönerek tetiğe bastı fakat kurşunu bitmiş olmalı ki silahı ateş almamıştı. "Kahretsin!" diye tıslayıp silahı yere atarak yerdeki kişiye korkuyla baktı. "Kuzey, uyan lütfen!" Çaresizlik içinde çıkan sesi sebebiyle soluğumu tuttum. Yerdeki kişi Kuzey miydi?

"Sanırım ilk olarak senden başlamalıyım." Öcünün eğlenen sesini duyduğumda, Yosun'un gözlerine baktım ama en küçük bir korku belirtisi göremedim. Endişeli bakışları sürekli yerdeki çocuğu buluyordu. Korkusu kendi hayatı için değildi. Yosun'u korkutan, kendisi ölürse Kuzey'in savunmasız kalacağı düşüncesiydi.

"Altuğ ve diğerleri birazdan burada olur!" Kendi etrafında dönüp onu bulmaya çalışırken bağırdı. "Şimdiye çoktan tesiste olmadığımızı anlamışlardır!" Hemen arkasındaki ağaçların arasında bir gölge gördüm. Elinde Yosun'a doğrulttuğu şeyi fark ettiğimde, "Eğil!" diye bağırdım.

Sesimi duyan Yosun, hiç vakit kaybetmeden diz çökerek kendisini Kuzey'in yanına bıraktı. Kollarını Kuzey'e sardığı an silah ikinci kez ateş almıştı. Saklandığım yerden çıkıp koşarak Yosun'un ve baygın yatan Kuzey'in yanına gittim. Başını kaldırıp beni görünce rahat bir nefes aldı. "Şükürler olsun, iyisin. Yiğit nerede? O iyi mi?" Endişeli ve hızlı konuşan kadının söylediklerinden hiçbir şey anlamamıştım. Yiğit de mi buradaydı? Hepimiz mi uyurgezerdik?

Kuzey'in yanına diz çöküp yüzünü ellerimin arasına aldım. "Neden uyanmıyor? Biz niye tesiste değiliz?" Burada olanları anlayamıyordum.

Hâlâ etrafını kontrol eden kadın, paniklediğini bana belli etmemeye çalışıyordu. "Bunda senin payın büyük." Yeniden Kuzey'i uyandırmaya çalıştı. "Bugün nöbet tutanların arasında ben de vardım. Telsizle bana gelen anonsta senin asansöre binip gizli düğmeye bastığını söylediler. Koşarak alt kata indiğimde Kuzey ve Yiğit'in de senin peşinden zemin kata indiğini öğrendim. Diğerlerini beklemeden peşinizden çıktım ancak Kuzey'i bu halde buldum. Zamanında gelmeseydim onu öldürecekti." Başını çevirip endişeyle bana baktı. "Yankı, şu anki konumumuzla tesis arasında bir saatlik mesafe var. Mermim bittiği için dönüş yolunda hepimizi kuş gibi avlar. O yüzden Yiğit'i de bulup diğerleri bizim için gelene kadar güvenli bir yerde saklanmalıyız." Uzanıp dudaklarını kulağıma yaklaştırdı. "Yaklaşık yarım saat uzakta bir yol var ve o yakınlarda bu gibi durumlar için gizlenmiş bir araba bulunuyor. Yiğit'i de bulunca gidiyoruz. Altuğ bizi bulana kadar sizi korumalıyım." Öcü duymasın diye bunları kulağıma fısıldayınca sessizce başımı salladım. Hâlâ yaşadıklarımın şokundaydım.

"Ke-Kedicik?" Kuzey sonunda gözlerini aralayıp bana bakınca, gözlerim dolarak ona sımsıkı sarıldım. "Buradayım." Kollarını bana sardığında acıyla inleyince hemen ondan ayrıldım. Korkuyla yaralandı mı diye onu kontrol ederken Yosun onun kalkmasına yardım etti. "Başına darbe almış olmalısın ama yaralı değilsin." Rahatlayıp ben de ayağa kalktığımda Kuzey, başını tutarak dengesini korumaya çalışıyordu.

"Yılan!" diye bir feryat duyduğumuzda üçümüz göz göze gelmiştik. Yiğit, ağaçların arasından koşarak çıktı. "Bir yılan bana tısladı!" Kuzey'e doğru bağırarak koşarken beni ve Yosun'u görünce bir küfür savurarak kendisine çekidüzen verdi. Korktuğunu belli etmemeye uğraşan çocuk, eliyle geldiği yönü işaret etti. "Tabii, bana tıslamak neymiş gösterdim ona." Yosun'la ben dayanamayıp kıkırdadık.

Büyük ihtimalle yılanı gördüğü an kaçtı çünkü yılanlardan çok korkuyor.

"Ağzını burnunu kırsaydın yiğidim," dediğimde sırıttı. "Onun derisini yüzüp Neslihan'a bileklik yapmayı düşündüm ama vakit yoktu." Gururundan yalan söyleyen çocuk beni güldürürken Kuzey küfürler savuruyordu. "Uydurma lan, yılanı gördüğünde kaçtığına kalıbımı basarım!"

"Kuzey'in Kedicik'i!" Yiğit bir şeyi yeni fark etmiş gibi kaşlarını çattı. Beni, "Kızım sen uykunda niye firar ediyorsun lan? Senin yüzünden gecenin bir yarısı Tarzan olduk bu ormanda!" diye azarlayınca suçlulukla bakışlarımı kaçırdım. Büyük ihtimalle uyurgezer bir şekilde asansöre bindiğimi gördükleri için peşimden gelmişlerdi.

Tam arkamızda bir çıtırtı duyduğumuzda Yosun'la ben yutkunduk. Kuzey benim elimi tutmuş ve Yiğit de Yosun'un kolunu sıkıca kavramıştı. İki erkek aynı anda, "Koşun!" diye bağırınca dördümüz ağaçların içinden koşmaya başladık.

"Lanet hayvan, beni takip etmiş!" Sanırım Yiğit hâlâ yılandan kaçtığımızı düşünüyordu.

"Yılan değil oğlum, Kedicik'in deyişiyle öcü!"

"O zaman daha hızlı koşsanıza lan! Bekle, öcü mü dedin sen? Şu katil olan öcü mü?" dediğinde hep bir ağızdan, "Yiğit, koş!" diye bağırınca daha hızlı koşmaya başladı.

"Kuzey, Kedicik'i bırak, öcünün istediği Kedicik değil mi? Alsın istediğini, biz kaçalım."

"Allah belanı versin, Yiğit!" diye bağırdım. Güya bugün bela okumayacaktım!

Ben niye yatağımda değilim ya!

2. BÖLÜM

Yanlış hatırlamıyorsam bu kadın, bize yarım saat uzaklıkta bir araba olduğunu söylemişti. O halde neredeydi oğlum bu araba? Her beş dakikada bir yere düşmekten dizlerim soyulmuştu ama o arabaya bir türlü varamamıştık! Yanından geçtiğim her ağacın dalı canıma kastı varmış gibi bir yerimi çiziyordu. Ancak biz kurtulmak yerine eli silahlı bir öcüyle ormanda saklambaç oynuyorduk. Bu arada saklambaç oyununu sevmediğimi söylemiş miydim? Katilden geçtim, ben artık dizlerimin derdindeydim. Tekrar bir dala takılarak düştüğümde, dizlerimin acısına dayanamadığım için oturup ağlamaya başladım. *Katilse katil, umurumda değil! Gelsin öldürsün beni! Sürekli düşüp kanayan dizlerim için ağlamaktansa beni öldürsün daha iyi! Yeter oğlum artık, bu ne böyle!*

Kuzey kolumdan tuttuğu gibi beni ayağa kaldırınca tekrar yere yığıldım. Gerçekten ayağa kalkacak dermanım kalmamıştı. Üzerimde en son giydiğim pamuklu, beyaz askılı bir atlet ve kalçalarımın biraz altında biten siyah şort vardı. Yarı çıplak sayıldığım için sadece kaçarken bile çok fazla yara almıştım. Hadi ama, uyumak için yatağa girdiğimde uyanınca kendimi böyle bir aksiyonun içinde bulacağımı bilseydim, kalın bir şeyler giyerdim. Kalın ve vücudumu teşhir etmeyecek kadar kapalı bir şeyler. Lakin şimdi soğuktan donuyordum, üstelik her yerim çiziklerle doluydu. Kuzey diz çöküp ağlayan yüzüme bakınca iç çekti. "Tamam, sen ağlama. Ben seni taşırım." Beni kucağına alıp ayağa kalktığında, hıçkırarak kollarımı boynuna sardım. Valla bu teklifine hayır diyecek durumda değildim. O kadar bitkin bir haldeydim ki dokunuşu bile beni rahatsız etmiyordu.

Yosun endişeli bir sesle, "Şu ağacın arkasında," dedi. Onlar önden koşarken, Kuzey beni taşıdığı için sadece hızlı adımlarla yürüyebiliyordu.

Ağacı geçince arabayı görmüştük. Yosun kapıyı açıp şoför koltuğuna geçince Yiğit yanındaki yerini almıştı. Biz arkada kaldığımız için arabaya az bir mesafe kala başımı çevirip arkaya baktım. Biraz ilerideki ağacın yanındaki gölgeyi görünce gözlerimi irice açtım. "Ku-Kuzey," diye korkuyla fısıldadım. Kuzey, beni bir an önce arabaya yetiştirmenin derdindeydi.

Gün aydınlanmak üzereydi. Bu sayede öcünün elindeki silahın Kuzey'in sırtını hedef aldığını gördüm. "Kuzey!" diye bağırdım ama Kuzey, arkasındaki tehlikeden habersiz, durup yüzüme bakmakla yetindi.

"O..." diyerek başımı çevirince, buna zamanımın olmadığını anladım. Ve ben, yani kendine sürekli bencil olduğunu hatırlatan Yankı Sarmaşık, Kuzey'in kucağından yere atladım. Ona sımsıkı sarılarak sırtını arabaya doğru çevirdiğimde kendimi hedef haline getirmiştim. Tam o esnada havada yankılanan bir silah sesi... Kurşun bedenimdeydi.

Kuzey'i itmeye çalışabilirdim ama benden güçlü olduğu için yerinden bir milim kıpırdamazdı. Bunu bildiğim için ona sarılarak kendi bedenimi ona siper etmiştim. Ona sımsıkı sarılırken bedenimde tarifi olmayan bir acı vardı. "Hayır..." Kuzey'in kollarımın altındaki bedeni kaskatı kesilmişti. "Ke-Kedicik?" diye korkuyla yutkunduğunda boynundaki kollarım gevşedi. Dizlerim bükülüp yere düşeceğim esnada beni göğsüne bastırdı. "Sedef hayır!" diye adımı haykırıp gürlediğinde, zayıf bedenim kollarının arasında kuş gibi titremeye başlamıştı.

"Yankı!" Yosun ve Yiğit'in yanımıza geldiğini çok sonradan, yerde, Kuzey'in kollarındayken fark ettim. *Umarım ameliyata gerek kalmadan burada son nefesimi veririm. Çünkü bıçak altına yatmak en büyük korkum.*

Kuzey eliyle sırtımdaki yaraya dokunduğunda kanlı parmaklarına bakarak sertçe yutkunmuştu. Titremelerim çoğalınca, "Sedef sakın!" diye bağırarak yüzümü ellerinin arasına aldı. "Bana sözün var, kızım!" Acıyla haykırıp dolan gözlerle bana yalvardı. "Sedef, beni yine bırakıp gitme be güzelim..." diye fısıldadığında gözlerinden firar eden o bir damla yaş yüzüme düşerek beni yakıp geçti.

Öksürerek kan kustuğumda aldığım nefes bana acı vermeye başladı. "Be-ben..." dedim büyük bir ıstırap içinde. "Se-seni hatırlıyorum." Onunla olan tüm anılarım geçmişten süzülüp zihnime doluşmuştu.

13 yıl önce

"Müdire anne, lütfen," diyerek yalvardım ona. "Lütfen, Füsun teyzeye söyle, bana biraz ekmek versin." Hıçkırdım. "Karnım çok aç..." Bugün müdire annenin istediği gibi uslu bir çocuk olamadığım için ceza olarak beni yurdun kilerine kapatmıştı. Yarına kadar çıkmam yasaktı ve ben tüm gün bir şey yemediğim için açlıktan ölmek üzereydim.

Bana, "Cezalısın, Sedef!" diye bağırınca daha fazla ağlamaya başladım. "Ama o kız yalan söylüyor. Ben Fulya'nın kolyesini çalmadım." Neden kolyesini alan kişinin ben olduğumu söylediğini bile bilmiyordum.

"Yalan söylemeni sana yasakladığımı sanıyordum," dedi. Ne söylersem söyleyeyim bana inanmayacaktı. Ben soğuktan titrerken o, kalın paltosunu giyinmişti. Benim üzerimdeki kazağın yakası sökülmüş ve eskiden kırmızı olan rengi şimdi kahverengiye dönmüştü. Bana büyük gelen pantolonun kemer kısmını sıkıca bağlamıştım. Eski ayakkabılarımın içindeki ayaklarımda bir çorap bile yoktu. Ben, bu gece soğuk bir kilerde kalacaktım ama o, içinde soba yanan sıcacık evine gidiyordu. Benim üzerimdeki kıyafetler yırtık ve eskiydi. O ise yeni aldığı paltosuna sıkıca sarılıyordu çünkü burası çok soğuktu.

Gözyaşlarımı silerken cezamı kabul ederek başımı salladım. Çünkü tüm gün itiraz ettiğim halde değişen bir şey olmamıştı. "Annem ne zaman beni almaya gelecek, müdire anne?" Islak gözlerle sorduğum soruya karşılık derin bir nefes alarak saçlarımı okşadı. "Senin bir annen yok Sedef, hiç olmadı." Ona ne zaman annemi veya babamı sorsam hep bu cevabı alıyordum. Müdire anne, bana onlar hakkında hiçbir şey anlatmıyordu.

Gece ışıkların açılması yasak olduğu için lambayı kapattı ve kapıyı üzerime kilitleyerek gitti. Kilerin ortasında ayakta dururken un çuvallarının yanından gelen tıkırtıları duydum. Başımı çevirsem bile karanlıktan dolayı bir şey görmüyordum. "Sadece fareler, Sedef." Sürekli kendimle konuştuğum için herkes bana deli diyordu ama bu huyumdan vazgeçemiyordum.

Dışarıda yağmur yağıyor ve gök gürlüyordu. Çakan şimşekler yüzünden içerisi kısa süreliğine aydınlanıyor, ardından yine karanlığa bürünüyordu. "Karanlığı seviyorsun, Sedef, o yüzden sakın korkma," diyerek olduğum yere oturdum. Karanlık hiçbir zaman beni korkutmadı çünkü sürekli ceza alıp buraya geldiğim için alışmıştım.

"İlk günler az korkmadım ama," diyerek kahkaha attım. Karnım açtı, üşüyordum ve etrafımda fareler cirit atarken ben kendi kendimi güldürüyordum.

Aradan ne kadar zaman geçti, bilmiyordum. Buz gibi zemine uzanıp kollarımı kendime sarmıştım. Uyuyamıyordum, ne zaman aç olsam uyuyamazdım. "Kedicik?" Kuzey'in sesini duyunca yavaşça yattığım yerden kalktım. "Kedicik, uyudun mu diyeceğim ama sen boş mideyle uyuyamazsın." Söylediklerine karşılık gülerek ayağa kalkıp kapının yanına gittim. Beni herkesten iyi tanıyordu.

"Yine ceza alacaksın," diyerek kapının altındaki boşluktan benim için getirdiği ekmeği aldım. Sırtımı kapıya yasladım ve yarın Kuzey'e olacakları düşünüp, ağlayarak ekmeği yemeye başladım. "Olsun, sen karnını doyur," dedi. Onun da sırtını kapıya yaslayıp oturduğunu biliyordum. Ben ne zaman ceza alsam Kuzey, o gece gizlice mutfaktan benim için ekmek çalardı ve buraya gelmenin yasak olduğunu bile bile sabaha kadar kapının diğer tarafında otururdu. Ertesi gün ise Kuzey'i burada buldukları için aç bırakırlardı.

"Kuzey." Elimdeki küçük ekmek parçasının sonuna gelirken iç çektim. "Söz ver bana, beni hiç bırakmayacağına söz ver." Kuzey benim her şeyimdi ve bir gün beni bırakıp gider diye çok korkuyordum. Geçen hafta onu evlat edinmek isteyen iki kişi gelince çok korkmuştum. Müdire anne, onu odasına çağırmış ve artık bir evi olacağını söylemişti. Evet, kapı aralığından onları dinlemiştim. Kuzey, onlara beni de almalarını söylemişti ama onlar sadece bir çocuk istediklerini söyleyince Kuzey kabul etmemişti. Son söylediklerinin içinde yine ben vardım. "Eğer Sedef gelmeyecekse ben de gelmiyorum," demişti ve onlarla gitmemişti. Üç ay önce beni istediklerinde ben de sırf Kuzey için yeni anne ve baba istememiştim.

"Söz," dediğinde tebessüm ettim. "Seni hiç bırakmayacağıma söz veriyorum ama sen de söz ver, Kedicik. Beni hiç bırakmayacaksın."

"Söz, Kuzey. Sürekli ceza alıp buraya geliyor olsam bile sana söz veriyorum, ikimiz hiç ayrılmayacağız. Sen bizi buradan çıkarana kadar dayanacağız ve seni hiç bırakmayacağım." Bu sözlerden sadece birkaç ay sonra onu arkamda bırakacağımı bilmiyordum. Sözümü bozarak buradan kaçacağımı bilemezdim. Bilseydim ona bu sözü hiç vermezdim.

"Kuzey, müdire anne benim bir ailem olmadığını söylüyor. O zaman beni buraya kim getirdi?"

"Kediler," deyince kaşlarımı çattım. "Kediler mi? Benim annem ve babam bir kedi mi?" Belki de o yüzden müdire anne bana onları anlatmıyordu.

Güldüğünü duydum. "Tabii kızım, sana niye Kedicik diyorum sanıyorsun?" Annem ve babam hakkında öğrendiğim gerçekler beni şoka uğratmıştı.

Tüylerim ve kuyruğum niye yok benim?

"Geçen yıl kedini öldürdüm diye bana öyle diyorsun sanıyordum," dedim. Kuzey'in siyah bir kedisi vardı ve onu çok seviyordu. Altı yaşındayken sakarlığım yüzünden onun kedisinin üzerine düşmüştüm ve küçücük kedi oracıkta can vermişti. Kuzey bir hafta benimle küsmüş, daha sonra söyledikleriyleyse beni deli etmişti. "Artık kedim sensin!" Bana kızdıktan sonra hep *Kedicik* diye seslenince beni ölen kedisinin yerine koyduğunu düşünüyordum.

"O da var ama sana Kedicik dememin sebebi, seni buraya getirenin bir kedi olması."

"Hangi kediydi o? Yoksa öldürdüğüm kedi benim annem miydi?" diye korkuyla bağırdığımda kahkaha attı. "Yok lan salak, Ercan bir erkekti! Senin annen çatıda sürekli miyavlayan ve şu uyuz olan kedi."

İyi ama bildiğim kadarıyla o da öldü.

"Peki, seni kim buraya getirdi? Seninkiler de mi kedi?" diye sordum.

"Ben oyumu leyleklerden yana kullanıyorum," dedi. İkimiz de kahkaha atmaya başladık. Kuzey hep böyle yapıyordu, ne zaman üzgün olsam beni hep güldürüyordu.

O gece tıpkı diğer geceler olduğu gibi Kuzey, ben yalnız kalmayayım diye sabaha kadar beni güldürüp kapının diğer tarafında oturmuştu. Ve ertesi sabah benim yüzümden yine ceza almıştı.

Şimdiki zaman

Hatırladıklarım üzerine elimi uzatıp yanağına dokundum fakat sırtımdaki keskin sızıdan dolayı hıçkırdım. "Be-beni ölen kedinin yerine koyduğun için Allah belanı versin, Kuzey..." diye fısıldadığımda gözleri dolu dolu gülümsemişti.

Bu arada Fulya ile ezelden beri düşman olduğumuzu hatırlamam iyi oldu.

"Gitmiştin." Gülüşü yüzünde solduğunda kuruyan dudaklarım usulca kıvrıldı. "Eğ-eğer beni bir hastaneye yetiştirmezsen bu sefer sonsuza kadar gideceğim. Ayrıca bu işin sonunda ölmeyeceksem hiç dram yaratmayalım diyorum ama yok, ölmem garantiyse hazır ol, damardan giriyorum," dediğimde sonunda kahkaha atmıştı. "Geri zekâlı." Gülse de sesindeki ıstırabı iliklerime kadar hissediyordum.

Niye kimse beni hastaneye götürmüyor lan!

Kuzey'i bulanık görmeye başladığım esnada, dudaklarımdan çıkan iniltiyle yine kan kusmaya başladım. "Sedef! Neden bu kadar titriyor? Sedef, bana bak!" Kuzey'in endişeli sesini duyuyordum ama bakışlarımı sabit tutamıyordum.

Beni yavaşça yere bıraktığını hissettiğimde gözlerimi zorlukla açabilmiştim. "Onu hastaneye yetiştirin!"

"Nereye gidiyorsun?"

"Ona kurşun sıkan piçi bulacağım!" Yosun'un ve Yiğit'in itirazlarını duyuyordum ama Kuzey'in çoktan gittiğini anlamıştım. Öfkesi yüzünden gerçekleri görmüyordu ama o katilin istediği de buydu. Ona engel olmaları için dudaklarımı birkaç kez hareket ettirdim lakin kelimeler dudaklarımdan çıkmamıştı.

"Yiğit, Yankı çok kan kaybediyor, onu hastaneye götürelim." Yosun ağlayarak yanımda diz çöktüğünde, "Hele şükür," demek istedim.

Yiğit diz çöküp beni kucağına almak için elini belime atmıştı ki yarama dokunmasıyla inledim. Korkarak hemen elini çekti. "Ya onu öldürürsem? Daha dokunmadan bağırıyor!" Panikleyen çocuk yüzünden bu sefer sinirden ağlamaya başladım. Bu gidişle gerçekten ölecektim.

"Yosun!" Atalay'ın sesini duyunca Yosun hemen ayağa kalktı. "Buradayız! Atalay buraya gelin, acele edin!" Yosun elini sallayıp bağırırken ben artık son nefesimi vermek üzereydim. *Burada ölüyorum, kimsenin umurunda değil!*

"Aman Allah'ım, Yankı!" Afrodit'in endişeli sesi kulağıma geldiğinde Yosun, elimi sıkıca tutarak hıçkırıklar içinde ağlıyordu. "Ölüyor! Ne olur ona yardım edin!" Gözyaşları içinde arkadaşlarına yalvaran kadın haklıydı çünkü burada gerçekten ölüyordum!

Acım dayanılmaz bir boyuta ulaştığında, "Sedef?" diyen Buzdağı'nın sesini duydum. "Kahretsin, Yosun! Bu nasıl oldu?" dedi. Hemen yanıma diz çöken vicdansız adam, sırtımdaki yarayı umursamadan beni kucağına aldığı gibi ayağa kalkmıştı. "Bakmayın şöyle!" diye kükredi. "Çok fazla kan kaybetmiş. Atalay, arabayı çalıştır!" diye bağırıp sesiyle ortalığı ayağa kaldırdığında başım güçsüzce göğsüne düşmüştü.

Bu adamın kollarında ölürsem kendime asla hakkımı helal etmem.

Beni kucağından indirmeden arabaya bindiğini hayal meyal görmüştüm. Sarsıntıdan arabanın hareket ettiğini bile zor anlamıştım. "Daha hızlı!" diye bağırdığında bu haldeyken bile beni korkutmayı başarmıştı. *Allah aşkına, biri beni şu adamın kucağından alsın.*

"Altuğ, sakin olur musun? Zaten çok hızlı gidiyoruz." Sanırım arabayı Atalay kullanıyordu.

"Bana sakin ol deme, Atalay!" Kızgın sesine bir anlam veremedim. "Kurşun omuriliğine gelmiş olabilir. Bu kız benim çaylağım!" Burada yokmuşum gibi esip gürleyen adamın göğsündeyken başımı usulca hareket ettirerek ona baktım. "Ba-başkasının çaylağı olsam..." Öksürmeye başladığım için sözlerim yarım kalmıştı. "O zaman ölmeme izin verirdin yani, öyle mi?" Kısık bir sesle konuştuğumda başını eğip uzun uzun yüzüme baktı. Gözlerinde korku vardı, çok fazla korku. "Henüz hiç yaşamamışken ölmeyi düşünme," dedi. Gözlerim doldu ve yorgun bir şekilde gülümsedim. "Emin olun, ölmek için sizin kollarınız seçeneklerimin arasında değil." Bu sözlerime karşılık kaşlarını çatınca, beni tutan ellerini sıkmış olmalı ki canım yanmıştı.

"Benden gerçekten nefret mi ediyorsun?" Sanki bu gerçeği yeni fark etmiş gibi sesli düşünmüştü. Gözlerimi yorgunlukla kapattığımda, acımdan dolayı dudaklarımdan çıkan inlitiye engel olamamıştım. "Zeki adamın hali bir başka oluyormuş." Gözlerim kapalıyken bile ona laf sokmaktan çekinmedim. Nasıl olsa aramızdaki nefret karşılıklıydı, bu yüzden ona ne söylersem söyleyeyim kafaya takmazdı.

Ölürken bile rahat durmuyorum.

Burnuma gelen çikolata kokusu beni uyuştururken bilincimi kaybediyor olmalıydım ki bedenim de uyuşmuştu. "Sedef..." Uykuya dalmak üzereyken birinin parmaklarını saçlarımda gezdirdiğini hissettim. "Uyuma." Yüzüme değen parmaklar beni rahatlattığı için daha fazla uykumu getiriyordu. "Kuzey..." diye son kez fısıldadığımda artık hiçbir şey hissetmiyordum.

"Sedef! Kahretsin, gözlerini aç! Atalay, daha hızlı sür şunu!"

Acıyordum. Bunu nasıl tarif edeceğimi bilmiyorum ama çok acıyordum. Sanki birileri sırtımdaki yarayı deşiyormuş gibi çok fazla acı vardı. Bilincim giderek açılırken nerede olduğumu sorgulamaya başladım. Sadece soğuk havayı ve acıyı soluyordum. Sırtımda öyle bir acı hissettim ki avazım çıktığı kadar bağırarak gözlerimi tamamen açtım. "Uyandı! Aman Allah'ım, bu nasıl mümkün olur? Daha ameliyata başlayalı iki dakika oldu," diyen sesleri duyduğumda yattığım yerden kalkmaya çalıştım fakat birileri ellerimi kelepçelemiş gibi kollarımı hareket ettiremiyordum.

"Narkoz!" dedi bir adam. "Narkoz verin!"

"Haluk Bey, ona zaten çok fazla narkoz verdik, yenisini kaldıramaz."

"Bu şekilde onu ameliyat edemeyiz!"

"Kızı buraya getiren yakını, ilaçlara bağışıklığı olduğunu söylemişti."

"O yüzden fazla doz verdik, bu normalde her insanı en az iki gün uyutur!"

Bu kadar çok acı çekerken onları daha fazla dinlemek istemiyordum. "Kesin sesinizi ve beni derhal çıkarın!" diye bağırdım. Yüzüstü yattığım için onları göremiyordum. Buz gibi soğuk bir yerdeydim. Sedye gibi düz ve sert bir şeyin üzerinde yüzüstü uzanıyordum. İnce bir şeyin bacaklarımdan kalçalarıma kadar olan kısmı kapattığını, tenime değen kumaş parçasından anlıyordum ve sırtım tamamen açıktı.

"Bu haldeyken nasıl olacak?" Ameliyathanede olduğumu doktorların şaşkın sesinden anlıyordum. Yüzüm yan tarafa baktığı için hiçbirini göremiyordum. Kalp ritimlerimi gösteren monitör ve masanın üzerindeki aletleri bulanık da olsa görebiliyordum. *Gözlüklerimi kim aldı?*

"Bilmiyorum," dedi bir kadın sesi. "Hayatım boyunca ilk kez böyle bir vakayla karşılaşıyorum. Kurşun çok derinde, kaybedecek zamanı yok lakin hasta uyanıkken bu operasyonu kaldıramaz." Sesi fazlasıyla sıkıntılı çıkmıştı.

"Başlıyoruz! Kaybedecek vakit yok!" diyen bir kadının sesiyle iki kişi omuzlarıma ve iki kişi de bacaklarıma bastırarak beni hareketsiz kılmışlardı. "Hayır! Hayır, lütfen!" diye ağlayarak kendimi onlardan kurtarmaya çalıştım ama buna izin vermiyorlardı. Ellerimi ve ayaklarımı sedyenin yan taraflarındaki demirlere bağlamışlardı. Hareket etmeyeyim diye omuzlarıma ve bacaklarıma baskı uyguluyorlardı. Tenime değen ilk neşter darbesi o kadar acıttı ki bağırarak acımı duyurdum. "Yapmayın! Ne olur yapmayın..." Gözyaşları içinde onlara yalvardım ancak hepsi beni duymazdan gelerek yaramı kanattıkça kanatıyorlardı.

"Üzgünüm ama bunu yapmazsak sizi kaybedebiliriz." Omuzlarıma baskı uygulayan adamlardan birinin söylediklerini algılayamıyordum. "Böyle de beni öldürüyorsunuz!" Beni canlı canlı kesiyorlardı.

Doktorun neşteri etimi kestikçe ben gözyaşlarına boğuldum. Acım ilmek ilmek boynuma çeltik attıkça ben, beni doğuran kadına lanetler yağdırdım. Burada olmasını isterdim, ben kandan gözyaşları dökerken annemin burada olup kendi eserini izlemesini isterdim. Ama neye yarardı ki? Burada olsa acımı kendi bedeninde hisseder miydi? Elimden aldığı çocukluğumu geri getirir miydi? Benden çaldıklarını bana geri veremeyecekse hayatıma yeniden girmesinin lüzumu yoktu. Şimdi yaralandığımda bile daha önce hissetmediğim bir acıyla yüzleşiyordum. Yaralandığımda öleceğimi düşünmüştüm lakin vücudum bir süre sonra uyuşmuştu. Bu doktorlar ise güya beni iyileştiriyordu ama bunu cehennem azabı çektirerek yapıyorlardı. Etim bedenimden sökülür gibi olduğunda bana yaptıkları her şeyi hissediyordum. Çığlıklarım hiç kesilmiyordu, burada duyduğum tek ses, acı feryadımdı. Acıya alışmak diyorlar ya, gerçek acıyı tadınca insan aslında acıya alışılmadığını anlıyordu. Benim acım kanayan bedenimde, bağırmaktan tahriş olmuş boğazımda ve ruhumun derinliklerindeydi. Acıya alışılmıyordu çünkü gözyaşları akıtırken acıya boyun bükülüyordu.

Annem kendi rahminde beni ilaçlarla zehirlemeseydi, genlerim mutasyona uğramayacaktı. Beni zehirlemeseydi, ilaçlar bana da etki ederdi. Burada döktüğüm her gözyaşının hesabını annem olacak kadına sormaktı boynumun borcu.

Ertesi gün

"Çok ağladı. Doktor ameliyatın sonlarına doğru bayıldığını söyledi." Saçlarımı okşayarak ağlayan kadının Yosun olduğunu sesinden anlamıştım.

"Duyduk hepsini." Bu ses Afrodit'e aitti. "Farkındaysan kapının hemen önündeydik."

"Biliyorum," diye hıçkırdı Yosun. "Ben sadece bu çocukların her birinde geçmişimi görüyorum ve onlar acı çektikçe içim kanıyor." Yosun'un bu sözlerinden sonra bir sessizlik oluşunca, kendimi zorlayarak gözlerimi açmaya çalıştım.

"Sen orada ne yapıyorsun, Yosun?

"Gözlüklerini takıyorum, belki uyanır diye." *Allah'ım, ne düşünceli bir kadın çünkü uyandım ve sadece gözlerimi açamıyorum.*

"Kendini toparlaman gerekiyor." Sanırım bu Atalay'dı. "Hadi gel, biraz hava alalım."

"Ben de geliyorum." Afrodit'in sesini tekrar duyduğumda kapı açılmış ve kapanmıştı.

Nihayet kirpiklerimi kırpıştırarak gözlerimi açabilmiştim. Yatakta sol kolumun üzerinde yan yatıyordum. Ameliyathanedeki işkence bitmiş olmalı ki beni odaya almışlardı. Gözlerim doğrudan pencerenin önündeki tekli koltukta oturan ve beni izleyen adamı buldu. Kahverengi, uzun saçları darmadağındı; sanki saçları ona isyan eder gibiydi. Gözleri ise uykusuz ve yorgun bakıyordu ve uzun zamandır uyumamış gibiydi. Üstelik beyaz tişörtünün üzerindeki kan lekelerine bakılırsa hâlâ üzerini değiştirmemişti. Evet, onun teninde benim kanımın kokusu olduğuna emindim. "Ba-banyo yapmayacak kadar çok mu endişelendiniz benim için?" Kuruyan dudaklarımı hareket ettirerek konuşmaya çalıştım. Ameliyattayken bağırmaktan tahriş olan boğazım canımı yaktı.

Bir süre oturduğu yerden sadece beni izlemekle yetinmişti. "Evet dersem bana inanır mısın?" Dudaklarım kıvrıldığında yorgunca gülümsedim. "İnanırım." Gözlerinin içine baktım. "Çünkü ölmem işinize gelmez."

Başparmağı ve işaret parmağıyla burun kemerini sıkarken yüzü sıkıntılı gibiydi. "Sana nasıl ulaşacağımı bilmiyorum." Sesinde bir çaresizlik sezmiştim ya da fazla acı çektiğim için bu durum, benim hayal ürünümün bir parçası olmalıydı.

"Bana karşı duvarlarını nasıl yıkacağımı söyle," dedi. Benden neden böyle bir şey istediğini anlamadım, kendi gibi davranmıyordu. "Bende zerre kadar etkisi olmayan şu narkozları size vermiş olabilirler mi?" Büyük bir alayla konuştuğumda tahriş olan sesim bana yabancı geldi. "Garip davranıyorsunuz."

İç çekerek arkasına yaslandığında elleriyle şakaklarına baskı uyguladı. "Zorsun, Sedef..." Sesi sitemliydi. "Sana ulaşamayacağım kadar zor."

"Hâlâ garip davranıyorsunuz," dedim. *Acaba alkol falan mı aldı? Neden burada acı çeken kendisiymiş gibi davranıyor ki? Ölüyordum oğlum ben az kalsın!*

Üzerinde yattığım için sol kolumun uyuştuğunu fark ettim. Yaradan dolayı sırtüstü yatamayacağımı biliyordum. "Sarhoş musunuz? Değilseniz her gördüğümde içimde nefret uyandıran o duygusuz adamı geri getirin. Beni zehirleyen, bana cezalar veren ve işkence çektiren o kişiyle mücadele etmek daha kolay." Canım yanıyorken onun değişken halleriyle uğraşacak değildim.

Söylediklerimden sonra dudağının bir tarafı kıvrıldığında pek eğleniyor gibi görünmüyordu. "Tesise döndüğümüzde o adamı zaten göreceksin, şimdi uyumaya devam et." Çok yorgun hissettiğim için göz kapaklarım bu komutu bekliyormuşçasına geri kapanmıştı. *Uyu Yankı, uyu ki kendi çığlıklarının sesi kulaklarından kesilsin.*

Üç gün sonra

Yosun'un yardımıyla üzerime bol bir tişört giydim. Sonunda bu hastaneden kurtuluyordum. Günlerdir yatakta iki büklüm yatmaktan her yanım tutulmuştu. Tesise geri döneceğime bu kadar sevineceğim hiç aklıma gelmezdi. İtiraf ediyorum, çocukları özlemiştim. Özellikle Kuzey'i çok merak ediyordum. Yosun bana onu bulduklarını ve tesise geri götürdüklerini söyledi. Kuzey, ısrarla yanıma gelmek istediğini söylemiş ve oradakiler buna izin vermeyince her gün olay çıkarmış. Benim yüzümden başı belaya girsin istemediğim için bir an önce buradan çıkmak istiyordum. Burada kaldığım günler boyunca Yosun, bir bebeğe bakar gibi benimle yakından ilgilenmişti. Öte yandan Alaz'ın bana olan tuhaf davranışlarını hâlâ çözebilmiş değildim. Gerçekten çok garip davranıyordu.

Ben ameliyattayken kafasına darbe aldığından şüpheleniyorum.

Doktorlar kurşunun bel boşluğuma gelmediğini ve zamanla kendimi toparlayacağımı söylemişti. Bana ne bir serum ne de bir ilaç yazan doktorlar hâlâ şoktaydı. Hiçbiri bu olanları anlayamıyordu. Canım yansa bile bana herhangi bir ilaç vermiyorlardı çünkü faydası dokunmuyordu. Pencerenin önünde durmuş, dışarıyı izliyordum. Alaz ve Atalay bir bankta oturmuş, sigara içiyorlardı ve onları izlemek hoşuma gitmiyordu. "Sizce de garip davranmıyor mu?" Eşyalarımı toplayan Yosun, kimden bahsettiğimi anlamak için yanıma gelmişti.

"Hangisi?" Sesi meraklı çıktı. "Bu aralar ikisi de fazla durgun, bizden bir şey saklıyor gibiler." Yosun'un da benim gibi düşünmesi beni rahatlattı. Demek ki sadece bana karşı böyle değildi.

Onu izlemeye devam ederken derin bir nefes aldım. "Onunla yıllardır arkadaşsınız. Peki, bazen size de karanlık ve hastalıklı bir yönü varmış gibi gelmiyor mu?" Sigarasını içen Alaz, izlendiğini hissetmiş gibi başını kaldırıp hastanenin ikinci katına bakınca, benimle göz göze geldi.

"Hepimizin karanlık bir yönü var." Yosun'un sesi düşünceliydi. "Biz de sizler gibi yıllar önce bu iş için seçilen çocuklardık. Bağlı olduğumuz birlik, ajanlarını çocuk yaşta seçerek eğitti. Diğerlerinin aksine Altuğ ve Pars'ın takımı kimsesizler yurdundan seçilen çocuklardan oluşuyordu. Ailemiz hiç olmadı; bize sevgi gösteren bir anne, her daim koruyan bir baba hiç olmadı. Bizler tesise gittiğimizde birbirimize tutunarak aile olmayı öğrendik. Tıpkı sen ve Kuzey gibi, Altuğ ve Buket de kardeş gibiler. Bakma sen Altuğ'un sürekli Buket'i çocuk gibi azarlayıp ona kızdığına. Aslında en çok Buket'e düşkündür. Pars'ın yüzünü Buket için kesti çünkü..." deyip gözlerimin içine baktı. "Pars, sırf Altuğ'a olan nefreti yüzünden onun en değerlisine zarar vermek istedi." Yosun, sanki o günleri yeniden yaşıyormuş gibi ürperirken ben, iyice merak etmeye başlamıştım.

"Drakula Pars, Afrodit'e ne yaptı da eğitmenim böyle bir şey yaptı?"

Bakışları tereddütle dolan kadın, bunu söyleyip söylememek arasında kararsız kalmış gibiydi. "Tecavüz..." diye fısıldadığında korkuyla bir adım geriye giderek sendelemiştim. O yüzden mi Pars ile tanıştığımda sahada tek bir sözüyle Buket'i korkutmuştu?

Bu kadar ileri gitmiş olamaz!

"Henüz on sekiz yaşlarındaydık," diyerek devam etti. "Evet, Buket kolay bir kadın gibi görünebilir ama âşık olduğu adamın ihanetine uğrayınca bu hale geldi. Bir daha erkekler tarafından kullanılmamak için erkekleri kullanmaya başladı. Pars'ın Altuğ'a olan takıntısı o kadar büyük ki bunun için Altuğ'un değer verdiği insanları kullanmaktan çekinmez. Buket'i kolay kadın bildiği için önce onu etkilemeye çalıştı ama Buket, kardeş bildiği adama ihanet edecek biri değil. Onu sürekli reddetmesi, Pars'ın öfkeden kontrolünü kaybetmesine neden olmuştu. Kızlarla arada bir senin bahçende toplanıp içtiğimizi biliyordu. Altuğ o odayı kullanıyordu ve onun gözetiminde içmemize izin veriyordu. O gece hepimiz çok sarhoştuk. Altuğ, sarhoş olan Buket'i üst kattaki odasına çıkarıp yatağına yatırmıştı. Altuğ aşağı indiğinde ise Pars yukarı çıkmış ve sarhoş olan birinden faydalanmaya çalışmıştı. Ancak Altuğ, tam vaktinde odaya geri döndü. Buket'i kontrol etmek için koridorda yürürken odadan gelen sesleri duymuş. Belindeki silahı çıkarıp kapının kilidine ateş ettiğinde hepimiz odalarımızdan çıkmıştık. Altuğ'un peşinden odaya daldığımızda gördüklerime inanamadım." Devamında olanları bizzat yaşadığım için gözyaşlarım akarken hıçkırdım. Başıma gelen şeyi hangi kadın yaşasa çok kötü etkileniyordum.

Yosun omuzumu tutarak beni teselli etmeye çalıştı. "Kötüydü." Başını sallayarak iç çekti. "Buket'in kıyafetleri paramparça olmuştu ama Pars ondan istediğini alamamıştı çünkü Altuğ tam vaktinde gitmişti. Buket'i gözyaşları içinde o halde gören Altuğ çıldırdı. Onu daha önce öyle gözü dönmüş gördüğümü hatırlamıyorum. Pars'ın üzerine yürüdü ve parmak boğumları kanayana kadar tıpkı vahşi bir yırtıcı gibi ona vurdu. Pars kanlar içinde kalmıştı ama hiçbirimiz onu durduramadık. En sonunda cebinden çıkardığı bıçağı Pars'ın kalbine saplayacaktı ki Buket ağlayarak ona engel oldu. Bunu yaparsa Altuğ kovulurdu. Buket bunca yıllık emeği heba olmasın diye zor da olsa onu durdurabilmişti. Pars'ın kalbine inmeyen bıçak yüzünün yarısını kanlar içinde bırakarak kesti. Aynaya baktıkça o izi görecek ve nerede durması gerektiğini bilecekti. Altuğ, o gece Buket'i de alarak İtalya'daki tesise gitti." Sustuğunda belki de ilk defa Alaz'a saygı duyduğumu hissediyordum. O yetişmeseydi Buket'in yaşayacağı şeyleri düşünmek bile korkunçtu.

"Belki Pars, o gece Buket'e olan tecavüz girişiminde başarısız oldu ama Buket, uzun süre o gecenin etkisinden çıkamadı. Pars'ın eğitmeni, kendi çaylağının sarhoş olduğunu iddia etti. Onu bir şekilde aklayınca Altuğ'un peşinden biz de İtalya'ya gittik. Son olanlar Buket'i tamamen değiştirmişti ve artık erkekler, onun için basit bir obje haline gelmişti. Altuğ, onun bu değişimi karşısında çaresiz kalsa da eski Buket'i bir daha asla geri getiremeyeceğini ne yazık ki biliyordu." İçim acıyordu, Afrodit ile benzer şeyler yaşadığımızı bilmek beni kahrediyordu.

İkimizin arasındaki tek fark, o olaydan sonra Buket erkekleri kullanmaya başlamıştı, ben ise tüm erkeklerden korkup uzak durmaya çalışmıştım. Farklı tepkiler gösteriyor olabilirdik ama tek bir konuda tıpatıp aynıydık: İkimiz de o gece yaşananların etkisinden çıkamıyorduk. Bir erkeğin savunmasız bir kadının hayatını cehenneme çevirmesi bu kadar kolay olmamalıydı.

Gözyaşlarımı silen kadın tebessüm etti. "Bu yüzden hepimizin karanlık bir tarafı var, Yankı. Bu yerlere gelebilmek için çok fazla şey feda ettik. Biz kimsesiz çocuklar, hayatta kalmak için karanlıkla tanışmak zorunda kaldık. Bunun için siz Yarasaların eğitmenleri olarak bizi seçtiler çünkü kimsesiz bir çocuğun ne yaşadığını sadece onun gibi olanlar bilir." Şimdi neden bizi eğitmek için onları getirdiklerini anlayabiliyordum. Aslında her biri, bizim gibi sıcak bir aile ortamından uzak yaşamışlardı.

"Altuğ, hepimizi ayakta tutmayı başaran tek kişi," diyen Yosun gülümsedi. "Sadece güçlü değil, aynı zamanda zehir gibi bir zekâsı var." Ondan bahsederken sesi coşkulu çıkıyordu.

"Henüz çocukken zekâsıyla herkesi alt ediyordu. Tüm eğitmenlerin dikkatini ta o zaman çekmişti. Normal bir düşünce yapısı yok ve üstlerimiz onun hep bir dâhi olduğunu söyler. Stratejik ve planlı çalışır çünkü onun zekâsı genelde hep sonuç odaklıdır. Bir insanın dakikada kaç nefes alıp verdiğinden, o insanın nasıl biri olduğunu çözmesi sadece saniyelerini alır. İnanılmaz derecede tehlikeli bir düşünce yapısı var ve bu, bazen bizi bile korkutur. Ne yazık ki beyni düşünmeyi asla bırakmıyor. Seninle konuşurken bile dakikada kaç kelime kullanıp kaç cümle kurduğunu ve bunu kaç saniyede yaptığını, beyni ondan bağımsız hızlı bir şekilde hesaplar. Dakikada kaç kere göz kırptığını ve mimiklerini ne sıklıkla kullandığını bile hesaplar. Öfkeni saklamaya çalıştığını ve gülüşünün sahte olduğunu bile anlar. En usta yalancıların bile yalan söylediğini sesinden hemen anlıyor. Altuğ uykusundayken bile düşünmeyi bırakmıyor. Gördüğü her şeyi saniyesinde, beynine kaydediyor. Dahası koku alma duyusu olağanüstü ve yüzlerce kokunun içinden tek bir kokuyu anında ayırt edebiliyor. Onun teorisine göre her insanın teni farklı bir koku salgılarmış ve kullandığımız parfümlerle bunu gizlermişiz. Aslında bize ürkütücü gelen davranışlarının altında ona göre mutlaka mantıklı bir sebep vardır." Yosun'un anlattığı çoğu şeye bizzat tanık olduğum için bunları biliyordum. Alaz'ın düşündüğümden daha tehlikeli olduğunu fark etmem beni daha fazla ürküttü.

Adam bir dâhiymiş. Eğer katil o ise zekâsıyla hepimizi öldüreceği için hiç kurtuluş şansımızın olmadığını bilmek gerçekten harika hissettirdi! Yosun, korku dolu yüzüme bakarak güldü. "Eğer birine karanlık yönünü gösteriyorsa o kişiye çekiliyor demektir. Değer verdiği kişiyi sonradan hayal kırıklığına uğratmamak için kendisini her yönüyle ona tanıtır. Böylece yolun başındayken karşısındakine çekip gitme şansı verir." Kafam iyice karışmıştı. Yatağın yanına gitti ve küçük çantayı alıp kapıya yöneldi. *Beynimi bulandırdı, gider tabii.*

Aklına bir şey gelmiş gibi durup bana bakarak güldü. "Altuğ'un garipliği sen ameliyattayken başladı. Attığın çığlıkları duyduğunda kapının önünde sinir krizi geçirdiği için olabilir." İmalı bir şekilde sırıttı. "Ekipçe o gün şoka girdik çünkü çaylağından nefret ettiğine emindik." Yosun gittiğinde afallamış vaziyette yerimde kalmıştım. Kadın, resmen bombanın fitilini ateşleyip gitmişti. Eğer düşündüğüm şeyi anlatmaya çalıştıysa bu sefer kesinlikle tesisten firar ederdim.

Dâhi bir katilin ilgisi, kesinlikle sonum olurdu.

Yosun ile birlikte hastaneden çıktığımızda Alaz, Atalay ile bizi bahçede bekliyordu. Artık ondan her zamankinden daha fazla korktuğum için göz göze geldiğimizde ürperdim. Şimdi odasındaki kişinin ben olduğumu nasıl anladığını biliyordum. Dokunduğum her şeyi nasıl tespit ettiğini ve sürekli her şeyi hesaplamasının sebebini kavrıyordum. Adamın öldürücü bir zekâsı vardı, daha ne olsun! Yeni banyo yaptığını belli eden nemli ve dağınık saçları güneşte ışıl ışıldı. Sert yüz hatlarından hâlâ yorgun ve uykusuz olduğu belli oluyordu. Üzerindeki kanlı kıyafetlerden kurtulan adam, siyah bir tişört ve kot pantolondan başka bir şey giymemişti. Oysaki ben üzerimdeki hırkaya rağmen üşüyordum. Yosun, Atalay ile arabaya yönelince, onunla olan göz temasımı keserek küçük adımlar attım. Her adımımda canım yandığı için yavaş yürümekten başka çarem yoktu. Yanından geçmek üzereyken kolumu tutunca, rahatsızlığımı hatırlamış ve elini hemen çekmişti. "Sorun ne?" Bakışları yüzümde gezinirken ona olan soğuk tavrımdan bir terslik olduğunu anlamıştı.

Sorun sen ve zekân!

Geriye doğru bir adım atarak onunla arama mesafe koydum. "Bayan Yosun, sizin bana ilginiz olduğunu ima etti!" *Böyle de açık sözlüyümdür.* "Benim için en büyük sorun bu." İşaret parmağımla onu gösterdim. "Umarım o yanılıyordur yoksa..." demiştim ki bana doğru bir adım atarak aramızdaki mesafeyi kapatınca sustum.

Üzerime eğilerek yüzünü benim yüzümle aynı mesafeye getirdi. "Yoksa ne?" diye fısıldadı gözlerimin içine bakarken. "Farz edelim ki istemesem de senin gibi şımarık bir çocuğa çekiliyorum! Bana ne yapabilirsin ki?" Kızgın bir sesle konuşunca yerimde kaskatı kesildim. *Ne diyor ya bu adam? Nedense varsayımlar üzerine konuşmadığını hissediyorum.*

Kaşlarımı çatarak bana olan yakınlığını umursamadan ona baktım. "Öyle bir şey olursa aldığınız her nefesi size haram kılarım! Gerçekten büyük olay çıkartır ve tesisi başınıza yıkarım!" diye konuşup meydan okumasına karşılık verdim. Onun gibi tehlikeli birinin ilgisini istemiyordum. Ben Efe Can gibi erkekleri çok daha sevilesi buluyordum.

Söylediklerimle dudakları yavaşça kıvrılırken gülümsedi ve iyice bana yaklaştı. "Sana tavsiyem, tesisi nasıl başıma yıkacağınla ilgili planlar yapman," dedi. Ben daha söylediklerini kavrayamamışken üzerime iyice eğildi ve dudaklarını kulağımın yakınına getirdi. "Çünkü kesinlikle senden etkileniyorum," diye fısıldayıp geriye çekildi, beni şokta bırakarak arkasını döndü ve çekip gitti.

Az önce ne oldu öyle?

Hiç çekinmeden yaptığı itirafı algıladığımda bir küfür savurdum. "Allah belanızı versin, ruh hastası adam! Uzak duracaksınız benden!" diye öfkeyle bağırdığımda tek duyduğum gülme sesiydi.

Bir bu eksikti, o da oldu! Artık gönül rahatlığıyla gidip intihar edebilirim!

Ya da salak mıyım, ben niye intihar ediyorum? O etsin!

3. BÖLÜM

Kafam karışmış bir şekilde olanları düşünüyordum ama bir türlü işin içinden çıkamıyordum. Alaz'ın hastanenin bahçesinde bana söylediklerini unutmak istiyordum. Ne demek senden etkileniyorum? İlk kurala ne oldu? Hani eğitmenler ve çaylaklar arasında özel hisler olamazdı? Tamam, Afrodit de buna benzer bir şeyi Kuzey ile yaşıyordu lakin onlarınki tensel bir durumdu. Üstelik eğitmenim, konum olarak sadece Afrodit'ten değil, buradaki herkesten üstündü. Buralara kadar yükselen bir adam şıpsevdi olamazdı, değil mi? Sonuçta aldıkları eğitimin içinde duygu kontrolü de vardı. Beni sevmesi, onun gibi profesyonel bir ajanın işini tehlikeye atardı. Afrodit için bile sırf işi yüzünden geri adım atıp Pars'ı öldürmeyen bir adam, bana bağlanamazdı. Eğitmenim, duyguları zayıflık olarak gören biriydi ve bu kadar kısa zamanda beni sevmesi imkânsızdı. Bu da demek oluyor ki ben haklıydım çünkü öcü beni istiyordu ve eğitmenime göre ben ihanet etmeye meyilliydim. Büyük ihtimalle beni kendisine bağlamak için böyle davranıyordu. Onu seversem aptal âşıklar gibi her dediğini yapacağımı düşünüyor olabilirdi. Bu adamın gerçekten sınırları yoktu!

Daha önce beni Pars'tan kıskandığını hissettiğim için bunu ona sormuştum ve kendinden emin bir şekilde *hayır* demişti. O zaman yalan söylemediğini anlamıştım ama dün de yalan söyler gibi bir hali yoktu. Sanki ben vurulduktan sonra benden hoşlandığını fark etmişti. Ne yani, onun duygularını ortaya çıkaran acı çekmem miydi? Normal erkekler bir kadının güzelliğinden, bedeninden, aklından ya da ne bileyim gülüşünden falan etkilenirdi. Bu ruh hastası da benim acı çekmemden mi etkilendi? Allah aşkına, acıdan ortalığı ayağa kaldırırken nasıl etkileyici olmayı başarmıştım ki?

Önce bir konuda kendimle anlaşmalıydım. *Âşığım* demedi, *seviyorum* demedi, hele *hoşlanıyorum* hiç demedi. O bana *etkileniyorum* dedi! Bunu üçüncü dünya meselesi yapmayı bırakmalıydım. Çünkü herkes bir şeylerden etkilenirdi sonuçta. Böyle düşününce nasıl rahatladığımı anlatamazdım.

"Biliyorum, yorgunsun." Yosun, bana tebessüm ederek göz kırptı. "Arkadaşların günlerdir seni bekliyor. Onlara bir görün, sonra odana çekilirsin." Asansörün içinde beni izleyen adama bakmamaya çalışarak başımı salladım. Yol boyunca düşünmekten beynim yanmıştı.

Kapılar açıldı. Koridoru geçerek yemekhaneye girdiğimizde herkesin orada olduğunu gördüm. Gözlerim Çakalların masasını es geçti. Bir köşede somurtarak oturan Yarasaları bulunca tebessüm ettim. "Kuzey..." diye fısıldadığımda hemen başını kaldırıp beni gördü ve "Sedef!" diye ismimi öyle içten bir şekilde söyledi ki gülümsedim.

Yosun'un kolundan çıkarak ona doğru yürüdüm. Sandalyesini iterek ayağa kalktı ve koşup yanıma geldi. Siyah gözleri acıyla harmanlanarak hüznünü bana yansıtırken, ensemi kavradığı gibi beni göğsüne bastırdı. "Öldüm be güzelim..." diye boğuk bir sesle fısıldadığında, ağlayarak kollarımı boynuna sardım. "Bir daha senden gitmem... Gidemem ki." Aynı hatayı ikinci kez asla yapmazdım.

Yüzümü ellerinin arasına alarak alnını alnıma yasladı ve gözlerime baktı. "Söz mü? Ama yine sözünü tutmayacaksan..." demişti ki tıpkı onun gibi ben de yüzünü avuçlarımın içine aldım. "Söz, çıkacaksak birlikte çıkacağız ve dibi boylayacaksak da bunu birlikte yapacağız. Gözlerin ne zaman beni ararsa hep bir adım arkanda olacağım." İstediği sözü alınca bana öyle bir sarıldı ki uzun zamandır ilk kez kendimi bir yere ait hissettim. Yarama dikkat ediyordu ve daha sıkı sarılmaktan korkuyordu. Bu sefer sözümü tutacaktım. Gerekirse onu canım pahasına koruyacak ve hep bir adım arkasında durarak ona gelecek tüm tehlikeleri savuşturacaktım. Geçmişim olan çocuğu bu sefer geçmişte bırakmak yerine onu geleceğime taşıyacaktım.

"Sarmaşık?" Ecrin'in titreyen sesini duyunca Kuzey'den ayrılarak gözleri dolu dolu olan kıza baktım. "Merhaba Yakamoz." Hıçkırarak hemen kollarını bana sardı ve "Korktum Sedef, sen de annem gibi gittin diye çok korktum," dedi. Annesine olan düşkünlüğünü bildiğim için ona sarılırken aceleciydim. "Vurulduğumda bile şimdiki gibi ağlamadığıma göre yol bende kafa yapmış olmalı." Huysuzca homurtular çıkardığımda kıkırdadı. Ecrin sert görünmeye çalışsa da aslında Efe'den sonra en duygusalımız oydu.

Süslü, "Lan yeter, ağlamayın, makyajım akıyor!" dediğinde gülerek Ecrin'den ayrıldım. Evet, gerçekten de ağlamaktan göz makyajı akmıştı. "Buralar çok pis, yerdeki tüm tozlar gözlerime geldiği için ağladım. Üzerine alınma," dedi ve güldü. "Ya da üzerine alın, Arıza!" Bana kızıp yanıma geldi ve kollarını boynuma doladı. Ben de gülerek ona sarıldım. Bu kızı ne zaman sevmeye başladığımı bile bilmiyordum.

Süslü'den ayrıldığımda Yiğit küskün bir ruh haliyle yanıma geldi. "Bir daha sakın benim yanımda vurulma," dedi. Daha ben ne olduğunu anlamadan yüzümü ellerinin arasına aldı ve dudaklarını alnıma bastırarak iç çekti. Yalvarır gibi çıkan sesiyle, "Ölme, burada nasıl olacak, bilmiyorum ama ölme işte," dedi. Onun yüzünden tekrar gözlerim doldu. Yiğit'i pek ciddi olarak göremezdiniz ama şimdi orada acı çekenin sadece ben olmadığımı görüyordum. Bu çocuklar ne zaman ailem olmuştu? Bunu şu ana kadar hiç fark etmemiştim.

"Sakar..." Hakan'a doğru yürürken tebessüm ettim. "Eğer sarılacaksan bugüne özel dayanabilirim." Gülerek kollarını açtığında kollarının arasına girdim. "Biliyor musun, vurulanın sen olmasına hiç şaşırmadım." Kollarını bana dolayan çocuğun söyledikleri beni güldürdü. "Sakarlığım konusunda bana laf soktuğun dikkatimden kaçmadı, pis bağımlı," diye aynı şekilde karşılık verdiğimde ikimiz de gülerek korkumuzu gizledik. En az diğerleri kadar Hakan'ın da benim için korktuğunu görüyordum.

Son olarak Efe'ye döndüğümde elinde bir mendille burnunu çekerek ağladığını gördüm. "Yankıcığım, sen vuruldun mu?" Gözyaşları arasında hıçkırdı. "Ameliyatta canını çok yaktılar mı?" Kıvırcık, kızıl saçları darmadağındı ve ela gözleri ağlamaktan kan çanağına dönmüştü. Efe şu birkaç günde zayıflamıştı ve perişan halde görünüyordu.

"Efe..." İçim acıyarak ona bakıyordum. "Ölürüm kuzum ben sana. Sen kendine ne yaptın öyle?" Benim yüzümden bu hale geldiğini görmek kendimden nefret etmeme neden oldu. Çok kötü görünüyordu.

Efe, düşündüğümden daha çok bağlıydı bana.

"Ko-korktum..." Aramızdaki mesafeyi kapatarak ona öyle bir sarıldım ki mümkün olsa Efe'yi göğsümde saklar, herkesten korurdum. "Kıyamam be Efe." Aynı yaşta olsak da bir abla gibi saçlarının kokusunu içime çekerek öptüm onu. "Sen ağlayınca kendimden nefret ediyorum." Bu çocuğun savunmasızlığı içimdeki anaç tarafı dışarı çıkarıyordu. Aynı yaştaydık ama sanki Efe benim küçük kardeşim ya da çocuğum gibiydi. Daha onu ilk gördüğümde ona hemen oracıkta bağlandığımı hissetmiştim. Efe, içimdeki koruma arzusunu tek bir damla gözyaşıyla ortaya çıkarıyordu. Belki de tıpkı Kuzey ve Ecrin'de olduğu gibi onunla da geçmişte çok yakındık. Belki de hatırlamasam bile geçmişimiz beni ona çekiyordu.

"Of, yeter be!" Fulya'nın sıkılmış sesini duyunca Efe'den ayrıldım. "Alt tarafı bir kurşun yemişse ne olmuş? Bu paçavrayı bir kahraman ilan etmediğiniz kaldı." Kızın sesindeki o kıskançlık ve çekemezliği bence herkes hissetmişti.

Başımı eğerek alayla güldüm. "Önce bir iyileşeyim, seninle kapanmamış bir defterimiz var ve emin ol, bilhassa seninle ben ilgileneceğim." Geçmişte bana yaşattıklarını şimdiki zamanda bu kızın burnundan getirecektim.

O saçma kolyeyi ben çalmadım!

"Gidelim." Küçük adımlarla Yosun'a doğru yürüdüm. Ayakta durmak bana acı veriyordu ve daha fazla kendime eziyet etmek istemiyordum.

Odama geldiğimde ayakkabılarımı çıkartarak yatağımın üzerine oturdum. Yosun odamdan çıkıp kapıyı kapattı fakat Alaz, sırtını duvara yaslamış halde beni izliyordu. "Siz neden odamdan çıkmıyorsunuz?" Odamdan gitmesi için illa onu kovmalı mıydım?

Kollarını göğsünde birleştirirken çok rahattı. "Gitmemi mi isterdin?" Bence bu sorunun cevabını zaten çok iyi biliyordu. "Bir zahmet." Onu iğnelemeden duramadığımı fark ettim. Adam resmen içimdeki kötücül duyguları dışarı çıkarıyordu.

Sırtını duvardan ayırıp bana doğru yürüyünce, yatağımın üzerine uzanarak afallamama sebep oldu. Kollarını ensesinde birleştiren adamdaki rahatlık beni dehşete düşürmüştü. "Bu da ne demek?" Ayağa kalkarak kaşlarımı çattım. "Gidin kendi yatağınızda uyuyun, bayım! Yorgunum ve uykuya ihtiyacım varken siz yatağımı istila edecek kadar düşüncelisiniz(!)" *Bu adam iyice çığırından çıktı.*

Yattığı yerde beni hiç duymamış gibi gözlerini kapattı. "Günlerdir senin yüzünden uykusuzum, bağırmayı bırak ve yanıma gel." En sağlamından bir küfür savururken şaşkın bir haldeydim. Gerçekten böyle bir şeyi bana söylememişti, değil mi?

"Bana fahişe muamelesi yapmayın!" Yumruklarımı sıkıp delirmiş gibi bağırdım. *Beni böyle küçümsemesine izin vermem!*

Son söylediklerimden sonra gözlerini hızla açtığında kaşlarını çatmıştı. "Böyle bir şey aklımdan bile geçmedi!" diye gürlediğinde bir adım geriye gittiğimin farkında değilim. "Sana asla dokunmam, bunu sen istesen bile yapmam. Seni uyarıyorum, bir daha kendinden bahsederken o kelimeyi kullanma," diyerek son noktayı koydu. Kapıyı çarparak çıktığında şoka girmiş bir şekilde kapıya bakıyordum.

Neden sürekli son sözü söyleyip giden o oluyor? Bir dahaki sefere ben havalı bir terk ediş yapacağım.

"Allah'ın psikopat katili!" Avazım çıktığı kadar bağırarak yatağıma doğru yürüdüm. Az önce onun kalktığı yere uzandığımda aldığım koku kaşlarımı çatmama sebep oldu. "İki dakikada kokusunu hemen bulaştırmış!"

1 hafta sonra

Kapıyı aralayıp başımı uzattım ve etrafta Bay Tehlike'yi göremeyince odamdan usulca çıktım. Bir haftadır onunla tesiste saklambaç oynuyorduk. Yaptığı o itiraftan sonra ne yapacağımı bilmediğim için çareyi köşe bucak kaçmakta bulmuştum. Odama geldiğinde kendimi bir şekilde banyoya kilitleyip o gidene kadar dışarı çıkmıyordum. Zaten yaralı olduğum için eğitimlere katılmıyor ve odamda yemeğimi yiyerek tehlikeyi en aza indiriyordum. Koridorda olmadığı için rahat bir nefes alarak yürümeye başladım. "Kaçmak yerine ondan kurtulmanın bir yolunu bulmalıyım. Bu ne oğlum böyle, kedi fare gibi!" Kedi deyince aklıma Kuzey'in kedisi rahmetli Ercan geldi. "Kedilerden harbiden nefret ediyorum!"

Hayvan öldü, laneti bana kaldı!

Böyle başıboş bir şekilde yürürken koridoru döndüm ve bir odanın önünden geçerken durmak zorunda kaldım. Beni durduran şey, kapısı aralık olan odada Atalay'ın sesini duymamdı. "Bana hâlâ konseyden gelen mesajdan bahsetmedin, Altuğ!" Atalay hangi konseyden bahsediyordu, anlamadım. Etrafımı kontrol ettim ve ses çıkarmadan başımı hafifçe uzattım. Biliyordum, birilerini gizlice gözetlemek hoş değildi ama ben meraklı bir insandım, ne yapayım yani?

"Altuğ? Beni dinliyor musun? Bizden ne yapmamızı istiyorlar?" Kapı aralığından ayakta duran Atalay'ı ve bir koltukta oturan eğitmenimi gördüm. "Sizden değil," dedi ve duraksadı. "Benden istiyorlar." Başını, oturduğu koltuğun arkasına yaslamıştı ve gözleri kapalıydı.

İçkisini yudumlayan Atalay ona baktığı için bana sırtı dönüktü. "Bu kadar canını sıkacak ne istediler senden?" Atalay, pes etmeden sorusunu tekrarlamıştı. *Evet, dökül bakayım çünkü ben de merak ediyor olabilirim.*

"Kızın infaz emri çıktı," dedi ruhsuzca. "İnfazı bizzat benim gerçekleştirmemi istiyorlar." Gözleri kapalı olan adamın sesi öyle soğuktu ki bulunduğum yerde üşüdüğümü hissettim.

Hangi kızdan bahsediyorlar?

"Bunu bekliyorduk." Konuşma gittikçe dikkatimi çekiyordu ve Atalay'ın onu daha fazla konuşturmasını istedim. "Bana bir seferinde kızın onun oyunundaki kilit nokta olduğunu söylemiştin. Sen bunu zaten düşündün, değil mi? Onun ölmesi gerektiğini zaten biliyordun. O yüzden bana, 'Hasta bir adam var karşımızda ve kız, onu oyunda tutuyor,' dedin. Kahretsin, Altuğ! Beynin tıpkı onun gibi, hatta ondan daha korkunç çalışıyor! Bu bir plan değil, kardeşim, bu bildiğin hastalık. Sen de en az onun kadar hastasın!" Nedense bu son söylenenler yüzünden içimde bir sıkıntı oluştu. Belki de bahsettikleri kızın ben olduğumu anlamamdan kaynaklanıyordu.

"Sedef ölürse diğer Yarasalar kurtulur." Alaz'ın ruhsuzca söylediklerini ondan duymayı beklediğim için şaşırmadım. Ancak bu sözleri duymak yine de gözlerimin dolmasına neden olmuştu. Niye hep ölen ben oluyordum?

"Takıntılı insanlar genelde kimseyi rastgele öldürmez ve kendilerine bunu yapmak için bir sebep yaratırlar." Öyle rahat konuşuyordu ki sanki konu ben değildim. "O, yıllar önce bir oyun başlattı ve içlerinden Sedef'i seçti. Bu alelade bir seçim değildi. O gece onu takıntı haline getiren bir şeyler bulmuş olmalı. Öldürdüğü her kurbanını Sedef için öldürüyor ve ölen her kişiyle Sedef'e bir adım daha yaklaşıyor. Sedef onun öldürme tutkusunu besliyor, Atalay. Öldürdüğü her Yarasa ile göz alıcı ödülüne yaklaşmanın hastalıklı tutkusunu taşıyor. Eğer Sedef ölürse bu, onun öldürme tutkusunu köreltecektir. Bu oyunun sonunda kazanacağı bir ödül kalmayacak. Kız ölürse ölümleri sadistçe bir zevk olmaktan çıkar ve sadece intikam arzusuyla bunu yapar. Ve hep istediğim gibi sonunda diğer Yarasalardan önce beni takıntı haline getirir. Eğer küçük ödülünü ondan alırsam intikam için bana sarar, böylece işini bitirebilirim." Duyduklarım yüzünden nefes alamadığımı hissederken, artık Yosun'un ne anlatmaya çalıştığını anlayabiliyordum. Bu adam gerçekten normal düşünmüyordu. Zekâsı hep ileriye dönük planlar yapıyordu ve kahretsin ki ona göre benim ölmem gerekiyordu!

Neden burada ölen ben oluyorum, aklım almıyor!

"Peki, onu öldürecek misin?" Bu sorunun cevabını Atalay'dan çok ben merak ediyordum.

"Görevi kabul ettim." Yerimde kaskatı kesilirken nasıl böyle duygudan yoksun olduğunu anlayamıyordum.

Kabul ettiği görev benim hayatımdı!

"Onu öldüreceksin yani?" Atalay içki kadehini masaya bırakıp pencereye doğru yürüdü. "Bir an, sadece kısacık bir an, o ameliyathanenin kapısının önünde beklerken hayatında ilk kez normal bir tepki verdiğini düşünmüştüm."

"Sesi beni etkiliyor." Bakışlarım gözleri kapalı adamı bulduğunda dudaklarının kıvrıldığını gördüm. "Çok geveze ama tuhaf bir şekilde o konuştukça rahatlıyorum. Çoğunlukla boş konuşsa da hep konuşsun istiyorum." Lanet Buzdağı'nın yüzünde çok güzel bir gülümseme belirince, gülüşünü beğendiğim için kendimden nefret ettim.

"Sesi..." deyip sustu. "Sesi beni ona çekiyor. Rahatlatıcı bir melodi gibi hiç susmasın istiyorum. Saçma değil mi? Aldığım eğitimin içinde duygu kontrolü başta geliyor ama küçük bir kızın güzelliği veya bedeni değil, sadece sesi beni etkiliyor. Güldüğünde neşeli çıkan sesi bana bir nisan yağmurunun dinginliğini yaşatırken, acıyla çığlık atışıysa içimdeki öldürme arzusunu harlıyor." Ne yani, bu ruh hastası benden değil de sesimden mi etkileniyordu? Gerçekten çok tuhaf zevkleri vardı.

İlk fırsatta grip olup ses tellerimin icabına bakmam farz oldu.

"Belki onu da kızın sesi çekmiştir, tıpkı seni çektiği gibi. Sonuçta o gece ilaçların uyutmadığı tek çocuk Yankı'ydı ve Yankı, bir şekilde onu görmüş olabilir."

"Gördü ve unuttu."

"Aldığımız emirleri yerine getirmezsek olacakları biliyorum, Altuğ. Fakat bunu sen yapmak zorunda değilsin."

"Hayır, kızın infazını bizzat ben yapacağım. Onun saklanmayı bırakıp karşıma çıkması için kızı öldüren kişi olmalıyım." Kararlı çıkan sesi bomboş hissetmeme sebep olduğu için onları daha fazla dinleme gereği duymadım. Öğrenmem gereken her şeyi artık biliyordum.

Allah'ım, biliyorum, çok fazla bela okuyorum ama lütfen bu adama okuduğum belaları kabul et!

Gitmek üzereyken yine sesini duydum. "Benden kaçıyor." Keyifli bir şekilde güldü pislik. "Sanki benden kurtuluşu varmış gibi günlerdir benden kaçıyor," diye fısıldadığında kaşlarımı çatarak kapıdan uzaklaştım.

Kaçılmayacak gibi değilsin ki Allah'ın psikopat dâhisi!

Sessizce oradan uzaklaşıp asansöre bindiğimde sinirden güldüm. "Peşimde iki katil varken hangisinden nasıl kurtulacağım oğlum ben?" Diğerleri yaşasın diye ölmeye niyetim yoktu çünkü benim yaşamak için çok geçerli sebeplerim vardı. Kendime ait sıcacık ve evim diyeceğim bir yuva istiyordum. Sokaklarda kalmak zorunda olmayacağım bir yer istiyordum. Çok değil, sadece bir yere ait olmak istiyordum.

Sıçrayarak gözlerimi açtım ve nefes nefese yatağımda oturdum. Her yerin karanlık olması henüz sabah olmadığını gösteriyordu. Rüyamda sürekli bir şeylerden kaçmak, ter içinde kalmama neden olmuştu. Ellerimle yüzümü ovuştururken, "Seni vurmak istemedim," diye hırıltılı bir ses duyunca çığlık atarak yataktan atladım.

Odamda mıydı?

Bir bu eksikti zaten.

Yutkunarak karanlığın içinde onu bulmaya çalışırken, korkudan tırnaklarımı avuç içime geçirmiştim. "Kuzey'e dokunursan..." demiştim ki tam arkamda onun varlığını hissedince sertçe yutkundum. "Uğruna kurşunların önüne atlayacak kadar önemli mi senin için?" dedi. Eli sırtımdaki yaranın üzerinde durunca ürperdim.

"Sence geri zekâlı?" desem bana kızar mı?

"E-evet." Yaramın üzerine bastırırken çığlığıma engel olmak için boştaki eliyle dudaklarımı kapatmıştı. "Yanlış cevap, küçük Yarasa'm." Sırtım onun göğsündeyken dudaklarımı kapattığı için nefes alamıyordum. Burun deliklerim büyüdüğünde sırtımdaki acı yüzünden gözyaşlarım akmaya başlamıştı.

Bunun sorunu neydi?

Fark ettiğim bir şey vardı, o da iç dünyamda daha cesur olduğumdu. *İyisi mi ben böyle iç dünyamdan hiç çıkmayayım.* Titreyen ellerimi kaldırdım ve dudaklarımdaki eldivenli elini tutup yavaşça çektim. "Ca-canımı yakıyorsun!" diye bağırarak dirseğimi karın boşluğuna geçirdiğimde iç dünyamın gazına gelmiştim.

Şuracıkta beni bir öldürsün, ben bilirim o iç dünyayı!

Öne doğru bir adım atacağım esnada saçlarımı yumruğuna doladı ve beni göğsüne çekince acıyla inledim. "Sana zarar vermem." Nefesini ensemde hissederken burnuma çikolatayı andıran kokusu gelmişti. "Benden korkma, seni asla incitmem." Sırtım ona dönükken normalde sesinin nasıl olduğunu merak ettim çünkü genzinden konuşuyordu.

"Bu vermemiş halin mi, süper zekâ?" dedim ve titredim. "Hayatımın içine ediyorsun!" *Allah aşkına, biri beni susturabilir mi?*

Saçlarıma iyice asıldığında gözyaşlarım akarken hıçkırdım. "Bana yardım et!" diye yalvardığımda tenime değen teni kaskatı kesilmişti. "Ne istiyorsun?" Ne istersem yapacakmış gibi çıkan sesinden aslında ona karşı o kadar da güçsüz olmadığımı fark ettim.

Bana olan zaafını kullanabilirim.

"Altuğ'u öldür." Evet, hiç tereddüt etmeden bunları söyledim. "Beni istiyorsan ondan kurtulmalısın çünkü sana olan takıntısı yüzünden beni öldürecek." *Madem kuralların kanla yazıldığı bir oyun oynuyoruz, o halde ben de oyunu kurallarıyla oynarım!* Yaşamak için yoluma çıkan herkesi ezip geçmekten başka çarem yoktu. Bunu başlatan ben değildim ama bitiren ben olacaktım.

"Benim olanı kimse benden alamaz," dedi. Bunu duymak iyi gelmedi. "Yarın gece onu arka bahçeye getir ve gerisini bana bırak," diye devam etti. Arkamdan çekildikten bir süre sonra bahçe kapısının açılma sesini duydum.

Gittiğinden emin olunca kendimi daha fazla tutamayıp dizlerimin üzerine yığılmıştım. "Getireceğim." Sesimdeki soğukluk beni afallatmıştı. "Yaşamak istiyorsan kimseye acıma, Yankı," diye fısıldadım.

Sabah uyandığımda tıpkı bir ruh gibi bomboş hissediyordum. Dün gece eğitmenim ölüm emrimi vermişken iyi hissetmeyi zaten beklemiyordum. Odamdan çıktığımda yine Alaz'a yakalanmak istemediğim için etrafımı kolaçan ediyordum. Bu seferki kaçışım beni ne zaman öldüreceğini bilmememden kaynaklanıyordu. Tesisten çıkalı daha bir dakika olmuştu ki gördüğüm kalabalık yüzünden durdum. Yarasaların ve Çakalların hepsi ip gibi yan yana dizilmiş, karşılarında duran kişilere bakıyordu. Başımı çevirince beş takım elbiseli adam gördüm. Son derece ciddi görünen adamların korkutucu bir enerjisi vardı. Üstelik eğitmenlerin hepsi onların arkasında duruyordu. Yüz ifadelerine baktığımda hepsinin çok gergin olduğunu fark ettim. Alaz öndeki adamların sadece bir adım arkasındaydı ve yüzü fazla donuktu. Acaba bu adamlar üstleri olabilir miydi?

"Demek Yarasalar bunlar..." Alaz'ın hemen önünde duran adamın söylediklerine kimse cevap vermemişti.

"Mevzu büyük görünüyor kızım Yankı, çaktırmadan tesise doğru U dönüşü yapıyorsun," diye sessizce konuşup geriye doğru bir adım atmıştım ki nasıl becerdim, bilmiyorum ama miyavlayan bir şeyin üzerine bastım. Bağırdım ve kalçamın üzerine düşüverdim.

Altımda hareket eden bir şey var sanki!

"Allah!" Hemen ayağa kalktığımda yerdeki küçük, hareketsiz, gri kediyi görünce bağırdım. "Allah'ım, tarih tekerrür etti!" Hemen yere eğilip küçük kediyi kuyruğundan tuttuğum gibi yukarı kaldırdım. "Öldün mü? Bak, eğer bayılmış gibi numara yapıyor ve sana suni teneffüs yapmamı bekliyorsan rüyanda görürsün." Kuyruğundan onu baş aşağı sallarken kedinin yüzüne hafif bir tokat attım. "Kendine gel! Rol yaptığını biliyorum, uyan çabuk! Altmış altı kiloyum alt tarafı, drama bağlama oğlum." *Bu hayvan niye uyanmıyor şimdi?*

Kediyi panikleyerek kucağıma aldığımda, bir anda gözlerini açıp pençelerini çıkardı. Yutkundum. "Sakın! Bak açıklayabilirim..." Küçücük kedi öyle bir kükreyip üzerime atladı ki korkudan avazım çıktığı kadar bağırdım.

Vahşi yaratık nerem denk gelirse pençelerini indirirken, avaz avaz bağırarak onu üzerimden atmaya çalışıyordum. "Kazaydı dedim!" Bağırarak saçlarımı pençelerinden kurtarmaya çalıştım. "Kuduruk hayvan! Allah senin de belanı versin!" diye öfkeyle bağırarak karnından tuttuğum gibi onu üzerimden çektim ve biraz uzağa fırlattım.

Resmen bir kedi tarafından darp edildim!

Simsiyah gözlerini bana diken hayvanın güler gibi çıkardığı ses yüzünden gözlerimi irice açtım. Bana arkasını döndü ve kuyruğunu sallaya sallaya ağaçlara doğru yürüdü. "Edepsiz! O sinsi gülüşünü görmedim sanma! Üzerine düşeceğimi bilseydim obez olana kadar yemek yerdim! Bir daha sakın karşıma çıkma oğlum, yoksa çok fena olur!" diye bağırarak yerimde sinirden tepiniyordum. Uyuz hayvan beni çok güzel benzetmişti. *Küçücük hayvan resmen bayılma numarası yaparak beni kandırdı. İyi ki de suni teneffüs yapmamışım.*

Her yerim tırnak izleriyle doluyken, tavus kuşunu andıran dağınık saçlarımı yüzümden çektim. Başımı kaldırdım ve herkesin şaşkın gözlerle bana baktığını gördüm. "Allah sizin de belanızı versin! Gözünüzün önünde saldırıya uğradım ama bir Allah'ın kulu da gidip şu kıza yardım edeyim demedi!" Yarasalar kıkırdarken, eğitmenlerin hepsi gülmemek için kendilerini zor tutuyor gibi görünüyordu.

O kedi küçücük boyuyla beni linç etti ve bunlar gülüyor mu?

"Bu kız kim?" Alaz'ın önündeki adam, buz gibi ve ürkütücü bir sesle konuştu.

Alaz hiç bana bakmadan, "Yarasalardan biri," deyince güldüm. "Ama her şeyden önce bir insan, değil mi? Hani sizin gibi iki kolu, iki ayağı ve düşünme yetisi olan bir insan. Hani az önce kedi görünümlü bir aslan tarafından saldırıya uğradığı halde yardım etmediğiniz o insan?" diye kınarcasına konuştuğumda gülüşünü saklamak için başını başka tarafa çevirdi. Bu tavrına karşılık onu şuracıkta öldürmek istedim. Bu komik değildi.

"Kedilerle olan aşkına hayranım, Kedicik." Kuzey pisliği bana laf sokmakta gecikmemişti. "Trajik bir şekilde altıma girmeye pek meraklılar," diye homurdandım ama lafın nereye gittiğini fark edince bir küfür savurdum. Tam bu sırada, "Ayıp ayıp," diye gülen Yiğit, fesatlık yapmıştı bile.

"Kediyi resmen totosuyla ezdi, cani." O kadar insanın içinde Süslü'nün söyledikleri laf mıydı şimdi? "Yalnız böyle toto falan ayıp oluyor yani," diye alınarak somurttum. Bu kızın gerçekten çenesinin ayarı yoktu.

"Küçücük hayvanı ezdin, Arıza."

"Ha, burada suçlu benim yani? Öyle mi, Süslü?" İşaret parmağımla kendimi gösterdim. "Neden kimse o numaracı kedinin bana yaptıklarını anlatmıyor?" Bir kedi yüzünden resmen zan altında kalıyordum.

"Önce sen başlattın ama." Ecrin'i boğasım vardı. "Kediyi tokatlayıp, 'Kendine gel' demek nedir?" Hepsi kıkırdarken ben burada sinir krizi geçirmek üzereydim.

Neden kimse beni anlamıyor?

"Yalnız kedi de çok fenaymış ha." Beni anlayan tek kişinin bağımlı çocuk olması beni azıcık rahatlatmıştı. "Küçücük kedinin Sakar'ı nasıl dövdüğünü gördünüz mü?" Tüm grup perişan halime bakıp gülerken, içimden Hakan'a lanetler yağdırıyordum. Beni anladığını düşünmem aptallıktı.

"Çok acıyor mu, Yankıcığım?" Dudaklarını sarkıtarak iç çeken Efe'ye gülümsedim. "Merak etme, Efeciğim, kedinin eşkâlini aldım. İlk fırsatta bir köpek bulup intikamımı almak farz oldu." Beni rezil ettiği için o numaracı hayvandan öcümü alacaktım.

Tesise yeni gelen altı kişiden biri, "Adı ne bu çenesiyle başımı ağrıtan geveze kızın?" dedi. Orta yaşlarda, kumral biriydi ve bana bakarak söyledikleri yüzünden sinirlerim tavan yaptı.

"Bu adam geveze diye bana laf mı soktu?" dediğimde Yosun bana *sus* dercesine bakışlar atarken Kuzey, ağzının içinden bir şeyler homurdanarak hemen yanıma geldi. "He geri zekâlı, dalaşmadığın bir onlar kaldı," dedi. Kolumdan tuttuğu gibi beni diğerlerinin yanına çekmişti pislik.

Adam kesin bana laf soktu!

Başımı kaldırarak Alaz'a baktım ve omuzlarımı mağrur bir ifadeyle dikleştirip elimle o adamı gösterdim. "Sevgili eğitmenim, bana geveze diyerek aklınca laf sokan ancak sözleri bende zerre etki etmeyen şahsın kim olduğunu sorabilir miyim?" dedim. Adam kaşlarını çatarak bana baktığında, saçlarımı havalı bir şekilde omuzlarımdan arkaya doğru atmak istedim. Ama o lanet kedi saçlarımı arapsaçına çevirdiği için parmaklarımı saçımın içinden çıkaramadım. Elimi saçlarımdan çekmeye çalışırken adam tek kaşını alayla yukarı kaldırdı. Kendi rezilliğime güldüm. "Siz en son repliğimden sonra saçlarımı havalı bir şekilde geriye attığımı düşünün, öyle daha etkili olur," diye huysuzca homurdandığımda başını geriye atarak yüksek sesle güldü.

Zaten havalı olmak kim, ben kim yani.

Alaz'a bakıp, gülerek beni gösterdi. "Senin çaylağın mı?" Alaz sıkıntıyla burnundan soludu. "Maalesef," dedi. *Ne demek maalesef!*

"Kuzey, bu adam *maalesef* diyerek aklınca bana laf mı..." Kuzey hemen eliyle ağzımı kapattı. "Kimse sana laf sokacak kadar aklını yitirmedi! Gözünü seveyim, bir sus artık," dedi. Elini iterek kollarımı göğsümde birleştirdim ve sustum. Zaten ben ne yapsam hep suç oluyordu.

Bana gülen o kumral adamın sağında duran kişinin boynundaki yarasa dövmesi dikkatimi çekmişti. Bu dövmeyi acaba ne zaman yaptırmıştı? Simsiyah kısa saçları olan adam, ona baktığımı gördü. Siyah güneş gözlüklerinin arkasından beni izliyordu. Kalbimi rahatsız bir his sarmıştı. Tanıdık ve ürpertici bir his. Adam bakışlarını benden çekerek yanındaki kişiye döndü. "Gidelim." Daha sonra Alaz'a bakıp başıyla beni gösterdi. "Ne yapman gerektiğini biliyorsun," dedi. Alaz sadece ona bakmakla yetindiğinde hepsi tesise girmişti.

Sadece biz damgalılar ve eğitmenler kalmıştık. "Onlar kimdi?" Adamlar gidince eğitmenlerin hepsinin rahatladığı dikkatimden kaçmadı. Drakula, "Aracılar," diyerek beni yanıtladı. "Bizden bir basamak üstteler. Birliktekiler, yani üstlerimiz konseyde olması gereken şeyleri tartışırlar. Konseyden çıkan karar Aracılara ulaşır ve onlardan da bize." Düşünceli bir şekilde başımı salladım. Aracıların buraya gelmesinin sebebi benmişim gibi geliyordu.

"Şu üstlerinizi hiç gördünüz mü?" Sorduğum soruya karşılık Pars güldü. "Hayır, onları kimse göremez. Onların bile farklı görevleri var. Örneğin, biri bakandır, diğeri farklı bir bakanın yakın koruması veya arkadaşıdır. Başka biri, orduyu yöneten komutanların üstüdür. Kısacası bizim işimiz polislerdeki gibi halkın içindeki olayları çözmek değil, bizim olayımız ülkeyi ilgilendiren ulusal suçlar." Yaptığı açıklama sadece beni değil, yanımdaki tüm çocukları huzursuz etmişti.

"O yüzden kimse ölmemeli," diyen Atalay, yanındaki Alaz'a imalı bir bakış attıktan sonra bize döndü. "Biz yanınızda olmasak da aslında kendinizi koruyabilirsiniz." *Bizi sizden kim koruyacak*, diye sormamak için kendimi zor tuttum.

Fulya, "Bu imkânsız," diyerek karşı çıktı. "Karşımızda sıradan biri yok, kana susamış bir katilden kendimizi koruyamayız," dedi. Tesise geldiğimizden beri ilk kez bu kız ile aynı fikirdeydim. Ona karşı hiç şansımız yoktu.

"İmkânsız diye bir şey yok," diyen Alaz, bakışlarını hepimizin üzerinde gezdirdi. "Böyle bir olay ilk kez yaşanmıyor ve yaşayan ilk kişiler de siz değilsiniz. Kendinize inanırsanız yapamayacağınız bir şey yok." Son sözleri gözlerimin içine bakarak söylemiş ve gitmişti.

Bir süre çocuklarla sohbet ettikten sonra bahçede gezinerek engelli sahaya girdim. Dalgın bir şekilde yürürken, taş borulardan birinin üzerine çıktım ve ayaklarımı yere doğru sarkıtarak oturdum. "Doğru olan ne, Yankı?" dedim. Benim doğrum neydi? "Bir yanlışa yanlış ile karşılık vermek ne kadar doğru?" Sırf o beni öldürmesin diye benim onun ölüm emrini vermem ne kadar doğruydu?

"Bazen doğrudan şaşmak gerekir." Başımı çevirdiğimde bana doğru gelen ve beni yanlışa iten asıl sebebi gördüm. Evet, bu gelen eğitmenim Buzdağı'ydı.

"Ya bu doğru beni katil yapacaksa?" Hak ettiği halde onun yüzünden doğrudan olmasa da bir katil olabilirdim. Sonuçta ölüm emrini ben vermiştim.

Gelip yanıma oturdu ve uzun uzun yüzümü incelerken güldü. "Ölmem seni mutlu edecek mi, Sedef?" Sorduğu soruyla afalladım. Bunu nereden bildiğini sorguluyordum. Sadece yüzüme bakmakla bunu nasıl anladığının şokunu yaşıyorum.

Adam kesinlikle zihin okuyan türden.

Kendimi toparlayarak gözlerine bakarken bakışlarımı kaçırmadım. "Peki, benim ölmem sizi mutlu edecek mi?" Bu sözlerimle her şeyi duyduğumu anlamıştı. Benim aksime yüzünde en küçük bir afallama belirtisi bile yoktu.

"Hayır." Sesinde yalan söylediğini gösteren bir tereddüt veya buna benzer şeyler yoktu. Kahverenginin koyu tonuna sahip gözleri beni izlerken iç çekti. "Yaşaman beni çok daha mutlu eder." Madem doğruyu söylüyordu, o zaman neden ölmemi istiyordu?

"Ama diğerleri için ölmem gerekiyor, değil mi?" dedim. Yüzümden alay dolu bir gülümseme geçti. "Ben hiç yaşamadım, bayım. Kimseler beni yaşatmak için uğraşmadı ve siz, şimdi diğerlerini yaşatmak için beni öldürüyorsunuz." Gözlerimden süzülen bir damla gözyaşını izledi. "Neden benden başka kimse beni yaşatmak istemiyor?" Bunu sordum içim acıyarak. Neden benim, benden başka kimsem yoktu?

Ayağa kalkacağım esnada elimi tutarak beni durdurdu. Elimi çekmek istedim, buna izin vermedi. "Onlara günlerdir ölmen gerektiğini söyleyen benim ve bu onayın çıkmasını uzun zamandır bekliyorum." Duyduklarıma inanamıyordum. Tamam, odasına girdiğimde bir kızın ölmesi gerektiğini söylediğini ve o kızın ben olduğumu anlamıştım. Ama Allah aşkına, adam gözlerime bakarak hiç gocunmadan bunu kabul ediyordu!

Elimi sertçe çektiğim gibi yüzüne yumruğumu geçirmek istedim ancak yumruk olan elimi havada yakalayıp avuçlarının arasına aldı. "Ölüm emrin sonunda bana ulaştı, Sedef. Dün bu onayı bildiren bir telefon almışken, bugün Aracıların bizzat tesise gelmesi ve sana dokunmamamı söylemesi sence de garip değil mi?" Fark ettiğim gerçekler yüzünden yaratık görmüş gibi ona baktım. Bu adam koskoca tesisi parmağında oynatıyordu.

"Sinir bozucu bir zekânız var." Sesimdeki hayranlığı gizleyemedim çünkü planıyla ilgili detaylar gerçekten hayran olunasıydı.

Güldü. "Tesise bu kadar kolay giren birini hafife almak aptallık olur." Bakışları gözlerimi buldu. "Rakibini asla hafife almamalısın, Sedef. Güçlü bağlantıları olduğunu biliyordum ama benim öğrenmek istediğim, bağlantılarının nereye kadar uzandığıydı. Dün senin infaz onayını çıkartabildim ancak senin bir şekilde bundan haberinin olması gerekiyordu. Tesadüf eseri ben daha bir şey yapmadan sen bizi dinledin. Atalay belki orada olduğunu bilmiyordu ama ben, en iyi gözlerim kapalıyken görürüm. Kokun burnuma geldi ve ben, sadece Atalay'a değil, sana da açıklama yapıyordum. Orada sana konuşuyordum, Sedef. Planladığım gibi sen dün duyduklarını ona söyledin ve bugün tam da beklediğim gibi infaz kararın durduruldu. Bu ne demek, biliyor musun? Aradığımız kişi ya üstlerimden biriyle bağlantıda ya da bizzat onlardan biri" Riskli fakat kusursuz bir plandı. Ben tam şu anda bir şeyi çok iyi anladım; Alaz

Altuğ Sipahi'nin izin verdiği kadarıyla bir şeyler öğreniyordum. Kameralar, İbrahim ile asansöre binmesi, odasındaki kanlı fotoğrafları ve bunun gibi küçük bilgileri aslında o bir şekilde öğrenmeme izin veriyordu. Sadece bilmem gereken şeylere izin veriyordu. Beni oyunda tutuyor ama oyunun bir parçası yapmıyordu.

"O zaman sesimle ilgili söylediğiniz şeyler de yalandı, öyle mi?" diye sorduğumda gülerek başını iki yanına salladı. "İlk karşılaştığımızdan bu yana sana hiç yalan söylemedim. Dün söylediklerimin hiçbiri yalan değildi. Hâlâ ölürsen diğerlerini bırakıp beni hedef alacağını düşünüyorum ve bu yalan değildi. Seni zehirledim ve zehir usul usul bedeninde gezinirken bunu izledim. Sen sorduğunda sana yalan söylemedim. İnan bana, orada sana kanıtlar sunarak seni yanıltabilirdim ama bunu yapmadım." Şeytana pabucunu ters giydirecek biri olduğunu düşünürsek beni kandırması zor olmazdı.

"Sessiz kalmak ve yalan söylemek arasında çok fark var," dedi. "Belki hiç fark etmedin ama bugüne dek sorduğun hiçbir soruyu yanıtsız bırakmadım ve cevaplarım hep doğruydu." Aslında şöyle bir düşündüğümde gerçekten de sorduğum tüm sorulara yanıt verdiğini anladım. Eğitmenine ne olduğunu sorduğumda onu öldürdüğünü doğrudan söylemişti. Sonra İnci'nin kim olduğunu sorduğumda eski eşiyle ilgili gerçekleri anlatmıştı. Ve daha bunun gibi sorduğum ve onun yalansız cevapladığı birçok şey vardı. Tıpkı şimdi her şeyi bana anlattığı gibi. Alaz aslında ne sorsam doğrudan bana cevabını veriyordu.

Çenemi hafif sıkarak başımı kaldırdı ve ona bakmamı sağladı. O karanlık hisler yine geri gelmişti. "Sesin hoşuma gidiyor," diyerek gözlerime baktığında bana doğru iyice yaklaştı. "Seninle ilgili hoşuma giden daha birçok şey var." Gözleri dudaklarımı bulunca kararan bakışları karşısında şaşkınlığımı gizleyemedim.

Bu adam beni öpecek kadar ileri giderse olay çıkartırım.

Çikolata kokusu beni kendi büyüsüne çekerken, dudaklarımın üzerindeki sıcak nefesi yüzünden ne yapacağımı bilemedim. "Bekleyin bir dakika!" Taş borunun üzerinden atlayarak ondan uzaklaştım. Bu adama engel olmasaydım gerçekten beni öpecekti.

"Ben bir şey fark ettim, adi adam!" Üzerinde oturduğu taş boruya sinirle tekme attığımda, canım yandığı için inledim. Gülüşünü saklamaya çalışan adama ters ters bakıyordum. "Sürekli beni oyunlarınızda kullandığınızı fark ettim! Önce öcünün burada olup olmadığını anlamak için beni zehirlediniz ve sonra da onun bağlantılarını öğrenmek için hakkımda infaz emri çıkarttınız! Allah aşkına, sizin yaptığınız tüm planlarda neden hayatı tehlikeye giren hep ben oluyorum? Mümkünse içinde benim olmadığım ve ucunda ölmeyeceğim planlara geçiş yapın artık." Burada gerçekten can güvenliğim sıfırdı.

Ben ne kadar öfkeden deliriyorsam eğitmenim bir o kadar rahattı. "Tam seni öpmek üzereyken bu mu geldi aklına?" Dudakları kıvrılarak söylediği şey yüzünden yedi sülalesine sövesim gelmişti. *Az önce gerçekten böyle bir şey söylemedi, değil mi? Beni delirtmeye ant içmiş olmalı.*

"Allah'ın mübarek kulu değilim ki ettiğim beddualar kabul olsun!" diye homurdanarak bakışlarımı ona yönelttim. "Ama yine de Allah belanızı versin diyorum! Hem belli mi olur, Nasrettin Hoca hesabı ya tutarsa?" Öfkeyle yanından geçtiğimde gülüşü sinirden çığlık atmama sebep olacak türdendi. Resmen benimle oynuyordu.

Dün itiraf, bugün öpücük ve yarın gelip, "Senden bir çocuğum olsun istiyorum," derse valla hiç şaşırmam. O edepsiz adamdan her şeyi beklerim.

4. BÖLÜM

Ellerimi yukarı kaldırarak avuç içlerime düşen yağmuru izledim. Oldum olası ıslanmayı sevmemişimdir ama odamda da duramadım. Duvarlar üstüme üstüme gelmiş ve boğulduğumu hissettiğim için kendimi yine bahçede bulmuştum. Bir sıkıntı vardı içimde, kalbimi göğsümde sıkıştıran bir sıkıntı. Bu aralar sabahları hep erken kalkar olmuştum ve gün ışımadan bahçede uzun uzun gezmek yeni alışkanlığımdı. Hasta gibiydim ama hastalığım iyileşmekte olan sırtımdan kaynaklanmıyordu. Benim hastalığım içten içe beni tüketen bir veba gibi derinlerdeydi. Sığamıyordum hiçbir yere, nefes alıyor lakin yaşamıyor gibiydim. Kesinlikle depresyona girdiğimi düşünüyordum, bunun başka bir açıklaması yoktu. Ağaçların arasından geçerek yavaş adımlarla yürümek, son zamanlarda çok sık yaptığım bir şeydi. Başımı kaldırarak yağmurun yüzüme düşmesine izin verdim. "Ruhuma ulaşamıyor olman büyük kayıp," dedim yağmura.

Takip edildiğimi bile bile bahçenin tenha yerlerine doğru yürüdüm. Yağmur ve rüzgâr titrememe sebep olsa da durmadım. "Bir seferinde intihara kalkıştım." Takipçimin duyacağı kadar yüksek bir sesle konuştum. "Ama cezaevinin ölmek için fazla kalabalık olduğunu gözlerimi hastanede açtığımda anladım." Gerçeklikle alakası olmayan bir tebessüm kondurdum dudaklarıma. "Belki de intihar etmek için kendimi ranzaya asmaya çalışmak iyi bir plan değildi." Kendi acımla dalga geçerek güldüm. *On dört yaşındaysanız intihar etmek gibi bir aptallık yapmayacaksınız.*

"Neden kendini öldürmeye çalıştın?" Başından beri Pars'ın beni izlediğini biliyordum, nihayet saklandığı yerden çıkmıştı.

Yüzümdeki ıslak saçlarımı çekerek ona döndüm. "Sizin Bayan Afrodit'e yapmaya çalıştığınız şeyin aynısını başka biri de bana yapmaya çalıştı," dedim. Duymayı beklediği son şey bile bu sözler değilmiş gibi yutkunmuştu. Söz konusu ben olduğumda bence kimse darbenin nereden geleceğinden emin olmamalıydı.

"Kendimde değildim," dedi. Gözlerime bakarken beni ikna etmek ister gibiydi. "Gençtim ve sarhoştum o gece."

"Haklısınız, siz suçlu değilsiniz, suçlu olan alkol," dedim alay edercesine. "Suçlu siz olamazsınız. Asıl suçlu, arkasına saklandığınız bahaneler." *Zaten neden onlar suçlu olsun ki? Suçlayacak o kadar şey varken onlar neden olsun?* "Burada aslında suçlu olan ben ve Buket gibiler. Çünkü sizin gibi iradesi düşük erkekler var oldukça kadın olmak en büyük suç." Adımlarım karşısında durdu. "Gözlerinize bakıyorum ama orada pişmanlık yok," dedim.

"Yanılıyorsun, Yankı." Savunmaya geçmek için gecikmemişti. "Ben o gecenin pişmanlığını hâlâ yaşıyorum." Konuşurken bakışlarını kaçırması ve sürekli duraksayan sesi yalan söylediğini açıkça belli ediyordu. Neden beni aksine inandırmaya çalıştığını bilmiyordum ama yaptığı hiçbir şey için pişman olmadığını görüyordum.

Üşüdüğüm için onunla olan konuşmamıza bir son vermek istedim ve bunu yaptım da. Kuru bir selam verip uzaklaştım onun varlığıyla kirlettiği bu yerden.

Odama geri dönünce hâlâ içimdeki öfkeden kurtulamadığım için sinirle dönüp duvara bir yumruk attım. Parmaklarımda hissettiğim sancıyla bir küfür savurdum. "Ilgaz ile izlediğimiz o filmde duvara yumruk atan adama bir şey olmuyordu ama," dedim kendi kendime. Kızaran parmak boğumlarımı görünce dudaklarım titredi. "Ya valla bıktım artık!" *Kendi kendime zarar vermek nedir Allah aşkına?*

Güzel, rahatlatıcı ve sıcak bir banyo gerilen kaslarıma iyi gelmişti. Banyodan çıkınca askılı siyah, bir atlet giydim ve üzerine geçirdiğim mavi gömleğin önünü açık bıraktım. Hava bugün soğuk olduğu için ceketimi giymiştim. Kısa bir saç kurutma operasyonundan sonra açık bıraktığım saçlarımla hazırlığımı tamamladım. Bir an pantolon yerine etek giymeyi düşünsem de etrafta bu kadar sapık varken bunun pek akıllıca olmayacağını düşündüm. Gözlüklerimi düzelttikten sonra odamdan çıkınca, koridorda beni bekleyen Ahmet'e tebessüm ettim. "Kahvaltıyı yine kaçırdın," dedi. *Maalesef* der gibi omuz silkerek asansöre yöneldim.

İkinci katta asansörü durduran Ahmet, toplantı salonunun kapısını gösterdi. Eğitim salonu yerine neden buraya geldiğimizi anlamasam da başımı sallayıp içeri girdim. Büyük, uzun bir masanın etrafında yine Yarasalar ve eğitmenler karşı karşıya oturuyordu. Masanın en başında yaşlı adam yerini almıştı ve tabii ki Alaz onun sağında oturuyordu. Pars ile göz göze gelince, kaşlarımı çatarak onun dışındaki her yere bakmaya başladım. "Her zaman bu kızı beklemek zorunda mıyız?" Evet, bu isyan eden Fulya'dan başkası değildi.

"Otur, Yankı." Yaşlı adamın sesiyle sıranın en sonunda olan Efe'nin yanına oturdum. Eğitmenim en başta oturduğu için karşımdaki sandalye boştu.

"Sedef de geldiğine göre artık sizi buraya neden topladığımı açıklayabilirim," diyen Alaz'ın söyledikleri karşısında güldüm ve "Size de zahmet olacak ama," dedim. Yarasalar kıkırdarken, diğerleri bana *yine başlama* dercesine bakışlar atıyordu. Genelde tüm toplantılarımızda en çok ben konuştuğum için insanlar bezmişti.

"Sedef artık bir Yarasa olarak eğitim görmeyecek." Eğitmenim sözlerini noktalayınca yutkundum. Ne yani, gidiyor muydum? İyi ama benim gidecek bir yerim yoktu ki? Burada kalacağım güzel bir oda, pahalı kıyafetler ve çeşit çeşit yiyecek vardı. Şimdi yine mi sokaklara dönüyordum?

Buradan defalarca kaçmaya çalışmış olabilirim ama bu rahatlığa alıştığım da bir gerçek.

"Benim gidecek bir yerim yok." Kısık bir sesle fısıldadım. "Ben gitmek istemiyorum," dedim. Hiç çekinmeden konuştuğumda herkesin dikkatini çekmiştim.

"Şaka mı bu?" Fulya yılanı duyduklarının şaşkınlığını yaşıyordu. "Sen Volkan Sarmaşık'ın tek torunu ve veliahdısın. Şimdi kapısına gitsen seni paraya boğar, salak." Sesindeki o çekemezlik çok belli olsa da sadece gözlerimi devirmekle yetindim.

"Ben senin gibi değilim, yılan. Beni bir yurda bırakan aileden sadaka alacak kadar asla düşmem." *Bu yaşıma kadar kendi kendimin ailesi olarak kendimi büyüttüm. Bu saatten sonra ne annem olacak kadından ne de babamdan gelecek parayı alırım. Bir şekilde başımın çaresine bakarım. Baba adaylarını sevmiş olabilirim ama onlardan tek istediğim sevgi. Yıllarca babasız yaşadığım için herhangi bir maddi destek almak kanıma dokunur.*

"Sen benimle kalırsın, Kedicik." Kuzey göz kırparak benden desteğini esirgemedi. "Sen gidiyorsan benim de kalmam için bir sebep yok."

"Ben de gelirim seninle." Ecrin'in sözlerine karşılık Kuzey güldü. "Tamam işte, ikiniz de bende kalırsınız." Bana bakarak tebessüm etti. "Sen ve Koreli kız için evim yeterince büyük." Ecrin ve ben anında başımızı *olmaz* dercesine salladık. "Ben kalacak bir yer bulurum," dedi Ecrin ve kabul etmedi. "Ben de sana yük olmayacağım," dedim. İkimizin itirazını duymak hoşuna gitmedi. "İki kız sokaklarda ne halt yiyeceksiniz lan! Bana yük olmazsınız, aksine evle ilgilenerek işime bile yararsınız," diyerek sırıtınca bizi hizmetçi niyetine çalıştırmak istediğini anlayıp kaşlarımızı çatmıştık.

Alaz, "Sedef benimle kalacak," dediğinde masada ağır bir sessizlik oluşmuştu. *Allah aşkına, bu yine ne dedi? Onunla mı kalacağım? Benim bundan niye haberim yok?*

Kaşlarını çatan Kuzey, hoşnutsuzluk içinde benim sormak üzere olduğum soruyu sordu. "Bu da ne demek?" Alaz rahat bir tavırla masadaki sigara paketinden bir tane sigara çıkarıp yaktı. "*Sedef bir Yarasa olarak eğitim görmeyecek* dedim, *buradan gidecek* demedim. Demek istediğim, değişen şartlardan dolayı sizden farklı bir eğitim alacak." İçine çektiği dumanı havaya bırakırken gözlerimin içine baktı. "Sedef artık sadece bir Yarasa değil, aynı zamanda teşkilatın ajan adayı. O yüzden başta yabancı dil olmak üzere birçok eğitimden geçecek." Ben şoka girerken, herkes afallayarak ona bakıyordu. Diğer eğitmenler bile şaşkındı. Yaşlı adam dahi duyduklarına inanamıyor gibiydi.

Ajan diye bahsettiği kişi ben olamam, değil mi?

"Sen ne söylediğinin farkında mısın?" Yaşlı adama başını salladı. "Doğru duydunuz. Kız yeterince bilgi ve eğitimden geçmemiş olabilir ama ben ona kefil olduğum için ajanlığı dün gece onaylandı. Uzun zamandır onun için gereken izni almaya çalışıyordum. Birçok prosedür ve evrakı onun adına bizzat ben tamamladım. Biliyorum, ha deyince birinin teşkilata ajan olması imkânsız ama ben yetki ve konumumu kullanarak bir istisna yapılmasını sağladım. Onun için bir değerlendirme süreci başlatıldı. Başarılı olur ve tüm testlerden geçerse çok yakında bizden biri olacak." Başımdan aşağıya kaynar sular dökülürken yerimde kaskatı kesilmiştim.

Neyi, nasıl düşünmem gerektiğini unutmuş olabilirim.

"Bir ajan adayı olması sizi yanıltmasın çünkü Sedef tüm testlerden geçecek. Evet, benim yardımımla bunu yapacak." Allah aşkına, bu lanet Buzdağı neler diyordu? "Sözleşmeyi imzalayınca teşkilatın kayıtlarında bizden biri olarak görünecek." Beni çıldırtmaya ant içmiş gibi davranıyordu!

"Sözleşme mi?" Sonunda aklım biraz olsun çalışmaya başladı da konuşma cesareti bulabildim. "Herhangi bir sözleşme imzalamayacağım çünkü sizden biri olmak istemiyorum," dedim. Ben ondan kaçmaya çalıştıkça beni yanında tutacak bir yol buluyordu!

"Ne yani, bu kız artık lisanslı bir ajan mı?" Kontrolünü kaybeden Fulya, ayağa kalkarak bağırınca ona cevap veremedim çünkü duyduklarımın etkisinden henüz çıkamamıştım. Üstelik sözleşmeyi imzalamadıkça bir ajan olamazdım ve Fulya, bu küçük detayı unutmuş gibiydi. "Sanırım artık konum olarak senden üstün." Ecrin'in gülerek söyledikleri Fulya'yı iyice çıldırttı. "Bu saçmalık! Ona tanıdığınız bu ayrıcalık neden bize de sağlanmıyor?" dedi kıskanç yılan. Ben hâlâ şokta olduğum için açıkçası onun neden bağırdığını bile algılayamıyordum.

"Madem o kadar kudurdun, söyle senin eğitmenin de senin için konumunu kullansın," diyen Naz sırıttı. "Tabii, yapabiliyorsa." Evet, ekipçe Pars'tan nefret ediyorduk.

"Peki, şimdi ne olacak?" Yosun'un kafası karışmış gibiydi. "Yani Yankı artık bizimle görevlere mi katılacak?" Alaz başını sallayınca, ben sonunda konuyu idrak etmiş gibi bir tepki gösterdim ve arkamdan iş çeviren kişiye döndüm. "Bekleyin bir dakika! Benim niye bundan haberim yok?" Ajan olacaktım ama bunu en son ben öğreniyordum.

Arkasına yaslandı, hâlâ sigarasının dumanıyla bizi zehirliyordu. "Artık var." Artık var mı? Bu kadar mı? Öğrendim ve her şey halloldu, öyle mi? Ben bu adam ile ne yapacağımı artık bilmiyordum, sürekli başıma bir iş açıyordu! Acaba boş zamanlarında bugün Sedef'i neyin içine dahil etsem diye çok düşünüyor muydu?

Alaz zafer kazanmış gibi bakış atarken, benim şimdi bu masayı kafasına geçireceğimden haberi yoktu. "Sanırım bir sorun kalmadı ortada." Bunu gerçekten söyledi mi?

"Ne demek bir sorun kalmadı?" Kaşlarımı çatarak ona ters ters baktım. "Beni bir ajan yapmayı düşünüyorsunuz, Bay Kontrol Delisi! Benimle ilgili böyle önemli bir konuyu burada herkesle aynı anda öğreniyorum. Bana sormadan bunu yapamazsınız!" diye kızgınlık içinde bağırdığımda, en küçük bir tepki göstermeden öyle boş boş bana baktı. Zaten her haltı yiyordu ve sonra hiçbir şey olmamış gibi hep böyle bakıyordu.

"Sorsaydım kabul edecek miydin?" dediği an, "Tabii ki hayır!" diye cevap verdiğim için güldü. "İşte tam da bu yüzden sana sormadım." Bu adam resmen benimle dalga geçiyordu! Benimle ilgili kararları vermeye ne zamandan beri hakkı vardı?

"Saçmalık. İstifa ediyorum!" dediğimde dudakları kıvrıldı ve kapının yanında duran adamlardan birine baktı. Yine neyin peşinde olduğunu merak ettiğim esnada, adam elindeki siyah çantayla yanıma geldi. Çantanın içinden çıkardığı kalın ve siyah ciltli bir dosyayı önüme koydu. "Yapacağınız sözleşmenin bir kopyası, okuyun lütfen." Elimdeki yirmi sayfalık dosyaya afallayarak baktım. "Hepsini mi?" Şaşkınlıkla sorduğum soru, diğerlerinin kıkırdamasına neden olurken adam başını salladı.

Akşama kadar okurum artık.

Oflayarak dosyayı aldım ve ilk sayfasını okumaya başladım. Altında imzam yoktu fakat her sayfada kendi bilgilerimin doğruluğunu kabul ettiğimle ilgili saçmalıklar vardı. Bir sayfaya sığdırdıkları özgeçmişimin içinde sabıkalı olduğum kısım büyük harflerle yazılmıştı. Ancak tüm eğitimlerden geçip gerçek anlamda kendimi kanıtladığımda sabıka kaydımın silineceğini ve sicilimin temizleneceğiyle ilgili bir şart benim adıma konulmuştu. Bu şartı Alaz'ın bizzat eklediğine emindim. Diğer sayfalarda tesisin çıkarlarını gözeteceğimle ve gizliliğini hayatım pahasına koruyacağımla ilgili birçok kural ve uyarı vardı. Üstelik hepsine imza atmam bekleniyordu. Daha kötü olan ise iki sayfalık uzun yeminim bitmek bilmemişti. Aldığım her görevi sorgusuz sualsiz yerine getirip birliğe hizmet edeceğim kısmına asla imza atmazdım. Bir sürü kural vardı. Hiçbirini anlamasam da ben bunlara da imza atacak kadar aptal biri değildim. Son sayfaya geldiğimde ise bu sayfanın tamamen Alaz ile ilgili olması kaşlarımı çatmama sebep olmuştu. Burada yazdığına göre önce birliğe, sonra ise Alaz'a hizmet edecektim. Onun emirlerinin dışına çıkmayacak ve ortağımı tehlikeye atacak durumlardan itinayla kaçınacaktım. Ben deliye dönmüş bir şekilde renkten renge girerken, eğitmenim olacak baş belası o kadar keyifliydi ki anlatamam. "Ben istemediğim sürece işi bırakamazsın," diyerek bana gözdağı vermeyi ihmal etmedi. Daha sözleşmeyi bile imzalamamışken bu özgüven fazla değil miydi?

"Zorla mı? Ben ajan olmak istemiyorum ve bu saçmalığı başlattığınız gibi siz bitireceksiniz!" *Her işi becerdim de ajan olmak eksik kalmıştı.*

"Bunlar da yanınızdan asla ayırmayacağınız kimlikleriniz." Beni hiç duymuyormuş gibi yanımda duran adam, hâlâ bana bir şeyler veriyordu. Çantanın içinden polis rozetine benzeyen kimlikleri çıkartıp önüme koydu. İki tane farklı renkte kimlik ve ajan olduğumu gösteren belgeler. Alaz sözleşmeyi imzalayacağımdan fazla emin olmalıydı ki kimliklere kadar her şeyi önceden ayarlamıştı.

Hakan uzanarak kimliklerden birini eline alıp incelemeye başladı. "Bu, teşkilata ait olduğunu gösteren ajanlık kimliğin olmalı. Baksana, rengi bizimkilerden farklı ve burada bilgilerin kısmında UÖB ajanı olduğun yazıyor." UÖB, Uluslararası Özel Birlik demekti, değil mi? Bana uzattığı şeyi aldığımda yakın zamanda çekilmiş bir fotoğrafımı gördüm. Bunun ne zaman çekildiğini bile bilmiyordum ama tesiste çekilmişti.

Sedef Sarmaşık yazısını görünce afallayarak diğer kimliğimi aldım. Bu ise benim kullandığım, odamdaki kimliğimin aynısıydı ve bunda da Sedef Sarmaşık yazıyordu. "Sedef Sarmaşık mı?" dedim ve Alaz başını salladı. "Gerçek ismin tüm kayıtlara geçti, sendeki kimlik artık bir işe yaramaz. Gerçek ismini geri almanı sağladım. Üstelik artık bize çalıştığın için başka biri kafasına göre yeniden adını değiştiremez. Kimliklerden biri hepimizin kullandığı kimliklerden. Ancak önemli ve hayati bir konu olmadığı sürece onu kullanamazsın. Her ikisini de yanından ayırmayacaksın, Sedef. Silah eğitimini tamamladıktan sonra üzerine ruhsatlı olan silahını sana vereceğim." Yutkunarak ona bakmaktan başka bir şey yapmıyordum. Adam resmen her şeyi en ince ayrıntısına kadar düşünüp uygulamıştı.

İyi ama bu işten onun çıkarı ne?

"Hâlâ istemiyorum. Beni buna zorlayamazsınız."

"Zorlamayacağım, sen kendi isteğinle kabul edeceksin." Meydan okuyan bakışları üzerimdeydi. "Seni bu konuda ikna edebilirim." *Hiç şansı yok.*

"Aynı fikirde olmadığıma göre ikna kabiliyetiniz çok kötü olmalı."

"Her ay maaş alacağını söylemedim sanırım." Başımı kaldırıp hızla ona baktığımda tek kaşını usulca yukarı kaldırdı. "Bunun ilgini çekmesine neden şaşırmadım acaba? Her ay hesabına düzenli olarak maaş yatacak. Burada maaş sistemi bulunduğumuz konuma göre değişir. Aldığın görevlerin büyüklüğü ve başarıların mutlaka maaşına yansıyacaktır." İşte şimdi ajanlık, dikkatimi çekmişti ve bu adam beni nasıl ikna edeceğini iyi biliyordu. Bir aylık parayla kendime güzel bir ev tutabilirdim, hatta diğer aya kadar hiç çalışmasam bile o para bana bir hayli yeterdi.

"Evet." Biten sigarasını söndürdü. "Şimdi ilk ve son kez soracağım, Sedef. Vereceğin cevabı kabul edecek ve ona göre hareket edeceğim. İşi kabul ediyor musun yoksa reddetmek konusunda kararlı mısın? Senin hayatınla ilgili konulara karışmadığım için vereceğin cevaba saygı duyarım." Benimle oyun oynuyordu pislik! Hayatıma karışmadığını söylemişti ama beni ajan yapmıştı. Kendi paramı kazanmayı istediğimi bildiği için bana seçenek sunarak aklınca *sana karışmıyorum* izlenimi yaratıyordu. Para için teklifini kabul edeceğimi biliyordu! Aslında hiç zorlanmadan beni ikna edeceğini de biliyordu! O, bu konuşmanın her kelimesini önceden biliyordu. Bu adam gerçekten çok fenaydı. Her şeyin sonuçlarını önceden düşünüyor ve ona göre yapıyordu yapması gerekeni.

"Kabul ediyorum," dedim. Gözlerindeki o galibiyet bakışları beni deli ediyordu. Kimseye muhtaç olmadan kendi paramı kazanacağım bir işimin olmasını hep istemiştim. Şimdi kimsenin benden özgeçmişimi istemediği bir işim olmuşken bunu geri çevirmek aptallık olurdu. Sabıka kaydım yüzünden işverenlere yalvarmama gerek yoktu. Sokaklarda aç yatmama da gerek kalmamıştı artık. Ben kimsesiz biri olarak kendi başımın çaresine bakmalıydım. O yüzden ayağıma gelen bu fırsatı kaçırırsam bu aptal olduğumun en büyük kanıtı olurdu. Bu yüzden sözleşmedeki her sayfanın altına imzamı atarken fazla düşünmedim. Evet, sözleşmeyi imzalayarak teklifini kabul ettim.

Ben artık bir ajan adayıyım. Vay canına, bu çok havalı.

Yarasalara bakarak güldüm. "Yalnız ben bir şey fark ettim. Siz bir meslek sahibi olmak için üniversite, stajyerlik falan diyene kadar ben şimdiden mesleğimi edindim," dedim. Gülerek elimle kendimi gösterdim. "Bu gördüğünüz değerli şahsiyet artık bir ajan," diyerek hava attığımda hepsi homurdanmaya başladı. Kahkaha attım. Bunu en güzel şekilde kendi çıkarlarım için kullanacaktım.

"Kıskanmayın, çalışın, sizin de olur," dedim. Biri kafama kalem fırlattı. "Bu sakarlıkla ajanlığı nasıl becereceğini düşüneceğine sen bize hava at," diyen Hakan'ın sesini duydum. Bu çocuk başarımı kıskanıyordu.

Kafama çarpıp masaya düşen kalemi alarak ona döndüm. "Kariyerimi çekemedin, değil mi pis bağımlı?" *Ben buradan yürür giderim arkadaş.*

Elimdeki kalemi ben de ona fırlatınca, Hakan gülerek eğildi ve kalem az kalsın hemen yanında oturan Ecrin'in gözüne gelecekti. Ancak Kuzey onun yanında oturduğu için Ecrin'in ensesini kavradı ve başını masaya doğru eğince kalem Kuzey'in boynuna çarptı. Artık nasıl fırlattıysam kalemin ucu Kuzey'in boynuna girmişti. "Hadi canım." Bilerek atsam bu kadar başarılı olmayacağıma emindim.

Afallayarak Kuzey'e bakarken, Ecrin başını kaldırdı ve Kuzey'in boynundan sızan çok az kanı gördü. "Bunu neden yaptın?" Ecrin'in şaşkın sesiyle güldü. "Bu şeyin gözüne saplanmasını mı isterdin, Koreli?" Alay ederek konuştuktan sonra cebinden çıkardığı mendili boynuna bastırdı ve bana döndü. "Kedicik, sen gel istifa et, güzelim. Bak, bunu senin için değil, tesisteki diğerlerinin can güvenliği için söylüyorum." Ona mahcup bakışlar atarak önüme döndüm. O kalem Bağımlı'nın hakkıydı ama Kuzey'in kısmetiymiş ki ona gitti.

Alaz ayağa kalkarak masadakilere baktı. "Sedef sadece çaylağım değil, aynı zamanda benim ortağım." Gözleri Pars'ı buldu. "Ona göre davranacağınızı düşünüyorum." Sözlerinde gizli bir uyarı olmalıydı. Pars kaşlarını çattığında Alaz çoktan buradan çıkıp gitmişti.

Ben de gülerek ayağa kalktım. "Ortağımı duydunuz." Konuşurken özellikle Fulya'ya bakarak sırıttım. "Ona göre davranacaksınız bana." Fulya ve arkadaşları gözlerinden ateşler çıkarırken, Atalay'ın gülen sesini duydum. "Eğitmeni gibi o da son sözü kendi rakibine söylüyor," deyince diğerleri de gülmüştü.

Masadan bana ait olan kimlik ve evrakları toplayıp odadan çıktığımda keyfim yerine gelmişti. "Ben sevdim bu ajanlığı, bir kere çok havalıyım," deyip kıkırdadım. Fulya yılanının bu sefer gerçekten benden çekeceği vardı.

Odama girdiğimde dolaptaki çantamı çıkartarak elimdeki kimlikleri ve evrakları içine koydum. Ajanlık kimliğime sırıtarak baktıktan sonra onu da çantama koymuştum. Hâlâ sırtımdaki yara tam olarak iyileşmediği için dinlenmem gerekiyordu. Biraz uyumak için yatağıma yönelmiştim ki yatağın üzerinde duran not kâğıdı dikkatimi çekmişti. Uzanıp aldığımda okuduklarım yüzünden bir küfür savurdum.

"Bu gece de Altuğ'u bahçeye getirmezsen sonuçlarına katlanırsın!"

Yüzümü buruşturarak not kâğıdını yırtıp çöpe attım. "Plan değişti, Bay Öcü," diye söylenerek ayakkabılarımı çıkardım ve yatağa girdim. "Adam benim ortağım. O ölürse buna sebep olduğum için işimden olurum ve kendi çıkarlarımı düşünmeliyim." Kendi kendime homurdanıp gözlerimi kapattım. Alaz'ın ölmesi şu anda işime gelmezdi çünkü kendimi diğer ajanlara kanıtlayana kadar ona ihtiyacım vardı. Ben işi öğrendikten sonra ölüp ölmemesi açıkçası umurumda değildi. Bekle bir dakika! Şimdi Yarasaların davası bu tesisteki ajanlara verilmişse ve ben an itibarıyla sürpriz yumurtadan çıkar gibi ajan olduysam, o zaman bu dava benim de davam oluyordu. Ne yani, avken artık avcı konumuna mı geçiş yapmıştım?

Ama hâlâ avcı olan bir avım. Ben çok değişik bir şey olup çıktım ya.

"İşte böyle Ahmetçiğim, artık bir ajan olduğuma göre bana karşı sakın bir saygısızlık yapma, yoksa affetmem." Yanımda yürüyen adam gülerek başını iki yanına salladı. "Yalnız sen çok fena uçmuşsun. Konum olarak senden yukarıdayım ve hatırlatırım, çaylak ajansın, şu tecrübesiz olanlardan." Gülerek söyledikleri sayesinde kıkırdadım. "Sen de beni çekemiyorsun, Ahmet."

"Demek buradasın." Biz Ahmet ile koridorda gülerek sohbet ederken Alaz ve takımı karşımıza çıkmıştı.

"Ne istiyorsunuz yine?" Anında tüm neşemi varlığıyla kaçırdığı için sitemli çıkan sesime karşılık sinsice sırıttı. Bu gülüşü çok iyi tanıyordum, yine canımı sıkacak bir şeyler söyleyecekti.

"Bir şeyi en iyi tecrübe ederek öğrenirsin," dedi. "İlk görevin için beni takip et." Yürüyüp giden adamın arkasından aval aval bakıyordum. İlk günden neyin göreviydi bu?

"Daha bugün ajan oldum, görevin ne acelesi vardı!" diye homurdandığımda Yosun gülerek koluma girdi. "Bu görevi bana verdiler, Yankı. Yardımınıza ihtiyacım var." Kolumu tutarak çekiştiren kadının söylediklerinden bir şey anlamamıştım.

Hep birlikte yine ikinci kata çıkarak sabahki toplantı odasına girdik. Bu sefer masada oturan sadece bizim çocuklardı. "Bir günde iki toplantı mı?" dediğimde oflayan Yiğit'e *bilmiyorum* dercesine omuz silktim. "Atalay, kapıyı kapat." Alaz, Ahmet'e baktı. "Kapının önünde bekle ve kimsenin bizi dinlemediğinden emin ol." Ahmet başını sallayarak dışarı çıkınca Atalay kapıyı kapatmıştı.

Bütün bunlar da ne anlama geliyor?

Hepimiz yerimize oturunca Alaz, projeksiyonun yanına gitti ve bir şeyler yaptıktan sonra kumandaya basınca projeksiyona bir kız fotoğrafı yansıdı. "Didem Gören," dedi bize bakarak. "16 yaşında ve bu sabah cesedini bir çöp konteynerinin yanında buldular. Didem, Nihai Çocuk Yurdunda kalan kimsesiz bir çocuktu." Tekrar kumandaya basarak çıkan her çocuk hakkında bize bilgi vermeye başladı. "Berna Dursun, 17 yaşındaydı ve üç ay önce cesedini uzuvları kopmuş bir şekilde kaldığı Fazilet Çocuk Yurdunun yakınında buldular. Kevser Laçin, 17 yaşındaydı ve geçen yıl fuhuştan gözaltına alındı. Kaldığı hücrede henüz sorguya alınmadan susturuldu. Evet, o da kimsesiz kızlardandı." Devam ederek tam beş kızın fotoğrafını gösterdi ve hepimiz sessizlik içinde onu dinliyorduk.

Ölen tüm kızlar henüz çocuk.

Projeksiyonu durdurup masanın en başındaki yerine oturdu ve bize baktı. "Ölen tüm kızların otopsi raporunda cinsel saldırıya maruz kaldıklarıyla ilgili detaylı bilgiler var. Hepsi fuhuşa zorlanmış ve bedenlerindeki sperm örnekleri tek bir kişiye ait değil. Kızların tek ortak noktaları kimsesiz olmaları değil, aynı liseye gidiyor olmaları." Verdiği kan dondurucu bilgiler nefesimi kesmeye yetmişti. Bu öyle korkunç bir şeydi ki tüylerim ürpermişti.

"Aynı okul mu?" diyen Kuzey'in sesi düşünceli çıkmıştı. "O zaman birileri kurbanlarını o okuldan seçiyor." Bu akla yatkın teori benim de ilk düşündüğüm şeylerin arasındaydı.

Afrodit başını salladı. "Aynen öyle. Bu işin arkasında kim veya kimler varsa kurbanlarını sıradan bir devlet lisesinden seçiyor. Kimsesiz olmaları ise işlerine yarıyor çünkü ortadan kaybolduklarında kimse onları aramaz." Mantıklı ve bir o kadar da iğrenç bir plandı bu.

"Peki, bizden ne yapmamızı istiyorsunuz?" Yiğit'in sorusuyla Yosun iç çekti. "Burada size eğitim versek de biz öğretmen değiliz, birer ajanız. Bir görev verildiğinde maalesef reddetme şansımız yok. Bu tür vakalar bizim işimiz değil ve ben kendim bu işe dahil olmayı istedim. O çocuklara yaptıkları her şeyin hesabını vermeliler." Söz konusu çocuklar olduğunda anaç tarafı ortaya çıktığı için yine çok üzgün ve kızgın görünüyordu.

Masadaki suyu içtikten sonra derin bir nefes aldı. "Sizden istediğim bana yardım etmeniz." Bunu biraz mahcup bir ifadeyle söyledi. "Okulda ne işler döndüğünü en iyi öğrenciler bilir. Bizden korktukları ve çekindikleri için başları belaya girmesin diye susmayı tercih ediyorlar. Okuldaki tüm öğrencilerin ifadelerini okudum, hepsi sağır ve dilsiz olmayı çok iyi biliyor." Tebessüm ederek bize sevimli bir şekilde baktı. "Rica etsem, o okula sahte bir kimlikle nakil öğrenci olarak gider misiniz?" Sanki bir bardak su istiyormuş gibi istediği şeyi basitleştirmesi beni güldürdü.

Ne? Öğrenci mi?

Çocuklarla göz göze geldik. Hiçbirimiz böyle bir şeyi beklemiyorduk. "Yok artık, daha neler! Yirmi yaşında lise öğrencisi mi olurmuş canım? Şunun şurasında yirmiye haftalarım kaldı," dedim. Kendimi bir grup ergenin oyuncağı etmeye niyetim yoktu.

"Sen yine iyisin," diye huysuzca homurdandı Kuzey. "Ben yirmi iki yaşındayım, Kedicik. Bunlar bir de sınav falan yaparlar şimdi, hiç uğraşamam." Kuzey'in en büyük derdinin sınav olması hepimizi güldürmüştü.

"Ders notların çok kötüydü, değil mi?" Ecrin'in gülerek söylediği sözler sayesinde sırıttı. "Ortaokuldan sonrasını okumadım ama o zaman bile suç bende değil, saçma sorular hazırlayan öğretmenlerdeydi." Onu elinde kalemle soru çözerken düşünmek bile komikti.

"Ama ben liseyi bitirdim ki!" diye isyan eden Süslü'ye Yiğit güldü. "Demek ki yeterince bitirememişsin, Nuriye." Naz ayağındaki ayakkabıyı çıkartıp topuğuyla Yiğit'in kafasına vurdu. Bu, Yiğit'in aldığı ilk darbe değildi. "Şu topukluları icat edeni bir elime geçirirsem var ya!" diye sızlanarak kafasını tuttu. Naz ikinci kez vurunca, kaşlarını çatarak susmak zorunda kalmıştı.

"Yardım edecek misiniz?" Yosun merakla cevabımızı bekliyordu. "Siz öğrenci olarak onların arasına karışıp bilgi toplayabilirsiniz. Biliyorum, zaten tehdit altındasınız ama biz de uzaktan sizi izleyerek koruyacağız. Sabah sizi okula bırakacak ve akşam tesise geri getireceğiz. İşimiz bir haftada da bitebilir, bir ay da sürebilir ama bu süreçte sizi hep koruyacağız. Bu görev sadece bizim aramızda olmalı. Ne kadar az kişi bilirse o kadar iyi." Kendimi her bir kızın yerine koymam hiç zor olmadı. Evet, bu görevi kabul etmemek için hiçbir geçerli sebebim yoktu.

"Ben kabul ediyorum." Hemen peşimden Kuzey de kabul etmişti. "Ben de varım."

"Biz de varız." Efe'nin diğerleri adına karar vermesi onları güldürürken, onlar da kabul etmişti.

"Güzel." Alaz kabul edeceğimizden emin gibiydi. "Böyle düşüneceğinizi bildiğim için biz konuşurken şu anda odalarınıza üniformalarınızı, okul için gerekli eşyaların içinde bulunduğu bir çantayı ve sahte kimliklerinizi bırakmışlardır. Hepiniz sokaklarda büyümüş çocuklar olarak bilineceksiniz orada. Herkes okula ara verdiğinizi düşünecek. Yaş konusunu sorun etmeyin." Nedense her şeyi önceden planlaması artık beni şaşırtmıyordu. Bu adam düşünüp düşündüğünü yapan bir deliydi.

"Peki, ne zaman başlayacağız?" Bunu sormamı bekliyormuş gibi dudağının köşesi çok az büküldü. "Hemen yarın. Senin üniformanı bizzat ben aldım." Yemin ederim bu adam bela okuma isteğimi arttırıyordu. *Ne demek benim üniformamı o seçti?*

"Ben etek giymem, sevgili Buzdağı," dedim. "Umarım seçtiğiniz üniforma kot pantolon ve tişörtten oluşuyordur." Başımda bunca bela varken bir okulumuz eksik kalmıştı, o da oldu. *Artık bana karada ölüm yok.*

Bir süre sonra herkes gidince odada sadece ikimiz kalmıştık. "Niye ajan olmamı istediniz?" Sonunda merak ettiğim soruyu sorma fırsatım olmuştu. "Sizin bu işten çıkarınız ne?" Bu adam kendi yararına olmayan bir işi hayatta yapmazdı.

Ayağa kalkarak bana doğru gelince hiç gelmesin istedim. Yanımdaki boş sandalyeyi çevirerek oturdu ve benim sandalyemi de çevirdi. Dizlerim onun dizlerine değdi. "Çünkü..." Gözlerime bakarken bunu özellikle ağırdan alıyordu. "İlk kuralı feshetmemin tek yolu, senin ajan olmandı." Ne? Bu manyak, bana yakın olmak için beni ajan yapmamıştı, değil mi?

Allah'ım, sen aklımı koru. Bu adam delirmiş!

"Yani siz..."

"Evet," dedi sandalyemin kenarlarından tutup beni yakınına çekerken. "Kendi çıkarım için yaptım bunu. Sana yakın olmam işimi tehlikeye atıyordu ama iki ajanın arasındaki ilişkiye kimse karışamaz, Sedef Sarmaşık." Kahverengi gözleri muzip bir şekilde ışıldarken, keyifli bir sesle söylediklerine artık tepki bile veremiyordum.

"Ortağınıza asıldığınız için kendinizden utanmalısınız!" diye bağırarak hemen ayağa kalktım ve kapıya doğru yürüdüm. Bu esnada gülerek, "Ortağımı öpmek istediğim için utanacak bir adam değilim, Sedef," dedi. Sakarlığım tuttu ve kendi ayağıma takılıp yere düştüm. Evet, yine o lanet gülüşünü duydum!

Bu edepsiz adamla başım harbi belada!

5. BÖLÜM

Üzerimdeki elbiselere baktığımda sinirden gülmeden duramadım. Bu üniformayla liseli bir ergen gibi görünüyordum. Saçlarımı atkuyruğu yaptım ve bugüne kadar hiç kullanmadığım makyaj malzemelerini bugün kullandım. Özellikle dudaklarıma sürdüğüm bordo ruj sayesinde dolgun dudaklara sahip olduğumu yeni fark ediyordum. Üniformam beyaz gömlekten ve fildişi şorttan oluşuyordu. Şort öyle çok kısa değildi, hatta dizlerimin bir karış üzerinde bitiyordu. Beyaz spor ayakkabılar ve ulak çantasını da takınca tam bir liseli olmuştum. Tüm hazırlığım bittiğinde komodinin üzerinde duran sahte kimliğimi aldım. Bu kimlik aslında yıllardır kullandığım kimliğimdi. Evet, artık kayıtlarda Sedef Sarmaşık olarak geçtiğim için Alaz, sahte kimlik olarak çantamdaki eski Yankı Sarmaşık kimliğimi kullanmamı söylemişti. Aslında oldukça zekiceydi çünkü herkes bana Yankı diye hitap ediyordu ve asıl kimliğim bir nevi girdiğim her ortamda gizli kalacaktı. Yankı ismi benim için kod ad olmuştu. Okulda çocuklar isimleri unutup bana farkında olmadan Yankı diyebilirdi. Bunu düşünen Alaz, eski kimliğimi kod ad olarak kullandırıyordu. Ne diyebilirdim ki? Bu adam tıpkı bir tilki kadar kurnazdı.

Sadece eski kimliğimi ve Alaz'ın benim için bıraktığı para dolu zarfı alarak odamdan çıktım. Koridorda düz bir şekilde ilerlediğimde, üçüncü asansörün yanında bekleyen bizim çocukları ve eğitmenleri gördüm. Hayır, Alaz henüz gelmemişti. Kızlar tıpkı benim gibi giyinmişken, erkekler beyaz tişört ve pantolondan oluşan üniformaları içinde göz kamaştırıyordu. Özellikle Kuzey, of yani! "Oha, Sakar!" Hakan'ın beğeni dolu bakışları sayesinde kıkırdadığımda diğerleri beni görmüştü.

"Çok yakışmış, Arıza." Süslü eliyle saçlarını havalı bir şekilde omzunun arkasına doğru itti ve "Tabii, bana yakıştığı kadar yakışamaz," dedi. Üniformanın onda ve Ecrin'de çok güzel durduğunu görebiliyordum.

"Altuğ gelince yola çıkarız." Yosun'u onayladık. Süslü ıslık çaldığında başımı çevirdim. Gördüğüm adam karşısında hayranlık içinde soluğumu tuttum. *Yok artık oğlum!*

Alaz Altuğ Sipahi, bugün her zamankinden çok mu yakışıklıydı? Kahverengi, bakımlı, uzun saçları ışıldayarak yüzüne düşerken, dağınık saçların ona ne kadar çok yakıştığını biliyormuş gibi onları taramamıştı. Belirgin yüz hatları kusursuzluğunu haykırırken, kahvenin en koyu tonuna sahip gözleri, üzerindeki beğeni dolu bakışların farkındaymış gibi umursamazdı. Beyaz gömleğinin kollarını toplamıştı ve üzerine uyan gömleğiyle görenlere iç çektiriyordu vicdansızın oğlu. Koridorda gezinen tüm kadın ajanlar durup büyülenmiş gibi ona bakıyordu. Alaz, elinde dosyalar olan kadına kısa bir bakış atınca kadının iç çekmesi ta buradan duyuldu. Adam resmen bakışları ile ateş ediyordu. Ecrin'in büyülenerek Alaz'a bakıp, "Çok fena oldum ben ya," dediğinde Afrodit ve Yosun kıkırdarken, benim aklıma bir şarkı geldi. Alaz'ın bakışları beni bulunca kendimi tutamadım ve gülerek yüksek sesle şarkıyı söylemeye başladım.

"Hani çok doğrusun ya,

Her şeyde en iyisin ya,

Dünya etrafında dönmüyor bilesin.

Bakışıyla bir dağı devirir,

Elâlemi dize getirir,

Bütün herkes onu konuşur öyle zannetsin."

Biraz uslan artık yar bu neyin özgüveni?

Bir destur artık aştın kendini,

Yaktım gemileri,

Her gün birileri ölsün yoluna,

Ben ölmeyeceğim." [1]

Şarkıyı bitirdiğimde hepsi gülmeye başlamıştı.

Dudaklarında küçük bir tebessüm oluşan adam, başını iki yana sallayarak gülümsedi. "Çok çılgın bir karakterin olduğunu söylemiş miydim?" Tam karşımda durup tepeden tırnağa beni incelerken bunları keyifli bir sesle söylemişti.

İki grup olarak sırasıyla asansöre bindik ve gizli butona bastıktan sonra zemin kata indik. Asansörden çıkınca kendimi devasa bir otoparkın içinde bulmuştum. Her yerde farklı bölmeler ve bölmelerin içinde arabalar vardı. Eğitmenler arabaların olduğu tarafa giderek kartlarını bariyere okutunca, güvenlik bariyeri otomatik olarak kalkmıştı. Atalay, "Herkes kendi eğitmeniyle gidiyor, Ecrin. Buraya gel," dediğinde ben de Alaz'ın yanına doğru yürüdüm.

Lüks arabasının ön koltuğuna geçtiğimde içerideki yoğun çikolata kokusunu anında solumuştum. Adamın şoför koltuğuna geçmesiyle arabalar sırasıyla hareket etti. Otoparktan çıktığımızda bir tünele girmiştik. Tünel sadece iki arabanın yan yana geçeceği büyüklükte olduğu için Alaz ve Atalay önden giderken diğerleri bizi takip ediyordu. Tünelin sonlarına doğru iki farklı tünel daha çıktı ve ikisi aynı anda sağdaki tünele girdi. "Diğer yoldan gidersen kendini doğrudan tesisin dışındaki duvarın yanında bulursun," diyen eğitmenim bana küçük bir hatırlatma yapmıştı. "Daha önce uykunda seni ormana çıkaran yol." Ve yaralanmama sebep olan yoldu, değil mi? Efe'nin de buna benzer şeyler söylediğini hatırlıyordum.

---

[1] Uğur Etiler- Yaktım Gemileri

"Peki, bu tünel nereye çıkıyor?" Efe bu tüneli fark etmemiş olacak ki bize bahsetmemişti. Efe bize sadece ormana çıkan diğer tüneli anlatmıştı. "Ormanın dışına," dedi. "Anayola yakın bir yere çıkıyor." Başımı salladığımda aslında bunun çok mantıklı olduğunu anladım. Eğer tek bir çıkış olsaydı, o zaman kendimizi doğrudan tesisin dışındaki ormanın içinde bulurduk. Hem ağaçlar geçmemize engel olurdu hem de sürekli arabalar tesise girip çıktığı için kendiliğinden bir yol oluşurdu. Böylelikle biri ormanda arabaların bıraktığı izi takip eder ve doğrudan kendisini tesisin dışındaki kapı görevi gören gizli duvarın yanında bulabilirdi. Ama tesistekiler o yolu ormandan geçmek için kullanırken, arabalar için ikinci bir tünel yapmışlardı.

"Buranın mimarına hayran kaldım, onunla tanışmak isterdim."

Söylediğim şey onu güldürdü. "Bir ara seni onun mezarına götürürüm." Çok eski bir tesisti ve haliyle onu tasarlayan kişi de hâlâ yaşıyor olamazdı.

Tünelin sonunda bir yokuştan çıkarken hızını arttırmıştı. Araç yokuşu tırmanırken sanki bir tepeye çıkıyor gibi başım koltuğun arkasına düştü. Bu, tıpkı kalkışa geçen bir uçaktaymışım gibi hissettiriyordu. Yokuşun sonunda önümüze büyük ve demir bir kapı çıkınca arabayı yavaşlattı. Torpido gözünü açıp küçük bir kumanda çıkardı ve kumandaya bastığında demir paravan yukarı doğru katlanmaya başladı. Karanlık tünelden çıkarak ormanın içine girdiğimizde gün ışığı arabaya doluşmuştu. Dönüp merakla arkama bakınca yerin altından yukarıya çıktığımızı gördüm. Aşağıdan yukarıya âdeta tırmanmış gibiydik çünkü yerde kocaman bir delik vardı. "Az önce açılan paravan biz geçince kapanacak. Paravanın dış tarafı yapay çim ve dallardan oluştuğu için birileri onun üzerinden geçse de bir tünelin üzerinden geçtiğini anlayamaz." Yaptığı açıklamaya ağzım bir karış açılmış şekilde başımı salladım. *İleri teknolojinin faydaları bunlar, azizim.*

Kısa sürede ormandan çıkarak birkaç arabanın geçtiği anayola girmiştik. Öndeki boş yola bakan adam hızını arttırınca emniyet kemerimi takmayı akıl ettim. "Okulda Yarasaların güvenliği senin sorumluluğunda... Özellikle kızların," dedi. *Kendimi korumayı başardım da onlar eksik kaldı.*

"Kızları kaçırıp fuhuşa zorlayan bir çete var karşımızda," diyerek bana küçük bir hatırlatma yapmıştı. "Mümkünse Naz ve Ecrin'i yanından ayırma. Ayrıca bunu yaparken senin de tehdit altında olduğu unutma ve ona göre davran. Onlar senin ekibin, Sedef. Sen, içlerindeki tek yetkilisin. Bir ajan olarak ekibindeki herkesi korumak önceliğin," dedi. Artık sıradan bir Yarasa olmadığım için bu işin benim ilk görevim olduğunun bilincinde olarak başımı salladım.

O aptalları koruyacak kadar büyük adam oldum. Kendimle ne kadar gurur duysam azdır.

"İsimleriniz aynı lakin okul kayıtlarında hepsinin soyadı farklı." Kızını ilkokula yazdıran baba gibi sürekli bana bir şeyler söylüyordu. "Biri sizi araştırmaya kalkışırsa sisteme yanlış soy isminizle gireceği için sizin gerçekte kim olduğunuzu bulmak yerine bizim hazırladığımız sahte özgeçmişlere ulaşacak. Senin soyadın gerçek ama ismin burada Yankı olacak. O yüzden Yankı Sarmaşık'ı arattıklarında karşılarına sadece birkaç önemsiz bilgi çıkacaktır." Diğerlerinin soyadları sahteydi, benim de ismim. Her ikisinden biri sahte olduğu için kim olduğumuzu asla bulamazlardı. *Evet, gerçekten zekice.* Hem unutup birbirimize yanlış isimlerle seslenmek yerine gerçeğini kullanacaktık hem de soyadlarının sahte olması herkesi güvende tutacaktı.

Saat sekizi bulduğunda araba, şehrin içindeki bir okulun yakınlarında durdu. Gideceğimiz okulun o olduğunu anladım. Sanırım arabayı dikkat çekmemek için burada durdurmuştu. Çantamı alıp ineceğim esnada kolumu tutarak beni durdurdu. Eğilerek torpido gözünden siyah bir poşet çıkarınca, poşetin içinden el kadar küçük bir silahı bana uzattığını gördüm. "Henüz silah eğitimin olmadığı için bu, gerçek bir silah değil. Mermileri küçük bir boncuk büyüklüğünde ve kurşunları bir insanı öldürmez. Fakat rakibine sıktığın an o kişiyi kısa süreliğine etkisiz bırakıp felç eder. Uzak veya yakın mesafeden ateş etmen fark etmez, bu silahın atış hızı rakibinin derisine iki santim girecek kadar yapıldı. Genelde çaylaklar eğitimini tamamlayana kadar onlara bu silahları veririz. En önemlisi de gerekmedikçe kullanma," dedi. Bir şeyi yeni fark etmiş gibi yüzünü buruşturdu. "Demek istediğim, biri sana laf soktu diye ona ateş etmeye kalkışma, Sedef," diye homurdanınca gülerek başımı salladım. Beni iyi tanıdığı için son kısmı özellikle söylemişti.

Hakan ve Kuzey'de sakın kullanma, Yankı çünkü bu laf sokma işini en çok o ikisi yapıyor.

Minicik silahı elime aldığımda hiç de ağır olmadığını anladım. "Siz neden okula öğretmen kimliğiyle girmiyorsunuz?" Bence onlar da bu şekilde okula girebilirdi.

Silahı çantama sıkıştırırken söylediklerime karşılık başını *olmaz* dercesine salladı. "Yedi nakil öğrenciden sonra sürpriz bir şekilde gelecek öğretmen herkesin dikkatini çeker," dedi. Haklı olduğu için bu konuda üsteleme gereği duymadım.

"O zaman ben iş başı yapsam iyi olacak," dedim. Tam kapıyı açmıştım ki, "Sedef," demesiyle ona doğru döndüm. "Dikkat et." Gözleri tereddüt ederek beni incelerken güldüm. "Yavrusunu savaşa gönderen babalar gibi davranmaz mısınız? Alt tarafı liseye gidiyorum, lütfen drama bağlamayalım."

"Seni hiç ciddi göremeyeceğim, değil mi?" dedi. Gülerek arabadan indim çünkü ciddi olmak fazla sıkıcıydı.

Okula doğru yürürken çocuklar da arabadan inerek bana yetişmişti. Lisenin hemen karşısında bir üniversite görmeyi beklemiyordum ama lise ve fakülte karşı karşıyaydı. Her iki okulu sadece bir yol ayırıyordu. Efe cebinden bir telefon çıkarıp bana uzattı. "Yosun hepimize birer tane dağıttı, içinde bizim numaralarımız ve eğitmenlerin numaraları var," dedi. Başımı sallayarak yeni çıkan modellerden olan telefonumu aldım. Valla burada her şey bedavaydı.

Okula baktığımda içimde bir burukluk oluşmuştu. Hep imrendiğim ama hiç gidemediğim bir yerdi benim için okul. Üç katlı taş binanın lila rengine boyanmış olması tebessüm etmemi sağlamıştı. Siyah panjurları olan okul, bir an bana çok şirin gelmişti. Kırlangıç Devlet Lisesi yazıyordu kocaman harflerle. "Bir gün lisenin kapısından içeri gireceğimi hiç düşünmemiştim." Hakan'ın iç çekişiyle istemsiz bir şekilde tebessüm ettim. "Ben de," dedim. Demek ki Hakan da tıpkı Kuzey ve benim gibi hiç liseye gitmemişti. Onun hikâyesini gittikçe daha çok merak ediyordum.

"Kısmet bugüneymiş, yirmi ikisinde." Kuzey dalga geçer gibi konuşsa da aslında onun da çok etkilendiğini görebiliyordum.

Aklıma gelenler sebebiyle gülerek ikisine baktım. "Hangi yaşta olduğumuz önemli değil, niçin ve neden geldiğimiz de öyle. Biz burada olmanın tadını çıkaralım, sonuçta geçici süreliğine de olsa içimizde ukde kalmasın." Heyecanlı çıkan sesime ve gülüşüme karşılık verip beni onayladılar.

Bence okul maceramız çok güzel geçecek.

Okulun bahçesinden içeriye yedi kişilik bir grup halinde girdiğimiz için bahçedeki herkesin ilgisini bir anda üzerimize çekmiştik. Ecrin, "Neden bize bakıyor bunlar?" diye homurdandığında, Kuzey gülerek kolunu onun omuzuna attı. "Yeni öğrenci olduğumuz için olabilir mi?" diyerek göz kırpınca, Ecrin yanakları kızararak önüne dönmüştü. Kuzey'in eli omuzlarında olduğu için heyecanlandığını görebiliyordum ama Kuzey bunu arkadaşça yapmıştı. Kuzey'e bunu söylemek için deliriyordum ama önce Ecrin'in beni kızdıracak bir şey yapması gerekiyordu. Sonuçta sebepsiz yere kötülük yapmak hiç eğlenceli değildi.

Öğrencilerin meraklı bakışları eşliğinde okula doğru yürürken bahçedeki öğretmen dikkatimi çekti. Etrafı kızlarla çevrili olan adam, elindeki kitaptan onlara tebessüm ederek bir şeyler anlatıyordu. Çok genç bir öğretmendi, bence en fazla yirmi sekiz yaşındaydı. Kızlarla sohbet ederken ela gözlerinin içi gülüyor ve arada tebessüm ettiğinde yanaklarındaki gamzeler ortaya çıkıyordu. Takım elbisenin içinde çok hoş duruyordu. Kuzey, aklımdan geçenleri söylemişti: "Gelin, müdürün odasını şu öğretmene soralım."

"Öğretmenlere asılabiliyor muyuz?" dediğimde Ecrin ve Naz kıkırdayıp, "Bana uyar," deyince, erkeklerin gazap dolu bakışlarına maruz kaldık ve sustuk. Ama öğretmen gerçekten çok ilgi çekiciydi.

Onlara yaklaştığımızda kızların ilgisi öğretmenden bizim gruptaki erkeklere kaymıştı. "Merhaba." Süslü karşımızda duran adama tebessüm ederken, çaktırmadan onu süzüyordu. "Ben ve arkadaşlarım bu okula nakil olduk. Bize müdürün odasının hangi katta olduğunu söyleyebilir misiniz?" Gözleri bizi bulan adam, elindeki kitabı kapatarak başını sallayınca sonunda bize doğru döndü.

"Geleceğinizi bu sabah Yusuf Bey söylemişti," dedi ve baştan ayağa Naz'ı süzüp tebessüm etti. "Ben biyoloji öğretmeniniz Kadir Kırım." Daha sonra inceleyen bakışları Ecrin'i ve en sonunda da beni bulmuştu.

"Müdürün odasını söyleyecek misiniz artık?" Kuzey'in bir anda ortaya çıkan bu soğuk tavrı beni güldürdü. *İlgi başka bir erkeğe kaydı ya, bence kıskandı.*

Kadir Öğretmen, Kuzey'in bu çıkışına rağmen içtenlikle gülünce, Naz ve Ecrin iç çekmişti. "İkinci kat, koridorun sonundaki oda." Sözlerini bitirir bitirmez okula doğru yürüdük. Kuzey'i daha fazla kızdırmamak için kızların kolunu tutarak onları okula doğru çekiştirdim.

Erkeklerden uzaklaştığımızda Naz isyan ederek, "Ya şimdi ne oldu, hani asılacaktık?" dediğinde kafasına bir tane geçirdim. "Asılmak yok, o bizim öğretmenimiz." Biz üçümüz en önde yürüdüğümüz için arkadan gelen çocuklar konuştuklarımızı duymuyordu.

"Daha iki dakika önce ağzının suları akan sen değil miydin?" diyen Ecrin'in de kafasına bir tane geçirdim. "Dediğimi yap ama yaptığımı yapma geri zekâlı!" dedim. Adam yakışıklı olabilirdi ama işimi tehlikeye atacak bir şey yapmak istemiyordum.

Merdivenlere yöneldik ve ikinci kata çıkarak koridorun sonundaki odanın kapısını tıkladık. *Gir* komutuyla içeri girdiğimizde pencerenin önünde çiçeğini sulayan adamı gördüm. Başını çevirip bize bakarak hafif tebessüm etti. "Nakil öğrenciler, değil mi?" dedi. Onu onayladığımızda saksıya su dökmeyi bırakmıştı.

Ellilerinin sonunda, uzun boylu adama bakar bakmaz otoriter bir havası olduğu anlaşılıyordu. Saçlarının ortası döküldüğü için kel kalan kafası odaya sızan ışık yüzünden parlıyordu. Ütülü, siyah takım elbisesinde tek bir kırışık bulamazdınız. İnce bıyığı ve çenesindeki keçi sakalı, ilginç bir zevki olduğunu gösteriyordu. "Ben okul müdürü Yusuf Vurdum. Okula hoş geldiniz, çocuklar," dedi. Masasına geçerek çekmeceden birkaç dosya çıkardı. "Liseyi dışarıdan bitirmek yerine neden okula yeniden başlamaya karar verdiniz?" Bu durum bize de sürpriz olmuştu.

"Hepimiz aynı yurtta büyüdük," dedim ve ona bakarak mağduru oynadım. "Okulu bitireceğimize dair birbirimize söz vermiştik. Lakin lise sona geldiğimizde bazı sorunlar yüzünden ara verdik. Şimdi birbirimize verdiğimiz sözü tutmak için döndük. Liseyi bitirmek bizim hayalimiz, hocam." Yalanlarla süslenmiş doğruları söylemem hiç şüphe çekmemişti.

"Anlıyorum." Aslında anlamıyordu, sadece bununla uğraşmak istemiyordu. Sanki mesai saatini doldurup bir an önce evine gitmek istiyordu. Bu hisse nasıl kapıldım, bilmiyorum ama bana yaptığı işten nefret ediyormuş gibi geldi. Çünkü gözleri daha şimdiden sürekli duvardaki saati kontrol ediyordu. Belki de bugün dışarıda önemli bir işi vardı ve bu yüzden fazla sorgulamadan işini yapmak istiyordu. Hızlıca birkaç gereksiz kuralı hatırlatıp bana bir kâğıt uzattı ve "12-B sizin sınıfınız," dedi. Kâğıdı alarak, vakit kaybetmeden kapıya yöneldim. Zaten hali tavrı bunu ister gibiydi.

"Durun bir dakika," diyerek bizi durdurdu. Ona doğru dönünce yüzümü inceledikten sonra masasındaki ıslak mendili uzattı. "Okulda makyaj yapmak yasak." Yaptığı uyarıyla zorluk çıkarmadan ıslak mendili aldım ve dudaklarımı sildim. Hayatımda ilk kez bugün makyaj yapmıştım, o da yasaktı.

Yiğit müdüre bakarak gözleriyle Naz'ı gösterdi ve "Nazmiye de silsin hocam. Yalnız bir paket mendil onun yüzündeki boyaları çıkarmaz, umarım mendil zulanız sağlamdır," dedi. Hepimiz gülerken Naz kaşlarını çatarak yumruk yaptığı elini onun omuzuna geçirdi. "Ya sen niye ölmüyorsun artık? Bıktım senden!" *Kız da haklı şimdi, Yiğit en çok onunla uğraşıyor.*

Süslü'nün küfür eşliğinde yüzünü silmesi sonunda bitmişti. Müdürün odasından çıkarak kendi sınıfımızı bulmamız sadece beş dakikamızı aldı. Kapıya vurup içeri girdiğimizde elindeki kâğıtlarla tahtanın yanında duran kadın öğretmen öğrencilere bir şeyler anlatıyordu. İçeri girdiğimizde hepsi susarak meraklı bakışlarını bize çevirdi. Müdürün bana verdiği kâğıdı öğretmene uzattım. "Biz nakil olan öğrencileriz hocam, sanırım yeni sınıfımız burasıymış," dedim. Grubun öncüsü gibi sadece benim konuşmam sıkıcı olmaya başladı.

Sayfayı kontrol eden kadın başını salladı. "Pekâlâ, kendinizi tanıtın ve bulduğunuz boş yerlere geçin." Sınıfa doğru dönerek, "Yankı Sarmaşık," dedim. Mesafeli bir sesle konuştuktan sonra orta sıranın arkalarına doğru yürüdüm. Boş bir sıraya oturduğumda bazı kızların yutkunarak bana bakması dikkatimden kaçmamıştı. "Ne?" Arka sıramda oturan kıza döndüğümde bana cevap vermesine sevindim. "Şey, orası Didem'in sırasıydı." Bendeki şansa küfrederek önüme döndüm. Evet, yakın zamanda ölen kızın sırasına geçmiştim.

Çocuklar da kısaca kendisini tanıttı, Efe ve Hakan önümdeki boş sıraya oturdu. Yiğit ve Naz ise sağ taraftaki sıraya geçerken, Ecrin hemen yanıma oturdu. Kuzey ise boş bir yer arıyordu. Sol sıradaki kızlardan biri elini kaldırdı ve "Buraya oturabilirsin," dedi. Yanındaki arkadaşının çantasını hemen arka sıraya koyarak Kuzey'e yer açmıştı.

Bu çocuğun işi her yerde görülüyor.

Kuzey sırıtarak esmer kızın yanına oturunca, Ecrin homurdanarak önüne dönmüştü. "Sıla, buraya gel." Öğretmen en ön sıralardaki minyon tipli bir kızı çağırıp elindeki kâğıtlardan bir tane verdi. "Git, arkadaşların için de fotokopi çektir." Kız başını sallayarak sınıftan çıkınca, kadın sayfaları sırayla dağıtmaya başlamıştı.

Kuzey, "Onlar ne, hocam?" diye sorunca kadın tebessüm etti ve elindeki sayfalardan birini de onun sırasına bıraktı. "Bugün sınav vardı. Madem siz de artık bu sınıftasınız, sınava girmemeniz için bir sebep yok," dedi. Kuzey'in değişen yüzüne bakıp ekipçe gülmeye başladık çünkü korktuğu şey ilk günden başına gelmişti.

Zavallı çocuk afallamış bir şekilde elindeki soru kâğıdına bakıyordu. "Hocam daha yeni geldik. Bir destur çekseydiniz, iki gün bekleseydiniz de ayağımız alışsaydı keşke," diye itirazlarını sıralamaya başlaması beni daha çok güldürmekten başka bir işe yaramıyordu. Aslında berbat bir okul hayatı vardı, değil mi?

Kısa süre sonra sınav başlamıştı. Matematik dersinde olduğumuzu ve öğretmenin adının Güzin olduğunu arka sıramda oturan kızdan öğrenmiştim. Birkaç soruyu çözmeyi başarmıştım ama pek sağlam bir okul hayatım olmadığı için çoğu sorunun ne anlama geldiğini bilmiyordum. Ecrin de benim gibi bazı sorulara takılıp kalmıştı. Evet, çaktırmadan onun kâğıdına bakmıştım. Kuzey'e baktığımda ise yanındaki kızın kulağına bir şeyler söylediğini gördüm. Kız ona gülümseyip sayfaları değiştirince kendi şansıma lanetler yağdırdım. Kız resmen onun kâğıdını dolduruyordu. Bu, kopya olmuyor muydu? Diğer tarafa, yani Yiğit ve Naz'a baktığımda her ikisinin de aceleyle soruları cevapladıklarını gördüm. Her ikisi de zengin koruyucu aileler tarafından evlat edinildikleri için özel okullarda okumuştu ve soruları cevaplamaları beni şaşırtmamıştı. "Şşst Yiğit," diye kısık bir sesle ona seslendim. Alaz bir şekilde sınav sonuçlarımıza ulaşırdı ve rezil olmamak için kopya çekmemiz gerekiyordu.

Yiğit bana bakınca masasında kitap okuyan öğretmeni kontrol ettim. "Altıncı sorunun cevabı ne?" diye fısıldadım ama Yiğit sırıtarak, "Kendin bul," diye dudaklarını oynatınca kaşlarımı çattım. "Az paylaşımcı ol be, Allah'ın cimrisi!" diye tısladığımda gülerek önüne dönmüştü pislik.

Ecrin kolumu dürttü. Kısık sesle, "Sarmaşık, dördüncü sorunun cevabı ne?" diye sorunca dudaklarım kıvrıldı. "C şıkkı." Bana tebessüm ederek hemen onu işaretledi. "Altıncı?" deyince güldüm. "Valla onu ben de bilmiyorum, Yakamoz. Hep devletten bekleme, biraz da kendin bul," dediğimde ikimizin de gözleri önde oturan Efe'yi bulunca sırıtarak birbirimize baktık.

Elimdeki kalemle Efe'nin sırtını dürttüm. "Efe Can, bana 3, 5, 6 ve 9. soruların cevabını acil söyle." Efe yerine ondan kopya çeken Hakan gülerek arkaya döndü. "Geriye ne kaldı, Sakar?" Bana söylüyordu ama sınavın başından beri kendisi hep Efe'den kopya çekiyordu. *Keşke Efe'nin yanına otursaydım!*

Efe başını sallayıp tam arkasına dönmüştü ki, "Hocam! Yankı, Hakan, Ecrin ve Efe arkadaşlarımız kopya çekiyor!" diyen Kuzey pisliğinin sesini duyunca hepimiz şoka girmiştik. *Bu hain gerçekten bunu yaptı mı?*

Dayanamayıp bizi ele veren ve sırıtarak bu tarafa bakan çocuğa, "Pislik ispiyoncu!" diye bağırdım. "Yalan söylüyor hocam, asıl kopya çeken kendisi," dedim. Sözde ekiptik ama alt tarafı bir sınav için satmıştı bizi.

Kuzey gülerek yanındaki kızı gösterdi. "Selda'ya sorun hocam, o da gördü ve elebaşları Yankı denilen kedi, hocam. Bu kız bana kötü örnek oluyor. Selda, lütfen bize gördüklerini anlatır mısın?" diyerek kıza göz kırptığında kız erimiş bir şekilde hızla başını salladı. "Ben de gördüm hocam." *Yok ben anladım! Kuzey, hani şu filmlerde görüp küfrettiğimiz çocuklara dönüşüyormuş okulda!*

"Dördünüz dışarı!" diyen öğretmen bizi dersten atmakta hiç vakit kaybetmedi. Hepimiz Kuzey'e bol bol küfrederek ayağa kalktık. Kapıya doğru yürürken o arkamızdan gülüyordu.

Sınıftan çıktığımızda, "Kuzey sayesinde ilk günden dersten atıldık," diye huysuzlanan Hakan'a sırıttım. "Merak etme, ben de Yankı isem bunun rövanşını mutlaka bir gün alırım," dedim. Elime geçen ilk fırsatta rezil olmak neymiş ona gösterecektim.

Efe'nin gözleri doldu ve dudakları titredi. "Hayatımda ilk kez dersten atıldım ve Yosuncuğum bunu öğrenince çok üzülecek. Benden kopya istemek zorunda değildin, Yankı," dedi. Bu çocuk yüzünden kendimi onu yoldan çıkaran kötü arkadaş gibi hissediyordum. Hani ailelerin çocuklarına yasakladığı o kötü çocuklardan biri gibi...

"Sayemde bir ilki yaşadın işte Efe. Hadi gelin, biz de okulu gezelim," dedim. Madem dersten atılmıştık, bari bunun tadını çıkaralım diye düşündük.

Okulu keşif turumuz yarım saatte bitince boş boş bahçede dolanıp duruyorduk. Ders arası çoktan başlamıştı ve biz, yeni bir ortama ayak uydurmaya çalışmanın yollarını arıyorduk. Ecrin gözlerini kısmış, bahçe kapısının dışına bakıyordu: "Orada neler oluyor?"

Dikkatli baktığımda üzerinde bu okulun üniformalarını giymiş öğrencileri gördüm. Karşılarında duran çocuklara bakıyorlardı. "Şimdi anlarız," dedim ve onlara doğru yürümeye başladım.

Okuldan çıktığımızda liseli çocukların nefretle baktıkları grubun da öğrenci olduğunu fark ettim. Sanırım lisenin karşısında olan üniversitedeki öğrencilerdi. Hepsi de son sınıf olmalı ki büyük gösteriyorlardı. "Size kaç kere canımızı sıkmak gibi bir hataya düşmemeniz gerektiğini söyleyeceğim?" Üniversiteli olan kehribar gözlü bir çocuğun söyledikleri bulunduğum yerden göz devirmeme neden olmuştu. Kendinden küçüklere zorbalık yapan bir gruptan başka bir şey görmüyordum karşımda.

"Peki, ben size daha kaç kere arkadaşlarımdan uzak durmanız gerektiğini anlatmalıyım?" Dişlerinin arasında konuşan liseli çocuk ise on yedi yaşlarında bir son sınıf öğrencisi olmalıydı.

"Bak çocuk!" Yılan gibi tısladı kehribar gözlü şahıs. "Bas git, sabrımı zorlama benim!" Çocuğun yakasını kavramak için elini uzatınca, hemen araya girerek bileğini havada yakaladım. "Lisenin kapısını gelip kime *bas git* diyorsun sen? Burada gidecek birileri varsa onlar da sen ve arkadaşlarındır." *Kendi okulunu bırakıp gelmiş, buradakilere git diyor herif! İlk günden olay ha? Bana uyar.*

Benden uzun boylu ve güçlü olduğu için sert bir hareketle bileğini benden kurtarmıştı. Gözleri sinir bozucu bir arsızlıkla beni süzerken güldü. "Sen yeni olmalısın." *Bravo, nasıl da bildi ama!*

"He, öyleyim. Ne yapacaksın? Şu aklından geçen işkenceleri üzerimde uygulasana." Hakan ve Ecrin gülerken, çocuğun onunla alay ettiğim için sinirlenmeye başladığını görebiliyordum.

"Bana bak..."

"Zaten bakıyorum!" diye sözünü kestiğimde iyice çıldırdı.

"Eceline mi susadın lan sen!" diye bağırdığı esnada güldüm. "Diyelim ki öyle. Peki, bundan sana ne? Pardon da benim ecelim olacak konumda değilsin. Seni okuluna doğru uğurluyoruz, adamım," dedim. Artık tamamen kontrolünü kaybeden çocuk yumruğunu yüzüme doğru savurdu. Ancak yumruğu yüzümle buluşmadan biri onun bileğini havada yakalamıştı. "Kendi okuluna dön, Sırat. Sürekli buraya gelip sorun çıkarmaktan vazgeç!" diyen Kadir Hoca onun bileğini bıraktı ve gözleriyle üniversiteyi gösterdi. Sırat denilen çocuk bana kin dolu bakışlar atarak yolun karşısındaki fakülteye doğru yürümeye başlamıştı.

Bu yakışıklı öğretmen hangi ara geldi?

Karizmatik öğretmenimizin onaylamaz gözleri şimdi benim üzerimdeydi. "Kendinden iki kat büyük birine kafa tutmak pek akıllıca değil," dedi. Bunu zaten biliyordum, onun hatırlatmasına gerek yoktu. "Benim de pek akıllı olduğum söylenemez hocam." Genelde insanlar akıllı olduğumu düşünmezdi zaten.

Gitme vakti geldiği için Hakan'a doğru yürürken okulu gösterdim. "Sınıfa kadar yarışalım mı?" Gülerek kabul etti. "Bu sakar halinle mi? Tamam, bana uyar," diyerek koşmaya başlayınca peşinden koştum. Ecrin ise arkamızdan, "İlkokul çocukları gibisiniz!" diye bağırmakla meşguldü.

Ve ben ilk dakikadan yere düşmeyi başarmıştım.

"Siz ikiniz, dışarı!" Bu bağıran kişi, edebiyat hocamız Nil Hanım'dı. Hakan ve ben somurtarak ayağa kalkınca herkes yine gülmeye başladı. Yemin ederim, dersten kovulma rekoru bugün bendeydi. Evet, ilk dersi saymazsak onun devamındaki tüm derslerde sadece ben ve Hakan kovulmuştuk.

Son dersten de çok fazla konuştuğumuz için kovulmuştuk. "Bundan önceki derste niye kovulmuştuk, Sakar?" Bu soru karşısında kıkırdadım. "Sanırım Yiğit'e laf attığımız içindi." Yiğit, Kuzey'den beter bir ispiyoncu çıkmıştı.

"Yok kızım o, ondan önceki dersti diye hatırlıyorum. Sanırım Naz'ın kafasına defter fırlattığın için kovulmuştuk. Kendinle birlikte beni de kovdurmayı nasıl becerdin, o kısmı hâlâ anlamadım!" O yanınca beni, ben yanınca ise bir şekilde onu yakmıştım. Aramızdaki bu rekabet yüzünden her dersten atılmayı başarmıştık.

"Ben acıktım, pis bağımlı."

"Bundan önceki kovulmamızda sana yiyecek bir şeyler almıştım, ondan sonraki tüm derslerde de," diyerek gözlerini büyüttü. "Oha kızım, yeni fark ettim. Bugün sana kantini yedirmişim!" dedi. Yanımda para yok değildi ama şimdiden birikim yapmaya başlamıştım.

"Çantalarımız nasıl olsa yanımızda, pis bağımlı. Son ders zaten, hadi gel okulu kıralım."

"Hiç örnek bir öğrenci değilsin, Sakar."

"Bunu sen mi söylüyorsun, Bağımlı?"

Güvenliğe yakalanmadan okulun arka bahçesinden firar etmek hiç zor olmamıştı. Haftalardır tesiste kapalı kaldığımız için biraz özgürlük fena olmazdı. Henüz bahçeden atlayıp dışarı çıkmıştık ki bir liseli kızı görüp duraksadım. "Bizim sınıftaki Sıla değil mi bu?" dediğimde Hakan da ona doğru döndü. Sıla etrafına bakınarak yürüyordu ve bu fazla şüphe çekiyordu. "En ön sıralarda oturan inek öğrenci dersi mi asmış?" dedi. Öyle görünüyordu çünkü bu gördüğümüz Sıla'dan başkası değildi. Sürekli etrafını kontrol etmesi fazla garipti. Sanki tanıdık birilerini görmekten korkuyordu. Sıla'nın arkasına döneceğini hissedince, Hakan'ı duvara yapıştırıp ensesini kavradım ve yüzünü boynuma gömdüm. Evet, bunu yaptım.

Hakan, "Sakar, eğer benden hoşlanıyorsan tipim değilsin, güzelim," diye homurdanınca kıkırdadım. "Dünya ahiret kardeşimsin, geri zekâlı! Filmlerde yakalanmamak için hep böyle yapıyorlardı. Görevimiz tehlike çaylak, o yüzden boynumu öpüyormuş gibi yaparak kızı izle." Kendimi tutamayıp güldüm. "Önemli bir uyarı; eğer gerçekten öpmeye kalkışırsan ölürsün!" diye onu uyardığımda kısık sesle attığı kahkahasını boynumda hissettim.

Ajan olmak zor iş, arkadaş.

Sıla nihayet önüne dönünce rahat nefes bir almıştım. "Tamam, kız artık buraya bakmıyor." Hiç vakit kaybetmeden hemen ondan ayrıldım. Hakan'ın gözleri hınzırca bana bakıyordu. "Eskisi gibi rahatsız olmuyorsun," dedi. Eskiden erkeklerle bu kadar iç içe olmadığım için hepsi korkutucu geliyordu. Fakat şimdi tanıdıkça güvendiğim birkaç kişinin dokunuşu fazla rahatsız etmiyordu beni. "Simay ile her gün terapim olunca kendimi kontrol etmeyi öğrendim, Hakan." Sadece ben izin verdiğimde kriz geçirmiyordum. İznim dışında bana dokunduklarında yine savunmasız halim geri geliyordu.

Kaldırımda yürüyen Sıla'nın peşine takıldık ve kızı bir alt sokağa kadar takip ettik. Etrafına bakındığı esnada hemen duvarın arkasına gizlendik. Siyah ve lüks bir arabaya binen kız, uzun süre arabadan inmemişti. Arabanın siyah camlarından dolayı içeride Sıla'dan başka biri var mıydı, emin değildim. "Araba hareket etmiyor, bu kız ne yapıyor içeride?" diyen Hakan'a *bilmiyorum* dercesine omuz silktim. Bunu ben de merak ediyordum.

Yaklaşık on dakika sonra Sıla arabadan inince, hareket eden arabanın plakasını aklıma kazıdım. "Arabanın içinde kim varsa kızla oldukça eğlenceli dakikalar geçirmiş," diyen Hakan'ın yüzünü buruşturarak söylediklerinden bir şey anlamadım. "Açık konuş Bağımlı," dedim. Gözleriyle Sıla'yı gösterdi. "Şuraya bak! Öpülmekten şişmiş dudaklar, yukarıya toplanan şort ve bacaklarındaki el izleri." Arabayla ilgileneceğim diye Sıla'ya bakmamıştım ama şimdi Hakan'ın haklı olduğunu görüyordum.

Üzerini düzeltti ve çantasından çıkardığı kapatıcıyı bacaklarındaki parmak izlerine sürdü. "Bu kız daha on yedi yaşında!" diye sinirden tısladığımda Hakan güldü. "Anlaşılan, arabayı kullanan kişi seninle aynı fikirde değilmiş." Bu konuda şaka yaptığı için kafasına bir tane geçirerek geriye döndüm. *Arabadaki o sübyancıyı da bulurum elbet!*

"Hedef Sıla olabilir," dedim. "Bundan sonra onu yakından izleyeceğiz."

"Sevgilisi de olabilir." Peşimden gelirken söyledikleri yüzünden yüzümü ekşittim. "On yedi yaşında ne sevgilisinden bahsediyorsun, oğlum?" dediğimde bana bakarak güldü. "Asıl bu yaşta üç öğün sevgili yapıyor ve değiştiriyorlar. Tabii, sen bilmezsin." Sırıtarak söylediklerine karşılık durup ona baktım. "Ben neden bilmem?" Gözlerinde oluşan o sinsi bakış, bu soruyu sormamı beklediğini gösteriyordu.

Hakan gülerek, "Çünkü sen bizdensin, Sakar. Bak harbi söylüyorum seni bir türlü kız olarak göremiyorum. Daha geçen gün Yiğit bizim kızları azarlayıp onlara, 'Gidip Sakar ile takılacağım, onun yanında en azından rahat küfredebiliyorum,' dedi. Evet, sanırım o da seni kız olarak görmüyor," dediğinde burnumdan dumanlar çıkardığıma emindim. Bu aptallar beni kendi cinslerinden biri olarak mı görüyorlardı?

Benim gibi güzel birini nasıl erkek olarak görürler? Evet, çirkin olduğumu sanmıyorum. "Tamam, erkekler dikkatimi çekmiyor ama benim de kendime göre bir giderim var yani!"

"Tövbe, Sakar, fiziksel özelliklerine dil uzatamam yoksa çarpılırım. Lakin karakter olarak bizdensin birader." Yere eğilip taş aldığımda gülerek kaçmaya başladı pislik. Bu sefer o kalın kafasını kıracaktım neredeyse. Bulunmaz nadide karakterime erkek diyerek hakaret etmişti.

Hakan ile bir süre daha boş boş gezdikten sonra okula dönmüştük. Herkes çantalarını alıp evine giderken, bize doğru gelen çocuklar Hakan'a ve bana bakıp güldüler. "Tüm gün kovulmak size çok koymadı mı?" Süslü'ye göz devirip çıkışa doğru yürümeye başladım. Tüm gün oradan oraya koşturmak beni yormuştu.

"Buket mesaj atmış, bu yakınlarda bir kafede bizi bekliyorlar." Kuzey'i onaylayarak onun peşine düştük. Daha Alaz'a tüm günün raporunu verecektim.

Yaklaşık on beş dakika sonra cümbür cemaat kafeden içeri girmiştik. Cam kenarındaki masada oturan eğitmenlere doğru bir adım atmıştım ki yanlarında fazladan üç kişi daha görünce afalladım. "Bu televizyona çıkan kadın, yani senin annen, değil mi?" Naz'ın sessizce söylediklerine karşılık başımı sallamak dışında bir şey yapmadım. Burada nasıl bir oyun dönüyordu? Bu kadının ne işi vardı burada ve orada oturanlar babalarım değil miydi?

Bizi ilk fark eden Yosun olmuştu. "Geldiler." Hepsinin bakışları bizi bulunca hiç gelmemiş olmayı diledim.

Bana sormadan böyle bir buluşma ayarladıklarına hepsini pişman edecektim. "Kızım." Aceleyle ayağa kalkan Songül Hanım, az kalsın düşecekti. "Hangisi benim kızım?" deyince gülmeden edemedim. Yanımda Ecrin ve Naz olduğu için sırasıyla üçümüze bakıyordu.

Herkes ayağa kalkarak bize doğru gelirken Kuzey alayla güldü. "Bir anne kendi kızını tanımaz mı? Kızını kendisi bulacak ve kimse Sedef'in kim olduğu hakkında tek kelime etmeyecek," dedi. Annemin bana yaptıklarını bildiği için ona çok kızgındı.

Annem beni tanımaz ki...

Annemin gözleri önce Ecrin'i buldu. Kızın çekik gözleri sayesinde kendi kızı olmadığını hemen anlamıştı. Tam karşımda durduğunda restorandaki garson kızı tanımış ve afallamıştı. Bir garsonun onun kızı olacağını düşünmemiş olacak ki Naz'ın karşısına geçti. Önce uzun uzun onu inceledi ve hemen sonra ise dolu gözlerle, "Sedef!" deyip Naz'a sarıldığında içim acıdı. Bunu bekliyordum ama neden canım yanıyordu? Dedim ya, annem beni tanımazdı...

Bu yaptığı sürpriz buluşma sebebiyle Alaz ile göz göze gelip ona boş gözlerle baktım. Yine yaptıkları için herhangi bir pişmanlık yoktu gözlerinde. Hep olduğu gibi yapmak istemiş ve yapmıştı. Naz şoka girmiş bir halde öylece dururken herkes bana üzgün bakışlar atıyordu. Beni izleyen Aslan Bey'e ve Fırat Bey'e bakıp gülümsedim. "Tebrik ederim beyler, sonunda kızınızı buldunuz." Gözlerimle annemin sarıldığı Naz'ı gösterdiğimde ikisi de yutkunarak bana bakıyordu. Sanırım birazdan burada işler karışacaktı çünkü Sedef'in ben olduğumu anlayınca ne yapacaklarını merak ediyordum.

6. BÖLÜM

Etrafımda dönen oyunlardan usanmıştım. Burada benim kararlarımın hiçe sayıldığını bir kez daha görmüş olmak beni daha çok kızdırdı. Songül Hanım'ın yüzünü görmeye bile tahammülüm olmadığını herkes biliyordu. Bunun için hepsine kızgındım ama en çok da Alaz'a. Onun yetkisinden geçmedikçe diğer eğitmenler bu buluşmayı ayarlayamazdı. Onlar beni anlayamazdı ki. Burada anne rahminde zehirlenen bendim ve onlar bunun nasıl hissettirdiğini anlayamazdı. Hayatıma karışmak neymiş hepsine gösterecektim ama önce bu kadın ile ilgilenmeliydim. Naz'a sarılan kadına baktıkça içimdeki nefret bedenime sığmıyordu. Bir anne kendi kuzusunu tanımaz mıydı? O beni tanımıyordu. Anne dediğin kendi evladını hisseder ve içgüdüsel olarak onu tanırdı. Gözlerinden, kokusundan ya da ne bileyim, o gözlerdeki hüzünden yine tanırdı! Yüzüme vurmayan ama içime akıttığım gözyaşlarını görmeliydi. Olmadı ve hiç olmayacaktı çünkü bu kadın benim annem olmayı başaramıyordu.

"Evet." Her şeye inat kocaman gülümsedim. "Siz de kızınıza sarılmayacak mısınız beyler?" Naz'ı göstererek Aslan Bey'e ve Fırat Bey'e gülümsediğimde, ikisinin de durgun bakışları bendeydi. Hayır, onlar mutlu olmaktan daha çok şaşkın görünüyordu.

Songül Hanım, nihayet Naz'dan ayrılınca, Aslan Bey uzun uzun Naz'ı inceledi. Asıl şaşırtıcı olan Fırat Bey de bakıyor fakat bir tepki gösteremiyordu.

İkisinin bu kayıtsızlığı Songül Hanım'ı rahatsız etmişti. Elleri sevgiyle Naz'ın ellerini okşarken, huzursuzca yanında duran iki adama döndü. "İkinizden biri Sedef'in babası." Adamlar yıllar sonra böyle garip bir şey yaşıyorlardı ve donup kalmaları normaldi.

Fırat Bey başını çevirip bana baktı. "Bir ailen var mı?" Herkesin içinde sorduğu soru beni sersemletti. "Yok," dedim içim acırcasına.

Neden, bilmiyorum ama buna sevinmiş gibiydi. Başını çevirdi ve Alaz'a bakarak beni gösterdi. "Ben bu kızı evlat edinmek istiyorum." Bu sözleri herkesi susturmuştu. İçimde bir şeyler acırken yutkundum. Belki de babam oydu ve babam, beni evlat edinmek istiyordu. Neden hayat bana karşı bu kadar acımasızdı?

Arkadaşına bakan Aslan Bey gülümsedi. "Bu obur garson sana da çok tuhaf şeyler hissettiriyor, değil mi?" dedi. Bu iki adam beni hissediyordu ama bu çok tuhaftı çünkü sadece birisi babamdı. Lakin diğeri de beni kendi kızı gibi hissediyordu.

Tıpta iki baba mümkün mü?

Buna daha fazla dayanamadım. Hemen gitmeli ve hepsini arkamda bırakmalıydım. "Kimsenin beni evlat edinmesine gerek yok ve kimseye ihtiyacım da yok." Onları üzmek istemediğim için sıcacık tebessüm ettim. "Size iyi günler." Gitmeye yeltenmiştim ki Yosun aceleyle, "O Sedef değil," diye araya girdi ve eliyle beni gösterdi. "Asıl Sedef Sarmaşık, size hizmet eden garson kız." Son söyledikleri ne denli ağır olmuştu, değil mi? Peki, kim için ağır olmuştu?

Baba adayları ve Songül Hanım yutkunarak bana bakıyordu. Aslan Bey'in ve Fırat Bey'in gözlerinde oluşan hüzün, az önce Naz'a bakarken yoktu. Kelimelerin kifayetsiz kaldığı bir zamanda ikisinin göz hapsindeydim. Hayır, üzülmediler. Aksine mutluluğun kırık hüznüydü bu bakışları. Onlarla aynı masaya oturan garson kız, onların kızı çıkmıştı. Bana uzun uzun anlattıkları o gizemli kız, ben çıkmıştım. Ben o gece farkında olmadan babamla aynı masaya oturmuş ve onun bana olan özlemini dinlemiştim. Hangisi benim babamdı, bilmiyordum ama her şekilde ben babamla vakit geçirmiştim. "Sen Sedef misin?" Her iki adam da güçlükle aynı anda konuşunca gözlerim doldu. *Yirmi yaşındayken babamla tanışmak varmış nasibimde.*

"Evet, adım Sedef."

Aslan Bey'in gözleri buğulandı. "Yankı demiştin bize." Gömleğimin düğmelerini açtım ve gömleği sıyırarak onlara kolumdaki damgayı gösterdim. "Bana bunu yapan kişi adımı Yankı koydu..." dedim. Kolumdaki damgaya bakan Aslan Bey sarsılmıştı. "Ve sen de yıllarca o adı taşıdın, öyle mi?" Yenilgi içinde gözlerini yumdu ve bir damla gözyaşı süzüldü. Bu gözyaşı yedi yaşında savunmasız kalan bir çocuk içindi. Belki de babasına ihtiyacı olan tek anda kimsesiz kalan bir çocuk içindi. Ağlamıştı kaybettiğimiz onca yıla. Babasız geçirdiğim koskoca yirmi yılın sebebi olarak kendisini suçluyor ve buna gözyaşı döküyordu. Acaba onun da gözlerinin önünde yedi yaşında küçük bir kız çocuğunun hayali canlanıyor muydu? Çığlık çığlığa yatakta gözlerini açan ve ağlayarak koluna değen damgadan kurtulmaya çalışan küçük bir çocuk...

"Ben bilmiyorum, Sedef." Bana doğru sarsakça bir adım atan Aslan Bey, "Bilmiyorum," diye fısıldadı. "Onca yılın bir telafisi olur mu, bilmiyorum." Dudaklarım titrerken başımı iki yana salladım. "Yedi yaşındayken belki vardı ama yirmi yaşında yok..." Büyüdüm ya ben, büyüdüm. Anne ve babasız büyüdüm, şimdi yoktu kaybettiğim yılların telafisi.

Sustu Aslan Bey ve Fırat Bey. "Olmaz da," dedi boğuk bir sesle. "Nasıl olsun ki? Dile kolay, koskoca yirmi yıl." Peki, bunları söylerken neden Aslan Bey gibi ağlamaklı bakıyordu. Neden geçmişe dönüp beni o yurttan çekip almak ister gibi bakıyordu? Arkadaşına göre daha sert bir mizacı olan Fırat Bey, zamanı kökünden söküp benim için yeni anılar yaratmak ister gibi bakıyordu. "Benim kızım çıkmamanı diliyorum." Yalvarırcasına bana bakıyordu ve her an ağlayacak gibiydi. "Yıllardır bir evlat hasretiyle yanmışken, sahip olduğum tek çocuğun bir yerlerde benden uzak büyümüş olmasına katlanamam," diyerek hıçkırdığında daha fazla dayanamadı ve aramızdaki son adımı kapatıp bana sarıldı. Beni göğsüne çekince kendimi tutamayıp sesli bir şekilde ağlamaya başladım. Böyle olmamalıydı. Bu şekilde olmamalıydı. "Affet Sedef, affet..." diye yalvardığında, titreyen sesi onun da ağladığını gösteriyordu. Onun kokusunu içime çekerken bir baba sıcaklığını ilk kez yaşıyordum. Onun gücünü kendi bedenimde hissediyor ve güvende olduğumu düşünüyordum. Baba sevgisi böyle mi oluyordu? Onun yanında insan kendisini böyle yenilmez mi hissediyordu? *Affet* diyordu ya hani. Ben affederim affetmesine de yaşadıklarım susmuyordu ki.

Fırat Bey'den ayrılınca bu sefer Aslan Bey'in çekingen gözleriyle karşılaştım. Bana sarılmak istiyordu ama bunu istemem diye korkuyordu. "Eskiden bir babanın varlığına bile katlanamazdım," diyerek ona yaklaştım. "Az beddua etmemişimdir babama," dedim burnumu çekerek ve ona gülümsemeye çalıştım. "Ama şimdi her şey farklı. Hanginiz babam çıkarsa çıksın ben onu seveceğim," dedim ve ilk adımı atarak ona sarıldım. Kollarını bana sararken, tutuşu bile korkar gibiydi. Sanki kollarında camdan bir bebek tutuyordu ve onu kırmaktan korkuyordu. Önce sarılmıştı ve daha sonra saçlarımın kokusunu uzun uzun içine çekmişti. Saçlarıma bugün ilk kez bir babanın sıcak elleri değiyordu. Bedenim ilk kez baba sevgisini yakından hissediyor ve ruhum, açlığını çektiği bu duyguya doymak bilmiyordu.

Ve son olarak Songül Hanım'ı buldu gözlerim. Şaşkındı ama en çok da mahcuptu. "Kötü bir sürpriz, ha?" İçim kanarken güldüm. "Tokat atmak üzere olduğun o garson kız, senin kızın çıktı," diye alay ederek güldüğümde herkes sessizce bizi izlerken o, yutkunmuştu. "Be-ben özür dilerim." Şaşkınlığını çok çabuk üzerinden atarak ağlamaya başladı. "Sedef ben çok özür dilerim." En kötüsü ne biliyor musunuz? Bu kadının pişmanlığı gerçekti. Anne olmayı bilmiyordu ama gerçekten denediğini görebiliyordum.

Bana doğru bir adım attı ve aynı şekilde geriye doğru bir adım attım. Bunu görünce hıçkırdı. "Aradım Sedef, ben seni çok aradım." Gözyaşları içinde söyledikleri bende en küçük bir etki yaratmıyordu. Nasıl da kalbim ona karşı soğuk ve duygusuzdu.

"Aradın mı?" Bu yalana inanmıyordum. "Sen beni aradın, öyle mi?" diyerek gülmeye başladığımda, buradaki herkesin tuhaf bakışlarına maruz kalmıştım. "Benim kadar aramış olamazsın." Asla benim kadar arayamazdı. "Evet, Songül Hanım, asıl ben seni aradım!" Gülüşüm solduğunda boş gözlerle ona bakıyordum. Bu kadın benden uzak durmalı hatta mümkünse genlerimden silinmeliydi.

"Mesela, bir yurtta kimsesiz büyürken aradım seni," dedim. Zavallı, acınası çocukluğum bir zamanlar ne çok beklemişti yollarını. "Yedi yaşında bir gece hayvan gibi damgalanırken aradım seni." Sol kolumdaki yarasa izini göstermiştim. "Ama seni en çok ne zaman aradım, biliyor musun?" dedim. Gözlerinin içine buz gibi baktım. "On dört yaşında kendimden büyük bir sarhoş tarafından tecavüze uğramak üzereyken!" Çocuklar bunu bilmediği için afallayarak bana bakarken, Aslan Bey'in ve Fırat Bey'in rengi atmıştı. Annem ise eliyle dudaklarını kapatarak duydukları karşısında dehşete düşmüştü. Duymak zor mu geldi? Bir de bizzat yaşayana sormak gerekiyordu zorluğunu.

"Doğru duydun," dedim. Bunları bilmeyi hak ediyor muydu, emin değildim. "Çocuktum ben!" İsyan ettim yaşadıklarıma. "O adamın elleri üzerimdeyken ben, beni bırakan kadını aradım! Yoktun, hiç olmadın ki... Neden yoktun? O gece ben tek başıma kendimi korudum. Evet, bunu yaptım! Bana bir şey yapmasına izin vermedim çünkü ben o gece gerçekten kimsesiz olduğumu kabul ettim. Sakın beni aradığını söyleme çünkü benim kadar aramış olamazsın! O gece küçük bir kızın cesediyle sabaha kadar ağlayarak seni aradığımı bilirim ben. Saldırıya uğradığım gecenin sabahında beni küçük bir kızı öldürmekten dolayı tutukladılar. Evet, o gün de seni aradım. İşlemediğim bir cinayet yüzünden sekiz yıl hüküm giydiğimde her görüş gününde seni aradım," dedim. Annem olacak kadın, duydukları yüzünden düşmemek için Yosun'dan destek alıyordu. Ağlıyordu ve *sus* dercesine bana bakıyordu. Ben susardım susmasına da yaşadıklarım susmuyordu ki...

"Dahası var." Bunu çocuklara henüz söylemediğim için onlardan tarafa bakamıyordum. "Altı yıl cezamı çektim ama iki yılım hâlâ duruyor. Bakma dışarıda olduğuma, yakında yeniden cezaevine döneceğim. Kızını parmaklıkların arkasında hiç aradın mı, Songül Hanım? Ya da ıssız sokaklarda ve çöplerde yiyecek bir şeyler ararken?" Islak kirpiklerinden keder akarken, duydukları beklediği hayat öyküsü içinde yer almıyordu. Daha fazla dayanamayıp elleriyle kulaklarını kapatınca haykırarak ağlamaya başladı. Bir anne olarak belki geç kaldığı her şeyin acısını çekiyordu ama bu, benim için yeterli değildi. O bana bir hayat borçluyken döktüğü gözyaşları yeterli gelmiyordu.

Artık gerçekleri bilen çocuklar söylediklerim karşısında yıkılmıştı. Kuzey sarsılmış, Ecrin ve Naz gözyaşlarını gizleyememiş, Efe doğrudan ağlamış ve Yiğit ile Hakan'ın bile gözleri dolmuştu. Aslan Bey ve Fırat Bey yerinde kaskatı kesilirken, eğitmenler bana üzgün bakışlar atıyordu. Bilhassa Alaz'ın olduğu tarafa bakmadım çünkü onun bakışlarını görmek istemiyordum. Yerdeki perişan kadına bakarak ne zaman aktığını bilmediğim gözyaşlarımı sildim. "Evet, Songül Hanım. Senin kızın bir mahkûm." Sözlerim onun için fazla acımasız olabilirdi lakin benim acım ile kıyaslanamazdı. "Peki, orada yaşadıklarımı da duymak ister misin? Mesela oradaki ilk yılımda intihara kalkıştığım dikkatini çeker mi? Pis bir tuvalette bir gece kendimden geçene kadar dayak yediğim? Ama yok!" Sinirden güldüm. "Bence vurulma hikâyem senin daha çok ilgini çeker." Bu kadının gözyaşları yaşadıklarımı telafi edemezdi. Bugün terk ettiği kızının hayatını öğrenmeden buradan gitmeyecektim.

Ona sırtımı dönerek gömleğimi yukarı doğru sıyırdım ve sırtımdaki yarayı görmesini sağladıktan sonra acıyla kavrulan yüzüne baktım. "İşte, en son seni lanetler yağdırarak anmamı sağlayan bu yara olmuştu. Neden mi? Anne rahminde beni öldürmek için zehirleyen bir kadın yüzünden ilaçlar beni etkilemiyor. O ameliyat masasında anestezi beni uyutmadı! Doktorların beni canlı canlı kesip biçmelerini izlerken, ben çektiğim acı yüzünden gözyaşları içinde seni aradım. Çöp poşetine koyup ölüme bıraktığın kızın, ameliyat masasından ona ne yaptığını görmen için o gün seni aradı, Songül Hanım!" Avazım çıktığı kadar bağırdım. Onun pişmanlığı, bana yaşadığım hiçbir şeyi unutturamazdı.

"Be-beni dinlemelisin..." Ağlayarak ayağa kalktığında kaşlarımı çattım. "Hayır." Bana söyleyeceği bir şeyleri olamazdı. "Seni görmeye bile katlanamazken yalanlarını dinlemeyeceğim." Gözlerim dolarak ona baktım. "Ya sen neden benim annem olamadın?" Ellerimi öfkeyle saçlarımdan geçirirken bana neden annelik yapmadığını düşündüm? "Hepsini geçtim, sen beni neden öldüremedin! Bir bıçak alıp kalbime saplamak o kadar zor muydu? İşte, en çok bu yüzden senden nefret ediyorum çünkü hâlâ yaşıyorum! Soluduğum havadan, yağmurdan, rüzgârdan, gözlerimin gördüğü ve hissettiğim her şeyden ama her şeyden nefret etmemin tek nedeni senin günahın olmak. Bugüne kadar yoktun, bundan sonra da hayatımda olmayacaksın!" diye son kez konuştuktan sonra koşarak kafeden çıktım. Arkamdan bağırdıklarını duysam da onları dinlemeden hepsinden uzaklaştım. O kadın beni hak etmiyor ve anne olmayı bilmiyordu.

İnsanların arasından geçip kaldırımda koşmaya devam ederken gördüğüm ilk sokağa daldım. Ne tesis ne de geride bıraktıklarım umurumdaydı. Bir süre hiçbirini görmek istemiyordum. Saçlarım yüzüme geldiğinde okulda saç tokamı çıkardığım için kendime kızdım. Kendi ayağıma takılıp yere kapaklanınca, avazım çıktığı kadar bağırdım ve düştüğüm yerde ağlamaya başladım. "Bu kadar sakar olunmaz yahu!" Zemine sürtünmeden dolayı soyulan dizlerim içler acısıydı. Diz kapaklarımda oldum olası yara hiç eksik olmuyordu ki. Biri iyileşmeden yenisi olmazsa rahat edemiyordum. *Yemin ederim kendi türümün son örneğiyim.*

Ayağa kalkarak yeniden yürümeye hazırlanmıştım ki, "Nereye gittiğini sorabilir miyim?" diyen Buzdağı'nın alaylı sesini duydum. *Neden geberip gitmiyor ki?*

Karşımda dikilen adama bakıyordum ve ben fazla koşmaktan nefes nefese kalmışken, o sanki hiç koşmamış gibiydi. Kestirmeden bir şekilde yoluma çıktığına emindim. "Bana bunu neden yapıyorsunuz? Benim acımdan zevk mi alıyorsunuz?" Sesimdeki soğukluk beni bile şaşırtmıştı.

Söylediklerimden hiç etkilenmemiş gibi bana doğru yürüdü. Zaten ne zaman etkilenip beni ciddiye almıştı ki? "Kaçtıklarınla yüzleşmedikçe içindeki bu nefret bitmeyecek. Bunu senin için yaptığımı bir gün anlayacaksın," dedi. Onun beni düşündüğüne inanmamı mı bekliyordu? Eğer öyleyse yanılıyordu çünkü bu hayatta kimsenin benim için karşılıksız bir şey yapmayacağını öğreneli çok olmuştu.

Kuzey bir istisnaydı tabii.

"Benim hayatım, benim kararlarım. Üzerinize vazife olmayan şeylere bir daha karışmayın," dedim. Yanından geçeceğim esnada tek bir adımla önüme geçti. "Nereye gittiğini hâlâ söylemedin." Ben ne kadar sinirliysem onun bir o kadar sakin olması beni çıldırtıyordu.

"Bilmiyorum!" Sonunda dayanamayıp aklımı kaçırmışım gibi bağırdım. "Ama bir süre herkesten uzaklaşmak istiyorum. Merak etmeyin, sayenizde bir ajan olduğum için kendimi toparlayınca tesise geri dönerim," diye bağırarak onu iğnelemem bile bu tepkisizliğine etki etmemişti.

"Pekâlâ, istediğin buysa sana kalacak bir yer ayarlayabilirim." Tam karşı çıkmak için ağzımı açmıştım ki, "İtiraz istemiyorum," dedi. Evet, hep olduğu gibi yine her şeyi kendi kontrolünde tutuyordu. "Peşinde biri varken seni bırakmak gibi bir lüksüm yok.

Güvende olacağın bir yerde kalacaksın, Sedef. Şimdi daha fazla sorun çıkarma ve beni takip et." Onunla gitmeyi hiç istemesem de hayatım tehlikedeyken sokaklar güvenli değildi. Birkaç gün yalnız kalacağım bir yer istiyordum, hepsi bu.

Araba şehrin dışında büyük bir çiftlik evinin önünde durunca şaşırdım çünkü burası dağ başında bir çiftlik eviydi. Alaz'ın peşinden arabadan indiğimde yeşilliğin içindeki bu güzelliğe hayran kalmıştım. Dikkatli baktığımda burada birçok çiftlik evi olduğunu gördüm. Her evin etrafı benim boyumun uzunluğundaki çitlerle çevriliydi. Bu çitler evin etrafındaki kocaman bir araziyi kaplıyordu. Sanırım çitler arazinin hangi eve ait olduğunu belirliyordu. Büyük bahçe kapısını iterek içeri giren adamı takip edince, her yerde gördüğüm meyve ağaçları tebessüm etmemi sağlamıştı. Üstelik olgun elmalar, kan kırmızısı kirazlar ve ağacın altına dökülmüş kayısılar acıkmamı sağladı. Yemyeşil çimlerin arasından çıkan rengârenk çiçekler hoş olduğu kadar iticiydi de. Biraz ilerideki küçük gölde yüzen ördekleri görünce nedensizce mutlu olmuştum. Burası şehrin kasvetli havasından uzak bir cennet gibiydi.

"Babaannemin evi," diyerek bana küçük bir açıklama yaptı. "Burada yeğenlerimle yaşıyor." Büyük ve görkemli taş yapıya bakarken, durgun bir halde söylediklerinden sonra ona döndüm. "Bayan Kırmızı Dudak, bana hepinizin kimsesiz olduğunu söylemişti." Yosun'un hastanede bana böyle söylediğini çok iyi hatırlıyordum.

Başını sallayarak beni onayladı. "Öyleyiz." Yüz ifadesinden duygularını anlayamıyordum. "Bir ailem yok ama hayatta kalan tek akrabalarımı bulmam zor olmadı. Yirmi yaşına geldiğimde babaannemi ve ölen ablamın iki çocuğunu bulduğumda küçük bir gecekonduda sefalet içinde yaşıyorlardı. Bana olanların hesabını soracağım ailem yaşamadığı için kalanlara bunun bedelini ödetmem saçma olurdu. Onlara bakmak ve güvende tutmak benim işim." Başını çevirip yüzüme baktı. "Benzer şeyler yaşadığımıza emin olabilirsin, Sedef. Senin aksine kaçmak benim yapacağım bir şey değil." Ben onun gibi güçlü değildim ve beni bırakanlara onun gibi asla bakmazdım.

"Dayı!" Bakışmamızı bölen küçük bir çocuğun sesiydi. Dokuz yaşlarında, sarışın bir oğlan çocuğunun bize doğru koştuğunu gördüm. Alaz'ın yanına gelip gülerek onun bacaklarına sarıldı. "Doğum günümde geleceğine söz vermiştin, dayı." Ona sıkıca sarılırken isyan etmesi fazla sevimliydi.

Alaz çocuğu kendinden uzaklaştırdı ve diz çökerek onunla aynı hizaya geldi. "Sözümde durdum. Bak, doğum gününde geldim." Çocuk dudağını sarkıttı. "Geçen yılki doğum günümden bahsediyordum." Çocuk huysuzca dayısına baktı. "Ayrıca son doğum günüm dündü," deyince, Alaz homurdandı ve ben kahkaha attım. Anlaşılan o küçük detayı unutmuştu.

Çocuğun zümrüt yeşili gözleri beni buldu ve "Bu abla kim?" dedi. Alaz doğrularak, "Adı Sedef," dedi ve çocuğu bana gösterdi. "Bu da en küçük yeğenim, Eyüp." Çocuk bana doğru bir adım atınca geriye çekildim. "Benden uzak duruyorsun, bacaksız!" diye uyardım. Çocuk, kırgın bakışlarını bana yöneltirken, Alaz bu tavrımdan hoşlanmadığını gizleme gereğinde bulunmadı.

Beni, "Ona karşı daha kibar ol," diye uyarınca yüzümü buruşturdum. "Bu çocuktan nefret ettim." Ona meydan okuduğumda kaşlarını çatmasını umursamadım. *Benim hayatıma burnunu sokmak neymiş, ona göstereceğim.*

"Altuğ? Aman Allah'ım, sonunda gelebildin." Arkasındaki yardımcılarıyla bize doğru gelen yaşlı bir kadın, mutlulukla torununa bakıyordu. Yanımıza geldiğinde kadının kırışıklarla dolu yüzü bir anda aydınlanmıştı. İçerlemiş bir şekilde, "Bizi daha sık ziyaret etmelisin. Eskiden yılda bir kere gelirdin ama artık o da yok," dediğinde Alaz tebessüm ederek ona yaklaştı. "İyi görünüyorsun, babaanne." Eğilip kadının elini tuttu ve öperek alnına koydu. İşte, bunu beklemiyordum. *Bak sen, kalpsiz Buzdağı âdetleri de bilirmiş.*

Torununa özlemle sarılan kısa boylu kadının gözleri beni buldu. "Bu hanım kızımız kim, Altuğ?" Beyazlamış saçlarının bir kısmı topuzundan kurtulduğu için onları yüzünden çekti.

Eğitmenim sorun çıkarmamdan korktuğu için bana uyarı dolu bakışlar atarken, "Sedef," dedi. "Onun adı Sedef, babaanne ve bir süre burada kalacak." Yaşlı kadın duydukları karşısında gülümseyip öpmem için elini bana uzattı. "Hoş geldin, kızım." Gözlerimle onun elini gösterdim. Tiksinerek, "Üzgünüm ama hastalık falan kapmak istemiyorum," dediğimde kadının arkasındaki çalışanlar afallayarak bana bakarken, kadının yüzündeki hayal kırıklığını izledim.

"Sedef!" Alaz kaşlarını çatarak bana ters ters baktı çünkü o da benden böyle bir hareket beklemiyordu. "Babaanneme saygısızlık yaptığını bir daha görmeyeceğim. Bu bir uyarı!" Sert bir sesle beni ikaz eden adama umursamazca omuz silktim. Ne yapacağıma o karar veremezdi. Çok istiyorsa benim yerime bir daha onun elini öpebilirdi.

Babaannesine yaklaşıp elini tuttu. "Sen onun kusuruna bakma." Benim hatam için yaşlı kadının gönlünü almaya çalışıyordu. "Şimdi gitmem gerekiyor, daha sonra tekrar gelirim." Kadın telaşa kapılarak onun elini sıktı. "Hemen mi? Ama daha yeni geldin. Bu gece kalamaz mısın, oğlum?" Yalvaran sesine karşı eğitmenim tebessüm etti. "İşlerim var, babaanne ama tekrar geleceğim." Başını çevirip bana bakarken hâlâ kızgındı. "Okuldan senin için izin alırım, bir süre kendini toparla. O zamana kadar buradakilere sorun çıkartma," diye küçük bir çocuk gibi bana ne yapıp ne yapmayacağımı söyledikten sonra bahçeden çıkıp gitti.

Şükürler olsun ki gidebildi.

Gözden kaybolmasını bekledim ve nihayet yaşlı kadına dönüp gülümsedim. "Az önceki davranışım için çok özür dilerim." Uzanıp elini tutarak öptüm ve alnıma koydum. "Umarım beni affedersiniz." Hizmetçileri ikinci kez şoka uğrattım. Kadın ise gözden kaybolan adamın arkasından baktı. Bazı şeyleri yeni anlamış gibi gülerek başını salladı. "Onu kandırdın." Alaz efendiye iyi görünmek gibi bir niyetim yoktu ki.

Eğilip hâlâ bana kırgın bakışlar atan Eyüp'e gülümsedim. "Eve kadar yarışalım mı? Bahse girerim, senden daha hızlı koşuyorumdur." Çocuk olmak böyle bir şey olsa gerek çünkü küskünlüğünü çok çabuk unuttu. Yarışı duyunca heyecanlanarak gözlerini kocaman açmıştı. "Ben daha hızlı koşuyorum!" deyince güldüm ve eve doğru koşmaya başladım. "O zaman geç beni." Ufaklık peşimden koşuyordu ve bilerek beni geçsin diye yavaş koşmaya başladım.

Çocukları hep sevmişimdir.

Üç gün sonra

"Kızım, in oradan aşağıya! Ay, bu kız yüreğime indirecek." Elimdeki elmadan kocaman bir ısırık alırken, çıktığım ağacın dalları arasında Alaz'ın babaannesine bakıyordum. Belkıs Hanım benim ağaçtan düşmemden korktuğu için bir türlü rahat vermiyordu. "Ya babaanne, bir git artık, gözünü seveyim. Dün düştüm de ne oldu? Bak, turp gibiyim. Ben her dakika başı düştüğüm..." Beni duysun diye aşağıya uzanıp konuştuğum için dengemi kaybedince olanlar oldu. Evet, yine düştüm ama bu sefer onun yüzünden olmuştu.

Bu kadın beni deli ediyor!

"Biliyordum işte! Çocuk gibisin, neden söz dinlemezsin ki!" Tepemde dikilip beni azarlayan kadına ters ters bakıyordum. Ona laf yetiştirmeye çalışırken düşmüştüm. "Evet, düştüm." İnleyerek ayağa kalktım. "Çünkü şom ağızlısın! Nereye gitsem peşimdesin, babaanne. Bak, düştüm işte. Rahat et artık, kem gözlü kadın!" Ben de onu azarlayınca babaanne şaşkınca bana baktı, yanından hiç ayrılmayan çiftliğin kâhyası Kemal amca eliyle gülüşünü saklamaya çalışıyordu.

Şu üç günde bekçi gibi nereye gitsem orada bitiyor!

"Yine suçlu ben mi oldum?" diyen kadın elini kalbine bastırıp kâhyaya döndü. "Görüyorsun değil mi, Kemal? Kendi sakarlığının suçunu yine bana attı. Bak söylüyorum, Altuğ gelene kadar bu kız beni öldürecek. Ah! Yine çarpıntım başladı." Fenalık geçirir gibi yerinde sendeleyince Kemal amca telaşlanarak onun koluna girdi. "İyi misiniz, Belkıs Hanım?" Ona inanmadığım için gözlerimi kısarak yaşlı kadına bakıyordum. "Numara yapma, benden sağlıklısın." Elinde tuttuğu bastonu kafama geçirmesiyle inleyerek susmak zorunda kaldım. Şiddet görerek susturuldum çünkü buradaki herkes fazla yabaniydi.

Şu bastonu ilk fırsatta saklamak farz oldu.

Kafamı ovuştururken başımı kaldırıp çiftliğe baktım. İkinci katın penceresinden bizi izleyen kızı görünce afalladım. "O kim?" Geldiğimden beri evin her odasını gezmiştim o oda dışında. Birinin orada yaşadığını bile bilmiyordum.

"Aslı." Babaannenin tüm neşesi kaybolmuştu. "Eyüp'ün ablası." Kadının sesindeki üzüntü dikkatimden kaçmadı. "Üç gündür onu hiç görmedim." Penceredeki siyah saçlı kıza hüzünlü gözlerle baktı. "Aslı seninle yaşıt ama on iki yaşında geçirdiği bir kaza yüzünden sakatlandı. Yedi yıldır odasından hiç çıkmadı. Tekerlekli sandalyeye mahkûm kaldığı için kendisini herkesten soyutluyor." Kıza üzüldüm ama bu, odaya kapalı kalmak için saçma bir bahaneydi bence.

"Onu odasından çıkarmayı denemediniz mi?"

"Bunu istemiyor." Doğrudan kimse ne istediğini söylemezdi zaten. "Ona sorarsanız tabii istemez." Eve doğru yürümeye başladığımda arkamdan bağırsa da umursamadım.

Çiftliğe girdiğimde merdivenlere yöneldim. Ahşap merdivenlere bastıkça gıcırtılı sesler çıkıyordu. Kızın kapısını tıkladım ama içeriden ses gelmeyince içeri girdim. Odası, benim odama benziyordu. Ahşap ve antika eşyaların çoğunlukta olduğu tarihi bir oda gibiydi. Pencereden dışarı bakan kız, tekerlekli sandalyesini çevirip bana dönünce anladım ki burada olmam onu mutlu etmedi. "Sen kıyafetlerimi giyen şu gürültücü kız olmalısın. Geldiğinden beri çiftlikteki sesler dinmek bilmiyor." Rahatsız çıkan sesiyle söylediklerine alınmadım. Buraya kıyafet getirmemiştim. Babaannesinin bana getirdiği tişört ve pantolon ona ait olmalıydı.

"Sen de şu acınası varlıksın anlaşılan." Yüzümü ekşiterek onu süzdüm. "Böyle yaşamak yerine intihar etmeyi hiç düşündün mü?" Bunu sorduğumda önce yutkundu ve hemen ardından kaşlarının kavisi çatıldı. Sanırım böyle şeyler söylememi beklemiyordu.

Kesinlikle iyi bir başlangıç yaptım.

"Çık odamdan!" diye öfkeyle bağırdığında onu umursamadan yatağının üzerine oturdum. "Ben senin yerinde olsam kendimi öldürerek herkese büyük bir iyilik yapardım." Gözlerim bileklerindeki kesik izlerini görünce bunu zaten denediğini anladım.

Kömür gibi kapkara gözleri olan kızın fazla güneş görmediği için beyaz ve pürüzsüz bir teni vardı. Zayıf biri olduğu için sandalyesinde küçücük kalmıştı. Ancak dağınık topuz yaptığı saçları ve yuvarlak yüzüyle sevimli bir güzelliği vardı. "Bana hakaret etmen bittiyse odamdan defol!" Bu kız nedense bağırmaktan başka bir şey bilmiyordu.

Ayağa kalkarak ona doğru yürüdüm. "Sıkıldım, sakat kız." *Sakat* kısmına bilerek vurgu yapmam onu üzmüştü. Belli etmemeye çalışıyordu ama gözlerini kaçırması bile onu ele veriyordu. "Ne oldu?" Alay ederek onu küçümsedim. "Sen de kendini böyle görmüyor musun? Ama ben söyleyince acıttı, değil mi? Diğerleri sen kendine zarar verdikçe üzülüyorlar ve sen buna rağmen intihara kalkışıyorsun. Lakin ben ölmen gerektiğini söyleyince içinden benim kalpsiz olduğumu geçiriyorsun." Dikkatli bir şekilde ona biraz daha yaklaştım. "Etrafındaki insanlar değil, sen kendine acıyorsun ve ben acınası biri olduğunu söyleyince bana kızıyorsun. Oysaki ben sadece senin aklından geçenleri söylüyorum." Tek kelime etmeyince onu kendi haline bırakıp kapıya doğru yürüdüm. Ters psikoloji çoğu zaman böyle durumlarda işe yarardı.

"Birkaç gün sonra gideceğim," deyip ona döndüm. "Ama gitmeden önce bir arkadaş istersen buradayım." Bunu ona hatırlattıktan sonra odasından çıktım.

Merdivenlerden indiğimde aşçı Halime teyzeyi gördüm. Kocaman göbeği olan kadının yaptığı yemekler çok güzeldi. Etrafına bakınarak birini arıyordu. "Kimi arıyorsun?" dedim. Islak ellerini önlüğüne silerek başını kaldırdı. "Yine yemek aşırmak için mutfağa gitmeyi düşünüyorsan, bu sefer seni evin hanımına söylerim, hırsız!" dedi. Kendimi tutamayıp kıkırdadım. "Hadi ama Halime teyze, alt tarafı ara öğün hakkımı aldım." Kollarını göğsünde birleştirince, "Ne var yani beş ara öğünüm varsa!" dedim. "Kuş kadar yemek koyuyorsun tabağa, cimri kadın. Şu haline bak, kalan yemekleri yiyerek kocaman olmuşsun." Etraftaki birkaç çalışan kıkırdarken kadın gözlerinden ateşler çıkarıyordu.

Onun yüzünden burada aç kalıyorum.

Dişlerinin arasından, "Demek öyle!" dediğinde onu kızdırdığımı anladım. "Akşama börek istiyorsan gidip sütü sen sağacaksın yoksa yapmam dünkü börekten." Dün akşam yediğim börek aklıma gelince iştahım açıldı. "Sen git malzemeleri çıkar hatun, süt işi bende," diyerek çapkınca sırıttığımda bir an gülecek gibi olmuştu. Ama bana kızgın olduğu için gülüşünü saklamak zorunda hissetti kendini.

Yanındaki genç kadına bakarak beni gösterdi ve "Şu işgüzarı süt alacağı yere götür, Esma," dedi. Gözlerindeki intikam ateşiyle bana sinsice bakarak mutfağa gitmişti.

Otuzlu yaşlardaki Esma ablaya baktım. Kızıl saçlarını yine bana hava atar gibi açmıştı. Bu kadının saçlarını gördükçe kendi siyah saçlarımı boyatmak istiyordum. "Hadi, markete gidelim Esmacığım," diyerek yanına gittiğimde diğer iki çalışan, yani Ömür ve Çiğdem de gülerek yanımıza geldiler. "Bunu kaçırmak istemiyoruz," diye kıkırdadıklarında Esma abla gülerek başını sallamıştı. *Bir marketin nesini kaçırmayacak bu aptallar?*

Çiftliğin bahçesinde Esma ablayı takip ederken babaanneyi ve kâhyayı gördüm. "Nereye götürüyorsun kızı Esma?" dedi babaanne. Esma babaanneye güldü ve "Küçük Hanım Ferhunde'den süt alacakmış hanımım," dedi. Babaanne ve kâhyası önce şaşırdı fakat hemen sonra onlar da gülmeye başladı. "Öyle mi? Biz de geliyoruz," dediler. Gülerek peşimizden gelmelerine bir anlam veremedim. Bu insanların çok tuhaf olduğunu düşünmeye başlamıştım. *Alt tarafı bir market oğlum, Allah'ın görgüsüzleri hiç markete gitmemiş gibi davranıyorlar.*

Çiftliğin etrafından dolanarak ahırın önünde durduğumuzda şaşırmış bir halde Esma'ya baktım. "Ee, hani, Ferhunde Market nerede?" Marketi sorduğumda hepsi kıkırdayıp içeriyi gösterdi. *Ne yani, market ahırın içinde mi? Demek ki çiftlikteki marketler ahırda oluyor.*

Kapıyı açarak cümbür cemaat içeri girdiğimizde sıra sıra dizilmiş inekleri görünce afalladım. Burnuma gelen gübre kokuları sebebiyle yüzümü buruşturup Esma'ya baktım. "Burada inekler var ama," dediğimde gülerek kocaman, siyah bir tosunu gösterdi. "Tanıştırayım, süt için geldiğimiz Ferhunde Market," deyince gözlerimi irice açtım. Bu tosun muydu Ferhunde? Dur bir dakika, bunlar bana sütü doğal yollardan aldırmayı düşünmüyordu, değil mi? Hem de bir tosundan!

"Süt mü sağacağım? Hem de bir tosundan?" Şaşkınca sorduğum soru sebebiyle hepsi çok eğleniyor olmalıydı ki gülmemek için kendileriyle mücadele ediyorlardı. "Bu bir inek, yani dişi, Yankı ve adı da Ferhunde," dedi babaanne. Uzaylı görmüş gibi babaanneye bakıyordum. "Boğa bu babaanne! Şuna bak, arenaya çıkmayı bekleyen kara bir boğa ve kırmızı pelerin olmaya hiç niyetim yok!" dedim. Hiçbir güç beni bu tosun ile yüz göz edemezdi. *Allah aşkına, bunun inek olduğunu hiç sanmıyorum.*

"Korkacağını tahmin etmiştim." Babaannenin benimle derdi neydi, bilmiyordum. "Sen ne anlarsın süt sağmaktan? Sen git, ağaçlara tırman dur, dağ keçisi." Babaanne herkesin içinde alayla konuşunca kaşlarımı çattım. "Sırf sana kapak olsun diye sağarım ben bunu Firavun'un Kızı!" Gözleri meydan okur gibi bana baktığında lanet olsun ki çok çabuk gaza geldiğimi çözdüğünü anlamıştım! "Yap da görelim." Şimdi tükürdüğünü yalamak olmazdı. Ayrıca bir süt sağmak ne kadar zor olabilir ki?

Askıdaki kovayı ve duvarın yanında duran küçük tabureyi alıp kara boğanın bölmesine girdim. Tabureyi inek kılığına girmiş boğanın arkasına koyacağım esnada, "Yandan oturman gerekiyor arkasına geçersen çifteyi yersin," diyen babaannenin eğlenen sesiyle yüzüme zoraki bir gülümseme kondurdum. "Biliyoruz herhalde, fettan kadın," diye homurdanarak tabureyi onun gösterdiği şekilde koydum. Derin bir nefes aldım ve kovayı ineğin kafam kadar olan memelerinin altına bırakıp oturdum. *Memeleri olduğuna göre gerçekten de inekmiş. Nerede görülmüş bir ajanın boğa, pardon inek sağdığı? Yemin ederim gitti tüm karizmam.*

Elimi uzatıp memesini kavradığımda kuyruğuyla bana vurdu ve korkuyla elimi çektim. "Öncelikle bir konuda anlaşalım, Ferhundeciğim. Ben kesinlikle sapık değilim." Diğerlerini ineğin dev cüssesinden dolayı göremiyordum ama gülme sesleri kulaklarıma geliyordu.

"Babaanne, bak kim geldi!" Eyüp'ün sesini duydum fakat gelen kişiyi merak etmiyordum. O yüzden gurur meselesi yaptığım işime devam ettim.

Elimi tekrar uzatıp memesine dokuduğumda, huysuzca sesler çıkaran inek yüzünden yine ürkerek elimi çektim. "Ama artık ayıp ediyorsun, Ferhunde." Huysuzluk çıkartan ineği itinayla kınadıktan sonra saçlarımı kulağımın arkasına sıkıştırdım. "Sana sapık değilim diyorum, niye anlamıyorsun? Biliyorum, özel bölgene dokunmam hoşuna gitmiyor ama düşündüğün gibi değil. Şimdi memelerini sıkmama izin ver, lütfen." Çıkan kahkaha sesleri arasında tanıdık birinin gülüşünü duyduğuma emindim. Ancak önceliğim Ferhunde olduğu için pek üzerinde durmadım.

Elimi uzattığımda inek yine kuyruğuyla bana vurunca ofladım. "Ne diyeyim? Meme yerine göğüs mü diyeyim, Ferhunde?" Kuyruğunu kırbaç gibi üzerimde kullanması sinirlerimi bozuyordu. "Boğa, pardon ineksin sen ve bir ineğin göğüsleri olmaz, memeleri olur. Lütfen kendimizin farkına varalım artık," diye homurdanıp isyan ettiğimde diğer hainler gülmekten çatlayacaklardı artık. *Gülmeleri umurumda değil, Ferhunde ile orta yolu bulmam şart. Bir ineği nasıl ikna edeceğimi bilmiyorum.*

Tekrar şansımı deneyerek elimi ürkekçe memesine doğru uzattım. "Bana biraz süt verirsen söz veriyorum seni bir tosun ile tanıştıracağım." Biraz yalan fena olmazdı. "Tamam, senin de tipin tosun gibi ama ne var canım, biraz az yer ve formuna dikkat edersen bence çekici bir inek olabilirsin. Biliyorum, şu anda seni ellerken iltifat etmemi yanlış anlıyor olabilirsin ama kendi hemcinslerim ilgimi çekmiyor." Memesini kavrayıp sertçe sıktım ama bana vurmak için bir ayağını kaldırınca çığlık atarak ayağa kalktım. "Allah senin de belanı versin, Ferhunde!" Beni deli ettiği için bağırarak ondan uzaklaştım. *Bu inek milletine iyilik yaramıyor, arkadaş!*

"Salak inek, alt tarafı biraz süt alacaktım, oğlum. Çirkin ve tipsiz hayvan!" diye bağırdım. "Sana yok tosun, inşallah ahırda kalır, kız kurusu olursun!" Beni insanlıktan çıkardığı için öfkelenerek onun bölmesinden çıktım. Gülen grubun içinde gördüğüm kişiden sonra olmayan şansıma tüm bedduaları gönderdim. *Ne zamanlama ama!* Böylesini arasa bulamazdı. *Biri beni kendi rezilliğimin içinde öldürsün.* Gelmek için tam zamanını bulmuştu, vicdansızın oğlu.

Kahverengi gözleri, elimdeki boş kovaya ve sinirli halime baktıkça keyifle ışıldıyordu. Gülerek, "O inekle olan sohbetine hayran kaldım," dediğinde ona ters ters bakıp yanındaki yaşlı kadını gösterdim. "Babaanneniz olacak bu Firavun'un Kızı beni oyuna getirdi." Rezilliğimden dolayı doğru düzgün kimsenin yüzüne bakamadığım için homurdanarak ahırdan çıktım. O ihtiyarın gazına gelerek rezil olmuştum.

Onlar da peşimden gelince bahçeye çıktık. "Gidelim hadi." Buraya beni götürmeye geldiğini biliyordum ve bu iyiydi. Üç gündür hep otuz yaş üstü insanlarla zaman geçirmekten gına gelmişti. Genç olarak Aslı ve Eyüp vardı fakat onların da biri çocuktu, diğeri ise depresyondaydı.

Alaz başını salladığında babaanne yoluma taş koymaya yeminli gibi araya daldı. "Kızı götürüyor musun?" Babaannesinin üzgün yüzüne bakan adam şaşırdı. "Senin onu götürmem için ısrar etmen gerekmiyor mu? Buraya gelirken seni canından bezdirdiğine emindim." Bu adam beni ne sanıyordu? Tamam, sivri dilli olabilirdim ama bu çiftlikteki herkes görmüş geçirmiş insanlardı. Benim tüm zararım sadece dilimdeydi ve onlar bunu biliyordu.

"Sen kalmak istemiyorsan hep yaptığın gibi git." İnadından taviz vermeyen yaşlı kadın kırgın bir sesle konuştu. "Ama bu dağ keçisi, bir süre daha burada kalacak." Alaz şoka girerken, Kemal amcanın söyledikleri onu iyice afallattı. "Yankı kızımız çenesiyle hepimizi bezdirse de biz onu çok sevdik. O geldiğinden beri evdeki herkes üzerindeki ölü toprağından kurtuldu, efendim." Alaz'ın sorgulayan bakışları beni bulunca sessiz kaldım. Buraya gelirken bunları duymayı beklemediği çok açıktı. Tabii, hepsi tüm gün peşimden koşup rezilliklerime gülmeye alışmışlardı. Burada resmen palyaço görevi görmüşüm de haberim yokmuş.

"Gidiyorum." Onlara sitem ederek ben de gitmek için inat ettim. "Bu ihtiyar grubunun bir üyesi olmaya hiç niyetim yok. Vampir sürüsü gibiler yemin ederim. Çiftliğe taze kan gelmiş gibi iliğimi kuruttular. Hele babaanne, nereye gitsem peşimde." Alaz'a bakarak çiftliğin dışını gösterdim. "Derhal gidiyoruz, sevgili Buzdağı." Arkamı dönüp buradan kurtulmak için özgürlüğe doğru bir adım atmıştım ki kalpsiz adam tişörtümün ense kısmını kavrayarak beni durdurdu. "Bence birkaç günlük tatil bize iyi gelir." Şaka mı yapıyordu bu? Onca işimizin içinde ne tatiliydi bu? Daha Yosun'un üstlendiği göreve başlayamamıştım bile.

Tişörtümü kurtararak *olmaz* dercesine kararlı bakışlarımı ona yöneltttim. "Bize mi?" dedim. Az önce neden çoğul kullanmıştı? "Siz niye kalıyorsunuz şimdi? Ayrıca cümlenizin içindeki 'bize' kısmı hiç hoşuma gitmedi. Ben varım, siz varsınız ama biz diye bir şey yok." Hiç çekinmeden tavrımı net bir şekilde ortaya koydum. Sonradan sorun yaşamamak için her şeyi önceden hatırlatmak en iyisiydi.

Gözleri şeytani bir şekilde ışıldarken, dudağının köşesinde o hayran olunası gülüşü belirdi. "Şu üç günlük tatilde biz olacağımıza eminim," diyerek çapkınca bana göz kırptığında yerimde kaskatı kesildim. Allah aşkına, bu adamın aklından yine ne şeytanlıklar geçiyordu?

"Sizin aranızda tam olarak ne var?" Babaannenin imalı sorusuyla diğer çalışanların sırıtarak bize baktığını gördüm. "Fesatlaşmayın lütfen," diye homurdanarak elimle Alaz'ı gösterdim. "Bu adam deli gibi benden etkileniyormuş ama gördüğünüz gibi ben hiç pas vermiyorum. Neden? Çünkü yaşlı adamlar dikkatimi çekmiyor ve evet, senin de hiç şansın yok Kemal amca. Artık acı gerçekleri duyduğuna göre peşimde dolanmayı bırakırsın." Yaşlı adam gülünce ağlamak istedim. Burada kaldığım süre boyunca kolay kolay beni takip etmeyi bırakmayacağını ne yazık ki biliyordum.

Söylediklerime bozulmak yerine iyice keyiflenen Alaz, "Doğru söylüyor," dedi. Oyunbaz bir sinsilikle gözlerimin içine bakarken bunu inkâr etmedi. "Ondan etkilendiğim doğru." Sesinde yalan yoktu, bakışları ise gerçeği haykırıyordu. Alaz Altuğ Sipahi bu sözleri öyle bir duygu yoğunluğuyla söylemişti ki her kelimesi ilk kez içime işlemişti. Yıllardır varlığını unuttuğum kalbimin kuş gibi çırpınışını duyuyordum.

Kalbim korktuğum şey yüzünden hızlanmış olamaz, değil mi?

Herkesin yanında yaptığı bu zamansız itirafı beni rahatsız etmişti. "Benim uykum geldi." Bana olanlardan korktuğum için aceleyle bir şeyler geveledim ve çiftliğe doğru koştum. Ondan ne kadar uzak olursam benim için o kadar iyi olacaktı.

Arkamdan keyifli sesini maalesef yine duydum. "Kaç bakalım, Sedef. Şu üç günde nereye kadar benden kaçabileceksin, merak ediyorum." *Doğru söylüyor, bu dağın başında nereye kaçacağım oğlum ben! Üç gün boyunca şu göğsümdeki geri zekâlı kalbimi kontrol altında tutmalıyım. Buradan kurtulup tesise döndüğümüzde bulursa sıkıştırır bu ruhsuz.*

7. BÖLÜM

Çocukların neden hayal güçleri bu kadar uçuk, anlamıyorum. Tamam, benim de çocukken bir hayali arkadaşım vardı ama ben büyüyünce uçup gitti. Tabii, benim hayali arkadaşımla olan ilişkim nefrete dayalıydı. Şiddetli geçimsizlikten boşanmanın eşiğine gelen bir nefret ilişkisi diyebilirdik çünkü benim hayali arkadaşım rahmetli Ercan'dı. O kedinin üzerine düşüp onu kazayla öldürünce, bir yıl boyunca kediyi her yerde görmeye başladığımı hatırlıyordum. Zavallı vicdanım arada bir sızlarken Ercan'ı gördüğüm her yerde elime bir taş alıp onu kovalamam kesinlikle çocukluktandı. Kedilerden nefret etmem, Ercan'ın ölümüyle başlamıştı. Hayvan ölüp gitmiş ve bir yıl boyunca ruhu bana resmen musallat olmuştu. Altı yaşında bir çocuk düşünün ki boşluğa tekmelerini geçiriyor. Size deli gibi geldi, değil mi? Ama aslında hayali arkadaşı olan kediden kurtulmak için onu tekmeliyordu. Eminim, kimsenin aklına böyle bir şey gelmezdi.

Kuzey her *ne yapıyorsun* diye sorduğunda ona yalan söyleyip, "Ayak kaslarımı esnetiyorum," demek de doğru değildi, biliyorum. Fakat ona, "Senin görmediğin ama benim gördüğüm kedinin ruhunu tekmeliyorum," demek bence hiç hoş olmazdı.

Demek istediğim, Ercan ile geçirdiğimiz bir yılın sonunda yurttan kaçınca onun ruhunu geride bırakmıştım. Ondan sonra da hiç hayali arkadaşım olmamıştı ama ben çocukken bile olmayan şeyleri görmezdim. Peki, Alaz'ın dokuz yaşındaki yeğeni niye elinde bir ışın kılıcı olduğunu iddia ediyordu? Çocuğun eline bakıyordum, hiçbir şey yoktu ama Battal Gazi gibi hayali kılıcını üzerime sallayıp duruyordu. Bahçe keyfimin içine eden çocuğa bir ışın kılıcı olmadığını anlatmanın bir yolunu bulmalıydım. "Savun kendini, beyin düşmanı zombi!" diye bağırarak olmayan kılıcını havada salladı ve üzerime yürüdü. Fakat ben zombi kısmına takılıp kalmıştım.

"Ben niye zombi oluyorum şimdi! Şeker kız Candy'nin yeri boş ise o rolü alabilirim." Eyüp hayali kılıcını karnıma saplayınca, "Ah!" diye inleyerek karnımı tutarken kesik kesik bir nefes koyuverdim. "İntikam!" diye bağırarak kollarımı her iki yanıma açtım. Başımı öne doğru sarkıtıp yamuk adımlar atmaya başladım. "Beyin!"

"Hayır!" Eyüp hayali kılıcını bana doğru defalarca savurdu ama ben baygın gözlerle tıpkı bir zombi gibi yavaş adımlarla ona doğru yürümeye devam ediyordum. "Ama sen ölmüyorsun," dedi. *Biri şu çocuğa zombilerin zaten ölü oldukları için ikinci kez ölmeyeceklerini söylesin.*

"Beyin!" Ona yetiştiğimde çığlık atarak kaçmaya başladı. "Dayı!" diye bağırdığında bir ağacın altında duran ve bizi izleyen adamı yeni fark etmiştim.

O gülümsüyor mu?

Eyüp koşup dayısının arkasına saklanmak için vakit kaybetmedi. "Dayı, Yankı ablam zombiye dönüştü ve ışın kılıcımı pençeleriyle kırdı!" Elindeki hayali kılıcını gösterince bu sefer kararlı bir şekilde kılıcı görmeye çalışıyordum. Görmediğim o şeyi ne ara kırdım, onu bile bilmiyordum. Hem pençeler mi dedi o? *Bu çocuğun uçmuş kafasından ben de istiyorum arkadaş.*

Alaz gülerek yeğeninin saçlarını okşarken, yüzündeki gülüşü koruyarak bana tebessüm etti. "Bir şekilde buradakilere kendini sevdirmişsin. Kendi kendine konuştuğun yetmiyormuş gibi hayvanlarla da konuşuyorsun ve çocuklarla aran çok iyi. Söylesene, tam olarak nesin sen?" Alay ederek konuşsa da bana olan bakışları fazla düşünceliydi. *Harika!* Farkında olmadan onu gerçekten etkiliyor olmalıydım. *Aman ne güzel!*

Kollarımı öne doğru uzatarak sorduğu soruya cevap vermiş oldum. "Beyin!" Sonuçta ne olduğumu sormuştu, değil mi? Sanırım ben şu anda bir zombiydim. Eyüp çığlık atarak çiftliğe doğru koşunca, Alaz gülmeye başladı. "Zombi, ha?" *Ne kadar da zeki bir adam azizim. Hemen de anladı.*

Eyüp'ün gittiğini görünce içimdeki beyin canavarı olan zombiyi rafa kaldırdım ve tekrar insan formuna döndüm. "Pardon da benim ne halt olduğumdan size ne?" Onu tersleyerek yürümeye başladığımda, elindeki hasır sepetle bana doğru gelen aşçı kadını gördüm.

"Yankı, git bana kümesten yumurta getir." Kadının sinsi bakışlarını görünce gözlerimi kıstım. "Doğruyu söyle hatun, kümesin içinde tavuk yerine bir boğa mı var?" Ferhunde vakasını henüz unutmamıştım.

Sepeti elime tutuşturan kadın, zaafımı bildiği için yine o sinsi gülüşünü bana sundu. "Altı yumurta getirmeyi başarırsan sana çayın yanına üzümlü kek yapabilirim." Gözlerim anında ışıldarken büyük bir açlıkla başımı salladım. "Öyle desene Halime Hatun. Altı yumurta ne ki, ben sana bir sepet dolusu yumurta getireceğim." Aşçı ve Alaz göz göze geldiklerinde o şeytani bakışları dikkatimden kaçmadı. Aklım, yiyeceğim kekte olduğu için bunu görmezden geldim.

"Ee, hadi git o vakit." Eliyle ahırın diğer tarafındaki tahta kulübeyi gösterince onları bırakıp yürümeye başladım.

Bir yumurta almak ne kadar zor olabilir ki?

Elimdeki sepetle kulübenin kapısını açarak içeri girdim. Sıra sıra dizilmiş kızıl, beyaz ve siyah tavukları gördüm. Hepsi yuvalarında duruyordu. Kümesin içinde gezinen tavukların arasından geçtim ve çilli bir tavuğun yanında durdum. Besili tavuğa gülümseyip elimdeki sepeti gösterdim ve "Acaba kalkar mısın? Altında yumurta varsa onu alacağım," dedim. Tavuk beni görmezden gelerek sadece boş boş bakıyordu. Bir tavuk tarafından ilk kez görmezden geliniyordum.

Belki de izin almana gerek yok, al gitsin diyordur.

İçimdeki sese uydum ve elimi tavuğun yumuşak tüylerine daldırıp altına uzattım. Ancak ben elimi uzattığım an tavuk öyle bir gıdaklamıştı ki korktum. Tavuğun altındaki şeyi alıp çektim ve tüylerini kabartan tavuk, tiz sesler çıkartarak üzerime atladı. Dehşete kapılmış gibi bağırıyordum. Salak tavuk artık tavuk dilinde diğerlerine ne söylediyse, o tavuklar da çıldırmış gibi üzerime atlamaya başlamıştı. Kafamı deşen gaga darbelerinden kendimi korumaya çalışırken, bana doğru gelen kocaman horozu görünce bir küfür savurdum. Renkli ve uzun tüylerden oluşan kuyruğuyla bu şey kümesin ağası gibiydi. "Valla ağam, senin bu hatunlar çıldırdı. Çok eşli bir hayat sürdüğün için seni tebrik ediyorum. Bu kadar kadını idare etmek her yiğidin harcı değil." Tam yağ çekmeye başlamıştım ki horozun üzerime atlamasıyla bağırarak kümesten çıktım. *Akşama bu horozu yemekte görmek istiyorum! Tabağımda ve pişmiş bir halde!*

"Bir yumurta lan alt tarafı, Allah'ın cimrileri!" diye haykırarak kaçarken arkamda koca bir tavuk sürüsü vardı. *Kahretsin!* Bunlar niye hep benim başıma geliyordu?

Saçlarıma pençelerini geçirmiş ve kafamı gagalayan bir tavuk başımın üstünde dururken diğerleri peşimdeydi. "Saçıma pislersen gebertirim seni! Hemen in oradan aşağıya!" Çığlık çığlığa kaçarken bir yandan da kafamdaki tavuğu rencide ediyordum.

Duyduğum gülüşme seslerinden sonra Alaz ve babaanneyi gördüm. Sadece onlar olsa iyi, tüm çalışanlar tam kadro buradaydı. Bana tuzak kuran hain aşçı da oradaydı! "İnsan mısınız oğlum siz!" Kafamdaki tavuğu yere fırlattım ve peşimdeki tavuk sürüsüne bakıp daha da hızlandım.

Ancak makus kaderim her yerde kendisini belli ettiği için kendimi aniden yerde bulmuştum. Düştüğüm yerde etrafımı saran tavukları görünce dehşete kapıldım. *Bu ne ya, bildiğin çete bunlar!* Özellikle kocaman horoz emin adımlarla bana yaklaşıyordu. "Çok eşli, sapık hayvan!" *Hele bana bir saldırsın diğer tavuklara ibret olsun diye o kafasını kopartırım.*

Etrafımı kuşatan hayvanlar gittikçe bana yaklaşırken, "Sevgili Bay Buzdağı? Oradan izlemek yerine neden bir şey yapmıyorsunuz?" diye kaşlarımı çatarak öfke içinde gürlediğimde pislik adam gülüşünü saklamaya çalışıyordu. "Elindeki küçük civcivi bırakmayı dene." Neden bahsettiğini anlamıyordum. Yumurta dışında ne vardı ki elimde? Başımı usulca eğince avucumda sıkıca tuttuğum şeyi gördüm. Tavuğun altında yumurta yerine civciv mi vardı?

Elimdeki sarı civcivden bakışlarımı çekip besili tavuğa sitem etmeye başladım. "Kuluçkada olduğunu söylemek aklına gelmedi mi kuş beyinli?" Bu yüzden çıldırdı, değil mi? Annelik böyle bir şey olsa gerek.

Tavuk tüylerini kabartarak tekrar saldırıya geçince panikledim. "Tamam, şimdi yavaşça yavrunu yere bırakıyorum!" Elimdeki civcivi yere bıraktım fakat civciv hiç kıpırdamıyordu.

Allah'ım, ölmüş olabilir mi?

Yutkunarak tavuklara bakarken, ikinci kez bir hayvanı öldürmenin üzüntüsünü çekiyordum. Gerçi her ikisi de bilerek olmamıştı. Kuzey'in kedisinin üzerine kazayla düşmüştüm ve elimde bir civciv olduğundan haberim yoktu. "Kaybımızdan dolayı bedbaht bir durumdayım," dedim. Tam şu anda ağlamak istiyordum ama ölümlü dünyada her fani, bir gün ölümü tadacaktı sonuçta. Onlardan birini canice öldürmüştüm.

Küçük civciv kıpırdamaya başlayınca rahat bir nefes aldım. Önce kıpırdandı ve hemen sonrasında ayağa kalkarak annesine doğru gitti. Annesine doğru attığı paytak adımlar tebessüm etmemi sağlamıştı. Onlara ait olanı alan tavuklar, nihayet beni rahat bırakıp kümese doğru gittiler. Ayağa kalkarak izleyicilerime kınarcasına baktım. "Bana suikast girişiminde bulunmayın artık. Önce inek, şimdi de tavuk! Ne oluyor ya? Hayvanlar üzerinden bana bir mesaj mı vermek istiyorsunuz?" dedim ve somurtarak çiftliğe doğru yürüdüm. Arkamdaki kıkırtıları duymak daha hızlı yürümemi sağlıyordu.

Çiftliğe girip doğrudan Aslı'nın odasına daldım. Yine kitap okuyan kız bana ters ters bakarak, "Kapıyı çalmak nedir, bilmez misin sen?" deyince ofladım. Bu kız ne kadar da asık suratlıydı böyle. Tüm gün odada suratsız bir şekilde boş boş oturmak onu yormuyor muydu?

Omuz silkerek yatağının üzerine oturduğumda elindeki kitabı kapatarak beni süzdü. "Saçında neden tüyler var?" Dağınık saçlarıma bakarak yüzümü buruşturdum. "Sinsi aşçınız yüzünden tavukların gazabına uğradım. Bu evdeki herkes resmen kuyumu kazıyor." Leş gibi tavuk koktuğuma emindim, bir yumurta yüzünden başıma gelmeyen kalmamıştı.

"Uzun zamandır bu evde Eyüp dışında kimse gülmüyordu." Bana bakarken eskisi gibi önyargılı değildi. "Bir şekilde onları mutlu ettiğin için seni sevdiler." Düşünceli bir sesle konuşmuştu. Tekerlekli sandalyesini pencerenin yanına yaklaştırıp dışarıyı izlemeye daldı.

"Peki, onları mutlu eden neden sen olmuyorsun?" dediğimde başını çevirip alayla bana bakınca güldüm. "Doğru, sen acınası bir varlıksın, değil mi?" Bana cevap vermedi ama bakışları beni onaylıyordu.

"Kendin hakkında böyle düşündüğün için kendinden utanmalısın." Kınayan bir sesle konuşarak onu yine kızdırdım. "Nefes alıyorsan mutlu olmak için mutlaka bir şeyler vardır." Kaşlarını çatarak acısını hırçın tavırlarıyla gizlemeye çalışıyordu. "Sen nereden bileceksin ki!" Bana bağırması beklediğim bir davranıştı. "Bir sandalyeye mahkûm olmayı bilemezsin! Benim yaşadığım hayatı sen yaşamıyorsun, o yüzden kes sesini!" Azarlaması beni etkilemiyordu çünkü herkes kendi derdini daha büyük görürdü.

"Haklısın, bilemem." Ayağa kalkarak yanına gittim ve elimle dışarıyı gösterdim. "Orada bir yerlerde beni öldürmek isteyen bir katil var. Annem tarafından defalarca öldürülmeye çalışıldım ve yedi yaşına kadar bir yurtta kaldım. Sonra bir katil tarafından kolumdan damgalandığım için yurttan kaçtım. Yıllarca çocuk halimle sokaklarda yatıp kalktım ve çöplerdeki yemek atıkları ile beslendim." Bunları sırf kendi acısına odaklanmasın diye anlatıyordum. Başka kötü yaşanmışlıkların da olduğunu ona göstermek istiyordum.

"On dört yaşında bir gece neredeyse tecavüze uğruyordum ve o gecenin sabahında işlemediğim bir cinayetten tutuklandım. Çocuk yaşta girdiğim dört duvar arasından yirmi yaşında genç bir kız olarak çıktım. Birkaç ay önce dışarı çıkınca beni damgalayan kişinin peşimde olduğunu öğrendim. İş arkadaşımı öldürdü ve sürekli beni tehdit ediyor. Sorumsuz annem yıllar sonra çıkıp geldi. Ah, bir de henüz belli olmayan iki babam var." İnsanlar sadece kendi yaşadıklarını gözlerinde büyütürdü. Oysaki bir yerlerde bizden daha kötü şeyler yaşayan birileri mutlaka vardı.

"Gördüğün gibi ben kesinlikle seni anlayamam çünkü tekerlekli sandalyeye mahkûm olmak altı yıl cezaevinde kalmaktan daha kötü. İntihara bile kalkışmaktan daha kötü, değil mi? Bacaklarını kaybetmek taciz edilmekten daha kötüdür. Yanında dayın, kardeşin ve babaannenin olması kimsesiz kalmaktan daha kötü, değil mi? Her gün ayağına bir tepsi dolusu yemeğin gelmesi, çöpteki bayat ve küflü ekmeklerden daha berbattır. Sıcak yatağında uyumak, buz gibi zeminde yatmaktan daha rahatsızdır. Temiz ve yumuşacık kıyafetlerin içinde olmak, karın altında eski kıyafetlerle uyumaktan daha kötüdür. Haklısın, ben senin yaşadıklarını anlayamam çünkü sen sakat kaldın, değil mi?" Bunları itiraf etmek hoşuma gitmese de bazı şeyleri artık anlamalıydı. Burada kaldığım günlerde sık sık odasına geliyordum ancak kafasındaki o acınası düşünceler hiç değişmiyordu.

Söylediklerime karşı yutkunarak başını başka tarafa çevirmişti. "Hepsini yaşadın mı?" Hiç yaşamamayı dilerdim ama bazı şeyler bizim isteğimize bağlı değildi. Ne yazık ki her dilek gerçekleşmiyordu.

"Peki, bütün o şeylere rağmen nasıl gülebiliyorsun?" Kapıya doğru yürürken omuz silktim. "Aldığım nefesin hakkını veriyorum. Ben Yankı Sarmaşık'ım, ben izin vermedikçe kimse beni yıkamaz." Ben başıma gelen her şeye inat, düştüğüm yerden daha da güçlenerek kalkmasını bilirdim.

Bu sözlerimi düşünecek. Biliyorum.

Onun odasından çıktığımda karşımda Alaz'ı buldum. Aslı'nın kapısına bakıyordu. "Ona ne söylersen söyle mutlu olmayacaktır. Aslı odasından çıkmaz, Sedef." Yeğeninin kapısına boş gözlerle bakarken konuştuğumuz her şeyi duyduğunu düşündüm.

"Bana ne?" Aslı'ya karşı fazla düşünceli davrandığımı anlasın istemiyordum. "Dışarı çıkmıyorsa kendi bilir ama akşam yemeğinde çıkacağına bahse girerim." Kendi odama doğru yürürken, "Varım," dediğinde durdum ve "Anlamadım," dedim. Yanıma gelerek gözlerindeki o haylaz bakışlarla beni süzdü. "Bahsine varım. Aslı çıkarsa her ne istiyorsan kabulüm." Aslı onca sözden sonra kesinlikle odasından çıkacaktı. İnsanlar konusunda bugüne kadar hiç yanılmamıştım.

Ondan ne istesem ki acaba?

Aklıma gelenlerle güldüm. "Ben kazanırsam bir daha hiçbir şekilde bana yaklaşmayacak ve beni rahatsız etmeyeceksiniz." Bu adam bir şekilde beni etkisi altına almadan ondan kurtulmamın tek yolu benden uzak durmasıydı.

Hiç düşünmeden başını salladı. "Kabul ediyorum." Bana yaklaşarak üzerime eğildi. Yine bana yakın olmanın bir yolunu bulmuştu. "Ben kazanırsam..." Gözleri dudaklarımı buldu ve yutkundu. "Seni öpeceğim." *Ne dedi şimdi bu? Öpmek mi?* Bunları söylemesini beklemiyordum. Allah'ım, bu adam harbi sapıktı! Bu ne ahlaksız bir teklifti!

"Oldu canım, başka?" diyerek kaşlarımı çattığımda güldü. "Az önceki özgüvenine ne oldu? Yoksa korkuyor musun?" Tabii ki korkuyordum! Bu işin sonunda onun tarafından öpülecek olan bendim!

"Ne münasebet." Omuzlarımı dikleştirip başımı kaldırdım. "Aslı odasından çıkacağı için korkmamı gerektiren bir durum yok." İçimden kendi çeneme lanetler yağdırıyordum. *Bir konuda da alttan alsam öleceğim sanki!*

Teklifini kabul ettiğimde keyfi yerine gelmiş gibi gülümsedi ve elini uzatarak saçlarıma dokundu. "Akşam yemeği için sabırsızlanıyorum." Saçlarımdan elini çekince, kızıl bir tavuk tüyünü avuçlarıma bıraktı ve gitti. *Hay benim lânet çeneme! Benim neyime ki onunla bir konu üzerine bahis oynamak! Aslı bu gece odasından bir çıkmasın, ben yarın ona ne yapacağımı bilirim!*

Güzel bir banyodan sonra Esma abla bana yine Aslı'nın kıyafetlerinden getirmişti. Siyah tayt ve beyaz tişört tam üzerime göreydi. Günün geri kalanında Alaz'ı görmemek için odamdan hiç çıkmadım çünkü onun odası benim odamın karşısındaydı. Ne kadar kaçsam da akşam yemeği saati gelmişti. Derin bir nefes aldıktan sonra odamdan çıkarak Alaz'ın kapısını kontrol ettim. Umarım birden o kapı açılmaz ve dışarı çıkmazdı. Koridorun sonunda olan Aslı'nın odasına bakarak sırıttım. Odaya doğru yürüyordum. Bu akşam onu dışarıya çıkarmaya kararlıydım. Eğer bahsi anlatırsam, eminim beni dayısından kurtarmak için aşağıya inerdi. Kapının kolunu kavrayıp tam açacaktım ki hemen arkamda duyduğum ses tüm planlarımı altüst etmişti. "Aslı'nın vicdanına oynayarak bahsi kazanmayı düşünmüyorsun, değil mi?" Evet, tam olarak düşündüğüm buydu.

Ne yani, odasından çıkmak için benim çıkmamı mı bekliyordu bu adam? Yüzüme sahte bir gülümseme kondurup ona doğru döndüm. "Yok daha neler! Ben adil oynarım. Aslı'nın nasıl olduğunu merak etmiştim." Bence gerçek niyetimi bildiği için buna hiç inanmamıştı.

"Bu kadar düşünceli olduğunu görmek güzel, şimdi yemeğe inelim." Resmen benimle alay ediyordu pislik! Çünkü Aslı odasından çıkmayacak diye deli gibi korktuğumu görüyordu.

Somurtarak aşağıya indim ve yemek masasındaki yerimi aldım. İnadıma tam karşıma oturdu. Önümdeki çeşit çeşit yemeği görünce açılan iştahım sayesinde bahsi çoktan unutmuştum. Yarım saat boyunca kıtlıktan çıkmış gibi karnımı doyururken, babaanne ve Alaz oburluğuma alıştıkları için artık beni yadırgamıyorlardı. Yemeklerin bitmesiyle acı gerçekler tokat gibi yüzüme çarpmıştı. *Kahretsin!* Aslı hâlâ odasından çıkmamıştı!

Başımı kaldırıp Alaz'a baktığımda sandalyesinin boş olduğunu gördüm. "Babaanne, torunun nereye gitti?" Gazetesini okuyan kadın boş sandalyeye baktı. "En son burada oturuyordu." Elindeki gazeteyi çekip aldım. "Adam gitmiş, senin dünyadan haberin yok. Şunu okurken etrafındaki her şeyi unutuyorsun," diye onu kınadığımda eliyle önümde birikmiş boş tabakları gösterdi. "Asıl senin yemek yerken deprem olsa ruhun duymuyor. Evlilik çağındaki bir kız nasıl bu kadar yer, aklım almıyor. Yarın bir gün gelinliğin içine nasıl gireceksin, merak ediyorum." Oburluğumdan konu hangi ara evliliğe geldi, anlamadım.

"Sorun ne?" Tartışmamızı bölerek içeri giren kişi Buzdağı olmuştu. Bu adam yemeğin ortasında neden dışarı çıkmıştı ki? Üstelik durduk yere gözlerindeki o neşe de neydi? Yine ne işler karıştırıyordu?

Kollarımı göğsümde birleştirerek ona ters ters baktım. "Nereye gittiğinizi sorabilir miyim?" Yerine otururken gülümsedi. "Bir telefon görüşmesi yapmam gerekiyordu." Yalan söylediğine adım gibi emindim çünkü sesinde anlayamadığım bir mutluluk vardı.

Şimdi o, sorgular gibi bana ve Belkıs Hanım'a bakıyordu. "Siz neden tartışıyordunuz?" Babaanne, onun sorusuna balıklama atlamıştı. "Çok fazla yiyor bu kız." Yok artık, bu kadın mutlaka bana takacak bir şeyler buluyordu.

Önümde yığılan boş tabaklara bakan eğitmenim, başını sallayarak güldü. "Burada normalde yediğinin yarısını yiyor." Babaanne gözlerini irice açarak torununa baktı ve huysuzca kaşlarını çattı. "Orada bir sürü boş tabak var. Yarısı buysa, tamamını düşünemiyorum," dedi. Dehşete kapılan kadına inanamıyordum. Gerçekten abartıyordu çünkü sandığı kadar çok şey yememiştim. "Yakında lokmalarımı da sayarsın sen, cimri ihtiyar. Aşçının tabaklara kuş kadar yemek koyduğunu anlamak istemiyorsun. Yoksa yediğim azıcık bir şey benim. Ayrıca ben büyüme evresindeyim, bu kadar yemem normal." *Midemin derdinden ona ne?*

"Kazık kadar olmuşsun, daha ne kadar büyüyeceksin?"

"*Kazık* diyerek bana hakaret ettiğin için kendinden utanmalısın, Firavun'un Kızı. Daha çocuğum ben."

"Yirmi yaşında çocuk mu olurmuş canım."

"Olur tabii, kendimden biliyorum."

Alaz, ateş hattında kalmamak için tarafsız dururken, gülüşü bizi kızdırınca hemen savunmaya geçmesi uzun sürmedi. "Siz bana aldırmayın, devam edin." Devam mı edin?

Homurdanarak masadaki tatlı tabağını önüme çektim. Bugünlük daha fazla kavga edecek tadım kalmamıştı. "Bak hâlâ tıkınıyor." Babaanne önümdeki tatlı tabağını aldı. "Torunumun yanına yakışan bir gelin istiyorum, o yüzden az ye." Alaz elindeki su bardağıyla öksürmeye başlayınca, utanmam gerekirken kendimi gülerken bulmuştum.

Başına kalacağım diye korktu.

Kıkırdayarak eğitmenime döndüm. "Merak etmeyin, sevgili Buzdağı, kesinlikle evlenecek kızlardan değilim." Gülüşümü zor durdurduğumda öksürmesi kesilmişti. "İsabetli bir karar olmuş çünkü ben de evlenecek bir adam değilim." Kısacası diyor ki *sakın benimle ilgili evlilik hayalleri falan kurma, üzülürsün. Ne hayali? Ona mı kaldım ben?*

Nihayet yemek bitince odama çekilerek iddiayı kaybettiğim için gergin bir şekilde üzerimi değiştirdim. Alaz'ın odama gelmesinden deli gibi korktuğum için hemen ışıkları kapatıp yatağıma girmiştim. Kaybettiğim saçma bahis yüzünden onu öpmeye niyetim yoktu. "İnşallah odanda çürürsün, Aslı!" Oysaki dışarı çıkacağına çok emindim.

Karnımda bir ağırlık hissettiğimde inleyerek gözlerimi açmak için kendimi zorladım. Boynumda sıcak bir nefes vardı. Yatağım fazla mı sıcaktı? Burnuma gelen çikolata kokusu beni mayıştırıp daha fazla uykumu getiriyordu. Gözlerimi kırpıştırarak usulca açtığımda ilk dikkatimi çeken kahverengi ve parlak saçlar oldu. Uyku sersemi bir halde kendime gelmeye çalışırken, biri yüzünü boynuma gömdüğü için aşırı terlemiştim. Başımı iyice eğince kahverengi saçların sahibini gördüm. "Şu kolunuzu belimden çekecek misiniz?" Sitem etmeden duramadım. Adam resmen yüzünü boynuma gömmüş ve kollarıyla beni göğsüne hapsetmişti.

Bekle bir dakika!

Yüzü boynumda mı?

Kolları da belimde!

Bu adamın benim yatağımda ne işi var?

Gerçeklerin farkına vardığımda avazım çıktığı kadar bağırdım. *Kahretsin! Burada neler olduğunu anlamıyorum!* Bu adam neden yatağımdaydı? Aklıma gelen kan dondurucu sahnelerle korkuya kapılarak daha fazla bağırdım. Çığlığım onu uyandırınca başını kaldırdı ve yarı uykulu bir halde bana baktı. "Şunu keser misin?" Uykulu bir sesle söylediklerine karşılık daha fazla bağırınca, küfrederek eliyle dudaklarımı kapatmıştı.

Beni, "Senin sorunun ne?" diyerek azarladığında dudağımdaki elini ısırdım ve onu üzerimden iterek yatağa oturdum. Korku içinde, "Odamda ne işiniz var?" dediğimde huysuzca soluğunu verip tıpkı benim gibi oturdu. "Burası benim odam." Onu uyandırdığım için bana ters ters bakarken, söyledikleriyle gözlerimi irice açarak odayı inceledim. *Ne demek benim odam?*

Daha az ve sade eşya.

Kahretsin, burası gerçekten benim odam değil!

Kafam karışmış bir şekilde odamın nereye gittiğini sorguluyordum. "Benim burada ne işim var?" Dudağının kenarı bilmişlik içinde kıvrıldı. "Bana mı soruyorsun? Gece odama ve yatağıma gelen sensin." Bunu öyle bir sesle söylemişti ki hayatım boyunca ilk kez bu kadar çok utandığımı hatırlıyorum. Allah kahretsin, uyurgezerliğim bu sefer kendisini aşmıştı!

"Ben..." Utanç içinde bakışlarımı kaçırıp sustuğumda güldü. "Uyurgezerdin," diyerek cümlemi tamamlayınca yerin dibine girerek başımı salladım. Uyurgezer olmak insanı fazlasıyla zor durumda bırakmaya yetiyordu. *Neden herhangi bir oda değil de onun odası! Bu rezillikle yapamam, kendime atlamak için bir çatı bulacağım.*

"Sizi niye bulanık görüyorum?" Bu haldeyken takıldığım şeye inanamıyordum. Alaycı bir sesle, "Gözlüklerin olmadığı için olabilir mi?" dedi. Başımı salladığım esnada yatakta hafif bir hareketlik hissettim. Utançtan başımı kaldıramadığım için ne yaptığını görmüyordum. Önce parmaklarını yüzümde hissettim ve hemen sonrasında gözlüğümü taktı. Genelde uyurken gözlüklerimi çıkarmayı hep unuttuğum için odasına geldiğimde o çıkarmış olmalıydı.

Ben niye onun odasına gelmek gibi bir halt yedim?

Üzerinde bir şey olmadığını fark ettim, çıplak kasları görüş açıma girmişti. Çığlığımı dudaklarıma hapsederek üzerimdeki ince pikeyi usulca çektim. Pijamalarımın üzerimde olduğunu görmek rahatlamamı sağladı. Şükürler olsun ki sadece aynı yatakta uyumuştuk, daha fazlası olmamıştı. "Sadece uyuduk, değil mi?" Yine de aklımda herhangi bir şüphe kalmasın diye korku içinde bunu ona sordum. Gözlerindeki bu çocuksu muzırlık da neyin nesiydi? "Öyle mi dersin?" dedi. Çapkın gülüşü, iç çektiren çıplak kasları ve dağınık saçları nedensizce kalbimin hızlanmasını sağlıyordu.

Uyumadıysak ne yaptık?

"Ne?" dedim. Korktuğumu görüyordu. "Ne yaptık?" Ürkekçe sorduğum soruya karşılık yanımda oturan sinir bozucu şahıs bana doğru yaklaşmaya başladı. "Kokun." Ciğerlerini havayla doldururken boğuk bir sesle fısıldadı. "Yıllar sonra uyku ilaçlarının bile yapamadığını yaparak huzurlu bir uyku çekmemi sağladı." Burnunu boynuma sürterek kokumu sesli bir şekilde içine çekmesini beklemiyordum. "Senin kokuna sahip kimseye rastlamadım." Alt tarafı bir zeytin kokusu onu nasıl böyle etkiler, anlamıyordum. Ilık nefesini boynumda hissetmek aklımı başımdan alıyordu. En kötüsü ise bu yakınlığı beni rahatsız etmiyordu. Elimde olmayan bir iradeyle bana dokunmasına izin veriyordum. Bu yanlıştı ama doğru geliyordu.

Boynuma dudaklarını bastırınca sesli bir şekilde nefes aldı. "Durun..." Zorlukla sesimi bulunca kalan son irademle yataktan çıkmak için bir hamle yaptım. Fakat buna izin vermeden beni yatağa çekince başım yastığa gelmişti. Boğuk bir sesle, "Sözünde durmadan yatağımdan çıkmana izin veremem," dediğinde kararan bakışları dudaklarımdaydı. Hangi sözden bahsettiğini bildiğim için telaşa kapılarak nasıl kaçacağımı düşünmeye başladım. "Hayır," dedim. Bunu istemiyordum ve bir bahis yüzünden beni buna zorlayamazdı.

"Sedef." Yatakta sırtüstü yatarken bir kolundan destek alarak üzerime eğilmişti. "Senin rızan olmadan bunu asla yapmam, biliyorsun." Titrediğimi görüyordu. Evet, çok fazla titriyordum ve aldığım hızlı soluklar yüzünden göğüs kafesim hareket ediyordu. "Sana asla zarar vermeyeceğimi anlamalısın." Temaslarla ilgili korkumu biliyordu, bu yüzden beni sakinleştiriyor, ürkütmemeye çalışıyordu.

"Bunu, beni zehirleyen ve hakkımda infaz kararı çıkartan kişi mi söylüyor?" Bana duyduğu tutkudan hiçbir şey kaybetmeden elini uzatıp yüzüme dokundu. Bu küçük teması yüzünden içime çektiğim sesli soluklar dayanmasını güçleştiriyor gibiydi. "Zehir tam olarak sabaha karşı seni öldürecekti, Sedef. Bu olmadan sana panzehri vermeyi düşünmüyordum." Parmakları yanağıma sürtünerek boynuma iniyor ve temas ettiği her yeri kavuruyordu. "Katilin sana panzehri getirmesi için belirlediğim süre dolana kadar beklemeye kararlıydım." Parmakları boynumu keşfe çıktığında başını kaldırıp usulca bana baktı. "Kendi planlarımdan hiç şaşmadım ama o gün bir ilk yaşadım." Üzerime eğilerek yüzünü bana yakınlaştırdı. "Eğitimdeki acı çeken hayalin aklıma geldikçe kontrolümü kaybettim ve kendimi senin odanda buldum. Sana panzehri vereceği sürenin dolmasına saatler varken, ben panzehri vermek için odana geldim." Kendi planını bozmaya mı karar vermişti? Evet, bu anlama geliyordu çünkü odamda olsaydım bana panzehri verecekti. Bahçeye hiç çıkmasaydım öcü bana panzehri hiç vermeyecekti ve böylelikle Alaz onun tesiste olduğunu anlayamayacaktı. Onun için görevi önce geliyordu ve bu uğurda yaptığı her şeyi doğru sayıyordu. Fakat o gün odamda olsaydım, ilk kez bildiği doğrulardan şaşacaktı.

"Evet, infaz emrini çıkardım." Parmakları köprücük kemiğime doğru yol alırken bana biraz daha yaklaştı. "Gece infazın onaylandı, Sedef. Amacım seni öldürmek olsaydı bunu gece yapardım." Dudakları dudaklarımın çok yakınında durdu. "Ama senin bir şekilde bunu öğrenmen ve ona söylemen gerekiyordu." Ilık nefesi dudaklarıma çarpıyordu. Beni öpmeyi delice isterken açıklama yapması ona işkence ediyordu. "İnfaz kararını çıkardım ve katilin bu kararı durdurması için ona üç gün süre verdim. Eğer senin infazını durduracak konumda değilse üç günün sonunda bunu ben yapacaktım." Beni zehirleyerek katilin tesiste olduğunu anlamıştı. Ancak rakibini tanımak için onun konumunu öğrenmeliydi. Bunun için yine benim üzerimden bir plan yapmıştı. Böylece rakibinin konum olarak onun üstünde veya güçlü bağlantıları olduğunu ortaya çıkardı. Her şeyi planlıyor, beni bu planların içine dahil ediyor ve bir tuzak kuruyordu. Daha sonra kenara çekilerek hasmının o tuzağa düşmesini izliyordu. Her bir tuzağı ona rakibi hakkında bilgi verirken, öcü yavaş yavaş kendini ele verdiğinin farkında bile olmuyordu.

Yakınlığımızdan dolayı sabrının sonuna gelmiş olmalı ki boynumdaki eli ensemi kavradı ve başımı yukarı kaldırdı. Kalbim göğsümün içinde çırpınırken Alaz bir şekilde korkularımı küçük ve zararsız temaslarıyla yok etmişti. Gözlerini bir türlü dudaklarımdan ayıramazken, kendi arzularına direndiği için şakaklarındaki damarlar belirginleşti. "Bugüne dek yaptığım hiçbir planın içinde senin ölümün olmadı," dedi. "Tıpkı bundan sonra da olmayacağı gibi. Bana güvenmelisin, Sedef. Yaptığım şeyler sana korkunç gelebilir ama asla zarar görmene izin vermeyeceğimi anlamasın." Bunun devamının geleceğini söylüyordu. Onu bulmak için yine beni kendi planlarına dahil edeceğini söylüyordu. Fakat onun tarafından öldürüleceğimi düşündüğüm anlarda bile aslında buna izin vermeyeceğini söylüyordu.

"Bu uğurda çekeceğim acıları umursamıyorsunuz."

"Acın, son zamanlarda sana çektirdiğim acılardan daha fazlasını yaşatıyor bana." Gözlerim irileşti çünkü bu, kontrolü dışında bir itiraftı. Kendisine küfreder gibi ağzının içinde bir şeyler homurdanması dikkatimden kaçmadı.

"Şimdi." Ensemi daha sert kavradı, bedenimdeki ürpertinin sebebi artık korkudan değildi. Gözlerini güçlükle dudaklarımdan çekip gözlerime baktı. "Seni öpmeme izin verir misin? Bugüne kadar hayatımda çok fazla kadın oldu ama onlarla olan tüm yakınlığımın amacı görevlerimdi. Ancak ilk kez bir kadını öpmeyi kendim için istiyorum," dedi. Hayır dersem bunu yapmayacağını görebiliyordum. Fakat sorun şu ki ben de ilk kez bir erkek tarafından öpülmeyi istiyordum. Hayır, başka bir erkek tarafından değil, onun tarafından öpülmeyi istiyordum. Bunun nasıl bir duygu olduğunu merak etmeye başlamıştım.

"Bana işkence etmek hoşuna gidebilir," dedi. "Ama benim de bir sınırım var ve bir cevap bekliyorum." O sınırı biraz daha zorlarsam cevabımı beklemeden bunu yapacağını görebiliyordum. Beni daha fazla heyecanlandırırken konuşmak hiç kolay değildi.

"İyi ama ben..." *Hadi ama, bunu nasıl itiraf edeceğim!* Panikle, "Nasıl yapıldığını bilmiyorum ve bu bana hep iğrenç gelmiştir. Tamam, istiyorum ama ya kusarsam?" diye hızlıca konuştuğumda, evet cevabını bir nevi aldığı için dudaklarında belli belirsiz bir gülümseme oluştu. "Bakalım bu konudaki düşüncelerini değiştirebilecek miyim?" Aramızdaki son mesafeyi de kapatınca, dudaklarını usulca dudaklarıma sürttü. Bunu kışkırtıcı bir şekilde yaptığı için daha ilk temasıyla kendimi onun dokunuşlarına bırakmıştım.

Başlarda küçük öpücüklerle beni kendisine alıştırmaya özen gösterdi. Onun kollarında kuş gibi titrediğim için beni korkuttuğunu düşünmüştü. Belki de sırf bu yüzden bana bir ilki yaşatırken oldukça nazikti. İçindeki vahşi tutkuya rağmen kendisini törpülüyor ve benim için bunu ağırdan alıyordu. Lakin daha fazlasını istedim ve omuzunu tutarak onu biraz kendime doğru çektim. Bu her şeyin boyutunu değiştirmişti. Dudaklarımı hoyratça öpmeye başlamasıyla kalbim göğsümden çıkacak sandım. Aklım ve mantığım bunun yanlışlığını haykırırken, bedenim onun öpücüğüne çoktan teslim olmuştu. Hayatımda ilk kez bir erkek tarafından öpüldüğüm için deneyimsizdim. Bunun farkındaydı ve buna rağmen ona karşılık vermemi beklediğini biliyordum. İlk öpücüğümün bu şekilde aklımda kalmasını istemedim. Bu yüzden direnmeyi bırakarak ona karşılık verdim. İşin garip yanı bana hissettirdikleriydi. Daha önce bu kadar zevk aldığım başka bir şey olmamıştı. Kendi kontrolümü kaybederek ona verdiğim karşılıklar, içimde varlığından habersiz olduğum duyguları dışarı çıkarıyordu. Tiksinmeyi beklediğim doğruydu ama bu baştan çıkarıcı haz beklemediğim bir duyguydu.

Bedenim uyuşmuşken kalbim ona çekiliyor ve beynim bunun nasıl mümkün olduğunu sorguluyordu. Nefes almama izin vererek usulca benden ayrılınca soluk soluğa kalmıştım. "Bu..." Gözlerimin içine bakarken doğru düzgün konuşamadı. "Çok farklı." Bakışlarındaki derinliği çözemedim. Ben hızlı hızlı nefes almaya çalışırken, üzerimdeki adam uzanarak küçük bir öpücük daha kondurdu dudaklarıma. "Böyle hissettirmemeliydi." Sesindeki şaşkın ifade sanki beklediğinin aksine şeyler hissetmiş gibiydi.

"Bu iyi bir şey mi?" diye sorduğumda gülümsedi. "Bundan sonra benim açımdan iyi şeyler olmayacağını söyleyebilirim." Ne demek istediğini anlamıyordum. Keşke arada benim anlayacağım şekilde konuşsaydı.

Hâlâ üzerime eğilmiş bir pozisyonda olduğu için bir nefes kadar yakınımdaydı. "Benimle oynamayın." Bu konuda daha fazla kendimi tutamadım. Onun tarafından üzülmek istemiyordum. "Bana karşı hislerinizin olmadığını ve inatla beni kendinize âşık etmeye çalıştığınızı biliyorum." Kafasındaki planlar doğrultusunda beni etkilemeye çalışıyor olabilirdi ve bu şüphe, ona yakın olmamı engelliyordu. *Neden bu da onun oyunlarından biri olmasın* diye kendime sormadan yapamıyordum. Böyle düşünmeme sebep olan şey, hesapçı beyniydi.

Yatakta oturmaya çalıştığımda bana izin vererek yanımdaki yerini almıştı. "Bugüne kadar insanlar Yankı'yı hep kırdı ve parçalayıp ona acı çektirdi." Bu konuda dürüst olmak için kendimi zorladım. "Ama Sedef'i kimse incitemedi." Uzanıp elini tutarak tam kalbimin üzerine bastırdım. "Sedef'i burada kendime saklıyorum ve kimsenin kalbime ulaşmasına izin vermiyorum. Orada iyi yanım var, yani beni dengede tutan Sedef var." Eğer oynadığı bir oyun yüzünden bana yakın olmaya çalışıyorsa buna son versin diye bunları anlatıyordum. "Bir oyun oynuyor olabilirsiniz ve bir şekilde kalbime girip Sedef'i incitmenizden korkuyorum. Yapmayın, insanların benden alamadığı tek şey çocukluğum olan Sedef. Eğer siz onu benden alırsanız emin olun, tamamen Yankı olurum. O katilin bana verdiği kişilik olurum ve Sedef'i benden alırsanız size yeminim olsun ben de sizden Alaz'ı alırım," dedim. Konuşmamı bitirdiğimde bunları duymayı beklemiyormuş gibi sarsılarak bana bakıyordu. Yolun başındayken onu uyarıyordum çünkü bu sefer benimle oynarsa onu bitirirdim. Her ne yapıyorsa buna son vermeliydi.

Gülümseyerek bir itirafta bulundum. "Biliyor musunuz, ben size hep içimden Alaz diye hitap ediyorum. Herkes size Altuğ diyor ama ben hep Alaz diyorum. Herkesin tanıdığı Altuğ ama kimseye göstermediğiniz Alaz'ın onunla aynı kişi olduğunu sanmıyorum. O yüzden bana işinde en iyisi olan ve hedefleri için herkesi ezip geçen Altuğ olarak gelmeyin. Mümkünse derinlerde bir yerlerde sakladığınız Alaz olarak gelin." Benim nasıl Yankı ve Sedef diye ikiye bölünmüş bir ruhum varsa, onun da Altuğ ve Alaz olarak iki farklı yönü olduğunu düşünüyordum. Biz, her yönden birbirimize benziyorduk. Evet, bunu ne kadar inkâr etsem de herkes bunun farkındaydı.

"Ya sadece Altuğ varsa?" Sesi düşünceli, bakışları çelişki doluydu.

Güldüm. "O zaman Altuğ'un bende göreceği tek kişi Yankı olur. Sedef'i Altuğ ortaya çıkaramaz."

"Ben Yarasa değilim." Gözlerimi kaçırmaksızın ona baktım. "Ben hep *yarala sar* oldum. Yankı yaralar, Sedef sarar çünkü ben yaralasarım. O yüzden başkalarının da beni yaraladığı gibi sarmasını beklerim. Eğer sarmaya gönlünüz yoksa yaralarımı, yenisini açmakta ısrarcı olmayın," dedim ve ona son kez bakarak yatağından çıktım. Ancak sözlerimle derinden sarsıldığını görebiliyordum.

Yalnız çok iyi konuştum, aferin bana.

Odasından çıkıp kendi odama girince kapıyı kapattım. Sesli bir şekilde nefesimi vererek dudaklarıma dokundum. "Allah'ın belası, kim bilir böyle kaç kadını yoldan çıkardı." Öpüşü tekrar aklıma gelince kalbimin ritmi anında değişmişti. Kaşlarımı çatarak başımı eğdim ve sol göğsüme baktım. "Rahat dur orada! Bu adam bize fazla gelir." Evet, sadece kendi kendimle konuşmuyordum, aynı zamanda her uzvum ile konuşuyordum.

Üzerimi değiştirip kahvaltıya indiğimde babaanne ve Eyüp'ün olduğu masada o da vardı. "Günaydın." Ondan en uzak yere oturduğumda dudaklarıma arsızca bakması beni çıldırttı. Ben yukarıda onca lafı kime söylemiştim, Allah aşkına!

"Günaydın." Kapıda Aslı'nın sesini duyduğumuzda hepimiz şoke olduk. Kemal amca, tekerlekli sandalyesini iterek onu yanımıza getiriyordu. "Allah belanı versin, salak Aslı! Dün gece gelseydin canın mı çıkardı?" Aslı bana şaşkınlıkla bakıyordu, diğerleri ise afallamış bir şekilde Aslı'ya bakıyordu. Ben iddiayı kaybettikten sonra dışarı çıkmıştı, aptal!

"As-Aslı..." Babaanne gözleri dolarak torununun yanına gitti ve karşısında diz çökerek ellerini tuttu. "Sonunda çıkabildin dışarıya," diye fısıldadığında yaşlı kadın gözyaşlarını tutamamıştı. Bu, onun için güzel bir sürprizdi.

Aslı'nın dışarı çıkmasıyla evdeki tüm çalışanlar buraya doluşmuştu ve mutluluk içinde ona bakıyorlardı. "Ablam sonunda aramıza döndü." Eyüp bile kuş gibi şakıyarak ablasının yanına koşmuştu. Alaz ise yüzündeki içten tebessümle yeğenine bakıyordu. "Teşekkür ederim, hayatım." Yaşlı kadının gözyaşlarını silen kız, eliyle beni gösterdi. "Yankı bazı şeyleri anlamamı sağladı, babaanne." Herkesin merak dolu bakışları beni bulunca, bu ilgiye alışkın olmadığım için omuz silktim. "Önemli olan dün gece çıkmasıydı," diye homurdanarak somurttum. Onun yüzünden dayısı beni öpmüştü ve karşılık verdiğim kısma değinmek bile istemiyordum. En kötüsü ise ben izin verdiğim için bunu yapmıştı. Dün gece onun etkisindeyken bunu sorun etmemiştim ama şimdi sebepsiz yere öfkeliydim.

"Şey, aslında." Çekingen bir şekilde Alaz'ı gösterdi. "Ben dün akşam odamdan çıkmıştım ama telefon görüşmesi yapan dayım beni gördü. Yanıma geldi ve 'Bir gece daha odanda kalmalısın,' dedi." Tahmin etmiştim! Dün gece masadaki o neşeli hali fazla şüpheliydi! Hesap sorar gibi Alaz'a baktığımda, gözleri tekrar dudaklarımı buldu ve gülümsedi. "Kazandığım ödülü düşününce bunun için pişmanlık duymuyorum." Hile yaptığını büyük bir arsızlıkla dile getiren bu pislik beni kandırmıştı! Aslında kazanan bendim çünkü Aslı dün akşam odasından çıkmıştı. Alaz onu görmüş ve odasına geri göndermişti. O yüzden dün akşam içeri girdiğinde çok keyifliydi çünkü yeğenini odasından çıkardığımı görmüştü. Bu adamın kazanmak için bir sınırı yoktu.

"Bu adil değildi." Diğerleri aramızdaki bahsi bilmedikleri için olayı çözmeye çalışıyordu. "Evet, değildi," dedi. Ayağa kalkarak ellerini masaya koyunca bana doğru uzandı. "Ama bu sabah olanlar da yanlış değildi." Ben renkten renge girerken o, Aslı'nın saçlarına bir öpücük kondurarak gitmişti. Bu sabah olan her şey yanlıştı.

Kahvaltının geri kalanı, Aslı odasından çıktı diye herkes için neşeli geçti. Alaz yoktu çünkü ona gelen bir telefon yüzünden acilen dışarı çıkmıştı. Yarın çiftlikten ayrılacağım için buradakilerle bol bol vakit geçiriyordum. Son iş olarak babaanneden izin alıp Aslı'yı çiftlikten çıkarmıştım. Fazla uzaklaşmayın diye sıkıca tembihledikten sonra bizi özgür bıraktı. Etrafımızdaki ağaçları izlerken düz yolda Aslı'nın tekerlekli sandalyesini itiyordum. "Bu civarda ne kadar da çok çiftlik evi var. Acaba içinde birileri yaşıyor mu?" diye sorduğumda güldü. "Bana mı soruyorsun? Buraya ilk geldiğimde dayımın kucağında engelli bir çocuktum. Yıllardır odam dışında hiçbir yeri görmedim." Sesi üzgün olduğu için üzerine gitmedim. Hepimizin sınavı başkaydı bu hayatta.

Yarım saat boyunca onunla sohbet ederek gezerken havadaki bulutların farkında olmamıştım. Gök gürledi, yağmur birazdan yağacağını haykırıyordu. Ne yazık ki biz çiftlikten bir hayli uzaklaşmıştık. Yağmurda ıslanmak sorun değildi, asıl sorun yollar çamurlaşınca Aslı'nın tekerlekli sandalyesini nasıl iteceğimdi. "Geri dönmeliyiz." Aslı da benim gibi yağmurdan dolayı endişeleniyordu.

"Yağmur yağarsa dönüşümüz uzar, Aslı. Kabaca söylersem seni itemem, zavallı kollarımı da düşünmeliyim," dediğimde bana ters ters bakarak, "Bu kadar açık sözlü olma," diye homurdanınca güldüm.

"Bize yakın çiftliklerden birine misafir olalım mı? Eğer arabaları varsa bizi eve götürmelerini isteriz," dedim. Beni onaylayınca yağmur başlamadan tekerlekli sandalyesini daha hızlı itmeye başladım.

Yaklaşık beş dakika sonra bir çiftlik evinin bahçe kapısından içeri girdik. Yutkundum. "Bu da ne?" Aslı da en az benim kadar ürkmüş görünüyordu çünkü üç katlı bu büyük evin kasvetli bir havası vardı. Ev oldukça bakımsız ve eski görünüyordu. Dahası bahçedeki yabani otlar dizlerime geliyordu ve ağaçlar kurumaya yüz tutmuş gibiydi. Babaannenin çiçekler ve meyve ağaçlarıyla dolu bahçesinden çok uzaktı. Burası perili köşkleri andırıyordu. Peri diye bir şey var mıydı ki? Sanırım içeri girmeden bunu anlayamayacaktım.

Aslı, "Yankı?" diye ürkerek fısıldadı. "En son okuduğum o gerilim romanındaki korku evlerini anımsatıyor. Üstelik kara bulutlardan çakan şimşekler de üzerine tuz biber ekiyor. İçeride bizi öldürmeyi bekleyen biri olabilir. Peşinde bir katil olduğunu söylemiştin, değil mi?" Bu kızdaki korkunç hayal gücüne küfredesim geldi. İki dakikada nasıl bir senaryo yazmıştı hemen? Öcü burada olamazdı. Alaz ailesini tehlikeye atmamak için takip edilmediğine emin olmuştur.

Sırt çantamdan Alaz'ın bana verdiği küçük uyuşturucu silahı çıkartıp Aslı'nın eline tutuşturdum. Dizlerinin üzerinde duran battaniyeyi bileklerine kadar çekerek silahı gizledim. "Bir tehdit hissedersen ve seni koruyamayacak durumda olursam ateş etmekten çekinme. Evet, bir silahım var." Tek kelime etmesine izin vermeden onu eve doğru itmeye başladım. Benim yüzümden yeğenine bir şey olursa o Buzdağı canıma okurdu.

Aslı'yı kapıdan beş adım uzaklıkta bırakarak kapıya vurdum. Birkaç dakika boyunca kapıya vurmuştum ama kimse açmamıştı. "Bu harabe yerde kimse yaşamıyor anlaşılan." Aslı'ya doğru iki adım atmıştım ki arkamdaki büyük kapıdan gelen gıcırtıyı duydum. *Belki de burada birileri yaşıyordur.*

Yüzüm Aslı'ya dönük olduğu için kapıyı açan kişiyi göremiyordum. Ancak Aslı kimi gördüyse sertçe yutkunmuştu. Bakışları değişmiş, gözbebekleri büyümüştü. Ve tam o esnada Aslı'nın silahı çıkartarak ateş ettiğini gördüm. Hemen arkamda bir küfür sesi ve birinin inleyerek yere düştüğünü duydum. "Sen ne yaptın?" Gözlerimi kocaman açarak bu manyağa bakıyordum. *Ateş mi etti bu salak?*

"Se-sen *ateş et* dedin ama..." Hâlâ arkama bakarak konuşuyordu, aptal.

Kastettiğim şey kesinlikle bu değil!

"Yanında ben olmayınca bir tehdit hissedersen ateş et demiştim, geri zekâlı!" Kaşlarımı çatarak yanına gidip elindeki silahı aldım. "Bir dakika ya, sen kimi vurdun?" Aslı'nın iri gözlerle baktığı kapıya doğru başımı çevirdim. "Allah senin de belanı versin, Aslı!" *Yemin ederim hiçbir yerde rahat yüzü yok bana!*

8. BÖLÜM

Bazı genler bozuk oluyormuş. Bunu nasıl mı anladım? Aslı eline silah geçer geçmez birine ateş edince! *Dayısı kılıklı! Bir durup düşünmek yok, doğrudan uygula!* Bence Sipahi genlerinde bir sorun vardı çünkü bugüne kadar dört Sipahi tanımıştım ve hepsi de arızalıydı. Babaanne fazla fesat biriydi, Eyüp hayalperestti, Aslı an itibarıyla potansiyel bir katildi ve Alaz ise… Onda zaten yok yoktu. Kızı daha bugün dışarı çıkartmıştım ama ilk dakikadan vukuat çıkarmadan duramamıştı. Neyse ki elindeki gerçek bir silah olmadığı için vurduğu kişi birazdan kendisine gelirdi. Peki ya gerçek bir silah olsaydı? O zaman birini kalbinden vurarak öteki tarafa göndermiş olurdu. Evet, Aslı ilk kez silah kullanmasına rağmen hedefi tam kalbinden vurmuştu. *Bunlar hep acemi şansı! Bu şans bir bende yok!*

"Öldü mü?" Yerde yatan adamın başına eğilmiş, boş boş bakıyorduk. "Ölmesini mi isterdin, Aslı?" İğneleyici sesime karşılık başını *hayır* anlamında sallayınca sorgu işine başlamıştım.

"Onu tanıyor musun?" Ben kesinlikle tanımıyordum.

"Hayır."

"O zaman ateş ettiğine göre saldırgan bir harekette bulunmuş olmalı."

"Hayır."

"Ama bir tehdit sezdin, değil mi?"

"Hayır."

"O zaman niye vurdun oğlum adamı!" Ben bu kızı tutuklasam Alaz nasıl bir tepki verirdi acaba?

"Şey..." Yanakları kızarınca bakışlarını kaçırdı. "O çok yakışıklıydı." Aldığım cevap karşısında yemin ederim şoka girmiştim. Kim yakışıklı bulduğu birini vurmak isterdi ki?

"Bekle bir dakika!" İşaret parmağımı ona doğru tuttum. "Gözbebeklerinin büyümesi ve onu görünce attığın o tuhaf bakışlar etkilendiğin için miydi?" Gözlerini kaçırınca büyük bir şaşkınlık yaşadım. "Allah senin o şıpsevdi kalbinin belasını versin! Daha bugün hücrenden dışarı çıktın! Önüne çıkan ilk erkekten etkilenemezsin. Hadi onu geçtim, adam yakışıklı diye niye onu vuruyorsun?" Tamam, bazı erkekler görünüşü ile âdeta ateş ederdi ama yakışıklı diye doğrudan ateşe maruz kalan birini ilk kez görüyordum.

"Ondan etkilenmedim!" İnkâr etse de adama olan bakışları gün gibi ortadaydı. "Birini yakışıklı bulmak ve ondan etkilenmek aynı şey değil. O anki heyecanla ateş ettim, neden üzerime geliyorsun?" Saldırgan bir tavırla kendisini haklı çıkarmaya çalışıyordu. Birini vurduğu halde sanki bardak kırmış gibi olayı basitleştirmesi beni deli ediyordu.

Yağmurun altında sırılsıklam olduk. Yerdeki adamın da durumu bizden farklı değildi. Ona bakarak yalvaran bakışlarını bana çeviren Aslı, "Yankı, adam hasta olacak," dedi. "Bencilliği bırakıp onu içeri taşır mısın?" İçeri taşımamı istediği adam uzun boylu, güçlüydü. Neredeyse benim iki katımdı. *Allah'ım, sen sabır ver! Kucağıma da alayım bari, tam olsun.*

"Olur, dişi terminatör. Peki, onu nasıl içeri taşıyacağımı da söyler misin? Güvenmediğim ve tanımadığım bir erkeğe dokunamam, fobim var. Ayrıca onu sürükleyeyim diyeceğim ama bel fıtığı olma ihtimalim çok yüksek. Kucağıma alacağım lakin koca adamın neresinden tutayım? Ayrıca emin ol, bir kızın kucağında eve götürülmek hoşuna gitmeyecektir." Gülüşüme engel olamadığımda Aslı da bu sahneyi hayal etmiş gibi kıkırdadı.

Çiftliğin kapısından içeri giren dört arabayla gülüşümüz solmuştu. Arabaların içinden inen beş kişi bizi görünce anlamsız bakışları attı. Lakin yerde yatan adam dikkatlerini çekince hepsi kaşlarını çatmıştı. Özellikle içlerinde en yaşlı olan adam, belindeki silahı çıkartıp bize doğrultunca yutkundum. "Ona ne yaptınız?" diye öfkeyle gürlerken, iki kişi koşarak yanımıza geldi ve baygın adamı kontrol etti. "Yaşıyor!" Beyaz tişörtündeki küçük kan izi dikkat çekiyordu. İçlerinden biri yerdeki adamın tişörtünü yukarı sıyırınca, minnacık kurşunun onun sol göğsünde durduğunu gördük. Sadece ucu deriye temas ettiği için hafif bir kan akmıştı. Kurşunu çıkartan çocuk, onu alıp inceleyince rahat bir nefes aldı. Yaşlı adama bakarak, "Baba, uyuşturucu bir silahın kurşunu. Merak etme, birazdan kendine gelir," dedi. Adamlar onu içeri taşırken, bize silah çeken gri gözlü yaşlı adam diğerlerine döndü. "Bu ikisini içeri alın. Kardeşiniz uyanıp olanları anlatmadan bir yere gitmiyorlar." Aslı yutkunarak bana bakarken, sırf adamlar bana dokunmasın diye omuz silkerek eve girdim. Sonuçta onu ben vurmadım ve gerekirse Aslı'yı ispiyonlayıp çıkardım buradan.

Oturma odası olduğunu düşündüğüm bir yere geçmemizi sağladılar. Her yer toz ve örümcek ağıyla doluydu. Üstelik koltukların üzerindeki beyaz örtülere bakılırsa bu ev uzun zamandır kullanılmıyordu. Yaşlı adam örtüyü çekerek tekli bir koltuğa oturunca, baygın adamı bir kanepeye yatırdılar. Biri şömineye odun getirip yakarken, diğerlerinin soru dolu bakışları üzerimizdeydi. "Mafya mısınız siz?" Kendimi tutamayıp sorduğum soru karşısında yaşlı adam bana boş bakışlar atarken, benim yaşlarımdaki bir çocuk güldü. "Değiliz. Babamın neden bir silahı var, onu ben de hâlâ anlamış değilim," dedi. Tıpkı yaşlı adam gibi kumral saçları vardı ama bu çocuğun göz rengi maviydi.

"Ben Habil," dedikten sonra babasının sol tarafında duran ve bize buz gibi bakan diğer çocuğu gösterdi. "Benden iki yaş büyük kardeşim Kabil." Kahverengi, kısa saçları ve kehribar gözleriyle bizi süzüyordu bu çocuk. Tek fark Habil tebessüm ederken Kabil'in bakışlarının ürkütücü olmasıydı. Kim oğluna yeryüzündeki ilk kanı döken Kabil ismini verirdi ki?

Habil yüzündeki tebessümü koruyarak şömineyi yaktıktan sonra ayağa kalkan kişiyi gösterdi. "Ağabeyim Cihan." Bu ise yirmi beş yaşlarındaydı. Sarışın adamın yeşil gözleri ateş saçsa da bakışları fazla etkileyiciydi. "Ve İshak." Koltukta baygın yatan kişiyi gösterdi. Kardeşlerinin aksine esmer biriydi. Fakat Kuzey'in saç rengi İshak'a göre daha koyu bir siyahtı.

"Ben de Yankı." Elimle etrafa tedirgin bakışlar atan kızı gösterdim. "Bu da Aslı, arkadaşım gibi bir şey." Sonuçta kızı daha birkaç gündür tanıdığım için onu hemen arkadaş kategorisine koyamazdım.

Baygın yatan adamdan çıkan inleme dolu sesler üzerine Habil onun yanına koşup üzerine eğildi. "İyi misin? Sana ne oldu? Kim vurdu seni? Bir şey söyleyecek misin?" Ağabeyi için korkan çocuk daha bir sürü soru soruyordu ki, "Üzerimden çekilirsen iyi olacağım, koçum," dedi uyanmak üzere olan kişi. Habil gülerek kenara çekilince İshak, göğsüne tutarak koltuğa oturdu.

Başını kaldırınca ela gözleri bana öylesine bakıyordu. Ciddi yüz hatları ve geniş omuzlarıyla bu adam dudak ısırtan türdendi. Kendisine ne olduğunu sorguluyor, aynı zamanda bizim kim olduğumuzu da merak ediyordu. Gözleri biraz üzerimde oyalanarak Aslı'ya kayınca kaşlarını çatmıştı. Dişlerinin arasından, "Bir açıklama bekliyorum!" dediğinde Aslı korkarak elimi sıkıca tuttu. Daha uyanır uyanmaz adam açıklama derdine düşünce, Aslı tırnaklarını elime geçirmeye başladı. Onu vururken korkmuyordu ama.

İshak, Aslı'dan cevap beklerken Aslı yalvaran gözlerini bana çevirince ofladım. "Sizden korktuğu için kazayla ateş etti, hepsi bu." Küçük bir açıklama yaptım ama azarı yiyen yine ben oldum. Beni, "Sen onun avukatı değilsen kapa çeneni!" diyerek azarladıktan sonra sert bakışlarını Aslı'ya çevirdi. Âdeta, "Konuş!" diye gürleyince Aslı yerinden sıçramıştı. Bu adam ne cüretle bizi azarlardı?

"Asıl sen kapa çeneni!" Avazım çıktığı kadar öyle bir bağırdım ki hepsi yüzünü ekşitmişti. "Engelli bir kıza ahkâm kesmek kolay tabii! Ölmedin sonuçta, neden kuduz hayvanlar gibi ağzından köpükler çıkartıp bağırıyorsun?" Söylediklerim üzerine adamın çenesindeki kaslar seğirmeye başlamıştı. Şakağındaki damarlar belirginleşirken gözleri köz rengini almıştı. *Ben gaza gelmeden önce niye kimse beni susturmuyor ya? Şimdi ruhuma bir El-Fatiha alırım.*

"Canına mı susadın kadın sen!" Ayağa kalkarak belindeki silahı çıkartıp bana doğrultunca ürperdim. Üstelik parmağı tetiğe gittiğinde tam basmak üzereydi ki, "Sakın!!" diye haykırdı Aslı. Tekerlekli sandalyesini iterek benim önüme geçti ve "Arkadaşımı öldürmek istiyorsanız önce o silahı bana çevirmeniz gerekecek!" dedi. Afallayarak başımı eğip Aslı'ya bakıyordum. Az önce konuşmaktan korkarken benim için cesaret hırkasını giymişti. Üstelik ben onu arkadaşım olarak bile tanıtmazken o, üstüne basa basa arkadaşım demişti. *Bu kız göründüğünden daha fazlası gibi.*

Aslı'nın beklenmedik çıkışıyla İshak denilen adam alayla ona baktı. "Az önce korkudan sesin çıkmazken bu saygısız kız için küçük bir kaplan kesilmen etkileyici." İğneleyici sesine karşılık Aslı da aynı şekilde ona karşılık verdi. "Asıl etkileyici olan sizin kişiliğiniz. Bir kıza silah çekmek ve engelli birini korkutmak karakterinizi çok güzel ortaya koyuyor. Sizi yetiştiren anneye benden selam söyleyin çünkü yetiştirilme tarzınıza diyecek söz bulamıyorum." İshak burnundan solurken ben gururla elimi Aslı'nın omuzuna koydum ve "İşte benim arkadaşım," dedim. *Hiçbir lafın altında kalmayan insanları hep sevmişimdir.*

"Buraya belki bizi eve bırakırsınız diye gelmiştik," dedim. "Yağmur yüzünden yollar çamur olduğu için dönüş yolunda fazla oyalanırdık." Tiksinti içinde bana silah çeken malum kişiye baktım. "Ama misafirperverliğiniz göz yaşartıcı olduğu için kendimiz gitsek daha iyi." Aslı'nın sandalyesini iterek onu salondan çıkardım. Kapıyı açtıktan sonra beraber dışarı çıkmıştık. O mafya kılıklı adamlardan uzak durmak en doğrusuydu.

Bahçeden çıktığımızda üzerimize yağmur yağarken sırılsıklam bir şekilde güldüm ve "Orada seninle gurur duydum," dedim. Kıkırdadı. "Orada korkudan altıma edecektim ama bunu yansıtmamaya çalıştım. O yakışıklı adam çok korkunç ve kaba," diye yanıtladı beni. İkimiz de gülerek yolumuza devam ederken, hâlâ *nasıl olur da ondan yakışıklı olarak bahseder* diye düşünmekten kendimi alamadım.

Beklediğim gibi çamura dönen yolda onu itmek hiç kolay değildi. Birkaç dakika sonra yanımızda duran siyah bir araba yüzünden Aslı ile göz göze geldik. Arabanın kapısı sertçe açılınca inen adamı gören Aslı ürpermişti. İshak denilen adam peşimizden niye gelmişti ki? "Bak, eğer yine bize kızacaksan..." Arabanın arka kapısını açarak beni susturdu. "Binin!" Neden bunu söylerken bağırıyordu? Bizi evinin bodrumuna götürüp söylediklerimiz için bize işkence mi edecekti?

Adam sanki aklımdan geçenleri anlamış gibi sabır çekmişti. Dişlerinin arasından, "Evinize gideceksiniz," dedi. Söylediklerine bakılırsa bunu istemiyordu. Fakat vicdanını rahatlatmak için yapıyordu.

"İstemiyoruz." Aslı'nın sesi fazla soğuk çıkmıştı ve gururlu bir ifadeyle , "Biz kendimiz gideriz," diyerek kestirip attı. Keşke bu kararı verirken benim zavallı kollarımı da düşünseydi.

"Hemen cevap vermese miydin?" diyerek onu kızdıracağımdan habersiz güldüm. "Sonuçta sen oturduğun yerde gidiyorsun ama bu garibana da yazık." Bana ölümcül bakışlar atan Aslı gibi öyle gereksiz gurur yapan biri hiç olmamıştım.

Aslı, "Sen git o zaman, ben kendim giderim!" diye bağırdığında İshak denilen şahıs kaşlarını çatmıştı. "Bu halde nasıl gitmeyi düşünüyorsun?" dedi. Bir şey fark etmiştim; o da bu adamın kaşlarını hep çattığıydı. *Gerçekten çok asık suratlı.*

"Bu benim sorunum, sizin değil," diyen Aslı aptalı kesinlikle gururundan ödün verecek gibi değildi. Burada sırılsıklam bir haldeyken neyin gururuydu bu? Binelim işte ama yok, o illa

Sipahi olmanın hakkını verecekti. *Allah'ım, bir ben mi gurursuzum burada?*

"La havle!" Nihayet İshak sabrının sonuna gelmişti. "Sen şimdi inat mı ediyorsun kadın?" dedi öfkeyle. Aslı umursamazca omuz silkince, "Öyle olsun!" dedi ve Aslı'ya doğru yürüyüp onu tek bir hamleyle kucağına aldı ve doğruldu. Aslı çığlık atınca, "Sabrımı daha fazla zorlamadan kapat o çeneni!" dedi. Onu susturmak için bunları söylemesi yetmişti. *Bence de sussun artık, burada ıslanıyoruz sonuçta.*

Arabanın ön kapısını Aslı'yı kucağından indirmeden açınca onu savururcasına koltuğa fırlatmıştı. "Hayvan!" diye bağıran kıza ters ters baktıktan sonra uzanıp onun kemerini taktı, kapıyı Aslı'nın yüzüne çarptı.

Aslı'nın tekerlekli sandalyesini bükerek katladı ve arabanın bagajına koyduktan sonra bana döndü. "Sen?" Tek kaşını kaldırınca güldüm. "Öyle kucaklaşmaya hiç gerek yok, ben kendim binerim." Arka kapıyı açarak bindim. *Aslı önde otururken ben niye arkada oturuyorum?*

Arabaya binen İshak, bize hiç bakmadan arabayı sonunda çalıştırmıştı. "Nerede oturuyorsunuz?" *Bilmiyorum* dercesine omuz silktim. "Ben burada misafirim, Aslı'ya sor. Onlar sizden daha misafirperver." Bunu söylemezsem rahat edemezdim çünkü adamın evinde resmen silahlı saldırıya uğramıştım.

Aslı'ya yan gözle baktı ve konuşmamakta inat eden kızı görünce yine tersledi. Sert bir sesle, "Cevap ver!" deyince Aslı az kalsın korkudan camdan fırlayacaktı. *Bu adam bağırmadan konuşmayı bilmiyor bence.*

"Sipahilerin çiftliğine gideceğiz." İsteksizce verdiği cevap karşısında aynada İshak'ın değişen yüzünü görmüştüm. Sipahi ismini duyduğu an yüz ifadesi sertleşmişti. Direksiyonu tutan elini fazla sıkmaktan parmak boğumları beyazlaşmıştı.

"Altuğ Sipahi ile bir yakınlığınız var mı?" Sesindeki o nefreti en az benim kadar Aslı'nın da hissettiğine emindim. Alaz'ı nereden tanıyordu?

İshak'ın değişen yüzüne inat, Aslı gurur duyan bir sesle ona istediği cevabı verdi. "Dayım olur." Evet, ne yazık ki dayısı olduğu doğruydu. "Yankı da onun kız arkadaşı." İtiraz etmeye hazırlanmıştım ki Aslı'nın bilerek yalan söylediğini fark ettim. Böyle yaparak beni korumaya çalışmış olabilirdi.

"Demek yeğeni ve sevgilisi, ha?" İshak'ın sesi tiksinerek çıkmıştı. "Benim kapımdan başka sığınacak bir yer bulamadınız sanki." Gaza yüklenirken bize tahammül edemediğini hissettim. Bizden bir an önce kurtulmak istercesine araba hızlanmıştı. Alaz ile kesinlikle aralarında bir düşmanlık vardı.

Araba beklediğimden daha kısa sürede çiftliğe giriş yapmıştı. Yağmur tüm hızıyla yağarken çiftlikten kulağında telefonla çıkan Alaz'ı gördüm. Aceleyle arabasına yöneldiği sırada çiftliğe giren arabayı görünce durmuştu. İshak arabadan indi ve bagajdaki tekerlekli sandalyeyi çıkardı. Aslı'yı tekrar kucağına alarak sandalyesine oturttu. Ben de arabadan indiğimde, yanımızdaki adamı gören Alaz kaşlarını çatarak ona doğru yürüdü. "Onların senin arabanda ne işi var?" Hiç beklemediğim bir öfkeyle onun üzerine yürüdüğünü görmek şaşırtıcıydı. "Buraya geldiğine göre canına susamış olmalısın, Saygın!" Aralarında ne vardı, bilmiyorum ama düşündüğümden daha büyük olmalıydı.

"Hayatındaki kadınlara sahip çıkmaman benim sorunum değil." İshak da en az onun kadar öfkeli görünüyordu. "Bu sana yaptığım ilk ve son iyilik, Sipahi. Bir daha senin soyundan kimseyi evimin yakınında görmeyeceğim." Bunları söyledikten sonra Aslı'ya son kez bakarak arabasına bindiği gibi çekip gitmişti.

Giden adamın arkasından delirmiş bir şekilde bakan Alaz, "Saygınların evine mi gittiniz?" diye sordu. Kararan bakışlarla bize dönünce korkudan nefes alamadığımı hissettim. Demek o İshak denilen adamın soy ismi Saygın'dı? *Acaba bir çeşit kan davasının içine falan mı düştüm ben?*

"Buranın yabancısı olduğumun farkında mısınız?" Su içinde kalmış halimi gösterdim. "Donuyorum burada. Onlarla ne sorununuz var, bilmiyorum. Kimseyi tanımadığım için beni suçlayamazsınız," dedim ve yanından geçerek çiftliğe girdim. Endişeden deliye dönmüş ev halkına zoraki bir şekilde tebessüm ederek odama çıktım.

Allah'tan o evdeyken Sipahi isminden bahsetmedik yoksa sağ çıkamazdık.

Sabahın ilk ışıkları ile uyanıp aşağı indiğimde evdeki kimse dün olanlar hakkında soru sormamıştı. Aksine herkes hiçbir şey olmamış gibi davranıyordu ve bu beni daha çok mutlu etti. Güzel bir kahvaltının ardından gitme vaktimiz gelmişti. Ancak evdekilerle bahçeye çıktığımız halde bir türlü vedalaşamıyorduk. Hepsi Alaz'dan çok benim gidişime üzülüyordu. "Sana dalından vişne topladım... Seversin." Kemal amcanın elindeki bir sepet dolusu vişneyi görünce, tebessüm ederek eğitmenime döndüm. "Bunları odama koymamda bir sakınca var mı?" Teşiste odamıza yiyecek götürmemiz yasaktı ama vişnelere olan zaafımı bildiği için güldü. "Sadece bu seferlik." Kemal amcanın elindeki sepeti alarak bagaja koydu. "Hepsini bir günde bitireceğine eminim," diye homurdandı. Hepsi oburluğumu bildiği için aksini savunan olmadı.

"Ben de ona yolda yesin diye azık hazırladım." Aşçı Halime teyze elindeki büyük bohçayı arka koltuğa bıraktı. "Senin sevdiğin börekler ve otlu ekmekten de bol bol yaptım." Gözlerim ışıldadığında gülümsedi. *Bana bunlarla gelin.*

"Biz de sana içersin diye vişne hoşafı yaptık." Esma abla ve Ömür bir kasa hoşaf kavanozunu arabanın bagajına koyduğunda Alaz bir küfür savurdu. "Neden herkes yiyecek koyuyor?" İmalı bir sesle oburluğuma gönderme yapan adama güldüm. "Beni iyi tanıyorlar." Şu birkaç günde onların bir yıllık yiyeceğini tüketmiştim neredeyse.

Sırasıyla herkese sarıldıktan sonra Eyüp'ün yanağına bir öpücük kondurdum. "Yine geleceksin, değil mi Yankı abla?" dedi. Tekrar geleceğimi sanmıyordum ama onu üzmemek için başımı salladım. "Tabii geleceğim ve geldiğimde yine seninle zombicilik oyununu oynarız." O oyundan nefret etmiştim çünkü zombi olan hep ben oluyordum.

Babaannenin elini öpüp alnıma koyduğumda, gözleri dolan kadın bana sımsıkı sarıldı. "Altuğ gibi sen de gidince bizi unutma. Sana kapım her zaman açık, sürekli çık gel kızım." Yalvaran bir sesle söyledikleri içimi acıtmıştı. "Bir gece ansızın gelebilirim, Firavun'un Kızı." Kadının bana olan sevgi dolu bakışları içimi ısıtıyordu.

Eğilip bana küskün bakışlar atan Aslı'ya sarıldığımda, "Sen de beni bırakıp gidiyorsun," deyince, hüzünlü sesi iç çekmeme sebep olmuştu. "Beni bekleyen bir hayatım var." Ben de burada kalmayı çok istiyordum ama artık bir ajan adayıydım ve sıradan bir hayatım olamazdı. Üstelik Alaz'ın ajan olduğunu bilmediklerini fark ettim. Hiçbiri onun ne iş yaptığını bilmiyordu ve hepsi bir şirkette çalıştığını sanıyordu. Haliyle benim de gerçekte kim olduğumu ve Alaz ile nasıl tanıştığımı bilmiyorlardı. Sadece Aslı altı yıl cezaevinde kaldığımı ve hayatımın özetini biliyordu.

Herkesle vedalaşmam bittiğinde sıra Alaz'a gelmişti. Babaannesinin elini öpüp alnına koyunca babaanne onun ellerini sıkıca tuttu. "Kızı nereye götürüyorsun, Altuğ? Aranızda tam olarak ne var, bilmiyorum ama onu her hafta sonu buraya getireceğine dair bana söz ver." Böyle bir şeyi duymayı beklemediğim için ben şaşırırken, "Bu mümkün değil, babaanne," diyen Alaz, son noktayı koymuştu. Söylediklerinden sonra yaşlı kadın ona kırgın bakışlar attı. "Ona çok alıştık, oğlum. Bir şekilde hepimizi mutlu ediyor. Aslı'yı odasından çıkaran da oydu. Eğer Yankı gelmezse Aslı yine içine kapanıp odasından çıkmaz diye korkuyorum. Biz senin aileniz, bu kadarını bizim için yapmalısın."

Alaz isteksizce, "Tamam," diyerek kabul etti. "Müsait olduğumuz her hafta sonu getirmeye çalışırım." Herkese son kez tebessüm ederek arabaya bindim. Alaz şoför koltuğuna geçip arabayı çalıştırınca, herkesin bana attığı hüzünlü bakışlar içimi burkmuştu.

Çiftlikten çıktığımızda başımı pencereye yaslayıp iç çektiğimde onun memnuniyet dolu homurtusunu duydum. "Sen de mi onlara alıştın?" Sanki soru sormuyordu, bundan emin gibiydi.

"Ne münasebet." Umursamaz tavrımı takındım. "Ben kolay bağlanan biri hiç olmadım." Gülmesi bana inanmadığını gösteriyordu.

"Şu İshak Saygın ile aranızda ne var?" Aniden sorduğum soru gülüşünü soldurmuştu çünkü kaşlarını huzursuzca çatmıştı. "Bu seni ilgilendirmez!" *Bu da iyi alıştı her fırsatta beni azarlamaya!*

"Sizi ilgilendirmediği halde siz bana karışıyorsunuz lakin ben size bir soru bile soramam, öyle mi?" diye alınganlık yaptığımda sıkıntıyla burnundan nefes aldı. "Yolumuz uzun, uyu Sedef," dediğinde ona ters ters bakarak arka koltuğa uzandım. Evet, Halime teyzenin benim için koyduğu bohçayı aldım.

"Ne yapıyorsun?"

"Kör müsün? Karnım acıktı!"

"Yarım saat önce kahvaltı etmedin mi?"

"Aradan koskoca yarım saat geçmiş ama," diye homurdanarak bohçayı açtığımda gülerek önüne dönmüştü. Aç bir mideyle uyuyamazdım ki. Bana uyu derken bu ayrıntıyı unutmuştu.

"Sedef, uyan artık geldik."

"Saatlerdir uyuduğuna inanamıyorum."

"Uyanacak mısın artık sen?" Sonunda gözlerimi açtığımda yüzüm ona dönük olduğu için kaşlarımı çattım. "Biliyor musunuz, sevgili eğitmenim, ben bir şey fark ettim. O da gözlerimi açtığımda görmek istediğim son kişi bile olmadığınız," diye homurdanıp kemerimi çözdükten sonra arabadan indim. Kahretsin, her yanım tutulmuştu!

"Bir geceyi kollarımda geçiren kadından bunları duymak hiç inandırıcı gelmiyor." Alaycı sözleri yüzünden kan beynime sıçradı. "Bilinçsiz yaptığım bir şeyden dolayı beni yargılayamazsınız." *Bu konuyu açarak beni utandıracağını düşünüyorsa ona bu zevki yaşatmayacağım.*

Gelip karşımda durdu ve dikkatli bir şekilde gözlerime baktı. "Uyurgezer biri uyuduğunda genelde bilinçaltındaki şeyleri uykusunda uygular." Bu sözlerin herhangi bir doğruluğu yoktu. Kendimi onun yatağında bulmadan önce onunla uyumayı hiç düşünmemiştim.

"Ama kaybettiğini düşündüğün iddia yüzünden o gece uyumadan önce seni öptüğümü düşündün, değil mi?" Aklımdan geçenleri anlamış gibi sarf ettiği sözler sebebiyle sonunda beni utandırmayı başarmıştı pislik.

"Beni kandırdınız ve baskı yaparak zorla öptünüz." İnkâr etmemi bekler gibi gülümsedi. "Geçmişinden yaralı bir kızı asla zorla öpmem, Sedef." Uzanıp belimden tuttuğu gibi beni kendisine doğru çekerek üzerime eğildi. "Seni öpmemi istedin." *Ne yazık ki yaptım öyle bir hata.*

"Ama ya!" diye bağırarak geriye çekildim. "Tamam, kendim istedim ama bu bir daha olmayacak." Üzerimdeki etkisinden kurtulmak için hızlı adımlarla yürüdüm. "İkimiz de biliyoruz ki son olmayacak. Seni öpmemi tekrar isteyeceksin ve seni öpmeyi şu anda bile istiyorum," diye kendinden emin konuşunca ağlamak istedim

Her şeyi çok biliyordu, değil mi? Hayır, bir daha bana yaklaşmasına izin vermeyecektim.

O, planları için beni öpüyordu ama ben istediğim için onu öpüyordum. Allah bu adamın artık belasını versin!

Asansöre binince ondan en uzak köşede durdum ve üçüncü katta duran asansörden aceleyle indim. Bizim çocukları çok özlemiştim. Kolumdaki saate göre şu anda yemekhanede öğle yemeği yiyor olmalılardı. Yemekhanenin kapısından içeri girince, herkesin burada olduğunu görmek tebessüm etmemi sağladı. Yüksek sesle, "Kalkın ve selam verin, köleler çünkü kraliçe salona giriş yaptı," dedikten sonra ardından Alaz bana *çocuksun* dercesine bakışlar atarken herkes bana doğru dönmüştü.

"Ooo, Kuzey'in kediciği geri dönmüş, millet." Yiğit gülerek bana doğru yürüdü. Bana böyle hitap etmesinden nefret ediyordum.

Yanıma gelip belimden tuttuğu gibi beni havaya kaldırınca güldüm. "Vay Sakar!" Yiğit beni yere indirmeden Hakan'a uzattı. "Bana gönder şu kaçak kediyi." Hakan da tıpkı Yiğit gibi beni kendi etrafından bir tur çevirdikten sonra Kuzey'e uzattı. "Top mu oynuyorsunuz, geri zekâlılar," dediğimde Kuzey beni tutarak sırıttı. "Aklın varsa bağırmayı kesersin yoksa seni atarım aşağıya." Bunu yapacak kadar pislik olduğunu bildiğim için sustum. Ona sarıldığımda kollarını sımsıkı bana sardı. "Özledim," dedi. Tebessüm ettim. "O dediğinden," diye karşılık verdim. Duygusallığı sevmediğimi bildiği için verdiğim karşılığa gülmüştü.

Süslü, "İndirin şu aptalı, biz de hasret giderelim," dediğinde Kuzey beni indirdi. Koşarak Naz'a sarıldığımda Naz kıkırdadı. "Oha, harbi özlemiş bu Arıza bizi." Evet gerçekten çok özlemiştim.

"Hoş geldin, Sarmaşık." Ecrin'in kollarının arasına girdim. "İyi olduğunu görmek güzel, Yakamoz." Kollarımı ona sardığımda iç çekerek tebessüm etmişti.

Son olarak Efe'nin yanına gittiğimde, "Yankıcığım, beni bırakıp gittin sandım," dedi. Dolan gözleri diğerlerini güldürürken, onu göğsüme çekip kızıl ve kıvırcık saçlarını karıştırdım. "Seni asla bırakmam, Efe Can." Kafede olanlardan sonra bana acıyarak bakmak yerine, hiçbir şey olmamış gibi davranmaları beni mutlu etmişti.

"Biz de bu aralar burası neden böyle huzurlu diyorduk!" diyen Fulya'nın sesiyle Efe'den ayrıldım. "Meğerse bu çenesi düşük kız yokmuş. Tatlım, gidişini bile anlamadığımıza göre gerçekten etkisiz elemansın," dedi. Vurulduğumda buna benzer bir sahne yaşamıştık. Bir an dejavu yaşıyorum sandım.

"Genelde sen bir şey söylersin ve finali seni bozarak ben yaparım," dedim. Sürekli onunla aynı şeyleri yaşamaktan bıkmıştım. "O yüzden zorlama, yılan çünkü sen zararlı çıkarsın," diye sürdürdüm cümlemi.

"Seni özledik," diyen Yosun'a ve diğer eğitmenlere tebessüm ettim. "Benden bir tane daha olsa ben de kendimi özlerdim," dedim. Başından beri bizden sevgisini hiç eksik etmeyen kadına sarılmam uzun sürmedi. Yarın okul vardı, değil mi? Her ne kadar ilk gün sürekli kovulsam da okula gitmeyi seviyordum.

Yüzüme değen parmaklardan dolayı gözlerimi aceleyle nasıl açtığımı bilemedim. Odam zifiri karanlıkken onun gölgesini bile göremiyordum ama çikolata kokusunu çok iyi soluyordum. Tekrar yüzüme dokunduğunda tam çığlık atacaktım ki eldivenli ellerini dudaklarıma bastırdı. "Yaramazlık yok küçük Yarasa'm." Sesi bu sefer kalın çıkmanın aksine tiz ve çatallıydı. Sanki bir çeşit cihaz vardı dudaklarında çünkü sesi kendisini tekrarlıyor gibiydi.

Elini çekmeliydi.

Bir eli dudaklarımı kapatırken, diğer eli yanağıma inince titreyerek ağlamaya başladım. "Dokunuşum seni rahatsız mı ediyor?" diye sordu. Kesinlikle kendi sesi değildi! Yüzümdeki eli boynuma gidince hareketsiz kaldım. "Onun sana dokunması seni rahatsız etmiyor ama!" dedi. Bir anda boynumu kavrayıp sıkınca, çırpınarak onu üzerimden itmeye çalıştım. Lakin bir eliyle dudaklarımı kapatırken diğer eliyle nefes borumu sıkıyordu. Tesise girdiğimizde Alaz'ın belimi tuttuğunu görmüştü. *Ne yani, kıskandı mı?*

Gözlerimden yaşlar akarken boğulduğumu hissediyordum. Beni gerçekten öldürecekti! Onu itmem fayda etmeyince korkumu bir kenara bırakıp aklımı devreye soktum. Omuzlarını iten elim yüzüne gidince sertçe yutkunmuştu. Elimin altındaki yumuşak kumaş parçasından maske taktığını anladım. Hayatta kalmak için yüzüne dokunduğumda boğazıma baskı yapmayı bırakmış ve elini dudaklarımdan çekmişti. Ciğerlerime büyük bir nefes çektiğimde öksürmeye başladım. "Ben..." Konuşmak için kendime biraz zaman tanıdım. "Sadece seninim." *Lanet olası öcü, asla senin olmayacağım!* Ama bu geceyi sağ çıkarmak istiyorsam bana olan zaafını kullanacaktım. *Ya ben ne biçim karaktersiz bir insan olup çıktım burada! Bir onunla bir bununla... Gerçekten iğrenç!*

"Seninim," diye tekrarladığımda maske olsa bile onun yüzüne dokunduğum için kusmak üzereydim. "Altuğ'u etkilersem ondan daha kolay kurtuluruz." Elimin altındaki teni kaskatı kesildiğinde doğru yolda olduğumu anladım. "Ona ilgi duymuyorsun yani, öyle mi?" Karanlıkta beni göremediği için gözlerimi devirmek istedim. Ona, 'Kocam mısın sana ne?' desem acaba ne tepki verirdi?

Dene de gör, süper zekâ.

Yok ya, şimdi yine gaza gelmeyelim en iyisi.

"İlgi mi?" Sesimi tiksinircesine çıkardım. "Beni iki kere öldürmeye çalışan birine ilgi duyacak kadar aptal değilim. Aksine bana yaptığı her şeyin cezasını çekmesini istiyorum." Bu kısım yalan değildi çünkü Alaz Sipahi kendi payına düşen cezayı almalıydı.

"O yüzden mi ondan kurtulmak için onu bahçeye getirmedin?" diye sinirle hırlayınca ürperdim. "Onun ölmesini istemiyorsun! Benimle oyun oynama!" dedi. Yüzündeki ellerimi tutup çekti ve ellerimi hafifçe bükünce acıyla inledim. Daha fazla dayanamayıp, "Yeter ya!" diye bağırdım çünkü bendeki sabır da bir yere kadardı.

"Bana inanmaman umurumda değil ama şimdi onun ölmesi işime gelmez! Bana sağladığı güce ve konuma ihtiyacım var. Ben istediğimi aldıktan sonra ona ne yaptığın beni ilgilendirmez!" Ensemdeki saçlarımı çekerek başımı hafifçe yukarı kaldırdı. "İşte tam da bu sebeple onu öldüreceğim!" diye tısladıktan sonra yatağımdan kalktığını hissettim. Rüzgârın içeri doluşmasıyla geldiği gibi bahçe kapısından gittiğini fark ettim.

"Güçlenmemi istemiyor," diye fısıldayarak sağ elimin bileğini ovuşturdum. "Kendimi ondan koruyacak kadar güçlenmemi istemiyor." Bu yüzden Alaz'dan kurtulmak istiyordu çünkü ona karşı hep zayıf kalmamı istiyordu.

İyi ama bu öcü Alaz gibi kokarken ben kime güveneceğim?

Sabaha kadar gözüme uyku girmemişti. Dün çiftlikten getirdiğimiz yiyecekler odamın bir köşesinde dururken onları yemek bile istememiştim. Hazırlanıp odamdan çıktığımda bile kimseyle konuşacak halim yoktu. Yol boyunca başımı cama yaslayıp dün gece olanları düşünüp durdum. Sessizliğim Alaz'ı şüphelendirmiş olmalı ki yol boyunca sürekli bana bakıp durmuştu. Araba tam vaktinde okulun yakınlarında durunca çantamı almıştım ki beni durdurdu. "Neyin var?" diye sordu.

Bir sapığım var, daha ne olsun!

"Hiç." Kuru bir cevapla kapıyı açmak için elimi uzattığım esnada, "Bekle," dedi. Üzerime eğildi. Kapıyı tutan elimi tutunca çekmeye çalıştım ama buna izin vermedi.

"Bu nasıl oldu?" Başımı eğerek elime baktığımda bileğim hafif şişmişti. Beyaz tenimdeki kızarıklıklar parmak izlerini yansıtıyordu.

"Uykumda yapmışımdır." Gerçeği gizleyip suçu uyurgezerliğimin üzerine attığımda kaşlarını çattı. "Uykunda bileğini kızarmasına neden olacak kadar sıktığını mı söylüyorsun?" Yalan söylediğimi anlamıştı. "Odan değişecek!" Onun beni ziyaret ettiğini anlamıştı. Tam itiraz etmeye hazırlanıyordum ki buna izin vermedi. "Bizim kaldığımız katta kalacaksın ve anahtarın da değişecek." Ne söylersem söyleyeyim bildiğini okuyacağı için sessiz kaldım. Belki de böylece bana kolay kolay ulaşamazdı.

"Canını çok yaktı mı?" Parmakları bileğimin üzerinde gezinirken derin bir nefes aldım. "Belki de dün gece canımı yakan sizdiniz! Kokunuza kadar onunla bu kadar benzerken hanginize inanacağımı bilmiyorum," dediğimde yerinde kaskatı kesildi. En sonunda kendimi tutamayıp ondan şüphelendiğimi söylemiştim.

Ben arabadan hızla indiğimde o, hâlâ söylediklerimin etkisindeydi. Aceleci adımlarla okula doğru yürürken çocuklar, bahçe kapısının önünde beni bekliyordu. Lakin nefret dolu bakışları üniversitenin bahçesindeki gruptaydı. Üstelik onlara aynı şekilde karşılık veren çocukların içinde Sırat da vardı. Evet, benimle laf dalaşına giren o üniversiteli çocuk. Çocuğun adını bile doğru düzgün aklımda tutamıyordum ama görünüşe göre yokluğumda bizimkilerin nefretini kazanmayı başarmışlardı. "Gidelim, hadi." Bugün kimseyle uğraşacak havamda olmadığım için doğrudan okula girdim.

Sınıftaki yerlerimize geçtiğimizde henüz öğretmen gelmemişti. Ekipteki herkes bana bakarak sürekli sırıttığı için kaşlarımı çattım. "Sizin sorununuz ne?" Ecrin gülerek çantasındaki matematik kitabını çıkardı ve "İlk ders matematik ve yeni öğretmenimizi sınıfça çok sevdik," dedi. Bu imalı sözlerine bir anlam veremedim. Gruptaki herkes neden gülerek bana bakıyordu? *Yeni öğretmen kim ki bunlar bana bakıp gülüyor?*

"Günaydın gençler!" Sınıfta yankılanan gür ses bana çok tanıdık gelmişti.

Başımı kaldırıp gelen kişiye baktım. Takım elbisenin içindeki adamı gördüğümde gözlerimi irice açtım. "Baba?" dedim. Afallayarak söylediklerim karşısında gözleri beni buldu. Ona *baba* dediğim için yutkunmuştu. *Babamın burada ne işi var?*

Yaşadığım şokun etkisiyle ona *baba* demem, yüzüne içten bir tebessüm ve gözlerine yaşam enerjisi katmış gibi bakışları derinlik kazanmıştı. "Her ne kadar *baba* demen kalp krizi geçirmeme sebep olacak kadar beni etkilese de..." dedi muzip bir sesle. "Okul saatleri içinde bana 'öğretmenim,' veya 'hocam,' demelisin, obur öğrenci," diye neşeli bir sesle devam edince oturduğum yerde felç geçirmiştim. Bizim çocuklar gülerek bana bakarken, diğerleri en az benim kadar yeni öğretmenimizin babam çıkmasının şaşkınlığını yaşıyordu.

Ne? Öğretmen mi? "Yok artık!" Dudaklarımdan çıkan tek şey bu olmuştu. Fırat babam şu anda sınıfımdaydı ve öğretmenim olduğunu söylüyordu. Bu serseri adam öğretmen miydi? Yarasalar olacak pislikler bunu bildikleri halde benden saklamıştı. *Kahretsin oğlum!* Şaka gibi ama babam öğretmenim çıkmıştı. *Acaba kopya çekmeme izin verir mi?*

9. BÖLÜM

Sıramda oturmuş, elimdeki kalemin arkasını çiğnerken bize ders anlatan öğretmenimizi izliyordum. Anlattığı konunun ne olduğunu bile bilmiyordum çünkü bu karışık sorulardan oluşan problemleri ilk kez görüyordum. Tahtaya yazdığı bazı işlemleri kafamdan hesaplayabiliyordum. Fakat tüm matematik deneyimim çarp, böl, topla ve çıkar olarak dörde ayrılıyordu. Onun dışında doğru düzgün okula gitmediğim için x ve y'nin ne olduğunu henüz öğreniyordum. Üstelik bunları babamdan öğreniyordum. Tamam, itiraf ediyorum, onu burada görünce ajanların işi olduğunu düşünmüştüm. Lakin Fırat Bey kitap yutmuş gibiydi, matematik hakkında çok fazla şey biliyordu. Yine de nasıl öğretmen olduğunu ilk ders arasında öğrenecektim. Benim okulumdan başka ders verecek okul mu kalmamıştı, Allah aşkına?

"Evet." Geriye çekilerek tahtadaki problemi gösterdi. "Kim cevap vermek ister?" Sınıfta benimle Kuzey dışında herkes el kaldırınca, Kuzey ile göz göze gelmiştik. Ya soru çok kolaydı ya da biz geri zekâlıydık.

Bakışları o kadar öğrencinin üzerinde gezinip bende durunca ağlamak istedim. "Sen cevap vermek ister misin, obur öğrenci?" Sırıtarak söylediklerine karşılık ona ters ters bakıyordum. Cevap vermek istesem zaten el kaldırırdım, değil mi?

"Ben almayayım hocam." Zoraki bir şekilde güldüm. "Bu soru benim için çok kolay. Bırakalım, çocuklar cevap versin ve mutlu olsun yavrucaklar," dediğimde ekipten bir kıkırtı çıkınca gelip sırama oturdu. "Israr ediyorum," dedi. *Babaya zıkkım demek günah olur mu?*

An itibarıyla matematik dersinden nefret ediyorum.

Gülmemek için yanaklarının içini ısıran adama ölümcül bakışlar atarak ayağa kalktım ve tahtaya doğru yürüdüm. Soruyu tekrar okusam bile hiçbir şey anlamamıştım. Anladığım kadarıyla bu ortaokul öğrencilerinin seviyesinde bir soruydu. Matematik kitabını biraz inceleyince böyle yaş problemleri yerine çok daha karışık sorular olduğunu gördüm. Şimdi neden sınıfta ben ve Kuzey dışında herkesin el kaldırdığı anlaşılıyordu. Çünkü babam bana göre çok zor ama diğerlerine göre fazla kolay bir soru sorarak bilgimi test ediyordu. Benden cevap beklediğini görünce mecburen tekrar soruyu okudum. "Bu Ayşe, Ali'den on yaş küçükse ben şimdi Ali'nin mi yaşını bulacağım? Ayrıca Ali, Oya'dan üç yaş büyük, Furkan'dan yedi yaş küçükse burada bilinmeyen Ali'nin yaşı mı? Yoksa Furkan'ın mı? Eğer yok, bilinmeyen Ayşe'nin yaşıysa bence bırakalım kızın yaşı sırrını korusun. Sonuçta kadınlara yaşını sormak çok ayıp yani. Hem Allah aşkına, bunlar kendi yaşlarını bilmeyecek kadar geri zekâlı mı da ben çözüyorum bunu?" diye isyan ettiğimde tüm sınıf bana bakarak güldü. Lakin ben gerçekten bir kadının yaşını bulmaya karşıydım.

"O soru..." Alayla konuştu sevgili babam: "İlkokul sorusu." Hadi ya, ben çıtayı biraz yükselterek şansımı ortaokuldan yana kullanmıştım.

Herkes gülerek başını sallayınca, beni rezil eden adama kınayan bakışlar attım. "İlkokulda benim zamanımda yoktu böyle sorular, hocam. Biz genelde Ali'ye topu tutturuyorduk," dedim. Ciddi anlamda sinirlerim bozulmuştu.

Dersin geri kalanı benim için tam bir facia gibi geçmişti. Anlattığı hiçbir şeyi anlamıyordum ve bana soracak diye de ödüm kopuyordu. Tabii, beş kere o tahtaya çıkıp alay konusu olunca psikolojim bozulmuştu. Zil çalar çalmaz sınıftan çıktığı için burada ne işi olduğunu öğrenmek için onu arıyordum. "Yalnız baban seni çok pis bozdu, Sakar," diyen Hakan'a öfkeyle bakarak bahçeye çıktım. *Ben bilmiyorum sanki sınıfta bana yaptıklarını.*

Naz eliyle çardağı göstererek, "İşte, orada!" dedi. Gösterdiği yöne baktığımda Aslan Bey'in de orada olduğunu gördüm. Ürkerek, "O da mı öğretmen oğlum?" dediğimde ekip kıkırdadı. Yiğit gülerek, "Sakin ol, Kuzey'in kediciği, o öğretmen değil. Ayrıca Fırat Bey kaza geçiren bir arkadaşı yerine vekil öğretmen olarak geldi. Anlayacağın yakında gidecek," dediğinde rahatladım çünkü bir öğretmen vakası daha kaldıramazdım. *Umarım o arkadaşı hemencecik iyileşir de babam bu okuldan ayrılır.*

İkisi de çardakta bize sırtı dönük olduğu için bizi görmemişti. Fakat yaklaştıkça konuştukları her şeyi daha iyi duyuyorduk. Fırat Bey'in, "Aslan, bu kız bildiğin tembel! O kadar soru sordum, bir tane bilemedi. Bak, sana söylüyorum, zekâsı kesinlikle o deli anasına çekmiş," dediğini duyduğumda ben morarırken, yanımdaki çocuklar gülmemek için kendilerini zor tutuyordu.

"İlk günden ona çok yüklenmediğini söyle bana..." Neyse ki diğer babam benden yanaydı. "Sedef hiç okula gitmemiş, Fırat. Bunu bilerek kızı rencide etmedin, değil mi?" Valla bildiğin rencide etmeyi geçmiş, yerin dibine sokmuştu.

"Dokuz yaşındaki çocukların çözdüğü basit soruları bilmiyor, diyorum. Bu böyle olmaz, derhal özel hoca tutacağım. Benim kızım bir salak olamaz." *Kendisi yetmedi, bir de özel hoca çıktı başımıza. Salak mı dedi o bana?*

"Gerekirse kızıma ben özel hoca tutarım, Fırat. Konuşturma beni şimdi, senin de okul yıllarını biliyorum."

"Ne? Öğretmenler beni çok severdi. Üniversitede herkes beni parmakla gösterirdi, ne çabuk unuttun?"

"Doğru, profesörlerden birini ayartıp kadınla ilişkin olduğu ortaya çıkınca, herkes seni parmakla gösterir olmuştu."

"Sen zaten beni hiçbir zaman çekemedin, Aslan. Ayrıca kadın çok güzelse bu benim suçum mu?"

"Olur mu hiç? Dekana çıkıp kızıyla ilişkim olduğunu söyledin. Kendin kovulduğun yetmemiş gibi beni de kovdurdun. Ve bu kişiyle, yani seninle hâlâ arkadaş olmak benim suçum."

"Kendini her durumda haklı çıkarmaya bayılıyorsun, değil mi? Neden hep hatalarımdan konuşuyorsun? Sana yaptığım tüm o iyilikleri ne çabuk unuttun? Hatırlatırım, annen ve baban boşandığında o zor zamanlarında yanında olan sadece bendim."

"Annem ve babamın boşanmalarına sebep olduğun için olabilir mi?"

"Hadi ama Aslan, babanın sekreteriyle yaşadığı ilişkiyi annene söylememem gerektiğini bilmiyordum."

"O sekreter dediğin kadın babamın çocukluk arkadaşıydı, aynı zamanda kardeşi gibiydi! O dönemlerde bebeğini kaybettiği için babam ona destek oluyordu."

"Bana bunu şimdi mi söylüyorsun? Ayrıca sürekli sana kötülük yapmışım gibi konuşma. Senin yüzünden iki gün yoğun bakımda kaldığım günleri ne çabuk unuttun?"

"Yoğun bakımda kalan bendim, Fırat. Hani çıkardığın bir kavga yüzünden bıçaklanmıştım!"

"Öyle mi olmuştu? Bence şu an geçmişi konuşmayalım, Aslan çünkü sen ne zaman eskilerden konu açılsa sinirleniyorsun."

"Neden acaba? Fırat, ben hâlâ sana nasıl tahammül ediyorum, bilmiyorum. Geçmişte bana yapmadığını bırakmamışsın. Yetmemiş, eski sevgilimle yatmışsın. Ama yüzsüz gibi dibimden ayrılmıyorsun!"

"En iyi arkadaşım olduğun için kendinle övünmek yerine senin söylediklerine bak."

"Kusura bakma, Fırat. Tek arkadaşın olduğum için kendime üzülmekten övünmeye vakit bulamıyorum." Aslan Bey'in homurdanarak söyledikleri karşısında ben ve çocuklar daha fazla dayanamayıp gülmeye başladık. *Yazık, arkadaşından bayağı bir çekmiş.*

Gülüştüğümüzde bizi fark edip kınayan bakışlarla bize bakmaya başladılar. Gülerek çardağa girip kendimize oturacak bir yer bulduk. "Bir açıklama bekliyorum," diyerek öğretmenim olan adama baktığımda sırıttı. "İnanmayacaksın ama gerçekten öğretmenim. Büyükbaban ölünce istifa ederek kendi köşeme çekilmiştim ama iki gün önce burada öğretmenlik yapan bir arkadaşım kaza geçirdi. Onu ziyarete gittiğimde konu nakil öğrencilerden açılınca burada olduğunu anladım. Önemli bağlantılarımı kullanarak o iyileşene kadar onun yerine vekil öğretmen olarak geldim," dedi. Ne yani, sırf bana hayatı zehretmek için yeniden öğretmen mi olmuştu?

"Şu önemli bağlantılarını bir elime geçirirsem var ya!" diye homurdandığımda Aslan Bey güldü. "O önemli bağlantısı benim." Ben kendi tükürüğümde boğulurken, diğerleri gülerek beni iyice çıldırttılar.

"Ah, öyle mi?" Aslan Bey'e küfretmediğim için kendimi tebrik ederek sırıttım. "Peki, sen de mi burada öğretmensin?" Yüzümdeki sahte gülüşüm, vereceği cevaba göre değişebilirdi. "Hayır," dediğinde gerçekten rahatlamıştım. "Buraya rahatça girip çıkmak için müdüre rüşvet verdim." *Sanırım ağlayacağım.*

Şoka girmiş gibi, "Bunu gerçekten yaptın mı?" diye sorduğumda güldü. "Birinin sana ve Fırat'a göz kulak olması gerekiyordu. Özellikle de Fırat'a. Kızımın psikolojisini bozmasını istemediğim için bu izbe yere büyük bir bağış yaptım." Fırat Bey ve ben homurdanırken, Aslan Bey keyifli bir şekilde arkasına yaslanmıştı.

"Yirmi yaşındayım baba, kendi başımın çaresine bakabilirim. Ama az önce duyduklarımdan sonra, Fırat baba konusunda haklısın." Ona baba dediğimde gülüşü büyümüştü. İçtenlikle bana bakması tebessüm etmemi sağlamıştı.

"Buradaki tuhaflığın sadece ben mi farkındayım?" Kuzey, ensesini kaşıyarak onları gösterip bana döndü. "İkisine de baba dediğinin farkında mısın, Kedicik?" Afallamış hali o kadar komikti ki güldüm. "İkisi de benim babam." DNA testi istemiyordum çünkü ben her ikisini de öz babam olarak sevmiştim. Bir test onlara olan hislerimi değiştiremezdi ama o testte yazacak olanlar ikisinden birini çok kötü üzecekti. Restorandaki gecede bir şeyi çok iyi anlamıştım, bu iki adamın bana ihtiyacı vardı.

"Birimiz baban, diğerimiz amcan. O yüzden şu testi en kısa zamanda yaptırıyoruz." Bu huysuzluk çıkartan Fırat Bey'di. "Seninle konuşacak çok şeyimiz var ve hangimizin baban olduğunu öğrenirsek kaybettiğimiz zamanı telafi etmek için uğraşırız." Aslan Bey, onu onaylayarak başını salladı. "Nerede yaşadığını bile bilmiyoruz, Sedef. Senin ajan olduğunu söyleyen bir ekip var ve şu Yarasalar saçmalığını anlamıyoruz. Neden biri peşinde? Kimse bize bir şey anlatmıyor. Baban olarak üzerinde hak iddia etmemiz için DNA testini geciktirmememiz gerekli. Böylece sana zarar vermek isteyen herkesin yasal yollarla cezalarını çekmelerini sağlayabilirim." Aslan Bey'in sözlerine Fırat Bey güldü. "Ya da diğer yollardan onların cezasını kesebiliriz." Aslan Bey'in kaşlarını çatmasından kesinlikle etkilenmemişti. Biri kurallara bağlı, diğeri ise kurallara aykırıydı. Evet, bu ikisi çok zıt karakterlere sahipti.

Tebessüm ederek ayağa kalktım. "Tamam. Bu hafta içinde gidip test yaptırırız." Her ikisi de buna memnun kalınca test yaptırmak kaçınılmaz bir hal almıştı.

Ben, birini mutlu ederken diğerini üzmekten korkuyorum.

Sonraki ders ilkine göre benim için çok zor geçmişti ve ondan sonraki derslerin hepsi de. Bu okulda öğrettikleri şeyi anlamıyordum. Derslerle ilgili altyapım zayıf olduğu için pek verimli olamıyordum. "Hey, millet!" Biz sınıfta boş boş otururken bir çocuk bağırarak içeri girdi. "Fırat Hoca ve Kadir Hoca bahçede top oynayacak. Takımı bizim sınıftan kuracaklarmış çünkü son iki dersimiz beden eğitimi. Herkes orada. Hadi, biz de gidelim!" diye coşkuyla bağırdığında herkes gülerek dışarı koşmaya başlamıştı. *Bu babamı nasıl zapt edeceğimi bilmiyorum. Yemin ederim, çocuk gibi iki dakika yerinde durmuyor!*

"Yankı, hadi." Bana seslenen kızın adı sanırım Selda'ydı. Evet, Kuzey ile aynı sırada oturan şu kız. "Fırat Hoca senin baban ve o çok sempatik" *Babama mı asılıyor bu kız?* "Kadir Hoca da öyle. Ay, ikisinin maçını çok merak ediyorum." Kız heyecandan çığlık atarak dışarı koşunca ne düşüneceğimi bilemiyordum. Evet, Fırat baba, Aslan babama göre daha karizmatik ve ilgi çekiciydi. Lakin adamın ilerleyen bir yaşı vardı ve küçük bir kızdan bunları duymak beni rahatsız etmişti.

"Kalksana lan." *Kuzey gerçekten beni deli ediyor. "Lan" nedir Allah aşkına?* "İzleyelim, eğlenceli olacak." Ona baygın bakışlar atarak yürümeye başladım. Onun babası öğretmeni çıkmadığı için rahattı tabii.

Bahçeye çıktığımızda bizim sınıftaki herkes eşofmanlarını giymiş bir halde buradaydı. Ders programını daha bugün aldığım için benim dışımda herkes eşofmanını getirmişti. Yarasalar bile üzerlerine rahat bir şey giymişken, ben üniformam ile duruyordum. Kadir Hoca ve babam ceketlerini çıkarıp, gömleklerinin kollarını toplamış bir halde gülerek sohbet ediyordu. Tüm sınıfın burada olduğunu görünce sohbetlerine ara verip bize döndüler. "Her ikimizin de dersi yok. Biraz eğlenelim mi çocuklar?" Herkes gülerek babama tezahüratlar yağdırırken ben kaçmanın yollarını arıyordum.

"O zaman takımları seçelim." Kadir Hoca hepimize baktıktan sonra, "Kuzey" deyince, Kuzey gülerek onun yanındaki yerini almıştı. Babam ise sırıtarak bana bakınca bir küfür savurdum. *Hayır, beni seçmesin!* "Yankı? Buraya gel kızım." Herkes bana gülerken somurtarak onun yanına gittim. Ajanlar babalarıma gizli görevimizden bahsetmemişti. Anladığım kadarıyla bana burada Sedef yerine Yankı demeleri için onları bir şekilde ikna etmişlerdi.

Takımda bizim sınıftan henüz yeni tanıştığım birkaç kişi daha vardı. Yarasalardan Efe, Yiğit ve Hakan bizim gruptaydı. Kuzey ve kızlar da karşı gruba düşmüşlerdi. Topu havaya atıp başladıklarında benim için asıl işkence daha yeni başlıyordu. "Dizlerimdeki yaralara yenileri eklenecek!" Kendi kendime isyan ederek oyuna başladım. Belki bugün şans benden yana olurdu da hiç düşmezdim.

Kendi ayağıma takılıp yine yere düştüm. Herkes gülerken düştüğüm yerde çığlık attım. "Oynamıyorum ya ben!" Sürekli düşmekten hemen hemen ağlayacak kıvama gelmiştim. Neyse ki üniformam şorttu da düşünce bir yerlerim görünmüyordu.

"Bir kurşun mu döktürsek?" Fırat Bey resmen şoka girmişti. "Bu, sakarlıktan öte bir durum. Neredeyse her dakika başı yerdesin." Yarama tuz basan adama ters ters bakmaktan kendimi alamıyordum. "Sakar değilim ben, sadece yerde çok fazla taş var." Bu yalana kendim bile inanmazken onun da inanmasını beklemiyordum.

Maç tekrar başlayınca Naz'ın ayağındaki topu almak için ona sırıtan Yiğit, "Kız Nihale, yüzündeki o şey sivilce mi?" deyince, Hakan ve ben gülerek birbirimize baktık çünkü an itibarıyla o top Yiğit'teydi.

"Ne?" diye bağıran Süslü, elleriyle yüzünü kapattı. Naz çığlık atarak yüzünü gizlemeye çalışırken, "Bakma! Kimse beni böyle görmemeli, ders arasında baktığımda bir şey yoktu ama!" dedi ve Yiğit tek bir hareketle topu onun ayağından aldı. "Kandırdım, geri zekâlı." Kahkaha atarak top ile koşturunca Naz arkasında küfürler yağdırmaya başlamıştı.

Kuzey onun karşısına çıkınca, ben ve Hakan onunla aynı hizada koşuyorduk. "Kuzey'in kediciği, yakala!" Yiğit bağırarak topu bana gönderdi. *Biri bu çocuğa ismimin Yankı olduğunu söylesin.*

Top bana ulaştığı an karşımda Ecrin'i görünce topu Efe'ye fırlattım. Ancak top Efe'nin yüzüne çarpınca, "Acıdı," diye sızlanan Efe, oturup ağlamaya başlamıştı. Gerçekten harika bir takımdık, daha önce böylesi görülmemiştir.

"Yine mi, abi?" Hakan koşarak topu karşı tarafa geçmeden aldı. "Maçın başından beri Sakar düşer, Ağlak ağlar, bu ne oğlum!" Sanki biz bu durumdan zevk alıyormuşuz gibi konuşması yok mu, beni deli ediyordu.

Topu biraz ilerletti fakat iki kişi yolunu kesince pası bana atmıştı. "Atmayın şu şeyi bana! Uğursuz bu top çünkü bana ne zaman gelse düşürüyor beni..." demiştim ki, bana doğru gülerek gelen yakışıklı biyoloji öğretmenimizi görünce çirkef halimden hemen çıktım. "Hakancığım, lütfen bir dahakine topu atmadan önce haber ver." Kibar bir kız rolüne büründüğümde Ecrin ve Naz kıkırdarken, babam da dahil olmak üzere Kuzey, Yiğit ve Hakan nefretle Kadir Hoca'ya bakıyordu.

Adamın karizmasını kıskanıyor bunlar.

Topu ayağımdan karşı takıma doğru yavaşça hareket ettirip götürürken, Kadir Hoca tam karşımda durmuştu. "Yankı?" diyen adam güldüğünde ben de güldüm. "Hocam?" *Hadi ama, adamın bakışları çok hoş.*

Bana etkileyici gülüşlerinden birini göndererek topu almak üzereydi ki hızla geriye çektim. Tekrar bir hamle yaptı ama yine onu şaşırtarak topu vermemiştim. Sokaklardaki çocuklarla çok fazla oynadığım için aslında futboldan anlardım. Tek sorun ben daima sakar bir defans oyuncusu olmuşumdur. Dizlerimdeki yaralara bakan adam, "Bu halde daha fazla devam edemezsin," deyince güldüm. "Ben bu halde neler yapıyorum bir bilseniz. Gol atmak benim için hiç zor değil." Koskoca tesisi ayağa kaldırıyordum, bir gol atmak benim için çok kolaydı.

Gözlerimin içine bakan adam güldü. "Bunun için önce beni geçmen gerekiyor." Meydan okumasına aynı şekilde karşılık verdim. "O zaman izleyin, hocam." Topa hafif vurarak bacaklarının arasından geçmesini sağladım. Daha o arkasını dönmeden ondan önce davranıp koştum ve topu tekrar aldım. Hiç vakit kaybetmeden Yiğit'e pas attım. Koşarak kalenin yakınlarında durdum ve Ecrin'i geçen Yiğit, tekrar bana şut çekti. Ve ben herkesi şoka uğratarak havadaki topu göğsümle karşıladım. Yere düşen topun üzerine ayakkabımın ucuyla bastırıp, topu hafif sektirerek havaya kaldırdım. Sol ayağımla ve tüm gücümle topa vurduğumda top, kalecinin kulağının yakınından geçip kaleye girmişti. "Babasının kızı!" Fırat Bey'in gururlu çıkan sesiyle kıkırdayıp Kadir Hoca'ya baktığımda dudakları kıvrıldı. "Çok iyi ama 7-5 kaybettiniz." Kolundaki saati gösterdiğinde somurttum. Oyun bitmişti ama son dakika golünü attığım için aferin bana.

Takıma dönerek omuz silktim. "Gollerin biri benden, üçü Fırat Hoca'dan. Allah'tan bir tane de Yiğit'ten. Geriye kalanlar, kendinizden utanıyorsunuzdur umarım." Onları kınayıp saçlarımı savurarak havalı bir çıkış yapmak istedim. Ancak daha ilk dakikada bu sefer gerçekten bir taşa takılıp düştüm. Sanırım asla havalı bir çıkış yapamayacaktım. "Aynı havayı soluduğumuz için senden utanıyorum." Eğer dizlerim çok acımasaydı bunu diyen pis bağımlıya güzel bir cevap verebilirdim!

Çıkış saati gelince okuldan uzaklaşarak herkes gibi ben de kendi eğitmenimin arabasına binmiştim. Araba hareket etmeye başlayınca her ikimiz de hiç konuşmadık. Sabah ondan şüphelendiğimi söylemiştim ve hâlâ kendisini savunacak bir şey söylememişti. Belki de benim ne düşündüğümü umursamıyordu. Üstelik okul hakkında henüz bir rapor istememişti benden. Eminim düşük çenemi bildiği için bir şeyler bulursam zaten ona söyleyeceğimi tahmin ediyordu. Yine de bu sessizliği fazla garipti. Onu tanıdığım ilk günlerdeki adama geri dönmüş gibi tepkisiz ve suskundu. "Sorun ne?" Genelde bu soruyu hep o bana sorardı.

"Bir sorun olduğunu sana düşündüren nedir?" Önündeki trafiğe bakarken bana hiç dönmemişti ve sesi fazla mesafeli çıkmıştı. Kesinlikle bir gariplik vardı.

"Fazla sessizsiniz."

Buz gibi çıkan sesiyle, "Normalde de öyle değil miyim?" dedi. Söylediğim her şeye soruyla karşılık veriyordu.

Bu adamin derdi ne?

"Evet ama..." Söyleyecek bir şey bulamayınca duraksadım. "DNA testi istiyorlar." Sessizliği hiç sevmediğim için aklıma gelen ilk konuyu açtım. İşleri yüzünden bugün Aslan Bey'i çok az görsem de o da en az Fırat Bey kadar bu konuda ısrarcıydı.

"Olması gereken de bu değil mi?" *Bana bir daha yeni bir soru yöneltirse susacağım. Her söylediğim şeyi kestirip atıyor.*

"En çok hangisinin bana ihtiyacı varsa onun kızı olmak istiyorum ama diğerini de üzmek istemiyorum." İçimden geçenleri açık bir şekilde dile getirdim. Çıkacak olan sonuç beni korkutuyordu.

"İkisinin de sana ihtiyacı var." Sola dönünce hızını artırmıştı. "Aslan Bey, on yıl önce karısını ve iki çocuğunu bir yangında kaybetti. Bir kızı ve bir oğlu vardı fakat onları kaybetti. Kapsamlı bir araştırma yaptığım için on yıldır hayatına bir daha hiçbir kadını almadığını biliyorum. Her cuma eşinin ve çocuklarının mezarına gitmeyi ihmal etmez. Evi ve şirketi arasında mekik dokuyan biri olduğunu söyleyebilirim. Büyük kaybından sonra ilk kez gerçek anlamda gülmesinin sebebi ona yeniden hayat olacak bir kızın varlığı." Sahip olduğu tüm ailesini kaybetmişken yaşamak zor gelirdi insana. Onların anıları her yerde olurdu ve baktığı her karede kendilerini hatırlatarak işkence ederlerdi.

"Fırat Bey ise bir dargın bir barışık olduğu çocukluk aşkıyla on beş yıl önce evlenmiş," diyerek bana bir şeyler anlatmaya devam etti. "Evliliğindeki tek sorun bir çocuklarının olmamasıymış. Fırat Bey bir aşiretin en küçük oğlu ve bu tür yerlerde çocuk çok önemli olur. Mardin'de karısının üzerine kuma getirmemek için herkese kusurlu olanın kendisi olduğu haberini yaymış. Karısını o baskıdan kurtarmak için İstanbul'a getirmiş fakat birçok tedavinin sonunda yine çocuk sahibi olamamışlar. Daha ilginç olan ise karısının bile sorunun Fırat Bey'den kaynaklandığını sanması. Çünkü eşi üzülmesin diye sahip olduğu gücü kullanarak tüm test sonuçlarını her defasında değiştirmiş. Gerçek test sonuçlarına ulaştım, Fırat Bey'in çocuk sahibi olması için herhangi bir engel yok. Altı yıl önce uğruna her şeyi yaptığı eşi, çocuğu olmuyor diye Fırat Bey'den boşandı. Başka biriyle evlendiğinde bile Fırat Bey ona gerçeği söylemedi. Kadın ikinci eşiyle iki yıl evli kaldıktan sonra çocuk için tekrar hastaneye gittiğinde gerçeği öğrendi. Anlayacağın, en az Aslan Bey kadar Fırat Bey'in de sana ihtiyacı var çünkü sen onun hayalini kurduğu çocuksun. Her ikisi de yeniden evlenselerdi, yeni bir eşleri ve çocukları olabilirdi. Ancak biri ölüm yüzünden diğeri ihanet yüzünden buna cesaret edemedi." Yaptığı açıklama sonrasında oturduğum yerde taş kesilirken gözlerim dolmuştu. Hayat, her ikisini farklı yollarla sınamış ve hiç olmadık bir zamanda bir çocuğun varlığını müjdelemişti. Lakin o çocuğa sadece biri sahipti. *Bu DNA testinin olmaması için elimden geleni yapacağım. Her ikisinin umudunu canlı tutmamın tek yolu bu.*

"Aslan Bey, kaybının acısını çok iyi gizliyor, Fırat Bey ise serseri ve vurdumduymaz halleriyle geçmişte yaşadıklarını hiç belli etmiyor." Kendi fikrimi belirttiğimde arabaya bindiğimden beri ilk kez bana doğru dönmüştü. "Görünen şeyleri herkes görür Sedef, önemli olan görünmeyeni bulmak." Bu sözleri aslında çok fazla şey anlatıyordu. Sabah ona söylediklerime bir cevaptı bu sözleri. O kendisini doğrudan savunan biri değildi. Yaptığı veya dolaylı yollardan söylediği şeylerle onu anlamanızı beklerdi. Asla doğrudan bir açıklama yapmazdı çünkü onu artık tanımaya başlamıştım.

Yine de ondan hâlâ şüpheleniyorum.

Tesise girdiğimizde onunla birlikte onuncu kata çıkmıştım. Koridorun sonundaki odada kaldığını biliyordum ancak bana hemen yan odasını vereceğini bilmiyordum. Kapıyı gösterip bana yeni bir kart uzattı. Üzerinde Sedef Sarmaşık yazan yeni kartımda da aynı fotoğrafım vardı. "Dene." Uzattığı kartı alarak kapının kilit sistemine yaklaştırdım. Kapı açılmıştı.

Elini uzatınca eski kartımı istediğini anladım. Boynumdaki kartı şeridinden çıkartıp ona uzattım ve yenisini kurdeleye geçirdim. O kendi odasına girince ben de onu tuhaflığıyla baş başa bırakıp yeni odama girmiştim. Bu oda, eski odamın bir benzeriydi diyebilirim. Sadece burada ahşap mobilyalar yerine daha modern şeyler vardı. Perdeler dahil her şeyin gümüş rengi olması dikkatimden kaçmamıştı. Odanın içinde gezinirken sanırım en çok terasa çıkınca mutlu olmuştum. Yüksekte olduğum için buradan bakınca tesisin büyük duvarlarının ötesindeki orman bile görünüyordu. Temiz havayı içime çektiğimde, Alaz'ın odasına açılan balkon kapısını gördüm. İkimizin balkonları büyük ve bitişikti. Arada bir duvar veya bariyer olmadığı için kapısını çalmadan balkondan odasına girebilirdim. "Tabii ki girmeyeceğim." Hem zaten kilitliyordur balkon kapısını.

Onu bu kadar düşündüren ne?

"Sana kokuları çok benziyor diyorum. Eğitmenim ve ortağım aradığımız katil olabilir Ahmetçiğim." Bahçede yürürken yanımdaki adama derdimi anlatıyordum. Ancak o yine elindeki telefondaki karısının, yani Derya'nın fotoğrafına dalıp gitmişti.

"Bir gece ansızın git evine de ikimiz de kurtulalım." Karısını görmedikçe bu adam rahat etmeyecekti.

Telefonu cebine koyup iç çekti. "Derya hamile." Duyduklarım karşısında gülümsedim. "Baba oluyorsun, ha? Gözümüz aydın, ajan," dediğimde güldü. "Evet ama dün onunla konuştum Yankı, Derya çocuk istemiyor." Gülüşü solmuştu. "Yalnız başına bir çocuk büyütmeyeceğini söylüyor. O da haklı, evlendiğimizden beri çok az görüyor beni." Bir çocuğu olacağına mutlu bile olamıyordu. Derya'yı tanımasam da ona kızmadan edemiyordum. Kocasının ne iş yaptığını biliyordu ve ona karşı daha anlayışlı olmalıydı.

Biraz ilerlediğimizde Araf'ı gördüm. Evet, yine sırtını bir ağaca yaslayıp uzaktan Şafak'ı izliyordu. Tek sorun Şafak gülerek Tunç ile sohbet ediyor ve bu durum Araf'ın hoşuna gitmiyordu. "Siz kızlar bazen çok aptal olabiliyorsunuz." Ahmet tüm olayı bildiği için genelleme yapınca güldüm. "Ben öyle değilim, ajan. Senin Derya'yı sevdiğin gibi veya Araf'ın Şafak'a olan yoğun hisleri gibi biri beni sevse hemen fark ederdim." Gülerek bana döndü. "Bence en büyük aptal sensin." İmalı sözlerine karşılık göz devirdim. Eğer Alaz'dan bahsediyorsa o adamın duygularından emin olamadığım için onu saymıyordum.

Tunç sırıtarak Şafak'ın yüzündeki saçlarını çekince yüzümü buruşturdum. Araf'ın buz gibi yüzüne baktığımda gözlerini bile kırpmadan onları izlediğini gördüm. Ellerini yumruk yapmış çocuğun öfkeden çenesi seğiriyordu. Lakin buna rağmen sadece izlemekle yetindi. Şafak'ın utangaç bir şekilde tebessüm edişini izledi. Fakat Şafak'ın Tunç'a olan bakışlarında herhangi bir etkilenme yoktu. Tabii, şu durumda Araf'ın bunu fark ettiğini sanmıyordum. Kaşlarını çatarak sert adımlarla arkasını dönüp uzaklaşınca, bu öfkeyle yanlış bir şey yapmasın diye peşinden koştum. Ağaçların arasından geçerek diğerlerini geride bırakmıştım. "Beni bekle!" diye bağırdığımda beni duysa da geriye dönmedi.

En iyisi düşmemek için yavaş yürümek çünkü nasıl olsa duracak.

1 saat sonra

Ayağım bir dala takılınca çığlık atarak yere düştüm. Hava hafif kararmıştı ve biz bir türlü bu bahçeden çıkamıyorduk. O önde, ben arkada öylece boş boş yürüyorduk. *Bu çocuk niye hiç oturmuyor?* Düştüğümde attığım çığlığı duyan çocuk, dönüp beni görünce, "Baş belası!" diye tıslayıp yanıma geldi.

Elini uzatıp beni yerden kaldıracağı esnada kendimi hemen geriye çektim. "Ben kalkarım." Sadece bizim gruptaki erkeklerin dokunmasına katlanabiliyordum.

Ayağa kalkarak üzerimi silkeleme işini bitirince ona döndüm. "Nereye gidiyordun?" Her zamanki gibi bana bıkkın bakışlar atıp, sıkıntıyla burnundan soludu ve bana baktı. "Yanımdan ayrılma." Tesise doğru dönünce söylediklerinden bir şey anlamasam da peşine takılmıştım. Tuhaftı ama sanki az önce söylediği şeyler beni korumaya yönelik gibi gelmişti.

"Bir sorun var, değil mi?" Onu takip ederken başını salladı. "Dün geceden beri eğitmenlerin hiçbirini görmedim, Yankı. Hepsi bir gecede kayboldu sanki," dedi. Durup düşündüğümde gerçekten tüm gün hiçbirini görmediğimi fark ettim. Üstelik Alaz da dün beni okuldan aldığında bir garipti.

Hepsi böyle habersiz nereye gitti?

"İşleri çıkmıştır." Kötü düşünmek istemiyordum. "Adamlar ajan sonuçta."

"Hepsinin birden işinin çıkmış olması garip değil mi? Üstelik rakipler ortak iş yapmaz." Gittikçe beni korkutmayı başaran çocuk yüzünden endişelenmeye başlamıştım. Eğitmenler yoksa hepimiz savunmasız bir haldeydik burada.

"Takımını topla." Onu durdurarak herhangi bir şeye karşı uyardım. "Eğitmenler yokken hepimiz kolay hedefiz. Kendi grubunu topla ve bu gece mümkünse hepiniz bir yerde kalın. Ne olur ne olmaz, o yüzden sakın birbirinizden ayrılmayın. Ben de hemen bizimkileri uyaracağım." Çakallardan hoşlanmasam da hiçbirinin zarar görmesini istemezdim.

Araf ile yaklaşık yarım saat sonra tesise girdiğimizde hava çoktan kararmıştı. "Siz ikiniz." Başındaki şapkasını yüzüne kadar çeken bir adam yanımıza geldi. "Yarasaların acilen tesisten çıkması gerekiyor. Diğerleri çoktan aşağı indiler, beni takip edin." Adam üçüncü asansöre yönelince Araf ile göz göze geldik. Burada yolunda gitmeyen bir şeyler vardı.

Araf bana yaklaşarak kolumu tuttu. "Ne olursa olsun yanımdan sakın ayrılma." Kalbim korkuyla hızlanırken başımı salladım. İçimde kötü bir his vardı. Bu akşam kesinlikle bir şeyler olacaktı.

Araf elini kolumdan çekince, tereddüt ederek de olsa adamın peşinden asansöre bindik. Özellikle yüzünü bizden gizlemesi bile ondan şüphelenmeme sebep oluyordu. Sesini ilk kez duyuyordum ve onu daha önce görmediğime emindim. "Neden tesisten çıkmamız gerekiyor?" Bana cevap vermeden gizli bölmeyi açarak zemin katın düğmesine bastı. "Neler olduğunu söyleyecek misiniz? Bizi nereye götürüyorsunuz? Eğitmenler nerede ve şu saçma acil durum ne?" Tüm sorularımı yanıtsız bırakarak zemin katta duran asansörden indi.

Peşinden asansörden indiğimizde, tüm Yarasaların otoparkta olduğunu gördüm. Hepsi birbirine tedirgin bakışlar atıyordu. "Neler oluyor?" Fulya'ya *bilmiyorum* dercesine omuz silktim. *Ah, bir anlasam neler olduğunu...*

İki kişi, üstü kapalı büyük bir nakliye aracının arka kapılarını açtı. "Derhal binin!" Burada şapkalı üç kişi saymıştım.

"Yok ya." Onlar binin dedi diye bunu yapacak değildim. "Kurbanlık koyunlar gibi oraya binmeyeceğiz. Şimdi bana kim olduğunuzu söyleyin!" İlk kez Çakallar da benimle aynı fikirde olmalılar ki kaşlarını çatarak adamlara baktılar.

"Ona çalışıyorsunuz!" Kuzey yumruklarını sıkarak adamların üzerine yürüdü ve silahını çıkarınca, Ecrin koşarak onu kolundan tutup durdurmuştu. "Bu iyi fikir değil, Kuzey." Koreli doğru söylüyordu çünkü bizi vurmak onlar için zor değildi.

"Binmeyen herkesi vurun!" Bizi buraya getiren o siyah şapkalı adamın söyledikleri üzerine adamların şakası olmadığını anladık. Fulya da bunu benim kadar anlamış olmalı ki zorluk çıkarmadı. "Onları dinleyin," dedi.

Kuzey'e silah çeken adamlardan birinin parmağı tetiğe hafif baskı yapınca, "Hadi binin!" diye bağırdım. Kimden emir aldılarsa bizi ölü veya canlı istiyordu ve bu adamlar, kesinlikle ateş etmeye tereddüt etmeyeceklerdi.

İlk binen Fulya olmuştu. Onu takip ederek ellerimi arabanın kasasına bastırıp kendimi içeri çektim. Biz iki lider binince diğerleri de isteksizce peşimizden gelmişti. Kapıları üzerimize kapattıklarında içerisi zifiri karanlık olmuştu. Kapıyı üzerimize kilitledikten sonra araba çalışmıştı. Kahretsin! Kimseyi görmüyordum. Akşamın etkisiyle buraya sızacak bir güneş veya ışık yoktu. Hoş, zaten bu kasada herhangi bir delik veya pencere bile yoktu. "Ne yaptığınızı sanıyorsunuz siz?" Bu kızgın ses Esad'a aitti. "Onlara direnebilirdik."

"Oğlum, git, ötede bağır, lan!" Yiğit'in onu azarlayan sesini duydum. "Neyinle direnecektin, çakma Rambo? Adamların silahı var." Herkes gülünce Esad'ın homurdanan sesini duydum.

Kısa bir süre sonra araba tünelden rampaya tırmanıyor olmalı ki hepimiz geriye doğru düştük. Kızlar çığlık atarken erkekler yüz kızartıcı küfürleri eksik etmemişti. Düştüğüm yerden ezilmemek için hemen ayağa kalktım

"Yanınızda telefon falan yok mu?" Karanlığa konuşarak bir cevap bekledim. "Eğitmenleri ararsak bize yardım edebilirler." Hepsinden olumsuz cevaplar duyunca son umudum da tükenmiş oldu. Benim telefonum odadaydı. Genelde burada hep birbirimizi gördüğümüz için telefona ihtiyacımız olmuyordu. Zaten sürekli dövüş dersleri aldığımız için telefonu yanımıza pek almıyorduk.

Araba tamamen tesisten çıkmış olmalı ki sarsıntı geçmişti. Kimseden ses çıkmıyordu çünkü ölüme gittiğimizi biliyorduk. "Ko-korkuyorum Yankıcığım, neredesin?" Efe'nin ağlamaklı sesini duyunca ellerimi öne doğru uzatarak sesine doğru yürüdüm. "Ben seni korurum Efe, korkma kuzum." Hıçkırık seslerinden onu bulmuş ve sarılarak göğsümde ağlamasına izin vermiştim.

Beni kim koruyacak, bunu hiç bilmiyorum.

Ertesi gün

Büyük bir gürültü sesiyle gözlerimi usulca araladığımda kapıları açtıklarını gördüm. İçeriye sızan gün ışığı ile uzandığım sert zeminden kalkmaya çalıştım. Tüm gece bu rahatsız edici yerde uyumuştum. "Ne ara sabah oldu ya?" Demek ki hepimiz sabaha kadar arabanın kasasında uyumuştuk. Peki, araba tüm gece hareket ederek bizi nereye getirmişti? Evet, hepimiz havasızlıktan boğulmak üzereyken konuşmak yerine uyumayı seçmiştik. Ancak sürekli sıçrayarak uyandığım için sallanan araba yüzünden hiç durmadığımızı anlamıştım.

"Uyanın!" O üçü silahlarını bize doğrultup bağırınca herkes gözlerini açmıştı. "İnin hadi!" Dizlerimde uyuyan Efe Can uyanınca, inleyerek ayağa kalktım ve uyuşan kaslarımı esnettim.

İlk olarak Kuzey inmişti. Elini uzatıp benim inmeme yardım ettikten sonra diğerleri de kasadan atlamıştı. Hepimiz inince kapıları kapattılar ve biz daha ne olduğunu anlamadan arabaya binerek gittiler. Hepimiz ağzı açık bir şekilde gözden kaybolan arabanın arkasından bakıyorduk. "Bizi öldürmeyi unuttular mı?" Şu Feride denen kızın zekâsına hayran kaldım.

Acaba gerçekten bizi öldürmeyi unuttular mı?

"Burası da neresi?" Hakan'ın sesini duyunca kendi etrafımdan dönerek nerede olduğumuzu anlamaya çalıştım. Lakin gördüklerim sadece ağaçlar, birkaç sincap, havada uçuşan kuşlar ve çalılıkların oradaki kirpiden ibaretti.

"Bizi neden bir ormana getirdiler?" Fulya'nın sorusuna içgüdüsel olarak, "Öldürmek için," dediğimde ben de şaşırmıştım. Ancak gerçekler maalesef bir tokat gibi yüzüme çarptı. "Kahretsin!" diye korkuyla fısıldadığımda herkes merakla bana bakıyordu.

"Ne düşündüğünü bize de söyle!" Süslü'nün sorusuyla büyük bir yenilgi içinde gözlerimi yumdum. "Bizi koruyacak eğitmenler yok ve bir ormandayız. Üstelik tüm gece hareket ettiğimize göre çok ama çok uzak bir ormandayız. Belki de şehir dışındayız, emin değilim. Hepimiz tutsakken bizi öldürebilirdi ama bunu yapmadılar. Onun en başından beri istediği kıvama geldik. Anlasanıza, yıllar önce bizi damgalayıp yaşamamıza izin verdi. Hepimizi bir şekilde takip etti ve tesiste aldığımız eğitimler bile aslında onun planının bir parçasıydı. O, kolay hedef istemiyor ki. Onun istediği, onu eğlendirecek hedefler ve artık onun için hazırız. Kısacası o da burada ve hepimizi avlayacak," dediğimde hepsi yerinde kaskatı kesilmişti. Eğitmenler bizim için gelene kadar hepimizi öldürecekti.

Bizi öldürmek için doğaya bıraktı cani.

"Silahlarımız yok," dedi Fulya ağlamaklı bir sesle.

"Eğitmenler de yok," diye ekledi Ecrin.

Şafak da "Isınacağımız bir ateş hiç yok," dedi.

"En önemlisi hiç yemek yok." Hepsinin kınayan bakışlarına maruz kalınca güldüm. "Hiç böyle bakmayın, benim için açlık ve ölüm aynı şey. Eğer yemek bulamazsak en zayıfımızdan başlayalım diyorum. Sanırım bunlar Efe ve Şafak oluyor. Şafak'ı yiyelim diyenler el kaldırsın?" Tüm dürüstlüğümle aklımdan geçenleri söylediğimde, hepsi yaratık görmüş gibi bana bakıyordu.

Ayrıca niye benden başka kimse el kaldırmıyor? Sanırım onlar aç değil.

10. BÖLÜM

Etrafımız ağaçlar tarafından kuşatılmıştı ve aç bir halde burada kalmıştık. Evet, açtım çünkü dün, akşam yemeği bile yememiştim. Tabii, şu anda açlıktan daha önemli sorunlarımız vardı. Yaşamak gibi... Belki de bizi öldürdüğünde cesedimiz buradaki hayvanların öğle yemeği olacaktı. Kendimi bir hayvanın midesinde düşünmek bile beni ürpertiyordu. Özellikle o hayvan beni yutmadan önce sivri dişlerini bir yerlerime geçirecekti. Büyük bir lokma kopardıktan sonra yavaşça çiğneyip tadımı alacaktı. Beni sindirdiği aklıma geldikçe korkuyordum. Acaba burada ne çeşit hayvanlar vardı? Sonuçta bir aslanın ara öğünü olmak da vardı kaderde, küçük bir kirpinin bir yıllık yiyecek stoğu olmak da vardı. Kirpiler etçil miydi? Ne önemi vardı ki? Sonuçta değişmeyen tek şey, benim hayvanlardan nefret etmemdi. Özellikle burada yemek konumundayken hepsinden daha çok nefret ediyordum.

Bizi kaçırdılar, tamam ama Çakalları niye kaçırıyorlar? Şimdi işin yoksa Fulya yılanıyla uğraş dur. Fulya, "Onun istediği bu kız!" dedi. Eliyle beni göstererek diğerlerine bakıyordu. "Bu şeyden kurtulursak bizi rahat bırakır." İliklerime kadar titredim çünkü Fulya, bunları anlık bir öfkeyle söylemiyordu. Hayır, bu kızın gözlerinde gerçekten bana yönelik nefret ve öldürme isteği vardı. Yaşamak için gerçekten beni öldürmeyi düşündüğünü görebiliyordum. Diğerleri her zamanki halimiz sandığı için onu ciddiye almıyorlardı ama ben şu anda ne gördüğümü iyi biliyordum. Ölümü gerçek anlamda hissettiği ilk anda bana saldıracağını görebiliyordum. Fulya ve ekibi burada bana çok büyük sorunlar çıkartabilirdi.

Harika! O öcü yetmedi, bir de bunlara karşı tetikte olmalıyım.

"Beni öldürecek güçte değilsin." Kimse neden bahsettiğimi anlamadı lakin Fulya çok iyi anlamıştı.

"Ben karmayım." Karşısında durarak korkusuz bakışlarımı ona çevirdim. "Beni tek bir kategoriye koyarsan hayatının hatasını yaparsın. Sakarlığıma ve gevezeliğime aldanıp aptal olduğumu düşünme. Çünkü sana bir dâhi nasıl olunur, zevkle gösteririm. Yeri geldiğinde aptal olmasını da iyi bilirim, zeki olmasını da. Bazen benden korkağını bulamazsın, bazen ise benden cesuru olmaz. Evet, çok konuşurum ama susacağım yeri de iyi bilirim. Fazla mı yemek yiyorum? Ben üç gün boyunca hiç yemek yemediğim günleri bilirim. Beni hafife alırsan aptallık edersin çünkü ben, bugüne kadar gördüğün tüm insanların karmasıyım. Bencil de olabilirim, fedakâr da. Kurban da olabilirim, soğukkanlı bir katil de! Kısacası ben sen de olabilirim, Sedef de ama emin ol, Yankı olmamı istemezsin. Zorlarsan çok pis zorlarım, Fulya." Gözlerinin içine bakarak söylediklerime karşılık tek kelime etmemişti. Onu şimdi uyarmamın sebebi aklını başına almasını istememden kaynaklanıyordu. Beni yanıltmayıp ilk fırsatta bana saldırırsa, işte o zaman kontrolümü kaybederim diye korkuyordum.

Ben iyi veya masum kız hiç olmadım ki! Ben tüm duyguları içinde taşıyan karmayım. Kim bana nasıl gelirse ona öyle giderim. İyi veya kötü olmam bana nasıl geldiklerine bağlı.

"İkiniz de kesin şunu." Kuzey kolumdan tutarak beni ondan uzaklaştırdı. "Şu anda sizin kavganızdan daha büyük sorunlarımız var." Onunla aynı fikirde olduğum için uzatmadım.

Halil, "Şimdi ne yapacağız?" dedi.. Fulya'nın grubundaydı ama kimseyle konuşmaz, kendi halinde takılırdı.

"Birlik olmalıyız." Karşı gruptaki herkes bana bıkkın bakışlar atınca derin bir nefes aldım. "Bakın, biz de sizinle çalışmaya bayılmıyoruz ama şimdi duygularımız yerine aklımız ile hareket etmeliyiz. Öcü burada, belki de şu anda bizi izliyor. Eğer ayrılırsak hepimizi tek tek avlayacaktır." *Evet, onlardan nefret ediyorum ama buradaki tek yetkili benim. O yüzden hepsini korumak lanet olsun ki bana düşüyor.*

"Sen kendini ne sanıyorsun ya?" Fulya alay edip küçümseyerek bana güldü. "Burada lider benim ve benim takımımı kontrol etmek senin gibi bir zavallıya düşmez." *Bu kız ya gerçekten geri zekâlı ya da ben onun bir şeyleri fark etmesini sağlayamıyorum.*

"Ne lideri Fulya?" Bir an önce aklını başına toplamalıydı çünkü kendisiyle birlikte diğerlerini de tehlikeye atıyordu. "Şimdi konumuz kimin daha iyi olduğu değil! Burada yarışmıyoruz ve parkurda en iyisi olmak için koşmuyoruz. Eğitmenlere kendimizi kanıtlamaya çalışmıyoruz çünkü ölümden kaçıyoruz, ahmak! Bir arada kalmalıyız, diyorum ve öyle de olacak." Onu korumaya çalıştığımı neden anlamıyordu? Sadece kendi ekibimi alıp yoluma devam etmeyi ben de isterdim ama her şeyden önce ben bir ajan adayıydım. Hepsine karşı sorumluklarım vardı ve şu anda düşüneceğim en son şey bile değildi rekabet etmek.

"Kes artık sesini!" Bağırarak beni itti. "Biz kendimizi korumasını biliriz. Daha düz yolda yürümeyi beceremeyen bir zavallı gelip bize ahkâm kesemez!" diye nefretle bağırdıktan sonra takımına bir işaret yaparak ağaçlara doğru yürüdü.

Ben elimden geleni yaptım, gerisi onun salaklığı.

Hepsi peşinden gitmişti, sadece Araf kalmıştı. Esad, "Sen gelmiyor musun?" dediğinde ona bakmakla yetindi. Ardından, "Şu aklı bir karış havada olan kızdan hiç emir almadım, almam da. Benim bir liderim yok," diyerek kestirip attı. "Ne yapmam gerektiğini zaten biliyorum ve size tavsiyem, burada kalmanız," dediğinde delirirken Araf, bakışlarını Şafak'a yöneltti. "Benimle gelirsen seni koruyabilirim." Buna izin vermeyen Tunç, onun bileğini tuttu ve "Şafak bizimle geliyor, kalmak istiyorsan sen bilirsin," dedi. Araf'ın gözleri kızın bileğini tutan elini bulunca, kaşlarını çatmıştı ama bunu gizlemeye çalışıyordu.

"Geliyorum." Şafak ondan beklemediğim bir hareketle elini çekip Tunç'tan kurtulunca Araf'a doğru yürüdü. "Şey, ben seninle gelirim." Çekingen bir sesle söyledikleri Araf'ı gülümsetti. Allah'tan bu kız diğerleri gibi aptal değildi.

Onlar yoluna devam edince, "Hata yapıyorsunuz!" diye bağırsam da beni dinlemeden gözden kayboldular. Başımı çevirip bizim gruba baktığımda, hepsi nefret dolu bakışlarını Şafak'a ve Araf'a yöneltmişti. "Hadi, bir çıkış bulalım," dedim ve bana ters ters bakan ekibe gülerek yürümeye başladım. Rakip takımdan iki kişiyi aralarına almak istemiyorlardı.

Şafak'ın kalması bence iyi oldu, sonuçta aç kalırsak lazım olacak.

Güneşin yakıcı ışıklarından korunmak için kendimizi ellerimizle serinletirken Hakan'ın bana uzattığı dalı aldım. Saatlerdir yürüyorduk ama hâlâ bir çıkış yolu bulamamıştık. Hakan ise yanından hiç ayırmadığı bıçağını çıkarmış ve düz dalları keserek zıpkın gibi bir şey yapmaya başlamıştı. Dal parçasını önce yapraklarından temizliyor, daha sonra uç kısmını bıçak yardımıyla sivrileştiriyordu. "Bunlarla ne yapacağız?" diyen Süslü'ye bakarak sonuncusunu da ona uzattı. "Aldığımız savunma dersleri hayvanlarda işe yaramaz, kendinizi korumanız için." Elimdeki sivri uçlu değneğe bakarken haklı olduğunu görüyordum.

"Şey, bize niye yapmadın?" Şafak'ın ürkek sesine karşılık Naz güldü ve "Çünkü sizi umursamıyoruz," dedi. Hepsi gülerken ben onlara kınayan bakışlar atıyordum. Hakan sadece ikisine bu sopalardan yapmamıştı.

"Ben çok acıktım ya..." diye sızlandığımda Şafak yutkunarak Araf'a yaklaşınca hepsi gülmeye başladı. "Merak etme, daha o raddeye gelmedim," dedim ve gülerek önüme döndüm. Onu hemen, şimdi yiyeceğimden çok korktuğu belli oluyordu.

Her yer birbirinin aynısıydı ve biz, sanırım kaybolmuştuk çünkü nereye gittiğimizi bile bilmiyorduk. Üstelik Efe'nin her şeyi bahane ederek ağlaması da sinirlerimi bozuyordu. "Böyle olmayacak." Kuzey en sonunda bizi durdurdu. "İkindi çoktan olmuştur, çocuklar. Hava kararmadan sığınacak bir yer ve yiyecek bir şeyler bulmalıyız. Dağılarak iş bölümü yapalım, sonuçta bunu daha önce de yaptık." Doğru söylüyordu ama o zaman yanımızda ajanlar vardı. İki kere üst üste bizi aynı tuzağa düşüreceklerini sanmıyordum. Bu sefer gerçekten etrafımızda bir katil varken dağılmamız doğru değildi. Lakin grup halinde de ne yemek bulabiliyorduk ne de su.

Kuşburnu ağacına doğru birkaç adım attığım esnada adım sesleriyle yerimde kalakaldım. Bu ses kesinlikle bizimkilerden gelmiyordu. Gözlerimi kapatıp hızlanan nefesimi düzene koymaya çalışınca, gerçekten bize yaklaşmakta olan adım seslerini duyabiliyordum. Bir kişiye ait olmayan seslerdi bunlar. "Birileri buraya geliyor," dedim. Gözlerimi usulca açtığımda hepsinin dikkatini çekmeyi başarmıştım.

"Belki de Çakallar fikrini değiştirmişlerdir," diyen Süslü'ye başımı olumsuz anlamda salladım. "Gelenler fazla sessiz, Naz. Şu anda ne siz ne de ben onları duyuyorum ve bu da eğitimli olduklarını gösterir." Onları sadece gözlerimi kapatıp odaklandığımda duyabiliyordum.

Efe mutlulukla, "O zaman ajanlar!" dediğinde başımı salladım ve yerdeki sivri uçlu değneği aldım. "Evet, ajanlar ama eğitmenler değil." Etrafıma bakınarak bir savunma taktiği arıyordum. "Nasıl bu kadar emin olabilirsin?" Kuzey'in sorusu beni güldürdü. "Eğer gelenler eğitmenlerimiz olsaydı Alaz kesinlikle sessiz hareket etmezdi. Kendi eğitmenimi tanıyorum, burada tehdit altında olduğumuzu bildiği için özellikle ses çıkarırdı."

Böylelikle hem bizim onu kolayca bulmamızı hem de geldiğini belli ederek öcünün bizden uzak durmasını sağlardı. Gelenlerin içinde Alaz yoktu çünkü onun gibi düşününce onun ses çıkartacağını tahmin edebiliyordum.

Alaz demişken, o Buzdağı hangi cehennemdeyse artık gelse iyi olacak.

"Karşılık veriyoruz o zaman." Tam da Kuzey'den beklediğim bir cevaptı. "Oldu canım, başka?" Kaşlarımı çatarak elimle kendimi gösterdim. "Sonunda ölüm olmayan hiçbir kavgaya girmem ben. Canlı canlı neşter altında işkence çekmek nedir, iyi bilirim. Yaralanmayı göze alamam, o yüzden koşun!" Bağırarak koşmaya başladım çünkü ikinci defa kimse beni o ameliyathaneye sokamazdı.

Hepsi homurdanarak peşime takılınca, ilk dakikada sendelediğim için Kuzey kolumdan tutmuştu. "Senin neyine koşmak!" diye beni azarladı ve elimi tuttu.

"Bir yere mi gidiyorsunuz?" Bir anda karşımıza çıkan yabancı bir adam yüzünden hepimiz olduğumuz yerde kalakaldık. Elinde bir balta olan adam kesinlikle bir oduncu değildi. "Bakın, küçük kuşlarımız neredeymiş?" Hemen arkamızdaki ağaçların arasından üç kişi daha çıktı. Öndeki adamın elinde, şu çivili demir topuzlardan vardı. Diğer ikisinin elinde ise kocaman kasap bıçakları. "Sadece yaralayın, öldürme zevki benim ve küçük Yarasa'mı fazla hırpalamayın." Sol taraftaki ağaçların arasından çıkan yüzü kar maskeli adamı görünce sertçe yutkundum. İşte sonunda ortaya çıkmıştı! Siyahlar içindeki dehşet görüntüsü çok korkunçtu. Hepimiz birbirimize yaklaşırken ağaçların arasından tam beş kişi çıkmıştı. Hepsinin elinde kesici aletler ve yüzlerinde ise kar maskeleri vardı.

Eğer geleceksen şimdi gel, Alaz. Tabii, şu anda sana bakmıyorsam!

Etrafımızı çembere aldıklarında herkesin gözündeki korkuyu çok iyi görüyordum. Fakat tuhaf bir şekilde yine o soğukkanlı lider halime bürünmüştüm. "Kuzey, sen Ecrin'i; Yiğit, sen Naz'ı; Araf, sen Şafak'ı koru. Hakan, sakın öleyim deme. Efe'yi ben korurum ve..." deyip gözlerimle öcüyü gösterdim. "Onunla ben ilgilenirim." Etrafımızı saran bu pisliklerin lideri oydu ve kendi ekibimin lideri olarak onunla ben dövüşecektim. Ayrıca burada onu alt edecek tek kişi bendim çünkü beni öldürmeyi göze alamazdı.

Artık kaçmak için çok geç olduğundan hepimiz sırtımızı birbirimize yaslayıp çember şeklinde savunmada kaldık. Beklediğim gibi ilk atak onlardan gelmişti. Öcü bir ağacın yanında bizi izlerken diğerleri üzerimize saldırmıştı. O baltalı iri adam gözüne Efe'yi kestirmiş olmalı ki elindeki büyük baltayı Efe'ye doğru savurdu. "Hayır!" diye bağırarak Efe'nin önüne geçtim. Elimdeki değneğin her iki ucundan tutarak baltaya doğru yukarı kaldırdım. Keskin balta elimdeki değneği ikiye ayırınca adam sırıttı ve "Eğlenceli olacak," dedi. Beni yolundan çekmek için elini uzattığı an, "Kesinlikle!" diye tısladım. İçimden Hakan'a teşekkür ederek ikiye bölünmüş değneğin sivri uçlu olan kısmını çevirdim. Daha sonra hiç vakit kaybetmeden tüm gücümle adamın omuzuna sapladım. Efe'ye ulaşmasına asla izin vermeyecektim.

Elimdeki bir bıçak değildi sonuçta, o yüzden değneğin sadece yarım parmak uzunluğundaki kısmı onun omuzuna batmıştı. Kükreyerek omuzundaki değneği çıkartıp yere attı ve karnıma attığı yumruk yüzünden geriye sendeledim. *Kahretsin, nefes alamıyorum!* "Hadi, beni eğlendir." Kolundan akan kanları umursamadan söyledikleri yüzünden kan beynime sıçradı. *Oradan bakınca palyaço gibi mi görünüyorum?*

Herkes biriyle dövüşürken benim payıma bu baltalı adam düşmüştü. Baltasını ters çevirip sapını bana savurunca başımı geriye çektim. Birkaç kez kendimi o baltadan kurtarmayı başarmıştım. Beni öldürmeye yönelik hareketler yapmıyordu fakat etkisiz hale getirmeye çalışıyordu. Öcü ölmeme asla izin vermezdi. Aldığı emirler doğrultusunda hareket ederek beni yolundan çekmeye çalışıyordu. Gittikçe sinirlenen adam, bu sefer baltanın keskin tarafını bana savurunca eğilerek yine kurtulmayı başarmıştım. Lakin bir anda baltayı yere atarak üzerime yürüdü ve yüzüme attığı tokatla başım yan tarafa doğru savruldu. Kulağımdaki zonklamayı boş verip başımı kaldırdım. Gözlüğüm düşmüş olmalı ki her şeyi bulanık görüyordum. "Efe gözlüğüm..." dediğim esnada karnıma yediğim yumruk yüzünden dizlerimin üzerine yığılmıştım. Yıllardır kullandığım gözlüğüm bu sefer kırılmışsa bu adamın benden çekeceği vardı.

Ellerimi yerdeki yaprakların üzerinde hareket ettirerek gözlüğümü arıyordum. Lakin doğru düzgün göremezken bu nasıl olacaktı, bilmiyordum. *"Karanlıkta çok daha iyisin. Sen her anlamıyla bir yarasasın."* Alaz'ın sözleri aklıma gelince ayağa kalkarak gözlerimi yumdum. Rakibimi göremeyince ondan daha az korkuyordum.

Etrafımdaki tüm seslere odaklandığımda, ileride sırtını ağaca yaslayıp beni izleyen adamın bakışlarını hissettim. Ecrin'in çığlığı, Efe'nin gözyaşları ve biraz uzağımdaki Kuzey'in öfkeyle attığı yumruk seslerini... Naz'ın sinirden haykırışı ve Yiğit'in öksürüğü... Hakan yaklaşık beş adım uzağımda dövüşüyordu. Şafak'ı hissetmiyordum fakat Araf'ın Kuzey'in yakınlarında verdiği solukları duyabiliyordum. Tüm algılarım tamamen açıldığında, yüzüme gelen yeni bir darbeyi son anda savuşturdum. Agresifleşen rakibimin bana doğru savurduğu tekmeyi hissettiğim an kendimi geriye çekerek ayak bileğini havada yakaladım. Tüm gücümle ayağını yukarıya doğru kaldırdığımda onu sırtüstü yere düşürmüştüm. "Sakar, yakala!" Hakan'ın sesini duyduğum an bana doğru hızla gelen bir şeyi yüzümün yakınlarında havada yakaladım. Karanlıkta reflekslerim inanılmaz çalışıyordu. Avuç içimde sıktığım şey bir bıçağın keskin ucuydu! Kesilen elimdeki kanlar parmaklarımdan sızıyordu. *Ben bu bıçağı tutmayı nasıl başardım, biri bana söylesin? Ayrıca Allah o Hakan'ın belasını versin çünkü tutmayabilirdim de!*

Yerdeki adamın kalktığını hissettiğim an elimdeki bıçağı ters çevirip onun olduğu tarafa fırlattım. "Gözüm!" diye haykırdı. "Öldüreceğim seni, küçük fahişe!" Adamın acıyla kükreyen sesine karşılık sertçe yutkundum. Bıçak gözüne mi gelmişti? Bilerek atsam bu kadar başarılı olamazdım!

Bıçağı gözünden çekmiş olmalı ki acı dolu çığlığını duydum. Sesin geldiği yere doğru iki adım atarak üzerine atladım. "Şartlar eşitlendi!" Artık benim gibi o da görmüyordu! Yumruğumu rastgele savurunca çenesine geldiğini anladım. Resmen içimden bir canavar çıkmıştı. Ben göremiyorsam o da bir gözüyle yetinmek zorundaydı.

İkinci kez yumruk yaptığım elimi ona doğru savurmuştum ki kolumda hissettiğim keskin acıyla bağırdım. Beni bıçaklamıştı! Yaptığı şey yüzünden öfke beni ele geçirirken, sol elimi sıkarak az önce vurduğum yerin biraz yukarısına vurdum. Parmak boğumlarımda hissettiğim ıslaklık ve kükreyişi yaralı gözüne vurduğumu gösteriyordu. Kendi acımı yok sayıp onun acısını kullandım ve defalarca yumruğumu aynı yere geçirdim. Sağ kolumdaki acıyı hissettikçe daha bir hınçla attım yumruklarımı. Ne zaman ki artık kıpırdamadığını fark ettim, işte o zaman durdum. "Ben fahişe değilim!" diye bağırarak son bir kez daha baygın yüzüne yumruk attım. Ağzı bozuk, edepsiz adamın tekiydi!

Ayağa kalktığımda nefes nefeseydim. "Ya-Yankı." Şafak ağlayarak elime bir şey tutuşturunca bunun gözlüğüm olduğunu fark ettim. Gözlüklerimi takınca nihayet gözlerimi açmıştım. "Bu gözlük neden yapıldı, hiç kırılmıyor," dedim kendi kendime. Sağ kolumdaki bıçağı görünce inleyerek onu çıkardım. Kolumdan akan kanı umursamadan etrafımdaki vahşeti görmek nefesimi kesmişti. Araf rakibine üst üste yumruklarını geçiriyordu. Kuzey altındaki adamı bayılttığı esnada Ecrin'in yerde kanlar içinde kalmış halini görünce kaşlarını çatmıştı. Ecrin'in üzerindeki adam elindeki bıçağı onun karnına saplayacağı an Kuzey, büyük bir öfkeyle ayağa kalkarak ona doğru koştu.

Adamın bileğini havada yakaladığı gibi sertçe bükerek kırmıştı. "Yiğit!" Naz'ın sesini duyunca başımı çevirdim ve Süslü'nün burnundan kanlar akarak yerde süründüğünü gördüm. Rakibi onun saçlarını kavrayıp kızın yüzünü yere çarpmıştı. Yiğit öyle bir bağırmıştı ki kendi rakibinin boynunu kırarak Naz'a doğru koştu. Yiğit resmen havada tekme atarak adamın yüzünü dağıtmayı başarmıştı.

Şafak ve Efe bir ağacın arkasına saklanırken, Araf iki kişiyle dövüşüyordu. Hakan'ın ise başı belada gibiydi. Rakibi onu yere düşürmüştü ve elindeki zinciri Hakan'ın boğazına dolayıp onu boğuyordu. "Hakan!" İçim acıyarak çığlık attığım gibi ona doğru koştum ve elimdeki kanlı bıçağı hiç düşünmeden adamın sırtına geçirdim.

Yüz kızartıcı bir küfür savuran adam, elinin tersiyle yüzüme vurduğu için yere düşmüştüm. Hakan'ı bırakıp üzerime atlayınca çığlığıma engel olamadım. Parmaklarını boynuma geçiren maskeli adam, beni boğarken nefes almak için çırpınıyordum. "Sakar!" Hakan'ın öksürerek boynundaki zinciri çıkardığını gördüm. Hakan'ın adamın sırtındaki bıçağı çekip aldığını yaşlı gözlerle izledim. Gözlerimden yaşlar akarken burun deliklerim büyüyordu ve nefes alamıyordum. Kahretsin, beni boğuyordu! Tırnaklarımı ellerine geçirdiğim halde hiç işe yaramıyordu. Hakan elindeki bıçağı adamın ensesine saplamış olmalı ki boynumdaki elleri gevşedi. Adamın gözleri büyüdüğünde boynundan akan kanlar beyaz tişörtümü kana bulamıştı. Avazım çıktığı kadar bağırdığım esnada Hakan, onu savururcasına üzerimden çekip aldı. "O-onu öldürdün..." diye ağlayarak fısıldadığımda beni göğsüne çekip bana sımsıkı sarıldı. "Biliyorum." En az benim kadar korkmuştu ve titriyordu. "Yankı..." Şoka girmiş gibi yerdeki cesede bakınca, hemen ensesinden kavrayıp başını göğsüme bastırdım. "Tamam, geçti, ben buradayım." Ona sımsıkı sarılınca gözyaşlarımı tutamadım. Evet, ben de iki kişiye zarar vermiştim ama ben onları öldürmek yerine özellikle yaralamayı seçmiştim. Bugün Hakan benim için ve Yiğit ise Naz için birini öldürmüştü. Birini öldürecek kadar ileri gideceğimi sanmıyordum.

Kollarımı ona sımsıkı sararak kendine gelmesini bekledim. O yanlış bir şey yapmamıştı çünkü eğer Hakan yapmasaydı, o adam beni öldürecekti. Hakan beni kurtarmak için cinayet işlemişti. "Yapman gerekeni yaptın," diye fısıldayıp onu rahatlatmaya çalıştım. Evet, yapması gerekeni yapmıştı.

"Herkes iyi mi?" Kuzey'in sesini duyunca Hakan ile birbirimizden ayrılıp ayağa kalktık. İki kişi dışında diğerleri yerde yarı baygın yatıyordu. O iki kişi de zaten ölmüştü çünkü Yiğit birinin boynunu kırmış, Hakan da diğerini öldürmüştü. Bizimkiler yaralansa da hâlâ ayaktaydık. Hepimiz kan revan içinde kalmıştık ama yaşıyorduk. Ecrin omzundan yaralanmış olmalı ki benim gibi kanlar içinde kalmıştı. Ben ise dirseğimin hemen üzerine darbe almıştım ve parmaklarımdan hâlâ kanlar süzülüyordu. Diğerlerinin dağılmış haldeki yüzleri kanlar içinde kalsa da ağır yaralı değillerdi. Sadece Efe ve Şafak hiç darbe almamıştı çünkü onlar kavga etmek yerine saklanmıştı! Başımı çevirdiğimde katilimi yerinde bulamadım. Büyük ihtimalle kendimizi böyle savunacağımızı beklemediği için hayal kırıklığına uğramıştı. Eğer ayrılsaydık eminim hepimizi tek tek avlardı ama biz birlik olup birbirimizi korumuştuk. Kimin yardıma ihtiyacı olursa diğeri koşarak onu kurtarmıştı. Biz birer çaylak olsak da her anlamıyla bir ekip gibi savaşmıştık.

"Gitmiş!" Araf, o öcünün durduğu yere bakıp kaşlarını çatınca hıçkırdım ve "Yine gelecek! Bu adamlar ayılmadan yerdeki şu kesici aletleri alıp üzerlerini arayın. İşe yarar ne bulursanız alın. Yaralarımız enfeksiyon kapmasın diye su bulup temizlemeliyiz," dedim. Başım dönünce en yakınımdaki çocuğa güçlükle döndüm. "Hakan, beni tutar mısın? Sanırım kan kaybından bayılacağım..." Son komutlarımı verdiğim esnada her şey karanlığa büründü. Hakan'ın bir küfür savurup beni kucağına aldığını hayal meyal gördüm.

Bugün kazanan Yarasalardı.

Kolumda hissettiğim dehşet verici bir acıyla gözlerimi açarak bağırmak istedim fakat Kuzey bir elini göğsüme bastırıp beni yere sabitlerken, diğer eliyle dudaklarımı kapatıyordu. "Yaran mikrop kapmamalı, güzelim," diye fısıldadığında Araf'ın elindeki kızgın bıçağı gördüm. Ateşte ısıttığı kor gibi bıçağı kolumdaki yaraya bastırınca kolum cayır cayır yanıyor sandım. Hıçkırıklar içinde deli gibi ağlarken çığlığımı engelleyen elin sahibi bana baktıkça acı çekiyordu. "Yarayı dağlamam gerekiyordu." Ben çırpınarak kurtulmaya çalışırken Araf, bana küçük bir açıklama yapmıştı. Sanki ondan böyle bir şey istemişim gibi davranması beni deli ediyordu! Canım bu kadar çok yanarken kapacağım mikroplar umurumda değildi. Tıp okuyordu bu çocuk, değil mi?

Kuzey sonunda ellerini dudaklarımdan çekince, "Allah belanızı versin!" diye acı içinde haykırdığımda her ikisi de yüzünü buruşturdu. *Bu lanet ikizlerin ne zaman DNA testi yaptıracaklarını merak ediyorum.*

Kolumdaki yanık et kokusu, kendi tadıma bakmak isteyecek kadar beni acıktırırken nefes nefese ve ter içinde kalmıştım. Kuzey beni oturtarak göğsüne yasladı. Araf bir taşın üzerinde ezdiği bazı bitkileri koluma sürünce inledim. "Ya sen bir git artık! Ayrıca bu iğrenç şey de ne?" diye cırladığımda güldü. "Burada bulduğum bazı şifalı bitkiler." Yaraya bolca sürdükten sonra yerdeki yeşil kumaş parçasını koluma sardı. Kuzey'in üstünde bir şey olmadığını yeni fark ettim. Tişörtünün yarısı benim kolumdaydı ve diğer yarısı Naz'ın dizinde uyuyan Ecrin'in omuzuna sarılıydı.

Araf işini bitirip uzaklaşınca küçük bir gölün etrafında oturduğumuzu gördüm. Herkesin yüzündeki kanlar gittiğine göre bu gölde temizlenmişlerdi. Ancak gölün suyu bulanık ve iğrenç görünüyordu. İçinde kurbağaların cirit attığı, sivrisineklerin uçuştuğu bir bataklığa bakıyorum sandım. Kuruyan dudaklarımı, "Su-susadım," diyerek hareket ettirdiğimde Hakan, gülerek o iğrenç gölü gösterdi. "Şimdilik bulduğumuz tek su bu. Evet, tadı iğrenç ve evet, büyük ihtimalle hepimizi hasta edecek ama ne yazık ki biz içtik." Hepsi başını sallayınca göle tekrar baktım. Kocaman yağlı derisiyle zıplayan şişko bir kurbanın gölden çıktığını görünce midem bulandı. "Kurbağaların içine çiş yaptığı bir gölden su içmem." Gerçekten hiçbir güç bana oradan su içiremezdi.

"O beğenmediğin kurbağalar bizim akşam yemeğimiz." Yiğit'in gülerek söylediklerinden bir şey anlamamıştım. Bir ateşin etrafında daire şeklinde oturduğumuzu çok sonradan fark ettim. Ateşin etrafına taşlar dizerek ocak yapmışlardı. Ateşin üzerinde ağaç dallarına geçirdikleri kurbağaları şiş yaptıklarını görünce afalladım. "Yok artık oğlum!" Bunlar ciddi ciddi kurbağa pişiriyordu! Sadece kurbağa değil, diğer şişlerde küp küp doğradıkları yılanı görünce yutkundum. "Abi, siz nerenin yamyamısınız? Yok muydu avlayacağınız bir tavuk veya tavşan? Bu şeyleri yiyeceğime Şafak'ı yemek daha mantıklı bence!" Herkes gülerken ben hâlâ pişen şeylere bakıyordum. Obur biri olabilirdim ama midemin de bazı standartları vardı.

"Avlanamayacak kadar yorgundum." Hakan orada yaşadıkları yüzünden hâlâ kendisini toparlayamamıştı. Kısık bir sesle konuşarak dalgın gözlerle ateşi izliyordu. "Hava kararıyor. Bu gece idare edelim, yarına Allah kerim."

"Yiğit, gerçekten o yılanı yiyebilecek misin?" dedim. Bildiğim kadarıyla yılanlardan korkuyordu. Yiğit'in rengi atarken Naz kıkırdadı. "Hakan o yılanı öldürdüğünde Yiğit'in savurduğu küfürleri duymalıydın. O baltalı adamlardan korkmuyor ama küçücük yılandan ödü kopuyor." Bunu daha önceden bildiğim için gülerek başımı salladım. Yiğit'in yılan fobisi vardı.

Yiğit, "Korkmuyorum!" dedi ve anında olayı gurur meselesi yaptı. "Sadece hoşlanmıyorum onlardan! Ben kurbağa yiyeceğim, yılanlar sizin olsun," diye homurdanırken ben gülerek Kuzey'e sarılıp gözlerimi kapattım. Ecrin'in neden uyuduğunu şimdi daha iyi anlıyordum çünkü aldığımız yaralar bizi halsiz kılıyordu.

"Onların üzerinde telefon falan yok muydu?" Gözlerim kapalı sorduğum soruya *hayır* cevabı aldım. Öcünün işini şansa bırakmadığını maalesef bir kez daha anladım.

Eskisine göre yaram daha iyi durumda olmalıydı ki son kontrolümü yapan Araf, başını olumlu anlamda salladı. Benden uzaklaşıp Ecrin'in sargısını açtıktan sonra gördüğü manzara hoşuna gitmemiş gibi iç çekti. "Yara iltihaplanmış çocuklar. Yankı'ya göre yarası daha derin. Onun bir hastaneye gitmesi gerekiyor. Burada bitkilerden yaptığım ilaçlar fayda etmiyor." Dünden beri ateşler içinde yatan kız hiç uyanmamış ve sürekli sayıklayıp durmuştu.

Dün gölün yanından ayrılarak yolumuza devam etmiştik. Küçük bir nehir bulmuş ve oradaki temiz sudan bol bol içmiştik. Hakan'ın bizim için avladığı iki tavşanı ise mideye indirmiştik. Yiğit sigara içtiği için çakmağı sayesinde ateş yakabiliyordu ve Hakan sayesinde karnımız doyuyordu. Evet, ilk gece mecburen o kurbağaları bile hayatta kalmak için yemiştik! Lakin Ecrin gittikçe kötüleştiği için ne su içmiş ne de bir şeyler yemişti. Bir çıkış yolu bulmak için sürekli hareket halinde olduğumuzdan Kuzey, onu kucağında taşıyordu. Üstelik geceleri çok soğuk olduğu halde Kuzey'in üstünde hiçbir şey yoktu ve ilk gece nöbeti o tutmuştu. Ondan sonra son nöbet Hakan'daydı. Erkekler ellerinden geldiğince bize yardım ediyordu. Araf hepimizin morluklarıyla ve yarasıyla bir doktor gibi ilgileniyordu. Takımın Araf ve Şafak hakkındaki önyargıları tamamen yıkılmış gibiydi. Özellikle Araf'a artık daha samimi yaklaşıyorlardı. Fulya ve ekibi şu anda nerede ve ne yapıyorlar, bilmiyordum ama Araf ve Şafak bizimle kaldıkları için pişman değillerdi. Bugün tesisten ayrıldığımız ikinci gündü. Kahretsin ki hâlâ bizim için gelen birileri yoktu! Aslında bu umurumda değildi çünkü benim aklım diğer Yarasalardaydı. *Umarım hepsi iyidir.*

Kuzey yerde yatan kızın başından hiç ayrılmadığı gibi yine uzanıp onun saçlarını yüzünden çekti. "Çok mu fazla Uyuyan

Güzel masalı anlattılar buna?" Elinin tersiyle onun solgun yüzüne dokundu. "Masalın sonunda kız hep uyanır ama bu aptal uyumayı çok sevdi." Onu kucağına alıp ayağa kalktı. Masalın sonunda kızı uyandıran şeyin bir öpücük olduğunu acaba ona söylesem ayıp etmiş olur muydum?

"Gidelim hadi." Hepimiz Naz'ı onayladık. Bize yine yol görünmüştü. Bu ormandan çıkmanın er ya da geç bir yolunu bulacaktık. Burada süründüğüm için o eğitmenim olacak adamın geçerli bir mazereti olsa iyi olurdu!

Yaklaşık iki saat daha yürümüştük ve bu sürede Kuzey yoruldukça Ecrin'i diğerleri taşıyordu. Neredeyse iki gündür kayıptık, Alaz'ın hâlâ bizi nasıl bulamadığını merak ediyordum. Ağaçların azaldığı yerden sonra nihayet açık bir araziye çıkmayı başarmıştık. Bir dağın yamacında duruyorduk. Aşağıda ise yeşilliklerin arasında küçük bir köy görünüyordu. Nihayet kurtulduğumuz için hepimiz mutluluk içinde gülmeye başladık. "Kurtulduk!" Naz bağırarak Yiğit'e sarılmıştı. Fakat hemen sonra ne yaptığını fark edince öksürerek geriye çekilmesi Yiğit'i güldürdü.

"Bu dağdan aşağı indik mi kurtuluruz." Şafak ürkek bakışlarıyla kayalıklara bakıyordu. "Şey ama nasıl ineceğiz?" Hepimizin gülen yüzü anında solmuştu çünkü resmen bir uçurumun tepesinde duruyorduk.

"Şuraya bakın!" Bu bağıran Efe'ydi. "Şu yol bizi aşağıya indirir." Eliyle gösterdiği yerde gerçekten toprak bir yol vardı. Ormanda kesilmiş birçok ağaç görmüştüm. Demek ki köydekiler odun kesmek için bu yolu kullanıyorlardı.

"Hadi, gidelim o zaman." Hakan'ın peşine takılıp vakit kaybetmeden yola koyulduk. Sonunda bu cehennemden çıkıp insan yüzü görecektik. Bir ara kendimi şu yabancı dizinin, yani Lost'un bir adadaki oyuncu seçmelerine katılmışım gibi hissetmeye başlamıştım.

Cezaevinde dizi izlemenin yan etkileri!

Bir saat sonra hepimiz nefes nefese yokuştan aşağı inerek köye girmiştik. Köy meydanında yürürken bizi gören herkesin dikkatini çekiyorduk. Kan revan içinde köylerine gelen bir grup yabancı, onları meraklandırmıştı. Eski evlerin arasından geçip bir kahvenin önünde durduk. Kahvenin önüne birkaç masa ve sandalye koydukları için bazıları çaylarını dışarıda içiyordu. Tıpkı diğerleri gibi onlar da bizi fark edince yaratık görmüş gibi bakmaya başladı. Naz, "Bunlar niye insan görmemiş gibi bize bakıyor?" diye sorduğunda güldüm. "Neden acaba? Hepimizin saçı başı dağınık. Ellerimizdeki balta ve bıçaklara değinmek bile istemiyorum. Kıyafetlerimiz kan içinde. Kuzey'in Herkül gibi yarı çıplak olması da var tabii," dediğimde arkadaşlarım halimizi fark edip ofladı.

Buradaki insanların bizi bir tehdit olarak görmelerini istemiyordum. Bu sebeple elimdeki baltayı yere atarak öne çıktım. "Aleykümselam dayı." Yaşlı bir adama bakarak Kuzey'in kucağındaki kızı gösterdim. "Bu köyün yakınlarında bir saldırıya uğradık. Arkadaşım yaralı, bize doktor çağırabilir misiniz?" dedim.

Adamın bakışları Ecrin'i buldu. Bu adamın bana güzel bir haber vermesini ümit ettim. "Burada doktor ne arasın, kızım," diyerek beni hüsrana uğrattı. "Geçen ay gelen doktorumuz burayı görünce kaçar gibi gitti," diye sürdürdü konuşmasını. Küçük bir yer olduğu için kimsenin barınamayacağını tahmin etmeliydim.

Sırasıyla masada oturanlara bakarak olumlu bir cevap beklercesine, "Ama hastalarınızla ilgilenen bir şifacınız vardır, değil mi?" dedim. "Sonuçta hastalandığınızda doktora gidiyorsunuz, değil mi?" İmkânlarının kısıtlı olduğunu tahmin etmek zor değildi. Fakat hastalandıklarında gittikleri bir yer mutlaka olmalıydı.

İçlerinden biri önündeki okey istekasıyla ilgilenmeyi bırakıp başını kaldırdı. Sol gözünün gözbebeği yoktu ve bu, ona uzun süre bakmamı engelliyordu. Otuzlu yaşlarında kumral bir adamdı. Diğerlerinin aksine bize meraklı bakışlar atmıyordu, aksine varlığımızdan rahatsız olmuş gibi bakıyordu. "Ümmü teyze var. O bakar hastalarımıza," dedi. Sesindeki bıkkınlık masadaki oyununu böldüğümüz için olabilirdi. Elinde balonla içeriden çıkan bir çocuk, "Benim elim kesildiğinde o dikti!" diye bağırdı. Son kısmı biraz kızgın bir sesle söylemişti. *Umarım Ümmü denen kadın, çocuğun eline dikiş atarken acısını alacak bir şeyler vermeyi düşünmüştür.*

Çocuğa yaklaşıp kıvırcık saçlarını okşadım. "Bizi Ümmü Hanım'a götürür müsün ufaklık?" diye sorduğumda başını salladı. "Siz köye gelen turistler misiniz?" Aklına bir şeyler gelmiş olmalı ki heyecanla bana baktı. "Sizi götürürsem karşılığında bana bir şeyler verecek misiniz?" Bu beklentisi beni güldürdü. Elimle Kuzey'i gösterip, "Evet," dedim. "O ağabey sana para verebilir." Yanımızda ona vereceğimiz hiçbir şey yoktu. Kuzey'in vereceği parayla istediği şeyi kendine alabilirdi.

Buradaki adamların ilgisiz davranışlarının aksine küçük çocuk bize rehberlik etmeye istekliydi. İri gözleri olan enerjik bir çocuktu. Biz onu takip ederken o, hiç susmadan bize annesini şikâyet edip duruyordu. Sanırım fazla yaramaz bir çocuktu ve annesini sürekli kızdırıyordu. Müstakil bir evin önünde durdu. Eliyle evi göstererek, "Ümmü teyze burada yaşıyor," dedi. Görevini tamamladığı için beklenti dolu bakışlarını Kuzey'e yöneltti. Yaptığı küçük yardımın karşılığını istiyordu.

Çocuğun ne istediğini anlamayan Kuzey, "Ne?" diye sordu. "Neden bana bakıyorsun?" Anlaşılan kahvenin önünde küçük çocukla yaptığım anlaşmayı unutmuştu.

Çocuğa, "Sen onun kusuruna bakma, ufaklık," dedim ve tebessüm ederek Kuzey'e yaklaştım. Bu sıcakta Ecrin'i kucağında taşıdığı için hem çok yorulmuştu hem de cüzdanını çıkaracak bir pozisyonda değildi. Uzanıp cebindeki cüzdanı çıkardım ve içinden küçük bir miktar para aldım. Parayı alan çocuk, ödülüne kavuşmanın mutluluğuyla koşarak gitmişti.

Cüzdanı yeniden Kuzey'in cebine koyup geri çekildim. "Borcum olsun, daha sonra sana öderim," dedim. Yanımda para yoktu çünkü tesisteyken paraya ihtiyacımız olmuyordu.

"Bana borcunu ödemek istiyorsan..." diyerek evi gösterdi. "Oyalanmadan içeri girelim çünkü kollarımda hal kalmadı," dedi. Uzun süre Ecrin'i taşıdığı için çok yorulmuştu.

Hepimiz bahçeden içeri girerek kapının önünde durduk. Naz hiç vakit kaybetmeden yumruğunu birkaç kez kapıya vurmuştu. Çok fazla beklemeden kapı bizim için açıldı. Çiçekli eşarp takmış olan bir kadın, meraklı gözlerle ziyaretçilerine bakıyordu. Biraz kiloluydu ve elinde yeşil bir tespih vardı. Sanki henüz namaz kılmış gibiydi. Zikir çektiği tespihi hâlâ elindeydi. Kahverengi gözleri sırasıyla hepimizi inceledi. Kadın bize baktığında hepimiz tedirginliğimizi gizlemeye çalışıyorduk. "Hayırdır inşallah," deyince Araf öne çıktı ve "Yardıma ihtiyacımız var," dedi. Kadını korkutmamak için sıcak bir tavır takındı. "Arkadaşımız ağır yaralandı." Kuzey'in kucağında ter içinde sayıklayan Ecrin'i gösterdi. "Yarasına müdahale edilmezse hayatı tehlikeye girebilir. Ümmü Hanım siz misiniz? Arkadaşıma yardım eder misiniz?" Araf sustuğunda hepimiz büyük bir beklenti içinde kadına baktık. Bu kadın son umudumuzdu ve yardım etmezse Ecrin'e neler olurdu, bilmiyordum.

Geriye doğru bir adım atarak, "Evet, Ümmü benim ama ona yardım edemem," dedi. Göz ucuyla Ecrin'e baktı ve "Yarası kötü görünüyor. Benim üstesinden geleceğim bir şey değil," dedi. Aslında sorun Ecrin'in yarası değildi. Köyün yabancısıydık ve evine neidüğü belirsiz bu yabancıları almak istemiyordu.

Ümmü Hanım kapıyı kapatmak üzereyken onu durdurdum. "Lütfen," diye yalvarıp Ecrin'i gösterdim. "Biz onun için bir doktor bulduğumuzda çok geç olabilir." Ecrin'in hayatı için ona yalvarmayı sorun etmedim. "Bizden size zarar gelmez. Biliyorum, size vereceğim sözlerin bir teminatı yok ama gerçekten kötü insanlar değiliz. Biz iki gündür çok kötü şeyler yaşıyoruz," diyerek dolan gözlerimi gizlemeden ona baktım. Son iki gündür başımıza gelenler yüzünden hepimizin direnci kırılmıştı. "İki gündür neler yaşadığımızı bilemezsiniz. Yolumuz köyünüze düştü ve kapınıza geldik. Ne olur bizi geri çevirmeyin." İnsan düşmanı olsa kapıdan çevirmezdi. Umarım, bize merhamet ederek evine alırdı.

Söylediklerimden sonra tereddüt ederek bize bakmaya başladı. Yardım etmek ve etmemek arasında kararsız kalmıştı. Ecrin tekrar acılar içinde inleyince Kuzey çaresizliğini gizlemedi. "Ona yardım et," diye fısıldadı. "Onu kaybedemem..." Sesindeki derin hüznün sebebi kollarında ateşler içinde yanan kızdı. "Sana istediğin kadar para veririm ama yeter ki onu kurtar." İçi acırcasına kadına baktı. "Onun bizden başka kimsesi yok ve biz şu anda ona yardım edemiyoruz." Ümmü Hanım onun çaresizliğine daha fazla kayıtsız kalmadı ve kenara çekilerek eve girmemiz için bize izin verdi.

Neyse ki insanlık hâlâ ölmemiş.

Ümmü Hanım ilk başlarda biraz tereddüt etse de daha sonra bize olan tutumu değişmişti. Zararsız olduğumuzu görünce Ecrin'in yarasıyla ilgilenmiş ve bize yememiz için bir şeyler hazırlamıştı. Ecrin hâlâ kendine gelmediği için bir süre daha buradaydık. Ümmü Hanım'ın söylediğine göre aslında hâlâ İstanbul'daydık. Tüm gece hareket eden araba bizi yanıltmak içindi. Her tarafı ormanlarla çevrili bu tarihi köy, Beykoz ilçesine bağlı ve Kuzguncuk'a sadece iki saat uzaklıkta bulunan Akbaba köyüydü. Bizi kaçıranlar bilerek yolu uzatmış ve aklımızı karıştırmıştı. Çocuklar içeride dinlenirken bahçeye çıkarak düşünmeye başladım. Üzüm asmalarının süslediği çardakta oturmak huzur vericiydi. Lakin aklım Fulya ve onun ekibinde olduğu için yeteri kadar huzurlu değildim. Gitmelerine izin vererek hata yapmıştım, değil mi? Umarım hepsi bizden daha iyi durumdadır. "Bu sıcakta neden dışarıdasın?" Ümmü Hanım, elinde bir bardak ayranla yanıma gelip oturdu. "Hiçbir şey yemedin, bari bunu iç," dedi. Uzattığı ayranı tebessüm ederek aldım. Bizden ayrılan Yarasaların ne halde olduğunu bilmeden bir şeyler yiyemezdim.

"Anlat hele," diyerek bana baktı. "Size bunu kimler yaptı?"

"Bunu yapan bir akıl hastası." Ayrandan bir yudum alırken sesimdeki korkuyu gizleyemedim. "Henüz çocukken düştü peşimize. Bize bunu neden ve niçin yaptığını ben de bilmiyorum," dedim. Kimsesiz çocukları kanatmasının bir nedeni olabilir miydi? Hepimiz onun öfkesini üzerimize çekecek ne yapmış olabilirdik ki?

"Bizler unutulduk, Ümmü Hanım," dedim. Dudaklarım titrerken gülümsemek için kendimi zorladım. "Herkes tarafından unutulduk. Bazen Tanrı tarafından bile unutulduğumuzu düşünüyorum," dediğimde derin bir nefes aldı. "Yaradan unutmaz kullarını, kızım." Başını yukarı kaldırıp huzurlu bir şekilde havayı içine çekti. "Herkesin sınavı farklıdır. Başımıza ne gelirse gelsin bize düşen sabretmektir. Derdi veren elbet dermanını da verir," dedi. Ona gıpta ettim. Keşke ben de onun gibi sabrı öğrenebilseydim. Karamsar düşüncelerim vardı çünkü şu zamana dek hayatımda güzel şeyler hiç olmamıştı.

Birden fazla derdim var. Peki, hepsinin bir dermanı var mı?

11. BÖLÜM

Alaz

Araba engebeli bir yola girdiğinde şehrin dışında küçük bir köye gelmiştik. Arabayla saatler süren yolculuğumuz canımı sıkmaya başlamıştı. Atalay elindeki telefonla bana yolu tarif ederken onları buraya getirmekteki amacını çözemiyordum. Bu yer onun için bir şeyler ifade ediyor olmalıydı ki hepsini buraya getirmişti. Eğer Efe olmasaydı belki de yerlerini daha da uzun sürede bulacaktık. Evet, Efe sayesinde yerlerini tespit etmiştik. Sürekli onu uyarmamıza rağmen araştırmalarını sürdürmeye kararlıydı. Bu konuda devamlı başını belaya sokunca ben de ona bir inisiyatif tanımaya karar verdim. Efe kolaylıkla tesisteki teknolojiden faydalanabilsin diye diğer ajanlarla konuşmuştum. Onun kartını bir üst seviyeye taşımıştık. Böylece beşinci kata kadar her kapıyı açabiliyordu. Efe kaybolana kadar saatine bir takip cihazı yerleştirdiğini hiçbirimiz bilmiyorduk.

Cihazı her gün güncellediği için verici hep pasif haldeydi. Ortadan kaybolunca odasındaki bilgisayara ulaşamadığı için verici aktif hale gelmişti. Yerini gösteren harita doğrudan Efe'nin planladığı gibi Yosun'un telefonuna ulaşmıştı. İzlerini ormana kadar sürmeyi başarmıştık. Orada gördüğümüz bir oduncuya Yarasaların fotoğraflarını göstermiştik. Oduncu, iki gün önce ormana kışlık odunlar için geldiğini ve sarışın bir kız gördüğünü söyledi. Tüm Yarasaların fotoğrafını gösterdiğimizde ilk olarak Fulya'yı tanımıştı. Dikkatli bakınca Fulya'nın ekibindeki herkesi tanıdığını söylemişti. Ancak dediğine göre hiçbiri onu görmemişti çünkü hepsi koşarak bir şeyden kaçıyordu. Yarasaların fotoğraflarını gösterdiğimizde Yarasaların Fulya'nın ekibinin yanında olmadığına emindi. Kaçtıkları şeyin kim olduğunu tahmin etmek zor değildi ve her iki grubun birbirinden ayrıldıklarını böylece anlamıştık.

"Pars ve diğerlerini neden başka yere gönderdin?" Atalay, bunu Pars'tan hoşlanmadığım için yaptığımı düşünüyordu.

"Sedef ve Fulya'yı tanıyorum, Atalay. O ikisi öleceklerini bilseler bile asla bir arada durmazlar." Efe bu köydeydi ve Sedef asla Efe'yi bırakmayacağına göre o da buradaydı. Gittiği yere ekibini de götüreceği için Yarasalar da buradaydı ama Fulya ve takımı burada değildi. Sedef ve Fulya asla ortak noktada buluşmazdı. Sırf bu yüzden Pars ve ekibini civar köylere göndermiştim.

"Fulya hırsıyla hareket eden biri. Haklısın, Yankı'nın olduğu yerde durmaz." Sonunda bazı şeyleri fark eden Atalay, hâlâ kararlarımı sorgulamaya devam ediyordu. "Ama Yankı zeki bir kız, herkesi Fulya'ya rağmen bir arada tutacaktır." Oduncunun söylediklerine rağmen hâlâ bir şekilde yan yana geldiklerini düşünüyordu.

"Sedef'i tanımıyorsun, o kendi içinde bencil biri." Bu sözlerime inanmadığını görebiliyordum ama gerçek buydu.

"Kıza karşı fazla önyargılısın," dedi. Önyargı değildi. Bu, ona baktığımda gördüğüm şeylerden biriydi.

"O gerçekten bencil." Söylediğim şeylerin arkasındaydım. "Sedef ona zarar vermeyen hiç tanımadığı insanlara karşı fazla sevgi dolu. Lakin geçmişinde tanıdığı herkese karşı fazla nefret dolu. Evet, Fulya hırslı olduğu için Sedef'in olduğu yerde durmak istemeyecektir ancak benim tanıdığım Sedef Sarmaşık da onu durduracak biri değil." Oysaki onları yanında tutmak isterse gerekirse peşlerinden gidecek kadar inatçı olduğunu biliyordum. Bugüne kadar onun hakkında düşündüklerim konusunda hiç yanılmamıştım ve beni yine yanıltmadığına emindim.

Bir ajan olarak aslında ilk başarısızlığını almıştı çünkü iyi bir ajan, ne pahasına olursa olsun doğru olanı yapardı.

"Bir şeyi merak ediyorum ama bana karşı dürüst olacaksın." Küçük bir sokağa girerek onaylarcasına başımı salladım. "Yankı ile aranızda tam olarak ne var? Kızı tuttun, ajan yaptın ve haliyle bu hepimizin aklına farklı şeyler getirdi."

"Hiçbir şey."

"Hadi ama Altuğ, sen asla bana yalan söylemezsin. Onunla aranda ne var?"

"Yalan değil, Sedef ile aramızda bir şey yok." Gerçek buydu, ikimizin arasında bir şey yoktu. Henüz yoktu.

"Pekâlâ, o zaman soruyu değiştiriyorum. Yankı'ya karşı hislerin var mı?" Atalay istediği cevabı almadan kolay kolay susacak biri hiç olmamıştı.

"Hastanedeyken ondan etkilendiğimi söyledim." O anki yüz ifadesi aklıma gelince gülümsedim. Sedef bunu duyduğunda gerçekten çok kızmıştı. Onu kendime bağlamam kolay olmayacaktı ancak benden kaçma çabaları da hoşuma gidiyordu.

Atalay güldü. "Dur tahmin edeyim! Söylediklerine karşılık sana bela okudu, değil mi?" Başımı sallayınca ikimiz de gülmeye başladık. Ettiği beddualar tüm tesis tarafından bilinen bir şeydi.

"Ona ne söylediğini sormadım, Altuğ. Soruma hâlâ cevap vermedin, ondan hoşlanıyor musun?" Genelde fazla meraklı bir yapısı vardı ve bu, bazen can sıkıcı olabiliyordu.

"Beni herkesten iyi tanıyorsun," dedim. Yosun, aracını bir evin önünde durdurunca ben de aracımı sağa çektim. "Etkilenmek ve hoşlanmak aynı şey değil. Kız, bu oyundaki en önemli anahtar ve o anahtarı her anlamıyla elimde tutmalıyım." Belki de ilk kez Atalay'a karşı dürüst olmadan arabadan indim. Sedef'in beni bir şekilde etkilediği doğruydu ama yılların eğitimini alan biri olarak duygusal saçmalıklarla uğraşacak zamanım yoktu. Ancak son zamanlarda Sedef aklımı karıştırıyor ve bana kendimi sorgulatıyordu.

Sedef, bir katilin gözdesi olduğu için onu av olarak kullandığım doğruydu. Hayır, yaptığım hiçbir şeyden pişman değildim çünkü ben işimi yapıyordum. Aynı koşullarda yine benzer şeyleri yaparak onu inciteceğimi de biliyordum. Başarısızlığa tahammülüm yoktu ve aradığım kişiyi bulmak için yapmam gereken ne varsa onu yapacaktım. Bugüne kadar asla duygularımı ve işimi birbirine karıştırmamıştım ve bundan sonra da böyle devam etmeliydi. Sedef *onun* zayıf noktasıydı ve ben, *onu* Sedef ile vurmak istiyordum. Lakin artık bu kararımdan o kadar da emin olamıyordum. Sedef bir ajan olursa onunla işbirliği yapmak yerine onu bulmaya çalışacaktı ve öyle de oldu. Ancak gel gör ki tam bu kısımda kendimi sorgulamadan duramıyordum. Ben Sedef'i katilden uzaklaştırırken bunu rakibime karşı bir atakta bulunmak için mi yapmıştım yoksa kendim için mi?

Son günlerde en büyük çelişkimin adı Sedef Sarmaşık'tı.

Ondan hoşlanmam söz konusu bile değildi. Böyle olmalıydı, doğru olan buydu. Ancak artık bundan emin değildim. O kızın doğru yaptığı hiçbir şey yoktu! Sivri dilli ve geveze biri olduğu için bir dakikada kurduğu cümlelere kimse yetişemezdi. Çok konuşuyordu ancak garip bir şekilde o konuştukça bende onu dinleme isteği uyandırıyordu. Üstelik keskin diline rağmen bir şekilde herkese kendisini sevdirmeyi iyi biliyordu. Bunun en büyük örneği babaannem ve Aslı'ydı. Sakardı, hem de normal olamayacak kadar. Aynı zamanda her defasında beni güldürecek kadar da komik biriydi. En önemlisi Sedef gülmesini biliyordu ve yaşadığı onca şeye rağmen cıvıl cıvıl, neşeli bir yapısı vardı. Belki de beni bu kadar etkileyen, bitip tükenmeyen hayat enerjisiydi. Başına ne gelirse gelsin o asla ciddiye almazdı, aksine acılarıyla dalga geçerek gülmeyi bilirdi.

Hayatım boyunca gördüğüm en sıradışı kadındı. Onu anlatacak doğru sözleri bulmak çok güçtü. Bencil desem tam olarak değildi çünkü fedakâr bir yapısı olduğunu da biliyordum. Hırslı desem pes ettiği anlar da mutlaka oluyordu. Aptal dediğim zamanlarda tek bir hareketiyle zekâsını gözler önüne seriyordu. Şaşkındı ama bir o kadar da soğukkanlıydı. Sürekli düşüyordu, lakin düştüğü yerden dimdik kalkmasını da biliyordu. İnatçıydı doğru, bildiğinin aksine hiçbir şey yaptıramayacağınız kadar dikbaşlı ve inatçıydı. Öyle ki kendi yanlışlarını bile size doğru diye dayattıracak kadar çok inatçıydı. Olağanüstü bir güzelliği yoktu ama sevimli hareketleri onu olağanüstü yapıyordu. Sedef bugüne kadar tanıdığım tüm kadınların hepsiydi ve aynı zamanda hiçbiri değildi. Onu kendime bile anlatamıyordum ki... Onu tanıdıkça aslında her defasında farklı bir Sedef tanıyordum. O deli kadın, kelimelerle anlatılamayacak kadar inanılmaz biriydi.

Aklımı karıştırıyor, beni deli ediyor.

Ekip olarak müstakil bir evin bahçesine girdiğimizde Yosun kapıyı çaldı. Efe'nin takip programı bu evde olduklarını doğruluyordu. Bize kapıyı açan yaşlı bir kadındı. "Kime baktınız?" dedikten sonra bir şey gizler gibi sürekli evin içini kontrol ediyordu. Korkmuş gibiydi.

Yosun ona tebessüm ederek, "Merhaba," dedi ve elini uzattı. "Bizler bir grup genci arıyoruz. Buradalar mı?" Yutkunan yaşlı kadın, endişeyle Yosun'un uzattığı eline baktı. "Onları neden arıyorsunuz?" diye sorduğunda istediğimiz cevabı vermişti. Hepsi buradaydı.

Yaşlı kadın bizi çocuklar için bir tehdit olarak görmeye başlamış.

Yosun tam, "Bizler aslında..." demişti ki içeriden Naz'ın sesini duyduk. "Ümmü teyze, hemen buraya gelmelisin! Ecrin tekrar ateşlendi," diyen Naz koşarak kadının yanına gelince bizi gördü. Alışık olduğumuz o bakımlı halinden çok uzak görünüyordu. Tamamen dağılmış bir haldeydi. Bizi görünce korkusu dağılmış, rahat bir nefes almıştı. "Şükürler olsun," diye fısıldadı ve hiç vakit kaybetmeden kendi eğitmeninin, yani Simay'ın boynuna atladı. "Bizi buldunuz." Simay'a sıkıca sarılırken ağlamaya başlamıştı. "Çok korktuk, Simay Hanım. Önce bizi kaçırdılar, sonra da bir ormana bıraktılar. Hepimizi tek tek avlamaya kalkıştılar! Ecrin yaralandı." Burnunu çekerek hıçkırdı. "Durumu çok kötü..." dediğinde ben ve Atalay, ev sahibinden izin almadan hemen içeri girdik.

"Ecrin!" Atalay onu bulmak için aceleyle bir odaya girdi. Bu küçük evin sadece iki odası vardı. Diğer odaya girdiğimde kalan çocukları bulmuştum. Hepsi yatakta uyuyan Ecrin'in başucunda duruyordu. *Sedef nerede?*

Gözlerim onu aradı ama o, burada değildi. Atalay diğer odadan çıkıp peşimden gelince, çaylağını ateşler içinde yatarken buldu. "Ecrin!" deyip hemen onun yanına koştu. "Neyi var?" Ecrin'i kontrol ederken sesindeki korkuyu herkes hissetmişti.

Kuzey kaşlarını çatarak Atalay'a döndü ve "Yaralandı!" diye bağırdı. Öfkesini birilerinden çıkarmak ister gibiydi. "Bizi korumak için götürdüğünüz o lanet yerdeki adamlar yüzünden bu halde!" Bu konuda bizi suçlamakta haklıydı çünkü tesisteki herkes güvenilir değildi. Katil, tesisle bağlantıdaydı. Bu yüzden içeride adamlarının olması kaçınılmazdı.

Atalay hemen Ecrin'i kucağına alarak doğruldu. "Hastaneye gitmeli!" dedi ve hiç vakit kaybetmeden onu buradan çıkardı. Ben de çocuklara bakıp kapıyı gösterdim. "Toparlanın, gidiyoruz," dedim. Hepsi perişan görünüyordu. Hastaneye giderek onların kontrollerini yaptırmalıydık. Ciddi bir yara almadıklarından emin olmalıydık.

Hep birlikte dışarı çıktıktan sonra bizler arabanın yanında beklerken, Yosun ve Simay çocuklarla ilgilendiği için yaşlı kadına teşekkür ediyordu. Atalay, Ecrin'i arka koltuğa yatırdı ve Kuzey'i de alarak hemen yola çıktı. Ecrin'in durumu bu kadar kötüyken daha fazla oyalanamazdı. Etrafıma bakarak Naz'a yaklaştım ve "Sedef nerede?" diye sordum.

Naz, onu arar gibi etrafına baktı. "Daha dönmedi mi? Köyü gezmek istediğini söyleyip gitmişti." Buna hiç şaşırmamıştım. Çocuk gibiydi, iki dakika yerinde durmazdı.

"Yavuz?" diye seslenip diğer çocukları gösterdim. "Ben Sedef'i bulacağım, siz dönün." *Yine başına bir bela almadan onu bulmalıyım.*

Yavuz beni onaylayınca hızla arabaya bindim. Köy küçük olabilirdi fakat yabancısı olduğum bir yerde onu bulmak kolay olmazdı. "Sürekli sorun çıkarmak zorunda değilsin!" diye söylendim. Her konuda ekipten ayrı hareket etmesi beni deli ediyordu!

Arabayla yavaş yavaş sokakları dolaşıyor, yarım saattir onu arıyordum. Etrafıma bakarak araba kullanmak, sürekli yola atlayan çocuklar açısından çok tehlikeliydi. Neyse ki arabanın hızını düşürdüğüm için herhangi bir kazaya sebep olmuyordum. Soldaki sokağa gireceğim esnada büyük ceviz ağacının altındaki çeşmeyi gördüm. Çeşmenin yanında oturan kişi ise Sedef'ten başkası değildi. Onu bulduğum için rahat bir nefes aldım ve arabadan indim. Ona doğru yürüyordum ama o, henüz beni fark etmemişti. Mavi gözleri durgun bir şekilde çeşmede bidonlarını dolduran kadınları izliyordu. Kadınların kendi aralarında konuşarak ona yöneltiklleri kaçamak bakışları umursamıyor gibi görünüyordu. Karşısında durup ona yansıyan güneşi engellediğimde başını kaldırdı. Gözlerini kısarak güneşini engelleyen kişiyi görmeye çalıştı. Göz göze geldiğimizde ise dudaklarında buruk bir tebessüm oluştu. "Bana geç kaldınız," dedi. Sesinde kızgınlık yoktu fakat bir hayli kırgınlık vardı.

Kana bulanmış tişörtünü görmek yutkunmama neden oldu. Yaralanmış mıydı? Naz bundan hiç bahsetmemişti. Kolu yeşil bir kumaşla sarılıydı fakat yarasından akan kanlar kıyafetine de sürülmüştü. Bu halini gördükçe yüreğime bir ateş düşüyordu. Bunu nasıl başardığıyla ilgili hiçbir fikrim yoktu fakat acısıyla beni acıtmayı başarıyordu. "Geç değil," diyerek karşısında diz çöktüm. "Eğer hâlâ nefes alıyorsan sana geç kalmadım demektir." Üzgün bakıyordu. *Alışık değilim ki bu çılgın kadını böyle görmeye.*

"O vakit ben size geç kaldım," diyerek gözlerime baktı. "Hani aramızda bayağı bir yaş farkı var ya, bundan sebep böyle dedim." Üzgünken bile sinirlerimi bozması büyük başarıydı! Bu kadının bir ayarı yoktu!

Beni kızdıracak kadar kendine geldiğine göre artık gidebilirdik. "Dönmeliyiz." Ayağa kalkarak ona elimi uzattığımda her zamanki gibi elimi tutmadan kendisi kalktı. Kolay kolay ona ulaşmama izin vermeyecekti. Bazı anlar oluyordu ve ben o anlarda aramızdaki savaşın son bulduğunu düşünüyordum. Fakat bu çok kısa sürüyordu çünkü Sedef Sarmaşık sınırlarımı zorlamasını iyi biliyordu. Korkarım ki aramızdaki bu sonu gelmeyen savaş, her ikimizden birini tüketmedikçe bitmeyecekti. Onu her konuda zorluyordum ve o da bir o kadar beni zorluyordu.

Gitmek üzereyken çeşmeden akan suya baktığını görünce durdum. "Susadın mı?"

Başını salladı. "Evet. Su içmek için buraya gelmiştim."

"Neden içmedin?"

"Bardak yok," dediğinde gülerek su dolduran kadınları gösterdim. "Onlardan isteseydin verirlerdi."

"Tanımadığım insanlardan bir şey istemeyecek kadar gururluyum," dedi. Alay edercesine kaşlarımı kaldırdığımda bana ters ters baktı. "Ne var? Arada bir ben de gururlu olabilirim."

Son söyledikleri yüzünden gülüşümü güçlükle durdurdum. "Sedef, sen hayatımda gördüğün en gurursuz kadınsın," dediğimde kaşlarını çatmıştı. Bunları ona hakaret etmek için söylememiştim çünkü gereksiz yere gurur yapmıyordu. İtiraf ediyorum, böyle olması hoşuma gidiyordu. En ufak şeyleri gurur meselesi yaparak hayatını kendisi için cehenneme çevirmiyordu.

"Demek gurursuzum, öyle mi?" diyerek başını kaldırdı. "Tekrar söyleyin, sevgili eğitmenim!" *Kahretsin, bu inatçı bakışı çok iyi biliyorum!* "Tekrar söyleyin ve hemen şurada oturma eylemini nasıl başlattığımı görün!"

"Senden daha gururlu bir kadın tanımıyorum!" dedim hemen. Yine keçi inadı tutarsa yarına kadar oturduğu yerden kalkmazdı.

İstediği sözleri duymanın mutluluğuyla gülümsedi. "Öyleyim," dedi ve bir kadına yaklaşıp izin almadan onun su testisini aldı. Testideki suyu kana kana içtikten sonra ona şaşkınca bakan kadına uzattı. Kimseyi umursamadan arabaya doğru yürüyen Sedef'in arkasından bakarken güldüm. Evet, gerçekten çok gururluydu.

Sonunda yola çıkmıştık. İlk beş dakika sessiz kaldı fakat aklındaki soruları daha fazla erteleyemezdi. "Hepiniz nereye kaybolmuştunuz? Bizi tesisten çıkaran adamlar ajan mıydı? Öcü yakalandı mı? Neden bize sadece bir kez saldırdıktan sonra tekrar denemedi? Fulya ve takımı bulundu mu?" Bu iki günde çok fazla şey yaşamışlardı ve sorularının cevaplarını istemeye hakkı vardı.

"Diğer Yarasalar..." dedim. Önümdeki yola bakarken bu konuda kendimi yetersiz hissetmekten alıkoyamıyordum. "Hepsi öldü, Sedef. Peşinizdeki katil dışarıda kalan son Yarasaların hepsini kaçırmıştı. O gün seni okuldan alırken onları arıyorduk." Yarasaların soruşturmasını bana ve Pars'ın takımına verdiklerini zaten biliyordu. Bu sebeple eğitmenleri olarak seçilmiştik. Otuz damgalı çocuktan bazıları bizimle işbirliği yapmaya yanaşmamıştı. Çok ısrar etmiştik fakat bizimle çalışmayı kabul etmediler. Ajanların tesise getirdiği çocuklar Sedef'in ve Fulya'nın takımından oluşuyordu. Bu iki grup dışında başka Yarasalar da vardı ve onlar işbirliğini kabul etmeyen çocuklardı. Onların kaçırıldığını öğrendiğimizde kaybedecek zaman yoktu. Yerlerini tespit ettiğimizde saat gecenin üçüydü. Tesisteki çocukları uyandırıp haber vermekle vakit kaybedemezdik, bu yüzden aceleyle tesisten ayrıldık. Kaçırılan çocukları bulduğumuzda geç kalmıştık. Bir depoda bulduğumuz cesetleri tanınmaz haldeydi. Uzuvları kopmuştu. Gözleri bile yerinde değildi. Dokunmadığı tek yer kollarındaki yarasa damgasıydı. Ölen tüm Yarasalar dışarıdaki son damgalı çocuklardı. Mutlu'nun ölümünden sonra Fulya ve diğer yedi çocuğu daha himayemiz altına almak için ikna etmiştik. Ancak kabul etmeyenler de olmuştu ve şu anda hiçbiri yaşamıyordu. Damgalanan otuz çocuktan artık sadece tesiste olanlar hayattaydı.

"Bizi kaçırmayı kafasına koymuştu ve sizi tesisten uzaklaştırmanın tek yolu diğer Yarasalar mıydı?" Başımı sallayarak söylediklerini onayladım. "Evet," dedim kısaca. Detaylara girerek onu şimdikinden daha fazla korkutmak istemiyordum. Çocukların cesetlerini bulduğumuzda koruyucu ailelerine olanları anlatmak çok fazla zamanımızı almıştı. Ertesi sabah döndüğümüzde çocukların hiçbiri tesiste yoktu ama onları kaçıran adamların kimliğine ulaşmıştık. Hepsi de içeriye gizlice sokulmuş ve teşkilattan kovulmuş adamlardı. Onları da konuşturamadık çünkü hepsini ölü bir halde bulmuştuk. Arkasında iz bırakmadan temiz çalışıyordu ve onu ele verecek herkesten kurtulmuştu.

"Peki, bize neden ikinci defa saldırmadı?"

"Rakiplerini tanıyordu, Sedef. Hepinizin tehdit altında nasıl bir savunma geliştirdiğinizi izleyip beynine kazıdı." Artık onlara daha fazla yaklaşmıştı çünkü isteseydi hepsini bir kurşunla öldürebilirdi. Fakat bunu yapmak yerine kurbanlarıyla oynamayı seviyordu. Sedef'i en sona saklayacağına emindim.

"Bizi nasıl buldunuz?"

"Bu köyde olduğunuzu anladığımızda Pars ve takımını diğerlerini bulmaları için ormana ve civar köylere yönlendirdim. Fulya'yı biraz tanıdıysam senin olduğun yerde durmazdı ve yanılmadım." Çocukları tesise bıraktıktan sonra geri dönerek onların aramasına biz de katılacaktık. Arabanın hızını artırırken

Fulya'yı yanında tutamadığı için sesimdeki sitemi gizleyememiştim. Hatırlamıyor olabilirdi ama Sedef, kendi grubundaki çocuklarla yurttayken de çok yakındı. Bu yüzden Fulya ve ekibini bırakıp sadece kendi grubunu hayatta tutmuştu.

"Yedi kişiydi onlar. Kuzey, Sedef için sürekli ceza alırdı. Yiğit, gittiği her yere Naz'ı da götürürdü. Hakan, her gece ağlayan Ecrin'i teselli eder ve hepsi en zayıfları olan Efe'yi korurdu. Bu yurtta, o yedi çocuk birbirinden hiç ayrılmazdı." Soruşturma yaparken yurtta bir zamanlar çalışan bahçıvanın söyledikleri aklıma gelince iç çektim. Birbirlerini hatırlamıyorlardı ama aslında hepsi birbirini daha çocukken bulmuştu.

İki grup birbirinden ayrıldığı için ona kızgın olduğumu anlamıştı. "Beni mi suçluyorsunuz? O kızı yanımda tutmak için çok uğraştım." Onaylamaz bakışlar yönelterek yeniden yola döndüm. "Uğraşmadın, Sedef." Sesimden yorgunluk akıyordu çünkü bazen bana hiç yardımcı olmuyordu ve beni fazla yoruyordu. "Seni tanıyorum, eğer gerçekten isteseydin bir arada kalmak için her şeyi yapardın. Sen sadece içini rahatlatmak için birkaç sefer teklif ettin ve daha sonra gitmelerine izin verdin. Yarasaların içinde tek yetkili olan sendin, Sedef ama ilk başarısızlığını aldın." Fulya hırsıyla hareket eden biriydi ancak Sedef'in aklıyla hareket etmesi gerekiyordu. Yol ayrımında ona duyduğu kinle hareket etmişti. Aklından geçenleri dile getirdiğim için bakışlarını kaçırmıştı. Karşımdaki kişinin sadece gözlerine bakarak onun hakkında bilgi edinmek hep yaptığım bir şeydi. İnsanların mimikleri aslında onları hep ele verirdi. Önemli olan doğru işaretleri bulmaktı.

Dalgın bir şekilde, "Birbirimize zarar verecektik," diye fısıldadığında yolu kontrol ederek ona döndüm. "Siz insanların aklını okuyabilirsiniz ama ben de hislerimden yanılmam. Fulya'nın bana olan kini azımsanamayacak kadar büyük... Tıpkı benimki gibi. Hissediyorum, bunlar daha başlangıç çünkü sizin yüzünüzden Fulya ile öyle bir hale geleceğiz ki iki taraftan biri zarar görecek." Sesi düşünceliydi, sanki gelecekte olan şeyleri biliyor fakat olacaklardan kaçmaya niyeti yok gibiydi.

"Neden benim yüzümden?"

"Onun size olan hislerini fark etmemiş olamazsınız. Bana olan yakınlığınızı gerçek sandığı için sizin yüzünüzden bana nefret besliyor. Oysaki sizin kendi çıkarlarınız için bana yaklaştığınızı bilmiyor." Gülerek konuşsa da canının yandığını görebiliyordum. Hiçbir zaman Sedef'in aptal bir kız olduğunu düşünmedim. Aksine etrafındaki her şeyin farkında olacak kadar zekiydi. İçgüdüleri ona neden yaklaştığımın sebeplerini ona gösteriyor ve aklı onu benden uzak tutarak koruyordu. Lakin kalbi çoktan bana boyun eğmişti. Bana daha fazla direnemezdi, bunu ikimiz de biliyorduk. Ona baktıkça onu öptüğüm o sabah söyledikleri aklımdan bir türlü çıkmıyordu.

"İnsanların incitemediği sadece kalbim çünkü orada Sedef var. Sedef benim iyi olan yanım ve o ölürse geriye sadece Yankı kalır," demişti. Ve ben, ondaki Sedef'in peşindeydim çünkü Yankı olmayı bırakması gerekiyordu. Ben Sedef'i incitmek için istemiyorum ki, onu daha yakından tanımak istiyordum.

"Ya oyun değilse sana olan hislerim?" Bu soru benden bağımsız dökülmüştü dudaklarımdan. Sanki konuşan ben değildim de farklı biriydi.

Durgun gözlerle yüzümü izlemeye daldığında ben, kayıp giden yola bakıyordum. "Gerçek olmasını isterdim ama sen sevilecek türden değilsin." Bu sözleri üzerine birden frene basıp durdum. İlk kez aramızdaki mesafeyi kapatarak bana *sen* demişti ve bu çok garip hissettirdi.

"Ne demek istiyorsun?" Aslında ne demek istediğini çok iyi anlamıştım.

"Duydunuz." Tekrar aramızdaki resmiyete döndü. "Siz bayım, siz sevilecek türden değilsiniz." Bu sözleri neden beni ağırlığı altında eziyordu, anlamıyordum. Haklıydı, ben gerçekten sevilecek türden biri değildim. Ama içimde kontrol edemediğim bir dürtü, tüm planlarımı bir kenara atmama neden oluyordu. Onun tarafından sevilmenin nasıl bir his olduğunu öğrenmek istiyordum.

Ve öğreneceğim de... Kaçışı yok.

12. BÖLÜM

Vicdan azabı çekmem gerekiyordu, değil mi? Ama hayır, Fulya salağının gitmesine izin verdim diye zerre kadar suçluluk duymuyordum. Neden kendimi suçlayacaktım ki? Sonuçta Allah'ın hakkı üçtü ve ben o süper zekâya üç kere kalmayı teklif etmiştim. Doğru, hâlâ onlardan bir ses çıkmamıştı ama ben ve takımım kurtulmuştuk ya gerisi mühim değildi. Dün bizi tesise bıraktıktan sonra eğitmenlerin hepsi geri dönerek aramalara katılmıştı. Ne yalan söyleyeyim, Fulya'nın kaybolmasını umursamadan rahat bir uyku çektiğim doğruydu. Hatta ölüm haberi gelirse mutlu bile olurdum. Biliyorum, fazla zalimce davranıyordum ama benim o kızda gördüğüm şeyleri diğerleri görmüyordu. Değişecekti, şimdi olduğundan daha tehlikeli olacak ve zehrini sonunda bana akıtacaktı. Hissediyordum Alaz'a olan sevgisi onu değiştirecek ve beni de bir şekilde değişmeye zorlayacaktı. *Ne Alaz'mış be!* Adam resmen benimle oynuyordu ve Fulya bunu gerçek sanıyordu. Valla onu bunu bilmem ama Alaz'dan hoşlansam bile bir erkeğin sevgisi için saçma sapan rekabetlere girecek değildim. *Kalırsa benimdir, giderse de Allah belasını versin!*

Üzerime rahat bir şeyler giydikten sonra odadan çıkmak üzereydim ki komodinin üzerinde duran telefonuma mesaj geldi. "Bilinmeyen numara mı? Bu kim şimdi?" diye homurdanarak mesaj kısmına girdiğimde bunun sesli mesaj olduğunu gördüm. "Kesin öcünün işi bu," dedim.

"Bir şeyi merak ediyorum ama bana karşı dürüst olacaksın. Yankı ile aranızda tam olarak ne var? Kızı tuttun ajan yaptın ve haliyle bu hepimizin aklına farklı şeyler getiriyor." Atalay'ın sesini duyunca afallayarak elimde tuttuğum telefona baktım. Benim adım mı geçmişti? Ayrıca kiminle konuşuyordu?

"Hiçbir şey." Sanırım kiminle konuştuğunu da böylece anlamış oldum. Buzdağı!

"Hadi ama Altuğ, sen asla bana yalan söylemezsin. Onunla aranda ne var?"

"Yalan değil, Sedef ile aramızda bir şey yok." Yok muydu? O yüzden mi beni öpmüştü?

"Pekâlâ, o zaman soruyu değiştiriyorum. Yankı'ya karşı hislerin var mı?" Olsa da söyleyecek biri değildi.

"Hastanede ondan etkilendiğimi söyledim." Evet, söylemişti ve yalan söylemediğine emindim.

"Dur, tahmin edeyim, sen ona bunları söyleyince karşılığında sana bela okudu, değil mi?" Allah bu Atalay'ın da belasını versin! O kim ki benimle dalga geçiyordu!

"Ona ne söylediğini sormadım, Altuğ. Soruma hâlâ cevap vermedin, ondan hoşlanıyor musun?" Yine Atalay'ın sesini duydum. *Kahretsin, bunun cevabını ben de merak ediyorum!*

"Beni herkesten iyi tanıyorsun." Sesi fazla soğuk geliyordu. *"Etkilenmek ve hoşlanmak aynı şey değil. Kız, bu oyundaki en önemli anahtar ve o anahtarı her anlamıyla elimde tutmalıyım."* Duyduğum bu sözlerle kalbimde bir sızı oluşmuştu. Bunu biliyordum! Bana neden yaklaştığını hep bilmiştim ama ondan duymak neden bu kadar acıtmıştı? Ondan etkilendiğimi de biliyordum ama duyduklarım canımı çok yakmışken bunun sadece basit bir etkilenme olmadığını fark etmiştim. Beni öptüğünde onu uyarmıştım oysaki!

"Hepsi senin yüzünden!" Telefonu bir köşeye atarak başımı eğdim ve sızlayan sol göğsüme baktım. "Sana akıllı ol dedim, değil mi? O adam bize fazla gelir demedim mi? Ama yok, sen git, ona tutul. Zaten ben kimim ki beni dinleyeceksin!" İflah olmaz kalbimi azarladım çünkü bu aptal kalp söz dinlemediği için bu haldeydim.

Gözlerimin yanması birazdan ağlayacağımı gösteriyordu. Hâlâ yas tutan kalbime karşılık göz devirdim. "Bir dur da doğru düzgün bir plan yapayım." *Bir erkek için bana gözyaşı döktürdüğüne inanamıyorum.*

Ellerimi şakaklarıma bastırıp düşünmeye başladım. "Yok artık!" Gözlerimi kocaman açtığımda sırıttım. "Allah'ım! Tüm şeytanlıklar, sinsilikler ve kötücül düşünceler şu anda beynime doluşuyor!" Heyecanlanarak ellerimle iyice kafama baskı yaptım. "Yok artık oğlum, beynimdeki tilkileri görür gibiyim! Ay bu plan da iyiymiş! Veee yükleme işlemi tamamlandı!" Çığlık atarak ayağa kalkıp gülmeye başladım. *Evet, sonunda kafayı yedim ama ona da yedirteceğim. Alaz Altuğ Sipahi! Bu oyun iki kişiyle oynanır adamım ve benim kaybetmeye niyetim yok. Kalp acısıyla karalar bağlayıp yas tutacak biri değilim. Aksine canımı yakanın canını yakmazsam ben de Yankı değilim. Ben kimseye benzemem ve bu oyunda ben yanarsam onu da yakarım!*

İşin güzel tarafı benden gerçekten hoşlanıyordu. O ses kaydında ne söylediği umurumda değildi çünkü kendini kandırıyordu. Ona baktığımda gördüğüm şeyler sahte değildi, benden etkilendiğini söylerken yalan söylemiyordu. O kendisine yalan söyleyerek bunu işi için yaptığını sanıyordu. *Gaflet uykusunda olan o adamı gerçeklere uyandırmayı bilirim ben. Ah! Ona öyle şeyler yapacağım ki anasından emdiği tüm sütü burnundan getireceğim. Kendi kendimin düşmanı olmak istemem. Çok yakında tamamen onun hayatından çıktığımda bakalım yokluğuma nasıl katlanacak?* En önemlisi ben yoksam tüm planları suya düşmüş demektir.

"Neden hâlâ dönmediler?" Şafak'ın sorduğu soru yüzünden içimi yine bir kasvet sarmıştı. Alaz ve ekibi dünden beri tesise dönmemişti. Bizi bıraktıktan hemen sonra Fulya ve ekibini bulmak için gitmişlerdi fakat hâlâ bir haber yoktu. İkindiyi çoktan geçmiştik, neredeyse bir gün olacaktı ama hiçbirinden haber yoktu. Kendime Fulya'ya olan nefretimi hatırlatıp endişelenmemeye çalışıyordum ancak pek işe yaramıyordu. Onlara ne olduğunu merak ediyordum. Kötü haber almaktan ölesiye korkuyordum.

Gitmelerine izin vermek büyük hataydı.

Naz koluma dokunup, "Sen ne düşünüyorsun, Arıza?" dediğinde iç çektim. Üçümüz bahçede oturmuş, durum değerlendirmesi yapıyorduk. "Bilmiyorum, Süslü," dedim. "İçimde bir sıkıntı var." Belki de bunun adı suçluluk duygusuydu. O lanet yılan ve diğer çocuklar artık gelmeliydi. Sabah "*Ona olanlar umurumda değil, ölmesine sevinirim*" derken, iş ciddiye binince Fulya için bile endişelenmeye başlamıştım.

Kolumdaki yara sızlayınca ayağa kalktım. "Ben odamda biraz dinleneceğim kızlar," diyerek tesise doğru yürüdüm. Tesisteki doktorlardan biri yarama bakmıştı ama ağrı kesiciler etki etmediği için sızısı geçmiyordu. Neyse ki Ecrin'in durumu bana göre daha iyiydi. Evet, henüz gözlerini açmamıştı ama doktoru tehlikeyi atlattığını söylemişti. Şu anda odasında dinleniyordu.

Asansörden inip odama doğru yürürken sanki izleniyordum. Takip edildiğime dair garip hisler içime dolunca hemen arkamı döndüm. Onuncu katta sadece en kıdemli ajanlar kaldığı için koridorda dikkat çeken kimse yoktu. Son olanlardan sonra paranoyak davranıyor olabilirdim. Kendime gelmek için başımı iki yana sallayıp önüme döndüm. Boynumdaki kartla kapıyı açıp içeri girdiğimde yutkundum. Yatağımın üzerinde pembe bir kutu vardı! İçinde ne olduğunu bilmediğim bu kutu beni korkutmaya yetmişti. Kapıyı kapatıp yatağa doğru yürüdüm. Adımlarım ürkekti, her an dönüp odadan çıkabilirdim. "Sen korkak değilsin, Yankı." Kendimi cesaretlendirmeye çalışarak yatağa yaklaştım. "Korkak olan Sedef ve şu anda sen Sedef değilsin." Yaşadıklarımın ağırlığıyla gözlerim dolarken yatağın kenarına oturdum. "Uzun zamandır Sedef değilsin..." Yedi yaşından beri Sedef değildim. O kadar uzun zaman olmuştu ki Sedef'in varlığını unutmaya başlamıştım.

"Kimim ben?" dedim dolu dolu gözlerle yatağıma bırakılan kutuya bakarken. "Yankı kim? Bencil, çıkarcı, nankör ve kalpsiz mi?" Gözlerimden yaşlar süzülürken başımı salladım. "Evet, Yankı böyle biri." Ne bekliyordum ki? Adımı bir katilden almışken daha iyi biri olabilir miydim? Ama ben Sedef'i de çok özlüyordum. Bir zamanlar olduğum o çocuğu çok özlüyordum. İzin vermediler ki Sedef olayım. Beyazı içinde barındıran bir isimden çekip almışlardı beni ve *sen artık Yankı'sın* demişlerdi. Çektiğin acıların çığlıklarını adında taşı dercesine Yankı koymuşlardı adımı. Çığlıkların kulaklarda yankılansın ama kimseler duymasın dercesine Yankı yapmışlardı beni. Oysaki ben bir zamanlar Sedef'tim. İleride başıma gelecek onca şeyden habersiz bir şekilde yaşayan Sedef'tim. Ne eksik ne fazla... Ben Sedef'tim.

Şimdi ise kim olduğumu ben bile bilmiyordum.

Derin bir nefes alarak elimin tersiyle gözyaşlarımı sildim. "Zayıflığı bırak, Yankı. Bu ölüm oyununda zayıf insanlar uzun süre hayatta kalmıyor," diye kendimi azarlayıp yeniden umursamaz kişi oldum. Bilmiyordum ki hangi günahın cezasını çekiyordum. Yedi yaşında nasıl bir günah işlemiş olabilirdim ki bütün bunlar başıma gelmişti?

Kutunun kapağını açtığımda içinden sadece bir CD çıkmıştı. CD'yi elime aldım. Bunun ne anlama geldiğini anlamamıştım. Ayağa kalkarak masanın üzerinde duran laptopu açtım ve CD'yi taktım. Birkaç saniye bekledikten sonra gördüğüm ilk şey karanlıktı. Amatör bir kamerayla çekilmiş olmalıydı ki kameranın kadrajına giren görüntü sarsıntılarla doluydu. Bir çift çizme görür gibiydim. Sanki biri karanlıkta yürüyordu. Kamerayı aşağıya doğru tuttuğu için kamera sadece onun ayaklarını çekiyordu. Sesi sonuna kadar açtığımda yürüyen kişinin ayak seslerini duydum. Bir dakika boyunca yürüdü ve durdu. Anahtarı andıran sesler duyduğumda bir kapıyı açmış olmalıydı. Yeniden yürümeye başladı. Gözlerimi kısarak bunun sonunun nereye bağlanacağını beklemeye başladım. İri adımlarla yürümeye devam etti ve bir anda karanlık dağıldı. Sanırım ışıkları açmıştı.

O yürümeye devam ederken önce tozlu zemin görüş açıma girdi ve hemen sonrasında da kan. Ürkerek geriye çekildiğimde sırtım sandalyeye yaslanmıştı. Bu her kimse şimdi kanın üzerinde yürüyordu. Attığı her adımda etrafa kan sıçrıyordu. Adımları durunca soluğumu tutarak beklemeye başladım. "Hazır mısın, küçük Yarasa'm?" diye bir ses duyunca sertçe yutkunmuştum. Kahretsin, bu kalın ses öcüye aitti! Onu tanımamı istemediği için sesini hep böyle gırtlağından çıkarırdı.

Bana "Hazır mısın?" demişti, değil mi?

Kamerayı yukarı kaldırmaya başladığını görüntülerden anladım. Artık zemini çekmeyen kamera yukarıya doğru çıktı. Gördüklerim karşısında korkuyla bağırdım. Aman Allah'ım, bunlar da neydi? Birden fazla ceset gördüm. Hepsini bir dağ gibi üst üste yığmıştı. Parçalanmış ve kanlar içinde kalmış cesetler! Öldürdüğü kurbanlarına doğru yürüdükçe onları daha yakından görüyordum. Korkudan kalbim hızlanmıştı. Bir korku filmi izler gibi dehşete kapılmış bir halde izliyordum. Cesetlerin tam karşısında durunca gözyaşlarımı daha fazla tutamadım. "Neden?" diye fısıldadım ağlayarak. "Bunu bize neden yapıyorsun?" Tüm o cesetler dışarıdaki Yarasalara aitti. Ajanlarla işbirliğine yanaşmayan kimsesiz çocuklara aitti. Kiminin gözleri açıktı, kiminin ise uzuvları kopmuştu. Kaçırıldığımız gün Alaz ve diğerleri bu çocuklar için tesisten ayrılmıştı. Alaz'ın arabada bahsettiği depo buydu, değil mi? Çocukların cesetlerini bulduklarını söylemişti. Bu kayıt, biz kaçırılmadan hemen önce çekilmiş olmalıydı. Birazdan depodan çıkacak ve bizi kaçırmaya teşebbüs edecekti. Alaz ve diğerleri depoya geldiğinde çoktan onu ellerinden kaçırmış olacaktı. Onlar çocukların cesetleriyle ilgilenirken çok sonradan bizim de kaçırıldığımızı öğrenecek-lerdi.

Otuz Yarasa'dan artık sadece tesiste olanlar hayatta.

Bana yeterince kan donduran şeyler izlettiğine kanaat getirmiş olmalıydı ki kameranın yönünü değiştirdi. Şimdi ise siyah kar maskeli birine bakıyordum. Başındaki şapkası gözlerini benden gizliyordu. "İzlediklerin hoşuna gitti mi?" dedi. "Eğer tesisten ayrılmazsàn seni bekleyen son da onlardan farklı olmayacak!" diye beni tehdit ettikten sonra kayıt bitmişti. Tesisten ayrılmamı mı istiyordu? Tabii ya, dışarıda onun için daha kolay bir hedef olurdum!

Kalmaya devam edersem beni öldürecek ama gidersem de fazla uzun yaşamam!

Ne yapacağımı bilmez bir halde laptopu sertçe kapatıp odadan çıktım. Aceleyle asansöre girerken korkudan ne yapacağımı bilmiyordum. Kalmak veya gitmek fark etmeyecekti çünkü iki şekilde de peşimi bırakmayacaktı. En alt katta duran asansörden nasıl indiğimi bilemedim. Tesis beni nefessiz bıraktığı için kendimi tekrar bahçede bulmuştum. "Yankı?" Duyduğum bu ses yüzünden arkamı döndüğümde bana doğru gelen Ahmet'i gördüm. Eliyle, çıktığım kapıyı gösterdi. "Seslendim ama koşarak dışarı çıktığın için duymadın," dedi. Yanıma geldi. "Her şey yolunda mı?" diye sordu. Değildi, son zamanlarda hiçbir şey yolunda değildi.

Ona cevap vermeyince gözlerini kısarak beni inceledi. "Sen iyi misin? Yüzün kireç gibi." Gözleri askıdaki kolumda oyalandı. "Yaran mı acıyor?" diye endişelenince başımı iki yana salladım. "Ben çok korkuyorum..." Kısık çıkan sesim, her an ağlamak üzere olduğumu gösteriyordu. Ben artık gerçekten çok korkuyordum. Bu yaşadıklarım beni gittikçe daha fazla tüketiyordu.

Normalde beni hep alaycı bir şekilde gören adam, bu kırılgan tavrım karşısında afalladı. "Tamam, sorun yok," deyip beni bahçedeki banklardan birine çekti. Oturmama yardım ettikten sonra yanımdaki yerini almıştı. "Neler olduğunu anlatmak ister misin?" dedi. Genelde benim yanımda hep gülen adam, dolan gözlerimi görüp neşesini yitirmişti.

"Odama bırakılan bir CD var, Ahmet," dedim. Hatırladıkça daha fazla korkuyordum. "Öcü bırakmış. Kayıtta öldürdüğü Yarasalar var! Bunu bize neden yapıyor? Bana tesisten ayrıl diyor, sanki gidecek bir yerim varmış gibi!" dedim. Sinirlerim bozulduğu için kendimi tutamayıp yüksek sesle isyan etmiştim. Git diyordu ama ondan kaçacak bir yer yoktu ki! Biz Yarasalar için hiçbir yer güvenli değildi.

Ahmet bir süre söylediklerimin şaşkınlığıyla hiç konuşmadı. Sessizlik içinde duyduklarını değerlendiriyordu. "Tesisten gitmeyi unut," dedi. Benim için gerçekten korktuğunu gizleyemiyordu. "Tesisten ayrılamazsın, Yankı. Diğer çocuklar tesiste olmadığı için hepsi öldü. Burada kalmalı ve Altuğ'un onu bulmasına yardım etmelisin." Bunu biliyorum fakat Altuğ onu bulana kadar hayatta kalır mıydım, artık emin değildim.

"Odana nasıl girmiş olabilir?" diye sordu. Bunun cevabını ben de bilmiyordum.

"Alaz'ın anahtarını almış olabilir mi?" dedim. Buradaki tüm kapıları açan anahtar sadece Alaz'da vardı.

"Sanmıyorum, Yankı. Altuğ çok dikkatli biri olduğu için anahtarını ortada bırakmaz."

"Öyleyse CD'yi bırakmak için odama nasıl girdi?"

"Belki de odanın anahtarını senden aldı," dedi. Bu ihtimal ona daha gerçekçi gelmiş olmalı ki boynumdaki karta baktı. "Anahtarı uyurgezerlik esnasında ona sen vermiş olabilirsin. CD'yi nerede ve ne zaman buldun?" dedi. Bunun konumuzla ne ilgisi vardı, anlamamıştım.

"Az önce yatağımın üzerinde buldum. Dört saat önce odamdan çıkarken yatağımın üzerinde bir kutu yoktu, Ahmet."

"Bu da uyurgezerlik ihtimalini çürütüyor," dedi. *Ne yazık ki evet.* Benim anahtarımla odama girmesi için anahtarın bende olmaması gerekiyordu. Fakat odadan çıkarken ve odaya girerken anahtar boynumdaydı. Aklıma gelenler, gözlerimi irice açmama sebep oldu. "Evet, anahtarı benden aldı!" Hızlıca başımı sallayıp arka bahçeyi gösterdim. "Odamdan çıktıktan sonra arka bahçede biraz yürüdüm. Kolumdaki yara o sırada daha fazla canımı yaktığı için çok halsiz hissediyordum. Yorgunluktan ağacın altında uykuya dalmışım. Beni Naz ve Şafak uyandırmıştı. Kartım ise boynumdaki ipe takılı değildi, yanımdaydı." Kahretsin! O esnada almıştı! Acıdan dolayı derin bir uykuya dalmıştım ve o, bu fırsatı değerlendirip kartımı almıştı. Tesise girip kutuyu yatağımın üzerine bıraktıktan sonra geri dönmüştü. Belki uyanırım diye kartı boynumdaki ipe takmak yerine yanıma koymuştu. Uyandığımda yine uyurgezerlik yaptığımı ve o esnada çıkardığımı düşünüp üzerinde durmamıştım. Oysaki her şey onun işiydi!

Kaşlarını çatan Ahmet, "Bu şekilde odana girdi!" diyerek ayağa kalktı. "Sen bir süre çocukların yanından ayrılma. Arka bahçeyi çeken kameralara ve odanın olduğu koridordaki kameralara bakacağım. Mutlaka ondan bir iz olmalı," diyen adama başımı salladım. Umarım bu sefer kamera kayıtlarında onun kim olduğu ortaya çıkardı. Tesisin içindeydi. Elini kolunu sallayarak geziyordu fakat biz, onu bir türlü bulamıyorduk.

Ahmet kayıtlara bakmak için tesise girerken, aslında elle tutulur bir şeyler bulmayacağına emindim. Öcü, işini asla şansa bırakmıyordu. Daha önce İbrahim'i onlarca kameranın olduğu bir yerde öldürmüştü. Bu basit olayda her şekilde o kanıtlardan kurtulmuştur diye düşündüm. "Hey, Sakar!" Hakan'ın sesini duyunca başımı çevirdim ve Yiğit ile birlikte bana doğru geldiklerini gördüm.

Hakan yanıma oturup, "Hayırdır?" diyerek kolunu omzuma attı. "Böyle kara kara ne düşünüyorsun?"

Omzumdaki kolunu iterek yüzümü buruşturdum. "Seni düşünmediğim kesin, Bağımlı."

Yiğit sırıtarak diğer yanıma oturdu. "Peki, kimi düşünüyorsun?" Bu ikisinden nefret ediyordum. "Sana ne oğlum bundan. Düşüneceğim kişilerin bekçisi misiniz?" dedim. Canları sıkılmış olmalı ki soluğu benim yanımda almışlardı.

"Hadi ama, Sakar," diyen çocuk koluyla hafifçe koluma vurdu. "Eğitmenini mi düşünüyorsun?"

"Döverim seni pis bağımlı!" dedim ve kaşlarımı çatarak kafasına bir tane geçirdim. "Hapların mı bitti oğlum senin? Bana saracağına gidip yine kafayı bulsana."

"Tövbe de lan, bıraktım ben o işleri." Genelde hep bırakıyordu fakat ertesi gün yeniden başlıyordu.

Elimle Hakan'ı işaret edip Yiğit'e gösterdim. "Bıraktı mı?" diye sorduğumda Yiğit yüzünü buruşturdu. "He, bıraktı, kanka. Bir gün aşırı dozdan cehenneme giderse birlikte mezarını ziyaret ederiz." Bu gidişle zaten sonu böyle olacaktı.

"Tek başına gidersin," deyip umursamaz bir tavır takındım. "Bağımlı insanlardan nefret ettiğim için mezarlarına gitmiyorum."

"Ama bana gelirsin, değil mi?"

"Sen de bağımlı değil misin? Sana neden geleyim?"

Güldü. "Çünkü beni seviyorsun."

"Deli oluyorum sana, pis bağımlı."

"Ben de sana, Sakar."

"Allah belanı versin, Hakan."

"Kızım zaten vermiş, daha ne bela okuyorsun? Başımıza ne gelirse senin ettiğin bu beddualar yüzünden geliyor. Anla artık, o belalar karşıdakini bulmadan bize dönüyor. Arada bir nefret ettiğin insanlara Allah kurtarsın de ki kurtulalım şu caniden."

Haklı olabilirdi aslında. Şu zamana kadar kime beddua ettiysem acısı fazlasıyla benden çıkmıştı.

"Fulya'ya Allah kurtarsın dediğimi düşünsenize," deyince ikisi gülmeye başladı. "Sen onu es geç, Kuzey'in kediciği. Allah korusun, ya tutarsa..." diyen Yiğit'e gülerek başımı salladım. Kazara bile olsa Fulya'ya iyilik yapmaktan kaçınmalıydım.

"Senin hikâyen ne Yiğit?" diye sordum. Şu zamana kadar gruptaki bazı çocukların hikâyesini öğrenmiştim fakat Yiğit onların içinde yer almıyordu. "Ben altı aylıkken yurda verildim, peki ya sen?"

Gülüşü kaybolurken sıkıntıyla nefesini koyuverdi. "Emin değilim ama sanırım üç yaşlarında yurda verilmişim. Annem zengin bir kadının hizmetçisiymiş," dedi ve alay edercesine güldü. "Babam ise belirsiz."

"Ne demek belirsiz?" diye sordu Hakan. "Annen seni tek başına yapmadı ya, mutlaka birinden yardım almıştır." Yine sululuk yapan çocuğa ters ters baktım. "Gökten zembille annesinin rahmine düşmüş, Hakan! Oldu mu?" dedim. "Bir sus da anlatsın çocuk." Yiğit hazır anlatmaya başlamışken konuyu kaynatmamalıydık.

Yiğit konuşmaya başlayınca kavga etmeyi bırakıp sustuk. "Annem, babamın kim olduğunu kimseye söylememiş. Ne ailesine ne de arkadaşlarına. Çalıştığı evde gece doğum yapmış ve ertesi gün kayıplara karışmış." Hizmetçileri, bebeğini onlara bırakarak kaçmıştı. Ev sahipleri sabah uyandıklarında yeni doğan bir bebeğin varlığıyla şoka girmiş olmalılardı.

"Ev sahiplerinin çocukları olmuyormuş." Yiğit hüzünlü bakışlarını gökyüzüne yöneltti. Uzaklara dalıp gitmiş gibiydi. "Polisler dahi annemin izini bulamayınca o çift beni evlat edinmiş. Üç yaşına kadar bana anne ve baba oldular." Başını çevirip bize baktı. "Ta ki kendi çocukları olana kadar..." Hakan ile aynı anda yutkunmuştuk, sanırım bu hikâyenin devamını biliyorduk.

"Evet, çocukları doğunca benden kurtuldular," dedi ve gülümsedi fakat gülüşü keder içindeydi. "Ben onların kanından değildim ki be çocuklar. Üç yıl boyunca onları avutan bir oyuncaktım ve artık çöpe atılma vaktim gelmişti." Gözlerim sızlamıştı. Ağlamamak için tırnaklarımı avucuma geçirdim. Hangimiz kendi hayat hikâyesini anlatsa diğerleri böyle kötü hissediyordu. Kimsesiz çocukların güzel bir öyküsü yoktu ki dinlerken keyif alalım. Kimsesizliğin hiçbir iyi yanı yoktu.

"Menekşe Çocuk Yurduna üç yaşındayken verildim." Cebindeki sigarasını çıkartıp bir dal yaktı. İçmek için doğru bir zamandı. Yiğit bugün geçmişine içiyordu. "Büyüdüm işte sizlerle birlikte." İçine çektiği dumanı sesli bir şekilde verirken gözleri kederliydi. "Kimsesizliğin içinde buldum sizleri," dedi. "Koskoca bir hiçliğin içinde altı çocuğu ailem bildim. Fakat daha sonra..." deyip bana baktı. "Sen gittin, hemen ardından Kuzey gitti, Ecrin babası tarafından götürüldü, iki yıl sonra Süslü evlatlık verildi ve Efe de kendisine bir aile buldu." İçi acırcasına Hakan'ı gösterdi. "Kaldık bu serseriyle baş başa. Ama bir görsen yurttaki çocuklar nasıl üzerimize geliyor. Yalnız kaldık ya, gelen giden vuruyor be kızım." Hepsi benim yüzümden olmuştu, değil mi? Eğer ben kaçmasaydım Kuzey, peşimden yurttan ayrılmazdı ve onlar bütün bunları yaşamazdı. Kuzey varken diğer çocuklar bize yaklaşmaya cesaret edemiyordu.

Sigarasından büyük bir nefes çekerken, komik bir şeyden bahseder gibi güldü. "Gözlerimizi revirde az açmadık fakat gel gör ki müdire anne bile bize sahip çıkmıyordu. Esat'ın ayağımı kırdığını bilirim ben. Bunu yaparken yalnız değildi. Evet, Fulya ve çetesiyle birlikte bunu yaptı. Araf ve Şafak onlarla arkadaş değildi ama şimdiki grup o yıllarda da arkadaştı. Tıpkı şimdiki gibi o zamanlar da iki düşman gruptuk. Gruptan sadece iki kişi kaldığı için kolay hedeftik." Bu da Fulya'ya olan nefretimi açıklıyordu. Bizler aslında eskiden de Çakallarla kavga halindeydik. Aradan yıllar geçmişti fakat onlarla olan kavgamız bitmemişti.

"Daha sonra ben de evlatlık verildim," diyerek Hakan'a baktı. "Ama aklım hep geride kalan tek bir kişideydi. Çok sonradan öğrendim Hakan'ın yurttan kaçtığını. Nasıl kaçmasın ki? Yurt bizler için hep bir cehennem olmuştu. Ne yeteri kadar yemek vardı ne de bizi sıcak tutacak kıyafetler. Hep bir kavga, hep ceza ve açlık. Hepimiz bir yerlere dağıldık. Yeni bir ailem vardı artık. Yiyeceğim çeşitli yemekler, giyeceğim en pahalı kıyafetler ve sahip olduğum onlarca oyuncak vardı. Her şeyim vardı, hem de her şeyim." Gözleri dolunca bakışlarını bizden kaçırdı. "Artık her şeye sahiptim, mutlu olmam gerekiyordu, değil mi? Yurtta o sefilliğin içinde sizlerle hayal kurarken, bir gün her şeye sahip olacağımı ve çok mutlu olacağımı düşünürdüm. Fakat mutlu değildim..." Sonlara doğru sesi kısık çıkmıştı. Bunları anlatmak onun için hiç kolay değildi. "Her şeye sahiptim ama siz yoktunuz. Gözlerim baktığım her yerde sizi arıyor, yüreğim özlüyordu. Kopmuştuk biz, bir zamanlar hiç ayrılmayacağız derken artık hepimiz farklı hayatlar yaşıyorduk." Daha fazla kendimi tutamadım ve gözlerimden bir damla gözyaşı süzüldü. Kimsesizliğin içinde bize dayanma gücü veren şey, her şeye rağmen birbirimize sahip olmamızdı. Fakat biz elimizdeki tek şeyi de yitirerek kayıp gitmiştik. Kimisi arka sokaklarda yitirmişti hayatını, kimisi de koskoca bir zenginliğin içinde. Ama kayıp gittik. Bir gün tekrar birbirimizi bulmanın umuduyla karanlığa gömülüp gittik.

"Neden ajanlarla işbirliği yapmayı kabul ettim, biliyor musunuz?" dedi tebessüm ederek. Gözlerimden süzülen o bir damla yaşı silerken iç çekti. "Sizi yeniden bulmak için. Aradan geçen yıllar sizi bana unuttursa da bir parçam hâlâ hatırlıyordu. Eğitmenim Michael bana gelip damgalı çocukları koruma altına almaktan bahsetmişti. Damgalı çocukların içinde bir zamanlar tanıdığım altı çocuk da vardı. Hiç düşünmeden görüşmeyi kabul ettim. Belki dedim, belki onlardan birileri de kabul eder ve kader bizi yıllar sonra tekrar bir araya getirir." Demek bu yüzden tesisin ilk günü hiç uzatmadan hemen kabul etmişti burada kalmayı. Yiğit aslında en başından beri bizi hatırlıyordu.

Bunları düşünürken Hakan'a döndüm. "Sen de bizi hatırlıyor muydun? Ya beni?" diye sorduğumda güldü. "Daha ilk gün odaya uçarak düştün kızım. Böylesine bir sakarlığı kim unutabilir ki?" deyince güldüm. Anlaşılan ilk günlerden benim dışımda herkes geçmişle ilgili bir şeyler hatırlıyordu.

"Lanet olsun, asla böyle aksiyon ve dram dolu bir hayatım olmadı," diyen Naz'ın sitem eden sesini duyunca üçümüz aynı anda arkamızı döndük. Ne zaman geldiğini bilmediğimiz kız, birkaç adım uzağımızda duruyordu. Kızaran gözlerine bakılırsa Yiğit'in anlattıklarını duymuştu. Saçlarını yüzüne çekerek ağlamaklı gözlerini gizledi ve yalandan gülümsedi. "Benim annem ve babam boşanmış. Her ikisi de farklı evlilikler yaparak yeni bir hayata başlamışlar." Umursamaz bir şekilde omuz silkti. "Ben onlara evliliklerindeki kötü anları hatırlattığım için beni yurda vererek sorunu ortadan kaldırmışlar. Annemin yeni kocası beni istememiş, babam ise çekip gitmiş buralardan. Ben ise yurtta yeni hayatıma merhaba demişim," dedi gülerek ve aradaki mesafeyi kapatıp yanımıza geldi. "Gördüğünüz gibi fazla sıkıcı bir hayatım olmuş. Böyle bol aksiyonlu bir çocukluk fena olmazdı aslında." Bu kız gerçekten kaostan besleniyordu. Küçücük boyu vardı ama dünyaya kafa tutacak kadar kavga etmeyi seviyordu. Doğru düzgün dövüşmeyi de bilmiyordu. Bu nasıl bir özgüvendi böyle? *Şu anda kendimiz olmuşuz aksiyon, daha ne bekliyor ki?*

Naz'ın onu dinlemesi Yiğit'in hoşuna gitmemişti. Süslü'nün onun yaralarını bilmesini istememişti. "Ne zamandır insanları gizlice dinliyorsun, Nefise?" diye sordu.

Kollarını göğsünde birleştiren Süslü, "Sen üç harfli bir ismi söyleyemediğin günden beri, geri zekâlı!" deyip tesise doğru yürüdü. Bence Yiğit hiçbir zaman onun adını doğru bir şekilde söylemeyecekti.

Hakan, "Adı o kadar da zor değil ki," diyerek ayağa kalktı. "Bir an önce Naz demeye alışmazsan bir gün gerçekten sonunu getirecek."

"Ve bunu giydiği topuklu ayakkabılarla yapacak," diyerek ayağa kalktım. "Kız kaos seviyor ve ayakkabılarını bir silah olarak kullanmayı iyi biliyor."

Yiğit de gülerek ayağa kalktı ve bizimle birlikte tesise doğru yürüdü. "Kadınlara topuklu ayakkabı yasaklanmalı, arkadaş. Bu kadınların topuklu sevdasını anlamadım gitti."

"Genelleme yapma çünkü Sakar, topuklu sevmiyor."

"Sevmediğinden değil, giyemiyor."

"Haklısın, daha düztaban ayakkabılarla yürümeyi beceremiyor, onun neyine topuklu giymek?"

"Hey! Ben hâlâ buradayım ve sizi duyuyorum!"

Odamdan çıkarak en alt kata indiğimde koridorda gördüğüm kalabalığa doğru yürüdüm. Bizim çocuklar bile kalabalığın içine karışmış, merakla bir yere bakıyordu. Kalabalığın içine dalarak başımı kaldırdığımda, eğitmenlerin geri döndüğünü gördüm. Tabii, Çakalları da bulmuş olarak geri dönmüşlerdi. Gözlerimi kısarak her birini incelediğimde en az bizim kadar kan revan içinde kaldıklarını gördüm. Üstelik her biri perişan bir haldeydi, hatta Alaz'ın kolundan destek alarak ayakta duran Fulya yılanı da pek iyi görünmüyordu. "Odalarına yemek getirin, günlerdir hiçbir şey yememişler." Pars'ın söyledikleri neden halsiz olduklarını açıklıyordu. *Hiçbirinin aklına avlanmak gelmedi mi?* Ama benim dikkatimi çeken başka bir şey vardı.

"Senin kıyafetlerinde neden hiç kan yok?" Bunları Fulya'ya bakarak söylemiştim. Evet, ekibindeki herkesin üstü başı dağılmış ve yırtık kıyafetleri kan içinde kalmıştı. Ancak Fulya sadece açtı. Bunun dışında herhangi bir sorunu yoktu. Abartmıyorum, yüzünde bir çizik bile yoktu.

Kaşlarını çatarak, "Ne diyorsun sen be!" diye bağırınca kalabalığı geçip öne çıktım. "Diyorum ki ekibindeki herkes savaştan çıkmış gibi görünürken, sen niye onları uzaktan izlemiş gibi görünüyorsun? Ayrıca Feride nerede?" Bence neyi ima ettiğimi herkes anlamıştı. O da çok iyi anlamış olmalı ki gözleri nefretle parıldadı.

"Ben hepsinden daha fazla savaştım, paçavra!" diye bağırarak üste çıkıyordu. "Kıyafetlerimin temiz kalması benim darbe almayacak kadar iyi dövüştüğümü gösterir," dedi. Ayakta zor duruyordu ama bana laf yetiştirmekten de geri kalmıyordu, salak.

Onu boş verip Tunç'a döndüm. "Feride nerede?" dedim. Kan akan bacağını tutarken bana ters ters baktı. "Sorguda mıyız, ne bileyim nerede! Dün Fulya ile dolaşmaya çıktıklarında saldırıya uğradık. Fulya döndü ama o yoktu." Kendi eğitmeninden destek alırken onları soru yağmuruna tuttuğum için bana öfkeliydi.

Kollarımı göğsümde birleştirerek bu sinsi yılana yeniden döndüm. "Feride nerede, Fulya?"

"Bilmiyorum," dedi. Yalan söylüyordu. "Açlıktan kafayı yemişti, beni bırakıp gitti," dedi. Yine yalan söylüyordu! Feride'ye ne olduğunu çok iyi bildiğine emindim. *Kahretsin, arkadaşlarını satacak kadar ileri gitmiş olamaz, değil mi?* Ah, tabii ki yaptı! Bu yüzden hiç yara almamıştı çünkü kendi hayatına karşılık onları satmıştı.

"Eğer düşündüğüm şeyi yaptıysan seni bitiren ben olurum! Ne yaptın Feride'ye?" diye üzerine yürüdüğümde atağa geçmek için fazla beklemedi. "Senin bittiğini görmeden ölmeyeceğim! Aklın varsa ayağını denk alırsın," dedi. Tam ona haddini bildirmek için aramızdaki mesafeyi kapatmıştım ki Kuzey beni tutarak geriye çekti.

"Aman Allah'ım!" Naz korkuyla asansöre bakıp çığlık atmıştı. Atalay'ın kucağında baygın bir halde yatan kızı gördüm. *Feride mi?*

Kanlar içinde kalmış kızın kıyafetleri parçalanmıştı ve eteğinin açıkta bıraktığı bacaklarında kan vardı. Bedeninin her yerindeki morluklar yutkunmama neden olurken korktuğum şeyi yaşıyordum. Atalay onun üzerine ceketini atmıştı ama parçalanan tişörtünün önünü tam olarak gizleyememişti. "Yaşıyor mu?" Alaz'ın sorduğu soruya karşılık başını olumsuz anlamda salladı. "Onu bulduğumda çoktan ölmüştü ve..." diyerek yutkunduğunda korktuğum şeyi söylememesi için dua etmeye başladım. "Tecavüze uğramış! Bunu yapanın tek bir kişi olduğunu sanmıyorum!" Feride'nin yaşadıkları tıpkı bir tokat gibi yüzüme çarpmıştı. Kaçtığım gerçeklerle yüz yüze gelmiştim. Sendeledim.

Naz ağlarken herkesi derin bir üzüntü sarmıştı. Bense ölüyorum sanmıştım. Vicdanım işte tam şu anda ortaya çıkmış, 'Senin yüzünden!' diye bağırıyordu. Evet, benim yüzümdendi çünkü gitmelerine izin vermeseydim Feride bunları yaşamayacaktı. Benim en büyük korkumu yaşamayacaktı! Alaz haklıydı, ilk başarısızlığımı almıştım ama aslında bu en büyüğüydü. Göz göze geldiğimizde bakışları *sana anlatmak istediğim buydu* der gibi bakıyordu. Şimdi onu daha iyi anlıyordum. Bu işte duygulara yer yoktu! Gerekirse düşmanım ile işbirliği yapacak kadar duygusuz olmalıydım. Ama ben onun gibi yılların eğitiminden geçmemiştim ki. İstesem de o kadar duygusuz olamazdım. Lakin hatalıydım, Fulya'ya olan nefretimle hareket etmiştim. O takımda sadece Fulya'nın olmadığını unutmuştum. Orada yetkili olan sadece bendim ve hayatımın hatasını yaptığım için bunun altında eziliyordum. Asla Alaz gibi iyi bir ajan olamayacaktım, umurumda da değildi! Ben şu anda Feride'ye olanlar için gözyaşı döküyordum. O an neler yaşadığını, ne kadar acı çektiğini biliyordum. Ben bu yükün altından nasıl kalkacağımı bilmiyordum. Verdiğim tek bir kararın bedeli bu kadar ağır olmamalıydı.

Fulya ile göz göze geldiğimizde sırıtarak bana bakınca yumruklarımı sıktım. O biliyordu! Feride'ye olanları biliyordu! Kendi hemcinsine bunları yaşatacak kadar ileri gitmişti. Herkes

Feride'nin cesedinin yanına gidince sadece ben ve Fulya kalmıştık. Karşısında durduğum kızın gözlerine baktım, mümkün olsa şuracıkta onu parçalardım. "Kimseye bir şey kanıtlayamam ama senin işin olduğunu biliyorum," dedim. Ona olan nefretimin haddi hesabı yoktu. "Hazır ol çünkü yaşattıklarını yaşamadan ölmene izin vermeyeceğim!" dedim.

Gülerek üzerime eğilince dudaklarını kulağımın yakınına getirdi ve "Feride'nin yaşadıkları, sana yaşatacaklarımın yanında hiç kalır!" diyerek geri çekildiğinde birbirimize meydan okur gibi bakıyorduk. İkimizden biri durmadan aramızdaki bu rekabet bitmeyecekti ve duran taraf ben olmayacaktım.

Onunla asıl savaşımız şimdi başlıyor!

1 hafta sonra

Araba okulun yakınlarında durdu. Tam inmek üzereydim ki bana engel oldu. "Artık normale dönecek misin?" Bir haftadır ruh gibi okul ve tesis arasında mekik dokumam canını sıkmıştı anlaşılan. Alaz bile aslında içten içe beni suçlarken bana nasıl normale dön diyebilirdi ki? Feride'nin kendi takımı bile hiçbir şey olmamış gibi davranırken ben Feride'ye olanların etkisinden çıkamıyordum. Üstelik odama bırakılan o CD işinden de bir şey çıkmamıştı. Ahmet en son benim için kamera kayıtlarına bakacağını söylemişti ama CD'nin bırakıldığı saatte odamın koridorunda olan kameralar yine arızalanmıştı! Bize istediğini yapacak kadar burnumuzun dibindeydi fakat bir türlü onu bulamıyorduk.

Donuk bir sesle, "Normalim zaten," dediğimde burnundan solumuştu "Değilsin, Sedef," dedi. Yoğun bakışlarını bana yönlendirirken bu halimden memnun olmadığı her halinden belliydi. "Bir haftadır hiç gülmüyorsun, kimseyle uğraşmıyor ve en önemlisi biri sana laf atınca cevabını vermiyorsun." *Ne yani, bendeki sorunu anlamasını sağlayan şey, laflarının altında kalmam mı?*

Ben hepsine zaten gereken cevabı veriyordum ama bunu artık içimden yapıyordum. Hiç konuşmadığımı görünce sakin olmak adına derin bir nefes aldı. "İşte bundan bahsediyorum," dedi. Neden bahsettiğini biliyordum. "Şimdiye kadar çoktan canımı sıkacak bir şeyler söylemeliydin." *Yemin ederim bu adamın ciddi problemleri var. Ne yapsam yaranamıyorum. Ne güzel sakin sakin yaşıyorum, daha ne istiyor? Allah'tan belasını mı?*

Kemerini çözdüğünde bana yaklaşmasına izin verdim. "Evet, hatalıydın ama Feride'ye olanlar senin suçun değildi." Beni teselli ettiğinin farkında değildi çünkü bu halim onu endişelendiriyordu. *Tabii, alıştı etrafında kaçık bir kız görmeye, bu sakinliğim onu tedirgin ediyor.*

"Benim suçum." Feride'nin o hali aklıma gelince yine gözlerim doldu. "Bana da söyleyin..." Boğazımda bir yumru vardı ve gözlerim dolmuştu. "Nasıl böyle kalpsiz olmayı başardığınızı bana da söyleyin. Söyleyin ki ben de acı çekmeyi bırakayım," diyerek hıçkırıklara boğuldum. Kâbuslarımda sürekli Feride'yi görmek beni çıldırtıyordu. Her defasında bağırıyor ve beni suçlayarak nefretini haykırıyordu.

Uzanıp gözlüklerimi çıkarınca gözlerinde daha önce hiç görmediğim bir şefkat gördüm. "Sen hep olduğun gibi kalmalısın," dedi ve gözyaşlarımı parmak uçlarıyla usulca sildi. "Bana rağmen hep olduğun gibi kal, Sedef." O kayıttan haberim olmadığını düşündüğü için bu sözleri anlamadığımı sanıyordu. Lakin gerçekleri göz ardı edecek kadar aptal değildim ve her şeyin farkındaydım.

Elini çektim, gözlüğümü alıp vakit kaybetmeden geri taktım. Gözlerinin içine bakarak doğrudan, "Ben değişmem ama değiştiririm," dedim. "Bu saatten sonra ne teniniz değsin tenime ne de siz yoluma çıkın. Sizi uyarmıştım, değil mi? Sedef giderse geriye sadece Yankı kalır demiştim, değil mi? Ama siz kendi bildiğinizi okumaya devam ettiniz." Çantamı açarak içindeki telefonu çıkardım ve bana gelen sesli mesaja girdim. Hemen ardından telefonu eline tutuşturdum. "Yapabiliyorsanız durdurun beni, Alaz Altuğ Sipahi çünkü bugünden sonra bana bakınca göreceğiniz tek kişi Yankı olacak." Söylediklerimin ağırlığı altında sarsılmıştı.

Bu tavrımın nedenini merak ettiği için ses kaydını dinledi. Duyduğu şeylerden sonra gözlerini yumarak sertçe yutkundu. "Ne güzel, değil mi? Öcünün beni sizden korumak için bunu göndermesi ne güzel, değil mi?" *Nasıl böyle duygusuz durabildiğimi ben de anlamıyorum ama artık beni kullanmaktan vazgeçmeli.*

Başparmağı ve işaret parmağıyla burun kemerini sıkarken kısık bir sesle söylediği şeyi zor duydum. "Dinle." *Hayır, bunu tekrar yapmayacağım.* "Hangi birini? Benden hoşlandığınız yalanını mı? Yoksa ona karşı beni kullanmak için oynadığınız şu oyunun detaylarını mı? Ben sizi yeterince dinledim, şimdi biraz da siz beni dinleyin!" Tek bir solukta söylediklerim karşısındaki çaresizliğini görmeyi kesinlikle beklemiyordum. Ama hayır! Yaptığı her şey için süründüğünü görmeden onun bakışlarına aldanmayacaktım.

"Ben kimseyi sırtından vurmam. Sizi uyarıyorum, hazırlıklı olun. Artık tarafımı seçtim ve o taraf, sizin yanınız değil. İstifa ediyorum! Bugün okuldaki son günüm çünkü sizin yüzünüzü daha fazla görmemek için bu ajanlık saçmalığını bitiriyorum." Bir kadın sevebilirdi, bu normaldi ama onurlu bir kadın kendini kullandırmadan çekip gitmesini bilmeliydi.

Son kez baktım duydukları karşısında dağılan adama. "Ben, bana yapılan her şeye eyvallah derim ama duygularımı oyuncak etmeye çalışan kimseye eyvallahım yok," dedim ve arabadan inip kapıyı yüzüne çarptım. Şimdi her anlamda yokluğumu hissedecekti. Artık zoraki bir şekilde yanında tuttuğu kızın üzerinden planlar yapamazdı çünkü artık yoktum.

Yalnız arabadan çok havalı indim be.

Koşarak beni bekleyen çocuklara yetiştim. Hep birlikte okulun bahçesine girdik. "Şşt Nurdanay! Dünkü dersin notları var mı sende?" Yiğit önden giden Süslü'ye yine takılınca hepimiz kıkırdayıp durduk. Naz bu sefer onu kesin öldürecekti.

"Nurdanay mı?" Süslü tehlikeli bir yavaşlıkla ona döndü. "Nurdanay ne, Yiğit? Dana der gibi Nurdanay ne! Üç harfli bir ismi ezberlemek bu kadar zor değil!" diye bağırarak kaşlarını çattı. Yiğit gülerek onun ayaklarına bakıyordu çünkü bugün topuklu giymemişti.

"Doğruyu söyle, bana kıyamadığın için o silahları giymedin bugün, değil mi?" diyerek sırıttığında Naz, "Ölsen umurumda olmaz!" dedi. Naz'a tam bir şey diyecekti ki bir anda inleyerek başını tutup yerinde sendeledi. "Yiğit!" Telaşla bağıran Naz, kucağındaki kitapları atarak onun yanına koşmuştu. Yiğit'in yere yığılması hepimizi korkutmaya yetmişti.

Bir anda ne oldu şimdi?

"Ne oluyor, oğlum?" Kuzey bile korkuyla onun üzerine eğilmişti ama Yiğit gözlerini çok zor açık tutuyordu.

"Yiğit, iyi misin?" Naz diz çöküp onun yüzünü ellerinin arasına alınca ağlamaya başladı. "Yiğit, lütfen bir şey söyle..." diye hıçkırınca ben bile korkuyla nefesimi tutmuştum. Tabii, bu, Yiğit'in bir anda kıvrılan dudaklarını görene kadar sürdü. *Evet, numara yapıyor üçkâğıtçı.*

"Ben..." Öksüren çocuk herkesi hasta olduğuna inandırmıştı. "Kanserim, ölüyorum." Çocuklar yutkunurken Naz'ın rengi atmıştı. "Ne?" Sesi kısıldı ve dudakları titredi. "Sen neler söylüyorsun? Ne demek ölüyorum?" Naz ağlamaya başlayınca Yiğit'in duygularının karşılıksız olmadığını gördüm. Evet, Yiğit'in Naz'dan hoşlandığını tesisteki herkes biliyordu. Zaten bu yüzden ilkokuldaki çocuklar gibi davranıyordu. Tek fark, onlar beğendiği kızın saçını çekerken Yiğit bilerek Naz'ın adını yanlış söylüyordu.

"Duydun." Yüzüne acıklı bir ifade konduran çocuk, Oscarlı oyunculara taş çıkarırdı. "Öl-ölüyorum ben, Nurhayat. Sen de üzülmüş gibi numara yapma artık, ölsem umurunda olmaz." Laf arasında nasıl becerdi de Naz'ın ona söylediği şeyleri iade etti, anlamadım.

"Umurumdasın, geri zekâlı!" Süslü gözyaşlarına boğulurken bunu itiraf etti. "Lütfen ölme, Yiğit. Hem ben daha sana..." Devam etmesine fırsat vermeden araya girdim: "Numara yapıyor, salak." *Yiğit'e bu zevki yaşatacak değilim.*

"Numara mı?" Afallayan kıza başımı salladığımda herkes bir küfür savurmuştu. "Numara mıydı yani?" diyerek Yiğit'e baktığında Yiğit, hasta halinden sıyrılarak güldü. "Beni bu kadar önemsediğini bilmiyordum, Nurdane." Bu çocuk hiç akıllanmayacaktı. "Pislik!" diye bağıran Naz, tokadı onun yüzüne yapıştırınca buna en çok ben sevindim.

"Bir daha sakın karşıma çıkma!" Naz çantasını alarak okula doğru giderken bu sefer gerçekten çok kızmış gibiydi.

"Kızım, bir dur!" diyen Yiğit ayağa kalktı. Bu çocuğun derdi yediği tokat değildi. "O lafın devamını söyle, öyle git bari, Nusibet." Naz avazı çıktığı kadar çığlık attı. Yiğit'e çok bile dayanmıştı. "Boynun altında kalsın, yalancı!" dedi. "Al sana lafın devamı!"

Süslü okula girince Hakan yumruk yaptığı elini Yiğit'in çenesine geçirdi. "Şakanın da bir dozu var!" Elime yılan tutuşturan birinden bunları duymak garip hissettirdi.

Daha Yiğit yediği yumruğun etkisinden çıkamamıştı ki Hakan'dan sonra Kuzey'in yumruğu da onun karın boşluğunu bulmuştu. "Demek kanser, ha?" Yiğit'in iki büklüm kaldığı esnada Ecrin onun yanına giderek sert bir tokat atınca kıkırdadım. "Bir daha düzgün şakalar yap!" dedi. Tabii, herkesi çok korkuttuğu için bunları hak etmişti.

Son olarak Efe onun karşısına geçince Yiğit, yediği o kadar yumruğa rağmen sırıttı. "Sen de vur da tam olsun." Yok valla, bu çocuk iflah olmazdı. Herkesten bir darbe aldı ama hâlâ işi gücü dalga geçmekti.

"Bizi çok korkuttuğun için sana küstüm." Efe'nin söyledikleri karşısında gülmemek için kendimizi zor tutarken Yiğit çıldırmak üzereydi. "Küsmek mi? Oğlum Ağlak, kızlar küser. Biraz erkek ol." Göğsünü göstererek eliyle kendisini işaret etti. "Senden sağlam bir performans bekliyorum." Kendisine zorla yumruk attırmaya çalışan çocuğun akıl sağlığından şüphe ediyordum.

"Sa-sana vurayım mı yani?" Efe yine korkudan titremeye başlamıştı. "Hadi şaşırt bizi, Ağlak," diyerek güldü Hakan. Efe'nin rengi atmıştı. "Ya canını yakarsam?" dediğinde Yiğit göz devirdi: "Nerede o günler!"

"O zaman vuruyorum."

"Gönder gelsin, koç."

"Şey, canını çok yakarsam bana kızmak yok ama."

"Oğlum, sana baktıkça kendimden utanıyorum, vur işte!"

"Tamam..." Hepimiz merakla Efe'nin ilk yumruğunu beklerken o, önce yavaşça elini havaya kaldırdı. Daha sonra yumruk yaptığı elini ağır çekimde Yiğit'e doğru uzattı. Bir filmin ağır çekim sahnesi gibi o yumruğu neredeyse bir dakika boyunca Yiğit'e doğru gitti. Hepimizi çıldırtmaya yemin etmiş gibi Efe'nin yumruğu ne zaman Yiğit'e ulaşacak diye bekliyorduk. Hatta Kuzey bir ara saatine bile bakmıştı. Nihayet büyük final geldi! Efe'nin eli kaplumbağa hızıyla hareket ettiği için Yiğit'in göğsüne değince durmuştu. Gördüğüm kadarıyla hiç yumruk falan atmamıştı, sadece yumruk yaptığı elini Yiğit'in göğsüne dokundurmuştu. "Al sana." Hepimiz yaratık görmüşüz gibi Efe'ye bakıyorduk. Acaba gerçekten yumruk attığını mı sanıyordu?

Yiğit bir Efe'ye bir de göğsünde duran ele bakıyordu. "Erkeklerin yüz karasısın!" Homurdanarak kaçar gibi Efe'den uzaklaştı ve okula girdi.

"Canı mı yandı?" Efe sanki demir yumrukmuş gibi eline bakınca Hakan ve Kuzey aynı anda bir küfür savurdu. Kuzey, "Bu çocuk benim psikolojimi bozuyor," diye homurdandığında başını sallayan Hakan, "O yumruk bir an hiç Yiğit'e ulaşmayacak sandım," dedi. İkisi söylene söylene okula girdi. *Ben de bir ara öyle sanmadım değil.*

"Yankıcığım, ben yanlış bir şey mi yaptım?" Ona gülümseyip yanına gittim ve dudaklarımı yanağına bastırdım. "Senin o hassas kalbini yerim ya, sen ne şeker bir şeysin, oğlum." Onu öptüğüm için yanakları kızardı. Bana bakınca güldüm. "Efe, çok seviyorum be seni."

"Ben de seni çok seviyorum, Yankıcığım." Bunu söylerken bile utanması çok tatlıydı. Elimi omuzuna atarak onu okula doğru çekiştirdim. Efe kırılmaya müsait, hassas biriydi. Bu yüzden diğer tüm erkekler onu yadırgıyordu.

İki babamı da bir haftadır buralarda hiç görmemiştim. Tamam, Aslan Bey'in işleri vardı ama Fırat Bey bu okulda öğretmenken nereye kaybolmuştu? Ecrin ile dersten yeni çıkmıştık. Beni bırakıp gittiğini görünce, "Beni bekle!" dedim. İyileştiğinden beri çekilmez biri olmuştu. *Yok arkadaş, Ecrin bugün canıma okumak için kesin yemin etti.* "Beni bırakıp nereye gidiyorsun? Sen var ya..." demiştim ki gözleri bir yere takılıp kalınca sustum. Oflayarak baktığı yere döndüm. *Kim bilir, yine neye takıldı.*

Başımı usulca çevirdiğimde koridorda gülerek sohbet eden Kuzey'i ve yanında oturan şu Selda adındaki kızı gördüm. Kız, sırtını duvara yaslamıştı ve saçlarının ucunu parmaklarına dolayıp Kuzey ile flört ediyordu. Kuzey pisliği ise bir elini kızın yaslandığı duvara koyarak onun üzerine eğilmişti. Ecrin'in dolan gözlerini görünce sıkıntıyla iç çektim. "Neden kendi kalbini sevmeye çalışmıyorsun?" dedim. Bana üzgün bakışlar attı. "Yine çok karışık konuşuyorsun."

Elimi uzatıp sol göğsüne bastırdım. "Burada atan şeyi sev ve kimsenin üzmesine izin verme. Biri beni sevmiyorsa benim kalbim niye onu sevsin? Hadi, öyle bir halt yedi diyelim ve biri benim kalbimi kırdı. Peki, ben aptal mıyım? Neden onun kalbini yerinden söküp ayaklarımın altında ezmeyeyim?" Büyük ihtimalle söylediklerimden tek kelime anlamamıştı. Zaten benim anlattıklarımdan kimse bir şey anlamadığı için sorun yoktu.

Ecrin'i kendi düşünceleriyle bırakıp merdivenlere doğru ilerledim. Onun dolu dolu siyah gözleri aklıma gelince ofladım. Öfkeyle Kuzey'e bakarak, "Sevgilim!" diye bağırdığımda bunu gerçekten yaptığıma inanamıyordum. Asıl inanamadığım şey ise Ecrin için üzülmüş olmamdı.

Kuzey kafasını kaldırıp şaşkınlıkla bana bakıyordu. Elimle Selda'yı gösterdim. "Daha dün beni sevdiğini söylerken bugün beni aldattığına inanamıyorum!" Hayal kırıklığı içinde bağırdığımda Kuzey şaşırmıştı. "Ne?" demişti güçlükle. "Kedicik? Sen iyi misin?" Bu afallamış halini görünce az kalsın kahkaha atacaktım ama tabii ki yapmadım.

"Değilim!" Çıldırmış gibi bağırarak ona doğru yürüdüm. "Sen beni aldatırken iyi olamam." Elimi kaldırıp tüm gücümle yanağına sert bir tokat attım. "Bitti! Seni terk ediyorum." Başımı çevirip korkuyla yutkunan Selda'ya baktım. "Sen hâlâ burada mısın?" Koridoru ayağa kaldıracak bir şekilde bağırdığımda kız, korkusundan Kuzey'i unutup koşarak kaçtı.

"Sedef!" diye tıslayan Kuzey'i duydum ve yutkunarak ona doğru döndüm. Eli, kızaran yanağındayken sinirden çenesi seğiriyordu. "Seni geberteceğim!" diye gürleyip üzerime atılınca, bağırarak kaçtım. *Yakalanırsam vay halime çünkü çocuğa resmen Osmanlı tokadını geçirdim.*

"Buraya gel, geri zekâlı Kedi!" diye vahşi bir hayvan gibi kükreyince koşarak merdivenlere yönelip basamakları çifter çifter inmeye başladım.

Kaçarken bağırmayı da ihmal etmedim: "Ya o kız senden uzak dursun diye kazayla vurdum valla." Tabii, bile isteye vurduğumu bilmesine gerek yoktu.

Öğrencilerin arasından koşarak bahçeye çıktım. Arkamı kontrol edince tüm gazabıyla peşimde olduğunu gördüm. Sinir krizleri geçirerek okuldan çıktım. Hareket etmek üzere olan siyah bir arabaya binen Naz'ı görünce duraksadım. Nereye gidiyordu bu kız? Kuzey'den kurtulmak için koşarken araba daha gitmeden yetiştim ve ben de bindim. "Bas gaza, lütfen!" diye bağırdığımda araba hemen hareket etmişti. Camdan arkaya bakınca geride kalan çocuğa sırıttım. *Nasıl da kurtuldum ama.*

Bekle bir dakika! Kimin arabasına bindim ben? Ve Naz, okul saatinde nereye gidiyor? Arka koltukta yanımda oturan kıza döndüm. "Ne işler karıştırıyorsun, Süslü?" Umarım okuldan çıkarken eğitmeni Simay'dan izin almıştır.

Benim sorduğum soruya cevap vermek yerine yeni bir soru yöneltti: "Sen de mi geliyorsun?" dedi. Neden bahsettiğini anlamadım.

"Nereye geliyormuşum ben?"

"Yurda."

"Hangi yurda?"

"Dalga mı geçiyorsun, Yankı? Kadir Hoca bugün kimsesiz çocukları ziyaret etmeye giderken yanında birkaç öğrenciyi daha götürecekmiş ya. Sen de mi seçilenler arasındasın?" Kafam karışmıştı çünkü ilk ders Kadir Hoca'nındı ve bize böyle bir şey söylediğini hatırlamıyordum. *Belki de derste uyuduğumdandır.*

"Ne bileyim ben, Süslü. O ara uyuyordum ama benim için fark etmez, gelirim sizinle." Omuz silkerek önüme döndüm. Bu saatlerde Alaz ve ekibi etrafta olmadığı için rahat rahat yurda gidip oradaki küçük çocuklarla eğlenirdim. Eğitmenler son zamanlarda eskisi gibi okulu gözetlemiyordu. Feride olayından sonra tüm gün burada nöbet tutmak yerine katil avına çıkıyorlardı. Hatta işleri o kadar yoğundu ki dün bizi almaya geç gelmişlerdi.

Arabayı kullanan ellili yaşlardaki hırsız kılıklı adam aynadan bana bakıyordu. "Bir taş ile iki kuş, güzel." Yeniden yola dönen adamın sessizce söylediklerini duymuştum. Kahretsin, yine içimdeki dedektif dışarı çıkmıştı!

Adamın söyledikleri beni rahatsız ettiği için usulca Süslü'ye yaklaştım. "Madem Kadir Hoca'yla buluşacağız, neden bizi yurda onun yerine bu adam götürüyor?" diye fısıldadığımda Naz gülerek bana doğru döndü. "Sakin ol, küçük ajan. Kadir Hoca, bugün beni bizzat öğretmenler odasına çağırıp söyledi. Anlayacağın her şey yolunda. Gerçi içeri girdiğimde o kızla ne yapıyorlardı, anlamadım," dedi. *Bu Kadir Hoca'yı ne kadar tanıyoruz ki? O adama neden hemen güveniyor, anlamadım.* Adamın bir sözüyle tanımadığı birinin arabasına binmişti salak.

"Hangi kızdan bahsediyorsun?" Bir süre elini çenesine koyarak düşündü. "Bilmiyorum, Yankı. İçeri girdiğimde kızın yanağını okşuyor gibi gelmişti. Fakat kızın kızaran gözlerini görünce bir öğretmen olarak onu teselli ettiğini anladım." Yüzünde içten bir gülümseme oluştu. "Çok tatlı bir öğretmen, değil mi? Okuldaki herkes onu çok seviyor, özellikle de kızlar. Üstelik bir ağabey gibi herkesle ilgileniyor. Baksana, boş vakitlerinde bizim gibi kimsesiz çocuklarla ilgilenecek kadar iyi kalpli biri." Naz etkilenmiş bir şekilde onu övüp duruyordu. İtiraf etmeliydim ki düne kadar ben de öyle düşünüyordum. Fakat şimdi nedense ortada bir gariplik olduğunu seziyordum.

"Sen şu kızın adını bir söylesene?"

"Of, bu ne Arıza? Sorguda mıyım? Şu inek öğrenci işte! Hani bizim sınıfta olan, neydi ya o kızın adı?" Afallayarak aklıma gelen tek ismi söyledim. "Sıla, değil mi?" Gülerek başını sallayınca tüm taşlar yerine oturmuştu. Kahretsin! Daha önce Hakan ile gördüğümüz o arabanın sahibi Kadir Hoca'ydı! Sıla, o gün onun arabasına binmişti, değil mi?

"Allah senin belanı versin, Naz!" Sinirli bir şekilde kontrolüm dışı bağırdım. "Bu arabaya bindiğim için benim de ve beni kovaladığı için o Kuzey pisliğinin de belasını versin!" Resmen kendi ayaklarımla büyük bir tuzağın içine düşmüştüm.

"Ne oluyor ya yine?" dediğinde ona ters ters baktım. Sinirden çığlık atacak gibiydim. Eğitmenler bizden kızları tuzağa düşüren çete hakkında bilgi toplamamızı istemişti. Lakin biz tehlikeyi hep dışarıda aramıştık ama asıl tehlike okulun içindeydi. Tüm öğrencilerin dosyasına kolayca ulaşan bir öğretmen hiç aklıma gelmemişti. Adam yakışıklı, sevecen ve sempatikti! Kolayca tüm kızların ilgisini çekip onları tuzağa düşürüyordu. Sıla'nın o gün görüştüğü gizemli arabanın sahibi o olmalıydı! Allah bilir, Sıla'yı da *satacaktı*. Naz'a gelince... Bu aptal kız, Yarasaların içinde en güzeliydi. Bu ahlaksız öğretmen, Naz'a kancayı takmakta gecikmemişti. *Ya ben bir de o adamı yakışıklı bulmuştum!*

Hedef olarak Naz'ı seçtiler, acaba onlara, 'Ben kazara bu arabaya bindim,' desem Naz'ı alıp beni bırakırlar mı?

"Bizim okula geri dönmemiz gerekiyor, şu arabayı durdurur musun?" Kaşlarımı çatarak şoföre döndüğümde, gülerek arabayı durdurunca afalladım. Bu kadar kolay olacağını düşünmemiştim. Acaba durduk yere Kadir Hoca'nın günahını mı almıştım?

Camdan dışarıya bakınca kimsenin günahını almadığımı anladım. Kapalı bir otoparka girdiğimizin farkında bile değildim. Asık suratlı bir adam kapımı açarak inmemi bekledi. Her şekilde beni arabadan indireceğini bildiğim için ona gerek kalmadan kendim inmiştim. Karga burunlu ve asık suratlı adam, Naz'ı ve beni inceleyip arabayı kullanan kişiye döndü. "Bunlar iki kişi!" *Evet çünkü ben sürpriz yumurtadan çıktım.*

"Gözlüklü olan kendiliğinden arabaya bindi." *Sırıtan şoförün belinde silah olmasaydı ben ona yapacağımı bilirdim ama kısmet başka zamana artık.*

Naz, korkarak dibime kadar geldi ve "Siz kimsiniz? Kadir Hoca nerede?" dedi. Hâlâ durumu idrak edemeyen kıza bıkkın bakışlar attım. "Kadir denilecek şerefsiz hoca yok, geri zekâlı çünkü bizi bu adamlara sattı!" Başını belaya sokmamak için bizzat buraya geleceğini sanmıyordum. *Her şekilde yakalanacaklar çünkü Kuzey şimdiye kadar çoktan eğitmenleri aramış ve bindiğimiz arabanın plakasını vermiştir. Yani, inşallah öyle yapmıştır.*

"Geçin." Adam farklı bir araba gösterince kaşlarımı çattım ve "Sanmıyorum!" dedim. Başka bir arabayla buradan çıkarsak bizi bulmaları biraz zaman alırdı. Koskoca otoparka girip çıkan çok fazla araba vardı.

"Ne demek sattı?" Naz sonunda olanları idrak etmişti. Yaşadığı ilk hayal kırıklığı olmalı ki kirpiklerini kırpıştırarak olanları sindirmeye çalıştı. İçine büyük bir nefes çekerken dudağı titredi ve gözleri doldu. "Bizi sattı..." diye fısıldarken kendisini buna alıştırmaya çalışıyordu. Bir öğretmenin böyle aşağılık bir şeyi nasıl yaptığını sorguluyordu. Kafasındaki tüm taşlar yerine oturmuş olmalı ki şimdi gözlerinde üzüntü yerine yakıcı bir nefret vardı. "O kim ki bizi satıyor! Gelmiyoruz bir yere. Sizin başınız büyük belada!" diye bağırdığı an karga burunlu adam belindeki silahı çıkartıp bize doğrulttu. İkimiz de yutkunarak arabaya doğru yürüdük. *Şimdi yok yere ölmeye ne gerek var, canım.*

Arabanın kapısını açtığımda binip binmemekte tereddüt yaşıyordum. O hırsız kılıklı şoför, "Acele et!" deyip kolumu kavrayınca, "Dokunma!" diye bağırdım. Refleksle arkamı dönüp yumruğumu yüzüne geçirdim.

Geriye doğru sendeleyen adam üzerime yürüdüğü esnada arkadaşı onu durdurdu. "Burada olmaz." Hiçbir yerde olmayacaktı. *Sıkıysa bana bir daha elini sürsün!*

Aynı adam, "Sen de yaşamak istiyorsan uzatma!" diyerek beni uyardı. Silahtan çıkacak kurşunu bedenimde istemediğim için mecburen binmiştim.

Bir daha tanımadığım adamların arabasına binmeyeceğim.

Yolda tam üç tane araba değiştirmiş ve bir saat sonra büyük ve müstakil bir evin bahçesine girmiştik. Tuzluca diye bir semtteydi bu ev ama daha çok bir köşk gibiydi. Evin etrafında nöbet tutan birçok adam görmüştüm. Naz'ın kolunu çekiştiren adam, bana dokunmasın diye zorluk çıkarmadan yürüyordum. Naz yol boyunca ağlayıp bağırmıştı haklı olarak. Kim olsa böyle yapardı... *Benim dışımda...* Evin içine girdiğimizde yukarıdan kadın ve erkek kahkahaları geliyordu. Silah zoruyla bizi merdivenlerden indirerek evin bodrum katına getirdiler. Adamlardan biri kapıyı açıp Naz'ı içeri fırlatınca yere düşen kız, "Bu yanınıza kalmayacak!" diye bağırdı.

"Geç!" Şoför olan elini uzatınca, kaşlarımı çatarak kendim içeri girdim. Hemen sonrasında büyük, demir kapı üzerimize kilitlenmişti.

"Harika!" Eski ve hasırdan üç sandalye dışında göze batan bir şey yoktu. Tabii, köşedeki kırık sandık ve buranın yapısına zıt lüks ve beyaz dolabı saymazsak pek bir şey yoktu. Ben odadaki tek kişilik yatağın üzerine otururken, Naz gözyaşlarını silerek dolabı açmıştı. "Bu kıyafetler fazla rüküş." Dolabın içindeki elbiseleri inceleyen kızın ilk dikkatini çeken şeyin bu olması beni şaşırtmadı.

Elindeki mini, sarı elbiseye bakarak yüzünü buruşturdu ve yerine koydu. "Hani konuşmayayım diyorum ama sen kendin kaşınıyorsun, Naz. Bize ne oğlum kıyafetlerin rüküş olmasından?" Akşama onu bir adamın odasına attıklarında artık kıyafetlerin şık mı yoksa rüküş mü olduğunu bol bol düşünürdü, aptal.

"Kadir Hoca'nın böyle bir şey yaptığına inanamıyorum." İnsanların para için ruhunu şeytana sattığı bir dünyada yaşadığımız için ben her şeye inanırdım.

Gelip yanıma oturdu ve bir umut gözlerini bana dikti. "Sen ajansın, değil mi? Bizi kurtaramaz mısın?" Bildiğim kadarıyla duvarları delen süper güçlerim yoktu. Ayrıca artık bir ajan değildim çünkü istifa etmiştim.

"Şu an için yapabileceğim bir şey yok."

İkimiz de susunca havada ağır bir gerginlik oluşmuştu. Öylece boş bir odada bekliyorduk, bize ne yapacaklarını bildiğim için zaman geçsin ve eğitmenler bizi bulsunlar diye dua eder olmuştum. Burada Naz'dan daha savunmasız durumda olan bendim çünkü biri bana dokununca kaskatı kesiliyordum. Evet, tanıdığım bazı kişilerin dokunuşları artık eskisi gibi beni rahatsız etmiyordu ama buradakilerin en küçük teması beni çıldırtırdı. Hayat kadını olmak için böyle bir yere satılmışken, onların ne amaçla bana dokunacağını bildiğim için kriz geçirmemem imkânsızdı. Burada her zamankinden daha fazla savunmasız hissediyordum. Böyle bir yerde aksini düşünmek zaten imkânsızdı. Ancak yine de bir yanım burada olmaktan memnundu. Evet, öyleydi çünkü ben o arabaya binmeseydim biz şu anda Naz'ı arıyor olacaktık. Naz hâlâ bir şekilde sakinliğini koruyorsa bunun tek sebebi yanında benim de olmamdı. Varlığım ona güç veriyordu, tıpkı onun yanımda olmasının yalnız hissetmemi engellediği gibi.

Sadece bir saat geçmişti aradan ve kapı gıcırdayarak açılmıştı. Naz ile aynı anda ayağa kalktığımızda içeri girenleri görünce nefesimi tuttum. Yanında iki tane eli silahlı adamla birlikte içeri giren orta yaşlardaki kadın, elindeki kıyafetlerle bizi süzüyordu. Kafasında sarı bir peruk vardı. Sanki kalemle çizilmiş o incecik kaşları ve kaşlarının altındaki yeşil gözleri ile basit bir eşyaymışız gibi izliyordu. Annem yaşındaki kadının giydiklerine kıyafet demeye bin şahit isterdi. Evet, yaşına rağmen iyi bir fiziği vardı ama her şeyi fazla sahteydi. Göğüslerini ortaya çıkaran siyah, askılı bir atlet giymişti. Mini şortunu ve topuklu ayakkabılarını saçma bulmuştum. Elindeki elbiseleri yatağın üzerine fırlattı. "Şanslısınız, bugün özel müşterilerimizi siz eğlendireceksiniz. Şimdi oyalanmadan hemen giyinin, yeni kızları odalarına istiyorlar," dedi. Resmen kan beynime sıçramıştı. Bu kadın gerçekten bana bu şeyleri giydireceğini mi sanıyordu?

"Neden o müşterilerinin odasına sen gitmiyorsun?" Sinir bozucu bir tavır takınarak güldüm. "Sen bu işin ehli görünüyorsun, eminim onları bizden daha çok eğlendirirsin." Kaşlarını çatan kadın, yanındaki adamın elindeki silahı alıp bana doğrulttu ve "İkinci defa uyarmayacağım!" dedi.

"Ben de öyle!" dedim. Bu cesaret bana nereden geliyordu, bilmiyordum ama biri beni susturmalıydı. "Hiçbir güç bana zorla bir şey yaptıramaz." Ölmekten korkardım hep ama bunların elinde oyuncak olmaktansa ölüm bile bana hediye gibi gelirdi.

Hepsine beni kaçırmak neymiş göstereceğim!

13. BÖLÜM

Zor olacaktı! Evet, buradan kurtulmamız zor olacaktı ama imkânsız değildi. Genelde kendi başımın çaresine baktığım için yine iş başa düşmüştü. Burada ağlayıp sızlanarak yardım dilenmeye niyetim yoktu. Bir şekilde kendimi bu durumdan kurtarmasını bilirdim ama Naz'a ne olurdu, onu bilmiyordum. Kadın iki parça kıyafeti elimize tutuşturmuş ve giymemiz için kafamıza silah dayamıştı. Korkmam gerekiyordu, değil mi? Ancak ben şu anda hiç korkmuyordum. Genelde böyle tehlikeli durumlarda hep soğukkanlı ve mantıklı tarafım devreye girerdi. Tıpkı şu anda da olduğu gibi... Çünkü çoktan bir plan gelmişti aklıma. Fevri hareketlerde bulunarak güme gitmektense bir süre bunlara ayak uydursam daha iyiydi. Elbiseleri yatağın üzerinden alınca kadın bana *işte böyle yola gelirsin* der gibi bakıyordu. Daha sonra yanındaki adamlarla dışarı çıkmıştı. Silahtan korktuğum için boyun eğdiğimi sanması işime gelirdi.

Elbiseleri inceleyip hareketlerimi kısıtlamayacak şeylere bakındım. Mini kot şort ve beyaz bluz işimi görürdü. "Gerçekten giyecek misin onları?" Başımı sallayarak ağlayan kızın yanına gittim. "Bir planım var, o yüzden ağlamayı bırak ve giyin." Önceliğim onu güvende tutmaktı. Böylece aklım Naz'da kalmazdı ve ben de bu evi onların başına yıkabilirdim.

Naz sorgusuz sualsiz başını sallayınca afalladım. "İyi misin sen? En azından bir süre itiraz ederek sorular sormanı bekliyordum." Dudaklarında buruk bir gülümseme oluştu. "O gün eğitmenin seni zehirlediğinde neden hepimiz isyan çıkardık, biliyor musun?" *Nereden bileyim, müneccim değilim sonuçta.*

Başımı *hayır* anlamında salladığımda uzanıp elimi tuttu. "Çünkü liderimiz nereye biz oraya." Tek kelimeyle şoka girmiştim. "İlk günden beri içimizde yeri geldiğinde başkaldıran, yeri geldiğinde ise akıllıca adımlar atan sadece sensin. Eğer bizim takımdan hâlâ birileri eksilmediyse bu eğitmenlerin sayesinde değil, senin sayende. Bunu hepimiz biliyoruz ve hiç söylemesek de seni sadece arkadaşımız olarak değil, aynı zamanda liderimiz olarak da görüyoruz. Evet, kabul ediyorum, değişik takıntıları olan ve hiç susmayan sakar bir liderimiz var. Fakat aynı zamanda bir şekilde orta yolu bulan akıllı ve güçlü bir lider." Bu itirafı beni kesinlikle hazırlıksız yakalamıştı. Benim hakkımda böyle düşündüklerini bilmiyordum.

"Vay canına, ben neymişim de haberim yokmuş," diyerek övündüğümde gülerek kafama vurdu. "Hemen de havaya gir." Büyük bir şahsiyet olduğumu sonunda anlamaları iyi bir şeydi.

Aceleyle seçtiğim iki parça kıyafeti giydiğimde kalçalarımın altında biten şort sinirlerimi bozmuştu. Üstelik bluz bana bir beden küçük gelmişti ama altında atletim olduğu için sorun yoktu. Odada giyinecek farklı bir yer olmadığı için mecburen Naz'ın yanında giyinmiştim. "Bu iyi mi?" Başımı kaldırıp Naz'ın giydiği şeye baktım. Kırık beyaz, mini bir elbiseydi. Bacak ve göğüs dekoltesi fazla olsa da kimsenin ona dokunmasına fırsat kalmayacağı için sorun yoktu.

Kapının yeniden açılmasıyla Naz yanıma sokulmuştu. "Peki, plan ne?" Gülerek omuz silktim. "Henüz düşünmedim ama doğaçlama gideriz artık." İrice açtığı gözleri ve yüz ifadesi görülmeye değerdi.

"Bir planın bile yokken bana neyin artistliğini yapıyorsun!" *Az önce bana lider diye övgüler yağdırırken şimdi dediklerine bakın!*

"İnsanım oğlum ben! Ne yapmamı bekliyorsun? Ejderha gibi ağzımdan ateş mi çıkarayım?" Beklentilerini bu kadar yüksek tutması benim suçum değildi.

"Aranızda konuşmayı kesin," diyen peruklu kadın, yanındaki adamlarla içeri girince susmak zorunda kalmıştık.

Bizi süzerek, "Fena değil," deyince Naz, bu iltifatı beğenmemiş gibi homurdanmaya başladı. "Fena değil mi? Ben çok güzelim!" *Bu kız neyin kafasını yaşıyor, hâlâ anlamadım.*

Kadın dolabı karıştırıp siyah topuklu bir ayakkabı çıkartarak bana doğru fırlattı. "Giy şunları." Naz'ın ayakkabıları çok şık olduğu için benim spor ayakkabılarımı beğenmedi.

"Sakarım ben, teyze." Ayakkabıları gösterdim. "Düz tabanlarla bile günde en az on yedi kere düşerim. Emin olun, düşme rekorumu duymak istemezsiniz." Bu durumdayken bile Naz kıkırdarken kadın, tabii ki buna inanmadı. Uyaran bakışlarını görünce ayağıma büyük gelen topuklu ayakkabıları giydim. "Gözlükleri de çıkar." Bu kadına saldırmak istedim. "Ha, topaldık, şimdi de kör olalım." *Bu ayağımdaki şeylerle nasıl yürüyeceğimi düşünürken onun dediklerine bak.*

"Uzatma!" dedi ve yanıma gelerek gözlüklerimi çekip aldı. "Yürüyün hadi." Ellerimi öne doğru uzatarak yürümeye çalıştığımda, bulanık gördüğüm için siyah bir gölgeye dokundum. "Bu kapı niye nefes alıyor?" Naz'ın kıkırtısını duymuştum, sanırım bu şey bir kapı değildi.

"Bana kör bir kız mı getirdiniz?" diye bağıran kadın kolumdan tutarak beni geriye çekti ve gözlüklerimi elime tutuşturdu. "Bu kız işime yaramaz! Onu kırmızı odaya götürün, o sadistin bu geceki oyuncağı olarak bir işe yarasın." Ne yani, bu lanet yerde kızlara işkence eden canavarımsı bir şey de mi vardı?

Bu gece her şekilde bu yeri yakacağım için fark etmez.

Adamların bana dokunmasına izin vermeden açık kapıdan geçtim. Üst kata çıkana kadar bu topuklu ayakkabılar yüzünden tam beş kere düştüğüm için peruklu kadın kriz geçirmek üzereydi. "Sadece kör değil, aynı zamanda sakar." *Bu geri zekâlı kadın neden inatla kusurlarımı yüzüme vurup duruyor ki? Sanki ona, bu ayakkabıları bana vermesini ben söyledim!*

Naz güya destek amaçlı koluma girdi ama korkudan titremekten başka bir şey yapmıyordu. "Beni dinle." Basamakları çıkarken sadece onun duyacağı bir şekilde fısıldadım. "Seni hangi odaya götürecekler, bilmiyorum ama odaya girince böyle titremeyi bırak. Sana yalvarıyorum, on dakika boyunca odadaki kişiyi oyala. Söz veriyorum, ne yapıp edeceğim, on dakikanın sonunda senin için geleceğim." Onun zarar görmesine izin vermeden ikimizi buradan çıkartacaktım.

"Ne?" İyice tırnaklarını koluma geçirirken meraklanmıştı. "Ne yapacaksın?" Güldüm. "Alayını yakacağım."

Evin içine girip bir üst kata çıktığımızda koridorda gördüğüm insanlar midemi bulandırmıştı. Yarı çıplak kadınlar ve erkekler utanmadan sarmaş dolaş geziyordu. Odalara girip attıkları kahkahalar tiksindiriciydi. Biraz yürüdükten sonra yanımızdaki kadın bir kapıyı açınca Naz'ın kolunu tutarak içeri fırlattı. "Hayır, Yankı!" Düştüğü yerden ağlayarak bana bağırdığını gördüm. Ancak beni asıl şoka uğratan kadın kapıyı onun üzerine kapatırken içeride gördüğüm kişiydi. *Naz'ı bu gece kendisine isteyen kişi Kadir Hoca mı?*

Umarım Naz salağı arabada olduğu gibi hâlâ onun iyi biri olduğunu düşünmüyordur. *İyi dediği adamın eline bir gazoz şişesi verdik mi al sana Nuri Alço.* "Yankı, yapamam!" İçeriden Naz'ın çığlığını duyunca bir küfür savurdum. *Pekâlâ, plan iptal çünkü doğrudan dalıyorum!*

Önümdeki kadını sertçe kenara çekerek kapı kolunu kavramıştım ki kadın, "Vurun şunu!" diye bağırdı. Hemen arkaya döndüm ve adamlardan birinin tetiğe basmak üzere olduğunu gördüm. Son anda yanımdaki kadının kolunu tutarak onu önüme çektim ve silah ateş aldı.

Bir nevi benim için kurşunların önüne atladı diyebiliriz. Tamam, bunu yapmasını ben sağlamıştım!

"Ne yaptın sen?" Adamlar şaşkın bir şekilde kadına bakarken kadının kalbinin olduğu yerden kanlar akıyordu. Arkasında olduğum için düşmek üzere olan kadını belinden yakaladım ve dudaklarımı kulağının yakınına getirdim. "Bu fedakârlığını hiç unutmayacağım," dedim. Daha sonra kadını eli silahlı adama doğru iterek kapıyı açtığım gibi hemen içeri girdim.

Biri gitti, geriye kaldı bilmem kaçı.

Hemen arkamdaki kapıyı içeriden kilitledim ve Kadir Hoca'ya gülümsedim. "Dersimiz ne, hocam? Fizik mi?" Bildiğim kadarıyla biyoloji öğretmeniydi ama kadınların fiziği daha çok dikkatini çekiyordu.

Şaşkınlığı üzerinden atan adam kaşlarını çatarak bana doğru yürürken yoluna taş koyduğum için çıldırmıştı. "İlk gün senden kurtulmalıydım!" diye gürleyip yanıma geldi ve saçlarıma asıldı. Bu adam hangi cüretle bana dokunurdu?

"Zaten dersleriniz çok sıkıcıydı, hep uyuyordum!" diye bağırarak kolumu öne çektim ve tüm gücümle dirseğimi karın boşluğuna geçirdim.

Bana küfrederek geriye çekilen adama doğru döndüm ve yumruk yaptığım elimi gözüne doğru savurdum. "Seni öldürmem için yalvaracaksın, küçük fahişe!" dediğinde tüm kontrolümü kaybetmiştim. "Sensin o dediğin, edepsiz öğretmen!" Daha elini gözünden çekmeden yan taraftaki masa dikkatimi çekti. Masanın üzerinde gördüğüm küçük tanrıça heykelini aldığım gibi kafasına geçirdim.

İnleyerek yere düşmüştü ve kafasından kanlar akıyordu. Afallayarak elimdeki bibloya baktım. "Demirden mi yapıldın sen? Eğer adam öldüyse tüm suç senin." Oysaki alçıdan yapılmış gibi duruyordu.

Tanrıça heykeliyle olan sohbetime bir son verdim çünkü Naz yaratık görmüş gibi bana bakıyordu. "Senin sorunların var!" *Ağlayarak niye bana bağırıyor, anlamıyorum.* "Delisin sen! Bu durumdayken böyle sakin olman ve şu şeyle konuşmanın başka açıklaması olamaz!" *Tamam, onu kurtardığım için bir te-*

şekkür beklemiyorum ama bu yaptığı da resmen nankörlük değil de nedir yani?

"Rica ederim, Naz. Ne demek, görevim."

"Teşekkür etmedim!"

"Etmen gerekiyordu, geri zekâlı! Az önce hayatını kurtardım ve düşünceli biri olarak etmediğin teşekkür için alttan alıp ayıbını yüzüne vurmuyorum." Naz sinir krizi geçiriyormuş gibi ellerini saçlarına daldırıp çığlık atınca sustum. *Bu kızın devreleri yanmış.*

Adamlar, odanın kapısını açmak için zorluyordu. Bense ilk iş olarak ayağımdaki şu topuklu şeyleri çıkardım. Hiç vakit kaybetmeden koşarak yatağın yanına gittim ve yatağı çekiştirdim ama çok ağırdı. "Süslü!" Kaşlarımı çatarak ona döndüm. "Saniyeler içinde kapının kilidine kurşun sıkarak açabilirler. Şimdi zırlamayı kes ve bana yardım et!" dedim. Ağlamaktan başka bir şey bildiği yoktu.

Nihayet kendisini biraz toparlayıp yanıma gelince, ikimiz bel fıtığı olma pahasına bu kocaman yatağı kapının arkasına itmeyi başardık. Belimi tutarak yere yığıldığımda beklediğim gibi adamlar kilide ateş etmişti. Naz çığlık atarak yere çöktüğünde hiç tepki göstermeden odayı inceledim. "Allah'ım, ne biçim fantezi anlayışı!" Duvardaki o kırbacı, kelepçeyi ve daha birçok saçma şeyi görünce yüzümü buruşturmadan duramadım. *Allah, Kadir Hoca'nın bin bir türlü belasını versin!*

Adamlar kapıya yüklenirken ayağa kalkarak duvardaki kelepçelerden birini aldım ve yerde yatan adamın yanına gittim. Kollarını göğsünde birleştirerek kelepçeyi bileklerine taktım. "Ne yapıyorsun?" dediğinde güldüm. "Eşeğimi sağlam kazığa bağlıyorum, Naz." *Nefes aldığına göre ölmemiş, şimdi uyanırsa falan hiç uğraşamam.*

Ceplerini karıştırınca bulduğum sigara paketini ve çakmağı kenara koyarak diğer cebine elimi daldırdım. Bir telefon buldum ve sırıtarak hemen kontrol ettim. Harika, ekran kilidi yoktu. Telefonu Naz'a uzatıp çakmağı alarak ayağa kalktım. "Polisi ara." Telefonu görünce gözleri ışıldayan kız beni güldürmüştü.

Dışarıdaki adamlardan biri, "Kırın şunu artık!" diye bağırınca kapıya değen baltayı gördük. Onlar kapıyı kırana kadar benim işim bitmiş olurdu.

Naz çoktan polisi aramış, ağlayarak onlara olanları anlatırken ben elimdeki çakmakla perdelere yaklaştım. Kırmızı ipek perdenin ucunu tutuşturduğumda gülerek arkamı döndüm. "Ne? Ne yapıyorsun?" diyen Naz korkuyla arkamdaki alev alan perdelere bakıyordu.

"Evi yakıyorum, kör müsün?"

"Sen burayı yakacağını söylerken ciddi miydin?" Ne yani, şaka yaptığımı mı düşünmüştü?

"Sence?" Elimdeki çakmakla yatağın yanına yaklaştım ve çarşafın ucunu da yaktığımda deli gibi bağırmaya başladı. "Ruh hastası! Evi yakarken içinde bizi de yaktığının farkında mısın? Bunun için de bir planın var mı?" Başımı çevirip çoktan alev almış odaya baktım. "Ya ben şimdi evi yakmaya odaklandığım için diğer kısmı pek düşünmedim. Ama önerilere açığım." Önce yaratık görmüş gibi bana baktı ve hemen sonrasında bağırarak elindeki telefonu kafama fırlattı. *Yemin ederim, bu kızı memnun etmek çok zor!*

Neyse ki kafama gelen telefonu zarar görmeden havada yakalamıştım. "Bak, dumanlar yüzünden artık kapıyı kırmıyorlar." Adamlar kapının altından çıkan dumanları görünce, "Yangın!" diye bağırarak kapıdan uzaklaşmışlardı.

Eğitmenimin numarasını arayarak balkona çıktığımda Naz peşimden gelmişti. İçerisi alev aldığı için orada durmak çok zordu. Bir süre balkonda dayanabilirdik. "Sedef!" Onun telaşlı sesini duyunca kahrolası salak kalbim, kuş gibi çırpınmaya başlamıştı.

"Sevgili Buzdağı, acaba yerimizi bulmayı başardınız mı?" *Birazdan cayır cayır yanacağız da.*

"İyi misin?" Ben ne diyordum, o ne diyordu!

Bahçedeki adamların telaşla içeri koşturduğunu görünce sinirden güldüm. "Yanıyorum, adam."

Kızgın bir sesle, "Ne demek bu şimdi?" dedi. "Söylediğin şeyin farkında mısın?" diye öfkeyle gürleyince neden bu kadar kızdığını anlamadım. Bir süre düşününce bir fuhuş evinde söylediğim şeyin farkına vardım. "Fesatlaşmayın!" Sanki o görecekmiş gibi elimle yanan odayı gösterdim. "Yanıyorum çünkü oda yanıyor! Gerçek anlamda bir yangın, hani alevler ve dumanlar olandan." Savurduğu küfürleri duydum. "İki dakika içinde oradayım!" deyip telefonu yüzüme kapattı. Yüzüme mi kapattı? *Allah'ın görgüsüzü!*

İnşallah bu iki dakika dediği şey gerçekten iki dakikadır.

Odadan çıkan kara dumanlar balkona kadar gelip öksürmemize neden olunca Naz'a döndüm ve "Buradan çıkmalıyız. Tutabildiğin kadar nefesini tut hatta mümkünse biz bu odadan çıkana kadar hep tut," dedim. Koşarak içeri girdiğimde bana kızarak peşimden geldi.

Alevlerin olmadığı yerden geçerek yatağı kenara çektiğimizde dayanamayıp nefes aldım. Boğazımı yakan keskin hava gözlerimden yaşlar gelene kadar öksürmeme neden olmuştu. Kilidi çevirip kapıyı açınca Naz koşarak kendisini dışarı atmıştı. Benden daha uzun süre nefesini tutabiliyordu. Peşinden çıkarak etrafıma bakınca koridorun her yerinin en az içerisi kadar duman altı olduğunu gördüm. İnsanlar, sisin içinde bağırarak telaşla oradan oraya koşturuyordu. Yangından dolayı kimse bizim farkımızda değildi, aksine herkes evden çıkmanın telaşındaydı. Elimi sıkıca tutan Naz, "Yankı, hadi!" dediğinde kalabalığın arasına karışarak merdivenlere yöneldim.

Alt kata indiğimizde adamlar tüm kadınları kollarından çekiştirerek dışarı çıkarıp evi boşaltıyordu. "Onlardan biriymiş gibi davran ve sorun çıkartma. Merak etme, daha sen evden çıkmadan Altuğ ve diğerleri gelmiş olur." Onu kafasındaki sorularla baş başa bırakıp basamakları tekrar çıkmaya başladım.

"Yankı!" Süslü peşimden bağırsa da durmadım ve tekrar duman içinde kalmış koridora girdim. *Asla bir katil olmayacağım!* Mutlu'ya olanlardan sonra bir ölüme daha seyirci kalamazdım.

Alevlerin arasından geçerek odaya daldığımda gözlerimi sulandıran duman genzimi yakıp geçmişti. Nefesimi tutarak Kadir denilen adamın yanında diz çöktüm ve onu uyandırmaya çalıştım. "Uyan, lütfen!" Hafif hafif yüzüne vurarak kollarını sarstım. "Öleceksen de bu benim yüzümden olmayacak," diye bağırarak ayağa kalktım ve ayaklarından tutarak onu dışarıya doğru sürükledim. Cayır cayır yanan odanın duvarları bile tutuşmuştu ve ben, çok fazla duman solumuştum. Daha kötüsü ise bu adam çok ağır olduğu için yerinden kıpırdatamıyordum.

Ölmesi umurumda bile değil ama sorumlusu ben olamam!

Silah sesleri duyduğumda kalan tüm gücümle onu yangının içinden çıkartabilmiştim. Baygın yatan adam her şeyden habersizken, alev alan koridora dolan gözlerle baktım. Odadaki yangın koridorun duvarlarına, hatta ahşap fayanslara kadar sıçramıştı. Geçeceğim yolun üzerine büyük, ahşap bir kolon alev alarak düşmüştü. Çiftlik evini andıran bu yer cayır cayır yanıyordu. Ciğerlerim bitmiş bir durumdayken yere yığıldım. Ellerimi zemine bastırıp öksürmeye başladığımda dayanacak gücüm kalmamıştı. Duman o kadar fazlaydı ki hiçbir şey göremiyordum. Aldığım nefes bana acı veriyordu ve yanık plastik kokusu beni öldürüyordu. Silah sesleri artınca başım zemine sertçe düşmüştü. "Değmeyen biri yüzünden olmamalıydı ölümüm..." diye fısıldadığımda gözlerimi daha fazla açık tutamadım. Kadir denilen şeref yoksunu yüzünden ölürsem gözlerim açık giderdi.

Umarım şu iki dakika çoktan dolmuştur.

Bir hafta sonra

Saçlarımı okşayan eller rahatlamamı sağlarken gözlerimi açmak için kendimi zorladım. Her şeyi puslu gördüğüm sırada yakıcı bir ışığın gazabına uğradı gözlerim. "Susadım..." diye fısıldadığım esnada tahriş olan boğazım yüzünden öksürmeye başladım. Hissettiğim acı yüzünden ağlamak istiyordum.

"Uyandı!" Bu ses, Kuzey'in sesine benziyordu. Bir el ensemi kavrayıp başımı hafifçe kaldırınca dudaklarıma bir şey değdi. Bunun su olduğunu fark edince kana kana içmek istedim ama birkaç yudumdan sonra suyu benden uzaklaştırmışlardı. "Doktor birazcık içsin, dedi." Yine Kuzey'in sesini duydum. Yavaşça başımı yastığa koymuştu.

Etrafıma bakıyordum lakin bulanık bedenlerden başka hiçbir şey göremiyordum. "Gözlüklerim..." Konuşmak bana acı veriyordu.

"Orada kaldı, yenisini alırız." Bu ses kalp ritimlerimi hızlandırdığına göre kim olduğunu anlamak zor değildi.

"İyi misin? Efe, doktoru çağır." Yosun'un ağlamaklı sesine karşı sadece başımı salladım. "Süslü? Onu buldunuz mu?" dediğimde hıçkırarak ağlayan biri elimi tuttu. Naz'ın ağlayarak, "Beni çok korkuttun, Arıza. Bıraksaydın o şerefsiz ölseydi! Ya Altuğ zamanında seni oradan çıkaramasaydı? Nasıl böyle aptalca hareket edersin! Ciğerlerin berbat bir haldeymiş, bir haftadır uyanmanı bekliyoruz!" dediğinde beni yangından kurtaranın Altuğ olduğunu ve Kadir Hoca'nın hâlâ yaşadığını anladım.

"Neler oldu?" Hâlâ kimseyi net göremiyordum. "Hepsi tutuklandı." Bu sanırım Atalay'dı. "Kaçanlar oldu ama adamlarımız izlerini sürüyor. Sayenizde çeteyi çökertmeyi başardık, çocuklar. Kadir denilen adamın durumu kritik fakat uyansa bile sonu kodes. Kuzey'in bizi zamanında araması sizin için büyük şans." Şükürler olsun ki tahmin ettiğim gibi Kuzey onları hemen aramıştı.

"Naz her şeyi anlattı." Afrodit'in gülen sesini duydum. "Mümkünse bir daha yangın çıkaracağın zaman içeride olmadığınızdan emin ol." Birkaç kıkırtı duyduğumda yüzümü buruşturarak omuz silktim. O yangını çıkarmasaydım onlar her şekilde içeri gireceklerdi.

Fazlasıyla yorgun olduğum için yeniden uyumam uzun sürmedi.

İki gün boyunca sürekli uyanıyor fakat kısa bir süre sonra tekrar uykuya dalıyordum. Doktorun söylediklerine göre tehlikeyi atlatmıştım fakat bazı küçük hasarlar kalmıştı. Konuşurken acı çekiyordum ve sesim hırıltılı çıkıyordu. Sık sık bana oksijen maskesi takarak hava veriyorlardı. Bu sabah kendimi daha iyi hissediyordum ama çocuklardan kimsenin sesini duyamıyordum. İki gün boyunca başımı ağrıtan Yarasaların hiçbirinin sesi çıkmıyordu. Odada kimsenin olmadığını anlamamı sağlayan şey hiç ses duymamam olmuştu. Kapının sesini duyunca, "Kim o?" dedim. Gözlüklerim olmadığı için hâlâ her şeyi bulanık görüyordum.

Gelen kişi bana cevap vermemişti ama burnuma gelen çikolata kokusu onu ele veriyordu. Hangisi olduğunu bilmiyordum çünkü bu kokuyu taşıyan iki kişi vardı ve ikisi de fazla korkutucuydu. Yatağımdaki sarsıntının sebebi yatağa oturmuş olmasıydı. Yüzüme değen ellerle kendimi geriye çekince sıkıntıyla aldığı nefesleri duydum. "Kıpırdama Sedef." Öcü olmadığına sevinmiştim. İsmimi her söylediğinde tebessüm etmemi sağlıyordu. İtalyan aksanıyla telaffuz ettiği ismim onun dudaklarından çok farklı çıkıyordu.

Yeniden yüzüme dokundu ve saniyeler içinde görüşüm netleşince bana yeni bir gözlük aldığını anladım. Gözlük numaramı biliyor olmalıydı ki yenisi, eski gözlüğümü aratmıyordu. Hatta diğeri sürekli darbe aldığı için çiziklerle doluyken bu pürüzsüzdü. "Seni kaybettim sandım." Başımı kaldırdığımda yakınımdaki yüzünü gördüm. Uzun ve parlak saçları günlerdir tarak görmemiş gibi darmadağın görünüyordu. Fakat bu halini daha çok sevmiştim. Kahvenin en koyu tonuna sahip gözleri endişeyle bana bakıyor ve göz altındaki hafif morluklar hiç uyumadığını gösteriyordu. Yorgun siması ve kirli sakalıyla bu adam neden bakımsızken bile bu kadar yakışıklıydı?

Kendine gel, geri zekâlı, ondan alacağın bir kalp kırıklığı var.

"Üzülmüş olmalısınız" diye dayanamayıp yine alay ederek konuştum. "Malum, beni kaybetmeniz işinize gelmez çünkü daha beni baştan çıkarıp kendi planlarınızda kullanacaksınız ya!" dediğimde inleyerek başparmağı ve işaret parmağıyla burun kemerini sıktı. Bana her kızdığında bu hareketi yapıyordu. "Konuşalım."

"Ne münasebet!" Daha iyi hissettiğim için yataktan çıktım. "İkimizin konuşacağı bir şey olamaz ve şimdi lütfen dışarı çıkın da hazırlanayım." Gözlerini kısarak yüzümü inceleyen adam, en küçük bir duygu kırıntısı göremeyince sıkıntıyla iç çekip dışarı çıktı.

Daha dur sen, henüz Yankı ile gerçek anlamda tanışmadın adamım!

Taburcu işlemlerim bu sabah yapılmıştı. Dolaba benim için koydukları siyah tişört ve pantolonu hızlıca giydim. Dokuz gün boyunca hastanede kalmaktan gına gelmişti. Ciğerlerim için verdikleri ilaçlar bile aslında işe yaramıyordu. Zaman içinde bedenim kendi kendini iyileştiriyordu. Dışarı çıktığımda koridorda beni bekliyordu. Tek kelime etmeden peşine takıldığımda asansöre binip birlikte hastaneden çıktık. Park halinde duran arabasına yönelen adam, peşinden gitmediğimi anlayınca bana doğru döndü. "Neyi bekliyorsun?" *Acaba benimle kafa mı buluyor bu adam?*

"Hafızanızda bir sorun mu var, Altuğ Bey?" Ona ismiyle hitap etmem gerilmesine neden olmuştu. "Yanılmıyorsam bir daha hiçbir şekilde sizi görmek istemediğimi söylemiştim." Her zamankinden daha mesafeli duruşum fazlasıyla canını sıkmış olmalı ki her iki yanında duran elleri yumruk olmuştu.

Dişlerinin arasından, "Şu arabaya bin ve daha sakin bir yerde konuşalım!" dediğinde omuz silktim. "Sedef!" Sabrının sonuna gelmiş gibi kaşlarını çatarak bıkkınlık içinde soludu. "Çocuk olma! Gerçekten seni bırakacağımı düşünüyor olamazsın, değil mi?" diyerek üzerime yürüyünce bu dengesiz adamın gerekirse zorla beni tesise götüreceğini anladım. Bunu bildiğim için arkamı dönerek koşmaya başladım.

"Sedef!" diye bağırdığında daha hızlı koşmaya başladım. "Uzak durun artık benden!"

Hemen arkamda, "Beni delirtmeye bir son ver!" diyen sesini duyunca kaldırıma çıkmıştım ki kendi ayağıma takılıp yere düştüm. "Yemin ederim, bıktım ya! Rekorlar kitabına yazılsam sakarlıkta birinciliği alırım!" Sızlayan diz kapaklarımı ovaladığımda onun sinirden gülen sesini duydum. "Bu konuda kimse eline su dökemez," diye gülerek yanıma geldi. *Aklınca bana laf mı soktu?*

Düştüğüm yerden başımı kaldırıp bana üstten bakışlar atan kişiye baktım. "Siz bana sakar diyerek çaktırmadan hakaret mi ettiniz?" diyerek kaşlarımı çattığımda gülüşünü saklamak için dudaklarının içini ısırdı. "Henüz sana hakaret edecek kadar aklımı yitirmedim." Alay ediyordu pislik!

"Gidelim." Elini tutmam için uzatınca oturduğum yerde göz devirdim. "Gelmiyorum."

Etrafımızdan gelip geçen insanlara kısa bir bakış attıktan sonra bir ayağının üzerinde diz çöktü. "Onun istediği gibi davranıyorsun." Bana bir şeyler açıklamakta zorlanıyor gibiydi. "Anla artık, seni benden uzak tutmaya çalışıyor." Çenemi hafifçe sıkarak başımı kaldırdı ve ona bakmamı sağladı. "Seni ondan koruyacak tek kişi benim, bunu biliyor." Gözlerime baktığında bakışları yumuşadı. "Bırakamam seni Sedef, buna henüz hazır değilim. Yanımda, yakınımda, saklımda kal," diye fısıldadığında sesi o kadar çaresiz ve yalvarırcasına çıkmıştı ki, *kahretsin*, sanki bana muhtaç gibiydi. Daha ilginci ise o da en az benim kadar şoka girmiş görünüyordu. Sanki bunları kendi iradesi dışında söylemiş gibiydi. Ne sözlerinde ne de gözlerinde yalan vardı.

"Bu da ne şimdi?" Elini iterek ayağa kalktım. "Kendinizi nasıl kandırıyorsunuz, bilmiyorum ama bal gibi hoşlanmaktan öte hisleriniz!" dedim. Delirmiş gibi söylediklerimden sonra yutkunarak bana bakan adam gerçekten kör gibiydi.

"Sen neden bahsediyorsun?" diyen afallamış sesi neredeyse beni güldürecekti. Onu kolay kolay böyle şaşkın bir halde göremezdiniz.

"Seviyorsun oğlum beni." Evet, gözlerinin içine bakarak bunları söyledim. "Farkında değilsin, değil mi? Pekâlâ, ben fark etmeni sağlayayım." İşte şimdi elime düşmüştü. *Bu adamı beni sevdiğine pişman etmezsem benden salağı yok.*

Utanıp kızarmadan seviyorsun dememin şokundan hâlâ çıkamadı. Ama bende durumlar böyle işliyordu. Lafı dolandırmadan doğrudan ateş et!

"Bak şimdi." Ona doğru bir adım atarak tüm mesafeleri yıktım. "Beni o yangının ortasında gördüğünde ne hissettin?"

Gözlerine baktığımda gördüğüm korku, gülümsememi sağladı. "Korktun, değil mi? Bir daha uyanamayacağımdan korktun. Seni sinir krizlerine uğratan deli tavırlarımın, sesimin, gülüşümün, benimle ilgili her şeyin yok olmasından çok korktun, değil mi?" Nefesini tutarak o yangın gecesini hatırlayınca afallayarak başını eğip yüzüme baktı. Orada yaşadığı duyguların ne anlama geldiğini sonunda fark etmişti. "Peki, ben uyanınca ne hissettin? Önce derin bir nefes aldın ve hemen sonrasında tüm bedenin gevşedi." Gözlerindeki o duygu yoğunluğu doğru tahminde bulunduğumu gösteriyordu.

Aramızdaki mesafeyi kapatarak ona iyice yaklaştım ve elimi kaldırıp sol göğsüne bastırdım. "Bak, kalbin nasıl da hızlı atıyor çünkü bunun sebebi benim. Şimdi de korkuyorsun, değil mi?

Yeni fark ettiğin duyguların seni korkutuyor. Gitmemden korkuyorsun. Evet, sen adamım, beni kaybetmekten korkuyorsun. Şimdi sadece iş için olduğuna inanarak istediğin kadar kendini kandır ama seviyorsun." *Peki, onun gibi zeki birine gerçekleri gösteren kişi olmama ne demeli?*

Elimi çekerek zafer kazanmış bir edayla dağılan yüzüne baktım ve geriye doğru yürüdüm. Ellerimi iki yana doğru açarak, "Gerçekleri sonunda fark ettin, evet," deyip kendimi gösterdim. "Ama geç kaldın çünkü beni çoktan kaybettin. Ya da hiç kazanamadın mı demeliyim? Malum, benim hislerim seninkinin aksine küçük bir hoşlanmadan fazlası değil." Son noktayı koyduğumda yerinde kaskatı kesilerek gerilmişti.

İşte böyle Alaz Altuğ Sipahi! İlk aşama tamam, sen bir de bu oyunun ikinci perdesini gör.

Onu bu sarsılmış haliyle bırakıp arkamı dönerek rahatlamış bir şekilde yoluma devam ettim. İstediği kadar inkâr etsin, artık söylediğim şeylerden kaçamazdı. Ondan uzaklaşalı sadece iki dakika olmuştu ki bir anda kolumu sertçe sıkarak beni geriye çevirdi. "Ne yapıyorsun sen?" Kolumu kurtarmaya çalıştım ama mümkün değildi, bırakmıyordu. "Böyle habersiz gelinir mi? Aklımı aldın vicdansızın oğlu!" Korkudan zavallı kalbim güm güm atıyordu. *Bir an öcü geldi sandı aptal kalbim.*

"Güzel!" İnkâr etmek yerine kabul ederek hırladı dişlerinin arasından. "Durumu eşitledik çünkü sen bende akıl namına hiçbir şey bırakmadın!" Hemen sonrasında ensemdeki saçlarımı eline doladı ve başımı kaldırıp beni öptü.

Kasap gibi adam yemin ederim. Bildiğin döverek seviyor insan kılıklı hayvan.

Dudaklarımı hoyratça öpen adamın derdi neydi, bilmiyordum ama bir şeylerin acısını benden çıkarmak ister gibi sertti. Ona direnebilirdim ama yapmadım çünkü beni öpmeye devam etsin istiyordum. Parmak uçlarımdan yükselerek tişörtünü sıkıca kavradım ve onu kendime doğru çektim. Dudaklarımı hareket ettirerek ona karşılık verdiğim esnada burnuma gelen çikolata kokusu beni yine acıktırmıştı. Onu yemek ister gibi öptüğümün farkında değildim. Dudaklarıma son bir öpücük kondurup usulca benden ayrılınca gülümsedi. "Kokum seni gerçekten acıktırıyor olmalı." Nefes nefese kalmış bir şekilde başımı salladım. "Çikolataya hiçbir kız karşı koyamaz, yani obur olduğum için değil," dedim. Beni göğsüne çekti, gülüşü mest ediyordu. *Bu adam gülmesin çünkü gülünce bildiğin beni kontrolü altına alarak her şeyi unutturuyor. Tamam, bu kadar romantizm bana yeterli.*

"Ha bir de..." Başımı onun göğsünden kaldırdım ve yüzüne bakarak sırıttım. "Beni bir daha öpme!" Dizimi kaldırıp tüm gücümle bacak arasına geçirirken bir saniye bile tereddüt etmedim.

İnşallah kısır kalır!

İnleyerek acı içinde yüzünü buruşturdu. İki büklüm olunca hemen ondan uzaklaştım. "Sen!" Çektiği acı yüzünden kıpkırmızı olurken yüzündeki kaslar seğiriyordu. "Sen neden normal kızlar gibi kızınca tokat atmayı bilmiyorsun?" Canı çok yanmış olmalı ki yerinde kilitlenip kalmıştı. "Ben çok normalim çünkü, anormal olan onlar. Ayrıca burada biz bizeyiz. Kabul et, bir tokat seni kesmezdi." Canı yanarken bile bir an gülecek gibi olmuştu.

Acıyı seviyorsa bir tekme daha atarım yani, benim için hiç sorun değil.

Kendine gelmek için bir süre nefes egzersizleri yaptıktan sonra nihayet doğrulmuştu. "Hırsını çıkardığına göre artık gidelim mi?"

"Gelmiyorum dedim ya!"

"Sabrımı zorlama, Sedef. Gerekirse seni zorla götürürüm."

"Allah senin belanı ne zaman verecek, merak ediyorum."

Gülerek bana baktı. "Seninle zaten belamı vermiş, baş belası." *Burada bela ben miyim? Kurban olsun bana. Benim nerem bela?*

Az önceki samimiyeti bırakıp tekrar resmiyeti takınmıştım. "Benden olsa olsa ödül olur. Benim gibi birini bulmuşsunuz, öpüp başınıza koyacağınıza siz ancak nankörlük yapın!" diye kızdığımda sırıtarak dudaklarıma baktı ve "Öperim," diyerek beni çıldırttı. Ben ne diyordum, bu sapık adam ne anlıyordu.

Onun yoğun bakışlarına aldanmayıp ciddi tavrımı takındım çünkü bu yolun dönüşü yoktu artık. "Sizinle bir yere gelmem, bu hatayı tekrar yapmam." Yüzü ciddileşirken bana doğru yaklaştı. Gerçekten beni kazanmak istediğini görebiliyordum. "Bu sefer oyun yok, plan yok, ihanet yok." Gözleriyle bana yalvarırken elini uzattı. Kısık sesle, "Şimdi elimi tut ki aldığım her nefesi bana zehrederek al intikamını benden. Bunu kaçarak değil Sedef, yanımda olarak yap... Ama tut elimi," dediğinde boğazımda bir yumru oluştu, yutkunamadım. O kadar çok hayal kırıklığı yaşattı ki ona yakın olmak ve ondan kaçmak arasında tereddütlerim vardı.

Hissediyorum, uzattığı elini tutmam veya tutmamam belirleyecek aramızdaki adı konulmamış şeyi.

Kararımı vermem uzun sürmediği için eline bakarak derin bir nefes aldım. "Yapamam," diyerek geriye doğru adım atmaya başladım. "Üzgünüm, Altuğ Sipahi ama sana o çiftlik evinde söylediklerimin arkasındayım. Sen bendeki Sedef'i seni uyarmama rağmen kullanmak istedin ve ben de sendeki Alaz'ı bitirmeden tutmam o eli," dedim. Beklemediği sözler karşısında yerinde sendeleyen adamın elini havada bıraktım ve ona sırtımı dönerek uzaklaştım.

İki tatlı söze ve bir öpücüğe aldanacak kadar aptal değilim. O bensizliği iliklerine kadar yaşamadan dönmem.

14. BÖLÜM

Bir ay sonra

Altuğ

Kendi düşüncelerimde boğulurken kum torbasına daha sert bir yumruk atmak bile beni rahatlatmıyordu. Çıkmıyordu aklımdan! Onu görmeyeli bir ayı geçmişti ve sesi sürekli kulaklarımda, yüzü ise hep aklımdaydı. Gitmişti! Kal diye yalvarmama rağmen bir kere bile arkasına bakmadan çekip gitmişti. Evet, onu durdurmamıştım çünkü söyledikleriyle beni sersemletmeyi başarmıştı! Hâlâ söylediklerinin şokundayken o çoktan gözden kaybolmuştu. Aradım, şu bir ayda gideceği veya gitme ihtimali olan her yeri aradım. Yoktu! Hiçbir yerde yoktu! Yanında ne bir telefonu vardı ne de parası. Beş kuruşu yokken bir aydır hangi cehennemdeydi? Babasının yanına da gitmemişti, annesinin evine hiç uğramamıştı. Onu yanımdan hiç ayırmamalıydım ama aptal kadın iki dakika yerinde durmuyorken bu çok zordu.

"Seviyorsun oğlum beni."

Hiç aklımdan çıkmayan bu cümleyle yumruğum havada kalmıştı. "Kahretsin!" Onu her anlamda istiyordum. Aptal, çocuksu tavırları beni güldürüyordu ve sesi beni cezbederken rahat hareketleri beni ona çekiyordu. Dobraydı, Sedef. Lafını asla esirgemez, aklında ne varsa dili onu söylerdi. Bir kadına göre fazlasıyla cesur ve özgüvenliydi. Kimsesiz birinin olması gerekenden daha fazla güveniyordu kendisine. En önemlisi duygusal yanını çok iyi bastırıyordu. O ses kaydından sonra bana gözyaşları içinde nefretini haykırmasını beklemiştim. Başka biri olsa bunu yapardı lakin o, her ikimizle alay ederek içindekileri döktükten sonra çekip gitmişti.

Geri dönmesini istiyorum.

Başlattığım bu lânet oyunda küçük bir kadın beni yendi.

"Sedef!" Onu bulduğumda şu bir ayda aklımı meşgul etmek neymiş ödeyecekti!

"Olmuyor mu?" Atalay'ın sesini duyunca doğrularak elimdeki sargıları çıkardım ve ağaca astığım tişörtümü aldım. "Bunu o kaçağın yanına bırakmam." Tişörtü terli olmamı umursamadan üzerime geçirdiğimde güldü. "O kıza deli oluyorsun, kardeşim." Evet, bir şekilde beni delirttiği doğruydu. *Dua etsin onu bulmayayım.*

"Yine yüzünü dağıtmamı ister misin?" dedim. Ağaçların arasından geçerek tesise doğru yürürken peşimden geldi. "Bunu zaten yaptın," dedi. Sedef'e o kayıtları gönderdiği için bunu fazlasıyla hak etmişti. Arabada bilerek o konuyu açan ve sesimi kaydeden kendisiydi. Arabam her gün kontrolden geçerken başka biri benden izinsiz girip ses kayıt cihazı yerleştiremezdi.

"Sedef'i bulana kadar karşıma çıkmanı tavsiye etmem." Onu bulamadığım her saniye Atalay'ı daha fazla yumruklama isteğinden kurtulamıyordum.

"Bunu senin için yaptığımı biliyorsun." Öyle yaptığını sanıyordu. "Yankı zor bir kız. Eğer kendisini sana kaptırdığında planın ortaya çıksaydı, emin ol, şimdi olduğundan daha beter süründürürdü seni." Henüz yolun başındayken bunu öğrenmesini istemişti. Atalay'ın tek derdi benim bazı şeyleri fark etmemdi. Tıpkı Sedef gibi Atalay da ona yakın davranmamın planlı olduğunu düşündüğü için bunu yapmıştı. Yanılıyordu! Atalay'ın sayesinde değildi çünkü bazı şeyleri anlamamı sağlayan Sedef'in söyledikleriydi. Kahretsin ki ne kadar kaçmaya çalışsam da haklıydı. Küçük çaylağıma fena tutulmuştum.

"Ya başına bir şey geldiyse?" Her geçen gün endişem büyürken Atalay her zamanki gibi bu halimden inanılmaz zevk alıyordu. "Bir gün seni bir kadın için böylesine çıldırmış göreceğim aklımın ucundan bile geçmezdi," dediğinde kaşlarımı çattım. Sonunda alay eden tavrından kurtuldu. "Yankı'dan bahsediyoruz kardeşim, başını belaya sokmazsa asıl o zaman kıyamet alameti olur," dedi. Sözlerine karşılık istemeden güldüm. Nerede olursa olsun o sivri dili ve sakarlığı yüzünden aksini düşünmek mümkün değildi. Buna rağmen bir şekilde başının çaresine bakacağını da biliyordum.

"Vay canına, şuraya bak dostum," dedi. "Bahse girerim seninki onunla girdiği bir dövüşten sağ çıkamaz. Ezeli rakip olduklarını düşünürsek küçük ajan geri döndüğünde olası bir dövüş kaçınılmaz," diye büyük bir hayranlıkla konuşunca başımı çevirdim ve baktığı dövüş sahasındaki kızı gördüm. Sedef sürekli firar ederken Pars kendi çaylağını oldukça iyi eğitmişti.

Sabah ezanında uyumak yerine Pars ile bahçede dövüşen Fulya'da fazlasıyla büyük bir ilerleme vardı. Hareketleri o kadar hızlıydı ki Sedef'in aldığı bir aylık eğitimle bu kızın karşısında gerçekten hiç şansı yoktu. "Yakında Sedef'e meydan okuyacak," diyen Atalay bana dönünce başımı salladım. "Şuraya bak, hamleleri fazla nefret dolu. O, şu anda Pars ile değil, Sedef ile dövüşüyor." *İlk fırsatta Sedef'i küçük düşürmek için ona meydan okuyacağını biliyorum.*

"Nasıl bu kadar emin olabilirsin?"

Güldüm. "Çünkü Pars her yıl bana meydan okuyor."

Sürekli bana karşı kaybettiği için çaylağını geliştiriyordu. Böylelikle Fulya'nın kazanmasını sağlayarak bana karşı ilk zaferini alacaktı. Benden daha iyi bir eğitmen olduğunu kanıtlamaya kararlıydı. "Böyle bir şeye izin vermezsin, değil mi?" Beni düşündüren Pars'a karşı kaybetmem değildi, en büyük sorun

Fulya ve Sedef'ti. İkisinin arasındaki düşmanlık düşündüğümden daha hızlı ilerliyordu. Evet, Pars ve ben de birbirimizden nefret ederdik ama ikimiz de teşkilatın gözde ajanları olduğumuz için duracağımız yeri biliyorduk. Özel duygularımız asla işimizin önüne geçmezdi. Çoğu konuda benden yardım aldığı da oluyordu ve aynı şekilde birçok defa hayatımı kurtarmıştı. Aramızdaki sözlere dayalı sürtüşme hiçbir zaman görevlerimizi etkilememişti. Ancak kızlar fazlasıyla toy ve nefret doluydu, ikisi de sınırı aşmaya meyilliydi. Özellikle Fulya o sınırı çoktan aşmışken, Sedef'i de peşinden çekmesi an meselesiydi.

"Pars neden hâlâ Fulya'yı burada tutuyor? Fulya, Feride'nin dolaylı yoldan katili, bunu bana sen söyledin. Fulya'nın seri katille işbirliği yaptığını söyledin ve bana bir kanıt bile sunmadığın halde sana inanmayı seçtim. Neden onu tutuklayıp sorgulamıyoruz? Kodese göndermek için neyi bekliyoruz? Bu kız fazlasıyla tehlikeli." Evet, Fulya'nın ormanda sebep olduğu şeyleri herkesten önce fark etmiştim. Lakin bir süre daha aptalı oynayarak olaylara seyirci kalmalıydım. Böyle bir zamanda yapılacak en küçük bir hata işime gelmezdi. Pars'a kalsaydı, çoktan çaylağından kurtulurdu ama bunu yapmasına ben izin vermedim. Yarasalar son olanlardan sonra fazlasıyla gergindi ve Fulya'nın şimdi tutuklanması onları psikolojik olarak etkileyebilirdi. İçlerinden birini tutuklamak diğerlerinin bizden daha fazla korkmasına neden olabilirdi. Onları bekleyen bir katil varken Yarasaların tesisten ayrılmalarını göze alamazdım. Fulya bir süre daha burada kalmaya devam edecekti ve bu dava kapanınca hak ettiği cezayı alacaktı.

"Ortalığı karıştırmadığı sürece bir süre daha burada kalabilir, Atalay. Daha sonra yaptığı şeyin hesabını bize değil, yargıya verecek." Yaktığım sigaramdan büyük bir nefes alırken yine aklıma Sedef gelmişti. Sedef'i çemberin dışında tutmanın bir yolunu bulmalıydım. Oyundaki en önemli taşlardan biriyken bu nasıl olacaktı, bilmiyordum.

Beni dönüştürdüğü bu adamdan nefret ediyorum.

"Sence neden hiç sesi çıkmıyor?" Kimden bahsettiğini biliyordum. Bu suskunluğu beni de tedirgin ediyordu. Yarasaları kaçırıp onlarla küçük bir oyun oynadıktan sonra kayıplara karışmıştı. "Kokumun aynısını bulacak kadar yakınımızda, Atalay." Parmaklarımın arasındaki sigaradan bir nefes alarak ona doğru döndüm. "Sedef'in kafasını karıştıracak kadar içimizde." Bekliyordu! Neyi beklediğini bilmiyordum ama tekrar saldırmak için bir şeyleri bekliyordu. Ansızın fark ettiğim şeylerle kendime kızdım. *Bunu daha önce nasıl anlayamadım!* Beklediği şey benim Sedef'e olan duygularımın farkına varmamdı. Kendi zaafının benim de zaafım olmasını beklemişti! Durumu eşitleyerek Sedef'i bana karşı korudu çünkü ona zarar vermeyecek kadar ona bağlanmamı bekliyordu.

"Siz ikiniz yine ne işler karıştırıyorsunuz?" Pars'ın sesi beni Sedef'ten uzaklaştırınca, başımı kaldırdım ve Fulya ile ikisini karşımda buldum.

Gözlerimle Fulya'yı gösterip, "Çaylağından bahsediyorduk," dedim. "Çok iyi gidiyor." Fulya'nın gözleri o gereksiz kibirle ışıldayınca, Pars çaylağına olan tahammülsüzlüğünü gizlemeye çalışarak güldü. "Senin çaylağının aksine öyle." Rahat bir şekilde sigaramı içerek onu cevapsız bıraktım çünkü bu sözler öylesine söylenmişti. Son olanlardan sonra başta Pars olmak üzere onun ekibi de çocuklar konusunda yaptıkları hataları anladılar. Aramızdaki sorunları çocuklara yansıttıkları için çocuklar da haliyle eğitmenlerini örnek alıyordu. Ve böyle olunca diğer gruba karşı cephe alıyorlardı. En büyük kanıtı ise kaçırılınca birlik olmak yerine ayrılmalarıydı. Ancak çocukların aralarındaki düşmanlığı sadece Pars ve takımına yüklemem doğru değildi. Onların arasındaki sorun geçmişe dayandığı için eğitmenler olmasaydı bile yine değişen bir şey olmazdı.

"Seninle biraz konuşalım," dediğimde, Atalay mesajı aldığı için Fulya ile birlikte yanımızdan ayrıldı. "Neden hâlâ onu eğitiyorsun?" dedim. Kendi arkadaşını satan biri için zamanını boş yere harcıyordu.

"Bundan zevk almıyorum," dedi. Gözleriyle elimdeki sigarayı gösterince çakmakla birlikte sigara paketini ona uzattım. "Sonuçta hâlâ tehdit altında, benim işim onu her şekilde eğitmek ve korumak." Bir dal sigara alıp yaktıktan sonra çakmak ve sigara paketini geri uzattı. "Burada kalması hata çünkü Feride'ye yaptığı gibi diğer çocuklara da zarar verebilir." Bunun farkındaydım, tekrarı olmasın diye Fulya'yı yakından izletiyordum.

"Eğer buna tekrar kalkışırsa..." Başımı çevirerek ona baktım. "Bitir işini," dedim. Onu bırakıp tesise doğru yürürken ikinci bir hataya ne Pars ne de ben göz yumardık.

"Örgütteki şu köstebek... Ondan hâlâ bir ses çıkmadı mı?" dediğinde adım atmayı bırakıp alay ederek ona döndüm. "Kendi görevin hakkında benden yardım mı istiyorsun?" Bana olan tahammülsüzlüğü yüzünden okunurken sakin kalmak adına kendisini zorladığını görüyordum. "Yardım edecek misin, onu söyle?" *Tabii ki yardım edeceğim. Pars ile aramızdaki sorunlardan dolayı görevlerinde başarısız olmasını istemiyorum. Her birimizin başarısızlığı birçok masum insanın hayatına sebep olabilir.*

"Gereken cevapları Michael'dan alırsın," dediğimde bu onu kızdırmak için yeterli olmuştu. Bana olan sinirli bakışları gün içinde ilk kez keyfimi yerine getirdi. "Neden şaşırıyorum ki? Her şeyi kontrolün altında tutmak senin en büyük hastalığın," dedi. Onun için önceden araştırma yaptığıma daha fazla mutlu olamazdı. Hem de suratımı dağıtmayı isteyecek kadar.

Yoluma devam edeceğim esnada aklıma gelenlerle yeniden ona döndüm. "Sepetinde çürük bir elma var, Pars. Onu benim için bul." Yüzü o kadar hızlı bir şekilde değişmişti ki bunun için onu yadırgamadım. Aynı ihaneti benim ekibimden biri yapsaydı, daha kötüsünü hissedeceğimi biliyordum. Yıllardır sırt sırta vuruştuğu arkadaşlarından biri sadece bize değil, birliğe de ihanet ediyordu. Ekip lideri olarak onu bulup konuşturmak Pars'ın işiydi. Her ne kadar ondan hoşlanmıyor olsam da onun yerine bunu yapamazdım. Bu, onu herkesin önünde rencide etmek olurdu. Haini bularak cezalandırmak onun hakkıydı. Bu ona acı verse de tereddütsüz yapacaktı. İşinde profesyonel olduğu için bu konuda ona olan güvenim sonsuzdu.

"Böyle düşünmeni sağlayan sebep ne?" İçindeki endişeye rağmen ondan beklediğim gibi hızlı bir şekilde kendisini toparlamıştı. "Şüphelerim var diyelim. Umarım yanılan ben olurum ama sen yine de araştır. Bir şeyler bulursan kimseye yansıtmadan bana gel." Onu kendi sorunlarıyla bırakarak yoluma devam ettim. Ne yazık ki bu ilk kez yaşadığımız bir şey değildi. Nadiren de olsa aramızda mutlaka hainler çıkıyordu. Tıpkı yıllar önceki eğitmenim gibi. Daha fazla güç ve mevki çoğu kişiyi yolundan saptırabilirdi.

Gözlerimi karanlığa açtığımda son günlerde her gece gördüğüm kâbuslardan birini yeniden görmüştüm. Etkisinden kurtulamıyordum. Uzanıp gece lambasını yaktım ve ellerimle şakaklarıma baskı uyguladım. "Neden beni rahat bırakmıyorsun?"

"Sendeki Alaz'ı almadan tutmam o eli." diyen sesi kulaklarımda yankılanınca ter içinde nefes aldım. "Bendeki her şeyi almış gibisin zaten!" Gidişi karabasan gibi hayatıma çökmüştü ve beni kahrediyordu. Nereye gitmişti?

Onun gibi düşünmeye çalıştım ancak kızdaki çılgın düşünme kabiliyeti kimsede yoktu. Öyle biri benden kaçmak için nereye gidebilirdi? Babasına gitmezdi çünkü ilk oraya bakacağımı bilirdi. Annesine ise hiç gitmezdi, hatta ona gitmek yerine ölmeyi yeğlerdi. Daha önce yaşadığı mahalleye ve o sokaklara ise hiç gitmemişti. Sedef Sarmaşık zeki ve hafife alınmayacak biriydi. Gittiği yer her neredeyse kesinlikle aklıma gelmeyecek bir yer seçmiş olmalıydı. Aniden beynimdeki şimşekler çakınca tüm bedenim buz kesti. "Beni aptal yerine koymuş olamazsın!" *Onu hep uzaklarda arayacağımı bildiği için ya yakınımda saklanıyorsa?*

Onu aramayacağım tek yer bana ait olan yer, yani çiftlik!

Yataktan aceleyle indiğimde beni oyuna getirdiği için ona deli gibi kızgındım. Hissettiğim öfkeye rağmen dudaklarımdan çıkan kahkahaya engel olamadım. Benden kaçmak için benim evime gidecek kadar deli bir kadınla başım büyük beladaydı. Böyle uçuk bir planı ondan başkası yapamazdı. Açıkçası beni alt etmesi hoşuma gitmiş olmalı ki uzun zaman sonra dudaklarımdaki gülümsemeye engel olamadım.

Sedef Sarmaşık'ı hafife almakla büyük hata etmişim.

Yankı

"Daha kahvaltı bile etmeden sabahın köründe beni buraya getirdiğine inanamıyorum!" *Eğer biraz daha bağırırsa yemin ederim engelli falan dinlemeyeceğim, onu şu büyük göle atacağım.* Bir aydır onu öldürmemiş olmam benim açımdan iyi bir şeydi.

"Ömrümü yedin, Aslı!" Oturduğum yerdeki otları hırsla koparmaya başladım. "İki dakika sus artık! Ne güzel, seni güneşin doğuşunu izlemeye getirdim." Ne var yani hiç uykum gelmiyor diye her sabah saat altıda onunla buraya geliyorsam? Hem sayemde temiz hava alıyordu nankör.

"Sen güneşten nefret edersin." Ne diyebilirim ki? Şu bir ayda beni fazlasıyla iyi tanımıştı.

"Gölü izlemek diyecektim."

"Sudan daha fazla nefret edersin."

"Ağaçlar fena değil."

"Hepsinin yakılmasını istediğine göre onlardan da nefret ediyorsun."

"Yerdeki otları ve bitkileri sevdim."

"Nefretle kopardığın şu bitkileri ve otları mı diyorsun?"

"Allah senin de belanı versin, Aslı!" diyerek yolduğum otları kafasına fırlatınca gülerek ayaklarını gösterdi. "Zaten vermiş." Eskiden kendisine acırdı ama şu bir ayda ona acısıyla dalga geçmeyi öğretmem iyi bir şeydi. En azından artık sürekli sızlanıp sakat olduğunu söylemiyordu.

Saçlarımı uçuşturan rüzgâr, etrafımdaki sık ağaçların arasında cıvıldayan kuşlarla bütünleşince yüzümü buruşturdum. "Şaka bir yana, bu güzel doğadan bile nefret ediyorsun," diyerek yüzünü kapatan saçlarını çektiğinde gözleri durgun bir karanlığa büründü. "Bu kadar nefreti içine nasıl sığdırabiliyorsun?" Bunu gerçekten merak etmesi garipti. Aslı benim hakkımdaki şeyleri kolay kolay sorgulayan biri değildi.

"Beni güçlü kılıyor." Yerdeki çakıl taşlarını toplayıp göle doğru yürüdüm. "Güzel olan her şey o kadar ulaşılmaz ki onlardan nefret etmek daha kolay." Taşlardan birini göle fırlattığımda çıkan ses ve taşın düştüğü yerde oluşan çember şeklindeki dalgalanma beni gülümsetti.

"Peki, en büyük nefretin kime veya neye?" diye sordu. Kendimeydi ve yaşamak zorunda bırakıldığım hayata.

Ona cevap vermeyince başka bir soru yöneltti. "Sevdiğin bir şey veya biri oldu mu, Yankı?" Ona sırtımı döndüğüm için buğulanan gözlerimi görmemesi iyi bir şeydi. Kuzey vardı. Evet, ağabeyim gibi sevdiğim o serseri vardı. Sonra Efe ve diğerleri de vardı. Hepsini ne çok özlemiştim. Biri daha vardı, görmek için deli olduğum ama görmemek için kaçtığım biri daha vardı.

O da beni özlüyor mudur?

O gün izimi kaybettirmeyi başardığımda yanımda hiç para olmayınca nereye gideceğimi bilememiştim. Onun beni aramayacağı bir yere gitmeliydim ve aklıma gelen tek yer burası olmuştu. Eğer düşmanından kaçacaksan seni aramayacağı tek yer kendi evi olurdu, ben de bu taktiği uygulamıştım. İşe yaramıştı da çünkü bir aydır izimi bulamamıştı. Üstelik çiftliktekileri sıkı sıkı tembihlediğim için arayıp yerimi ona söylemediler. Mutlu olmalıydım, değil mi? Sonunda ondan kurtulduğum için mutlu olmalıydım. Ama kalbim onu sayıklarken ben mutlu olamıyordum. Bu ona biçtiğim cezaydı çünkü bensizlik, bana yaptığı şeylerin kefaretiydi. O zaman neden canı yanan bendim? Basit bir hoşlanmaydı benimki, değil mi? O halde neden deli gibi onu özlüyordum?

Onun gibi kalpsiz birine tutulduysam Allah benim de belamı versin.

İnşallah bensiz bir güzel sürünüyordur o soysuz.

"Yankı, gidelim mi artık? Babaannem sadece bir saat dedi ama üç saattir buradayız," dedi. Boş avuçlarıma baktığımda dalgınlıkla tüm taşları göle atmış olduğumu yeni fark ettim. "Tamam," diye yanıtladım. Ona doğru dönerek yanına gittim ve sandalyesinin arkasına geçerek onu itmeye başladım.

Gölden uzaklaşmaya başladığımızda her ikimiz de sırılsıklam olmuştuk. Az önce göldeki suları Aslı'ya atıp onu ıslatırken ayağım takılınca suya düşmüştüm ve ben de ıslanmıştım. İkimizin ıslanmasının suçlusu Aslı'ydı çünkü beni kızdırdığı için onu ıslatmaya karar vermiştim. Aslı'nın tekerlekli sandalyesini iterek yürürken, çalılardan ses gelince durduk. Aslı korku içinde bana bakarken ne yapacağımı bilmiyordum. Burada yalnız olduğumuzu sanıyordum. İkimiz de gözlerimizi çalılara dikmiş, hiç kıpırdamıyorduk. Önce hırlamayı andıran sesler duyduk ve hemen ardından çalıların arkasından bir köpek çıktı. Aslı ürkerek, "Yankı," diye kısık sesle konuştu. İrice bir köpekti ve bize doğru hırlayarak gelişi pek dost canlısı gibi gelmemişti.

"Sakin ol, Aslı," dedim fakat ben de çok korkuyordum. Köpek sivri dişlerini gösterip hırlayarak bize yaklaşırken korkmamamız imkânsızdı. Eğer yalnız olsaydım, hemen kaçabilirdim fakat yalnız değildim ve Aslı yürüyemiyordu.

Gözlerimi köpekten ayırmadan bir çıkış yolu arıyordum. Avına usul usul yaklaşan bir canavar gibiydi ve Aslı varken savunmasız durumdaydım. Küçük adımlarla Aslı'nın önüne geçerek tıpkı bir kalkan gibi ona siper oldum. Bir köpeğe karşı şansım var mıydı, emin değildim ancak Aslı bana emanetti ve onu korumalıydım. Aslı arkamda, "Korkuyorum, Yankı," dedi. Ben de ondan farklı bir durumda değildim.

Köpek aramızdaki son birkaç adımı kapatmak üzereyken, çok yakınımızdan gelen silah seslerini duyduk. Silah sesleri köpeği korkutup kaçırmıştı. Giden köpeğin arkasından bakarken rahat bir nefes aldım. "Gi-gitti," diyen Aslı'nın sesi korkudan ağlamaklı çıkmıştı.

Köpek gitmişti ancak duyduğumuz adım sesleri az önce aldığımız nefesi boğazımızda bırakmıştı. "Biri geliyor," dedim etrafımı kontrol ederek. Kahretsin, bu yer gittikçe ürkütücü olmaya başlamıştı!

Bu sefer de aynı korkuyla gelen kişiyi beklemeye başlamıştık. Gözlerimizi adım seslerinin geldiği yöne çevirmiştik. Saniyeler içinde ağaçların arasından İshak çıkınca ikinci kez rahat bir nefes aldık. "Bizi korkuttun," dedim elimi göğsüme bastırarak.

İshak'ın elindeki silahı görünce az önce ateş eden kişinin o olduğunu anladım. İçimden bir ses bizi köpekten kurtarmak için havaya ateş ettiğini söylüyordu. Silahı beline takarken, "Korkmanız da gerekiyor," dedi.

Aslı onu görünce az önceki korkak halinden hemen sıyrıldı. "Neden?" diye sordu. Başını kaldırıp alay edercesine ona bakıyordu. "Bir köpekten daha tehlikeli olduğunu mu söylüyorsun?" Bu kızın İshak ile ne alıp vermediği vardı? Tamam, onun evine gittiğimizde bizi çok kızdırdı ama Aslı da özellikle onu kızdırmaya çalışıyor gibiydi.

İshak'ın gözleri onu bulunca fark ettim ki aynı alaycılık şimdi onda da vardı. "Evet," dedi gözlerini Aslı'dan ayırmadan. "Bir köpekten daha tehlikeliyim." Kaşlarını usulca yukarı kaldırdı. "Sana bunu kanıtlamamı ister misin, Sipahi'nin yeğeni?" diye konuştu.

Hissettiğim gerginlik yüzünden hemen söze karıştım. "Bence buna hiç gerek yok, Turşu Surat," dedim. "Biz de zaten gidiyorduk."

Kaşlarını çatarak bana döndü. "Turşu Surat mı?" diye huzursuzluk içinde sorunca Aslı güldü. "Yankı, insanlara lakap takmaya bayılır." Abartılı bir şekilde baştan aşağı İshak'ı süzdü ve gözleri onun yüzünde durdu. "Sürekli surat astığını düşünürsek bence sana uygun bir isim bulmuş olabilir," deyince çıldırmak üzere olduğumu fark ettim. Ben bir an önce gitmenin derdindeyim fakat bu kız bela peşindeydi.

İshak ona kibirli bakışlar atarken, "Demek kişiye uygun isimler buluyor, öyle mi?" dedi meydan okuyarak. "Peki, sana hangi ismi buldu? Hadsiz, ukala veya süpürgesiz cadı mı? Bunlardan hangisi?" dediğinde gülmeye başladım ama Aslı bu sözlere sinirlenmişti. Bence süpürgesiz cadı fena değildi.

"Her neyse..." diyen adam ikimize baktı. "Buralar iki kadın için güvenli değil. Başınızı daha fazla belaya sokmak istemiyorsanız bir daha kadın başınıza bu kadar uzağa gelmeyin," deyip geldiği yöne doğru yürüdü. Sinirlerimi bozmayı başarmıştı. *Ne demek kadın başınıza?*

Kadın başınaymış! Eski kafalı mağara adamı!

Aslı başını çevirip giden adamın arkasında iç çekerek ona bakınca güldüm. "Bence iyi bir hikâye olmazdı." Yine *ne diyorsun* dercesine bana dönünce gülüşüm büyüdü. "Bir an onunla evlendiğinizi düşündüm de..." diyerek kıkırdadığımda onu sinirlendirmeye başladığımı fark ettim.

"Bilirsin işte, çocuğunuz falan olmuş ve İshak'a, '*Baba, annem ile nasıl tanıştınız?*' diye soruyor ve tabii o da, '*Anneni görünce kalbimden vuruldum evladım,*' diyor. Tabii, çocuk asıl meseleyi bilmediği için ellerini çenesinin altında birleştirerek, '*Ayy çok romantik,*' diyor. Turşu Surat ise kaşlarını çatıp, '*Neresi romantik, geri zekâlı! Annen elindeki silahla beni gerçekten kalbimden vurdu!*' diyor ve zavallı çocuk şoke oluyor." Aklıma bu sahne gelince ben gülmemi durduramazken Aslı'nın utançtan rengi kıpkırmızı olmuştu.

Kesinlikle unutulmayacak bir ilk karşılaşmaları var.

Onu daha fazla utandırmak istesem de ikimiz de ıslanmıştık ve soğuktan donmak üzereydik. Daha fazla oyalanmadan çiftliğe doğru yola çıktık. Göl fazla uzakta olmadığı için yirmi dakika içinde çiftliğe gelmiştik. "Aman Allah'ım!" Elindeki budama makasını yere atan Kemal amca, bizi görünce koşarak yanımıza geldi. "Size ne oldu, kızlar?" Korkudan rengi atan adama tebessüm ettim. Başımıza gelenleri anlatsam bile inanmazdı. Az kalsın bir köpeğin saldırısına uğruyorduk.

"Hanımım!" Daha biz bu yaşlı adama cevap vermeden telaşla öyle bir bağırdı ki kısa süre sonra ev halkı koşarak dışarı çıkmıştı.

Arkasında çalışanlarla bize doğru gelen babaanne gözlerini irice açtı. "Neden ıslaksınız?" *Keyfimizden değil herhalde.*

"Sıkıldık da biraz gölde yüzelim dedik, babaanne," dedim.

"Bu havada mı? Aslı bu halde nasıl yüzebilir? Hem sen de daha önce yüzme bilmediğini söylememiş miydin?" Yaşına rağmen çok keskin bir hafızası vardı. Düşündüğü gibi göle girmemiştik. Sadece sıkıntıdan ikimizi de ıslatmıştım.

"Aslı yüzünden ben bu haldeyim, Firavun'un Kızı ve emin ol, çok da güzel yüzüyormuş," diye homurdandığımda soğuktan titremeden duramıyordum. *Onun yüzünden yarına kalmadan hasta olacağımı hissediyordum. E, o da beni kızdırmasaydı ıslanmak zorunda kalmazdık.*

"İçeri geçin hemen." Babaanneye başımı salladığım esnada çiftliğe giren arabayı görünce nefes alamadım. Bu araba kahretsin ki ona aitti!

Bu adam peşimi bırakmayacak.

"Sattınız mı beni!" diye alınarak mırıldandığımda onlar da en az benim kadar şaşkın görünüyorlardı.

Soluğum boğazıma tıkandı. Bahçede duran siyah arabanın kapısı açılınca her şey benim için durmuştu. Sabah güneşinin ışıltısı uzun saçlarına düşerken, kâinat ayaklarının bastığı yere diz çökmüş gibiydi. Elinin tersiyle arabanın kapısını sertçe kapattı. Olağanüstü görünüşü beni benden alıyordu. Bacaklarını saran siyah kot pantolonu ve üzerine giydiği beyaz tişörtünün uyumunun onu çok karizmatik gösterdiği acı bir gerçekti. Gözlerindeki siyah güneş gözlükleri bende onu çıkarıp gözlerine bakma istediği yaratırken, kulağındaki siyah kablosuz kulaklık onu tam anlamıyla bir ajan olarak gösteriyordu. Her adımıyla yoğun bir özgüven ve yenilmez bir güç saçılıyordu sanki. Lanet giresice adam, üzerimdeki etkisinin farkında olarak güneş gözlüklerini çıkartınca beni yoğun bakışlarının hedefine aldı. *Şu bir ayın özlemi yüzünden mi yoksa bu adam her geçen gün daha yakışıklı mı oluyor, bilmiyorum ama kalbim göğsüme sığmıyor.* Bir erkek nasıl olurdu da bu kadar akla zarar olurdu? İşte Alaz Altuğ Sipahi bunun en büyük kanıtıydı.

Bana doğru geliyordu.

Ve işte sonum olan adam tam karşımda!

Aramızda sadece bir adım bırakarak durunca diğerleri susmuş, ikimizi izliyordu. Ne ben ne de o başka bir yere bakıyorduk. Sanki bakışlarımız ile birbirimize meydan okuyorduk. "Şimdi nereye kaçacaksın, Sedef Sarmaşık?" Boğuk çıkan sesine ve gözlerinde gördüğüm o yoğun duyguya inanmak istemedim. Ancak öyle bir bakıyordu ki gözleri büyük bir tutku ve özlem doluydu.

Bana kaçacak yer mi yok canım?

Başımı kaldırıp yüzüne dikkatli bir şekilde bakınca kalbimin sesini duyacak diye korktum. "Özlemiş gibisiniz," dedim alay ederek. Dudağının bir tarafı tembelce yukarı doğru kıvrıldı ve gülümsedi. "Gibisi az kalır kadın... Özledim." İstemsiz bir şekilde tebessüm ettim. Şu bir ayda gerçekten bensizlik canına tak etmiş gibiydi.

Tam da görmeyi beklediğim bir sahne çünkü artık benimle oyun oynanmayacağını bir güzel anlamıştır.

Beni izlerken başını sallayınca bir konuda pes etmiş gibi bir tavrı olduğunu düşündüm. "Sen kazandın," dedi ve elini ikinci kez bana uzattı. "Şu bir ayda kendinle beraber bendeki Alaz'ı da aldın. Şimdi tut elimi ve benden aldıklarını geri ver." Sitemkâr sesi içimi yakıp kavurdu çünkü beni istiyordu ve benimle birlikte ondan aldığım benliğini istiyordu. Alaz Altuğ Sipahi, bugün bana karşı aldığı ilk mağlubiyetiyle tam karşımdaydı.

Bu eli bir kere tutarsam geri dönüşüm olmaz. Bir daha ne ben onu bırakırım ne de o beni bırakır.

"Sedef..." İsmim dudaklarından yalvarırcasına çıktı. "Kendim olarak geldim sana. Görmek istediğin adam olarak geldim. Yalansız ve oyunsuz, sadece ben olarak geldim. Artık kaçma benden ve tut elimi." Gözleri böylesine içtenlikle bakarken ona hayır demek imkânsız geliyordu. Özellikle samimi çıkan sesi daha önce hiç duymadığım bir şefkatin kollarına itiyordu beni.

Sonum olacak bu adam. Sonum olacak ve beni yakacak. Ama yanacaksam yangınım o olsun istiyorum.

Soluğunu tutarak benden cevap beklerken elinin içine bıraktım titreyen elimi. Kısık bir sesle, "Ben yanarsam seni de yakarım ve bil diye söylüyorum, ben dediğimi yaparım," dediğimde avuçlarının arasındaki elimi öyle bir sıktı ki kaçmamdan korkarcasına yaptı bunu. Bu sıcak eller beni bir daha bırakmayacak gibi sahiplenmişti.

Yüzünde rahatlamayla karışık bir tebessüm oluştuğunda, hiç vakit kaybetmeden beni göğsüne çekti ve kollarını sımsıkı bana sardı. "Merak etme, ne tür bir kaçık olduğunu bildiğim için buna ikinci kez cesaret edemem." Burnunu saçlarıma gömerek kokumu uzun uzun içine çekince kollarımı boynuna sardım.

İlk kez bir adam tarafından sevilmek istedim. Onun tarafından çok sevilmek istedim çünkü avuçlarına bıraktığım elim değil, aslında kalbimdi. Şimdi ya yaralarımı saracaktı ya da daha fazla kanatacaktı. Seçimi ona bıraktım çünkü artık kalbimi avuçlarında tutuyordu.

Sıkıyorsa kanatsın, onu buna pişman ederim!

15. BÖLÜM

Kendimden beklenmeyecek bir karar vermiş ve Buzdağı'na *evet* demiştim. Doğru mu yaptım yoksa yanlış mı, onu zaman gösterecekti. *Ne diyeyim, Allah utandırmasın.* Evet, Alaz için hâlâ tereddütlerim vardı fakat bana karşı dürüst olduğunu görmüşken ona daha fazla direnemezdim. Ben de bir insandım sonuçta ve göğsümde taşıdığım kalbimi daha fazla görmezden gelemezdim. Ayrıca ona verdiğim bu şansı da ziyan ederse başına gelecekleri iyi biliyordu. Ben asla bir kalp kırıklığı yüzünden gözyaşı döküp yas tutan biri olamazdım. En kötüsünü yapsın ve beni bir kadınla aldatsın diyelim. Ağlayıp hayıflanmak yerine ben de gider onu aldatırdım. Evet, böyle bir akıl hastasıydım işte. Çektiğim acı kadar çektirir ve yandığım kadar yakardım. Yaşadığım her şeyle intikam ateşini ellerimde tutar ve beni yakan herkesi o ateşte yakmasını iyi bilirdim. Bir kere gözümü kararttım mı kendi sonumu getirme pahasına herkesin sonu olurdum. *Yani öyle erkektir, her haltı yapabilir yok bende. Saf aşkımı içime gömerek başıma gelen her şeyi sineye çekeyim kafasında değilim.* Bir erkek yapıyorsa o kadın daha beterini yapmalıydı ona bence. Diğer kadınları bilmem ama Yankı Sarmaşık'ın yapacaklarının bir sınırı olamazdı. Çünkü kendimi tanıyordum; deliydim ben ve yapardım.

Çiftliktekilerin tüm itirazlarına rağmen üzerimi değiştirdikten sonra kahvaltıyı yapınca yola çıkmıştık. Ben doğrudan tesise gideceğimizi düşünürken, Alaz bana hiçbir açıklama yapmadan elimden tutarak beni bir hastaneye getirmişti. İçeri girdiğimizde ne ara doktordan randevu aldığını bile bilmiyordum. Kendimi bir göz doktorunun karşısında bulmuştum. Bir sürü ışıklı cihazdan geçen gözlerim yaşardığı için her an isyan etmek üzereydim. Nihayet yaşlı doktorun odasına geçince Alaz ayakta dikilirken sabırsız bir ses tonuyla, "Gözlerin durumu nasıl?" diye sordu.

Masasında oturan doktor elindeki sonuçları göstererek tebessüm etti. "1 ile 10 derece arası miyop, 1 ile 7 derece arası hipermetrop. Astigmat rahatsızlığı olan hastalarımıza lazer tedavisi uygulayabiliyoruz. Sedef Hanım'ın göz kornea tabakası ince olmadığı için ameliyatta herhangi bir sıkıntı olacağını sanmıyorum," dedi. Ameliyat lafını duyunca istemsiz bir şekilde gerildim. Beklenmedik bir ameliyat istemiyordum.

Allah aşkına, benim burada ne işim var?

"Ameliyat olamam," diyerek hemen karşı çıktım. "Gözlerime uygun bir lens işimi görür." Evet, son zamanlarda aksiyonlu geçen hayatım yüzünden gözlükler bana sorun çıkarıyordu. Ancak bunun için lensleri düşünebilirdim, ameliyat olmazdı.

"Bu kalıcı bir çözüm değil." Beni ikna etmeye yemin etmiş gibi görünen doktor, masasından bana doğru eğildi. "Teknoloji artık çok gelişti. Sadece yirmi dakikalık küçük bir operasyonla sizi lensten ve gözlükten kurtarabiliriz. Emin olun, lazer tedavisiyle gözlükler ve lensler olmadan daha iyi görebilirsiniz. Yirmi dakikalık bir işlemden sonra iki saat gibi bir süre gözlem altında tutulduktan sonra taburcu olabilirsiniz. Sadece bir gün boyunca gözlerinizde hafif bir sulanma ve kaşıntı olacaktır. Bunun dışında bir sorun yaşayacağınızı sanmıyorum." Tamam, iyi konuşuyordu ama o yirmi dakikalık işlemde narkoz beni etkilemediği için canımın ne kadar yanacağını tahmin edemiyordu.

"Sabah konuştuğumuz gibi her şey hazır mı?" Alaz'ın söyledikleri yine beni kızdırdı. *Bana sormadan bunu ayarlamış olamaz.* Doktor, "Evet, gönderdiğiniz hastane raporları incelendi. Sedef Hanım'ın herhangi bir rahatsızlığı yok. Eğer o da isterse yarım saat sonra ameliyata başlayabiliriz," dediğinde oturduğum yerden öfkeyle ayağa kalktım ve bu kuralcı adamın karşısına dikildim. "Benim onayımı bile almadan raporlarımı buraya getirmiş olamazsın!" Daha önce Mutlu'yla yaşananlardan dolayı geçici bir körlük yaşamıştım. Bu yüzden gözlerime birçok test yapmışlardı. Bu zorba adam ise daha çiftliğe gelmeden raporlarımı buraya göndermiş ve ameliyat için hazırlıkları başlatmıştı! Üstelik bana sormadan bu kararı vermişti.

Adam kafasına eseni sorgusuz sualsiz yapan bir deli!

Alaz, "Bize biraz müsaade eder misiniz?" dedi. Doktor başını sallayarak dışarı çıkınca yavaşça bana doğru döndü. "Sana sorsaydım kabul edecek miydin?" Yine yapıyordu! Yine kendi bildiğini uygulayıp bunun için izin bile almıyordu.

"Hayır." O lanet yüzüne yumruğumu geçirmemek için kendimi zor tutuyordum. "Şimdi de *hayır* diyorum. Bir daha benim adıma karar verme." Ona daha bu sabah evet demiştim ama öğleye kendimi bir hastanede bulmuştum!

"Sakin olacak mısın artık?" Şu ruhsuz halleri yemin ederim bende öfkeden çığlık atma isteğini çoğaltıyordu. "Bunu senin için yaptığımı neden anlamıyorsun?" Elleri omuzlarımı kavradığında ona küfretmemek için dudaklarımı birbirine bastırdım. "Peşinde biri var Sedef. Hadi onu da geçtim, sen teşkilatın bir üyesi olma yolundasın. Bir tehlike esnasında gözlüklerinin olmadığını düşün. Evet, onlar olmadan da dövüşebiliyorsun ama yönünü nasıl bulacaksın?" Beni ikna etmek için kullandığı yumuşak ses tonu şu anda kesinlikle işe yaramıyordu. Söylediklerinde haklı bile olsa bu emrivaki tavrı onun dediğini yapacağım anlamına gelmiyordu. O ameliyata uyanık bir halde girecek olan kendisi değildi tabii.

"Mantıklı düşün." İnadımı kırmak için üzerime eğildi. "Sen sadece sıradan bir çaylak değilsin artık. Altı kişilik bir ekibin var ve onları hayatta tutmak istiyorsan seni engelleyen tüm kusurlarından kurtulmalısın." Ameliyatta çekeceğim acıyı düşünürken o aptallar umurumda bile değildi. *Herkes kendi bacağından asılır, bir zahmet baksınlar başlarının çaresine. Ben mi dedim lider olarak beni seçin diye? Daha kendime hayrım yokken benim neyime liderlik?*

Geriye çekilerek onun temasından kurtuldum. "İlaçlar bana fayda etmiyor ama!" Ellerim yumruk olmuş bir şekilde bağırdığımda gülümsedi. "Ameliyat esnasında uyanık olman gerekiyor, Sedef. Bu bir lazer tedavisi ve gözlerin açık olmalı. Anestezik damla ile gözlerinin hareketlerini kısıtlayacaklar."

"Anestezi beni uyutmuyorken o damla nasıl gözlerime etki edecek?" Bu küçük ayrıntıyı da düşünmüş olmalı ki yeniden bana yaklaşarak tebessüm etti. "Doktor işinin ehli biri ve bu sorundan ona önceden bahsederek raporlarını gönderdim. Göz ve bedenin işlevi tek bir doğrultuda hareket etmediği için damlanın işe yarayacağını söylemeseydi şimdi burada olmazdık." Çenemi tutarak başımı kaldırdı. "Sadece yirmi dakikalık küçük bir operasyon, Sedef. Söz veriyorum, hiç acı hissetmeyeceksin." Bu iş gittikçe aklıma yatmaya başladığı için bu sefer itiraz etmedim. *Bu can sıkıcı gözlüklerden gerçekten kurtulabilir miyim?* Onları her kaybettiğimde başıma gelenleri hatırlayınca, bunun kendi iyiliğim için olduğunu sonunda anladım.

"Tamam." Kabul ettiğimde kafamın arkasında tutarak başımı göğsüne çekti. Saçlarımın tepesine dudaklarını bastırınca tebessüm ederek kollarımı ona sardım. "Canım yanarsa bunun hesabını sorarım." Beni sımsıkı sararken çenesini başıma yaslayıp güldü. "Bunu yapacağına olan inancım tam, huysuz kadın."

Her şey söylediği gibi olmuştu, hatta düşündüğümden daha kolay olmuştu. Üzerimdeki kıyafetleri bile çıkarmam istenmedi benden. Tek yaptığım saçlarımı toplayarak plastik boneyi takmaktı. Ameliyathaneye girince baş kısmında lazer cihazının olduğu sedyeye sırtüstü uzandım. Doktorum yukarı bakmamı söyleyince büyük cihaza doğru başımı dik bir pozisyonda kaldırdım. Hemen yan tarafta bilgisayar vardı ve kafamın üstündeki kocaman lazer cihazının kamerası gözlerimi bilgisayara yansıtıyordu. Önlüğünü ve eldivenlerini takan doktor, tıpkı benim gibi kafasına bir bone takmış bir halde yanıma geldi. Her iki gözüme anestetik damlayı sıktı. "Lazer cihazına bakın, Sedef Hanım." Gözlerim kaskatı kesilmeden önce dediğini yaptım.

Yukarı bakınca doktor cihazın dürbünü andıran merceklerini gözlerimin hizasına ayarladı. Evet, nihayet başlıyorduk.

Operasyon başarılı geçmişti ve bir hemşirenin yardımıyla odaya alınmıştım. Yaklaşık beş saat odada hemşirelerin gözetimi altında kaldım. Bu süreçte Alaz hep yanımdaydı. Gözlerime sıktıkları damla etkisini kaybedince gözlerim sulanmaya başlamıştı. Lakin telaşlanmadım çünkü bunun olağan bir şey olduğunu söylemişlerdi. Sorunsuz bir şekilde hastaneden çıkmayı başarmıştık. Hava sıcak olmasına rağmen Alaz arabanın camlarını açmama izin vermemişti. Küçük bir esintinin bile gözlerimi çok fazla sulandıracağından bahsedip durmuştu. Ne zaman elim gözlerime gitse bana engel olmuş ve onları kaşımama izin vermemişti. Tesise geldiğimizde arabadan inmeden hemen önce bana güneş gözlüklerini taktı. Yarına kadar her türlü toz ihtimaline karşı gözlükleri çıkarmamam gerektiği konusunda ısrarcı olmuştu.

Kimseye görünmeme izin vermeyen Alaz, doğruca beni odama çıkardı. Gündüz olmasına rağmen dinlenmem gerektiğini söyleyince itiraz etmedim. Bir süre sonra zaten gözlerim kapanmış ve kendimi uykuda bulmuştum. Uyurgezerliğim tutarsa ve gözlerime hasar verirsem diye endişelenmişti. Ben tüm gün ve tüm gece deliksiz bir uyku sürerken Alaz, ertesi sabaha kadar gözlerini dahi kırpmadan odamdaki koltukta nöbet tutmuştu. Sabah uyandığımda hâlâ koltukta oturuyor ve hiç sitem etmeksizin beni izliyordu. Gözlerim için belirlenen tehlikeli süreyi geride bırakmış olmalıyız ki hiçbir şey söylemeden yanıma gelmişti. Saçlarımı yüzümden çekmiş ve alnıma küçük bir öpücük kondurarak kendi odasına geçmişti.

Birbirine yapışan kirpiklerimi kırpıştırarak yataktan çıktığımda bile hâlâ gözlerim kaşınıyor ve sulanıyordu. Birkaç gün bunun böyle devam edeceğini bildiğim için korkmadım. Hızlı bir şekilde üzerimi değiştirerek kendimle olan işimi bitirmiştim. Gözlerimin nasıl göründüğünü merak ettiğim için aynanın karşısına geçtim. Her an ağlayacakmışım gibi buğulu gözüken mavi gözlerimin akında hafif kızarıklık vardı. Bunun dışında gözlüksüz ilk kez gördüğüm yansımamı uzun uzun izlemekten kendimi alamadım. Numaralı gözlükler yüzünden daha iri görünen gözlerim, şimdi çok daha güzel görünüyordu. Bir gözlük insanı nasıl olduğundan daha çirkin gösterirdi? İşte bunu şimdi daha iyi anlıyordum. Gözlükler olmadan gerçekten daha farklı ve bence gözalıcıydım.

Odamdan çıkarak asansöre bindim ve kısa sürede 3.kata indim. Koridordaki insanların arasından geçerek yemekhaneye girdim. Kahvaltı saati olduğu için herkes buradaydı. Benden önce gelen eğitmenim kendi masasında sigarasını içerken, sanki varlığımı hissetmiş gibi başını kaldırdı ve göz göze geldik. Ameliyat yüzünden mi bilinmez ama baktığı ilk şey gözlerim olmuştu. Büyük bir hayranlıkla beni izleyip bana göz kırpınca gülümsedim. Gözlerimin dumandan rahatsız olacağını düşünmüş olmalı ki sigarasını söndürdü ve açık camları kontrol etti. Bu adam son olanlardan sonra fazla sevilesi olmuştu.

Çocuklardan beni ilk fark eden Efe olmuştu. Ayağa kalkarak, "Yankı!" diye bağırdığında herkesin gözleri beni buldu. "Efe Can?" Gülerek ona doğru bir adım atmıştım ki Kuzey kaşlarını çatarak onu kolundan çekip oturtunca afalladım.

Bu da neydi şimdi?

"Neler oluyor?" Kafam karışmış bir şekilde onların masasına doğru yürürken, Naz'ın söyledikleriyle durmak zorunda kaldım. "*Hiç zahmet etme* demek oluyor çünkü bu masada sana yer yok!" diye bağıran kızın sözlerine bir anlam veremedim. *Bu yine ne saçmalıyor?*

"Bana masa mı yok, aptal!" diyerek elimle etraftaki masaları gösterdim. "Ben bu tavrınızın nedenini öğrenmek istiyorum."

Hakan alay edercesine güldü. Bunlara ne olduğunu bilmiyordum ama garip davranıyorlardı. "Gerçekten mi? Hâlâ anlamadın mı?" *Allah'ım çıldıracağım! Söylemezlerse nasıl anlayacağım? Bildiğim kadarıyla henüz zihin okuyamıyorum.*

"Şunu anlatacak mısınız artık?" Herkes bizi izliyordu ve ben, gittikçe sinirlenmeye başlıyordum.

"Uzatma, kızım," diyen Yiğit'in sesi fazlasıyla mesafeli çıkınca ne kaçırdığımı sorgulamaya başladım. "Her fırsatta bizi bırakıp giden birinin aramızda yeri yok." Başta anlayamadım ama daha sonra onları bırakıp bir ay boyunca dönmediğim için bana kızgın olduklarını fark ettim.

"Ne yapacaktım?" En az onlar kadar sinirli olduğum için hiç düşünmeden konuşmak gibi bir hata yaptım. "Pardon da kendi hayatımı yaşamak varken sizin başınızı mı bekleyecektim?" Hepsi kaşlarını çatarak bana baksa da umursamadım. Kızdığımda ağzıma geleni söylediğim için bunları bana söyletmek onların suçuydu.

"Sen asla değişmeyeceksin!" diyen Ecrin ayağa kalkarak üzerime yürüdüğünde yerimden hiç kıpırdamadım. "Biz hep senin ilk gözden çıkardıkların olacağız." Yanıma gelip beni sertçe ittiğinde kaşlarımı çattım. "İkinci defa bunu yaparsan..." Daha sözlerim bitmeden yumruğunu karnıma geçirince bende şalterler atmıştı. "Ne yapacaksın?" dedi yüzsüzce!

Şimdi görür ne yapacağımı!

Aramızdaki mesafeyi kapattığım gibi bana vurduğu elinin bileğini tuttum. Tüm gücümle bileğini bükeceğim esnada, "Sedef!" diye bağıran Efe'nin sesiyle, başımdan aşağıya kaynar sular dökülmüş gibi hissettim. Şaşkınlık içinde sıktığım elin sahibine bakıyordum. Allah kahretsin, ben ne halt ediyordum! "Bunu gerçekten yapacaktın?" Ecrin'in şaşkın yüzüne baktığımda en az onun kadar afallamıştım. "Ben..." Az önce bana ne olduğunu bilmediğim için söyleyecek bir şeyler bulamıyordum.

Onun bileğini kırmayı istedim!

Kuzey ile göz göze geldiğimizde yüzümde ne gördü, bilmiyordum ama dişlerinin arasından bir şeyler söyleyerek hemen ayağa kalkmıştı. Her şey etrafımda dönerken yerimde sendelediğim esnada, "Kuzey, düşecek!" diyerek telaşa kapılan Yiğit'in sesini duydum ve Kuzey koşarak beni kollarının arasına almayı başardı. "Geçti, güzelim," dedi. Saçlarımı okşayarak beni sakinleştiren çocuğun söylediklerini neden anlamıyordum? Ne geçmişti?

"Müdire anne, yapma!" diyen sesim kulağımda yankılandı. *"Müdire anne, çok acıyor!"*

"Fulya'nın elini yaktığın için bu cezayı hak ettin, Sedef!" Fulya'nın elini ben yakmamıştım, nasıl yandığını bile hatırlamıyordum.

"Yemin ederim ben yapmadım."

"Seni cezalandırmak istemiyorum, Sedef ama sen bencil bir kızsın."

"Değilim müdire anne! Ben kimseyi incitmedim."

"Seni sevdiğimi biliyorsun, değil mi? Ama bunu hak ettin!" Kadın, bileğimi tutup sertçe kıvırınca duyduğum acı yüzünden haykırdım. "Sedef, yapma!" Kuzey beni göğsüne bastırıp ağlamaklı bir sesle yalvardı. "Gözünü seveyim, hatırlamaya çalışma." Farkında olmadan geçmişi hatırlayınca attığım çığlığı buradaki herkes duymuştu.

Fulya yüzünden kim bilir daha ne gibi acılar yaşadım.

"Bileğimi kıracaktı..." Elimi tutarak Kuzey'e gösterdim. "Müdire anne bileğimi kıracaktı, Kuzey," dediğimde gözleri doldu ve çaresizlik içinde başını salladı. Geçmişim fazla acı doluydu.

"Hakan?" Ağlayarak ismini fısıldadığımda, beni Kuzey'in kollarından çekip aldı ve sımsıkı sarıldı. "Buradayım Sakar. Hadi, gidelim kardeşim." Beni bırakmadan kapıya doğru çekiştirince Alaz'ın bakışlarına maruz kaldım. Gözlerindeki o yakıcı öfke bana ve çocuklara değildi, kurtaramadığı geçmişim içindi. Çünkü buradaki herkes bu garip tavrımın geçmişten kaynaklandığını anlamıştı.

Fulya'nın yüzündeki sırıtmaya bakılırsa o da geçmişte bana yaşattığı o sahneyi hatırlamıştı. İkimizden biri yok olmadıkça bu kıza olan nefretim dinmeyecekti!

Bahçeye çıkarak tesisten uzaklaşana kadar Hakan ile ikimiz hiç konuşmamıştık. Yeterince uzaklaştığımızda acı çeken gözlerine baktım. "Beni asla affetme," diyerek hıçkırdığımda gözleri dolarak kolumdan tuttuğu gibi beni göğsüne çekti. "Ne o gün ne de bugün… Ben sana hiç kızmadım." Ona sarılarak içimdeki tüm zehri akıtmak istercesine ağladım. O gün müdire anne Fulya yüzünden bileğimi neredeyse kıracak kadar bükmüştü ve onu durduran kişi Hakan olmuştu. Yiğit ve Kuzey yatakhanedeydi ama Hakan koridorda yürürken çığlığımı duymuş ve müdire annenin odasına dalmıştı. Henüz sekiz yaşlarındaydı sanırım ama içeri girip müdire anneyi öyle bir itmişti ki kadın şaşırmıştı. Hemen sonrasında kadın, Hakan kendisinden geçene kadar onu dövmüştü. Küçücük çocuk olduğunu umursamadan ağzından kanlar gelene kadar onu dövmüştü. En acısı ise ben bir köşeye çekilmiş, sadece ağlayarak izlemekle yetinmiştim. O benim yüzümden acı çekerken ben sadece izlemiştim. İşte tam o an müdire annenin haklı olduğunu anlamıştım. Ben bencil biriydim ve o günden sonra bunu kendime hep hatırlattım. *Ben bencil biriyim ve sadece kendimi düşünürüm.*

"Bize de yer var mı?" Hakan ile birbirimizden usulca ayrılınca, Yarasaların peşimizden geldiğini gördüm. "Bu affedildiğim anlamına mı geliyor?" Ağlamaklı çıkan sesimi duyup hepsi koşarak üzerimize çullanınca gülmeye başladık. Evet, kocaman bir çember şeklinde birbirimize sarılmıştık.

Bu aptalların hepsi geçmişim ve ben artık geçmişimden kaçmayacağım.

Başımı kaldırdığımda 2. katın terasında bizi izleyen Alaz'ı ve ekibini gördüm. Yoğun bakışlarını buradan bile hissediyordum. Buket başını onun göğsüne yaslamıştı. Buket'e tebessüm ederek kollarını ona doladı ve saçlarına bir öpücük kondurdu. Alaz ve Buket, ben ve Kuzey gibiydi.

Bir ayda neler yaptığımla ilgili çocuklarla uzun uzun sohbet etmek iyi gelmişti. Akşam yemeğinden sonra hemen odama çıkmak istemedim. Biraz temiz hava almak en doğal hakkım diye düşündüm. Ancak en alt kata indiğimde Fulya'nın kireç gibi bir yüzle tesise girdiğini gördüm. Kollarını kendisine dolayan kız ürkmüş gibi görünüyordu. Sürekli etrafına tedirgin bakışlar atarak yürüyünce yüzümü buruşturdum. "Allah'ın salağı, gören de bahçede öcü gördü sanır," diye homurdanarak ona sırtımı döneceğim esnada aniden durdum. "Bu salak gerçekten öcüyü görmüş olmasın?" Onun işbirlikçisi olma ihtimali olduğuna göre bu mümkündü.

Aceleyle asansöre doğru yürüyen kızın arkasından bağırdım. "Şşt, yılan! Onun yüzünü gördün, değil mi?" diye alay ederek konuştuğumda hemen arkasını dönünce göz göze geldik. "Ne saçmalıyorsun yine sen?" Açıkçası o ip gibi ince kaşlarını çatması beni zerre kadar korkutmuyordu.

"Diyorum ki..." Cümlemi bilerek yarım bırakıp ona doğru yürüdüm. "Öcü, Feride'yi satacak kadar ne vadetti sana?" Sözlerim başta onu afallattı lakin bana olan nefreti az önceki korkusundan daha büyük olmalı ki hızla aramızdaki mesafeyi kapattı. "Aranma!" diye tısladığında gülümsedim. "Aranıyorum diyelim, ne yapacaksın?" diyerek iyice yaklaştım. "Hadi bana haddimi bildirsene?" *Evet, kaşınıyorum çünkü bu kızı bir kaşık suda boğmak isterken kendime hâkim olmam çok zor. Hadi bana vur sinsi yılan, vur ki yüzünü dağıtmam için bir sebebim olsun!*

Dikkatli bir şekilde beni inceleyen kız, bana o kadar yaklaştı ki neredeyse burunlarımız birbirine değecekti. "Neden artık şu işi bitirmiyoruz?" Tehlikeyle parıldayan mavi gözleri bana meydan okurken gülümsemem tüm yüzüme yayıldı. "Tatlım, her an dudaklarıma yapışacakmış gibi bana sokulmasan mı? Yok yani, biri görüp yanlış anlar falan. Adımın seninle anılması intihar sebebim olur. Benden bu kadar kolay kurtulmak istemezsin, değil mi?" Hiçbir şeyi ciddiye almayan karakterim onu deli ediyordu. Neyse ki başını biraz geriye çekmişti aptal. O kadar yakındık ki gerçekten hoş bir görüntü sunmuyorduk.

Sedef Sarmaşık asla geri adım atmayacağına göre bu iş ona düşüyordu.

Gerçi dışarıdan bakan herkes her an birbirimize dalacağımızı anlardı çünkü nefret dolu gözlerimiz bizim için bu işi hallediyordu. Sabırsız bir sesle, "Eee?" dedi. Neden bahsettiğini anlamadım. "Cevap vermediğine göre meydan okumam seni korkuttu." En büyük zaafım kolay gaza gelen biri olmamdı ve biri bana meydan okursa ucunda ölüm bile olsa ben girerdim o kavgaya.

Bu yılan yokluğumda kendisini ne kadar geliştirmiş olabilir ki? Bu maç her şekilde benimdi.

Fulya hâlâ benden cevap beklerken izleniliyormuşuz hissiyle dolup taştım. Başımı çevirip etrafıma bakındığımda gerçekten izlendiğimizi gördüm. Koridorda bu kadar kişinin varlığını nasıl fark etmedim, bilmiyordum. Belki de kendimi Fulya'ya fazla kaptırmıştım. Yarasalar, Çakallar ve her iki takımın eğitmenleri neredeyse etrafımızı çember şeklinde sarmışlardı. Fulya ve ben ise bu çemberin tam ortasındaydık. Benim gibi Fulya da onları fark edince keyiflendi. "Evet paçavra, cevabın ne? Meydan okumamı kabul ediyor musun?" Sırf onlar duysun diye bilerek sesini yükseltmişti yılan.

Şimdi gıcıklığına hayır demek vardı ama karizmayı çizdirmek de olmazdı. Sonuçta benim de burada kendimce bir saygınlığım vardı. Kimi kandırıyordum ki? Burada kimse beni insan yerine koymuyordu!

Alaz ile göz göze geldiğimizde ilk kez o eşsiz güzellikteki gözlerinde endişeyi gördüm. Fakat bu endişesi kendi adına değildi. Evet, benim içindi. Canımın yanacağından korkar gibiydi ve gözleri âdeta bana yalvarıp *kabul etme* der gibi bakıyordu. İstemsiz bir şekilde kaşlarımı çattım. Fulya'nın benden daha iyi olduğunu düşünüyor olamazdı, değil mi? Daha ilginç olansa Kuzey de *yapma* dercesine gözleriyle beni uyarıyordu. Naz ve Ecrin korkuyla nefesini tutmuş, Hakan ve Yiğit de aynı onlar gibi bakıyordu. En cesurları beni caydırmaya çalışırken hiç ummadığım biri, *yap şunu* der gibi bakıyordu. Efe Can? Evet,

Efe'nin bakışlarında tereddüt veya endişe yoktu. Aksine kabul etmezsem hayal kırıklığına uğrayacak gibi duruyordu. Etrafındaki kişileri kontrol etti ve kimsenin ona bakmadığını görünce dudaklarını oynatıp, "Güven bana," dedi. Efe'nin yabancısı olduğum bu gizemli hali bana garip gelse de ona göz kırptığımda mesajı almıştı.

Fulya'ya dönerek omuzlarımı dikleştirdim ve "Kabul ediyorum," dedim. Fulya ve takımı gülerken, başta Alaz olmak üzere benim destekçilerim sinirlenmişti. *Allah aşkına, bunların sorunu ne? Alt tarafı küçük bir dövüş. Ne kadar zor olabilir ki? Eğer kaybedersem Efe'yi kimse elimden alamaz! Kabul ederken biraz da onun gazına gelmiş olabilirim.*

Fulya ve takımı şimdiden galibiyet nidalarıyla yanımızdan ayrılırken, Ecrin sertçe kolumu sıktı. *Bu kız neden her fırsatta beni tartaklıyor?* "Sen gerçekten aptalsın, Sarmaşık!"

"Duramıyor!" Süslü bir ayağını yere vurup çocuk gibi tepinmeye başladı. "Bu kız iki dakika rahat duramıyor!" Hakkını yiyemem, o ayakkabılarla böylesine tepinmek her yiğidin harcı değildi.

Yiğit de benimle aynı şeyleri düşünüyor olmalı ki onun ayaklarına bakıp sırıttı. "Kız Nazile, o şeylerle biraz daha kedi görmüş yavru köpek gibi tepinirsen bileğini burkacaksın." Naz onun yaptığı benzetmeyi duyup gözlerini irice açarken biz çocuklara bunu izlemek düşmüştü.

Hakan gülerek, "Köpek görmüş kedi diyecektin sanırım!" dediğinde başını olumsuz anlamda sallayıp beni gösterdi. "Kedi orada, Süslü de ne zaman onu görse bir şekilde tepindiğine göre yavru köpek de o oluyor." Ben ona ters ters bakıp somurturken diğerlerinin keyfine diyecek yoktu. Resmen adım Kedi olarak kalmıştı. İşin ironik kısmı kedilerden nefret ediyor olmamdı.

"Sen bana köpek mi dedin?" diyen Süslü'nün jetonu anlaşılan benimkinden geç düşüyordu. Yiğit, "Hayır," deyip gülerek Kuzey'in arkasına saklandı. "Yavru köpek dedim." Naz yine çıldırmış gibi bağırınca çantasından biber gazını çıkardı. Kuzey başına gelecekleri anlamış olmalı ki, "Sakın!" diye onu uyardı. Fakat Naz elindeki şeyi Yiğit'e doğru sıktı ve Yiğit uyanıklık yapıp Kuzey'in arkasına saklanınca, Kuzey'in gözleri yandı.

Yanan gözlerini ovuşturan Kuzey, "Öldün kızım sen!" diye gürlediğinde Naz, korkuyla elindeki biber gazını Ecrin'in eline tutuşturdu ve Ecrin'i ona doğru gelen Kuzey'in önüne itti. *Bu Yiğit ve Naz gerçekten çok uyumlu bir çift çünkü ikisi de çok uyanık!*

Kuzey yanan gözlerini açamadığı için Naz'ın olduğu tarafa birkaç adım atmıştı ki kollarına itilen kızı Naz sandı. "Şimdi nereye kaçacaksın?" Boğazından hırlar gibi bir ses çıkartarak Ecrin'in kolunu sertçe sıkınca, zavallı kız hâlâ düştüğü durumun şokundaydı. Daha kötüsü ise Kuzey gözleri kapalı olduğu için onu Naz sanıyordu.

Ecrin canı yanmış olmalı ki kendisini kurtarmaya çalışıyordu. Kuzey onun kolunu daha sert sıkınca inledi. "Seni uyarmıştım, değil mi?" deyince Ecrin hiç konuşmadı. Elini kaldırıp Kuzey'in kapalı gözlerine dokununca yutkunan çocuk kimsenin dikkatinden kaçmamıştı. Naz kırk yılın başında bir işe yaradı.

Ecrin'in parmakları onun acısını almak ister gibi göz kapaklarının üzerinde gezindi. Kuzey yerinde kaskatı kesilirken, Ecrin sanki bizim burada olduğumuzu unutmuş gibi aşk dolu gözlerle Kuzey'i izliyordu. Daha sonra hepimizi afallatacak bir şey yaptı. Parmak uçlarında yükseldi ve dudaklarını Kuzey'in kapalı gözlerine ürkekçe değdirdi. "Yok artık!," diye fısıldayan Hakan'ı durduran kişi, onları sırıtarak izleyen Yiğit olmuştu. Anlaşılan herkes gibi o da devamını merak ediyordu.

Bir süre ikisi birbirinin nefes alışlarını dinledikten sonra Ecrin usulca ondan uzaklaştı. Kuzey gözlerini yavaşça açtığında siyah gözleri kızarsa da eskisi gibi canı acımıyor gibiydi. En son Naz'ı kollarında tuttuğunu sanıyordu ama şimdi karşısında Ecrin'i bulmak onu şaşırtmamıştı. Belki de Ecrin'in ve Naz'ın kokusunu birbirinden ayırt etmeyi başarmıştı. "Bir daha..." dedi ve Ecrin'e dikkatlice bakarken duraksadı. "Sakın gözlerimden öpme!" diye uyardıktan sonra Ecrin'in kırgın gözlerine bakmadan yanından geçip gitmişti.

Ecrin'in yaşadığı üzüntüyü görmemek imkânsızdı. Kız her an ağlayabilirdi. Gülerek, "Hey, Koreli!" dedim ve ağlamaklı yüzüne baktım. "O serserinin bazı batıl inançları var ve bunlardan biri de senin az önce yaptığın şeyle ilgili. Kuzey'e göre birini gözlerinden öpmek ayrılık getirirmiş. Yani sana veda etmek istemediği için kızdı." Kuzey'i en iyi ben tanırdım. O serserinin sert görünüşünün altında yatan gizli gerçekleri benden iyi kimse bilemezdi.

Başta onunla dalga geçiyorum diye düşündü ama bana inanmayı seçmiş olmalı ki üzgün halinden çok çabuk sıyrıldı. "Ciddi misin?" Ciddiydim.

"Çocukken ben zorla onu gözlerinden öperdim ve ayrılacağız diye korkar, bana hep kızardı. En son onu kızdırmak için yine gözlerinden öptüm." Derin bir iç çektim. "Ve birkaç hafta sonra yurttan kaçarak onu bıraktım." Söylediklerim onu rahatlatmak için değildi çünkü Kuzey gerçekten böyle şeylere inanıyordu. Sorsanız asla kabul etmezdi ama onu iyi tanıyordum. Özellikle onu gözlerinden öptükten sonra ayrıldığımız için bu inancına körü körüne bağlandı.

Eğer böyle şeylere azıcık inansaydım, sırf sonsuza kadar ayrılalım diye gider öcüyü gözlerinden öperdim.

Tamam, bu iğrenç.

"Nereye gidiyoruz, Ahmet?"

"Dövüş sahasına. Sakın kaçmayı düşünme çünkü eğitmeninin kesin emri var," diye gülerek beni uyardı. Ona ters ters baktım. Çam ağaçlarının arasından geçmeye başladık. *Sabahın dokuzunda yine ne eğitimi bu?*

Açık alana çıkınca halatlarla çevrili ringin hemen yanında duran eğitmenleri ve karşılarındaki çaylakları gördüm. "Ne işler dönüyor burada ajan?" diye sordum. Herkesin ciddi tavrı arkaya dönüp kaçma isteğimi pekiştirdi.

"Öğrenirsin birazdan."

"Ben sana küstüm Ahmetçiğim," dediğimde durup bana baktı. "Niye?" diye sordu. Ellerimle gözlerimi gösterdim. "Artık gözlük takmıyorum ama bunu hiç fark etmedin." Sadece o değil, kimse fark etmemişti ve bu çok onur kırıcıydı! Neden kimse bana iltifat etmiyordu ki!

Dikkatli bir şekilde gözlerime bakan adam, "Haklısın, hiç fark etmemiştim," deyince dirseğimi karın boşluğuna geçirdim. "Bir dahaki sefere fark edersin artık!" diye homurdandığımda susmak zorunda kalmıştı. Güzel gözlerimi çirkin gösteren o gözlüklerden kurtulmuş olmamı herkes fark etmeliydi.

Nihayet kalabalığın yanına geldiğimizde herkes geç kaldığım için sitemliydi. "*Assolistler hep en son gelir* sözünü hiç duymadınız mı?" dediğimde Yosun kıkırdarken diğerleri artık beni görmezden gelmeyi öğrenmişti. Onları umursamadan ben de kendi eğitmenimin karşısına geçtim. Dakik biri sayılırdım aslında. Sadece onlar buluşma yerine hep erken geliyorlardı.

"Herkes geldiğine göre artık başlayalım." Takımın sözcüsü olan Simay konuşmaya başladı. "Bugün bu gördüğünüz ringde dövüşeceksiniz fakat birbirinizle değil, biz eğitmenlerle. Hepinizin ne kadar yol katettiğini böylece daha iyi anlayabiliriz. Rakiplerinizi siz seçeceksiniz ve kendi eğitmenleriniz dışında her eğitmeni seçebilirsiniz." *Al işte! İki gün rahat bir uyku çektim ya, illa onu burnumdan getirsinler.*

Elimi kaldırarak söze karıştım. "Neden kendi eğitmenlerimizle dövüşemiyoruz?" Alaz'ın yaramaz bakışları beni buldu ve dudakları usulca kıvrıldı ve "Çaylağımla olan bir müsabakada hiç şansım yok," dedi. Arsız bakışları dudaklarımda oyalanınca tenimi basan ateş yutkunmamı sağladı. *Bu pislik herkesin içinde böyle aç gözlerle bana bakmayı kesse iyi olur.*

"Haklısınız." Onun tutkulu bakışlarına alay ederek karşılık verdim. "Allah korusun, elimde falan kalırsınız. Sonra başım belaya girsin istemiyorum," diye övündüğümde başını geriye atarak güldü vicdansızın oğlu. "Beni bu kadar düşünmen gururumu okşadı çaylak. Elinde kalmayı isterdim." Sesindeki o kinayeyi umarım sadece ben anlamışımdır. Bu adam gittikçe haylaz biri olmaya başladı.

Dişlerimin arasından tıslarcasına, "Biraz daha böyle devam ederseniz olacak olan bu, sevgili eğitmenim," dediğimde tek kaşını yukarı kaldırdı. "Cümlendeki dokuzuncu kelimenin sonuna "m" harfini getirmeyi dene," dedi. Ne demek istediğini anlamamıştım. Yine sayılara olan takıntısını devreye sokmuştu. Az önce kurduğum cümlenin tüm kelimelerini saymıştım. Dokuzuncu kelime, "sevgili" kelimesiydi. O kelimenin sonuna "m" eklediğimde ise ortaya, "sevgilim" sözcüğü çıkıyordu. *Ne? Doğru mu anladım?* Başımı kaldırdığımda gülümseyerek bana baktı ve yerin dibine girdim. Bu pislik ilk günden böyle yaparsa yakında herkes aramızdaki şeyi anlayacaktı! Neyseki diğerleri kurduğum son cümleyi kaçırdıkları için ne konuştuğumuzu anlamamışlardı.

Başımı dikleştirip meydan okumasına aynı şekilde karşılık verdim. "A-L-L-A-H B-E-L-A-N-I V-E-R-S-İ-N." Her harfi tek tek söyleyerek sırıttım. "Hepsini birleştirince ne demek istediğimi anlarsınız." O çoktan birleştirmiş olmalı ki dudaklarına sevimli bir gülümseme yerleşti. "Kız her şekilde bela okumakta çığır açmış," diyerek gülen Atalay'a bakılırsa herkes ne demek istediğimi anlamıştı.

"Evet, artık başlayalım mı?" Pars ikimizin çekişmesinden sıkılmış gibi araya girmekte gecikmemişti. "Sırasıyla herkes rakibini seçsin. Kendi eğitmeninizi seçemezsiniz dedik çünkü..." Alaz'a imayla baktı. "Bazıları kendi çaylağına zarar vermekten çekinecek kadar amatör." Alaz onu zerre kadar umursamadı. Zaten buradaki herkes Alaz'ın işinde ne kadar profesyonel olduğunu bildiği için bu sözlere aldırmadı bile. Ben bu adamın canımı çıkartana kadar beni çalıştırdığı günleri biliyordum. O mu bana zarar vermekten çekinecekti? Söz konusu eğitim olunca bu adam durmak bilmiyordu.

Bana bakan Fulya sırıttı ve "Altuğ'u seçiyorum," dedi. Aklından geçenleri tahmin etmek çok kolaydı. Dövüş esnasında onunla bol bol flört ederek aklınca beni kıskandıracaktı. Zerre kadar umurumda değildi. Gözlerimin önünde öpüşseler bile bir erkek için bir kıza kafayı takacak biri değildim. Onunla olan düşmanlığımın sebebi Alaz değildi, geçmişti ve süregelen yanlışlarıydı. Fulya, bana rakip olacak kadar önemsediğim biri hiçbir zaman olamayacaktı.

Kuzey gülerek, "Pars'ı seçiyorum," dedi. Ekip olarak Pars'tan nefret ettiğimiz için Kuzey onu seçmişti.

"Yosun." Şafak ürkekçe buradaki en nahif eğitmeni seçti. Yosun onu fazla hırpalamayacağını göstermek için tebessüm ederek ona göz kırptı.

Herkes rakibini dişine göre seçiyordu.

"Kızıl bende." Ecrin ise Esad'ın silikonlu eğitmenini seçmişti. Kadının tehlikeli gülüşüne bakılırsa bu, yanlış bir seçimdi. Keşke Simay'ı seçseydi.

"Atalay." Tunç, Yeşil Gözlü Yakışıklı'yı seçti. Genelde seçimler hep rakip takımın eğitmenleri yönünde oluyordu.

"Şu adını bilmediğim kel adamı seçtim," diyen Yiğit'in söyledikleri bizi güldürdü. Yiğit, Feride'nin iri kıyım eğitmenini seçmişti.

"Yavuz." Esad da Hakan'ın eğitmenini seçti ve Hakan, "Nail," diyerek Şafak'ın eğitmenini seçti. Çoğunun ismini yeni öğreniyordum. Belki de bu, karşı takımdakilerin ismini hiç merak etmediğim içindi. Naz, diğer takımdan Araf'ın eğitmenini; Araf, Michael'ı; Efe korktuğu için bir erkek yerine bizim takımdan Afrodit'i ve Halil kendi takımından birini seçince geriye sadece ben kalmıştım.

Ben kimi seçeceğim şimdi? Geriye doğru düzgün adam kalmadı ki? Pardon geriye hiç kadın eğitmen kalmadı. Herkes bana merakla bakarken güldüm. "Benim için fark etmez, kim istiyorsa o olsun rakibim. Nasıl olsa bu işin sonunda hepimiz bir hafta istirahate çekileceğiz." Sonuçta rakiplerimiz eğitmenler olduğu için her şekilde kaportada büyük hasar olacaktı.

"Ben dövüşeceğim onunla." Hemen arkamda yankılanan ses sanki, "Kara Murat benim," der gibi bir anda ortaya çıkmıştı. Kara Murat o oluyorsa ben kim oluyordum? Hain Bizans mı? Kendi saçma düşüncelerime kıkırdayarak başımı iki yanıma salladım. Şu aklımın bir sınırı yoktu.

Herkes rengi atmış bir şekilde arkama bakınca merak ederek geriye doğru döndüm. "Şaka mı bu?" Daha önce bir kez gelen Aracıların burada ne işi olduğunu anlamadım. İçlerinden biri benimle dövüşmek mi istedi? Peki hangisi? "Eee, hanginiz Kara Murat?" Hepsi *yine ne saçmalıyorsun* der gibi bana bakıyordu. *Mizah anlayışları olmaması benim suçum değil.*

Siyah takım elbiseli adam öne çıkmıştı. Boynunda yarasa dövmesi olan adamdı bu. Güneş gözlüklerinin altından attığı yoğun bakışları beni tedirgin ediyordu. "Küçük ajanımıza yeni görevini bildirmek için geldik," dedi. "Sanırım görevden önce bu iş için uygun olup olmadığını bize kanıtlaması için küçük bir müsabaka fena olmaz." Bu ses tonu bana bir yerlerden tanıdık geliyordu ama nereden? Daha önce buraya infazımı durdurmak için gelmişti ve sesini hiç duymamıştım.

Hadi, çıkar şu lanet gözlükleri.

"Bu söz konusu değil." Alaz sakin görünüyor olabilirdi ama bu teklif sonrasında sakin kalamayacağını biliyordum. Daha doğru düzgün eğitim bile almamışken ne görevinden bahsediyordu bunlar?

"Neden?" Dövmeli adamın yanındaki kumral kişi konuştu. "Yoksa onun bir ajan olmak için yeterli kriterlere sahip olmadığını mı düşünüyorsun?" Pars aradığı fırsatı bulmuş gibi sırıtırken, Alaz nasıl böyle soğuk ve sabırlı duruyordu, anlamıyordum. Üstlerden biri bana açık açık meydan okuyordu. Önce Fulya, şimdi de bu! İki günde iki meydan okuma gerçekten harika!

"Sedef'in eksikleri olduğu bir sır değil." Alaz gözlüklü adama doğru bir adım attı. "Çaylağım yerine benimle ringe çıkmaya ne dersiniz?" Üstlerden birine meydan okuduğunda ekibindeki herkes yutkunmuştu. Başına ciddi bir bela almak üzereydi ve bu, onu hiç korkutmuyordu.

"Neden seçimi ortağına bırakmıyoruz?" Gözlüklerinin altındaki delici bakışları beni bulmuştu. "Senin bu konudaki fikrin ne? Yerine eğitmenini çıkarırsan bana uyar ancak karar vermeden önce sonuçlarını iyi düşün." Gizli tehdidini anlamamak için aptal olmak gerekiyordu. Benim yerime Alaz çıkarsa ve bu adam kaybederse her ikimize de münasip bir ceza vereceğini açıkça ima etmişti. Bu adamın benimle sorunu neydi?

Tehdidi duyduğunda yumruklarını sıkan Alaz, amiri olduğunu unutarak ona doğru bir adım atınca kolunu tutarak onu durdurdum. "Kabul ediyorum." Hızlı bir şekilde bana doğru dönünce, öfkeden kararan gözlerine bakmak beni korkuttuğu için dövmeli adama döndüm. "Sizinle dövüşeceğim." En fazla ağzımı burnumu kırardı, hepsi bu. Fazla abartmaya gerek yoktu bence. Hem diğer Yarasaların rakipleri de kolay lokma değildi. Bugünün sonunda hepimiz hastanelik olmayı garanti altına almış bulunuyorduk.

Acaba uzun zamandır aksattığım oturma eylemime geri mi dönsem? Yere bağdaş kurup oturan boğa rolüne bürünmeme az kaldı.

"Güzel." Adam siyah güneş gözlüklerini çıkartınca gördüğüm o gözler soluğumu kesmişti. *Bu mümkün değil!* Yerimde sendelerken en büyük kâbusum olan gözlere bakıyordum. Onunla ilgili her şeyi unutabilirdim, hem de her şeyi. Sesini, boyunu, o arsız ve iğrenç gülüşünü unutabilirdim ama bu gözleri hiçbir güç bana unutturamazdı. O gece çocuk bedenimi arzulayan bu gözleri nasıl unutabilirdim ki? Karanlık olabilirdi ama ben karanlıkta bile bedenime göz diken bu kahrolası gözleri görmüş ve zihnime kazımıştım. Gözleriyle beni soyan ve kendi çirkin nefsine kurban seçen bu adamı unutamazdım! Evet, bu oydu! Yıllar sonra tacizcim tam karşımdaydı. Uğruna sekiz yıl ceza aldığım bu adam hangi yüzle bana bakıyordu? Onu bir daha asla görmeyeceğimi düşünürken en büyük kâbusum nasıl karşımda durabilirdi? Tanımıyordu beni! Hayır, bu aşağılık gözler kim olduğumu biliyor gibi bakmıyordu. Sarhoşken hayatını karanttığı kıza baktığını bilmiyordu bu canavar. Bastığım toprak ayaklarımın altından kayarken başım dönüyor ve kulaklarımda o sarsıcı uğultu çınlıyordu.

"Seni kimse duyamaz."

Tam şu esnada birileri canımın ne denli yandığını ve attığım sessiz çığlıkları duymalıydı. Duymalı ki beni karşımda dikilen karanlığımdan kurtarsın. "Sedef?" Yüz ifademden ne anlamıştı, bilmiyorum ama Alaz endişeyle bana bakıyordu. "Titriyorsun..." Bedenimdeki güç çekilince dizlerim büküldü ve yere düşeceğim esnada belimi kavradı. "Neyin var senin?" Ona bakamıyordum çünkü gözlerimi karanlık adamın gözlerinden çekemiyordum. Sanki kriz geçirir gibi hem üşüyor hem de su içinde kalacak kadar terliyordum. O geceki sesi hiç kesilmiyordu. Bense kusmak üzereydim. İçinde bulunduğum sarsıcı gerçek tokat misali yüzüme çarptı.

Bu tacizci ile mi dövüşecektim?

16. BÖLÜM

Korku... Eminim ki herkesin korktuğu bir şey vardır. Küçük bir çocuğun yatağının altında saklanan hayali canavarı düşünün. Ya da birinin canından çok sevdiği birine karşı hissettiği kaybetme korkusunu. En basitinden hasta yatağında Azrail'i bekleyen birinin ölüm korkusunu düşünün. Şimdi de en büyük korkunuzu hiç olmayacak bir zamanda karşınızda bulduğunuzu düşünün. Ne hissederdiniz? Korkardınız, değil mi? En büyük korkunuz sizi çok korkuturdu, değil mi? Ben de korkuyordum, o kadar çok korkuyordum ki kendimi on dört yaşındaki savunmasız bir çocuk olarak görecek kadar korkuyordum. Hep yaptığım gibi avaz avaz bağırmak istiyordum ama yapamıyordum çünkü birileri anlar diye korkuyordum. Kimse bana inanmaz diye korkuyordum. En önemlisi birileri bana inanır diye çok korkuyordum. Biliyorum, çelişkideydim ama Kuzey inanırdı bana, Yarasaların hepsi de inanırdı bana. Peki ya sonra? Onların aklında şöyle bir sahne canlanacaktı: On dört yaşındaki küçük bir kız yerde ve onun üzerine çıkıp kıyafetlerini parçalamaya çalışan bir adam İşte beni asıl korkutan bu görüntüyü akıllarında canlandırmalarıydı. O adamın ellerini benim üzerimde hayal etmeleri beni korkuttuğu kadar utandırıyordu da. Evet, bu benim utancım değildi ama utanan taraf ben olduğuma göre bu kimin umurundaydı.

Ben şu anda kendimden bile korkarken ne yapacağımı bilmiyorum.

Daha beteri ise bu adamın bana meydan okumasıydı. Ona vurmak için bile dokunamazdım, midem bu kadarına izin vermiyordu. Onun da ikinci defa bana dokunmasına izin vermektense ölmeyi yeğlerdim. O halde ben ne yapacaktım? Eğer yerime Alaz'ı çıkartırsam Alaz acımazdı. Şu anda bile beni korkuttuğunu anladığı için amirine öldürecekmiş gibi bakarken asla ona karşı kaybetmezdi. Fakat bu adam da kendinden düşük rütbede olan birine karşı kaybederse rahat durmayacak birine benziyordu. Her iki seçenek de birbirinden beterken ben ne yapacaktım? Yankı böyle köşeye sıkışınca ne yapardı? Tabi ya! Üçüncü bir seçenek bulur ve herkese onu kabul ettirirdi. Daha önce bunu hep yapmıştım yine yapardım. Bana yaptığı her şeyin hesabını soracaktım ondan ama böyle değil herkesin içinde hiç değil.

Alaz kolumu tuttuğu için derin bir nefes alıp ondan uzaklaştım. Adama bakıp, "Konuşabilir miyiz?" diye sordum. Alaz kaşlarını çattığında tacizci adama doğru isteksizce bir adım attım. "Yalnız," dedim.

Bu tavrımı anlamasa da başını sallayarak ağaçlara doğru yürüdü. Peşinden gideceğim esnada Alaz kolumu sertçe kavradı. Dişlerinin arasından öfkeyle, "Senin onunla konuşacak neyin var?" dediğinde bu garip hallerimin onu şüphelendirdiğini anlamıştım. "Kolumu bırak!" diyerek onu uyardım. Şu anda öyle bir ruh halindeyim ki hiçbir erkeğin dokunuşuna tahammül edebileceğimi sanmıyordum.

"Sedef!" demişti ki, "Dokunma bana!" dedim. Kötü olduğumu gören adam elini anında çekmişti lakin gözlerini kısarak bu değişken ruh halimi çözmeye çalışıyordu. Hayır! O lanet zekâsı bunu anlamamalıydı.

Yüzümü daha fazla incelemesin diye kaçarcasına onun yanından uzaklaştım ve adamın peşinden gittim. Çok uzakta değil, sadece diğerlerinin bizi duyamayacağı bir mesafede durmuştuk ancak hepsi bizi gördüğü için merakla izliyordu. "Evet, konuşmak istediğin konu ne?" diye sordu. Bana üstünlük taslamaya devam ettiği için tiksintiyle güldüm. "Beni tanımadın mı?" dedim. Aramızdaki üç adımlık mesafe bana güven veriyordu. "Dikkatli bak." Yüzümdeki her an kusacakmış gibi duran ifadeyi silmeye çalışmadım çünkü gerçekten her an kusabilirdim.

Büyük bir dikkatle beni süzdükten sonra alay edercesine güldü. "Tanımalı mıyım?" Yumruklarımı sıktığımda gülmek ve çığlık atmak arasında sıkışıp kalmıştım. "Evet!" dedim. Beni unutmak gibi bir lüksü yoktu. "Herkes beni unutabilir ama senin beni unutmana izin vermem! Ben nasıl ki senin gibi ahlaksız birini unutamıyorsam sen de beni unutamazsın!" Öfke içinde kısık bir sesle konuştuğumda, bu tavrıma bir anlam veremediği için bu sefer daha bir özenle yüzümü incelemeye koyuldu.

"*Kimse seni duyamaz.*" O geceki sözlerini gözlerine bakarak tekrarladım. "*Hadi, bağır, kimse senin için gelmeyecek.*" Bir anda rengi attı, ben ise gülümsedim. "Evet, o çocuk benim. Hani tecavüz etmeye kalkıştığın on dört yaşındaki çocuk! Hani senin yüzünden ölen o küçük kız çocuğunun cezasının bedelini ödeyen o zavallı benim. Gazetelerin üçüncü sayfalarında, '*Cani hırsız*,' diye manşetleri süsleyen o kız benim!" Bazı şeyleri anımsadı. Gözlerini büyüterek rengi atmış bir şekilde defalarca beni süzdüğüne göre bazı şeyleri hatırlamıştı. O geceyi tamamen unutmaması iyi bir şeydi çünkü çok yakında bedel ödemesi gerekecekti. Benim çektiğim cezanın aynısını hatta çok daha fazlasını çekmeliydi. Bunu kendim için istemiyordum, sebebi olduğu Dilan için istiyordum.

"Sensin..." Bunu yeni fark etmiş gibi şaşkınlıkla bana bakıyordu. Şimdi bakışları bir yabancıya bakar gibi değildi. Tedirgindi. Hızlı bir şekilde diğerlerini kontrol etti, kimsenin bu rezilliği bilmesini istemiyordu. "Sarhoştum." Bana sunduğu tek mazerete karşılık acı içinde güldüm ve "Ben değildim," dedim.

Gözlerim dolduğunda elimle kendimi gösterdim. "Ben sarhoş değildim, anlıyor musun?" Bir adım daha geriye giderek aramızdaki mesafeyi kendimce biraz daha açtım. "Ben, bana yaşattığın her şeyi yıllarca hatırlayacak kadar kendimdeydim."

Sırf diğerleri duymasın diye fısıldıyordum ve bu, bana acı veriyordu. Oysaki avaz avaz bağırarak ona olan nefretimi haykırmak istiyordum. Elimle gözlerini bizden ayırmayan Alaz'ı gösterdim. "Görüyorsun, değil mi? Seninle şu anda konuşuyor olmam bile onu delirtiyor. Peki, sevgilisine tecavüz etmeye kalkıştığını öğrenirse sana ne yapar?" Sertçe yutkunan adamın gözlerinde oluşan o korku görülmeye değerdi. Alaz onu böyle korkuttuğuna göre benim bile bilmediğim karanlık bir tarafı olmalıydı.

"Ona söylemeyeceksin!" Aniden telaşa kapılarak üzerime yürüdüğünde sıçrayarak geriye çekildim. "Kimse sana inanmaz, senin sözüne karşı benim sözüm!" Ne bekliyordum ki? Pişmanlık mı? Hayır, bu adam ne bana ne de onun yüzünden ölen o küçük çocuğa yaptıklarından zerre kadar pişmanlık duymuyordu. Aksine utanmasa beni sen kışkırttın diyecek kadar arsızdı.

"Bunu..." Sakinleşmek için derin bir nefes alırken kriz geçirir gibi titriyordum. "Yanına bırakmayacağım. Şimdi topla adamlarını ve defol git buradan. Senin gibi birinin bana dokunmasına tahammülüm yok. Alaz'a her şeyi anlatmamı istemiyorsan geri adım atarsın." Cesaretimi toplayarak tam karşısında durduğumda bana cesaret veren Alaz'ın varlığı ve olası bir tehlikede beni koruyacak olmasıydı. "Bir dahaki görüşmemizde bu kadar sabırlı olmayacağım." Sözlerimi ciddiye almıyordu, belki de ciddiye almadığı bendim. Yoksa dudaklarındaki o ukala sırıtma neden belirsin ki?

"Bana ne yapabilirsin ki?" dedi. Arsızlığını yansıtan gözleri bedenimi süzdükçe koyulaşıyordu. "Yükseklerde gözü olan bir fahişe, Altuğ'u parmağında oynatacak ne tür meziyetlere sahip, merak ettim." Pişkin bir halde gülerek aramızdaki mesafeyi kapattı. "Belki de o gece yarım bıraktığım işi ilk fırsatta tamamlamalıyım." Kan beynime sıçrarken hayatımda ilk kez öfkeyi kelimenin her anlamıyla ruhumda hissediyordum. O gece bana saldırdığında bile bu kadar öfkelendiğimi hatırlamıyordum. Belki de o gece ve sonrasında suçu alkole atarak bu acımasızlığı kendimce hafifletmeye çalışmıştım. Ancak şu anda sarhoş değildi ve yaptıklarından zerre kadar pişmanlık duymadığını dile getiriyordu. İşte bu da gözümü karartıp sağduyumu yitirmeme sebep olmuştu.

Onun ölmesi gerekiyordu! Bana ve Dilan'a yaptıkları için pişmanlık duymuyorsa yaşamayı hak etmiyordu! "Bunun için pişman olmayacağım!" dedim öfke içinde. Gözlerim belindeki silahı buldu. Onu alarak beynini dağıtmak için tam bir atakta bulunacaktım ki son anda öfkemi kontrol altına aldım. Bunun tek sebebi Alaz'ın başına iş açmamaktı. Ben de bunun yerine daha farklı bir şey yaptım. Hiç ummadığı için bir anda hızlı bir şekilde aramızdaki mesafeyi kapattım. Belindeki silahı alarak geriye bile çekilmeden tüm gücümle bacak arasına dizimi geçirdim. Dudaklarından daha iniltisi çıkmadan hafif bükülmüştü ki silahın kabzasını kafasına geçirdim. Âdeta hayvan gibi böğürerek dizlerinin üzerine düşmüştü.

Onunla gelen tüm adamlar bana silah çekmişti. Şaşkınlığı üzerinden çabuk atan Alaz'ın daha eli silahına gitmeden hemen buna müdahale ettim. "Bu da ne demek?" diye sordum onlara. Aptalı oynayarak her an tetiğe basmak üzere olan adamlara şaşkın gözlerle baktım. "Benim müsabakam onunla değil miydi? Bir ajan sadece yeteneğiyle değil, zekâsıyla da en iyisi olmalı." *Ben masumum* dercesine onlara bakıyordum. "Eğitmenimin bana öğrettiği ilk şey, yeteneğimin yetersiz kaldığı yerde aklımı devreye sokmamdı." Elimle karşımda iki büklüm olmuş ve kafasından şakaklarına doğru kan akan adamı gösterdim. "Onu yenecek kadar eğitimim yoktu ve ben de konuşma bahanesiyle onu buraya çağırdım. Durumu kendi lehime çevirdim, bir ajandan beklediğiniz taktikler bunlar değil mi?" İçimdeki tiksintiye rağmen gülmeye çalışarak bu aşağılık sapığa baktım. "Sizce bunun için ceza almam gerekiyor mu?" diye sordum. Gözleri *evet* dercesine ölüm tutkusuyla yanarken seğiren çenesiyle dişlerinin arasından, "Hayır!" dedi. Tebessüm ederek adamlarına döndüm. "Gördüğünüz gibi ortada bir sorun yok, beyler." *Al sana üçüncü seçenek hayvan herif!*

Alaz bana bakmıyordu. Bana bakmadığı gibi beni duymuyordu da. Onun kararan keskin bakışlarının hedefinde yeni ayağa kalkmayı başaran sapık vardı. Ne bir şey söylüyordu ne de en küçük bir hareket belirtisi gösteriyordu. Onu buz gibi gözleriyle zihninde öldürerek binlerce parçaya bölüyordu. Evet, her şeyi anlamıştı ruhumun şifası. Nasıl anlamasın ki? Onun gibi eğitimli bir ajanın yetenekleri içinde mutlaka dudak okumak da olmalıydı. Ya da karşımdaki adamı görünce verdiğim tepkilerden ve onunla konuşurken takındığım mimiklerimden anlamıştı. Gözlerimdeki o hep gördüğü dokunulma korkusundan yine anlardı. Aksini düşünmek aptallık olurdu çünkü Alaz Altuğ Sipahi, zekâsıyla koskoca tesisi kontrolü altına almışken bunu kaçırmazdı. Bu yüzden tacizci adama bakarken gözlerinde henüz yapmadığı katliamların izleri vardı. Bu sebeple yumruk yaptığı ellerini cebine saklamıştı. Hayır, diğerlerinden bunu saklamasının sebebi konumunu düşünmesi değildi. Bu bakışlarını tanıyordum, o çoktan tacizci adamın kaderini çizmiş ve son noktayı koymuştu.

Karşımdaki şeref yoksunu adam kendisini tamamen toparlayınca elimdeki silahı sertçe aldı. Bana yaklaşarak aramızdaki son adımı kapattı. "Tekrar görüşeceğiz," dedi kısık bir sesle. Söyledikleri beni korkutmuyordu, beni korkutan şey gözlerinde gördüğüm o karanlıktı. Bu yaptığımı yanıma bırakmayacaktı ama beni öldürmek için elini çabuk tutmasını sağlayacak olan asıl sebep, beni susturmayı istemesiydi. Bu skandalı benimle birlikte toprağa gömmeye kararlıydı.

Adamlarına doğru yürüyünce onlar gerçeği bilmediği için çoktan silahlarını indirmişlerdi. Böyle zeki bir çaylağı en iyi şekilde eğittiği için Alaz'ı tebrik ederek gitmişlerdi. Şu bahsi geçen görevi daha sonra Alaz vasıtasıyla bana bildireceklerine emindim. Onlar gidince diğerleri hâlâ az önce yaptığım şeyin şokunu yaşıyordu. Nihayet buzdan gözleri beni bulan eğitmenim, tesisi işaret ederek o tarafa yöneldi. Nasıl olsa az önce dövüş sıramı savuşturduğum için onu takip ettim. Diğerleri henüz başlamamıştı ama ben çok hızlı bir şekilde bundan kurtulmuştum.

Tesise girince ne bana baktı ne de benimle konuştu. Hatta asansöre binince bile benden yana hiç bakmadı. Üst kata çıkarak odama girene kadar bu böyle devam etti. Kapıyı kapatınca nihayet başını kaldırıp bana bakmıştı. Ben endişe içinde ne söyleyeceğini beklerken yanıma geldi ve belimden tuttuğu gibi beni göğsüne çekti. Tüm direncim kırıldı, hıçkırarak ağladım. Bahçede o adamla olanları hatırladıkça daha fazla ağlamaya başladım. "Alaz oydu..." Zehrimi gözyaşları vasıtasıyla onun göğsüne akıtırken geçmişte yaşadığım her şeyi yeniden hatırlamak neredeyse aklımı kaçırmama sebep olacaktı. "Bana..." diyerek sustuğumda ensemi kavrayıp başımı göğsüne bastırırken öfkeden gerilen bedeninin farkındaydım. "Biliyorum güzelim." Korkularımı almak ister gibi saçlarımı şefkatle okşuyordu. "Biliyorum Sedef, biliyorum." Dudaklarını saçlarıma bastırdı. Öpüşü bile fazla merhamet doluydu. O beni gerçekten düşünüyor ve bana değer veriyordu. Şimdi daha iyi anlıyordum ki bu adamın sevgisinde artık yalan yoktu.

Ben kendime gelip rahatlayana kadar göğsünde ağlamama izin vermişti ve saçlarıma kondurduğu öpücüklerle yalnız olmadığımı hissettirmişti. Kendimi daha iyi hissettiğimi anlayınca elimi tutarak beni yatağın üzerine çekmiş, kendisi de yanıma oturmuştu. "Şimdi beni dinle," dedi. Parmak uçlarıyla uzanıp gözyaşlarımı sildi. Benim aksime o hiç iyi görünmüyordu. Benim iyi hissetmem için dakikalarca uğraştı ama kendisi fazlasıyla kızgın olduğunu gizleyemiyordu. "Ne Çetin'in konumu umurumda ne de şu anda kendi konumumu düşünüyorum. Eğer hâlâ yaşıyorsa bunun tek sebebi sana özgürlüğünü verecek olması." Hiçbir şey anlamıyordum. Yıllar önce mahkûm eden bu pislik şimdi nasıl özgür bırakabilirdi?

"Sedef?" Göğsünü şişirerek sıkıntılı bir nefes alırken ıslak yüzüme yapışan saçlarımı çekti. "Bu seri katil olayı çözülünce yeniden cezaevine döneceksin. Eğer Çetin'i konuşturursak o çocuğu öldürmediğini gösteren kanıtları mahkemeye sunup masumiyetini kanıtlayabiliriz." Korkumu görünce yanağımı avucunun içine aldı. "Senin için gereken her şeyi yapacağım ama bir konuda yardımına ihtiyacım var. Ona işkence etsem dahi konuşturamam. Zaten tehdit altında verdiği ifadenin mahkemede bir hükmü olmaz." Benden o Çetin denilen pisliği konuşturmamı mı istiyordu? Ya ne istediği hakkında en küçük bir fikri bile yoktu ya da istediği şeyin ne denli ağır olduğunu bilmiyordu.

Elini iterek ayağa kalktım ancak kolumdan tutarak tekrar kalktığım yere oturmamı sağladı. "Kolay olmadığını biliyorum." Benden böyle bir şey istediğine göre yeterince bilmiyordu. "Benim gözetimim altında olacaksın ama o yalnız olduğunuzu düşünecek." Ne kadar da kolay anlatıyordu! Ben o adamı tekrar görmek zorunda kalacaktım ve tekrar sesini duyacak, varlığıyla acı çekecektim!

"Bunu yapmayacağım!" Elimi tutan elini sertçe ittim. Tekrar ayağa kalktığımda öfkemi ondan çıkarmak ister gibi bağırdım. "Beni buna zorlamayı bırak çünkü onu görmek istemiyorum. Alaz benden bunu bekleyemezsin!"

"Asıl sen, benden seni kaybetmemi bekleyemezsin!" Bu sefer kolumu daha sert tutarak beni ikinci kez yanına çekti. "Zehrin kanıma işlerken senden vazgeçmemi benden bekleme, Sarmaşık!" Belki bana bağırmadı ama gür çıkan sesiyle söyledikleri beni susturmaya yetmişti. Belki de beni susturan sözlerinin altında saklı kalan sevgisinin derinliği oldu. Belki de kahvelerindeki aşkın saflığıydı, emin değildim.

"Bunu yapmazsan onu öldürmek zorunda kalacağım, Sedef çünkü ilk fırsatta senden kurtulmaya çalışacak!" Elinin altındaki battaniyeyi sıkarken tüm kasları seğiriyordu. "Ve ben, onu öldürdüğüm anda elindeki son kurtuluş biletini yakmış olacağım. Neden anlamıyorsun? Ben seni tekrar o hücreye gönderemem. Eskiden belki ama şimdi asla!" Bana ters ters bakarak sinirini benden çıkarmamak için bir hışımla ayağa kalktı. Normalde asla söylemeyeceği şeyleri öfke anında söylemesi onu hep kızdırma isteğimi getiriyor olsa da kendi iyiliğim için bunu yapacak kadar aptal değildim.

"Ne tür bir plan hazırlayacaksın, bilmiyorum ama beni yalnız bırakırsan seni doğduğun güne pişman ederim, Sipahi!" dediğimde tam kapıya yönelmişti. Ona istediği şeyi vermiştim. Rahatlayarak sesli bir şekilde verdiği nefesleri duymuştum. "Yapacağını biliyorum," dedi. Bana doğru dönerek yanıma geldi ve belimden tutup beni biraz yukarı çekerek yatakta uzanmamı sağladı. Başım yastıkla buluşurken hâlâ ciddi ifadesinden bir şey kaybetmemişti. "Her an bir çılgınlık yaparak Çetin'i ziyaret edebilirim. Kontrolümü kaybederek her şeyi kana bulamam an meselesi." Yanıma uzanarak kollarını belime sardı, yüzünü boynuma gömerek kokumu sesli bir şekilde içine çekti. "Neden kokunla beni zehirleyerek uyutmuyorsun, Sarmaşık?" Gülerek kollarımı ona sararken bana zehirli sarmaşık muamelesi yapmayı bırakması gerektiğini düşündüm. Gerçek anlamda sakinleşmeye ihtiyacı olduğu için bu sefer sessiz kalarak onu kollarımda uyutmayı seçtim.

1 hafta sonra

"Daha hızlı."

"Deniyorum Efe!"

Ayağımı kaldırıp ona tekme atmak istedim fakat bacağımı tutarak yere düşmeme sebep oldu. "Yeterince iyi değilsin." Yerde acıyla inlerken zaten bunun farkındaydım. Farkında olduğum bir başka şey de Efe'nin lanet olası ustaca taktikleriydi. *Allah aşkına, bu çocuk her derste sürekli ağlıyordu. Bu teknikleri hangi ara öğrendi?*

O tacizci adamı düşünmemek için Efe'nin bana yardımcı olmasına izin vermiştim. Tamam, itiraf ediyorum, benden kötü olduğunu düşündüğüm için bunu yapmıştım. Fakat beni yanıltan çocuk, her komutuyla bir haftadır beni dehşete düşürüyordu. "Bana vurmayı dene." Başımı sallayıp ayağa kalktım. Yüzüne doğru savurduğum yumruğumu havada yakalayıp bileğimi hafifçe bükünce inledim. "Efe Can! Kolumu kırdın, vicdansız!" Bileğimi bırakmadan dirseğime diğer elini koydu ve bileğimi yukarı doğru kaldırınca bağırdım. "Bu açıdan kolunu iki farklı yerden kırabilirim ve sen çığlık atmaktan başka bir şey yapmayarak buna izin veriyorsun, Yankıcığım." *Yankı'sı batsın! Bu gerçekten benim tanıdığım ödlek çocuk mu?*

Bu kadar şeyi Yosun'dan öğrenmişti. Nasıl bir beyni vardı, bilmiyordum ama eğitim esnasında sürekli korkarak ağlasa da aslında tüm komutları hacker beynine kazımıştı. Kolumu bırakarak iç çekti. "Fulya ile maçın iki gün sonra ve sen hâlâ hazır değilsin." O gün Fulya'nın meydan okumasını neden kabul etmemi istediğini şimdi anlıyordum. Efe bana kendisi ders vermek istemişti çünkü bir haftadır gece gündüz gizlice arka bahçeye kaçıp çalışıyorduk.

"Dövüşmeyi herkesten daha iyi biliyorsun." Gözlerimi kısarak ona yaklaştım. "O zaman bu korkaklığın nedir oğlum? Tüm temel hareketleri biliyorsun ama tokat bile atamıyorsun." Yanakları önce hafifçe pembeleşti. Ardından utançla kızardı. "Şey, ben çok fazla şey bilirim ama bunu uygulamaya koyamam." Mümkünmüş gibi daha fazla kızardı. "Karşımdaki kim olursa olsun birine şiddet uygulayamam. Öyle bir an geldiğinde öğrendiğim her şeyi korkudan unutuyorum." Naif ruhlu biri olduğu için bunları zaten tahmin ediyordum. O sadece bir hacker değil, aynı zamanda gördüğü her şeyi aklına kazıyacak kadar zeki biriydi. Ancak tehlike esnasında korkusu onu savunmasız bırakıyor ve psikolojik olarak etkiliyordu.

Onu, "İnsanlar savunma derslerini tehlike anlarında kullanmak için öğrenir, Efe Can. O an bunu yapamıyorsa bildikleri ne işe yarar ki?" diye azarladığımda dudağı titreyen çocuğun yine gözleri dolunca kendime kızdım. *Ama Allah aşkına, bildiklerini hiç uygulamıyorsa tüm bunları bilmeyen biriyle aynı konumda oluyor. Bilgi kullanılmadığı sürece bir işe yaramaz ki.*

"Olsun be Efe Can." Birazdan ağlayacağını bildiğim için daha fazla üzerine gitmeyi bıraktım ve gülerek hafifçe omuzuna vurdum. "Sen bana öğret ve ben de senden öğrendiğim her şeyl'e seni daha fazla koruyayım," dediğimde ikimiz de güldük. Bu, iki tarafın da kazanacağı bir anlaşmaydı. Onda taktik vardı, bende de o taktikleri uygulayacak cesaret. Evet, her şekilde birbirimizi tamamlıyorduk.

"Tesise kadar yarışalım mı?" Gece ikide başlayan dersimiz sabah sekize kadar sürdüğü için henüz kahvaltı yapmamıştık. "Yine düşersin," diye homurdandığında gülerek karşılık vererek koşmaya başladım.

Şu bir haftada gerçekten ondan çok şey öğrendim.

Birlikte koşmaya başladığımızda, "Şu gizemli katil hakkında tam olarak neler biliyorsun?" diye sorunca az kalsın düşüyordum ama neyse ki dengemi koruyup düşmedim. "Uzun boylu, kendi sesini değiştiriyor, yarasalara âşık, psikopat ve öldürmeyi seviyor. Uzun boylu olduğunu söylemiş miydim?"

"Başka? İyi düşün, unuttuğun bir şeyler olmalı?" Katili en az benim kadar merak ettiğini düşündüğüm için soruları beni rahatsız etmiyordu.

"Fulya ile işbirliği yaptığını düşünüyorum. Her ikisi de bana kafayı taktığı için düşmanlarımın müttefikliği beni aşırı mutlu etti. Ha bir de çikolata kokuyor! Feride'nin ölümünde de Fulya'nın parmağı olduğunu düşünüyorum." Bu sefer koşarken tökezleyen o olmuştu. Koşmayı bırakıp rengi atmış bir şekilde bana bakınca bu hali dikkatimden kaçmadı.

"Az önce ne dedin sen?"

"Fulya ile işbirliği yaptığını mı?"

"Hayır diğeri."

"Feride'nin ölümüyle ilgili olan kısım mı?"

"Sondan önceki cümlen!"

"Bağırma bana! Madem duydun, neden soruyorsun? Dakikada kaç cümle kurduğumu nereden bileyim ben?" diye bağırdığımda sabır dilenir gibi burnundan soludu. "Kokuyla ilgili olan kısım Yankıcığım!" *Bak hâlâ bağırıyor ya! Ayrıca diğer söylediklerim onu neden hiç şaşırtmadı da bu gereksiz ayrıntıya takıldı?*

İkinci kez, "Çikolata kokuyor," diye tekrarladığımda gözlerini kıstı. "Emin misin?"

"Eminim. Bir şekilde öcü ve Alaz aynı kokuyu kullanıyor. Alaz'ın parfümünün aynısını bulmuş olmalı. Kafamı karıştırmak için yanıma gelirken o parfümü sıkıyor ama benim yanımdan ayrılınca kimse anlamasın diye kendi parfümünü kullanıyor olmalı." Bunlar benim gözlemlediğim şeylerden yola çıkarak şüphelendiklerimdi. Ne kadar doğru olduğunu zaman gösterecekti.

Dikkatli bir şekilde yüzümü incelerken yalan söylemediğimi fark edince bir süre düşünüyormuş gibi hiç ses çıkarmadan çenesini sıvazladı. "Efe Can?" Temkinli adımlarla ona yaklaştım. "Ne buldun kuzum?" Yine abla rolüne büründüğümde bir süre hiç konuşmadı fakat daha sonra aklına bir şey gelmiş gibi gözlerini irice açtı. "Çikolata kokan biriyle karşılaştım sanki!" Güldüm. "Alaz, değil mi? Dedim ya, o da öyle kokuyor." Çok çabuk itiraz etti. "Hayır, o değildi ama şimdi kim olduğunu hatırlamıyorum, Yankı. Ancak eğitmenin değildi çünkü o an tek düşündüğüm senin eğitmenin ile aynı kokuya sahip olduklarıydı." Aynı anda soluğumuzu tutarak yutkunduk. Efe aptalı katil ile karşılaşmış olabilirdi ve bunu şimdi fark ediyordu. Bu da demek oluyordu ki katil gerçekten Alaz değildi, sadece ikisi de aynı kokuya sahipti.

"Efe?" Tehlikeli bir şekilde sırıttım. "O kişiyi hatırlamıyorsan kaçsan iyi olur çünkü ona bu kadar yaklaşmışken senin zayıf hafızan yüzünden..." demiştim ki Efe arkasına bile bakmadan kaçınca sinirden bağırarak onu kovalamaya başladım. "Unuttun değil mi, geri zekâlı!"

"Yankıcığım, bu hatırlamayacağım anlamına gelmiyor ki."

"Kaç Efe çünkü seni yakalarsam o beynini söküp unuttuğun kısımları senden alacağım!"

"Yankıcığım, peşimden koşmayı bırakır mısın? Senden korkmaya başladım."

"Kork zaten, kuş beyinli!" Yüzüstü yere yapıştığımda acıyla inledim. Sanırım bir miktar toprak dudaklarıma yapışmıştı ve ben onu yemiştim.

Ellerimi yere bastırıp homurdanarak oturdum. Düştüğüm için ağzıma doluşan toprağı tükürüp dudaklarımı sildim. "Bu çok gurur kırıcı," dedim. Sızlayan dizlerime baktığımda şortumun açıkta bıraktığı diz kapaklarımın hafiften soyulduğunu ve biraz kanadığını gördüm. "Zavallı bacaklarım, sizin tek suçunuz benim bacaklarım olmanız." Eminim, şimdi bir mankenin bacakları olmak için her şeyi yaparlardı. Her iki bacağımdan sızan küçük miktarda kanı görünce ağlamak istedim. "Ama bu kadarı da bildiğin nankörlük. Ne yapayım yani? Bir mankenle anlaşarak bacak nakli mi?" Tamam, ben sakar olabilirdim ama onlar da benden aşağı kalmıyordu. Sonuçta düşmeme onlar neden oluyordu ama niyeyse sakar olan hep ben oluyordum. Gülüşme sesleri duyunca kimin sohbetimi bozduğunu merak ettim. *Umarım bunun için geçerli bir mazereti vardır. Allah, bana gülen herkesin belasını versin!*

Alaz ve takımı, Pars ve takımı, Çakallar ve Yarasaların hepsi tepemde dikilmiş, gülüyordu. Efe salağı ise görünürde yoktu! Bahçede Efe'yi kovalamaya kendimi o kadar kaptırmıştım ki bunların burada olduğunu görmemiştim. Koşarak buraya gelmiş lakin Efe yüzünden hiç birinin farkına varmadan yere yapışmıştım. "Bu kız kendi bacaklarıyla mı konuşuyordu?" Buket'in şoka giren sesiyle hepsi kıkırdayınca utanç duygusu tüm benliğimi sardı.

Ben kendi kıyafetlerimle bile konuşan biriyim, bacaklarımla konuşmamın nesi yanlış?

"Onu eğitmek yerine neden bir akıl hastanesine götürmüyorsun?" Atalay'ın gülerek Alaz'a söyledikleri bence hiç komik değildi. Bildiğim kadarıyla zekâm henüz istifa bayrağını çekmemişti.

"Katılıyorum." Fulya tiksinerek bana bulaşmak için yine bir bahane bulmuştu. İşin garip tarafı her defasında benimle uğraşacak malzemeyi ona benim vermemdi. "Bu akıl hastası delide ne bulduğunu hâlâ anlamadım." Bu kızdaki ar damarı çatlamakla kalmamış, aynı zamanda paramparça olmuştu. Çünkü artık herkesin içinde utanmadan sevgilim olacak ruhsuza asılıyordu.

"Ben deli değilim, ahmak." Düştüğüm yerden başımı kaldırıp ona baktım. "Sadece bu dünya benim gibi ender kişilikte olan birinin varlığına hâlâ alışamadı. Üstün meziyetlerimden dolayı evren beni dışlıyorsa Allah onun da belasını versin." Alaz'ın yüzünde küçük bir tebessüm oluştu. O beni asla yadırgamıyordu. Diğerlerinin ne düşündüğü açıkçası pek de umurumda değildi.

Buzdağı alayla, "Oradan kalkmayı düşünüyor musun?" dediğinde bakışlarımı ona çevirdim. "Ne münasebet, ben düşmesem de zaten buraya oturmayı düşünüyordum. Şimdi lütfen beni yalnız bırakın, güneşimi kapatıyorsunuz." *Madem rezil oldum, bari üste çıkayım. Gururumdan akşama kadar burada böyle oturabilirim çünkü ben gururlu bir kızım.*

Allah aşkına, kimi kandırıyorum ki? Kendimden daha yüzsüz birini tanımıyorum.

"Yürü Sedef!" dediğinde ona karşı çıkmadım. "Rica ederseniz neden olmasın?" *Ne diyebilirim ki ben, ben olmayı bırakamıyorum.*

İçimi delen bakışları sabırsızca üzerimde oyalanınca beklediğim sözler gelmişti. "Sen oturmaya son vererek yürüyecek misin yoksa bunu benim mi yapmamı tercih edersin?" Evet, buyurgan tavrına bakılırsa o da kendisi olmayı bırakamıyordu.

Ne uyumlu bir çift ama! İnat ettim, kalkmıyorum. İnatla kalkmamı bekliyor. Ben daha inatçı olduğum için yine kalkmıyorum.

Ve bu pislik, herkesin içinde üzerime yürüyüp beni kucağına alarak kaldırdı.

Kendimi bir anda onun kucağında bulmayı beklemiyordum. "Yalnız dikkatinizi çekerim, ben hâlâ oturur pozisyonunda olduğum için kaybeden sizsiniz," diye homurdandığımda önce başını eğerek yüzüme baktı, daha sonra ise kalbimi durduracak güzellikte gülümsedi. "İnadını severim senin." Kendimi tutamayıp ben de güldüm. Aramızdaki ilişki normal değildi.

Herkes bize bakarak bıyık altından sırıtırken aramızdaki ilişkiyi çoktan anladıklarını zaten biliyordum. Gerçi Alaz bunu hiç saklamıyordu. Fulya'nın kıskanç bakışları eşliğinde Alaz beni onlardan uzaklaştırdı. Onları tamamen geride bırakınca onun kucağından yere atladım. Fulya salağına bu kadar gösteri yeterdi çünkü beni daha fazla kucağında taşırsa aşırı romantizmden kriz geçirebilirdim. Bir anda yere atladığım için az kalsın yine düşüyordum. "Bir yerini incitebilirdin." Bu hareketimi onaylamadığını göstermekte fazla gecikmedi.

"Günde kaç kez düştüğümün farkında mısın?"

"Bu da seni hep kollarımda tutmam için iyi bir sebep." Tabii ona da bahane çıkıyordu.

"Sayende hepsi aramızdaki şeyi anladı."

"Saklıyor muyduk?" *Bugün fazla mı hazır cevap yoksa bana mı öyle geliyor?*

17. BÖLÜM

Ölüyordum! Yemin ederim şu iki günde ölüp ölüp dirildim. Hani bir söz vardır ya, insan sevdiğine kıyamaz diye. Yalan! Allah o sözü söyleyen kişinin de belasını versin! Güya üst mevkide bir sevgilim vardı ama bunun sefasını sürmek varken ben resmen sürünüyordum. Üstelik beni süründüren kişi de ta kendisiydi! Şu iki günde beni öyle bir maratona sokmuştu ki antrenmanlar yüzünden kırılmadık kemiğimi bırakmamıştı. Sabah başlayıp gece on ikide biten eğitim mi olurmuş? Kendimi yatağa attığımda sızacak kadar canımı çıkarmıştı. Beni nasıl yormuşsa artık iki gündür uyurgezerliğim bile tutmamıştı çünkü uykumda bile kalkacak halim yoktu! *Adam resmen uyurgezerliğin tedavisini buldu, haberi yok.*

Eminim, bela okuma rekorunu şu iki günde kırmışımdır. İnsan sevgilisine canım, gülüm der fakat ben hep bela okuyordum son günlerde. Derhal ilişkimize bir ara vermeliydik. Aksi takdirde ya o beni öldürecekti ya da ben onu öldürecektim ve ortada ara verilecek bir ilişki kalmayacaktı.

Perişan halime bakan Yarasaların eğlenerek attığı kahkahalara hiç değinmiyorum bile. "Sadece bu kadar mısın?" Havadaki yumruğumu yakalayıp dizini karın boşluğuma geçirince yere düştüm ve nefes almaya çalıştım. *Kahretsin, ciğerlerim işlevini yitirmiş gibi nefes alamıyorum.* En kötüsü ise canım o kadar çok yanıyordu ki yeniden ayağa kalkacağımı sanmıyordum. Bu adam niye bir kaza kurşunuyla geberip gitmiyordu ki? Benim bildiğim bir erkeğin eli sevmek için dokunurdu sevgilisine ama onun elleri dövmek için kalkıyordu!

"Ayağa kalk ve devam et." *Bir daha bu cümleyi söylerse yemin ederim buradan firar ederim. Bıktım bu lanet giresice cümleden!*

Ciğerlerime yavaş yavaş temiz havayı çekerken yerde iki büklüm kan ter içinde kalmıştım. "Senin benimle zorun ne be adam?" Konuşurken acıdan dolayı sesim titriyordu. "Yeter artık." Başımı kaldırarak saçlarımın arasından bana üstten bakışlar atan zalime baktım. "İnsan sevgilisine gül uzatır, sense yumruk uzatıyorsun! Ne anladım ben bu ilişkiden? Sürekli dayak yemekten başka bir şey bilmiyorum."

"Gül mü istiyorsun?" *Onu mu dedim ben şimdi!*

"Allah'ım!" Sinirden bağırdım. "Güllerden nefret ederim. Hediyelerden, gereksiz takılardan, saçma ve değerli mücevherlerden, vıcık vıcık şiirlerden ve romantizmden! Ama yumruk yemek yerine şu durumda bir buket deniz yosununa bile razıyım!" diye haykırdığımda verdiği tek tepki kaşlarını yukarı kaldırmak olmuştu.

"Deniz yosunu mu? İlginç bir zevk." Yok arkadaş, benimle bildiğin alay ediyordu. "He, yosun." Ayağa kalkmak için kendimi zorladım. "Göle git ve bana yosun bul fakat gölün bataklık olduğuna emin ol. Eğer şansım varsa dibi boylarsın da ben de rahat ederim!" *Fulya salağı hangi cehennemde? Gelip bu kalpsize biraz kur yapsın da ben de o esnada kaçabileyim.*

"Kiraz çiçekleri." Ayağa kalktığımda söylediği anlamsız şeyleri duyup başımı kaldırdım. "Anlamadım." Bana doğru yaklaşarak yüzüme yapışan saçlarımı çekti. "Deniz yosunu yerine kiraz çiçeklerini tercih edersin diye düşündüm." Anlamayarak ona baktığımda üzerime eğilip güldü. "Nefret etmediğin tek çiçek." Bu bilgiyi nereden öğrendiğinin şaşkınlığını yaşıyordum çünkü kendimden bile sakladığım küçük bir sırdı bu.

Daha önce odasına gizlice girdiğimde vazoda kiraz çiçeği vardı, değil mi? Yanlış hatırlamıyorsam iki şişeyi kırarak bana verdiği örnekte arada kalan da aynı kiraz çiçeğiydi. Zaten o gece gösterdiği örnekte beni temsil etsin diye özellikle kiraz çiçeğini seçmişti. Ne yani, benim sevdiğim tek çiçek diye mi o gece odasında kiraz çiçekleri vardı?

İyice bana yaklaşarak yüzünü boynuma gömünce nefes alamadım. Burnunu kışkırtıcı bir yavaşlıkla boynuma sürtüp derin bir iç çekti. "Vişne ve kirazları bu yüzden çok seviyorsun." Kokumu içine çekmeye devam ediyordu. "Teninin yaydığı büyüleyici kokuyu anımsatıyor kiraz çiçeğinin ılık esintisi," deyince aklına bir şey gelmiş gibi gülümsedi. "Ve taze kurabiye kokuyorsun. Sanırım yediğin şeylerin kokusu tenine siniyor," dediğinde gözlerim büyümüştü. Kokum hakkında ilk kez açıklayıcı bir yorumda bulunmuştu. Zeytin koktuğuma emindim çünkü şampuanım ve losyonum yeşil zeytin özlüydü. Belki de çok fazla vişne suyu içtiğim için ona öyle geliyordu. Allah aşkına, insanlar bitki değil ki koku üretsin? Yine de sözleriyle aklımı başımdan aldığını biliyordum. *Bu adam işini biliyor.*

"Yanlışın var." Aceleyle ondan uzaklaştım. "Şu anda ter ve kan koktuğuma eminim." Evet, romantik anların içine etmek gibi üstün bir yeteneğim olmalıydı. Başını geriye atarak içtenlikle güldü. "Benim senden aldığım kokuyu kimse alamaz." Tazı gibi her kokuyu anında yakaladığını maalesef iyi biliyordum ama sevdiğim tek çiçeğin ne olduğunu bulması geri adım atmamı engelliyordu. Bana ait şeyleri hiç zorlanmadan öğrenmesinden hoşlanmıyordum.

"Çok yoruldum, artık ara verelim mi?" Konuyu çiçeklerden uzaklaştırırken hemen farklı bir şeyler söyledim. Zaten üstüm başım kan revan içinde olduğu için yorgunluktan geberiyordum.

Bileğindeki saate bakınca bana kara haberi vermekten hiç çekinmedi. "Öğle yemeğine henüz üç saat var, Sedef. Ara vermeyi unut. Ben bir sigara içene kadar kum torbasına birkaç yumruk at." Tesisin 5. katındaki spor salonunda olduğumuz için camdan atlayarak kaçamazdım. Beni bırakmayacağını bildiğim için kum torbasına ağlamaklı gözlerle baktım. Burada kendim kum torbası olmuşken yumruk atmak hiç kolay değildi. "Hiç halim yok." Utanmasam çocuk gibi yere oturup ağlayacak durumdaydım. İşe yaramayacağını bildiğim için bunu bile yapmaya üşeniyordum.

Pencerenin yanına koyduğu ceketinin yanına giderek sigara paketini çıkardı. "Eğer kaytarmaya devam edersen ceza olarak öğle yemeğine gitmeyeceksin." Ayaklarımı yere vurarak isteksizce kum torbasına doğru yürüdüm. "Kalpsiz zorba!" diye homurdandığımda neşeli sesini duymak ses tellerinin icabına bakmam için beni teşvik ediyordu. "Bir şey mi dedin?" Kum torbasına bir yumruk attım. "Demedim bir şey!" *Ya firar edeceğim ya da bu gidişle bu herifin elinde kalacağım!*

"Ah!" Fulya'nın çığlığını duyduğumda tıpkı burada çalışan diğer Yarasalar gibi ben de başımı çevirerek ona baktım. Yerde sol ayak bileğini tutarak acıyla inliyordu. Gözlerim Pars'ı aradı ama o burada yoktu. Anlaşılan bugün Fulya tek başına antrenman yapıyordu.

"Bir sorun mu var?" diyen Alaz Fulya'nın yanına gittiğinde kaşlarımı yukarı kaldırdım. Bir sorun varsa da o kadar eğitmenin arasında ilgilenmek ona mı düşmüştü? Ben bugüne kadar defalarca yara almıştım ama nedense bir kere bile bana yardım etmemişti.

Dudakları titreyen kız, Alaz'a acı dolu bakışlar attı. "Bileğim çok acıyor." *Eminim çok acıyordur!*

Diz çöken Alaz, ilgili bir şekilde kızın ayak bileğini tutup kontrol edince kum torbasına bir yumruk daha attım. "Burkulmuş olabilir." *Ne var bunda! Benimkiler her Allah'ın günü burkuluyor. Peki, ben bir şey diyor muyum? Hayır! Çünkü kimsenin yardım etmeyeceğini iyi biliyorum.*

Yanıma gelen Araf, "Numara yapıyor," dediğinde afallayarak ona döndüm. Gözleriyle Fulya'yı gösterdi. "Herkesi kontrol ettikten sonra kimsenin ona bakmadığına emin oldu ve Altuğ'un dikkatini çekmek için kendini yere attı," dediğinde Fulya'ya döndüm. Alaz'a bir şeyler anlatan cilveli tavrını görünce Araf'ın haklı olduğunu anladım.

"Bana bunu neden söyledin?" dediğimde güldü ve "Kıskançlıktan kum torbasını delmemen için," dedi. *Kıskanmak mı? Fulya'yı mı? Hiç sanmıyorum.* Bu kız çaylak olarak rakibim olabilirdi ama kadın olarak benim karşımda hiç şansı yoktu.

"Emin ol, Alaz'ı öpse bile kıskanmam," dediğimde gülüşü büyüdü ve "Bu sözlerini unutma çünkü sanırım onu öpmeye hazırlanıyor," dedi. *Ne?* Fulya'ya döndüğümde mavi gözleri şeytanca ışıldadı ve onu izleyip izlemediğimi görmek için bana döndü. Hemen sonrasında Alaz'a doğru uzanıp onun yüzünü kavradı ve öptü. *Bu kadar ileri gitmiş olamaz!*

Gözlerimi irice açarak onlara baktım. Diğerleri de benim gibi afallamış bir şekilde o ikisini izliyordu. Alaz'ın yüzündeki şaşkınlığa bakılırsa o da bunu beklemiyordu. Fulya'nın öpücüğüne karşılık kızı itmediğine göre gerçekten afallamış olmalıydı. Eğitmenler ve Yarasalar bir bana bakıyordu bir de o ikisine. Haliyle bu da kendimi hakarete uğramış gibi hissetmeme neden oluyordu çünkü şu anda sevgilimin dudaklarında başka bir kadının dudakları vardı. İçimde fokurdayan öfke beni afallattı. Neydi bu delici duygunun ismi? Kıskançlık mıydı? Yok artık, Fulya'yı kıskanıyor olamazdım. Peki ya Alaz? Asıl kıskandığım o olabilir miydi? Ben gerçekten bir erkeği kıskanıyor olabilir miydim? Fulya'nın ona dokunan dudaklarını deşmek istediğime göre o şuursuz duyguyu gerçekten yaşıyor olmalıydım. *Herkes bana bakmaya bir son vermeli! Ne bekliyorlar? Bir tepki vermemi mi?* Hayatımda ilk kez kıskançlığın ne olduğunu öğrenirken nasıl bir tepki verebilirdim ki? Ayrıca Alaz hâlâ o kızdan neden uzaklaşmamıştı?

Bir insanın üzerine bu kadar gelinmez ki arkadaş!

"Üç saniyen var." İçimdeki öfke ateşine inat gayet sakin bir şekilde Alaz'a baktım. "O kızdan uzaklaşman için üç saniyen var, aksi takdirde..." Elimle yanımda duran Araf'ı gösterdim. "Onu öperim ve ben sana bunları anlatırken çoktan iki saniyen bitti." Araf'a doğru bir adım attığım esnada söylediklerim aklını başına getirmiş gibi hemen Fulya'yı iterek kaşlarını çattı. Fulya'yı, "Bunu bir daha yapma!" diye sertçe uyardı ve elinin tersiyle dudaklarını silerek ayağa kalktı. *İyi bari, sonunda bir tepki gösterdi.*

"Gerçekten bunu yapacak kadar çıldırmadığını düşünüyorum," diyerek gülen Araf'a omuz silktim. "Bir saniye içinde ondan ayrılmasaydı, bunu yapacak kadar çılgın biri olduğumu anlardın, Karaoğlan." Başını iki yana sallayarak homurdanan çocuk, deli olduğumla ilgili bir şeyler söylüyordu. Alaz'ın bize attığı gazap dolu bakışları umursamadan kapıya doğru yürüdüm.

"Sedef!" Evet, Alaz Bey gözlerimin önünde öpüldüğü yetmezmiş gibi bir de öfkeyle bana seslendi. "Ne?" dedim. "Senin için zemzem suyu bulmaya gidiyorum. Bir yılanın zehrini akıttığı dudaklarını kırk kere zemzem suyuyla yıkamazsan akşama öteki tarafa geçmiş olursun. Ve hayır, eğitimden kaçmak için bunu yapmıyorum, sadece eğitmenini düşünen vicdanlı bir çaylağım." Fulya yılanı beklediği gibi kıskançlıktan gözyaşlarına boğulmadığım için küplere binmişti. Tabii, içimde kopan yangınları bilmiyordu. *Allah her ikisinin de belasını versin!*

"Oğlum, kızdaki cesarete bak. Resmen herkesin içinde onu öptü," dedi Yiğit. Eğer biraz daha konuşmaya devam ederse oturduğumuz kuleden onu aşağıya atabilirdim. Evet, ekipçe engelli eğitim sahasındaki kulenin üzerine çıkmıştık ve başka konu yokmuş gibi herkes Fulya yılanının yaptığı iğrençliği konuşuyordu.

Sırf o ikisini görmemek için öğle yemeği yemeye bile gitmedim. Yalnız kalmak için bu tahta kuleye tırmandım ama Yarasalar sağ olsun, anında beni buldular. "Cesaret değil canım o." Süslü yüzünü buruşturdu. "Bildiğin gurursuzluk."

Yiğit, "Katılmıyorum," diyerek sırıttı. "Sizden daha cesaretli olduğu için kıskanıyorsunuz. Sonuçta herkesin gözlerinin önünde bir erkeği öpecek kadar cesaretli olmadığınızı hepimiz biliyoruz." Resmen *gel beni öp* dercesine Süslü'yü kışkırtıyordu, uyanık.

Ecrin, "Kıskanmak mı?" diyerek küçümseyen bir bakış attı. "Onu kıskanacak kadar ciddiye almıyoruz. Bir erkeği öpmenin cesaretle ne ilgisi var?"

"Bu birini gözlerinden öpmeye benzemez, Koreli," diyen Kuzey de tartışmaya katılarak arkasına yaslandı. Yiğit'in uzattığı sigara paketinden bir dal alıp yaktı. "Herkesin içinde bir erkeği öpecek kadar cesaretli olduğunu düşünüyor musun gerçekten?" Ecrin'in kızaran yanaklarını görünce, "Ben de öyle düşünmüştüm," dedi ve keyifli bir şekilde sigarasından büyük bir nefes çekti. Bağımlı olan Hakan'dı ama tiryaki olan Yiğit ve Kuzey'di. *Ne çelişki ama!*

"Saçmalık," dedim ve ayaklarımı boşluğa doğru uzatarak onlara döndüm. "Alt tarafı bir öpücük. Bu kadar abarttığınıza inanamıyorum. Herkes yapabilir bunu." Şu erkeklerin ne kadar budala olduklarını bazen gerçekten unutuyordum.

"Herkes yapabilir," diyen Hakan kahkaha attı ve devam etti: "Ama siz üçünüz yapamazsınız." Erkekler gülerek onu onaylayınca biz kızlar aynı anda kaşlarımızı çattık. Süslü, "Tabii ki yapabiliriz!" diye ani bir çıkış yaptı. Bu sırada erkekler göz göze geldi ve ben ne yapmaya çalıştıklarını anladım. Bu üçü bizi kışkırtarak ilk adımı kızların atmasını sağlayacaktı.

Kahretsin! Fulya olayı bahaneydi, bu pislikler kendi çıkarlarının peşindeydi. Yiğit'in Süslü'den hoşlandığını herkes biliyordu ve Naz'ın onu öpmesi işine gelirdi. Kuzey de çapkın biri olabilirdi ama o da Ecrin'le ilgileniyor gibiydi. Afrodit ile olan ilişkisini bile bitirmişti. Evet, Ecrin'in onu öpmesini isterdi. Hakan'ın ise tek çıkarı, olacakları izleyerek her zamanki gibi eğlenmek olurdu. Efe zaten çok az konuştuğu için olayın dışındaydı. Bu gidişle araya kaynayacak olan bendim çünkü Fulya'dan sonra Alaz'ı hayatta öpmeyecektim.

"Yeme bizi Nazile, yapamazsınız."

Süslü, "Yaparız, değil mi kızlar?" dedi.

Ecrin, "O kadar zor olmasa gerek," diyerek bana döndü. "Ya belki de yapamayız. Hemen gaza gelmese miydik?" dediğimde Süslü ve Koreli kafama bir tane geçirince az kalsın aşağıya düşüyordum. "Kızım, bildiğiniz tuzak..." dediğimde ikinci defa onlar tarafından kafama darbe aldım. Güya çok çabuk gaza gelen bendim, halbuki bu ikisi benden beterdi. "Tamam!" Pes ederek bu iki aptalın yanında yer aldım. "Yaparız." *Asla yapamayacağız.*

Erkekler birbirine zafer dolu bakışlar atınca Ecrin ve Naz'ı kuleden aşağı atmak istedim. Yiğit, "Yapın da görelim o zaman," dediğinde ikisi aynı anda yutkununca sonunda oyuna geldiklerini anladılar, aptallar.

"Yarın," diyen Kuzey'in meydan okuyan bakışları Ecrin'i buldu. "Kedicik'in maçı için herkes bir araya geldiğinde senden sağlam bir performans bekliyorum, Koreli." Ecrin kırmızının her tonuna bürünürken Kuzey pisliğinin keyfine diyecek yoktu. *Oh olsun bu aptala, bu sefer hiç karışmayacağım.*

Hakan, "Her anını videoya çekeceğim," dediğinde yanımdaki su şişesini alıp kafasına fırlattım. "Bana ne bakıyorsun, Allah'ın bağımlısı! Arada kaynadığımı görmüyor musun?" dedim. Ayağa kalktı ve "Sakar, kalksana bir ayağa," dedi. Yine neyin peşinde olduğunu anlamasam da dediğini yaptım.

"Kalktım işte..." Bir anda beni kucağına alınca ne yapacağını anladım ve bağırarak kendimi kurtarmaya çalıştım. "Geri zekâlı, pis bağımlı! Sakın bunu yapma!" diye haykırdığım esnada,

"Çok geç, Sakar," dedi ve gülerek beni aşağıya fırlattı. Çığlık çığlığa yere doğru düşüyordum. *Bu çocuk neden tüm gereksiz şakaları benim üzerimde yapıyor, bilmiyorum ama bu sefer elimden kurtulamaz.* Siyah, deri minderlere yapıştım ve acı dolu iniltime engel olamadım. "Allah belanı..." demiştim ki yukarıdan bana gülen Hakan'a arkadan yaklaşan Ecrin'i gördüm. Koreli onu itince, "Hayır!" diye fısıldadım. Yuvarlanarak yan tarafa çekildim.

Tam tahmin ettiğim gibi Hakan benim az önce bulunduğum yere düşmüştü. Efe'nin, "Lütfen yapmayın!" diyen sesini duyunca başımı kaldırdım. Kuzey, Efe'yi itti. Kuzey'in yükseklik korkusuna rağmen Naz da Kuzey'i itmişti. Devamında Yiğit önce Naz'ı ve hemen ardından da Ecrin'i itmişti. Fakat Ecrin onu da kendisiyle aşağıya çekince hepimiz yeri boylamıştık.

Herkes inleyerek doğrulmaya çalışırken Efe Can sanki betona çakılmış gibi gözlerini sıkıca kapatmış, ağlıyordu. "Öldüm mü? Öldüm, değil mi? İnanmıyorum, ben öldüm!" Garibim, feryat figan ediyor, öldüğünü düşünerek ağlıyordu. *Biri ona yerlerde özel kaplama minderler olduğunu ve o yükseklikten düşünce ölünmeyeceğini anlatsın.*

Erkekler afallayarak birbirine bakıyordu ve hiçbiri böyle bir şey beklemiyordu. "Ne diye kız gibi bağırıyor oğlum bu?" diyen Yiğit, Efe'nin bu hallerine bir türlü alışamamıştı.

Hakan, "Buyurun cenaze namazına. Ağlak öldüğünü düşünüyor," diyerek güldü ve bu kez haklıydı.

Kuzey başını kaldırıp kule ve yer arasındaki mesafeyi hesapladı. "Bu yükseklikten mi?" Sesi o kadar şaşkın çıkmıştı ki hepimiz dayanamayıp kıkırdadık. *Evet, bu yükseklikten.* "Psikolojimi bozan bu çocuğu gruptan atabiliyor muyuz?" diyen Yiğit bizi kahkahalara boğdu. Mümkün olsa Efe'den kurtulmak için bir saniye bile beklemeyeceğini iyi biliyorduk.

Dayanamayıp, "Efe Can," diye yattığı yerde salya sümük ağlayan çocuğa seslendim. "Yaşıyorsun, gözlerini açarsan anlarsın." Gözyaşlarını sildi ve ela gözlerini kırpıştırarak açtı. Önce yaşadığını anlamak için bedenini kontrol etti, sonra ise rahatlayıp küskün bakışlarla bana baktı. "Çok korktum Yankıcığım, beni tutmadığın için sana küstüm," dedi. Herkes bana bakarak bıyık altından gülerken ben doğru duyup duymadığım konusunda çelişkiye düşmüştüm. *Kollarımı açıp onu tutmamı gerçekten istemiş olamaz, değil mi?*

"Kusura bakma, Efe ya," diye sitemle homurdandım. "Seni tutmayı düşünemediğim için çok büyük ayıp ettim."

"Ettin tabii," diyerek ayağa kalkınca *hıh* dercesine bir hareket yaptı. "Bazen çok düşüncesiz olabiliyorsun, Yankıcığım," diyerek yanımdan geçip giden Efe, beni afallattı. Diğerlerine dönerek, "Az önce tam olarak ne oldu?" dediğimde hepsi gülmeye başladı. Acaba ezilmek pahasına kollarımı açıp Efe Can'ı tutsa mıydım? *Ne diyorum ben ya, bunlar bende akıl namına bir şey bırakmadı.*

Odama gelince günün yorgunluğunu üzerimden atmak için ilk iş güzel bir banyo yaptım. Üzerime tişört ve tayt gibi rahat bir şeyler giydikten sonra saçlarımı kurutma işini üşenerek gerçekleştirdim. Yatağa girip öğle uykusuna dalacaktım lakin terasta duyduğum seslerle duraksadım. "Yanlış mı duydum acaba?" dedim. Bir kadının gür kahkahasıydı bu.

Balkonun kapısını açıp dışarı çıkınca, Alaz'ın kendi tarafındaki koltuklardan birine oturduğunu gördüm. Odalarımız yan yana olduğu için ikimizin balkonu da yan yanaydı. Kısacası diğer çıkış kapısını kullanmadan da buradan odasına girebilirdim. Ayaklarını ortadaki sehpanın üzerine uzatmış, oturduğu yerde sigarasını içiyordu ve diğer eli Buket'in omuzundaydı. Buket ise kollarını onun beline sarmış, kafasını Alaz'ın göğsüne yaslayarak ona bir şeyler anlatıyordu. "Atalay'ın yüzünü görmeliydin, Yosun ona bir sevgilisi olduğunu söyleyince şoka girdi." Buket kahkaha atınca Alaz'ın dudakları kıvrılmıştı. "Bu yalanı Yosun'a kim söyletti? Sen mi yoksa Simay mı?" Ben de bir ara Bayan Kırmızı Dudak'ın gerçekten sevgilisi var sanmış ve sevinmiştim.

"Tabii ki Doktor'un fikriydi." Psikolojiden anladığı için kendi aralarında Simay'a böyle sesleniyorlardı. "Benim yöntemlerimi bilirsin," dedi Buket ve gülerek ondan hafifçe uzaklaştı. Yine sadece yarım atlet ve mini şort giydiği için baştan çıkarıcı bedeni gözler önündeydi. "Birazcık kadınlığını kullansa şimdiye kadar kaç tane Atalay kafeslemişti," dedi. Bu lanet tanrıça şimdi neden göğüslerini benim eğitmenimin gözlerine sokuyordu? *Anladık, taş gibi hatunsun ama biz gariplerin ne suçu var? Allah bazı şeyleri vermeyince vermiyor işte.*

Alaz kaşlarını çatarak ona ters ters baktı. Buket'e karşı fazla korumacıydı. "Elimde kalacaksın, Buket! Seninle kadınlar ve erkekler hakkında konuşmak hoşuma gitmiyor," diye azarlayınca Buket şuh bir kahkaha atarak rujlu dudaklarını onun yanağına bastırdı. Geri çekilince gördüm ki öptüğü yere dudaklarının izini bırakmıştı. "Ama en çok beni seviyorsun, değil mi?" dedi. Sesi küçük bir kız çocuğu gibi şımarık ve ilgiye muhtaç çıkınca Alaz ona tebessüm etti. "Maalesef en çok seni seviyorum," diye karşılık verdi. Dudaklarını onun alnına bastırınca tebessüm ettim. Onlar ekipte birbirine çok yakın olan iki kişiydiler. Alaz'ın onu kız kardeşi gibi gördüğünü Pars'a yaptıklarını öğrenince anlamıştım. Buket ise sadece bakışlarıyla onu ağabeyi ve tek ailesi olarak gördüğünü çok güzel yansıtıyordu.

Onları rahatsız etmek istemedim. Ses çıkarmadan yeniden odama gitmek için geriye doğru bir adım atmıştım ki ayağıma takılarak kalçamın üzerine düştüm. "Ah, lanet!" diye homurdandım. Başımı kaldırınca her ikisinin de beni izlediğini gördüm.

"Ne zamandır bizi gözetliyorsun?" *Biri şu adama onları gözetlemediğimi söylesin.*

"Terasın ortak olduğunun farkında mısınız?" *Genelde yalnız olmadığımız sürece resmiyeti bırakmıyorum.*

Buket oturduğu yerde rahatsızca kıpırdandı, diğer koltuğa geçerek Alaz'dan uzaklaştı ve "Umarım yanlış anlamamışsındır, hayatım," dedi. Umursamaz bir şekilde omuz silktim. "Oradan bakınca bir erkeği kıskanacak birine mi benziyorum?" dedim. Her ikisi de tek kaşını kaldırıp bana bakınca, bakışlarına, "Ne?" diye karşılık verdim.

"İnsan sevdiğini kıskanır, tatlım." Bacaklarımı bağdaş yaparak daha rahat bir şekilde oturdum. "Bir konuda anlaşalım Bayan Afrodit, ben onu sevmiyorum. Sadece hoşlanmak gibi bir halt yedim." *Sevgi ve hoşlanmak arasında çok fark var diye biliyorum.*

"Ah!" Eliyle kafasına hafifçe vurdu. "Sen Fulya'nın yaptığı şeyden dolayı kıskandığın için böyle kızgınsın."

"Kızgın değilim."

"Kızgın olduğunu görebiliyorum ama bu konuda seni suçlayamam. Altuğ, kendini affettirmek için hâlâ bir şey yapmadın mı? Biz kadınlar, ateşli âşıklara karşı koyamayız." *Allah'ım sana geliyorum, bu edepsiz kadın yine uçtu!*

"Ben o gruba girmiyorum ve ateşli ateşsiz fark etmez, bir âşık istemiyorum!" diye bağırdığımda gülerek Alaz'a döndü. "Gördüğün gibi kıskançlıktan çok fazla kızmış." *Bu kadın şu anda asıl kızdığım kişinin kendisi olduğunu gerçekten fark etmiyor mu? Ayrıca ateşli âşık nedir, Allah aşkına!*

Buket'in iki dakikada beni nasıl çıldırttığını gören Alaz, müdahale etmek yerine arkasına yaslanarak keyifle beni izliyordu. "Bu kadar yeter, ben uyumaya gidiyorum," dedim. Kaşlarımı çatarak öfkeli bakışlarımı ona yönlendirdim. "Umarım yine eğitim diye tutturmazsınız. Malum bedenimin yarınki maç için dinlenmesi gerekiyor," dedim. Ayağa kalktığımda dudağının kenarı yavaşça kıvrıldı. "Tüm öğleden sonra seni dinlen diye rahat bırakmıştım." *Kısacası sen dersten kaçtığını düşün ama aslında seni azat eden benim, diyor küstah.*

"Gergin gibisin."

"Kaybetmekten korkuyorum." Gerçekleri çarpıtmadan itiraf ettiğimde Ahmet tebessüm ederek beni durdurdu. Dün günün geri kalanını uyuyarak geçirmiştim, şimdi ise refakatçim olan Ahmet beni bahçedeki dövüş sahasına götürüyordu. "Korkma," dedi ve güven vermek ister gibi gözlerime baktı. "Kazanman veya kaybetmen önemli değil. Asıl önemli olan o ringe çıkacak cesareti kendinden bulman." Sorun da buydu zaten, bu sabah uyanınca tüm cesaretimin uçup gittiğini fark etmiştim.

"Söylemesi kolay tabii, ne de olsa orada rezil olacak olan sen değilsin."

Gülerek yürümeye devam ettik. "Gergin olduğunda her zamankinden daha huysuz oluyorsun."

"Derya ve bebek nasıl?" dedim. Konuyu kendi huysuzluğumdan uzaklaştırmam dikkatinden kaçmadığı için güldü. "İkisi de çok iyi. Derya bana ve bebeğimize bir şans vermeye karar verdi," dedi. Gözlerindeki büyük aşkı görmek her defasında içimi ısıtıyordu. "Hele şükür, aklı başına geldi." Kendimi tutamayıp tebessüm ettim. Derya'ya ne kadar âşık olduğunu bildiğim için onun adına gerçekten mutlu olmuştum.

Ağaçların arasından çıkarak açık alana girdiğimizde gülüşü bir anda solmuştu. "Sorun ne?" dedim. Beni duymuyormuş gibi bir yere bakıp duruyordu. Başımı çevirince biraz ilerideki sahasının yanında bizi bekleyen kalabalığı gördüm. "Ahmet?" dedim. Bakışlarını takip edince dikkatli bir şekilde Atalay'a baktığını gördüm. "Sorun ne?" diye üsteledim. Elimi omzuna koyduğumda kendisine gelmiş gibi başını iki yana salladı ve "Yok bir şey," diye geçiştirdi. Bir şey olduğu çok açıktı.

"Bana söylemezsen tek bir adım dahi atmam," diye inatlaşıp yerimde durunca tereddüt ederek bana döndü. "Geveze olabilirim ama şimdiye kadar iyi sır sakladığımı anlamış olman gerekiyor," dedim. Bir konuda kararsız kaldığını görebiliyordum ama bana güvenmeyi seçmiş olmalı ki derin bir nefes aldı ve pes ederek başını salladı. "Dün gece Altuğ benden Atalay'ı toplantı odasına çağırmamı istedi," dedi. Konuşurken zorlanıyor gibiydi. Bunu bana söylemenin iyi bir fikir olup olmadığını sorguluyordu. "Biliyorum, saçma ama onu bulmak için bahçeye çıktığımda bir tuhaflık dikkatimi çekti." Gittikçe meraklanmıştım. Devam etsin diye hiç konuşmadım ama o, bunu bana söylemeyi düşünmüyor olmalı ki ağırdan alıyordu.

"Dikkatini çeken ne oldu?" diye sorduğumda sanki biri bizi duyacakmış gibi etrafını kontrol ederek bana yaklaştı. "Şu arkadaşınla konuşuyordu sanki Atalay, onu daha çok korkutmuş gibi geldi bana. Nasıl desem..." Bir süre duraksadı. "Ona bağırıyor gibiydi. Uzaktan duyduğum tek şey, 'Sessiz kalacaksın!' gibi bir şeydi. Benim geldiğimi görünce kendisini toparladı ve arkadaşına tebessüm etti. Fakat çocuk o kadar çok korkmuştu ki bir kez bile bana bakmadan kireç gibi bir yüzle kaçarcasına gitti." Duyduklarım karşısında Atalay'ın olduğu tarafa baktığımda onun Efe'yi izlediğini gördüm. Efe ise başını yerden kaldırmıyordu.

"Efe mi?" Kafam karışmış bir halde ona doğru döndüm. "Atalay, Efe'yi neden korkutsun ki? O çocuk herkesten daha fazla zararsız." En az benim kadar kafası karışmış gibiydi. "Bilmiyorum, Yankı, sadece dikkatimi çekti. Belki de bana öyle gelmiştir." Haklı olabilirdi, belki de karanlıkta gördüklerini yanlış değerlendirdi. Atalay'dan bahsediyorduk, o daima neşeli ve birini üzmeyecek kadar ince ruhlu biriydi. O yüzden bu konuyu fazla kurcalamadım ama ilk fırsatta Efe ile konuşacaktım.

Gruba yaklaştığımızda Fulya beni baştan aşağı süzdü. "Bir an korkup kaçtığını düşündüm." *Saçmalık, ben korksam bile bir meydan okumadan asla kaçmam.*

"Sana da günaydın yılan." Beyaz bir sporcu atleti ve siyah tayt giymişti ve tam karşımda duruyordu. Ağzımı burnumu kırmak için sabırsızlandığını görüyordum. Açıkçası ne kadar iyi olduğu umurumda değildi, bugün bu kıza karşı kaybedersem gider kafama sıkardım. Ya da *sıkmam, meydanı ona bırakacak kadar aptal değilim.*

"Şşt, Sakar." Hakan gülerek kaşlarını kaldırdı. "Bak bende ne var?" Elindeki küçük kamerayı gösterdiğinde tüm keyfim kaçtı. Bu pislik dünkü bahis konusunu bana hatırlatacak zamanı bulmuştu. Tüm eğitmenlerin ve çaylakların içinde bir erkeği öpecek kadar aklımı yitirmemiştim henüz. *Allah bu Fulya'nın da belasını versin!*

Kızlara baktığımda Yiğit ve Kuzey dışında her yere bakıyorlardı. Diğerleri bir şey anlamasa da erkeklerin keyfine diyecek yoktu. Yiğit gülerek Süslü'ye döndü ve "Nazbüke?" dedi. Kıkırdamadan duramadım. "Bir şey unutmadın mı?" Süslü bir ayağını sertçe yere vurarak ona doğru döndü. "Nazbüke ne lan! Darbuka der gibi. Allah'ın kıt akıllısı, sana kaç kere söyleyeceğim, adım Naz!" diye bağırarak asıl konuyu unutturmaya çalıştığını görebiliyordum ama Yiğit bu fırsatı kaçırmayacaktı.

"Boş ver şimdi adını Naşide, hepimiz seni bekliyoruz." Bu sefer hepimiz kahkaha attık çünkü bu çocuğun isim konusunda bu kadar yaratıcı olması komikti. Bugüne kadar belki de yüzlerce kez N ile başlayan isim söylemişti ama hiçbiri Naz değildi.

"Yankı?" Süslü dün yediği haltın utancıyla yardım için bana dönünce Yiğit'in gülüşü büyüdü. "Kızım sen ne bakıyorsun ona? Farkındaysan o da ateş hattında."

"Tamam!" Süslü sonunda pes ederek Yiğit'e yaklaşınca Hakan hemen kamerayı çalıştırdı. Diğerleri konuya Fransız kaldıkları için sadece izlerken, biz yedi Yarasa birazdan ne olacağını iyi biliyorduk. Süslü iyice Yiğit'e yaklaştı ve derin bir nefes alarak uzanıp yanağına bir öpücük kondurdu. "Bu ne kızım?" Yiğit itiraz etmekte gecikmedi. "Çocuk mu kandırıyorsun? Doğru düzgün öp beni," diye azarlayınca Süslü utançtan yerin dibine girerken güldüm. Bu ikisi gerçekten çok komikti.

"Hadisene Namzet." Diğerleri bir şey anlamıyordu ancak izledikleri ikiliye onlar da gülmeye başlamıştı. "Üzerime gelme!" Naz her an ayağındaki topuklu ayakkabıyı çıkartabilirdi. "Sen benim üzerime gel," diyen Yiğit arsızca sırıttı. "Öp beni,

Nazure." Süslü bir küfür savurup parmak uçlarında yükseldi ve sonunda dudaklarını onun dudaklarına bastırdı.

Ancak dudaklarını onun dudaklarına değdirdiği an sadece bir saniye içinde hızla geri çekildi. "Ben bunu saymam," diye homurdanan Yiğit gerçekten hiçbir şey anlamamıştı çünkü her şey sadece bir saniye içinde olup bitmişti. "Şansını zorlama istersen," diye kızan Naz, ondan uzaklaştı. "Ne kadar süreceğini konuşmadığımız için bal gibi de sayılır," diyen Naz aceleyle arkama saklandı. Yiğit ise daha fazlasını beklediği için ona ters ters bakıyordu.

Kız haklıydı, süre hakkında kimse bir şey dememişti. Ayrıca yanılmıyorsam bahsin konusu bir erkeği herkesin içinde öpmekti, yani Yiğit ve Kuzey'i öpme şartı yoktu. Bu iki akıllı Esad'ı ve Tunç'u öpmeye kalksaydı, zaten bizim erkeklerin üçü de anında müdahale eder ve sonuçta kazanan kızlar olurdu.

"Burada tam olarak neler oluyor?" diyen Yosun'a kimse cevap vermedi. Bu bahis bizim aramızdaki sırlardan biriydi.

Sıra Kuzey'e gelmiş olmalı ki alıcı gözle Ecrin'i süzüyordu. "Baştan anlaşalım Koreli, ben Yiğit gibi azla yetinmem." Ecrin yutkunarak etrafına bakıyordu. Belli etmiyordu ama kızların içinde en duygusalı ve utangacı oydu. *Bunu nasıl yapacak, ben de çok merak ediyorum.*

"Şey, ben..." Geriye doğru bir adım attığında kaçmaya çalıştığını anlayıp güldüm. "Nereye?" diyen Süslü de onun ne yaptığını anlamış olacak ki kaşlarını çattı. "Kaçmayı aklından bile geçirme, onlara kaybedemeyiz!"

"Geri zekâlı yarım Efe!" Dayanamayıp kafasına bir tane geçirdim. "Ne kazanması? Görmüyor musun, yapsak da yapmasak da her şekilde kazanan onlar." Adamlar resmen öpülerek zaten kazanıyorlardı. Yapmasak bu sefer de bizimle alay ederek kazanacaklardı. Bu işte bizim kazancımız sıfırdı.

Süslü, "Gururumuz ne olacak?" dedi. *Bu kız tam dayaklık.* "Gurursuzum ben oğlum, o yüzden ben pas geçiyorum" dedim. Hiçbir güç bana o şeyi yaptıramazdı. Zaten gurur dedikleri tek dişi kalmış gereksiz canavar bende işe yaramıyordu. İnsanlar gurur adı altında ne saçmalıklar yapıyordu.

"Tüm gün böyle bekleyecek miyim?" Kuzey pisliği kendi öpücüğünü almaya kararlıydı. Zaten bir sapık olduğunu düşünürsek buna hiç şaşırmamıştım. "Tamam..." Ecrin kekeleyince Kuzey'in dudakları kıvrıldı. "Korkuyor musun?" Gözlerini kırpıştırarak ona bakan Ecrin'in yanakları pembenin en güzel tonuna büründü. Bunu gören Kuzey'in tebessümü alaycı olmaktan çıktı. Utanmak Ecrin'e gerçekten çok yakışıyordu. Bu kızdaki masumiyetin güzelliği inanılmazdı.

Ürkek adımlar atarak Kuzey'in tam karşısında durunca titrediğini fark ettim. "Ben..." Başını kaldırarak onun yüzüne baktı. "Şey ben..." Aynı şeyi kısık bir sesle tekrarladı. "Nasıl yapıldığını bilmiyorum," diye itiraf ettiğinde Kuzey ona öyle bir baktı ki sanki şu anda karşısındaki savunmasız kızı çok farklı görüyordu. Ecrin'in ilk öpücüğü olacağını anlaması onu derinden sarsmıştı. İlk diye bir şeyleri adlandıracak kadar duygusal değildim ama tıpkı Ecrin gibi benim de ilk öpücüğüm Aslı yüzünden bahis konusu olarak Alaz'a gitmişti. Gerçi şimdi olsa yine hayır demezdim ama konumuz bu değildi.

Kuzey'in yüzünde içtenlikle bir tebessüm oluşunca eğilip Ecrin'in yüzünü avuçları arasına aldı ve dudaklarını onun alnına bastırdı. "Bunu senden alarak bahis konusu yapmayacağım, Koreli. Bunu gerçekten hak eden biriyle yaşamalısın," dedi. Bu kesinlikle Kuzey'den beklemediğim bir tepkiydi. Kadınlar söz konusu olunca asla durmazdı ama şimdi durduğuna göre bu demek oluyordu ki Ecrin'e olan hisleri düşündüğümden daha derindi.

Kaşlarımı çatarak Alaz'a döndüm. Bu pislik benim öpücüğümü resmen bahis konusu yapmıştı ve bundan zerre pişmanlık duymamıştı. *Adaletin batsın dünya!*

"Artık başlayalım mı?" Pars'ın sabırsız sesine karşılık başımı salladım. Ecrin'e daha fazla bakamadım çünkü kız, Kuzey onu istemediği için öpmediğini düşündü ve hayal kırıklığı içinde ondan uzaklaşmıştı. Kuzey'in canıma okumayacağını bilsem her şeyi bağırarak söylerdim ama can tatlıydı sonuçta.

Herkes kenara çekilince Pars kendi çaylağını bir köşeye çekmiş, ona taktikler veriyordu. Alaz bana bakıp Fulya'yı gösterdi. "Sol yumruğu fazlasıyla zayıf," dedi. Sadece benim duyacağım bir sesle konuştu: "Onun sağ yumruklarından korun ve hep sol koluna yüklen, en önemlisi..." Omuzlarımı kavrayıp ona bakmamı sağladı. "Seni kışkırtmasına sakın izin verme. Dün beni öpmesi planlıydı ve bugün bunu senin üzerinde kullanacak." Onu onaylasam da kontrolümü kaybettiğimde neler olur, ben de bilmiyordum.

Aklımdan geçenleri anlamış gibi çenemi tutarak başımı kaldırdı. "Öfkeni avantaja çevirmeyi dene. Şuursuzca kullanılan bir öfke senin için dezavantaj." Çenemi hafifçe okşadı. Kahverengi hareleri sıcacık bakıyordu. "Dün öyle bir hareket beklemediğim için tepki vermem uzun sürdü," dediğinde kaşlarımı çattım. "Ve bunu bana söylemek için bu kadar bekledin!" dedim imayla. Ayaklarımı yerden kesecek şekilde gülümsedi. "Seni tanıdığım için bir açıklama yapmadım. Eğer benden şüphelendiğini düşünseydim, bu konuşmayı o anda yapardık." Haklıydı, Fulya onu öpse de Alaz'ın bana olan duygularını iyi bildiğim için olanları ciddiye almamıştım.

"Peki, bana şimdi niye bir açıklama yaptın?" dedim. "Sağı solu belli olmayan kaçık bir sevgilim olduğu için önceden tedbir alıyorum diyelim," diye karşılık verdi. Beni bana şikâyet ettiğinde kendimi tutamayıp güldüm. Beni göğsüne çekti ve kollarını bana sardı. "Kaybetmen umurumda değil, Sedef. Dayanamadığın yerde seni buradan götürmem için bir işaretin yeter," dedi. Benim için korkuyordu, canım yanar korkusuyla şimdi bile bu maçı iptal etmek için fırsat kolluyordu. Belki de ilk kez beni kendi çıkarlarının üstünde tutuyordu.

Zaman gelmişti. Eğilerek etrafı kalın halatlarla çevrili ringin içine girdim. Doğrulduğumda Fulya'nın da ringin içine girerek bana doğru geldiğini gördüm. "Nihayet büyük gün geldi," dedi. *Sanki Kurban Bayramı geldi, ne bu heyecan? Yok azizim, bu kızın cidden sorunları var. Kurban Bayramı demişken yılın en sevdiğim günüdür çünkü bir tek o günlerde karnım doyardı eskiden.*

Fulya sabırsızca, "Başlayalım mı artık?" dediğinde başımı salladım. Üzerimdeki yün hırkayı çıkartarak rastgele kenara attım. "Çocukluğumuzdan beri bana yaptıklarını düşünürsek bence de büyük gün geldi," dedim. Fulya ile aramızda yılların kini vardı ve bugün her ne olursa olsun yenilen taraf olmamak için elimden geleni yapacaktım.

Sedef kenara çekilebilir çünkü bugün sahne sırası Yankı Sarmaşık'ın!

18. BÖLÜM

Gizemli Kişiden

Hangisinin dövüş sanatları konusunda daha iyi olduğunu bilmiyordum ama izlemesi zevkli olacaktı. İki güçlü Yarasa nihayet karşı karşıyaydı, kazanacak olan tarafsa şu an için meçhuldü. Fulya gücünü bitmek bilmeyen hırslarından alıyordu. Yankı ise âdeta nefretten besleniyordu. İkisi de masum değildi, ikisi de saflığın özünü içinde taşımıyordu. Bu kızlar aileleri tarafından dışlandığı için kendilerinden başka kimseyi önemsemiyordu. Gerçi bu konuda Yankı rakibine göre daha az bencildi. Fulya hedefleri konusunda yoluna çıkan herkesi bir kalemde silecek biriydi. Merhamet nedir bilmezdi. Bu yönü beni cezbediyordu. *Çok yakında ölecek olması ne büyük kayıp!*

Yankı'ya gelince... Asla tam olarak Yankı olamayacaktı. Yanındaki arkadaşlarına çocukluktan gelen bir sevgiyle bağlı oldukça asla zincirlerini kıramazdı. Altuğ, onu Sedef kalmaya zorlarken tamamen Yankı olamazdı. Benim istediğim de buydu çünkü Sedef, Yankı'yı zayıf kılıyordu. Bu yüzden bana karşı çıkamayacak kadar zayıftı ve benden korkmalıydı. Benim yanımda bana itaat eden Sedef, diğerlerinin yanında hepsinin nefretini kazanacak kadar Yankı olmalıydı. Yalnızlaşmalıydı ki bana koşulsuz itaat edebilsin. Dikbaşlı ve asi olması onda en tiksindiğim özellikti. Benim küçük Yarasa'm bana boyun eğmeliydi ve bunun için de çok güzel bir planım vardı. Altuğ'dan kurtulmadıkça o bana bağlanamazdı. Altuğ'un bu oyundan çıkma vakti gelmişti. Yarın gece bu iş bitecekti. Sadece Altuğ'dan değil, bana engel olacak herkesten yarın gece kurtulmak için sabırsızlanıyordum.

Bulunduğum yerden onları izlerken tesise doğru giden Efe'yi görünce dudaklarım kıvrıldı. Çalan telefonu açarken gözlerimi ondan ayırmadım. "Efe'yi alın ve konuşmadan onu ortadan kaldırın." Gerçekleri çözmüştü bu korkak çocuk. Altuğ'a ya da en önemlisi Yankı'ya bir şey söylemeden ortadan kalkmalıydı. Şu anda herkes Fulya ve Yankı'ya odaklandığı için kimse onun yokluğunun farkına varmazdı.

"Öldürelim mi?" Telefonun diğer ucundan gelen soruyla gözlerim Fulya'dan sıkı bir yumruk yiyen kızı buldu. "Evet, on dakika içinde öldüğünü duymak istiyorum." Zekâsından çok, korkak olması ilgimi çekiyordu. Bu sebeple şu ana kadar ona dokunmamıştım. Korkusu onu kölem yaparken zekâsını diğerlerine karşı kullanabilirdim. Lakin arkadaşlarına olan bağlılığını görmek onu gözden çıkarmama sebep oluyordu. Fulya gibi aklını kullansaydı, bir süre daha yaşamasına izin verebilirdim ama sıska çocuk arkadaşlarına ihanet edecek birine benzemiyordu. Benim safımda yer almayacaksa yaşaması gereksizdi.

Gözlerimi Yankı'dan ayırmazken Fulya'nın onu fazlasıyla zorladığını görmek dudaklarımın kıvrılmasını sağladı. Acı çekmesini seviyordum, onun savunmasızlığı hoşuma gidiyordu. Özellikle acıyla attığı çığlıklar beni mest ediyordu. Hayatta tutmak istediğim tek kişi olmasına rağmen acı çektirmek istediğim tek kişi de yine oydu. Fulya onun karnına tekme atınca geriye doğru sendelerken, başını kaldırıp etrafındaki kişilere baktı. Yüzüne yapışan saçları çekerken gözleri birini arar gibiydi. "Kuzey!" diye bağırarak ağzındaki kanı tükürdü. "Efe hangi cehennemde? Git ve onu buraya getir!" diye bağırdığında Fulya'nın hamlesinden kendisini son anda kurtarmıştı. Şimdi Efe'yi neden istemişti? Planlarımı fark edecek kadar zeki değildi!

Kaşlarımı çattığımda Fulya'nın yerinde olmayı ne kadar çok istediğimi fark ettim! Bana karşı yaptığı her hareket ona işkence yapma arzumu çoğaltıyordu. Kuzey tesise doğru Efe'yi bulmak için gidince, "İkisini de fazla ses çıkarmadan öldürün!" dedim telefonun diğer tarafında olan adamıma. Kameralar çoktan devre dışı kaldığı için temiz bir iş olacaktı. Ancak Yankı'nın bu ani çıkışı Altuğ'u uyandırmış olmalı ki kaşlarını çatarak etrafına baktı. Efe'yi bulamayınca o da Kuzey'in peşinden gitmişti. "Altuğ geliyor! Kameraları derhal çalıştır. Çocuğa da dokunmayın," dedim. Tüm planlarımı altüst eden kıza yumruklarımı sıkarak baktım. Bu yaptığı şeyin cezasını ödeyecekti. Efe içeride Altuğ'a bildiklerini anlatırsa işim biterdi!

Şu an için tek temennim Efe'nin konuşmak için Yankı'yı beklemesiydi. Böylece o boşluktan faydalanarak onu ortadan kaldırabilirdim! "Sana yarın için söylediklerimi hatırlıyor musun?" Telefondan gelen onaylayan mırıltılarla dudaklarım kıvrıldı. "Yarın bu iş bitmeli. Ne demek istediğimi anladın mı?"

"Merak etme, her şey plana uygun gidiyor. Gidecekleri mekândaki garsonlardan birini tuttum. Söylediğin gibi eğitmenlerin yemeğinin içine zehir ve çaylaklarınkine de uyku ilacı katacak." Yarın Buket'in doğum günüydü. Altuğ onun doğum gününü kutlamak için lüks bir restoranı yarın için kapatmıştı. Bu bilgiye ulaşmam çok zor olmamıştı. O yüzden hangi restorana gideceklerini öğrenmiştim. Büyük ihtimalle kendisi yemekteyken çaylakları burada savunmasız bırakmayacaktı. Onları da yemeğe götüreceğine emindim. Altuğ'un zekâsını hafife almamam gerektiğini bildiğim için başlangıç yemeklerinin içinde zehir olmayacaktı. Ancak sohbet ilerledikçe gevşeyecekleri için daha sonra gelecek tüm yemeklerin içinde son derece ölümcül bir zehir olacaktı. Onlar ölümü hissedip kan kusarak kıvranmaya başladıklarında Yarasalar derin bir uykuya dalacaktı. Restoranda onlardan başka kimse olmayacağı için müdahale edecek de kimse olmayacaktı. Diğer garsonların işini bitirdikten sonra ortaya çıkan adamlarım Yarasaları alırken, ben de ölmek üzere olan Altuğ'a patronun kim olduğunu zevkle gösterecektim. Bu planda hataya yer yoktu, kusursuz bir plandı. Yarasalar için özel hazırlattığım küçük sürprizim onlara en büyük işkence olurken ben hepsinin acısından beslenip eğlenebilecektim. Bunca yıl yaşamalarına izin vermiştim. Şimdi benim Yarasaların hasat zamanıydı. Alaz Altuğ Sipahi, yarın bu oyunu kimin kazandığını görecekti!

Kuzey ve Efe ile birlikte yeniden dövüş sahasına geldiklerinde Efe'nin konuşmadığını tavırlarından anladım. Beni bulacak nasıl bir kanıt bulmuş olabilirdi, bilmiyordum ama kim olduğumu bildiğine emindim. İyice hararetlenen dövüşe odaklandığımda herkesin nefesini tuttuğunu gördüm çünkü Yankı kanlar içinde yerdeydi. Altuğ yumruklarını sıkarken Fulya'nın o budala kıza karşı daha acımasız olmasını istedim. Ancak yerde dizlerinin üzerinde olan küçük Yarasa'm, dudaklarından kanlar akarken aniden gülmeye başladı. "Hadi ama sinsi yılan, bana daha fazlasını yapmak istediğini sanıyordum," dedi. Dizlerinin üzerindeyken gülerek söyledikleri aklını kaçırdığını gösteriyordu.

"Yapma!" Altuğ'un tısladığını duydum. "Onu kışkırtma!" Benim olanın acı çekmesinden hoşlanmıyordu ve bu da oyunu daha eğlenceli kılıyordu. Çünkü küçük Yarasa'm acı çektikçe onun da acı çektiğini bilmek bana inanılmaz bir haz veriyordu. Yankı'nın onun zaafı haline gelmesi için çok sabretmiştim. Artık istese de onu bana karşı kullanamazdı.

"Sabırlı ol, tatlım," diyen Fulya gülerek ona doğru yürüdü ve tam çenesine attığı tekmeyle Yankı'yı sırtüstü yere düşürdü. "Henüz yeni ısınıyorum." Bu kızdaki acımasızlığı seviyordum ve bir o kadar da beni iğrendiriyordu.

İnleyerek doğrulmaya çalışırken elini yere bastırdı ve Fulya tüm gücüyle karnına tekme atınca yere yığıldı. Karnını tutarak attığı çığlıkları deli gibi arzuluyordum. Gözlerimi kapatarak onun çığlığını dinlemek için inanılmaz bir istek duydum. "Kahretsin, bu iyiydi!" Canı yanarken bile hâlâ nasıl alay ettiğini anlayamıyordum. Hiçbir zaman onu gerçekten ciddiyetini takınmış bir şekilde göremeyeceğimin farkındaydım. Alaycı olmak onun karakterinin büyük bir parçasıydı.

"Yalnız..." dediğinde öksürmeye başladı. Yüzü yere doğru bakarken ellerinin ve dizlerinin üzerinde duruyordu. "Yeterince iyi değilsin çünkü hâlâ yaşıyorum." Yediği onca dayağa rağmen ayağa kalkmayı başardı. Yüzü yara bere içinde kalmıştı ve burnundaki kanlar dudaklarından çenesine süzülüyordu. Siyah saçları fazla terlediği için yüzüne yapışırken ayakta zor duruyordu. "Beni öldürmek istemiyor musun?" Dudaklarındaki kanı elinin tersiyle sildi. "İşte sana bir fırsat." Kollarını iki yanına açarak güldü. "Hadi, bitirsene işimi! Alsana yersiz intikamını." Eceline susamıştı ama ölmesine asla izin veremezdim. Acısı bana zevk verse de ölümü beni çıldırtırdı! O bana aitti ve benim olanın canını kimse alamazdı. Buna izin vermeyecektim.

"Zavallı Sedefcik." Fulya sırıtarak onunla olan mesafesini iki adımda kapattı. Sert bir yumruk savurduğunda gözleri tehlikeli bir şekilde ışıldayan Yankı, onun bileğini havada tuttu. "Sedef mi?" Kahkaha atarak onun bileğini ani bir hamleyle bükerek Fulya'nın arkasına geçti. Fulya'nın bileğini sırtında tek eliyle sabitlerken, diğer eliyle ensesindeki saçları kavradı. "Çok ayıp, tatlım çünkü ben seni henüz Yankı ile tanıştırmadım!" Saçlarından asılarak onun başını hafifçe geriye çektiği gibi yere doğru fırlattı.

"Yok artık." Ormanda bana fazlasıyla zorluk çıkaran Yosun şaşkındı. "Yediği onca dayağa rağmen bunu yapacak gücü nereden buldu?" Altuğ'un rahatlayarak verdiği nefesler canımı sıktı. Hayır, bu dövüşten mutlu ayrılamazdı!

Fulya'ya doğru yürüdüğü esnada yerdeki kız bir anda ona doğru döndü ve Yankı'nın bacağını tutarak çekti. Şimdi ikisi de yerdeydi. "Sen bana yaptıklarının hesabını vermeden buradan çıkmayacaksın!" Fulya öfkeyle gürleyip Yankı'nın üzerine atlayınca, yumruklarını büyük bir nefretle onun yüzüne geçirdi. İşin garip yanı, Yankı kendisini savunmak için hiçbir şey yapmıyordu.

"Bu kadar yeter, başlarım böyle maça!" diyen Kuzey, kaşlarını çatarak dövüş sahasına doğru bir adım atmıştı ki Ecrin koşarak onun önüne geçti. "Bunu yaparsan Yankı kendisine geldiğinde çok kızar."

"Umurumda değil!" diyen Kuzey yumruklarını sıkıyordu. Sedef'in acısına kayıtsız kalamıyordu. "Şuna baksana, kendisini savunacak hali bile yok. Bu saçma işi bitireceğim." Yankı'nın yediği her yumrukta Kuzey daha fazla çıldırıyordu. Onun için hazırladığım sürprizi bilseydi, arkadaşı yerine kendisi için endişelenmesi gerektiğini de bilirdi.

Naz, "Biraz daha bekleyelim," dediğinde kaşlarını çatan Yiğit, "Neyi? Ölmesini mi? Bu gidişle ölecek, bunu izlemeyeceğim!" diye bağırdı.

Hakan, "Onun yerine beni çıkarın!" derken çenesi seğiriyordu. "Karşıma da Fulya'yı temsil eden Esad ya da artık o takımda kaç erkek varsa çıkarın ama Sakar'ı alın oradan!" Takımdaki erkeklerin hepsi çıldırmıştı. Fulya'nın erkek olmasını ne çok istediklerini görebiliyordum. Tabii, Efe dışında... O gereksiz çocuk ağlamaktan başka bir şey yapmıyordu.

Üçüne de öfkeyle bakan Ecrin, "Bizim hoşumuza mı gidiyor onu böyle izlemek!" diyerek onları kontrol altında tutmaya çalışmıştı. "Ama Sarmaşık kendinden geçip bayılana kadar kimse müdahale etmeyecek. Siz erkeklerde işler nasıl yürüyor, bilmem fakat biz kızların kaybetmeye tahammülü yok," dedi. Hepsi isteksizce tamam anlamında başını salladı lakin bu gönülsüz bir teslimiyetti.

Fulya'ya bakarak, "Bilmiyordum!" diye öfkeyle bağıran Yankı'nın feryadıyla tüm gözler ona çevrildi. "Çocuktum!" Fulya'yı üzerinden iterek ellerini yere bastırınca zorlukla birkaç denemenin ardından ayağa kalkabildi. "Yedi yaşında yaptığım bir şey için beni suçlamaktan vazgeç." Soluk soluğa ellerini dizlerine koymuş, nefes almaya çalışıyordu. Tam olarak hangi konudan bahsediyordu?

Fulya bağırarak, "Ben de çocuktum!" dedi ve kızın üzerine yürüdü. "Yalan söylediğinde ben de çocuktum." Nefret dolu yumruğu Yankı'nın yüzünü buldu. Burnundan fışkıran kanlar duracak gibi değildi.

Herkes ne olduğunu çözmeye çalışırken çoğu kişi geçmişi konuştuklarını anladı. Bu ikisinin arasında geçmişte her ne olduysa şimdi bu durumdaydılar. Fulya onun saçlarına yapışınca dudaklarını Yankı'nın kulağına yaklaştırdı ve her ne söylediyse Yankı'nın mavi gözlerinin adım adım nasıl değiştiğini gördüm. Fulya sırıtarak hâlâ bir şeyler söylüyordu fakat Yankı yerinde kaskatı kesilmiş, hiç kıpırdamıyordu. Ölüm, evet ilk kez küçük Yarasa'mın gözlerinde ölümü görüyordum. "Sen hastasın!" diye bağırarak Fulya'yı itmesi uzun sürmedi. "Aman Allah'ım, senin tedavi olmaya ihtiyacın var!" Şoka girmiş gibiydi. "Ve bugün bu iş bitecek!" diye bağırdığında sanki yeniden doğmuş gibi güçlü görünüyordu. Yankı şu an nefretten doğmuş bir ölüm meleğini andırıyordu. Kanla yıkanmış güzel bir ölüm meleğini.

"Hadi!" Ruhsuzca Fulya'ya doğru bir adım attı. "Bitirelim şu işi!" Bu sözlerden sonra nefesimi tuttuğumu fark ettim. Bu gözlerde Sedef'ten en küçük bir iz yoktu, bu gözler Yankı Sarmaşık'a aitti.

Yankı

Beni yere düşürüp üzerime çıkmadan önce ne demişti bu salak? "Geçmişte beni yalancı olmakla suçlarken de böyle acı çekiyor muydun?" Evet, tam olarak böyle söylemişti. Sorduğu soruya gelirsek de şu anda yediğim yumruklar yüzünden acı çektiğim doğruydu ama geçmiş derken neyi kastediyordu? Zihnimde hayal meyal bir sahne canlandığında Fulya'nın yumruklarını bedenimde hissettim. Yattığım yerden ona karşılık veremeyecek kadar geçmişe çekilmiştim.

13 yıl önce / Menekşe Çocuk Yurdu

Müdire annenin kapısını tıklatarak odasına girdim. Öğle vakti beni neden çağırdığını merak ediyordum. Dikkatimi masasında oturan kadından daha çok çeken bir şey vardı. O da karşısında ayakta duran çocuktu. "Gel Sedef," dedi ve tebessüm etti. Kapıyı kapatmamı işaret edince dediğini yaptım ve Fulya'nın yanında durdum.

"Yine ne yılanlık yaptın da buradayım, Fulya?" Karşımdaki müdire anneye bakarak fısıldadığımda o da aynı şekilde müdire anneyi izliyordu. "Kes sesini ve sadece sana sorulan sorulara yalansız cevap ver." Tıslar gibi çıkardığı ses bana gerçekten yılanları hatırlattı. Eğer Kuzey doğru söylediyse, yani benim annem bir kediyse o zaman Fulya'nın annesi de bir yılan mı oluyordu? Yılanlarla bir akrabalığı olmalıydı.

"Yılanları sever misin Fulya?" Bunu gerçekten merak ettiğim için sormuştum. Soruma karşılık kaşlarını çattı. Kolumu tutup ısırınca haykırdım. "Bırak! Zehrin kanıma karıştıysa sana bunu ödetirim!" O benim koluma dişlerini geçirirken ben de onun saçlarını ellerime dolayıp tüm gücümle çekmeye başladım.

"Ayrılın, derhal!" Müdire anne bir eliyle Fulya'yı geriye doğru çekerken, diğer eliyle de beni çekmeye çalışıyordu. "Bıktım sizin kavganızdan! Sedef! Fulya!" Gök gürültüsünü andıran sesiyle konuşması demek, ağır bir ceza yola çıkmış ve birazdan bize ulaşacak demekti.

Fulya ile ayrıldığımızda kolumda bıraktığı diş izlerine bakıp sırıttı. Ona gülerek karşılık verdim. "Bak bende ne var?" Elimdeki bir avuç sarı saçı gösterince, aptal kız bunu yeni fark etmiş gibi bağırdı. Tekrar bana saldırınca müdire anne hemen araya girdi. "Fulya, pencerenin yanında dur!" Kaşlarını çatarak bana döndü. "Sen de kapının yanına geç Sedef!" *Çok zeki kadın vesselam.* Önce sanki bunun olacağını bilmiyormuş gibi bizi yan yana getirdi, şimdi de kendince önlem alıyordu.

Fulya ile birbirimizden uzak köşelerde durduğumuzda müdire anne işini sağlama almış, ortada dikiliyordu. "Sedef..." dediği an hemen lafa girdim. "Ben çalmadım! Bu yılanın hiçbir şeyini çalmadım. Kıyafetlerini de parçalamadım ve yatağına gece gizlice su da dökmedim. Genelde ne zaman korksa yatağına işiyor ve *Sedef su döktü* diye yalan söylüyor. Yemekhanedeki tabakları da kırmadım, dolabınızı karıştıran da ben değilim ve daha aklıma gelmeyen bir sürü şeyi de ben yapmadım." Kadın afallayarak bana bakarken sadece omuz silktim. Genelde bu tür suçlamalar için beni odasına çağırdığından önceden savunmamı yapayım demiştim. Çünkü doğrudan Fulya'dan duyduklarıyla beni yargılayıp ceza veriyor, kendimi savunmama hiç izin vermiyordu.

"Umarım büyüdüğünde bu çenenin bir ayarı olur." Sanırım bana güzel bir şey söylemedi.

"Her neyse." Sanki görünmez sinekleri kovalıyormuş gibi elini yüzüne doğru salladı. "Fulya, bahçıvanımız Ufuk Bey'in onu taciz ettiğini söylüyor ve sen her şeyi görmüşsün. Bu doğru mu?" Gözlerini kısarak bana bakıyordu. Eğer bana tacizin kelime anlamını söylerse belki ona cevap verebilirdim.

Acaba küfür gibi bir şey mi bu taciz dediği?

Sabırsız sesiyle, "Konuşsana, evladım!" dediğinde kafamı kaşıdım. "Taciz ne, müdire anne?" Benden bıkmış gibi bakan kadın, sorduğum soruyu nasıl cevaplayacağını düşünüyordu. "Dokunmak, Sedef. Bahçıvan Ufuk, gerçekten Fulya'ya dokunmaya çalıştı mı?"

"Niye, Fulya'ya dokunamaz mı?" dediğimde her ikisi de üzerime atlayacak gibi bakınca, ben tam olarak hangi kısmı anlamadığımı bilemedim.

"Aptal mısın, evladım? Daha nasıl anlatabilirim?"

"Aptal değilim, yedi yaşındayım. Benim anlayacağım şekilde anlatsan? Bildiğim kadarıyla büyük insanlar bana çocuk diyor."

"Sedef!"

"Allah belamı versin ki bir şey anlamadım!" Ağlamaklı bir sesle hızlıca konuştum. Bana ne zaman bağırsa canımı yaktığı için korkmaya başlardım.

"Boynumu kokladı!" Fulya da ağlayacak gibiydi. "Arka bahçede kolumu sıkarak boynumu kokladığını sen de gördün! Hadi, anlat ona." Bir süre hiç konuşmadan düşündüm. Bu sabah Ecrin'i bulmak için arka bahçeye gittiğimde onları gördüğümü hatırladım. Ufuk amca Fulya'nın kolunu sıkarak onun üzerine eğilmişti, Fulya ise ağlıyordu. Yanlarına giderek ne olduğunu sorduğumda ise Ufuk amca hemen Fulya'dan uzaklaşmıştı. Fulya ağlayarak yurda koşarken Ufuk amca bana onun saçına yapışan sakızı çıkartırken istemeden canını yaktığını söylemişti.

"Yalan söylüyor, Ufuk amca ona hiç dokunmadı," dedim. Fulya gözlerini irice açarak bana bakıyordu. Lakin bana yaptığı gibi Ufuk amcanın da ceza alması için yine yalan söylediğini bildiğimden onu görmezden geldim. Bu kız, insanlara zarar vermeden duramıyordu.

"Yalan değildi!" dedi ve ağlayarak üzerime atıldı ama müdire anne buna izin vermedi. "Orada ne kadar çok korktuğumu bilemezsin!" dedi. Onun yüzünden o karanlık kilerde korktuğum gibi mi korkmuştu? Veya yapmadığım şeyler yüzünden yediğim dayaklar kadar mıydı? Hayır, bu kız korkunun ne olduğunu bilmiyordu.

"Yalan söylemeyi kes, ben dediğin gibi bir şey görmedim." Son söylediklerimden sonra müdire anne ilk kez bana inanmayı seçmişti. "Fulya, dışarı çık!"

"Ama..."

"Sana dışarı çık dedim!" Fulya yerinden sıçrarken kapıya doğru yürüdü. Fakat yanımda durunca gözlerinde her zamankinden daha büyük bir kin vardı. "Bunu yanına bırakmam!" Kız, kapıyı çarpıp çıkınca müdire anne bana doğru döndü. "Gidebilirsin Sedef." Tebessüm ederek başımı salladım ve kapıya yöneldim. Az önce burada ne olmuştu, bilmiyordum.

Elim kapı kolunu bulunca içimden kendime kızarak müdire anneye döndüm. "Ağlıyordu." Gözleri hemen beni bulan kadına başımı salladım. "Fulya orada ağlıyordu. Ufuk amca onun bir kolunu sıkarak üzerine eğilmişken Fulya ağlıyordu ve çok korkmuştu. Ufuk amca bana onun saçındaki sakızı çıkardığını söyledi. Taciz ne demek gerçekten bilmiyorum ama gördüklerim bu kadar. Bilirsiniz, Fulya kolay ağlayan bir kız değil, özellikle saçına yapışan bir sakız yüzünden asla ağlamaz ama bu sabah ağlıyordu." Kadının rengi atmıştı. Yumruklarını sıkarak polisi ararken beni dışarı çıkartmıştı.

O günden sonra Ufuk amcayı hiç görmemiştim.

Şimdiki zaman

Çıldırmıştı ve beni de çıldırtmayı başarmıştı akıl hastası. Kahretsin! Fulya gerçekten hastaydı! Yüzüme sayısız yumruk yerken onu üzerimden ittim. "Bilmiyordum!" Hatırladıklarımın etkisiyle bağırdım. "Çocuktum!" O yaşlarda bir erkeğin tacizine uğramak nedir, bilemezdim. "Yedi yaşımdayken yaptığım bir şey için beni suçlamaktan vazgeç!" Kendimi zorlayarak ayağa kalkmayı başarmıştım. *Bu kızın ciddi sorunları olduğuna artık emindim.*

"Ben de çocuktum." Yumruklarını sıkarak üzerime yürüdü. "Sen o gün yalan söylediğinde ben de çocuktum." Aramızdaki mesafeyi kapatarak yüzüme öyle bir yumruk attı ki burnumdan fışkıran kanlar bir süre durmayacak gibiydi. Gözlerim nedensizce sızlarken başım dönmeye başlamıştı.

Saçlarımı kavrayıp dudaklarını kulağımın yakınına getirince durmaya niyeti olmadığını anladım. "Şimdi sana olan nefretimi anlıyor musun? Tecavüze uğramak üzere olduğunu duyduğumda ne kadar sevindim, anlatamam." Sırıtarak kulağıma söyledikleriyle tüm bedenim taş kesildi. Sonunda sabrımı tüketmişti. İnsan kendisine yapılan bir şeyi başkası yaşasın istemezdi ama Fulya'da durum tam tersi işliyordu. Üstelik ona yardım eden bendim! Ufuk denilen adamı yurttan gönderen şey, benim müdire anneye söylediklerimdi. Ancak bunu bilmediği için benden nefret ettiğini söylüyordu. Bu sadece onun bahanesiydi. Evet, kendince uydurduğu bir yalandı bu çünkü o olay olmadan önce de Fulya benden nefret ediyor ve her fırsatta canımı yakıyordu.

"Sana olanlar ve Feride'ye olanlar umurumda bile değil. Evet, Feride'yi ben sattım." Bu sözleri sadece benim duyacağım bir şekilde fısıldamıştı. Duyduklarım tüm kontrolümü kaybetmeme yetmişti. İçimde bir yerler ölürken bugün ölümü bu kıza yaşatmak istedim. Birden fazla adam tarafından tecavüze uğrayarak ölen Feride'yi düşündükçe, ben kendi insanlığımdan utanmışken Fulya buna nasıl izin vermişti? Feride ile hiç yakın olmadığımız halde ben oradan gitmesine izin verdim diye kendimi suçlarken, bu kız kendi arkadaşına bunu nasıl yapabilmişti? Çocuk yaşta yaşadığı tacizi hâlâ unutamayan biri, Feride'ye nasıl daha kötüsünü yaşatabilirdi!

"Sen hastasın!" Onu iterek kendimden uzaklaştırdım. "Aman Allah'ım, senin tedavi olmaya ihtiyacın var!" Gerçekten iyi değildi. "Ve bugün bu iş bitecek!" diye bağırdığımda artık kaybetmeye tahammülüm yoktu. Yaşamayı hak etmiyordu, düşünceleri kirli birinin cezasını bizzat kendim verecektim.

"Hadi!" Ona doğru yürüdüm. "Bitirelim şu işi!" Bunu Feride ve kendim için yapacaktım.

Şu bir saat tüm kemiklerimi kıracak kadar usta bir dövüşçü olduğunu anlamama yetmişti. Ancak ben hâlâ pes etmemiştim. Yumruğunu bana doğru savurduğunda başımı eğerek onun hamlesini savuşturdum. Hemen arkasından attığı tekme ve devam eden yumruklardan da kaçmanın bir yolunu bulmuştum. Onu yenmek için yetenekten fazlası gerekiyordu çünkü benden daha iyiydi. Kazanmak istiyorsam aklımı kullanarak doğru stratejiler yapmalıydım. Evet, çok öfkeliydim ama Alaz'ın söylediklerini kulak ardı edemezdim. Öfkemi dizginleyip aklımı devreye sokmazsam kaybetmem kesinleşirdi. Rakibimi yeteneklerimden çok aklımla alt etmeliydim. "Ufuk amcayı gönderen benim." Kaşlarını çattığında güldüm. "Evet, yılancık, düşündüğünün aksine senin gibi zavallı konumuna düşmemek için gördüklerimi müdire anneye anlattım. Hemen o gün Ufuk amca nasıl yurttan ayrıldı sanıyorsun? Gerçekten şahit olmadan müdire annenin sana inandığını düşünmedin, değil mi?" dediğimde dişlerini sıktı, benim ona yardım etmiş olmam fikrine bile tahammülü yoktu. "Yalan söylüyorsun!" diye bağırarak yeni bir yumruk daha savurdu ama geriye çekilerek kendimi kurtardım. "Doğru söylediğimi biliyorsun. O kadının tek bir kişinin sözüyle hareket etmeyeceğini en az benim kadar iyi biliyorsun." Hareketleri daha da hırçınlaştığında attığı yumruklar plansızlaştı. Onu tanıyordum, benim tarafımdan geçmişte korunduğunu bilmeyi sindiremezdi. Herkesin yardımını kabul ederdi lakin benim yapacağım bir iyilik onu delirtirdi.

Rakibin senden daha güçlüyse ilk kural: Onu kışkırtarak öfkelenmesini sağla.

Ancak duracağın zamanı bil çünkü bu ters tepebilir.

"Kes sesini," diye tıslayarak boynuma doğru savurduğu tekmeye karşılık hemen yere eğilerek kurtulmayı başarmıştım. "Sana acıdığım için yardım ettim." Özellikle her defasında sol elini tutarak itiyor ve sağ eliyle yumruk atmasını sağlıyordum. Böylece tek bir koluna yüklendiği için daha çabuk yoruluyordu. "Sen zavallısın, Fulya." Yine sol bileğini havada yakaladım fakat bu sefer tüm gücümü toplayarak sağ omzuna yumruğumu geçirdim. "Benden nefret etmene sebep olan şey, bu olay değil.". Bileğini kurtarıp omuzlarımı kavradı ve âdeta kükreyerek kafasını yüzüme gömdü. Düşündüğümden de güçlüydü! *Sanırım burnum kırıldı!*

Kan burnumdan daha yoğun akarken, her şey etrafımda dönüyor gibiydi. Dizlerim bükülünce kendimi yerde buldum. "Senin acımana ihtiyacım yok!" diye bağırdı. Gözleri karardığında karın boşluğuma attığı tekme yüzünden sırtüstü düşerken nefes alamıyordum. "Asıl acınacak durumda olan sensin!" dedi. Şuurunu kaybetmiş gibi karnımın üzerine oturarak beni yumruklamaya başladığında hissettiğim acının bir tarifi yoktu.

Bir yıl boyunca aynaya bakmama kararı aldım. Kahretsin, kız bu iş için doğmuş gibi yumruk atıyor!

Yüz ameliyatı olmak istemediğim için dördüncü yumruğunu zar zor tutabilmiştim. "Benden nefret ediyorsun çünkü sahip olduklarım sende yok..." dedim. Konuştukça burnumdan akan kanları yuttuğum için bunları söylerken çok zorlanıyordum. "Seni gerçekten seven arkadaşların yok." Titreyen bedenim yüzünden onun iki bileğini güçlükle tutarken, üzerimde olduğu için nefes alamıyordum. "İkimizin de ailesi yok ama doğduğumdan beri yanımda olan arkadaşlarım bana aile olduğu için benden nefret ediyorsun." Dişlerimi sıkıyordum. Fiziksel olarak bana çok ağır hasarlar vermeyi başarmıştı. "Annemin yıllar sonra benim için dönmesi benden nefret etme sebebin. Babamın beni çok sevmesi ve Alaz'ın beni seçmesi benden nefret etme sebebin. Görmüyor musun, sorunların var! Sahip olduklarıma takıntılısın! Sen benim olan her şeyi istiyorsun ama bunu kazanarak değil, çalarak yapmak istiyorsun. Kızım sen Alaz'ı bile sevmiyorsun, sadece benim sevgilim diye onu takıntı haline getirdin." Alaz yerine başka bir erkekle sevgili olsaydım, o zaman onu da severdi çünkü benim olan her şey ilgisini çekerdi. Hastaydı. O kadar çok öfkelenmişti ki gözleri seğirirken diğerleri bunları duydu mu diye paniklemişti. Başını onlara doğru çevirdiği an istediğim olmuştu, sonunda dikkatini dağıtmayı başarmıştım. Bunu fırsata çevirerek daha o kendisini toparlayamadan bacaklarımı beline doladım. Çevik bir hareketle onu altıma aldım.

Fulya beklemediği hamlem karşısında afallayınca sırıttım. "Şimdi sıra bende." Yumruk yaptığım sol elimi onun burnuna geçirdim. Tekrar ve tekrar yumruklarımı aynı yere geçirerek acıdan çığlık atmasını sağladım. Yumruklarım kan içinde kalırken ben durmadım. Onun burnundan akan kanlar ve kulaklarıma gelen seslerle kırılan şeyin sadece benim burnum olmadığını bilmek ona daha fazla vurmamı sağladı. Etrafımdaki tüm sesler kesilirken kontrolümü kaybetmiş gibiydim. Sadece daha fazla vurmak istiyordum, daha fazla acı çeksin istiyordum ve yaktığı kadar yakmak istiyordum

Alaz'ın, "Sedef, dur!" diyen sesini duyduğumda altımda olan kızın kanlar içinde kalmış yüzüne baktım. Hâlâ bilincini kaybetmediği için durmam bu aşamada iyi olmazdı. Ona tekrar vuracağım esnada Alaz yeniden "Sedef!" diye bağırdı. Başımı çevirip saçlarımın arasından baktım. "O bana vururken neden onu durdurmaya çalışmadınız? Bu adaletiniz benden başka herkese işliyor!" dediğimde kalbimin üzerine aldığım darbeyle geriye doğru savruldum. Bu aşağılık adam dikkatimi dağıtmıştı! Fulya öksürerek kalkmaya çalışırken, kalbim durmuş gibi elimi göğsüme bastırıp kendime gelmeye çalıştım.

Allah aşkına, artık ikimizden biri kazansın! Canım çıktı burada!

Tekrar birbirimize doğru atıldığımızda Alaz'ın, "İkiniz de durun!" sesiyle aynı anda ona döndük. "Bitti! Bir kazanan yok! İkinizden biri emrime itaatsizlik yapar ve rakibine vurursa ceza alır." Şimdi söylenecek söz müydü bu? Her ikimiz de ciddi yaralar almış ve yorulmuştuk. On dakika daha beklese ikimizden biri illaki pes edecekti.

Alaz, maçı neden durdurduğunu diğerlerine açıkladığında söylediklerinin hiçbiri beni ikna etmedi. "Fulya'da yetenek var, Sedef'te ise akıl. Yeteneğin olmayınca aklın bir yere kadar seni idare edebilir ve sadece yeteneğin varsa aynı şekilde belli bir yere kadar ilerleyebilirsin. Biri aklıyla diğeri yeteneğiyle mücadele ederken bu yarışın bir kazananı olamaz. Tecrübelerime dayanarak söyleyebilirim ki her ikisi de aynı anda kendinden geçebilir." Bu sözleri herkesi düşündürdü. Fulya ile ben ise birbirimize öfkeli bakışlar attık.

Afrodit güldü ve "Haklısın, güç olarak eşitler. Sıkı rakip oldukları için hayatımda soluksuz izlediğim tek müsabaka diyebilirim," dedi. Fulya ile güç olarak bile olsa aynı kategoride anılmak sinirimi bozmuştu. Üstelik burası hangi ara böyle kalabalıklaşmıştı? Artık sadece eğitmenler ve çaylaklar yoktu, tesisin yarısı maçı izlemeye gelmişti.

"Fark ettiysen..." dedim ve nefes nefese dudağımdaki kanı elimin tersiyle silerken elimle Alaz'ı gösterdim. "Bana zeki derken sana bildiğin geri zekâlı dedi." Belki anlamamıştır diye bu küçük ayrıntıyı ona hatırlatmayı görev bilmiştim.

"Sen hâlâ akıllanmadın anlaşılan!" diye bağırarak üzerime yürüyünce ben de ona doğru yürüdüm. "Sen de öyle!" dedim ve tam birbirimize yeniden saldırmak üzereydik ki Fulya sendeleyip yere düştü. Güldüm. "Sanırım şu bahsettiğiniz güç olayında ben ondan biraz daha öndeyim..." Birden her şey etrafımda dönmeye başladı. Bedenim titredi ve dizlerim bükülünce kendimi yerde buldum. Gözlerim kapanmadan hemen önce Alaz'ın söylediklerini duymuştum. "Tam olarak bundan bahsediyordum!" Gördüğüm son şey, ringe atlayarak bana doğru aceleyle yürüdüğüydü.

Ah ulan, beş saniye daha dayansaydım, yarına kazanan benim diye Fulya'yı delirtebilirdim.

19. BÖLÜM

Ağrıyordu, acıyı iliklerime kadar hissederken her yanım çok ağrıyordu. Aynadaki yansımama bakmaksa canımı daha çok yakıyordu çünkü berbat görünüyordum. Gözlerimin altı şişmiş ve hafif hafif morarmaya başlamıştı. Elmacık kemiklerimdeki kızarıklık çok yoğundu. Uyandığımda burnumun içine silikon tamponlar yerleştirdiklerini fark ettim. Dediklerine göre eski haline gelene kadar tamponlar kalmalıymış. Patlamış dudağımı görüp yüzümü buruştururken, gözlerim boynumdaki morluğa takıldı. Bu morluklardan göğsümde ve karnımda da vardı. Fulya gerçekten beni çok zorlamıştı ama burnundaki tampona kadar aynı izleri onun da taşıdığını bilmek bir nebze rahatlamamı sağlıyordu. Aldığım sigara kokusundan sonra arkama döndüm. Alaz balkon kapısına sırtını yaslamış, sigarasını içerek beni izliyordu. Balkon kapısı açıktı ve odama gelmek için şu ana kadar o kapıyı kullanmamıştı.

"Nasıl görünüyorum?" Konuşurken patlamış dudaklarım yüzünden canım yanıyordu. Gözleri baştan aşağı beni süzen adam, "Berbat," deyince güldüm. En azından dürüstçe cevap vermişti.

Kendimi yorgunlukla yatağın üzerine bırakıp ona baktım. "Kazanamadım," dedim. Sigarasının izmaritini balkona doğru fırlatırken içeri girdi. "Kaybetmedin."

Beyaz gömlek giymek bu adama çok yakışıyordu. Bazı erkeklerin aksine açık renkler onun üzerinde çok iyi duruyordu.

"Ama kazanamadım da." Yanıma oturduğunda bir elini dizlerimin üzerine koydum ve gömleğinin kollarını düzgünce katladım. Aynı şeyi diğer koluna da yaptığımda kaşlarını usulca yukarı kaldırdı. "Böyle daha mı iyi görünüyorum?" Başımı salladığımda gülümsemişti.

"Aldığın eksik eğitime rağmen orada harika bir iş çıkardın." Bu sözleri beni teselli etmek için değildi, gerçekten inanarak söylüyordu. "Dikkatimi dağıtmasaydın daha iyi olabilirdim." Elini uzatıp yüzümdeki yaralara iç çekerek dokundu. "Onu öldürecektin, Sedef." İtiraz etmeye hazırlandığım esnada işaret parmağını hafifçe dudaklarıma bastırarak beni susturdu. "Sen bile farkında değildin ama ben gözlerine bakınca bir sonraki adımını gördüm. Ölüm vardı gözlerinde Sedef, en fazla iki yumruk sonra karanlık bir tatminsizlik yaşayacaktın. Sonraki adımın daha kimse sana müdahale etmeden Fulya'nın boynunu kırmak olacaktı. Ben orada Fulya'yı korumadım, ben orada Sedef'i Yankı'dan korudum," dedi. Gözlerimin içine bakarak söyledikleri beni öylesine sarsmıştı ki. Dün olanları düşününce Alaz müdahale etmeden önceki halim aklıma geldi ve sertçe yutkundum. Evet, yapardım. O zaman farkında değildim ama şimdi yapacağımı biliyordum. Feride hakkında yaptığı itiraf bana bunu gerçekten yaptıracaktı. Engel olmasaydı, şu anda bir katile dönüşmüş olabilirdim.

Dudaklarımdaki elini tutarak aramıza koydum ama elini tutmayı bırakmadım. "Bunu yapmayı hiç bırakma," diye fısıldadığımda aslında pek de konuşacak durumda değildim. "Bana rağmen beni hep koru," dedim. Onun yanında ilk kez tüm gardımı düşürmüştüm ve bu durum, yüzünde içtenlikle bir tebessüm oluşturdu. "İşte şimdi yanımda sadece Sedef'i görüyorum ve ben bu kızı hep böyle görmek için yapmam gereken ne varsa yapacağım," dedi. Kalbimde ılık bir rüzgâr esiyordu ve ben, artık onun beni koruduğunu biliyordum. Hiçbir zaman yaptığı şeyleri açıklamazdı ama her defasında mantıklı bir açıklaması olduğu için artık ona güvendiğimi fark ettim.

Böyle uzun uzun birbirimizi izlerken onun yoğun bakışları dudaklarımı bulunca bedenim ısınmaya başlamıştı. "Artık normale dönebilir miyiz? Gözlerin sürekli dudaklarıma kayıyor ama dudaklarımın patladığını düşünürsek bu iyi bir fikir değil," diye homurdandığımda başını geriye atarak kahkaha attı. "Asla yaşıtların gibi normal tepkiler vermeyeceksin, değil mi?" dedi. Gülerek beni göğsüne çekince saçlarımı öptü. "Delisin Sedef ve ben böyle olmana vurgunum." Kollarımı ona sardım. En azından milyonda bir görülen nadir kişiliğimin farkında olması iyi bir şeydi. Hep söylediğim gibi ben bu dünyaya fazlaydım. *Bugün çok mu uysalım yoksa bana mı öyle geliyor? Kesin yediğim dayaklar bende yan etki yaptı.*

"Şimdi söyleyeceklerimi iyi dinle," dedi ve ellerini yüzüme koyarak ona bakmamı sağladı. "Bir gün olur da yanında olmazsam rol yap, Sedef. O an kendi hayatını nasıl kurtarman gerekirse öyle rol yap ki herkes buna inansın. İstediğinde soğukkanlı biri olduğunu biliyorum ve düşündüğünden daha zekisin. Her ne olursa olsun sakın çığlık atma. Canını yakan her şeye rağmen ben yanında yoksam çığlıklarını kendine sakla." Bir konuda beni uyarıyordu ancak bunu açıkça söylemesine bir şeyler engel olmalıydı ki doğrudan bana bir açıklama yapamıyordu.

"Asıl rakibinin acından zevk aldığını anlarsan, ölecek bile olsan sakın çığlık atma," dedi. Âdeta bunun için bana yalvarıyordu. "Çığlık atarsan daha fazlasını duymak için daha çok canını yakmak isteyebilir." Bir şey bulmuştu, değil mi? Onunla ilgili bir şeyler bulmuştu, belki de bulduğu şey oydu. Alaz çığlığımın ona zevk verdiğini fark ettiyse bunun tek sebebi olabilirdi. O da *onu* bulmuş olmasıydı.

"Farkında değilsin ama sesinde bir büyü var," dedi. Elleri yüzümde oyalanırken fazla garip davranıyordu. "Sivri diline rağmen karşındaki herkesi güldürüp etkin altına alabiliyorsun. Acı dolu çığlığın bazılarının içindeki merhameti ortaya çıkartabiliyor fakat aynı zamanda hasta ruhlu insanların çığlığını tekrar duymalarını sağlıyor." Yüzümü ellerinin arasına alarak dudaklarıma canımı yakmayacak küçük bir buse kondurdu. "Yarasalar Sedef, tıpkı onlar gibi çığlığında farklı bir frekans var. O yüzden bu söylediklerimi asla unutma ve tehdit altında hissedersen asla çığlık atma." Bir şey biliyordu, burada bahsettiği herhangi biri değildi. Bunu fark edemeyecek kadar aptal biri değildim. Öcüden bahsediyordu ancak bunu hep yaptığı gibi üstü kapalı söylüyordu. Ona, düşündüğümden daha çok yaklaşmış olmalı ki onun çığlıklarımdan zevk aldığını öğrenmişti. Belki de düşündüğüm gibi onu gerçekten bulmuştu fakat doğrudan bana söylemiyordu. Bir planı vardı. Bir planı hep olurdu.

"Tamam." Bunu kurcalamamam onu rahatlatmıştı lakin kendimi tanıyordum. Bu işin peşini asla bırakmayacaktım. Efe! Evet, aradığım tüm cevaplar ondaydı. İlk fırsatta Efe Can'ı bulmalıydım.

"Tüm gece ağrıların yüzünden sayıkladın, biraz uyu. Bu akşam Buket'in doğum günü için hep birlikte dışarı çıkacağız. Dinlensen iyi olur." Onu onaylayıp yatağa girdiğimde balkonu kullanarak kendi odasına gitmeden önce, "Bu gece büyük bir gece olacak, Sedef. Buket'in doğum günü bu sefer farklı olacak," diye mırıldanarak gidince arkasından bakakaldım. Buket'in doğum günü müydü? *İşin yoksa güzellik tanrıçasına hediye düşünüp dur. Aman boş versene, benim orada olmam bile onun için en büyük hediye. Hem tesisten hiç çıkamazken ona nasıl hediye alabilirim? Üstelik Alaz bu gece hakkında konuşurken çok garip davrandı. Böyle komut alınca da inadına uykum gelmiyor. Hem sabahın dokuzunda kim uyur ki?*

Yataktan çıktım. Dolaptan lila rengi yazlık bir elbise alarak banyoya girdim. Üzerimdeki pijamaları çıkartıp elbiseyi giyerken, bedenimdeki çürükler Fulya'dan bir kez daha nefret etmeme sebep olmuştu. İnce askılı elbiseyi giyerek banyodan çıktım. Yumruk attığım için hasar gören parmak boğumlarım sargılıydı. Bu yüzden elimi rahat kullanamıyordum. Çantamdaki telefonu alarak elbisenin cebine sıkıştırdım. Bugünlük böyle idare edecektim çünkü bu sıcakta çanta taşımak hiç bana göre değildi.

Her iki kimliğimi de cebime koymuştum. *Umarım onları kullanmama gerek kalmaz.* Tam odadan çıkacakken vazgeçip terasa yöneldim. Önce Alaz'a Efe'de herhangi bir tuhaflık sezip sezmediğinin sorsam daha iyiydi. Onun tarafına geçtiğimde balkon kapısı açık olduğu için zorlanmadan içeri girebilmiştim. Odada onu bulamayınca banyonun kapısına baktım. Yanılmamıştım, içeriden gelen su seslerine bakılırsa duş alıyordu. Buraya ilk kez gizlice girdiğimde başıma gelenleri hatırlayınca kendime küfrettim. "İkinci bir havlu olayı yaşanmadan çık şuradan!" diyerek kendimi azarladım. Hemen geldiğim yolu geri yürüyecekken yatağın üzerinde siyah, kadife ve dikdörtgen kutuyu görüp durdum. "O kutuyu açmıyorsun, Sedef. Sen başkalarının özel eşyasını kurcalamayacak kadar hanımefendi bir kızsın." Kendi meziyetlerimi kendime hatırlattığımda gözlerim, balkon kapısı ve kutu arasında mekik dokuyordu.

Sakın açma Sedef, kızım kesin anlar. Çok ayıp olur. Belki anlamaz, bu da bir ihtimal. Adam kutuyu koyduğu yeri santimine kadar beynine kazımıştır. *Kesin anlar.* Yakalanmazsam sorun olmaz, değil mi? Hem ben kim, hanımefendi olmak kimdi yani. Kazanan taraf merak duygum olunca yatağın yanına gidip kutuyu elime aldım. Banyo kapısını kontrol ederek dikdörtgen kutuyu yavaşça açtım. İçinde kalem, bileklik, kolye ya da mücevher gibi bir şey görmeyi beklediğim doğruydu ancak bir toka, kesinlikle beklemediğim bir şeydi. Bu bizim kullandığımız tokalardan değildi, daha çok Japon kadınlarının saçlarına taktıkları şiş şeklindeki tokalardandı. Evet, onlardan biriydi ve çok güzeldi. Krem rengi, uzun iğne kısmını saçımıza takıyorduk. Tokanın dışarıda kalan kısmı ise muhteşemdi. Bir sürü küçük, pembe kiraz çiçeğinden oluşuyordu ve çiçeklerin arasındaki minik, pembe yapraklar çok hoştu. Dalından koparılmış kiraz çiçeğini andıran tokanın işçiliği mükemmeldi. Bu akşam Buket'in doğum günü olduğu için ona aldığını düşündüm lakin daha önce kiraz çiçekleri hakkındaki konuşmamız aklıma gelince bana almış olması da bir ihtimaldi. Üçüncü ihtimal ise Fulya'ya geçmiş olsun hediyesi olarak almış olmasıydı ki bu, onun ölüm sebebi olurdu.

"Beğendin mi?" Arkamdaydı! Ilık nefesini ensemde hissedecek kadar yakınımdaydı. Ben bir de ajan olacaktım ama ne zaman gizli saklı bir şey yapsam hemen yakalanıyordum

Ne biçim bir ajan olduğumu hâlâ anlamadım.

"Üzerinde havludan başka bir şey yok, değil mi?" Arkama bakmaya korkarken konuyu değiştirmeye çalıştım. Güldü. "Aslında havlu da yok." Gözlerimi irice açtığımda çenesini boynuma yaslayıp güldü. "Ama bu senin için sorun olmaz, değil mi? Ne de olsa kız arkadaşımsın ve seninle, eşyalarımı karıştıracak kadar çoğu şeyi geride bıraktık," dedi eğlenen sesiyle. Utandım. Eğer çıplak oluşunun şaşkınlığı içerisinde olmasaydım ona sağlam bir cevap verebilirdim.

Biri bu terbiyesiz adama giyinmesini söylesin.

"Sen utanmıyor musun küçücük bir çocuğa edepsiz imalarda bulunmaya?" Elimdeki saç iğnesini her an ona saplayacakmışım gibi sıkıca tutarken belimden kavradığı gibi beni göğsüne çekti. "Yirmi yaşındaki bir kız, çocuk değildir." Boğuk çıkan sesiyle iyice afalladım. Omuzlarım onun çıplak göğüslerine değince yutkundum. "Allah aşkına, git üzerini giyin!" Put gibi karşımdaki duvara bakıyordum ve arkama dönmeye cesaretim yoktu.

"Odamda rahat olmayı tercih ederim," dedi eğlenerek. Bu sözler üzerine dirseğimi karın boşluğuna geçirdim. Gözlerimi sımsıkı kapatarak ona doğru döndüm ve bu kez de yumruğumu yüzüne geçirdim. "Aklınca benimle eğleniyor musun?" Bacağımı kaldırıp dizine tekme attığımda çıldırmıştı. "Dün olanlardan sonra bu enerjiyi nereden buluyorsun?" *O eğlenen sesi yok mu, beni deli ediyor. Sakın gözlerini açma Sedef yoksa bozulan psikolojini kimse düzeltemez!*

Doğrulduğunu hissedince nefesimi düzene koyarak tüm algılarımı açtım. "Oynamak mı istiyorsun? Hadi, göster bana ne kadar iyi olduğunu!" Etrafımda döndüğünü biliyordum lakin unuttuğu bir şey vardı; karanlıkta çok daha iyiydim.

Yüzüme doğru gelen bir şey hissettiğim anda başımı eğdim ve sağ elimi ona doğru savurdum. Fakat bileğimi havada tutarak belime yapıştırıp beni göğsüne çekti. "Sağ elin bu kadar zayıfken ilk yumruğunu hep sol elinle at." Nefesini yüzümde hissederken sırıttım. "Kolay oldu," dedim. Gözlerimi usulca açtığımda nemli saçları ve yüzü çok yakınımdaydı. Gözlerine bakarak iyice ona yaklaştım ve dudaklarımızın arasında birkaç santim mesafe bıraktım. "Şu anda ağır yaralısınız, efendim." Kaşlarını hafif çatarak ne demek istediğimi anlamak için başını eğdi ve tam kalbinin üzerinde duran saç iğnesini görünce afalladı. "Bunu nasıl yaptın?" Az önce sağ elimi tutup belime doğru bükmüştü ve solak biri olduğum için saç tokasını hedefi hiç şaşırmadan kalbinin üzerine getirmiştim. O beni izleyerek gardını düşürmüştü ve isteseydim kalbinde küçük bir delik açabilirdim.

"Benim yanımda dikkatin kolay dağılıyor." Şimdi bir eğitmen gibi konuşma sırası bendeydi. "Dikkat et." Dudaklarımı kışkırtıcı bir yavaşlıkla dudaklarına sürttüğümde boğazından erkeksi bir hırıltı yükseldi. "Sonun olabilirim." Aramızdaki saç tokasını umursamadan ensemdeki saçlarımı kavrayınca gülümsedi. "Ölmek için güzel bir sebep," diye fısıldadı ve dudaklarını benim dudaklarıma bastırdı. Parmak uçlarımda yükselerek ona karşılık verdim.

Bana ne zaman dokunsa tüm duvarlarımı yıkıp beni savunmasız bırakıyor.

Dudağımdaki yara canımı yakınca acıyla inledim. Bu, onu durdurmaya yetmişti. "Canını mı yaktım?" Yüzümü ellerinin arasına alıp alnını benim alnıma bastırdığında nefes nefeseydim. "Çok değil." Tebessüm etmem onu rahatlatmış gibi alnıma küçük bir öpücük kondurdu ve geri çekildi. Çıplak kasları nefesimi keserken üzerindeki siyah eşofman altını görünce ona ters ters baktım. "Düzenbaz adam, beni gerçekten korkuttun!" Anadan doğma bir halde olduğunu düşündüğüm için az önce ecel terleri dökmüştüm.

"Çırpınışların yaptığın şeyin cezasıydı." Elimdeki tokayı aldı ve omuzlarımdan tutarak ona sırtımı dönmemi sağladı. "Bu şeyi sana almamı sağlayan asıl sebep, tıpkı az önceki gibi gerektiğinde bir silah gibi kullanabilmen. Ama gördüğüm kadarıyla sen zaten bunu yapabiliyorsun." Saçlarımı dağınık topuz yaptı ve iğneli tokayla tutturdu. Ona döndüm. "Dikkat çekmeyecek bir şey," dedi. Gözleri saçlarımdaki tokada oyalandı. "Ve sana yakıştı." Ondan aldığım ilk hediye bile bir çeşit silah görevi gördüğü için gülümsedim ve teşekkür ederek boy aynasına doğru yürüdüm. Enseme doğru dökülen saçlarımı benden daha iyi toplamıştı. Siyah saçlarımın arasındaki pembe kiraz çiçekleri gerçekten çok güzel duruyordu. Ellerim tokanın üzerinde oyalanırken, "Beğendim ama hâlâ hediyelerden nefret ediyorum," dedim.

Güldü. "Biliyorum." Hayatım boyunca aldığım ilk hediyeydi. Özellikle ilk hediyemin onun tarafından gelmiş olmasının bendeki önemini bilemezdi. Bu küçük tokayı hep saklayacağımı bilmese de olurdu. Bir hediyenin beni bu kadar etkilemesi çok garipti.

"Nereye kayboldun, bonus kafa!" Efe'ye küfürler yağdırarak tesisin içinde onu bulmaya çalışıyordum. Alaz gelen telefonla dışarı çıkınca ben de Efe'yi bulmak için işe koyulmuştum.

"Yankı!" En alt kata indiğimde beni gören Şafak koşarak yanıma geldi. "Merhaba," diyerek yüzümü incelemeye başladı. O an gözlerindeki üzüntüyü gördüm. "Şey, iyi görünüyorsun," diye bir şeyler geveledi. Aslında bunun anlamı *berbat görünüyorsun*du ama bunu bana doğrudan söyleyemeyecek kadar kibardı.

"Ya, ne demezsin!" dedim alay ederek. "Ne istiyorsun bakar kör?" Bir işi düşmezse bana yaklaşmazdı çünkü benden çekiniyordu.

Gözlerini büyüterek, "Bakar kör mü?" dedi. Gülerek başımı salladım. "Aynen öyle kuzum. O kadar körsün ki burnunun ucunda olan şeyleri göremiyorsun." *Yok ben dayanamayacağım. Sır saklamak bana göre değil, Araf'ın onu sevdiğini söyleyeceğim. Sonra da gidip Kuzey'e Koreli'nin ona abayı yaktığını, Naz'a da Yiğit'i söyledim mi değmeyin keyfime.*

"Seni anlamıyorum," dedi. *Şaşırmadım, neden? Çünkü çoğu zaman ben de kendimi anlamıyorum.*

Tam her şeyi anlatacaktım ki, "Araf nerede, onu soracaktım?" dediğinde afalladım. Bu soruyu Araf sorsa bu kadar şaşırmayacağıma emindim. "Oradan bakılınca navigasyon cihazına mı benziyorum? Bana ne soruyorsun, geri zekâlı! Sen buradaysan o da kesin on adım uzağımızdadır. Azıcık kafanı çalıştırırsan güzelliğinden bir şey kaybetmezsin," dediğimde bu aptal kız yine bir şey anlamamıştı.

"Şey, sen iyi misin?" Fenalık geçirir gibi elimin tersini alnıma koydum. "Ay Allah'ım, bela okumayayım diyorum ama gördüğün gibi bu muhterem kulunun üzerine çok fazla geliyorlar," diye homurdanınca deli görmüş gibi bakan kız yutkunarak, "Sonra görüşürüz, sen biraz dinlensen iyi olur," dedi. Kaçar gibi benden uzaklaştığı yetmezmiş gibi arada korkuyla arkasına bakarak onu takip edip etmediğimi kontrol ediyordu. *Yok artık! Onu takip edip boğazına yapışacağımı düşünmüyor, değil mi?*

"Sensin deli!" diye arkasından bağırdığımda Şafak çoktan koridoru dönerek gözden kaybolmuştu. Lakin duyduğum erkek kahkahası kesinlikle Araf'a aitti. "Ben demedim mi on adım uzağımızda diye!" Şafak'ın gittiği yere doğru bağırarak arkaya döndüğümde Araf gerçekten pencerenin yanındaki devasa çiçeğin yakınında duruyordu. Bu kocaman salon bitkisi onu iyi gizliyordu. "Platoniğin sayende deli olduğumu düşünüyor" dedim. Kapıya doğru yürürken gülerek peşime takıldı. "Onu suçlayamazsın, buradaki herkesin böyle düşündüğüne eminim." *Bu sözleri duymak ne kadar iyi geldi, anlatamam.*

Bana yetişip yanımda yürümeye başlarken yüzüme baktı ve "Berbat görünüyorsun," dedi. "Suratını tuz ruhuna yatırmışsın gibi şiş ve mosmor." Kadın ruhundan zerre kadar anlamayan bu çocuk, biraz daha böyle devam ederse elimden kalacaktı.

Neden erkek cinsinden kimse bana iltifat etmiyor? Bunun yerine askerlik arkadaşlarıymışım gibi böyle açıksözlüler?

"Sağ ol ya, sanki ben bunu bilmiyordum," diye sızlanmaya başladığımda gülerek omuz silkti. "Rica ederim, acı gerçekler," diye karşılık verdiğinde kaşlarımı çattım. Onunsa gülüşü tüm yüzüne yayıldı. "Kendini daha iyi hissedeceksen Fulya da seninle aynı durumda." Bir süre düşünür gibi susarak tekrar yüzümü inceledi. "Yok, onun bir gözü fazladan morarmış. Senin aksine yüzü eski haline gelene kadar insanların içine çıkmaz o. Buradakilerin göz zevkini bozmayacak kadar düşünceli." Sinirden bukalemun gibi renkten renge girmeye başladığımda daha çok güldü pislik!

Onu tanıdığım ilk zamanlar kimseyle konuşmuyor ve kimseye gülmüyordu. Şimdi de değişen bir şey yoktu, hâlâ kendisini dışarıdaki insanlara kapatmış durumdaydı. Tek fark, benim yanımda farklı biri oluyordu. Bahçenin ortasında durup ona baktım. "Sen benden hoşlanıyor olamazsın, değil mi?" dedim. Duyduklarının şaşkınlığıyla bana bakıyordu. "Tamam, kabul ediyorum. Yakışıklılık konusunda ikizinle, yani Kuzey ile yarışırsınız ama Alaz'ı aldatırsam canıma okur." Gözlerimi kısarak tek solukta söylediklerimin onun üzerindeki etkisini izliyordum. Ben öyle lafı dolandıracak biri olmadığım için doğrudan sordum.

Eğer sağ gösterip sol vuracaksa bilelim, sonuçta tedbir hayat kurtarır.

Önce bir süre hiç konuşmadan beni izledi, daha sonra ise gülerek başını iki yana salladı. "Böyle bir şeyi bir erkeğe damdan düşer gibi ancak sen sorabilirdin. Senden hoşlandığımı da nereden çıkardın?" Muzip bakışları, zaten böyle bir şey olmadığını anlatıyordu. Rahatlayıp derin bir nefes verdiğimde daha çok eğlenmeye başlamıştı.

"Sana sormalı," dedim. Tekrar yürümeye başladık. "Şafak da dahil herkesin yanında asosyal biri oluyorsun ama benim yanımda farklı biri oluyorsun." İlk günlerde benden kaçan çocuk, şimdi kendi isteğiyle yanımda olunca aklıma ilk gelen bu olmuştu. Benim gibi kırk fikirli birinin aklına hep olmayacak şeyler geldiğini o da biliyormuş gibi tebessüm etmişti.

"O zamanlar da seni tanımıyordum." Beni gördüğü yerde uzaklaştığı günlerden bahsediyordu. Hatta bir ara kaçmasın diye çığlık atacağımı söyleyerek onu tehdit ettiğimi hatırlıyordum.

"Uzaktan tanıdığım kadarıyla geveze ve sinir bozucu derecede sakar bir kızdın ki hâlâ öylesin." *Kendi iyiliği için susması gerekiyor.*

"Ancak zamanla seni tanıdıkça daha fazlası olduğunu gördüm. Komiksin ve ne zaman yanında olsam kendimi gülerken buluyorum. En önemlisi kendinsin, kimsenin senin hakkında ne düşündüğünü umursamadan kendi bildiğini okuyacak kadar doğalsın. Başka bir kıza berbat görünüyorsun desem iki gün surat asar ama sen gülüp geçiyorsun." Farkında olmadan tebessüm ettim. Ona değer veriyordum, Fulya'nın takımında olsa da Araf'ı seviyordum ve benim hakkımda düşündükleri beni mutlu etmişti.

"Benden hoşlanmadığına emin misin? Söylediklerin bana sırılsıklam âşık olduğunu gösteriyor ama ilk davranan kaparmış. Beni kaybettiğine yan artık." Oyunbaz bir sesle söylediklerim karşısında bana eşlik ederek elini kalbine koydu. "Bu acıyla yaşayabilirim." İkimiz de gülüyorduk ve ben, ondan gerçekten iyi bir arkadaş olacağını bir kez daha anladım. Zaten Alaz dışındaki erkekleri bir şekilde arkadaşım yapmak gibi kötü bir huyum vardı.

Araf bana biraz daha eşlik ettikten sonra Şafak'ı bulmak için gidince tek başıma Efe'yi bulmaya karar verdim. Tesisin her odasına bakmıştım, şimdi geriye sadece bahçe kalmıştı. "Neredesin, Efe?" Ağaçların arasına daldığımda içimde bir sıkıntı vardı. Onu en son dün dövüşürken görmüştüm, bugün ise hiç görmemiştim. Dün Fulya ile dövüşürken bile aklım Efe'deydi. Onu gözlerimin önünden ayırmamam gerektiğini bildiğim için yokluğunu hemen fark etmiştim.

"En küçük bir hata olmamalı!" diyen bir ses duydum. Bir ağacın arkasına saklanarak konuşan kişiyi gözetledim.

"Hayır," diyen kişi az ilerideki ağacın yanında durmuştu ve sırtı bana dönüktü. "Onun hemen şimdi ölmesi Altuğ'u uyandırır." Soluğumu tuttuğum esnada yüzünü hafifçe döndürdüğünde onu gördüm.

Atalay değil mi bu?

Karşısındaki kişiye âdeta kükrer gibi, "Çocuğu bir depoda tut!" dedi. "Bu akşam Buket'in doğum gününde Altuğ ve diğer eğitmenlerden kurtulmak varken risk alamayız. Hangi depo dedin? Sancarlı'da olan mı?" Çığlığım duyulmasın diye ellerimle dudaklarımı sıkıca kapattım. Atalay ne diyordu böyle? *Altuğ'dan kurtulmak mı? Yani Alaz'dan mı? Bu lanet yerde neler oluyor? Öcü Atalay mı?*

İyi ama o zaman bizi damgalarken on beş yaşlarında olması gerekiyordu ama Alaz ile aynı yaşlardaydı. Yaş faktörünü göz ardı edemezdim. *Peki, çocuk katiller? Böyle bir şey mümkün mü? Bir insan on beş yaşında bir seri katile dönüşebilir mi?* "Ses çıkarmadan uzaklaş, Sedef," diye fısıldayarak geriye doğru adım atmak için ayağımı kaldırmıştım ki aniden durdum. Ben normalde de çok sakarlık yapıyordum, şimdi bu panik halinde kesin yine düşerdim. İnsanın kendisini bilmesi iyi bir şeydi.

Gayet dikkatli bir şekilde önce başımı çevirip yeri kontrol ettim. Herhangi bir taş veya dal göremeyince geriye dönüp yavaşça bir adım attım. İyi gidiyordum, ikinci hatta üçüncü adımımda da bir sorun çıkmamıştı. Omuzlarım gevşeyince bu işi başaracağıma emin olmuştum. Yürümeyi yeni öğrenen bebekler gibi kollarımı her iki yanımda açarak yürümeye başladım. Sanki bir ipin üzerinde yürüyen cambaz gibi sağa ve sola doğru bükülüp yürüyordum. "Kahretsin, yürümenin bu kadar zor olduğunu daha önce hiç fark etmemiştim." Bu sakarlıkla yürümek bile işkence gibiydi çünkü düşeceğim korkusuyla sanki yürümeyi unutmuştum.

Sadece dokuz adım kadar uzaklaşmıştım ki karşımda bir kedi gördüm. "Pist! Çekil oğlum yolumdan. Bak, öcü Atalay beni görmeden uzaklaşmalıyım," diye fısıldadım ama bu geri zekâlı kedi gözlerini dikmiş, bana bakmaktan başka bir şey yapmıyordu. Ve tam o anda fark ettiğim şeylerle bildiğim tüm küfürleri savurdum. *Ben bu kediyi sanki daha önce gördüm! Bu grimsi tüyler? Bu çakmak çakmak bakan gözler? Bu o kedi!*

"Seni numaracı tüy yumağı!" Tıpkı bir kaplan gibi hırlayarak kedinin üzerine atladım. Ben yere yüzüstü yapışmışken o yine kaçmanın bir yolunu bulmuştu. "Yankı?" Hemen arkamdan geliyordu bu ses. Uzandığım yerden başımı kaldırdım. Bir ağaca atlayarak bana küstah bakışlar atan kediye küfrettim. "Köpeklere boğduracağım oğlum seni."

"Beni mi? Anlamadım?" *Bu öcü kılıklı Atalay şimdi kendisini o kediyle niye kıyaslıyor ki? Sanırım yerden kalksam daha iyi olacak.*

Ellerimi yere bastırıp derin bir nefes alarak ona doğru döndüm. Korkudan kireç gibi olan yüzüm beni ele vermiş olmalı ki gözlerini kısarak beni inceliyordu. "Ne kadarını duydun?" Bir ürperti beni esir almıştı. Her şeyi haykıracağım esnada Alaz'ın söyledikleri aklıma gelince sustum. Belinde silahı varken en doğru karar rol yapmaktı.

"Neyi?" Aptalı oynayarak gülüp elimle ağacın tepesindeki kediyi gösterdim. "Bu numaracı kediye ona yapacağım Çin işkencelerini anlatmakla o kadar meşguldüm ki burada olduğunu fark etmedim." Birini arar gibi etrafıma bakındım. "Lütfen, bana eğitmenimin burada olmadığını söyle. Malum, bir kediyle konuşurken yakalanmak hoş değil," dedim. Her zamanki vurdumduymaz tavrımı takındım ve rahatmışım gibi bir izlenim yaratmaya çalıştım. Oysaki hiç rahat değildim. Özellikle Atalay bana doğru gelirken!

"Öyle mi?" Kaşlarını sorgulayıcı bir şekilde yukarı kaldırdı. "Ne zamandır Altuğ'un senin hakkındaki düşüncülerini umursuyorsun? Sen kimsenin senin hakkındaki düşüncelerini önemsemezsin." Fazlasıyla zekice bir soruydu bu. Bela okumamak için susmuştum. Gittikçe bana daha çok yaklaşıyordu. Acaba çığlık atsam kaç kişi sesimi duyardı? *Bendeki bu şansla hiç kimse! Allah onların da belasını versin!*

"Bir sorun mu var?" Bir sorun olduğunu çok iyi biliyordu. "Neden kaçıyorsun?" O sorana kadar geriye doğru gittiğimin farkında değildim.

"Üzerime gelmeyi kes!" Kendimi tutamayıp en sonunda öfkelendim. Bunu en çok Alaz yapıyordu ve onda da tepkim aynı oluyordu. İnsanların üzerimde baskı kurarak beni köşeye kıstırmaları her zaman öfkelenmeme sebep olurdu.

Verdiğim tepkiyle artık telefon konuşmalarını duyduğumdan emin olan Atalay, elini ceketinin iç cebine koyduğu an soluğum kesilene kadar bağırdım: "Silahlı saldırıya uğruyorum!" Ağaçtaki kedi yere atlayıp boyundan büyük kükredi. Atalay'ın üzerine atladığı gibi yüzüne tırnaklarını geçirmeye başlamıştı. "Hadi canım!" Bu kedi gerçekten böyle bir şey yaptı mı? Bildiğin kaplan kesilmişti ve Atalay kediden kurtulmaya çalışıyordu. "Parçala onu oğlum!" diye heyecanlanarak bağırdım. "Sakın bırakma oğlum Fikri, ablan yardıma geliyor." Savaş naraları atarak Atalay'a doğru koştum ve kediyi yere attığı an tüm gücümle bacak arasına sert bir tekme attım. "Kahretsin, Yankı!" Dizlerinin üzerine düşünce ikinci tekmem yüzünü bulmuştu. "Bir daha Fikri'ye saygısızlık etme!" diye bağırarak hemen arkaya döndüm ve tesise doğru koşmaya başladım. *Az önce öldürmeyi düşündüğüm kediyi savunduğuma inanamıyorum. Düşmanımın düşmanı bir kedi bile olsa dünya ahiret benim dostumdur.*

Ağaçların arasında son sürat koşarken bir dala takılıp yeri boyladım. Duyduğum miyavlama sesiyle başımı kaldırdığımda o kedi yine tam karşımda duruyordu. "Tövbe ya, oğlum sen ne ayaksın lan! İn misin cin misin belli değil!" diye bağırarak ayağa kalktım ve tekrar koştum. Başımı çevirip baktım ama kedinin durduğu yerde beni izlediğini görünce ofladım. "Öcü peşimizde diyorum, sen orada ne halt ediyorsun? Koşsana Fikri!" Sanki benimle dalga geçer gibi arkasına döndü ve kuyruğunu sallayarak gitti. *Bu kedi kesinlikle tam dayaklık.*

Onu boş verip Atalay kendini toparlamadan yeniden koşmaya başladım. Kaçırılan o çocuk Efe olmalıydı çünkü onu hiçbir yerde bulamadım. Ancak ne Alaz'ın ne de diğerlerinin henüz Efe'nin kaçırıldığını bildiğini sanmıyordum. Peki, Alaz'a gelen o telefon kimdendi? Kaşlarını çatarak hemen çıkmıştı odadan. Tesiste olmadığını biliyordum, o yüzden Atalay'ın yaptıklarını ona daha sonra söyleyebilirdim. Şimdi Efe'yi geç olmadan kurtarmalıydım. Tesisin kapısından geçtiğim an kolumdan tutulup geriye çekildiğimde bağırdım. "Her şeyi mahvetmene izin veremem!" Atalay kolumu sıkarak beni durdurduğunda soluğum kesilene kadar bağırdım. "Seni duydum! Altuğ ölmeli gibi bir şey dedin ve Efe'yi kaçırdın!" Kendimi ondan kurtarmaya çalışıyordum. O kedi yüzünden yanağında ve çenesinde küçük pençe izleri vardı.

"Her şeyi batırıyorsun, Yankı!" Sabrı taşmış gibi bağırıyordu. Beni, kendime gelmemi ister gibi sarstı. "Bir halt bildiğin yok. Beni dinlemezsen her şeyi mahvedeceksin. Odama gidelim, konuşalım." *Kendi kulaklarımla duyduklarımı göz ardı edip odasına gidecek kadar aptal olduğumu mu düşünüyor? O odaya girersem bir daha asla eskisi gibi çıkamayacağımı bilecek kadar aklım başımda.*

"Açıklamanı Alaz'a yaparsın!" Kolumu çekmeye çalıştığımda beni bırakmayan adam, tekrar konuşacağı esnada duyduğumuz ses onu hareketsiz kılmıştı. "Bırak onu!"

Her ikimiz de başımızı çevirdiğimizde Yosun'u birkaç adım uzağımızda, yanında Buket ve Simay ile bizi izlerken gördüm. "Bu doğru mu?" Hayal kırıklığı içinde Atalay'a bakıyordu. "Yankı'nın söyledikleri doğru mu?" Sanırım az önce söylediklerimi duymuştu. Teni kireç gibi beyazlamıştı. Ağlamamak için kendisini zor tuttuğunu görebiliyordum.

"Yosun..." Atalay daha onun adını yeni söylemişti ki Yosun bir anda ağlamaya başladı. "Biliyordum! Her şeyi biliyordum!" diye gözyaşları içinde bağırırken neyi bildiğini merak ettim. "Son günlerdeki o gizli telefon konuşmalarından anlamalıydım. İbrahim öldüğünde o kayıtları silenin sen olduğunu bildiğim halde konduramadım." Kalbimde bir sızı oluştu, bu kadın hiç ağlamasın istedim. Yosun o kadar çocuk ruhlu ve temiz kalpliydi ki gözyaşı dökmeyi hak etmiyordu.

Kolumu tutan eli yavaşça yan tarafına düşen Atalay da en az onun kadar sarsılmış görünüyordu. "Ama şimdi konduruyorsun." Sesindeki hüzün bir an beni afallattı. "Sen beni hiç mi tanımadın, Yosun?" diye sorduğunda havada sinir bozucu bir sessizlik oluştu ve Atalay onun gözlerinde ne gördüyse yutkundu. "Beni hiç tanımamışsın!"

Yosun başını iki yana salladı. "Tanıdığımı sanıyordum." Belindeki silahı çıkarıp Atalay'a doğrulttu. "Ya da tanımam için bana hiç fırsat vermedin." Parmağı tetiğe gitti. Bunu yaparken acı çekiyor gibiydi. "Ellerini ensende birleştir ve diz çök!" diye bağırdığında en az Simay ve Buket kadar şoke olmuştum.

Yosun gibi şeker bir kadından beklenmeyecek hareket bunlar.

"Bunu asla yapmam!" Yosun'un ona inanmaması Atalay'ı hayal kırıklığına uğrattığı kadar kızdırmıştı da. "Beni vuramazsın çünkü sen bu kadar cesur değilsin!" Yosun gözyaşları içinde buruk bir tebessüm etti. "Bunun cesaretle bir ilgisi yok, bu benim sana olan duygum..." demişti ki sustu.

Atalay *devam et* dercesine bakıyordu. "Allah'ım, sen sabır ver!" diyerek derin bir nefes aldım. Sonra elimle Yosun'u göstererek öcü Atalay'a döndüm ve "Kısacası diyor ki seni vuracak kadar cesurum ama çocukluğumuzdan beri senin gibi şerefsiz ve çocuk düşmanı bir damgacıya âşığım!" dedim. Herkes şaşkınca bana dönünce Yosun yerin dibine girmiş ve bana "Yankı!" diye bağırmıştı. *Bana niye bağırıyor, anlamıyorum. Nasılsa Atalay'ı öldürecek, bari içinde kalmasın diye onun yerine ben söyledim*

"Ne?" dedim. "Siz yapamayınca tercüme işi bana kaldı. Tamam, bunu yaparken kendimden de bir şeyler kattım ama sadece şerefsiz ve damgacı kısmı bana ait. Ah, çocuk düşmanı kısmı da bana ait. Bu arada şerefsiz olduğunu da söylemiş miydim?" Hepsi bana *ne saçmalıyorsun* dercesine bakıyordu. Tam olarak hangi kısmı anlamadıklarını bilmiyordum.

"Bana âşık mısın?" *Gerçekten Atalay bunu sordu mu?*

Yosun tam bir şey söyleyecekti ki, "Evet, dedim ya!" diye bağırarak araya girmeyi kendime borç bildim.

Gözlerini büyüten Atalay, bunu yeni fark etmiş gibi duruyordu. "Peki, sevgilin?"

"Yok sevgilisi!" *Evet, yine ben.*

"Buket sevgilin olduğunu söylemişti."

"Halt etmiş, seni kıskandırmak için yalan söylemişler." *Bunu söyleyen de benim. Ne yapayım yani, Yosun'a kalsa sabaha kadar susar.*

"Yani?" Atalay ona doğru bir adım attı. "Bir sevgilin yok mu?" *Acaba bunun jeton kaç köşeli?* Bir türlü anlamak bilmiyordu.

Ben tam yeniden konuşmak için ağzımı açmıştım ki dördü birden bana, "Yankı, sen sus!" diye bağırınca somurtarak sustum. Bu insanlara gerçekten iyilik yaramıyordu.

Atalay, "Yosun..." dediğinde yine çenemi tutamadım. "Gençler bu hararetli ilişkinize gerçekten hayran kaldım ama Yosun tetiğe basman gerek çünkü öcü, Atalay. Ve..." deyip asansöre doğru koştum. "Benim gitmem gerekiyor!"

Üçüncü asansörün düğmesine bastım ve kapı açılınca hemen içeri girdim. Atalay kaşlarını çatmıştı. "Buraya gel!" diye bağırarak bana doğru bir adım atmıştı ki Yosun silahını yeniden Atalay'a doğrultup, "Yerinde kal, tutuklusun!" dedi. Atalay'ın, "Gitmesine izin verirseniz tüm uğraşlarım heba olacak, Altuğ bu sefer çıldırır!" diyen bağırışlarını duyduğumda kapılar çoktan kapanmıştı.

Kapı açıldı, zemin kata inmiştim. Hemen otoparka girmiştim ki peş peşe giden üç arabanın içinde bizim çocukları görünce afalladım. Üstelik üçüncü arabada Esad, Tunç ve Halil de vardı. Biraz ilerideki arabanın yanında duran Ahmet'i ve onun karşısındaki Fulya, Araf ve Şafak'ı gördüm. Tartışıyorlar gibi bir ifadeleri vardı. "Altuğ'un haberi olmadan kimse tesisten çıkamaz." Ahmet onları bir konuda ikna etmeye çalışıyordu.

"Diğerleri nereye gidiyor? Onları götüren ajanları daha önce gördüğümü hatırlamıyorum," diyen Ahmet, aynı zamanda sürekli elindeki telefonla bir şeyler yapıyordu. Ahmet meraklı bakışlarını Araf'a çevirdi. "Burada neler oluyor? Altuğ'a ulaşamıyorum," diyerek yeniden telefonu kulağına götürmüştü ki Araf kaşlarını çattı. "Efe'nin kaçırıldığına dair telefonumuza mesaj geldi! Adresi bile atmışken neden bize engel oluyorsun?" diye sordu. Şimdi hepsinin aceleyle nereye gittiği anlaşılıyordu.

"Diğer ajanlar, senin gibi sorun çıkarmadılar ve çocukları götürmeyi kabul ettiler," diyen Şafak bile fazla sabırsız görünüyordu. "Peki, sen neden geçmemize izin vermiyorsun?" *Hepsi beni beklemeden gitmiş ama bana niye tek kelime etmediler?*

"Çünkü bu bir tuzak olabilir!" Ahmet onları ikna edemeyince sakin olmak için derin bir nefes aldı. "Eminim Altuğ, Efe'yi bulacaktır ama sizin burada kalmanız gerekiyor. Diğerlerine yetişip onları durdurmam gerekirken burada sizinle vakit kaybediyorum." Ahmet bizim için endişeleniyor olabilirdi ama Efe kayıpken ben de burada durup beklemeyecektim. Üstelik Çakallar bile ona yardım etmek için gitmişken ben hiç duramazdım.

"Beni Efe'ye götür," dediğimde hepsinin dikkatini çekmiştim. Ahmet tam itiraz etmeye hazırlanıyordu ki, "Sen götürmeyeceksen anahtarı ver, Araf götürür," dedim. Kesin bir dille konuştuğumu duyunca pes etti. "Tuzak olabilir." Omuz silkerek arabanın yanında durdum. "Dua edelim ki olmasın." Araf anahtar için elini uzatınca sıkıntıyla burnundan soluyan Ahmet başını salladı ve "Ben götürürüm," dedi. Ahmet şoför koltuğuna geçince tebessüm ettim, bizi bu durumda bırakacak biri değildi.

Ben ön koltuğa oturdum, Araf ve Şafak da arka koltuğa oturdu. Fulya, "O sünepe umurumda değil, ben odama gidiyorum," dediğinde Araf alayla güldü. "Bence de sen gelme. Biz Efe'yi kurtardığımızda Yankı yine kahraman ilan edilince sen odanda oturursun artık," dedi. Fulya'nın damarına basmış olmalıydı ki Fulya arabaya bindi ve Araf'ın yanına oturdu. Böylece araba hareket etti. *Acaba ben de onun gibi berbat mı görünüyorum? Yok ya, benim bir gözüm mor değil.* Onu boş verip Efe'ye odaklanmaya çalıştım, diğer aptallar başlarını belaya sokmadan onlara yetişmem gerekiyordu.

Nedense içimden bir ses kendi ayaklarımızla sonumuzu getirmeye gittiğimizi söylüyor.

20. BÖLÜM

Nereye gittiğimizi bilmiyordum. Yaklaşık iki saattir yoldaydık ve hâlâ Efe'nin olduğu yere gelememiştik. Şehir dışına çıktığımızı yol üstündeki tabelalardan anlıyordum. Çocuklar öndeki arabalardaydı. Ahmet onları kaybetmemeye çalışarak takip ediyordu. Kuzey, Ecrin, Naz, Yiğit ve Hakan da o arabalardan birindeydi. Efe'nin kaçırıldığını duydukları an hepsi beni beklemeden yola çıkmıştı. Belki de bahçede olduğum için beni aramakla vakit kaybetmek istememişlerdi. Şimdi ise gideceğimiz yer bile meçhuldü fakat biz, eğitmenleri atlatarak firar etmiştik. Atalay ve diğerleri bizi bulmak için tesisten çıkmışsa bile şu iki saatte çoktan izimizi kaybettirmiştik. İçimdeki sıkıntı her an çoğalırken boğuluyor gibi oluyordum. *Bir şeyleri gözden kaçırdığımı hissediyorum, atladığım bir şeyler var ama ne?*

"Hangi depoda tutuluyor bu çocuk? İki saattir bir türlü bulamadık," diye sızlandığımda Ahmet hızını biraz daha arttırdı. "Şehrin dışında Sancarlı diye bir köyde." Bunu zaten bildiğim için yola odaklanmaya çalıştım.

"Daha ne kadar var?" diyen Fulya arka koltukta sabırsızca kıpırdandı. "Bu yabani şeyin yanında oturmak canımı sıkıyor!" Yabani diye bahsettiği kişi Araf oluyordu. Arkaya baktığımda Araf iki kızın ortasında oturmuştu ve kimseyi umursamadan yola bakıyordu.

Fulya yine rahatsız olmuş gibi Araf'ı itmeye çalıştı. Tam elini Araf'ın omuzuna koyduğu sırada Şafak ona döndü. "Madem rahatsızsın, o halde yol boyunca ona dokunmak yerine neden ellerini çekmiyorsun?" Şafak'ın çıkışı beni mutlu ederken Araf şaşkındı. Evet, çekingen kızımız onu kıskanıyordu.

"Ne oldu, küçük solucan?" Fulya ona tiksinerek baktıktan sonra güldü. "Kıskandın mı yoksa?" Araf da bunun cevabını duymak ister gibi merakla ona bakmaya devam etti. Şafak hem utanmıştı hem de gözleri dolmuştu. Yardım ister gibi bana bakınca yanaklarımın içini havayla doldurup şişirdim. "Sana ne, kızım!" Kahrolası vicdanım Şafak'ın dolan gözlerine dayanamadığı için mecburen Fulya'ya cevap vermiştim. Bana sararsa belki Şafak'ı rahat bırakırdı. "Kıskanır ya da kıskanmaz, sana ne? Şurada doğru düzgün düşünmeme bir türlü izin vermedin!" Yol boyunca onun sızlanmalarını dinlemekten aklımı bir türlü toplayamadım.

"Düşünmek ve sen?" Beni küçümsercesine kahkaha attı. "Gevezelikten başka bir şey bilir misin sen?"

"Bir terslik var, sarı yılan." Onun dalga geçen tavrının aksine gayet ciddiydim. Ahmet, "Ne demek istiyorsun?" dediğinde önüme döndüm. "Emin değilim ama atladığım bir şeyler var. Katilin Atalay olması bana pek inandırıcı gelmiyor." Eğer katil Atalay olsaydı, Alaz bunu fark ederdi. Onun gibi zeki biri yanındaki adamın tüm hareketlerini analiz eder, gerçeği anlardı. Alaz böyle bir şeyi fark etmeyecek biri değildi.

"Atalay mı?" Araf'ın sesi şaşkın çıkmıştı.

Şafak, "Katil o mu?" dedi tereddütle.

"Atalay, Altuğ'a düşkün." Fulya'nın bu sözlerinden tek anladığım öcünün kim olduğunu onun da bilmiyor olduğuydu. Kime çalıştığını bilmezken bize ihanet etmişti.

Ahmet'ten cevap gelmeyince, "Sen ne düşünüyorsun?" dedim. Şehir dışında engebeli bir yola girdiğimizde kabak tarlasında çalışan birkaç kişiyi gördüm. Tabeladaki Çamlı Höyük Köyüne Hoş Geldiniz yazısını okuyunca yüzümü ekşittim. Bu ruh haliyle hiçbir yer bana hoş gelmiyordu. Üstelik geride bıraktığımız tarlaların aksine şimdi kabak hasadı yapan köylüler yoktu, sadece boş araziler vardı. Etrafta insanlar olmayınca izleyecek bir şeyler bulamadığım için gittikçe büyüyen sıkıntım hiç çekilmiyordu. "Atalay olamaz," diyen Ahmet'in de benimle aynı fikirde olması beni biraz rahatlattı. "Eğer o olsaydı, Altuğ bunu anlardı ama aradığımız kişiyle birlikte hareket ediyor olma ihtimali olabilir." Her iki ihtimali ben de düşünmüştüm ama orada Yosun'a bakarken nasıl desem, suçsuz görünüyordu. Eğer Atalay öcü değilse o zaman telefonda söyledikleri ne anlama geliyordu?

Büyük bir su deposunun yakınından geçerken Ahmet, "Ne düşünüyorsun?" diye sorduğunda omuz silktim. "Bilmiyorum, sadece yanlış giden bir şeyler olduğunu hissediyorum." Başka soru sormamıştı, kimse sormamıştı. Hepimiz kafamızın içindeki sorulara cevap ararken kimse konuşmamıştı.

Araf, "Burası hangi köy? Feyzah denilen yer burası mı?" dediğinde, Ahmet aynadan ona bakarak başını olumsuz anlamda salladı. "Sancarlı'dayız, Efe'nin tutulduğu yer burası." Arka tarafta oturanlar tamam anlamında birkaç mırıltı çıkardıktan sonra susmuşlardı.

Köyü geride bırakıp ormanlık bir alana girdik ve ağaçların içinden geçmeye başladık. Öndeki arabaların izini kaybetmiştik lakin Ahmet onları bulacağını söylediği için içim rahattı. Ne olursa olsun bizim çocukları bulmalıydım. Birine bile bir şey olacak diye aklım çıkıyordu. *O aptalları bulup hepsinin canına okuyacağım.* Tuvaletim gelince kendime küfrettim. Yola çıkmadan önce o kadar vişne suyu içersem olacağı buydu. "İhtiyaç molası verebilir miyiz?" En küçük bir utanma belirtisi göstermeden bunu direkt sordum. Hem neden utanacaktım ki? Sonuçta insan veya hayvan fark etmez, herkes bu işi yapıyordu. *Allah'ım, kendi içimde bile iğrencim. Ama tutulacak bir şey değil bu, geldiği an yapmam şart.*

"Ciddi misin sen?" Fulya yine o tiz sesiyle tısladı. "Böyle bir durumda yapacak başka bir şey gelmedi mi aklına?" Mesanem patlamak üzereyken yapacak daha iyi bir şeyler maalesef gelmiyordu aklıma.

"Altıma mı işeyeyim?" Bacaklarımı birbirine bastırdım. "Bebekler gibi bez takmıyorum. Başka bir fikrin yoksa kapat çeneni!" Araf ve Ahmet gülerken, Şafak utançla inlemişti. Fulya ise tiksinerek öğürür gibi bir ses çıkardı. "Sana kadın demeye utanıyorum. Erkeklerin olduğu bir yerde nasıl konuşman gerektiğini bilemeyecek kadar cahilsin." *Biri bu kıza erkeklerin de tuvalete gittiğini ve bizim gibi onların da sık sık bu işi yaptığını söylesin. Ayrıca tuvalete gitmeyi istediğim için neden cahil olduğumu anlamaya çalışmak bile istemiyorum.*

"Sen kibarlıktan kırılabilirsin, ahmak ama bu araba hemen durmazsa altıma yaparak sana ne kadar kibar olduğumu kanıtlarıyla göstermek zorunda kalacağım. Islak kanıtlar." Gerçekten dediğimi yapacağımı anlayan Fulya, sinirden bağırdı. "Durdur arabayı, bu kız koltuğa yapmadan durdur şunu!" Sonunda şaka yapmadığımı anlamıştı, süper zekâ.

Ahmet gülerek arabayı bir iğde çalısının yanında durdurdu. Arabadan nasıl indiğimi hatırlamıyordum. Yerimde rahatsızca zıplarken, "Şafak, in hadi!" diye bağırarak bacaklarımı birbirine sürttüm. "Bana gözcülük yapacaksın." Birinin gelme ihtimaline karşı Şafak'ı yanımda götürmem en mantıklısıydı.

Şafak arabadan inince Ahmet fazla oyalanmamamız gerektiği konusunda bizi uyarmıştı. Biraz yürüdükten sonra kuşburnu ağacının yanındaki kayaların arkasına geçip hızlıca işimi bitirdim. Şafak ağacın birinden kuşburnu kopartıp yüzünü astı. "Keşke telefonum yanımda olsaydı, haritadan bakarak bu Sancarlı hangi ilçeye bağlı öğrenebilirdim." Buna ne gerek vardı ki? Sorsak Ahmet zaten bu köyün hangi ilçeye bağlı olduğunu bize söylerdi.

Bekle bir dakika, Sancarlı mı dedi o?

Tüm tabelaları eksiksiz takip etmiştim ve az önceki tabelada Çamlı Höyük yazdığına emindim. "Sancarlı'da değiliz ki." Üstümü düzeltirken elindeki kuşburnunu yere atıp ayağının altında ezdi. "Sancarlı'dayız, Yankı. Arabada Araf senin şu refakatçine sorarken onun dediklerini duymadın mı?" Ellerim hareketsizce iki yanıma düşerken aniden beynimde çakan şimşeklerle yutkundum.

Efe'nin hangi köyde tutulduğunu sorduğumda bana Sancarlı demişti.

Atalay da telefonda konuştuğu kişiye Sancarlı demişti. İyi ama bu bilgiyi sadece Atalay ve onu dinlediğim için ben biliyordum. Peki, Ahmet nereden öğrenmişti? "Size gelen mesajdaki adres Feyzah mıydı?" Şafak başını sallayınca kafam daha çok karıştı. Araf arabada Feyzah denilen yere daha ne kadar kaldığıyla ilgili bir soru sormuştu. Onlara gelen adreste Sancarlı yerine Feyzah yazdığını daha yeni fark ediyordum. Üstelik Ahmet ona Efe'nin Sancarlı'da tutulduğunu ve oraya geldiğimizi söylemişti. Ahmet Sancarlı'yı nereden biliyordu ve neden Çamlı Höyük'te olduğumuzu söylemedi? *Burada tam olarak neler dönüyor?*

Şafak, "Sen iyi misin? Rengin soldu sanki?" deyip koluma dokunduğunda kendime gelmek için derin bir nefes aldım. "Bilmiyorum." Alaz ile konuşmadan iyi olacağımı da sanmıyordum. "Tabii ya, telefon!" diyerek kendime küfredip sutyenimin arasına sakladığım telefonu çıkardım. *Bunu gerçekten unuttuğuma inanamıyorum. Alaz'ı arayıp neler olduğunu sormalıyım!*

Telefonumu kurcaladığımda kapalı olduğunu görünce sinirden inledim. Gece uyurken gelen operatör mesajlarına kızıp telefonu kapatmıştım. Sabahsa telefonu açmayı unutarak sutyenimin arasına sakladığımı hatırlıyordum. "Haritaya mı bakacaksın?" Şafak'ın yersiz sorusunu görmezden gelerek aceleyle telefonu yeniden açtım. Yerimde duramıyordum, cevabını aradığım soruları Alaz yanıtlayabilirdi.

Nihayet telefon tamamen açıldı. Üst üste bir sürü mesaj gelmişti. Hepsinin Alaz'dan gelmiş olması da beni daha çok endişelendirdi. Tek tek tüm mesajları okumakla vakit kaybetmek yerine doğrudan onu aradım çünkü içimden bir ses oyalanmamam gerektiğini söylüyordu. Daha ilk aramada, "Sedef!" diyen sesini duyunca, ne zamandır tuttuğumu bilmediğim nefesimi rahatlayarak verdim.

"Neredesiniz, Sedef?" Sesi endişeli geliyordu. "Alaz, biz..." demiştim ki vazgeçip aklımdaki ilk soruyu sordum. "Atalay aslında..." Bu sefer sözlerimi kesen o olmuştu. "Her şeyi biliyorum!" diye bağırdı. "Ne bildiğini düşünüyorsan yanılıyorsun. Kahretsin, her şeyi mahvettin, Sedef! Onun işini bu gece bitirecektim ve sen bu yaptığınla tüm planlarımı altüst ettin! Şimdi bana derhal nerede olduğunu söyle!" Öfkeyle gürleyen sesi beni tedirgin etmişti ve daha fazla soru işaretini aklıma düşürmüştü.

"Bana bağıracağına git öcü kılıklı Atalay'dan hesap sor." Sanki beni görecekmiş gibi başımı kaldırıp omuzlarımı dik tuttum. "Efe'yi kaçırtan ve senden kurtulmak isteyen o! Her şeyi duydum, Atalay bu işin içinde."

"Atalay, bu dünyada benim gözüm kapalı hayatımı emanet edeceğim tek kişi!" diye öyle bir bağırmıştı ki az kalsın korkudan telefon ellerimden düşecekti. "Ben yerini tespit edene kadar sakın o telefonu kapatma. İşimi kolaylaştırmak için nerede olduğunu söyleyebilirsin!" *Atalay'a nasıl güvenebilir?*

"Sen iyi misin? Atalay göründüğü gibi biri değilmiş." İnat ederek onu ikna etmeye çalıştım çünkü çocukluk arkadaşına hainliği konduramasa da gerçek olan buydu.

"Hâlâ bulamadınız mı nerede olduğunu?" Bu soruyu bana değil yanındakilere sormuş olmalıydı. "Tehlikedesiniz Sedef!" diye hırladı. "Hiçbiriniz onun yanında güvende değilsiniz!"

"İçin rahat edecekse öcünün yanında değiliz. Ayrıca yalnız da değiliz, Ahmet bizimle."

"Asıl korkman gereken o!" diye bağırdı. "Aradığımız adam en başından beri Arda'ydı!" *Arda kim ya? Bu adam niye daha açık konuşmuyor ki? Ahmet'in gerçek ismi Arda olabilir mi? Eğer öyleyse ilk harfi tutturmayı başarmışım demektir. Allah'ım ben yine neler düşünüyorum!*

"Arda kim, bilmiyorum ama Ahmet'e güveniyorum. Malum öcü bana kafayı taktı ama Ahmet öyle değil. Hadi ama, Ahmet evli ve karısına âşık. Derya varken neden öcüye dönüşüp benim peşime takılsın ki?" Evet, burada bir tutarsızlık vardı ve bu tutarsızlık Ahmet'i masum yapıyordu. Karısına sırılsıklam âşık olan biri başkasını takıntı haline getirmezdi.

Ve tam o esnada öfkeyle haykırarak söyledikleri tüm bedenimin baştan ayağa ürpermesine neden oldu. "Nerede olduğunu söyle! Sedef, onun karısı yıllar önce öldü!" *Ne? Öldü mü?*

Telefon parmaklarımın arasından kaydı ve yerdeki sivri taşların üzerine düşüp kapanırken sertçe yutkundum. Ne demişti öyle? Karısı öldü mü? Ama bu imkânsız çünkü Derya hamileydi. Üstelik Ahmet, sürekli onunla telefonda konuşuyordu. Bu durumda Derya nasıl ölü olabilirdi? Ayrıca öcü çikolata kokuyordu ama Ahmet hep yakınımda olduğu için ondan çikolataya benzer bir koku almamıştım. Üstelik İbrahim'in öldürüldüğü esnada cezalı olduğum için bahçede odun kesiyordum ve Ahmet o sırada yanımdaydı. Yani İbrahim'i de öldüren o olamazdı. Hayır, Alaz bir yerde hata yapıyordu Ahmet, öcü olamazdı.

Otuz beş yaşında, Sedef! Hepsinden yaş olarak daha büyük. On iki yıl önce yirmi üç yaşında olmalı. Yaşı Ahmet'e tamamen uyuyor. Allah kahretsin!

Sertçe yutkunarak Şafak'a baktım, şimdi şoka giremezdim. Soğukkanlı olmak zorundayım. Hemen yerdeki telefonu alarak eline tutuşturdum ve "Şafak git!" dedim. "Yankı, neler oluyor?" dedi. Etrafımızı kontrol ederek iyice ona yaklaşıp omuzlarını kavradım. "Şimdi beni iyi dinle çünkü bu hayati önem taşıyan bir durum. Ormanın kuzey tarafına doğru koş! Arkana bile bakmadan koşuyorsun, Şafak! Ormandan çıkınca sakın anayola girme, tarlaların arasından gidersen kimse seni bulamaz. Bir su deposu bulana kadar koş ve su deposunu görünce güneye doğru yönünü değiştir. Yarım saat sonra Çamlı Höyük köyüne gireceksin. İlk iş, köydeki karakola gidip başımıza gelenleri anlatman! Orada bir telefon bul ve Alaz'ı arayıp Çamlı Höyük'te olduğumuzu söyle. Bu süre zarfında köye gidene kadar telefonu açmayı dene, eğer hâlâ çalışıyorsa köye gitmeden Alaz'ı ara." Bir solukta söylediklerimden sonra Şafak sadece şaşkın bir şekilde bana bakınca, "Git hadi!" diye bağırdım. Onu gerçekten korkutmuş olmalıyım ki tek bir soru dahi sormadan telefonu sıkıca tutarak koşmaya başladı.

Eğer gerçekten katil Ahmet ise Şafak B-planı olarak dışarıda olmalıydı. A-planını ise henüz düşünmemiştim ama doğaçlama bir şeyler yapacaktım. "Yankı?" Tam arkamda Ahmet'in sesini duyunca yutkundum. Eğer öcü oysa bendeki değişikliği hemen fark edip işimi bitirirdi. *Allah kahretsin, nasıl tepki vereceğimi bilmiyorum! "Rol yap, Sedef. Tehlikeyi hissettiğin an nasıl hayatta kalman gerekiyorsa öyle rol yap."* Alaz'ın sözleri aklıma gelince sakin kalmaya çalıştım. Söylemesi kolaydı tabii ama bu durumda sıkıysa o gelsin rol yapsın! Adam sanki bunları yaşayacağımı bilircesine beni uyarmıştı. *Yemin ederim medyum gibi.*

Derin bir nefes alarak yüzüme inandırıcı olduğunu düşündüğüm bir tebessüm kondurup ona döndüm. "Ah, çok mu oyalandım?" Yalandan somurtarak Şafak'ın gittiği yerin tam tersi olan yönü işaret ettim. "O korkak kızı birlikte kalmamız için ikna etmeye çalışıyordum ama Şafak olacak ödlek bir anda ağlamaya başladı ve ölmek istemediğini söyleyerek kaçıp gitti!" Hafif sitemli çıkan sesime ben bile inanmıştım. Ne olursa olsun Şafak bulunmamalıydı.

Hadi, seni ele verecek bir şey yap.

Elimle gösterdiğim yere bakınca bir süre hiç konuşmadı. "Öyle mi?" Yüz ifadesi ne kızgın ne de öfkeliydi. "Bu konuda ona kızamayız, başımıza neler geleceğini henüz bilmiyoruz."

Her zamanki gibi anlayışlıydı. Hayır, bu adam katil olamazdı. Ya usta bir oyuncuydu ya da ben detayları gözden kaçıracak kadar onun öcü olduğuna inanmak istemiyordum. Alaz'ın söylediklerine rağmen ben katilin Ahmet gibi sevdiğim biri olmasını kabul edemiyordum.

Pars gibi biri dururken Ahmet katil olmamalı.

"Sen iyi misin?" Yanıma gelerek üzerime eğildi. "Gözlerin doldu." Başımı kaldırıp ona baktığımda gözlerinde gördüğüm ilgiyle yanaklarımdan süzülen bir damla yaşa engel olamadım. "Artık iyi olmak istiyorum, ajan." Bir kabulleniş vardı benliğimin tenha sokaklarında. Kabul etmek istemeyen kalbime inat, mantığım her şeyin farkındaydı. "Derya'nın hamileliği nasıl gidiyor?" İşte yine olmuştu, yine gözleri aşkla ışıldamıştı. Onun adını bile duymak bu adamın bakışlarını değiştirirken mantığımı görmezden gelerek ona güvenmeyi seçtim.

"O iyi. Şimdi bu nereden çıktı?" Bir süre yüzüne bakarak aradığım cevapları bulmaya çalıştım ama işe yaramayınca omuz silkerek yürümeye başladım. "Bilmem, aklıma geldi." Buraya gelmeyelim diye bizi ikna etmeye çalışan adam katil olamazdı.

Birkaç dakika sonra arabanın bulunduğu yere geldiğimizde Araf ve Fulya dışarı çıkmış, bizi bekliyordu. "Şafak nerede?" Araf'ın sesiyle bir an boş bulunup etrafıma bakınınca, Ahmet'in telefonuyla bir şeyler yaparak beni takip ettiğini gördüm. O telefonla ne yapıyordu? Bunu öğrenmenin bir yolu vardı.

Aramızda sadece iki adım kala daha o başını telefondan kaldırmadan hemen Araf'a doğru döndüm. "Gitti!" diye bağırdım kızgın bir sesle. "O korkak kız bizi bırakıp kaçtı!" Güya Şafak'ın gittiği yeri gösteriyormuşum gibi elimi kaldırıp arkaya doğru savurdum ve hedefi şaşırmadım. Elim telefona çarpınca telefon yere düştü. "Ah! Üzgünüm." Daha Ahmet yere eğilmeden, "Ben hallederim," dedim. Hemen diz çökerek yaprakların üzerine düşen telefonu aldım. Benim telefonum gibi sivri taşların üzerine düşmediği için telefon hâlâ açıktı. Temizliyormuş gibi yaparak dikkatli bir şekilde baktığımda biriyle mesajlaştığını gördüm. Son yazdığı şey ise korkudan nefesimi kesmişti.

"Kız kaçtı! Ormandan çıkmadan önce derhal onu bul!"

Allah belasını versin, bu mesaj her şeyi açıklıyordu!

Telefon sertçe elimden alınırken duygularımı gizlemek için başımı iyice eğdim ve ayakkabılarımın bağcığını düzeltmeye başladım. "Bu kadar kızma, Derya ile olan özel mesajlarınıza bakmadığıma yemin edebilirim." Gülerek ayağa kalktığımda gözlerini kısarak beni izleyen adamdan ilk kez gerçek anlamda korktum. Saf bir karanlık gördüğüm gözler, hızlı bir şekilde değişip eski ilgi dolu bakışlara ev sahipliği yapmıştı. Fakat ben o gördüğüm tehlikeli karanlığı unutacağımı sanmıyordum. "Sorun değil, hadi gidelim," diyerek başımı salladığımda neden fırsatını bulmuşken Şafak ile birlikte kaçmadığımı sorguladım. Hayır, yapamazdım. Efe ve arkadaşlarım onun elindeyken ben bir korkak gibi kaçamazdım. Soğukkanlı olup bir şekilde arkadaşlarımı kurtarmalıydım ama nasıl?

"Onun gitmesine öylece izin mi verdin?" Araf sitem ederek etrafını gösterdi. "Böyle bir yerde başına neler geleceğini hiç mi düşünmedin?" Bana kızsa da aslında Şafak'ı göndererek sevdiği kızın hayatını kurtarmıştım. Eğer yakalanmazsa belki de Yarasaların içinde hayatta kalan tek kişi olacaktı.

Ahmet'in gerçekte kim olduğu fikri beni şoka uğrattığı için ona cevap vermeden arabaya geçtim. Fulya arka koltuğa otururken Ahmet dışarıda Şafak'ın peşinden gitmeye çalışan Araf'ı kalması için ikna etmeye çalışıyordu. Ahmet ile ilgili çok fazla tutarsızlık vardı lakin hepsinin cevabını çok ama çok yakında alacağımı biliyordum. Öcü veya işbirlikçisi fark etmez, o da bu işin içindeydi. Bunu nasıl anlamadım diye kendime sormuyordum çünkü anlamam imkânsızdı. Öcüyü ilk kez yüz yüze gördüğüm zaman yedi yaşındaydım. Çok korkmuştum ve acı çekiyordum. Yani yılların etkisiyle bir gece yarısı uykuluyken gördüğüm bir yüzü unutmam mümkündü. Herkes unuturdu, aksini iddia eden kişi yalan söylerdi. Lakin hareketlerinden anlamalıydım, değil mi? Ama bu da çok zordu çünkü rolünü o kadar iyi oynamıştı ki sadece beni değil, bu zamana kadar Alaz'ı bile kandırmayı başarmıştı. Hakan ile saldırıya uğradığımız gece bize saldıran kişi ölü bulunmuştu. Çünkü dikkat çekmemek için kendisi bu işi yapmamıştı ama orada iki kişi olduklarını biliyordum. İbrahim olayında da aynı şey olmuştu! Cinayet akşamında yanımda olduğu için ne Alaz'ın ne de benim şüpheli listeme girmişti. Nasıl girsin ki? Adam her fırsatta onları övüp savunarak hiçbir şüpheye yer bırakmamıştı. Ve Derya... Derya'nın öldüğünü benden saklayıp karısına âşık bir adam profili çizerek ondan hiç şüphelenmememi sağlamıştı. Evet, Ahmet'i göz ardı etmeme sebep olan en büyük faktör Derya'ydı. İyi ama Derya ölmüşse bu hasta adam bana haftalarca kimi anlattı? Ölmüş bir kadın nasıl hamile olurdu ve nasıl ondan boşanmak isteyebilirdi? İşte bu kısım tam bir muammaydı.

Hortladı mı bu kadın, ne yaptı?

Ahmet, "Bana neden öyle bakıyorsun?" dediğinde ona baktığımın bile farkında değildim. Üstelik Araf'ı bir şekilde ikna etmiş olmalı ki çocuk arka koltukta oturuyordu ve araba hareket ediyordu. Düşüncelere o kadar çok dalmıştım ki arabanın çalıştığını bile fark etmemiştim.

Ona cevap vermeden yola döndüğümde bakışlarını üzerimde hissedebiliyordum. Yanlış bir şey söylememek için susmam en doğrusuydu. Biliyordum, gerçeği saklayarak Araf ve Fulya'yı da tehlikeye atıyordum. Ancak şimdi her şeyi itiraf etsem ne olacaktı ki? Belki bir şekilde Ahmet'ten kurtulabilirdik. Peki, diğer Yarasalar ne olacaktı? Orada ellerinde dokuz kişi varken sadece iki kişinin hayatı için riske giremezdim. Ben bir ajandım ve şu durumda kurtardıklarımla yetinmek yerine hepsini kurtarmanın bir yolunu bulmalıydım. Asıl soru ben niye böyle sakindim? Tüm hayatımı altüst eden adam hemen sol tarafımda dururken ben nasıl böyle hissiz olabiliyordum? Şokta olmalıydım, bunun başka bir açıklaması olamazdı.

Yaklaşık yarım saat sonra yüksek dağların eteklerindeki ağaçlar azalmaya başlamıştı. İki katlı büyük bir dağ evini gördüğümüzde araba yavaşladı. Tahta çitlerle çevrili evin bahçesine girdiğimizde park halinde duran iki araba daha gördüm. Arabadan indiğimizde çoktan ikindi olmuştu. Yola çıktığımızda beni yakan güneş, bulutların arkasına saklanmıştı. Yağmur yağacaktı çünkü gökyüzündeki kara bulutlar bunun habercisiydi. Başımı kaldırıp perdeleri kapalı taş eve baktım. Bu ev *ben lanetliyim* diye haykırırcasına gözlerime korkutucu geldi. Bacasında bir leylek yuvası vardı. Daha ürpertici olan ise evin çatısının etrafında uçuşan kuşlar... Yarasalar... Bu kasvetli havada ortaya çıkıp iğrenç çığlıklarıyla ruhumu köreltiyorlardı. "Neredeyiz biz? Bu ne böyle perili köşk gibi?" Fulya'ya daha fazlası olduğunu söylemek istedim çünkü bu evde daha fazlası olduğunu biliyordum.

"Asıl soru..." diyen Araf, kaşlarını çatarak Ahmet'e döndü. "Madem Efe burada tutuluyor, o zaman neden dışarıda kimse yok? Bu adamlar herhangi bir tedbir almadı mı?" Şafak gittiği için huysuzdu ve onun gitmesine izin verdiğim için benden tarafa hiç bakmıyordu.

İçeriden eli silahlı üç adam çıkarken Ahmet yanıma geldi ve elini belime koydu. "Sen cevap vermek ister misin, küçük Yarasa'm?" *Kahretsin!*

İşte şimdi tüm taşlar yerine oturmuştu. Bedenim korkudan kasılıyordu. Gırtlağından çıkardığı bu sesi iyi biliyordum. Kâbusum olan bu ses, tüm gerçekleri en acı şekilde yüzüme çarpmıştı. Başımı çevirip yüzüne baktığımda kendimi yurttaki yatağımda bulmuştum. "*Yankı,*" demişti o gece. "*Artık onun adı Yankı...*"

Dikkatli bir şekilde yüzüne bakıyordum. Sesi kulaklarımda yankılanırken ben o geceye dair bir iz bulmanın peşindeydim. Şimdilerde kısacık olan saçları, o zamanlar daha uzundu. Evet saçlarını hatırlamıştım. O gece yirmili yaşlarında olduğu için yüzü biraz daha yuvarlak ve dolgundu. Fakat şimdi otuzlu yaşların ortasında olduğu için uzun ve biçimli bir yüzü vardı. Çene hatları bile değişmişti. Gençliğini geride bırakmış gibi köşeli bir çenesi ve daha erkeksi yüz hatları vardı. Peki ya gözleri? O gece öcü gördüğümü düşündüren karanlık gözlerinin aslında ela ve kahve tonlarında olduğunu şimdi fark etmem büyük bir kayıptı. Katilim aylardır hayatımdaydı, onunla konuşmuş ve ona gülmüşken bunu görememiştim. Bu büyük bir hayal kırıklığına uğramama neden olmuştu. Ben şokta değildim, hayır. Bu tepkisizliğimin sebebi şok değildi. Ben kırılmış hissediyordum, kendime kırılmıştım ve çok övündüğüm aklıma küsmüştüm. Fark edemediğim bu gerçeklerle ben kendime küsmüştüm.

Bu halimi hiç sevmedim.

Evden çıkan o üç adama bakan Ahmet, çocukları gösterdi. "Bu ikisini diğerlerinin yanına götürün." Fulya ve Araf aynı anda kaşlarını çatmışlardı. Fulya, "Bu da ne demek oluyor?" diye bağırdığında Araf gözlerime bakmış ve aradığı cevabı almıştı. "O mu?" Hayretler içinde yanımdaki adama bakarken sadece başımı salladım. Bir adam silahını onun şakağına bastırınca Araf ile göz göze geldik. Gözleri birçok şey söylüyordu. Kendi için değil, Şafak'ın kaçmasına yardım ettiğimi anladığı için suskunluğu gözlerine yansıyor ve bana çok fazla şey söylüyordu. "Teşekkür ederim," diyerek tebessüm ettiğinde gözlerim doldu. Anlamıştı, gerçekleri fark edince Şafak'ı gönderdiğimi anlamıştı. Ahmet'in Öcü olduğunu bildiğim halde onları buraya getirdiğim için bana kızgın görünmüyordu.

"Sen!" Hâlâ belimi tutan adama nefretle baktı. "Bizim değil, bu evden senin ölün çıkacak!" Adamların ona dokunmasına fırsat bile vermeden eve doğru yürüdü. Fulya hiçbir şey anlamadığı için bağırarak onu tutan adamlardan kurtulmaya çalışıyordu. "Bırakın beni! Burada neler oluyor, bilmiyorum ama Altuğ beni bulacak!" *Ya, ne demezsin. Eminim, Fulya'nın kaçırıldığını duyan Alaz, yemeden içmeden kesilmiştir.*

Eğer onları Efe'nin olduğu yere götürüyorlarsa Efe zaten onlara Ahmet hakkındaki gerçekleri anlatırdı. Sadece ikimiz kalınca başını eğip tebessüm ederek bana baktı. "Bir şey söylemeyecek misin? Her şeyi öğrendiğini biliyorum, Şafak'ı o yüzden gönderdin. Beni asıl şaşırtan da bu, şimdiye kadar bir tepki göstermen ya da en azından bela okuman gerekmiyor muydu? Seni böyle ciddi görmeye alışık değilim." İşin tuhaf kısmı ben de kendimi böyle görmeye alışkın değildim. Aklımdaki sorulara cevap vermediği sürece böyle kalacağımı da biliyordum.

Yavaşça geriye doğru çekilip onun temasından kurtulduğum sırada gök gürültüsünü duymak iyi gelmemişti. "Mutlu?" diye zorlukla fısıldadığımda başını salladı. "O ölürken izledin ama uyurgezer olduğun için hatırlamıyorsun." Gözyaşlarım yanaklarımı ıslatırken başımı iki yana sallayarak inkâr ettim. "Ben hatırlamıyorum... Ben yapmadım, değil mi?" Onu öldüren ben olamazdım. Bıçak uyandığımda elimde olsa da bu bir tuzaktı.

"Tabii ki sen yapmadın," dediğinde rahatlayıp sesli bir şekilde nefesimi verdiğimde, "Onu yaralayan bendim," dedi. Devamında duyacaklarımdan korkuyordum. Gözlerimin içine bakarak, "Ama benim isteğimle öldüren kişi sendin," dediğinde kulaklarımı kapattım. "Yalan söylüyorsun!" Hafif çiseleyen yağmur gökyüzünden süzülürken hıçkırarak ona baktım. "Ben yapmadım, onu ben öldürmedim!" diye bağıra bağıra ağladığımda güldü. "Rahatla artık, sen bir şey yapmadın. İzlemek dışında bir şey yapmadın." Nasıl da alay ediyordu benimle! Bir an gerçekten Mutlu'yu öldürdüğümü düşünmüştüm! Zafer naraları atan bir savaşçı gibi rehavete kapıldığını görebiliyordum. Bu oyun onun için bitmişti çünkü tüm Yarasalar elindeydi ve kaybeden Alaz Altuğ Sipahi'ydi.

"İbrahim ölürken yanımdaydın ama!" dedim. Fırsatını bulmuşken tüm cevapları almalıydım.

Yağmur onu ıslatmaya başladığında önemsiz bir konuyu konuşuyormuşuz gibi umursamazca güldü. "Evet."

"İbrahim'i öldüren bir başkası mıydı o zaman?"

"Çiğdem." Sorduğum her soruya cevap veriyordu. "Çiğdem bu işte bana yardım etti, diyebilirim. İbrahim tesisten ayrılmak istediğini Altuğ'a söylemek için Çiğdem'in yanından ayrılacağı esnada ona zehri enjekte etti. Plan basitti: Çiğdem onunla sohbet ediyormuş gibi yaparak bir şekilde onu korkutacaktı ve İbrahim soluğu tesisteki tek kıdemli ajanın yanında alacaktı. Buraya kadar her şey planlandığı gibi gitti hatta daha iyisi olmuştu. Önceden zehirlenen İbrahim, Altuğ'un odasına girmeden onunla aynı asansöre bindi. İbrahim, Çiğdem'in ona yaptıklarını Altuğ'a anlatamadan öldü. Evet, buraya kadar her şey istediğim gibiydi lakin Atalay, Altuğ'u suçlayacağım kanıtları almama izin vermeden tüm kamera kayıtlarını sildi!" Sonlara doğru öfkeli çıkan sesiyle kafam karışmıştı. *Atalay ona çalışıyorsa neden böyle bir şey yapsın ki? Yoksa Atalay gerçekten masum mu?*

"İyi ama Atalay senin adamın değil mi?" dediğimde yüzünü buruşturup kaşlarını çattı. "Olmasını isterdim ama değil. Son günlerde sürekli Altuğ hakkında olumsuz şeyler söylüyordu. İtiraf etmeliyim, iki arkadaşın arasının bozuk olması işime gelirdi. O yüzden Çiğdem'i Atalay'a gönderdim. Bunun Altuğ'un planı olduğundan şüphelendiğim için Atalay'ı konuşturma işi Çiğdem'indi. Odasına gidip sabaha kadar onunla sohbet ederek Atalay'ın sarhoş olmasını sağladı. Bilirsin, sarhoş insanlar asla yalan söylemez ve Atalay zil zurna sarhoşken bile sürekli Altuğ'u şikâyet edip ona haddini bildirmek istediğini söyleyince ona inandık!" Sinirden kahkaha attı. "Ama Altuğ'u fazla hafife almışım. Atalay'ı bu işin içine sokmadan önce alkol konusunda da onu eğittiğini anlamalıydım!" Gözleri öfkeyle harlananınca gerçekten Alaz'dan ölümüne nefret ettiğini anladım. Anladığım kadarıyla Alaz her adımını düşünerek çoğu kez onu kendi oyununda yenmişti.

"Çiğdem kim?"

"Esad'ın kızıl eğitmeni." Lanet olası silikonlu cadı! O kadın Pars'ın ekibinde değil miydi?

O an fark ettiğim şeyler soluğumu kesmişti. "Atalay senin takımına Feride'nin ölümünden sonra girdi, değil mi?" Öfkeli gözlerinden cevabımı alınca şaşırdım. "Bu yüzden Feride'den sonra ölümler durdu. Aman Allah'ım, Alaz henüz senin kim olduğunu bile bilmeden Atalay'ı devreye soktu ve ölümleri durdurarak zaman kazandı!" Atalay, Alaz'ın sağ koluydu ve öyle birinin Alaz'a ihaneti, Arda'ya kazandığını düşündürdüğü için rahatlamıştı. Eminim, Atalay bir şekilde Altuğ'a zarar vermek için Arda'ya daha iyi teklifler sunmuştu. Atalay, Arda'yı oyalayıp Yarasaların ölümünü geciktirdi ve bu sürede Alaz, Arda'yı bulmak için zaman kazandı. Vay canına, Alaz gerçekten dâhi ama bir o kadar da adi! Bana önceden bunlardan bahsetmeliydi.

"Peki, Atalay sana çalıştığını biliyor muydu?" diye sordum. Alaz ve Atalay, hain olarak Esad'ın kızıl eğitmeni Çiğdem'i biliyordu. Peki ya Çiğdem'in kime çalıştığını da biliyorlar mıydı? Aklıma gelen yeni soruyu sormadan edemedim. "Atalay'ın aslında hiç Alaz'a ihanet etmediğini nasıl anladın?" dedim. Korka korka sorduğum soruya cevap vermez sanıyordum ama o beni yanılttı. "Atalay bu işin arkasındaki isim olarak Çiğdem'i biliyordu. Atalay'ın bir hain olduğunu dün gece odasına yerleştirdiğimiz ses kayıt cihazı sayesinde anladım. Altuğ ile konuşurken bu gece hakkındaki planlarını duymak benim planlarımı bozduğu için farklı bir yol izledim. Atalay bile Efe'nin Sancarlı'da tutulduğunu düşündüğü için Altuğ'u oraya gönderdi. Tabii, Altuğ o depoya girdiği an çoktan havaya uçmuştur." Keyifli bir şekilde güldü ve "Parçalara ayrıldığını görmeyi isterdim," dedi. Alaz'ın ölmediğini ve onunla telefonda konuştuğumu bilmese de olurdu. Neden bana Efe'nin ve Atalay'ın konuşmalarını anlattığını daha iyi anlıyordum. Atalay'ın ona ihanet ettiğinden şüphelenmiş ve katilin o olduğunu düşünmemi sağlamıştı. İşe de yaramıştı çünkü ondan duyduklarım yüzünden Atalay dikkatimi çekmişti ve telefon olayıyla da onu dinlemeden yargılamıştım!

"Arabaya binmemem için beni ve diğerlerini ikna etmeye çalışıyordun," dedim. Aşağıya indiğimde diğerlerini uyardığını görmüştüm.

"Çiğdem seni izliyordu. Beni arayıp Atalay ile olan tartışmanızı anlattı. Tabii, o esnada Atalay ile konuşan kişi de Çiğdem'di ama Atalay onu tesiste değil, Efe'nin yanında sanıyordu. Oysaki Çiğdem o esnada her ikinizi de izliyordu. Altuğ'un gerçek planını öğrendikten sonra Efe'yi kaçırtarak onu tesisten çıkarmayı başardım. Geriye sadece onun yokluğunda Yarasaları almak kalıyordu ve bunun için herkese mesaj atmam yetti. Tek sorun sendin, bir mesajla seni tesisten çıkaramayacağımı biliyordum. Atalay'ı duyman aradığım fırsattı, böylece kendi ayaklarınla bana geldin. Diğerlerinin arabalara binmesine izin verdim. Senin asansöre bindiğini söyleyen Çiğdem'in mesajıyla geriye kalan Yarasaları kalmaları için ikna etmeye çalışarak bana daha fazla güvenmeni sağladım." *Umarım Alaz çoktan o kızıl şeytanı yakalamıştır. Her olayın altından Çiğdem çıkar oldu.*

"Kokunuz?" Gözlerim amaçsızca onun teninde gezindi. "Aynı kokuya sahipsiniz. Yani geceleri kim olduğunu bilmeden senden aldığım koku öyleydi." Öğrendiğim her bilgi beni ürkütürken vereceği cevabı soluğumu tutarak bekliyordum. Korkuyordum ve korkum hastaymışım gibi hissetmeme neden oluyordu.

Cebindeki küçük esans şişesini çıkartıp parmaklarının arasında çevirdi. "Şu çikolata esansı onun rahatlamak için kullandığı basit bir şey." Gözlerini küçük şişeden çekip bakışlarını üzerime kenetledi. "Odasında ikinci bir şişe olması güzel, değil mi? Altuğ bunu sürekli kullanırken ben sadece seni ziyaret ettiğim günler bu kokuya katlanmak zorundaydım." Onu çalmıştı! *Hırsız kılıklı pis öcü! Ayrıca o koku çok güzeldi, özellikle Alaz kullandığında.*

"Allah senin gibi öcünün belasını versin! Ruh hastası hırsız!" diye bağırdığımda sesimdeki isyana güldü. "Bakıyorum da normale dönüyorsun." *Gel, bir de bunu bana sor.*

Her ikimiz de yağmurun altında sırılsıklam olurken bana iyice yaklaşınca yutkundum. "Başka sorun var mı?" Islanan elbise tenime yapıştığı için gözleri açlıkla tenimde gezinirken boğulduğumu hissettim. "Derya?" Ürkerek geriye çekilmeye çalıştım. "Derya olayı ne? Ve şu Yarasa takıntının sebebi ne?" Tehlikeli bir şekilde dudakları kıvrılan adam, elimi sıkıca tutunca kurtulmama izin vermeden beni eve doğru çekiştirdi. "Bunun cevabı evde. Karım ile tanışmanı uzun zamandır bekliyorum küçük Yarasa'm." Bu da ne demekti şimdi? Ölü birisiyle nasıl tanışabilirdim ki? Belki de ölmemişti karısı. *Ya Alaz haklıysa ve Derya gerçekten ölmüşse? Allah aşkına, evin içinde beni bekleyen bir mezar mı var? Bu adam ölünün mezarlığa gömülmesi gerektiğini bilmiyor mu yoksa?*

21. BÖLÜM

Bir hissizlik vardı üzerimde, o her zamanki cazgır halimden eser yok gibi hissediyordum. Bunun sebebi beynimin hâlâ yaşadığım trajediyle meşgul olmasıydı. Nedenler çok fazla, nasıllar içler acısı ve niyeler bugün cevapsız kalmaya mahkûmdu. Katilin Ahmet olmasının bir nedeni olamazdı. Otuz çocuğu acımasızca damgalayıp çoğunu katletmesine nasıl sorusu çok yetersiz kalırdı. Çünkü cevap vahşetti! Ve bütün bunları niye yaptı? İşte asıl sorulması gereken soru buydu. Peki, vereceği hangi cevap onu haklı çıkaracaktı? Bunun bir cevabı olamazdı ki! O hayatımızın ırzına geçmiş bir canavardı. Hiç acımadan bizi damgalayıp yıllarca kolumuzda bir mühürle yaşamamıza neden olmuştu. Çoğu çocuk sabah uyandığında kolundaki yaranın nasıl olduğunu bilmeden eski hayatına dönüp yaşamaya devam etmişti. Ama ben yağmurlu bir gecede o cehennemden kaçtığım günden beri bir kâbusu yaşıyordum. Ben onun bir gün benim için gelecek olması fikriyle yılları geride bırakmıştım. Kolumdaki damga bir gün bile onu unutmama izin vermemişken en büyük nefretim kendimeydi. Çünkü bana yaptığı şeyi yıllarca hatırlamış ancak onun yüzünü unutmuştum. Unutmamam gereken en önemli şeyi unuttuğum için kendimi de suçluyordum.

Hep aklımla övünürüm ve tesise girdiğimden beri onunla sohbet ederken aslında en büyük geri zekâlı olduğumu kanıtladım. Allah benim de belamı versin artık! Gerçi vermiş ama şimdi o konuya hiç girmeyelim.

Beni kandırdı! Geceleri boğazımı sıkıp beni tehdit eden adam gündüzleri beni çok güzel kandırdı. O mu çok zekiydi yoksa ben mi çok aptaldım, emin değilim. Lakin öyle herkesi hayrete düşüren bir zekâsı olmadığının da farkındaydım. Zekâ olarak Alaz'ın eline su dökemezdi. İkisi birbirinden o kadar farklıydı ki. Alaz onu her şekilde gözü kapalı alt ederdi. Alaz onun için açık adres bir düşmandı. Ahmet veya Arda artık adı her ne haltsa tüm bu süre zarfında Alaz'dan daha fazla avantajlıydı. Düşmanının kim olduğunu biliyordu; arkadaşlarını, sevgilisini, konumunu, zaaflarını hatta kaldığı odaya kadar Alaz hakkında her şeyi biliyordu. Çünkü Alaz saklanarak oynamak yerine doğrudan ona meydan okuyordu. Fakat Alaz onun hakkında hiçbir şey bilmiyordu. Düşmanının kim olduğunu, kaç yaşında olduğunu, arkadaşlarını, evini, kaldığı odayı ve daha bunun gibi birçok şeyi bilmiyordu. Ahmet'in elinde Alaz'ı bitirecek binlerce bilgi varken, Alaz'ın elinde rakibine dair hiçbir şey yoktu. Buna rağmen Ahmet bir türlü Alaz'ı bitiremezken, Alaz bir şekilde onu durdurmayı başarmıştı. Evet, Ahmet her şekilde daha avantajlıydı fakat elindekileri kullanacak kadar akıllı değildi. Alaz ise sıfır bilgiyle rakibini yavaşlatacak kadar dâhiydi.

Alaz, bu işi kabul etmeden önce otuz Yarasa'nın hepsinin dosyasını okumuştu. Daha benim bile haberim olmadan Ahmet ismimi değiştirmiş ve isim değişikliğini dosyama işlemişti. İşte bu işi kabul etmesinin sebebi buydu çünkü daha Türkiye'ye gelmeden katil hakkında ilk ipucunu yakalamıştı... Ben. Bunun için beni cezaevinden çıkardı ve tüm ısrarlarıma rağmen inat ederek beni çaylağı yaptı. Elindeki tek bilgi, çaylağının bir seri katilin gözdesi olduğuydu ve o, bir adım daha ileri giderek beni zehirlemişti. Böylece üstlerle bağlantısı olduğunu da anlamıştı. Benim sayemde katilin kendisiyle aynı kokuyu kullandığını öğrenmiş ve bir risk alarak en yakın arkadaşını bu kanlı oyuna sokmuştu.

Kimseye belli etmeden kim bilir kaç hafta boyunca Atalay'ı her konuda eğitmişti. Gündüzleri beni eğitirken geceleri Atalay ile meşgul olan adam, acaba hiç doğru düzgün dinlenmiş miydi? Her adımını hesaplayarak attığı için Atalay sayesinde bu Çiğdem denilen kadını öğrendiğine emin olmuştum. Ama hemen harekete geçmek yerine asıl kişiyi bulmak için beklemişti. Ve bulmuştu da! Belki dün hiçbir şeyin farkında değildim ama onu asıl katile götüren kişinin ben ve Fulya olduğumuzu artık biliyordum. Evet, o maça izin vermesinin bir sebebi de bu olmalıydı. Çünkü biz dövüşürken herkes gibi Ahmet de oradaydı ve herkes maçı izlerken Alaz aynı zamanda herkesi izliyordu. Ahmet bizi izlerken bir şekilde kendisini ele verecek bir şey yapmış olmalıydı ki Alaz onun çığlıklarımdan zevk aldığını görmüştü. Bu yüzden Alaz bu sabah beni uyarmıştı. Büyük ihtimalle dün o maçta katilin Ahmet olduğundan emin olmuştu.

Alaz attığı her adımı hesaplayarak hareket edecek kadar planlı çalışıyordu. Ahmet ise eline geçen her fırsatı avantaja çevirmek için doğaçlama oynuyordu. Kazanan kimdi, ben de bilmiyordum.

Ne diyebilirim ki? Daha kötü olan kazansın.

Kapıdan içeri geçerek eve girdiğimizde elimi bırakmadan beni peşinden sürükleyip merdivenlere doğru çekiştirdi. Burnuma gelen küf ve rutubet kokusu beni rahatsız etmişti. Alt kattan gelen bağırışlar bizim çocuklara aitti. Neden beni onların yanına götürmüyordu, anlamış değildim. Basamaklardaki tozlara bakılırsa buraya uzun zaman sonra sadece ikimizin çıktığı belliydi. Her adımımla basamaklardan gıcırtılı sesler geliyor ve toz yığını yüzünden kendi ayak izimi geride bırakıyordum. Beni sürüklediği için birkaç kez tökezlemiştim. Bu sırada havada uçuşan tozlar burnuma kaçarak beni hapşırtmıştı. Bu adam beni nereye götürüyordu?

Eğer Derya yukarıdaysa basamaklar tozlu olduğuna göre bu kadın odasından hiç çıkmıyor muydu? Hadi onu geçtim, yemeğini kim götürüyordu? Çünkü basamaklarda bir karış toz olmasına rağmen hiç ayak izi yoktu.

Tövbe ya, bu kadın karnını doyurmak için uçarak aşağı mı iniyor?

"Resmen karda yürüyüp izini belli etmemiş," diye homurdandığım esnada uçuşan tozlar beni yeniden hapşırttığı için burnumdaki tamponlar canımı yakmıştı.

Nihayet basamakları bitirdiğimizde elimi çekmeye çalıştım fakat bırakmadı. Koridorun hemen karşısında duran siyah demir kapının önünde durunca kaşlarımı çatarak diğer iki kapıyı gösterdim. "Neden şu kapılar cam ve ahşaptan oluşurken bu kapı cezaevlerindeki gibi demirden?" Kapı gerçekten ağır bir demirdendi. Üstelik üzerinde cezaevindeki gibi kare şeklinde küçük bir penceresi vardı. Acaba bir hapishaneden mi çalmıştı bu kapıyı? Çünkü gerçekten oradakilere benziyordu. *Nereden mi biliyorum? Sekiz yıl hüküm yemiş biri olarak ben bilmeyeceğim de kim bilecek.*

Ceketinin cebinden eskiden kalma olduğu belli olan bir anahtar çıkartırken bana küçük bir açıklama yaptı. "Burada Derya kalıyor." Aman ne kadar da açıklayıcı bir cevap olmuştu. Bu kıt zekâlı öcü, karısını burada esir tutuyor olamazdı, değil mi? *Harika! Kurtarmam gereken biri daha.*

Demir kapı paslanmış olmalı ki kulak tırmalayan sesler çıkartarak açılmıştı. Eliyle içeriyi gösterdi. "Hadi, küçük Yarasa'm, Derya seninle tanışmak için sabırsızlanıyor." *Aynı şeyleri kendim için söyleyemeyeceğim.* Yine de korka korka küçük adımlar atarak içeri girdim.

Allah'ım lütfen Derya'nın yarasa kanatları olmasın. Uçarak aşağı indiği konusunda şaka yapmıştım. Derya bir yarasa da olmasın. Belli mi olur, bu yarasa düşkünü adam onlardan birine nikâh kıymış olabilir. Derya vampir de olmasın. Allah'ım, lütfen Derya sadece insan olsun.

İçimden dualar ederek odanın içine girdiğimde ilk dikkatimi çeken buranın iğrenç koktuğuydu. Bir çöplüğe girmişim gibi iğrenç kokuyordu. *Hayır, şimdi kusmayacağım.* Dikkatimi çeken bir diğer şey ise açık pencereler olmuştu. Bu oda evin batı cephesinde olduğu için az önce dışarıdayken penceresini bile görmemem normaldi çünkü arka bahçeye bakıyordu. Rüzgâr perdeleri içeriye doğru uçuşturuyor, yağmurun şırıltısı daha çok duyuluyordu. Pencerenin hemen önünde bir terlik vardı. Terliğin eşi neredeydi? Birkaç adım daha attığımda ayaklarıma değen bir şeyle başımı yavaşça yere doğru eğdim. Kirden grileşen eski yün halının üzerinde terliğin eşi duruyordu. Ancak hemen yanında parçalanmış vazo olduğunu düşündüğüm şeyin parçaları vardı. Eğilip sarı çiçekli porselen parçalarına dikkatli baktığımda birkaç parçanın üzerindeki kırmızı lekeleri gördüm. Şey lekesi gibiydi... Kan! Titremeye başladığımda yavaşça doğrulup korkumu gizlemeye çalıştım. Kapısı kırık elbise dolabına doğru yürüdüğümde onun beni izlediğini biliyordum. Kırık dolap kapısını hafif çekiştirince dolabın kulpunda kırmızı bir leke gördüm. Üstelik askıdaki elbiselerden biri beyazdı ve aynı leke bu elbisede de vardı. Titreyen parmaklarımı uzatarak elbiseyi askıdan çıkartıp inceledim. Ütüsü hiç bozulmamış, uzun kollu, dantelli, ipek elbisenin aslında bir gelinlik olduğunu görünce yutkundum. Yerlere kadar uzanan gelinliğin tülden kollarına ve göğüs kısmına sıçrayan lekelerin kan olduğunu anlamam tüylerimi diken diken etmişti. Bu kanlı gelinlik Derya'ya ait olmalıydı.

"Sen ne yaptın?" diyerek korkuyla başımı kaldırdığımda kapının yanında durmuş, beni izliyordu. "Ne yapmışım?" Sesindeki bu tehlikeli tını da neyin nesiydi?

Pencerenin yanındaki çiçekli terliği gösterdim. Burada terliğin sadece bir teki vardı. Diğeri kırıklarla dolu halının üzerindeydi. "Odaya girdiğinde Derya orada durmuş, pencereden dışarıyı izliyordu." Elimdeki gelinliği bırakmadan pencereyi gösterdiğimde dudakları kıvrıldı. "Devam et." Gözyaşlarım süzülürken başımı salladım. "Senin geldiğini anladı." Durduğum yerde o sahneyi gözlerimin önünde canlandırmaya başladım. Oda sanki bir anda yıllar önceki bakımlı ve güzel haline geri dönmüştü. Derya pencerenin yanında sabahlığıyla dışarıyı izliyordu ve kocası içeri girince korkuyla geriye dönüyordu.

"Onun yanına gittin," diye devam ettiğimde o günü yaşıyormuş gibi tebessüm ederek pencerenin olduğu yere baktı. "Güzel bir sabahtı, güneş ışıkları onun tenine yansırken çok güzeldi. Yanına gittim ve kokusunu hissetmek için ona sımsıkı sarıldım," dedi.

"Ama o bunu istemiyordu, değil mi?" Kendimi tutamadım, gözyaşlarım süzüldü. "Gerçek seni tanıdıktan sonra senden korkmaya başladı. Sen ona sarılırken o senden kurtulmaya çalışıyordu! Seni itti, kaçarken de ayağındaki terliklerden biri orada kaldı." Pencerenin yanında duran terliği işaret ettikten sonra halının üzerindeki kırık vazo parçalarını ve hemen birkaç adım ilerideki küçük ahşap sehpayı gösterdim. "Gitmek istedi, senden kurtulmak istedi ama sen buna izin vermedin. Daha o odadan çıkmadan ona yetiştin! Söylesene, bu vazo kimin bedeninde kırıldı? Senin, değil mi? Gitmesine engel olmaya çalıştın ve o, senden kurtulmak için eline geçen ilk şeyi, yani vazoyu kafanda kırdı." Gözlerinin içine baktığımda orada gördüğüm kabulleniş doğru tahminlerde bulunduğumu gösteriyordu.

Artık Derya'ya ne olduğunu az çok biliyordum ve bildiklerim beni kahrediyordu. *Devam et* dercesine bana bakınca konuşmak için kendimi cesaretlendirdim. Yanında bulunduğum kırık dolabı gösterdim. "Sana vurduğu için kontrolünü kaybettin." Ahmet olarak onu hiç kızdırmadığım için değişken karakterini belki fark etmemiştim. Ancak geceleri karşıma çıkan öcünün öfke kontrolü olmayan bir deli olduğunu tecrübe edecek kadar iyi biliyordum. "Onu tutarak bu dolaba doğru savurdun." Derya'nın saçlarına asılarak sertçe dolaba savurduğu anlar gözlerimin önüne geldi. "Yine sana direnince saçlarını kavradın ve dolabın kapısı menteşelerinden oynayana kadar defalarca onun yüzünü kapıya çarptın!" Hasar görmüş dolabın kırık camındaki kanları gösterdim. "Kırılan camların parçaladığı yüzünün kanları bunlar!" Elimdeki gelinliği yere fırlattım. "Düğün günü ne hayallerle giydiği gelinliğinin üzerine kendi kanı sıçradı!" Onu tanımıyor olabilirdim ama Derya'nın çığlıklarına ev sahipliği yapan bu odanın içinde o kadının acısını hissediyordum.

Gözyaşlarımı sertçe silerek yerinden hiç kıpırdamadan beni izleyen adama nefretle baktım. "Derya nerede?" diye bağırdım. "O nerede? Ne yaptın ona?" Hiç tanımadığım bir kadının çektiği azabı ruhumda hissederken, bana cevap vermesi gerektiğini düşündüm.

"Kendin bul," dedi. Gözlerim dolaptaki kanlardan yere kaydı. Beyaz fayanslardaki kurumuş, hatta tozlardan dolayı siyahlaşan kan lekelerini takip ederek kendi etrafımda döndüm. Başım yere doğru eğilmiş bir halde yerdeki lekelerin peşinden yürüyordum. Yaklaşık altı adım sonra yerdeki izler aniden kesilince başımı usulca kaldırdım ve yatağı gördüm. Korkudan, "Anne!!" diye öyle bir bağırdım ki, herkesin çığlığımı alt kattan duyduğuna emindim. Ben en son korkudan ne zaman o kadını sayıkladım, bilmiyordum.

"Ben..." Yatağa baktıkça korkudan çıldıracakmışım gibi oluyordum. Tırnaklarımı saçlarımın arasına geçirerek onları yolmak ister gibi çekiştirdiğimin farkında değildim. "Sen!" Gözlerimi yataktan çekemiyordum. Gördüklerimse beni dehşete düşürüyordu. Derya'ya ne yapmıştı böyle?

Evet, Derya yatağın üzerindeydi ve çok korkunç görünüyordu. Yatakta gördüğüm şey Derya değildi, Derya'dan geriye kalanlardı. Bir iskelet! Evet, bir insandan geriye kalan kemiklere bakıyordum. Saçları beyazdı, bir zamanlar siyah veya sarı hatta belki de kızıl olan saçları şimdi bembeyazdı. Saçları derisiyle kafatasının üzerinde gevşekçe duruyordu. Kafasındaki deriler dökülmüştü ve yer yer kafatası görünüyordu. Yüzü ise daha korkunçtu. Gözlerinin olması gereken yerde iki karanlık çukur vardı ve gözleri yoktu. Burnu, hatta dudakları da yoktu! Dişlerinin köklerini görebiliyordum çünkü çene kısmındaki tüm deri ve yağ dokusu yok olmuştu. Yanağındaki çürümüş deri, elmacık kemiklerine yapışmıştı lakin yanağında da küçük delikler vardı. Boynu ise felaketti, sanki bir yaratık boynundaki her şeyi yemiş gibi sararmıştı ve kemik dokusunu görebiliyordum. Kemiğe dönmüş kolları yatağın her iki yanında zincirli duruyordu. Belki bir zamanlar onun bileklerini sıkan kelepçeler, şimdi kemiğe dönüşen bileklerine çok bol geliyordu. Etli derisi kuruyup buruşarak kemiklerine yapışmıştı. Üzerindeki beyaz, mütevazı geceliği bile bol geliyordu. Özellikle karın kısmı parçalanmış, kanlardan dolayı bordo bir renk almıştı. Sanki bir şey onun iç organlarını yemiş gibi gecelik üzerinde çok eğreti duruyordu. Ayak bileklerine kadar yatağa kelepçeli kadını izledikçe hıçkırıklara boğuldum. Altındaki yatak onun kanının rengini almıştı. Evet, iskelete dönen kadının yattığı yer kurumuş kan gölü gibiydi. "Onu yaralı bir şekilde buraya zincirledin!" deim. Gözyaşlarım akarken ayakta duracak gücüm yoktu. "Öylece bıraktın! Hastaneye götürseydin iyileşirdi ama sen onu yaralı bir şekilde aç ve susuz öylece burada bıraktın! Kan kokusuyla ona saldıran sıçanların onu delik deşik etmesine izin verdin. Yarasının iltihaplanmasına hatta kurtlanmasına izin verdin. Etraftaki haşereler onu canlı canlı yerken sen onun çığlıklarıyla ruhunu doyurdun!" diye acıyla haykırıp çıldırmış bir öfkeyle ellerimi sağa sola sallıyordum. Bu kadına yaptığı işkence akıl alır gibi değildi!

Kesinlikle sadist bir akıl hastasıydı!

"O artık önemsiz, önemli olan sensin."

"Sen bir canavarsın!" diye haykırdım. Kan emici sülükler gibi gözyaşlarımdan ve ona duyduğum korkumdan beslendiğini görebiliyordum.

Yatağın yanındaki komodinin üzerindeki çerçeveyi gördüğümde sersemlemiştim. Zorlukla oraya yöneldim. Çerçeveyi alıp camın üzerindeki tozları silince on dokuz yaşlarında güzel bir kız gördüm. Elindeki evlilik cüzdanını havaya kaldırmış ve az önce yere fırlattığım gelinliği giymiş bir halde kocaman gülümseyen bir kız gördüm. Fakat beni asıl afallatan bu kız ile olan inanılmaz benzerliğimizdi. Siyah, parlak saçları duvağının altında dağınık topuz yapılmıştı ve koyu mavi gözleri mutlulukla ışıldıyordu. Sol yanağımdaki belirsiz gamzeye kadar benziyorduk. Şoka girdiğim esnada elimdeki çerçeve yere düşüp ayaklarımın önünde parçalandı. "Aman Allah'ım!" diyerek sendelediğimde usulca ona doğru döndüm. "Bu yüzden beni seçtin, değil mi? Bende Derya'yı görüyorsun ve ona bu kadar işkence ettiğine göre çığlığımız bile aynı. Sen o gece bana bakınca öldürdüğün karının çocukluğunu gördün. Çığlığımı duyunca da onu hissettin," dedim. Bu hasta adam onu öldürmüş ve ona benzediğim için de beni seçmişti. Kesinlikle aklını kaçırmış olmalıydı!

"Hayır." Kapıyı arkasından kapatıp bana doğru gelince geriye doğru gitmeye başladım. "Derya ölmedi." Gözlerimin içine bakan adamın ela gözleri büyük bir aşkla ışıldayınca sertçe yutkundum. "Kahretsin!" Şimdi tüm gerçekleri görebiliyordum. O beni Derya sanıyordu! Derya'dan her bahsettiğinde gözleri aşkla ışıldıyordu ama aslında o esnada bana bakıyordu! Beni Derya sandığı için kendi zihninde benimle ilgili düşler kuruyordu. Çocukları çok severdim ve eminim ki Derya da çok seviyordu. O yüzden bana Derya'nın öğretmen olduğunu söylemişti. Belki de Derya daha üniversiteyi bile bitirememişti ama öldürdüğü karısını bana anlatırken aslında beni bana anlatıyordu. Benimle evlendiğini, hamile kaldığımı ve ona karşı anlayışsız olduğumu anlatıyordu. Çünkü yataktaki çürümüş cesede bakarken gözlerinde ne bir duygu ne de acıma belirtisi vardı. Fakat bana bakıp Derya dedikçe gözleri ışıldıyordu! Kahretsin, bu ruh hastası beni karısı sanıyordu!

Karısına olan büyük aşkını hayranlıkla dinlediğim adamın bakışları, meğerse o esnada beni karısı olarak gördüğü için öyle aşk doluymuş! "Bana öyle bakma, sevgilim," dediğinde ben şoka girerken cebinden çıkardığı kimlik gibi bir şeyi bana uzattı. Elime aldığımda bunun Derya'nın kimliği olduğunu gördüm fakat okuduğum isim nefesimi kesmişti. Derya Yankı Özer!

Yankı mı? Bana karısının isimlerinden birini mi vermişti?

"Beni affettin mi?" Ben tam bu adam yine ne saçmalıyor diye düşünürken yanaklarımı avuçlarının içine aldı. "Sana yaptıklarım yüzünden bana kızdığını biliyorum, sevgilim ama üzerime geldiğini kabul etmelisin, Yankı." Acaba şu anda Derya olan Yankı'ya yaptıklarını mı anlatıyordu? Yoksa Sedef olan Yankı'ya yaptıklarını mı söylüyordu? *Bir daha bir Allah'ın kulu bana Yankı derse var ya!*

"Hak ettin." *Bunu bana gerçekten söyledi, tımarhane kaçkını.* "Daha evleneli üç ay olmuşken benden boşanmak istedin!" dedi ve yanaklarıma sertçe baskı uygulayınca, "Dokunma bana!" diye bağırarak geriye çekildim. "Üç ay bile senin gibi bir deliyle geçirmek için çok!" Sağ yanağıma öyle sert bir tokat attı ki kendimi yatağa savrulmuş bir halde buldum. *Bu yatakta kim vardı ya? Ah, olamaz ama ya!*

Korkarak başımı kaldırdığımda yüzüm Derya'nın çürümüş iç organlarından kalan parçalara bakıyordu. Gördüklerim ve burnuma gelen çürümüş et kokusuyla daha çığlık atmama gerek kalmadan öğürerek karnına kustum. "Affedersin, Derya ben... Öğğk." Kusmaya başladığımda burnumun direği sızladı ve ben mide özsuyumu çıkarana kadar Derya'nın çürümüş kaburgalarına ve karnına kustum. *Allah'ım, ölüye olan saygım sıfır! Bu yaptığımdan sonra gece ruhu hortlayıp karşıma çıkarak benden hesap sorsa hakkıdır.*

Saçlarımı kavrayan cani, beni sertçe çekerek onun üzerinden alıp yere fırlatmıştı. "O gün de böyle yaptın!" Gözü dönmüş gibi üzerime yürüdüğünde ellerimi yere bastırarak geriye doğru sürünmeye başladım. "Karnında bebeğim varken benden boşanmak istedin!" Bana yetişip boğazımı kavradığında hıçkırıklar içinde ağlamaya başladım. Nefes almaya çalışırken, "Ben sana bir şey yapmadım..." dediğimde daha çok çıldırdı. "Yaptın!" Yüzü öfkeden kıpkırmızı olmuş ve boynundaki damarlar dışarı fırlamıştı. "Sana acı çektirmemi istedin ve böylece karnındaki bebeğimi öldürdün!" Çenesi seğirirken bu ruh hastasından ölümüne korkmaya başladım. "Ama bak, yine benimsin," dedi ve kahkaha attı. Değişken ruh haline yetişemiyordum. "Seni öldürdüm ve benim için yeniden doğdun. Anla artık, sen benimsin!" Acaba ona en yakın kliniğe gitmeyi tavsiye etsem tepkisi ne olurdu? *Adam resmen çıldırmış, bu gidişle beni de delirtecek.*

"Rol yap, Sedef."

Zıkkım! Kolaysa bu şartlarda gel de sen yap!

Sakin olup aklımı çalıştırmalıydım ama o beni boğarken bu çok zordu. "Ne-nefes alamıyorum." Çırpınarak direnmeye çalışırken, "Ahmet," dedim. Boğazımı daha sert sıkınca, "Arda..." diye adını fısıldadım. "Hata yaptım. Evet, ben sadece sana aitim. Yaptıklarım için beni affet lütfen. Bize bir şans daha vermelisin," diye fısıltıyla yalvardığımda boğazımı sıkmayı bıraktı. Öksürerek nefes almaya çalıştım. *Can tatlı demişler, yaşamak için bu delinin suyuna giderek bir süre Derya olabilirim.* Allah affetsin, zaten rahmetli Derya'nın üzerine kusarak yeterince günaha girmiştim. Şimdi bir de onun yerini almak günah defterimi bir hayli kabartıyordu. Ama sonum Derya gibi olmasın istiyorsam buna mecburdum.

"Beni anlayacağını biliyordum." Az önceki öfkeli haline nazaran şimdi bana sevgi dolu bakması yok mu... Yemin ederim, delilik sebebim olurdu. "Seni affediyorum, Derya'm." İyi bari, en azından Yankı dememişti. Elini uzatıp gözyaşlarımı sildi. "Mutlu olabilirsin, seni affettim." *Ya ne demezsin! Şu anda o kadar çok mutluyum ki mutluluğumu anlatacak doğru kelimeleri bulamıyorum. Beni affetmiş! Sanki affedilecek bir şey yaptım. Tek suçum öldürdüğü karısına benzemek. Kahrolası genler!*

"Sağ olasın ya, Allah senden razı olsun." Kendimi tutamayıp alay ettiğimde kaşlarını çatarak saçlarımı tuttu ve sertçe çekerek beni ayağa kaldırdı. "Önce benden boşanmak istediğin için cezanı çekeceksin, sonra mutlu olacağız!" Saçlarımı çekiştirerek beni kapıya doğru sürükleyen adama çığlık attım. "Bırak! Anla artık ben Derya ya da Yankı değilim! Sedef benim adım, Sedef!" Ne kadar bağırsam da saçlarımı bırakmadı. Yüzüm yere bakarken beni peşinden sürükleyerek odadan çıkarmıştı pislik!

Birkaç kez merdivenlerden düşme tehlikesi geçirsem de nihayet kurtuldum derken bir kat daha aşağı indik. Saç diplerimi acıtıyordu ve tırnaklarımı ellerine geçirsem de beni bırakmadı. Basamaklar bittiğinde açık bir kapıdan beni içeri fırlatınca dizlerimin üzerine savrularak düştüm. "Hayvan!" Düştüğüm yerde nefes nefese otururken, "Yankı..." dedi Efe. Tanıdık birinin sesiyle başımı hemen kaldırınca saçlarımın arasından onu gördüm. "Efe Can?" Evet, bu oydu.

Ayağa kalkarak etrafıma baktığımda tüm çocukların bu bodrumda tutulduğunu gördüm. Hepsi bir sandalyeye bağlanarak yan yana oturtulmuştu. Daha tuhaf olan ise ayaklarındaki ayakkabılar çıkarılmıştı ve ayaklarını su dolu kovaya koymuşlardı. Deponun ortasında, araba aküsünü andıran büyük bir makine ve makineye bağlı on üç renkli kablo vardı. Kabloların her biri çocukların ayaklarının içinde olduğu büyük plastik su kovasının içindeydi. Hepsi sırayla yan yana dizilmişken Fulya ve Hakan'ın arasındaki sandalye boştu. Efe dahil herkes buradaydı. Dikkatli bir şekilde baktığımda henüz hiçbirinin darbe almadığını gördüm. Başımı çevirip kendi etrafımda dönerek depoyu incelemeye başladığımda gördüklerim beni daha da şaşırttı. Çocukların tam karşısındaki duvarın önünde kameralar, ses ve ışıklandırma vardı. Dikkatli bir şekilde baktığımda film setini andıran büyük kameraların son kontrollerini yapan dört kişi gördüm. Hepsinin de yüzünde şu filmdeki gibi Çığlık maskesi vardı ve bu, onları daha korkunç gösteriyordu. *Bu kameralarla bizi mi çekecekler?* Sağ taraftaki duvarı kaplayan demirden rafları gördüm. Rafların içindeki kesici aletler, zincirler, silahlar ve daha ürkütücü birçok alet vardı. Bir sürü rahatsız edici ciyaklama sesi duyunca yutkunarak başımı yukarı kaldırıp tavana baktım. "Hass!" diye küfrettiğimde tavanda asılı duran onlarca kafese bakıyordum. Evet, tavanda gerçekten bir sürü kafes vardı. Dahası her birinin içinde bir yarasa vardı. Gördüklerimin dehşetiyle ayakta zor dururken başımı iyice geriye atıp kafesleri saydım. Otuz! Toplamda otuz kafes vardı.

Allah'ım sana geliyorum, al bu mübarek kulunu yanına.

Otuz kafeste otuz yarasa ve yerde otuz Yarasa'dan geriye kalan çocuklar vardı. Gözlerimi kısarak birkaç adım yürürken hâlâ tavana bakıyordum. Işıklardan rahatsız olan hayvanların aslında bizi temsil ettiğini gördüm çünkü kafesteki çoğu Yarasa ölmüştü. Evet, ayaklarından bir iple kafese asılan hayvanlar hiç kıpırdamıyordu. Kara sinekler cesetlerinin etrafında uçuşuyor ve leş kokusu tüm depoyu sarıyordu. Hayatta kalan çocukların sayısı kadar canlı yarasa vardı. Bazıları ayaklarını kafesin demirine geçirip kanatlarını kendisine sarmıştı. Bazısı da ışıktan mıdır bilinmez çığlık atarak kafesten kurtulmaya çalışıyordu. Bizi bu hayvanlara bağlayan ortak kader neydi? Her iki taraf da şu anda tutsaktı.

Onlara daha fazla bakmak istemediğim için kendimi toparlayıp çocuklara döndüm. "Aleykümselam gençlik." Kuzey güldü. "Bir sen eksiktin, Kedicik." Burada olmamak için neler vermezdim çünkü bize pek de iyi bakmayacakları belli oluyordu.

Elimle dizlerine kadar ıslandıkları su kovalarını gösterdim. "Hayırdır, yokluğumda serinlemeye mi karar verdiniz?" Yiğit kollarını bağlı olduğu iplerden kurtarmaya çalışırken sırıttı ve "Beynin mi durdu Kuzey'in kedisi? Elektrik verecekler oğlum bize. Bir yerlerimizden dumanlar çıkana kadar kızartacaklar bizi. Daha açık konuşayım mı kızım?" dedi. Her ne kadar korksam da gülerek başımı hayır anlamında salladım. Bu çocuk beni her defasında erkek olarak gördüğü için açık konuşmasını kaldıracağımı sanmıyordum.

Efe, "Yankıcığım, ben çok korkuyorum," diye ağlamaya başladığında Yiğit ona ters ters bakarak isyan etti. "Bunu niye benim yanıma koydular lan! Nurfetan, neredesin kızım?" dediğinde hemen solunda duran Naz kaşlarını çattı. "Buradayım ve adım Naz!"

Ahmet kolumu tutarak, "Yerine geç sevgili karım," dediğinde herkesin gözleri beni bulmuştu.

Hakan dişlerinin arasından, "Karım mı dedi lan bu it?" dediğinde gülerek başımı salladım. "Tanıştırayım, akıl hastası kocam Arda, soyadı sanırım Özer'di. Ondan boşanmak istediğim için beni buraya cezalandırmaya getirdi ama merak etmeyin, sonra çok mutlu olacakmışız." Herkes şaşkınlıkla bana bakarken, bu sahnenin bir benzerini daha önce yaşadığım için bu durumda bile gülüşümü engelleyemedim. Evet, üst katta evliliğimizin detayları hakkında beni fazlasıyla bilgilendirmişti.

Kuzey kaşlarını tehlikeli bir şekilde çatıp, "Kocan mı?" diyerek bana kızmakta çok gecikmedi. "Hangi ara evlendin de kocan oldu, arıza kedi!" *Ben sanki çok meraklıyım milletin karısı olmaya.* Naz da kızarak bana döndü. "Derhal boşanıyorsun!" Bunun için önce evlenmem gerekiyordu ki bunun için de aklımı kaçırmış olmalıydım.

"Boşanması için önce yaşaması gerekiyor." Ecrin homurdanarak kolumu bırakmamakta inat eden adamı gösterdi. "Bu melek kılığına girmiş iblisin onu bırakacağını sanmam." Haklıydı, adam ellerini üzerimden çekmiyordu. Neyse ki karanlık duygusu şu durumda beni esir almıyordu çünkü ilgilenmem gereken daha ciddi sorunlarım vardı.

"Onun kocası değil." Efe yutkunarak Ahmet'i gösterdi. "Sedef onun ölen karısı Derya Yankı Özer'e çok benzediği için bu hasta adam ikisini aynı kişi sanıyor." Gözleri nefretle Ahmet'e bakıyordu. "Sedef bana onun çikolata koktuğunu söyleyince bir süre sonra o kokuyu bu adamdan aldığımı hatırladım. Bahçede Atalay'a katil hakkında bir şeyler bulduğumu ve sözde refakatçinin Altuğ ile aynı koktuğunu söyledim. Daha ben tam konuşmadan Arda geldiği için Atalay sessiz kalmam konusunda beni uyardı. O gece odama gitmeden önce Yosun'dan onun gerçek adının Arda Özer olduğunu öğrendim ve zor olsa da tüm hesaplarına girdim. Ancak hakkında hiç işe yarar bilgi yokken karısının fotoğrafını görünce katilin o olduğunu anladım. Çünkü her iki kadın da inanılmaz derecede birbirine benziyordu ve ikisinin de adı Yankı'ydı. Her ikisine aynı ismi vermesi bile onu şüpheli yapıyordu. Evet, Derya'ya ikinci bir isim veren de oydu çünkü Yankı ismi için Derya mahkemeye onunla evlendikten sonra başvurmuş. Sabah maçtayken Atalay bu koku olayını dün gece Altuğ'a söylemiş olmalı ki Altuğ'un sürekli onu izlediğini gördüm. Ve ben maçtan sonra bu isim benzerliğini henüz kimseye anlatamadan beni kaçırdı!" Gerçek katilin Ahmet olduğunu anladığımda bu detayları az çok kendi kafamda çözdüğüm için pek şaşırmadım. Ama öfkeden deliren çocuklar için aynı şeyleri söyleyemeyecektim.

Küfürler havada uçuşurken bir sandalyede bağlı oturan Fulya'nın tiz sesini duydum. "Ne? O sen misin?" Gözlerini kırpıştırarak Ahmet'e bakıyordu. Daha sonra ise durumu yeni idrak etmiş gibi tükürükler saçarak bağırmaya başladı. "Ben sana yardım ettim! Bana dokunmayacağını söylemiştin!" *Oh, iyi oldu bu salağa. Ruhunu şeytana satarsa cehenneme en ön sırada böyle bilet alır.*

"Yani Yankı haklı mıydı?" Tunç sinirlenerek iplerden kurtulmaya çalışıyordu. "Sattın mı lan Feride'yi! O kız senin takımındaydı!" Sadece Tunç'un değil, duyduklarından sonra Esad'ın bile bakışları değişmişti.

"Demek ki neymiş?" Elimle kendimi gösterdim. "Benim gibi güzel ahlaklı biri dururken bir yılanın peşinden gitmeyecekmişsiniz." Her şeyde olduğu gibi yine kendime pay çıkardığımda takım homurdanırken, "Yürü!" dedi öcü. Oflayarak Fulya ve Hakan'ın arasındaki boş sandalyeye oturdum. "Bekle bir dakika." Oturduğum gibi ayağa kalktım. "Ben niye direnmeden kurbanlık koyunlar gibi hemen oturuyorum?" Yanında duran iki adam bana silah çektiğinde sırıttım. "Aslında koyunları çok severim." Yeniden yerime otururken bir adam kalın bir halatla beni sandalyeye bağladı.

Adam kollarımı yan tarafımdan sabitleyip halatı tam beş kez etrafımda dolayarak beni sandalyeye mantolamıştı. Tam karnımın üzerinde sıkı bir düğüm atarak işini bitirince ayakkabılarımı çıkarmak için eğildi. "Önümde diz çöküp ayaklarıma kapanman gururumu okşadı lakin bence buna gerek yok. Bir kraliçenin ruhunu taşıyor olabilirim ama siz sevgili halkımın önümde eğilmesini istemeyecek kadar alçakgönüllüyüm."

Adam başını kaldırıp deli görmüş gibi bana bakarken Yarasalar kıkırdamıştı. Birazdan işkence göreceğimiz için bu anın tadını çıkarıyorduk.

"Sen iyi değilsin!" Adam ayakkabılarımı çıkartırken Fulya kızaran gözleriyle bana bakıyordu. "Hepimizi öldürecekler ve sen neden aklını kaçırmış gibi böyle dalga geçiyorsun? Her şey yolundaymış gibi davranmayı bırak çünkü hiçbir şey yolunda değil! Korkuyorum, lanet olsun, ölmekten çok korkuyorum!" diye hıçkırıklar içinde bağırınca yüzümü tiksintiyle buruşturdum. *O gün Feride'nin de böyle korktuğuna eminim.*

"Sana olanlar umurumda değil." Bu konuda şaka yapmıyordum, gerçekten ona olacakları düşünmüyordum. "Eğer korku kısmına değineceksek o zaman Derya'yla tanışmadıysan yeterince korkmamışsındır yılan."

"Delirmişsin sen!" Tabii, Derya faktörüyle bizzat tanışmadığı için rahattı. Bugün kimse benim kadar korkmuş olamazdı, ben sadece belli etmiyordum.

Diğerlerinin paniklememesi için benim cesur görünmem gerekiyordu çünkü ben böyle oldukça onlar korkularını unutuyordu. Oysaki şu anda sadece gözyaşlarına boğulurcasına ağlamak istiyordum.

Başarmalısın, Şafak. Tek kurtuluşumuz sensin.

Çıplak ayaklarım buz gibi suya girdiğinde ürperdim. Maskeli kişi geri çekilince duvarın yanındaki uzun demir çubuğu alıp tavana baktı. Demirin ucundaki kancayla hayatta kalan yarasaların kafeslerini sırasıyla indirdi. Daha sonra ise o kafesleri her birimizin önüne koydu. Başımı eğip kovanın hemen yanında duran kafesteki hayvana baktım. Simsiyah derisinde küçük, yumuşak tüyler vardı lakin bedeninin büyük kısmı tüysüz ve siyah deridendi. İki nohutu andıran siyah gözleri vahşi bir şekilde etrafını izliyor, el kadar bedeni çırpınmadan duramıyordu. Başının üzerinde küçük, üçgen şeklinde kulakları vardı ve kanatları pençelerine yapışıktı. "Eee?" Hâlâ hayvanı izlerken bunun ne anlama geldiğini merak etmiştim. "Şimdi ne olacak bize? Elektrik vererek bir çeşit ruh transferi mi yapacaksınız? Eğer öyleyse önceden söyleyeyim benim ruhum bedenimi seviyor, bu çirkin şeyin içine girmez." *Ruhumu bir yarasaya bağışlamayı kabul etmiyorum, zaten pek bağışlayıcı bir insan değilim.*

Acaba gerçekten bir çeşit ruh ayini mi yapacağız? Ayrıca hâlâ yarasalara olan takıntısını açıklamamıştı. Kapının sol tarafında duran demir masaya doğru yürüyen adam, eski koltuğa oturunca masanın üzerinde duran yuvarlak cam fanusu gösterdi. Top büyüklüğündeki fanusun içinde katlanmış beyaz kâğıtlar duruyordu. Hemen onun yanında duran bir fanus daha vardı ve ikinci cam fanusun içindeki kâğıtlar kırmızıydı. "Bir oyun oynayacağız." Keyifli bir şekilde gülerek beyaz kâğıtların olduğu fanusu gösterdi. "Bunun içindeki kâğıtlarda her birinizin ismi yazıyor." Diğer cam fanusu gösterdi. "Burada da alacağınız cezalar yazıyor." Hastalıklı gözleri her birimizin üzerinde gezindi. "Size çıkan cezanın ister hepsini isterseniz de yarısını yarasalarınıza pas geçebilirsiniz." Hepimiz başımızı eğerek ayaklarımızın dibinde olan yarasalara baktık. "İyi." Güldüm. "Bu hayvan umurumda değil, bana çıkan cezanın hepsini o alabilir." Bazıları bana onaylamaz bakışlar atarken bu beni daha çok güldürdü. *Ben acı çekeceğime o çeksin, bana ne ki.*

"Yalnız..." Sinsi bakışları tehlikeli bir şekilde beni buldu. "Oyunda tek bir kural var; yarasanız ölürse siz de ölürsünüz. Onu yaşattığınız sürece hayatta kalabilirsiniz." Lanet olsun, ne yapmaya çalıştığını anlamıştım.

O kırmızı kâğıtların her biri aklımızın bile alamayacağı işkencelerle doluydu. Dayanamayacaktık! Bir süre sonra sırf o işkencelerden kurtulmak için pası yarasalarımıza atacaktık ve bu hayvanlar ölünce biz de ölecektik. Aslında sırayı onlara vererek kendi sonumuzu getirecektik. Ya çektiğimiz her acıya katlanacak ya da yarasalara bu acıyı devrederek onlarla birlikte ölecektik. Biz Yarasalar olarak biliniyorduk ve şu anda hayatta kalmamız bu yarasaların yaşamasına bağlıydı. Ölmemek için onları yaşatacaktık! *Ne büyük ironi ama! Ben şimdi bu hayvan ölmesin diye dua mı edeceğim? Bana ne ki ondan geberip gitsin yani!*

"Ve bu süreçte daha sonra izlemek için hepiniz kayıt altında olacaksınız. Merak etmeyin, bu gecenin sonunda her bir videonun kopyası yakınlarınıza ulaşacak. Nasıl öldüğünüzü bilmek onların da hakkı, değil mi?" Nasıl bir psikopattı bu, aklım almıyordu. Bizi işkenceler içinde öldürecek, daha sonra canı sıkıldıkça çektiği görüntüleri izleyerek bundan keyif alacaktı.

"Oyunun sonuna kadar dayanmalısın, sevgilim. Eğer cezan boyunca hayatta kalmayı başarırsan söz veriyorum, birlikte mutlu olacağımız bir ülkeye gideceğiz." Gözyaşlarım yanaklarımdan akarken bunun olacağına inanamıyordum. Sabaha kayıtların kopyasını gönderecekti ve tanıdığımız herkes bu vahşeti izleyecekti. Babalarım? Onlar da görür müydü? Peki ya annem olacak kadın? O da sıcak yatağında çektiklerimi izler miydi? Ve Alaz? Hayır, o çekeceğim işkenceleri görmemeliydi.

Hepimiz burada ölecektik! Bu akşamın sabahında hiçbirimiz bu oyundan sağ çıkamayacaktık. Kameraların yanında duran adam, "Her şey hazır," dediğinde öcü sırıttı. "Çekmeye başla." Elini cam fanuslardan birine daldırıp biraz karıştırdıktan sonra rastgele beyaz bir kâğıt çıkardı. Daha sonra ise diğer fanustan kırmızı bir kâğıt çıkartarak masaya koydu. "Bakalım ilk şanslı Yarasa'mız kimmiş?" Küçük kâğıdı zarifçe açarken hepimiz korkuyla nefesimizi tutmuştuk.

Lütfen ben olmamayım.

Takımımdan biri de olmasın.

Diğer takımdakiler de olmasın.

Allah'ım lütfen sadece Fulya olsun.

Kameralar her birimizi çekerken sessizlik içinde söyleyeceği ismi bekliyorduk. Başını kaldırıp sinir bozucu bir yavaşlıkla sırasıyla hepimize baktı ve gözleri beni es geçerek yanımdaki Hakan'da durdu. "Hakan İnanç." Soluğumu tutarak başımı çevirip yanımda duran çocuğa baktım. Başına gelenleri kabullenmiş gibi öylece, bomboş bakıyordu. Hayır, Hakan olmazdı, hiçbirimiz olamazdık!

Bize ceza veriyordu ama suçumuz neydi, onu açıklamıyordu. Tek suçumuz ailelerimiz tarafından bir yurda bırakılmak mıydı? Bizi oraya bırakarak bir caninin hedefi haline getiren ailelerimiz yerine neden ceza çeken biz oluyorduk?

"Bakalım cezan neymiş!" Kırmızı kâğıdı alıp açtığında gözyaşlarıma engel olamadım. Orada ne yazarsa yazsın Hakan'ın canı yanacaktı. Buradan bir şekilde kurtulmayı başarsak bile bize yaptıklarından sonra hiçbirimiz eskisi gibi olamayacaktık.

Hissediyordum çok şey değişecekti çünkü her birimiz çoktan kan kaybetmeye başlamıştık. "Ve cezan..." dedi. Belli ki reyting uğruna lafı dolandıran sunucular gibi ağırdan alacaktı bu oyunu.

22. BÖLÜM

Elim kolum bağlı bir şekilde sandalyede oturuyordum. Sanki beynim durmuş gibiydi, aklıma yapacak hiçbir gelmiyordu. Derin bir nefes alarak tekrar düşündüm. Uzun süredir aradığımız öcü Ahmet'ti ve gerçek adı Ahmet değildi. Karısını öldürmüştü, beni de karısı sanacak kadar hastaydı. Şu anda Çamlı Höyük diye bir köydeydik. Hepimiz onun tutsağıydık ve birazdan işkence çekerek onu mutlu edecektik. Depoda Ahmet dışında yüzü maskeli sadece altı adam vardı ve tüm kameralar bizi çekiyordu. Ayaklarım buz gibi su dolu bir kovanın içindeydi. Kurada adı çıkan Hakan'a vereceği cezayı korkuyla bekliyorduk. Evet, şu ana kadar yaşadıklarımız bunlardan ibaretti. Peki, Alaz hangi cehennemdeydi? Eğer koltuğuna yayılıp elinde şarabıyla televizyon karşısında keyfine bakıyorsa... Allah onun da belasını versin!

Buradaki tek yetkili benim fakat çenem dışında hiçbir silahım yok.

Ah, bana ne ki? Herkes kendi payına düşeni alsın artık, sonuçta her koyun kendi bacağından asılırmış. Elindeki kırmızı ceza kartını evirip çeviren bu hasta ve sadist adam sonunda konuştuğunda hepimiz soluğumuzu tutmuştuk. "Evet cezan..." deyip sırıtarak Hakan'a bakıyordu. Biraz daha ağırdan alırsa kriz geçirebilirdim. "Bir uzvunu senden alacağız," dedi. Uzvun derken acaba şu her insanda olan kol, bacak, kaş, göz gibi bir şeyden mi bahsediyordu?

"Af buyur?" Daha diğerleri şoktan çıkamamıştı. Bense yine çenemi tutamamıştım. "Seninkiler iş görmüyor mu da çocuğun uzuvlarından istiyorsun?" dediğimde keyifli bir şekilde kahkaha attı. "Ah sevgilim, hep böyle şakacıydın." Sırıttım. "Elimi çöz de ne kadar şakacı olduğumu sana göstereyim, hayatım. Şöyle bacak arana sert bir tekme seni tatmin eder mi?" dediğimde kaşlarını çattı. Şimdi gülme sırası bendeydi.

"Evet," deyip adamlarına bir işaret yaptı. Adamlardan biri dışarı çıkıp elinde bir elektrikli testereyle döndü. Hakan'ın belki de ilk kez bağırdığını duydum. O da haklıydı, bu testere insanı bağırtacak kadar korkunçtu. "Kararını verdin mi? Bedeninde fazlalık olan yer neresi?" diye sordu. Aklıma fesatça şeyler gelince kendimi tutamayıp güldüm. Evet, yine tüm gözler bana çevrilmişti.

Gülüşüm Hakan'ı rahatsız etmişti. Bana doğru dönüp, "Bu komik mi?" diyerek homurdanınca daha fazla güldüm. "Bence küçük bir parçanı feda edebilirsin," diyerek gözlerimle bacaklarını işaret ettim. Erkekler ağız dolusu küfrederken kızlar benim gibi gülmeye başlamıştı.

Testereli adam başını sallayıp, "Tamam," diyerek Bağımlı'ya doğru yürüyünce Hakan, "Sakın!" diye bağırdı. "Bence de tamam," dedim. Hakan eğer iplerden kurtulursa beni öldürürdü.

"Gebertirim seni, Sakar!" diye öfke içinde bağırdı ve testereli adama döndü. "Kolumu kes daha iyi!"

"Buldum!" diye aniden bağırdığımda yine herkesin meraklı bakışlarının hedefi olmuştum. "Hakan'ın cezasını yarasasına verin," dedim. Kulağa çok canice geliyordu fakat Hakan ve yarasa arasında seçim yapmalıydık.

Fulya'nın sinirli çığlığını duydum. "Salaksın! Öleceğiz hepimiz!" diye bağırdı ve salya sümük ağlamaya başladı. "Sen hâlâ işin şakasındasın." Bunu, onunla işbirliği yapıp takım arkadaşını satmadan önce düşünecekti. Şimdi hiçbir şey yapmamış gibi bana kızıyordu. Ayrıca Hakan'ın cezasını yarasasına devretmesi konusunda şaka yapmıyordum.

Onun ağlamasını zerre kadar umursamadan kameralara döndüm. "Merhaba, Türkiye. Ben Sedef Yankı Sarmaşık. Şu yanımda gördüğünüz gereksiz ise Fulya yılanı." Tamam, canlı yayında değildik fakat belki bu görüntüler medyaya sızardı. Bunu izleyecek herkese bir şeyler söylemek istiyordum. "Eğer beni destekliyorsanız Sarmaşık yazıp 6048'e gönderin. Yok, eğer Fulya'yı destekliyorsanız... Yılan yazıp 5264'e gönderin," dediğimde bu yılan öyle bir çığlık attı ki hayatımda ilk kez Yiğit gibi ağız dolusu küfür etmek istedim. Halka mağduru oynayıp duygu sömürüsü yapıyor olabilirdi.

Fulya iplerden kurtulmaya çalışırken bağırdı. "Aptal! Sen hiçbir şeyi ciddiye almayan bir aptaldan başka bir şey değilsin!" dedi.

Onu daha fazla kızdırmak için güldüm. "En azından kendi ekibimi sırtından vuran bir hain değilim!"

"Birazdan seni de göreceğiz!" dedi. "Kendi hayatın için kaç kişiyi sattığını göreceğim!"

"Gör, geri zekâlı! Senin için parmağımı bile kıpırdatmayacağımı iyi gör!"

Arda bize, "Yeter, kesin!" diye bağırınca ikimiz de homurdanarak susmak zorunda kaldık. Hakan'a bakıp, "Kararını verdin mi?" diye sordu.

Pis bağımlı konuşmadan ondan önce davrandım. "Verdi canım, kulağının kesilmesini istiyor ve cezasını yarasasına devrediyor." Bunu beklemeyen öcü, işini bozduğum için yumruklarını sıkarak bana baktı. Elimden geldiğince bu cezalardan onları kurtarmaya çalışacaktım.

Biri gitti, geriye kaldı altı. Kendimi de saymalıyım, değil mi?

Hakan sonunda az da olsa rahat bir nefes almıştı. "Sakar'ı duydun," dedi. Biz, Arda'nın kendi koyduğu kuralları çignemesini beklerken o, bizi şaşırttı. Testereli adama bir işaret yaptı ve adam testereyi bırakıp cebindeki bıçağı çıkardı. Küçük yarasaya gerçekten üzülmüştüm. Ancak şu anda önceliğim arkadaşlarımdı ve onları korumalıydım.

Adam yarasanın yanına gelip diz çökerek kafesin kapısını açtı. Elini uzatıp onu kafesten çıkarınca devamını görmemek için başımı Fulya'dan yana çevirdim. Sadece birkaç saniye içinde duyduğum tiz sesle inleyerek gözlerimi kapatmıştım. *Burada öleceğiz, onlar da ölecek, biz de öleceğiz, hepimiz öleceğiz.* Gülen sesiyle, "Devam edelim mi?" dediğinde yüzümdeki acı ifadesini sildim. Her zamanki alaycı ifademi bulmak için kendimi zorluyordum. Adam resmen delilik sınırlarında dolaşıyordu, kızdırmaya gelmezdi.

Hakan'an yarasasına bakmamaya çalışarak başımı kaldırdığımda öcü yerine oturmuş, elini beyaz kâğıtların olduğu cam fanusa daldırmıştı. Biz çıkacak olan ismi korkuyla beklerken, "Tunç!" dedi. Bu çocuk diğer tarafta oturduğu için başımı eğsem bile onu göremiyordum. Korktuğuna emindim, herkes korkuyordu. Nefesimi tutarak kırmızı ceza kartını çekmesini izledim. Dudakları yavaşça kıvrılırken kartı kameraya doğru çevirdi. "Rus Ruleti!" *Bekle, bu şey değil mi? Ölüm oyunu! Nerede kan dondurucu işkenceler varsa hepsini bizim için seçmiş olmalı.*

Ahmet'in sesini ne yazık ki tekrar duydum. "Çözün şunu," deyince iki adam Tunç'un iplerini çözdü. Daha sonra kollarından sürükleyip onu hepimizin görebileceği bir alana getirdiler. Tunç'un kafesteki yarasasını da kafesiyle birlikte onun önüne koydular. Hemen sonrasında öcü, masasındaki çekmeceden eski bir silah çıkardı. Tek bir kurşun koyup çevirdikten sonra silahı Tunç'un eline tutuşturdu. "Bir kurşun var içinde," dedi. "Kurşun sana gelirse olacakları biliyorsun ve yarasana gelirse..." Sadistçe güldü. "Yine olacakları biliyorsun." Tunç korkuyla yutkunmaya başladığında Kuzey'in öfkeli sesini duydum. "Hiçbir şekilde kurtulma şansı yok! Senin yapacağın oyunun..."

diye küfretti. Onunla aynı öfkeyi paylaşıyordum. Her şekilde ölecekti! Kurşun kime giderse gitsin Tunç yine ölecekti çünkü yarasası öldüğü an o da ölecek demekti.

Bu oyun hiç adil değil, kuralların hepsi bizim aleyhimize!

Öcü bizi görmezden gelerek Tunç'a kuralları anlatmaya başladı. "O silahı bana veya buradaki herhangi birine doğrultursan, daha sen tetiğe basmadan ölürsün." Yaptığı bu küçük hatırlatma sonrasında Tunç'un rengi sapsarı olmuştu. Bir çıkış yolu yoktu! Varsa da bu şartlarda onu kurtaracak bir yol bulamıyordum.

Ahmet hepimizin sonunu getirmeye kararlı bir şekilde son sözü söyledi: "Başla!" Gayet rahat bir şekilde yerine oturunca tek yaptığım ona tiksinerek bakmak olmuştu. *Allah aşkına, Buzdağı hangi cehennemde kaldı? Buradaki çocukları kaybetmekten korkuyorum.* Bizim, bizi ondan koruyacak kimsemiz yoktu. Alaz gelmeli ve bu işkenceyi bitirmeliydi.

Tunç ağlayarak başını iki yana sallayınca içim acıdı. Onu zorladıkları şey hiç kolay değildi. "Ya-yapamam," dedi kısık bir sesle. Elindeki silaha bakarken her an korkudan bayılacak gibi duruyordu. Ahmet adamlarına bir işaret verince çocuk, üzerine doğrultulan silahları gördü ve daha çok titremeye başladı. Derin bir nefes aldığında başka çaresi olmadığını gördü. Silahı yavaşça kendi şakağına yaklaştırıp bir süre öylece durdu. "Yapma..." diye fısıldadığımı duymayan çocuk tetiğe bastığında çıkan tok sesle hepimiz rahat bir nefes aldık. Lanet olsun, bu oyun bitmeliydi!

Göğsünü hareket ettirecek şekilde birkaç kez büyük nefesler alıp veren çocuk, bu sefer silahı kafesteki hayvana doğrultmuştu. Ancak korkusundan eksilen hiçbir şey olmadı çünkü onu bekleyen kaçınılmaz sonu ne yazık ki hepimiz biliyorduk. Nefes alışları sıklaştığında kimseden ses çıkmıyordu. Titriyordu, hem de ayazda kalmışçasına titreyip soğuk terler döküyordu.

Parmağı usulca tetiğe gittiğinde, gözleri dolmuştu. Dayanamayıp onun yerine ben ağlamaya başladım. Ona bunu yaptırdığı için Ahmet'ten ve bunun olmasını engelleyemediğim için kendimden nefret ediyordum! Ve tetiğe bastığında, "Hayır!" diye çığlık attım. *Kahretsin!* Tunç'un silahı ateş alıp yarasasını öldürmüştü. Saniyeler içinde Ahmet de tetiğe basmıştı. Evet, kurşun Tunç'un kafatasını delip geçmişti. İkisi de ölmüştü, hem de ilk turda...

"Hayır..." diye fısıldadım. Bedeni yere düşünce, "Hayır!" diye bağırdım. Yerdeki cesedini gördükçe ağlayarak daha çok bağırdım. Herkes sustuğunda bu ölüm çukurunda sadece benim çığlıklarım vardı. Yerde gözleri açık bir şekilde yatan çocuğun patlamış beynini gördükçe delirmiş gibi çığlık çığlığa bağırarak ağlıyordum. Akan kanı kirli zemini kırmızıya boyamıştı. Su kovasının içindeki çıplak ayaklarımı kandan korkmuşçasına geri çekmek istedim. Ancak bunu yapacak gücü şu anda kendimde bulamıyordum.

Hakan ağlamaklı bir sesle susmam için bana yalvardı. "Sakar, bakma," dedi ama gözlerimi kapatamadım. Hemen yanımda duyduğum sesin Hakan'a ait olduğunu biliyordum. Fakat ağlarken gözlerimi Tunç'un ölü bedeninden ayıramıyordum. "Öl-öldü," dedim hıçkırarak. "O öldü..."

Hakan yine bana, "Bakma," dedi. Bakmayınca onun öldüğü gerçeği değişecek miydi? Eğer öyleyse sonsuza kadar gözlerimi karanlıkla örtebilirim.

"Tunç öldü, Hakan."

"Sakar, bakma kızım."

"Öldü, Tunç öldü!" diye bağırdım. Hep aynı kelimelerde takılmıştım ve söylediğim tek şey buydu. Tunç ölmüştü... Gözlerimin önünde ölmüştü!

Hakan, "Sedef, bakma dedim!" diye öyle bir gürledi ki şok halinden çıkıp ona döndüm. Kaşlarını çatan çocuk yalvarırcasına bana bakarak iç çekti. "Bakma, güzelim," dedi dolu gözlerle. "Bakıp da hem kendini hem de bizi öldürme." Yaşamıyorduk ki. Yaşamamıza hiç izin vermemişlerdi ve şimdi sırasıyla bizi öldüreceklerdi. Hıçkırıklar içinde başımı salladım. Gözyaşlarımın onun canını yaktığını yıllar sonra ilk kez yine bu gece görmüştüm. Zihnimde onunla ilgili geçmişten bir anı canlandı ve hemen yanımda duran çocuğu ne kadar çok sevdiğimi bir kez daha anladım.

"Ağlamayı kes ve düştüğün gibi ayağa kalk, Sakar."

"Sen çok kötüsün, Hakan! Ne zaman düşsem benimle dalga geçiyorsun ama beni hiç kaldırmıyorsun. Git buradan, ben Kuzey'imi istiyorum."

"Çünkü ben Kuzey kadar güçlü değilim."

"Ne demek istiyorsun?"

"Kuzey sizin gözyaşlarınıza alışkın ama döktüğünüz her damla yaş beni zayıf kılıyor, kardeşim. O yüzden düşsen de benim için ağlama."

"Hakan? İtiraf et, sen de en az Kuzey kadar seviyorsun beni"

"Sen lafı neresinden anlıyorsun? Senin gibi sakar bir kızı sevecek kadar aptal mıyım?"

"Defol, pis Hakan!"

"Git başımdan, Sakar!"

"Geber!"

"Yerden kalk, öyle bağır, kızım. Oha, sen çamurun üzerine mi düştün?"

"Allah belanı versin ama!"

Göz göze geldiğimizde yurtta henüz çocukken sürekli tartıştığımız aklıma gelmişti. Buradaki her çocuk benim için çok değerliydi. Altısı da benim için kardeşten öteydi. "Ah, siz çocuklar, çok sıkıcısınız," diyen Ahmet'i, yani Arda'yı duydum. Az önce işlediği suçu umursamadan tekrar beyaz cam fanusun başına geçince, ağlamamak için dudaklarımı birbirine bastırdım. Burası neden böyle sessizdi? Neden benim dışımda kimse Tunç için ağlamıyordu? Herkes bu kadar mı kendi canının derdine düşmüştü? Evet, ölüm herkesi çok korkuturdu. En çok da beni. Ama ölüm görmek onları hiç mi korkutmuyordu? İçlerinden en bencili hep ben olmuşken neden doğru düzgün selam bile vermediğim çocuğun yasını sadece ben tutuyordum?

Elini fanusa daldırıp yine küçük bir kâğıt çekerek açtı. Tam çıkan ismi okuyacaktı ki ben kendimi tutamayıp ondan önce konuştum ve "Daire şeklinde oturt bizi!" diye bağırdım. Herkesin Tunç'un ölümüne nasıl kayıtsız kaldığını görmek istiyordum. Böyle yanyana tek sıra halinde oturduğumuz için sadece sağımda ve solumda oturan Fulya ile Hakan'ı görebiliyordum.

Kameraları göstererek güldü. "Hepinizin yüzleri görünecek şekilde çekmemizin tek yolu bu. Yakınlarınızın ve ailenizin sizi son kez görmesini isteriz, değil mi?" Kan beynime sıçramıştı, mümkün olsa o sefil bedenini delik deşik ederdim. "Kimse umurumda değil!" dedim. Başımı kaldırıp kameralara baktım. "Merhaba, içinde bulunduğum dünyanın kirli insanları. Beni izliyor musunuz?" Dudaklarımda gerçeklikten uzak alay dolu bir gülümseme oluştu. "İzliyorsunuz, değil mi? Korkudan dilini yutmuş arkadaşlarımı, yerdeki beyni patlamış bu çocuğu izliyorsunuz, değil mi? Peki eğleniyor musunuz? Biz burada ölümü bekleyip sürünürken, siz bizim acımızla eğleniyor musunuz? Ah, tabii ki eğleniyorsunuz! Ne de olsa bana dokunmayan yılan bin yıl yaşasın, değil mi?" Sinirden kameralara haykırdım. "Hazır herkes beni izliyorken buradan size söyleyecek bir çift lafım var. Sen sevgili anneciğim, kızını iyi izle çünkü burada olmamın tek suçlusu sensin! Eğer beni o lanet yurda bırakmasaydın ben de bu adamın kurbanları arasında olmayacaktım!" Öfkem o kadar büyüktü ki içimdeki nefret duygusunu herkese yansıtmak istiyordum. Ben burada acı çekerken onlar neden sıcak evinde oturuyordu?

"Şimdi Sevgili Türk Halkı..." diyerek devam ettim. "Birazdan izleyeceğiniz tüm görüntüler kan ve şiddet içerdiği için lütfen çocuklarınızı ekrandan uzak tutun," dedim. Biliyorum, saçmalıyordum fakat Alaz bizim için gelene kadar Arda'yı yavaşlatmalıydım. Bu durumda gevezelik yapmak dışında elimdem hiçbir şey gelmiyordu. En azından ben konuşmaya başlayınca susmamı beklediği için işkencelerine birkaç dakika ara veriyordu. Eğer bu sadist, bir kişiyi daha gözlerimin önünde öldürürse aklımı tamamen kaçırırdım.

Arda bana bakıp bıkkınlık içinde, "Bitti mi?" diye sordu. Sabırla sözlerimi bitirmemi bekleyen adama tiksintiyle baktım. Hiç vakit kaybetmeden elindeki beyaz kâğıdı bize gösterdi. "Naz..." deyince Yiğit'in küfreden sesini duydum.

Bakalım, Süslü'ye ne ceza çıkacak?

Kırmızı kâğıtlardan birini aldı ve çıkan cezayı okudu, dengesiz. "Cinsellik..." deyince hepimiz sustuk. Gözlerimi irice açtığımda o, sırıtarak Naz'ın olduğu yöne döndü. "Şanslısın," deyince kaşlarımı çattım. Bunu bir şans olarak mı görüyordu? Bu lanet ceza tam olarak düşündüğüm şey olamazdı, değil mi? Tacizi daha önce yaşamış biri olarak söylüyorum ki bu bizi öldürürdü.

Yiğit bağırarak kurtulmaya çalıştı. "Ne diyorsun oğlum sen!" Bağlı olduğu iplerden kurtulmak için çırpınırken kızgın sesi tüm depoda yankılandı. "Ona dokunanı yaşatmam lan! Bunun için önce beni öldür!" Naz'a sırılsıklam âşık olduğunu düşünürsek bu lanet ceza en çok onu bitirirdi.

Arda, Yiğit'i umursamadan adamlarına döndü. "Kızı alın ve yukarıdaki odalardan birine götürün," dedi. "Daha sonra ondan kurtulmayı unutmayın." Adamlar Naz'a doğru yürüyüp onu çözmeye başlayınca gruptaki erkekler çıldırdı. "Çöz oğlum beni!" diyen Yiğit, delirmiş gibi bağırıyordu. "Beni çöz ve sana dünyanın kaç bucak olduğunu göstereyim!" Ne Arda ne de adamları onu dinliyordu. Hepsi çıkan cezayı uygulamanın peşindeydi. Naz ağlayarak, "Hayır!" diye bağırdıkça Yiğit kontrolünü daha çok kaybediyordu. Kolay değildi ki. Bu yaşadıklarımızın hiçbiri için kolay değildi! Bunun adı ölüm değildi. Bu, ölümden daha beter bir şeydi.

Kuzey'in gözleri öfkeden koyulaşırken, "Bu kadarsın işte sen!" diye gürledi. Onu daha önce bu kadar sinirli gördüğümü hatırlamıyordum. Mümkün olsa onu tutan ipleri paramparça edecekti. "Bizden korkuyorsun, değil mi? Bu yüzden hepimiz bağlıyken pisliklerini devam ettiriyorsun! Cesaretin varsa beni çözersin!" diye bağırdı. Naz'ı çözdüklerinde Efe ve Ecrin'in hıçkırık seslerini duydum. Çocukların nefret dolu sesleri birbirine karıştığı için onlardan başka kimsenin sesini duymuyordum.

Naz'ı kollarından sürüklediklerini gören Yiğit, "Korkak!" dedi. Çırpındığı için sandalyesi sallanıyordu ve durmaya niyeti yoktu. Arda'ya bakıp tüm öfkesini haykırdı. "Kendi karısını öldüren hasta bir zavallıdan başka bir şey değilsin! Söylesene, onu da adamlarının önüne mi attın?" dediği an istediği olmuştu. Sonunda Arda'nın öfkesini kendine yöneltmeyi başarmıştır. Naz'a zaman kazandırmak için eli kolu bağlıyken kendisini hedef haline getirmişti.

Masasından kalkan Arda'nın gözlerini görmek yutkunmama sebep oldu. Yiğit'e doğru yürüyüp ayaklarının önündeki monitörü çalıştırınca, Yiğit ve Naz aynı anda haykırdı. Ona elektrik veriyordu! "Yiğit!" Naz kollarını tutan adamlardan kendisini kurtarmaya çalışırken telaşla bağırmaya başlamıştı. Naz, onu tutan adamlar yüzünden hareket edemediği için, "Durdur şunu!" diye ağlayarak yalvardı.

Gözyaşlarımı daha fazla tutamadım ve ağlayarak Arda'ya baktım. "Buna bir son ver artık! Biz sana hiçbir şey yapmadık!" diye ağlayarak bağırdım. Onun öfkesini hak edecek hiçbir şey yapmamıştık fakat sebepsiz yere canımızı yakıyordu! Kollarımdaki ipleri çekiştirirken, ayaklarımı kaldırdım ve içi su dolu kovaya vurdum. Kova devrilince içindeki su dökülmüştü. "Yiğit, kovayı dök!" diyerek bağırdım. "Herkes kendi kovasını döksün!" dedim. Ayaklarımız suyun içinde olduğu için elektrik saçan kabloyu suyun içine atarak bize elektrik veriyordu. Tamam, şu anda sadece Yiğit'e elektrik veriyordu ama birazdan aynı şeyleri bize de yapacaktı. Fulya dahil herkes benim gibi tekme atarak su kovalarından kurtulmuştu. Yiğit'in rahatlayan sesini duymak bana çok iyi gelmişti.

Ancak işine taş koyduğum için burnundan soluyan Arda için aynı şeyleri söyleyemeyecektim. Çenesi öfkeyle seğirirken yanıma gelip bana öyle sert bir tokat attı ki boynum kırıldı sandım. Kulaklarımdaki sarsıcı uğultuyla başımı Hakan'a doğru döndürdüm. Arda saçlarıma asılarak kafamı kaldırdı ve ona bakmamı sağladı. "O çeneni kendi iyiliğin için kapat!" diye hırlayınca ağzımdaki kanı yüzüne tükürdüm. "Oldu canım, başka isteğin?" dedim. Onunla alay etmem daha fazla çıldırmasına sebep olmuştu. "Ölmek mi istiyorsun?" diye bağırıp saçlarımı daha fazla çekti. Saçlarıma koparırcasına asılınca çığlık atmamak için dudaklarımı birbirine bastırdım. "Sana olan zaafıma çok güvenme, sevgilim çünkü gerekirse seni öldürmekten de çekinmem!" diyerek beni tehdit etmişti. Saçlarımı bırakmadan attığı ikinci tokat yüzünden sinirlerim bozulduğu için gülmeye başladım. Ya benimsin ya kara toprağın sözünün hakkını veriyordu!

Bu durumda onun olmayı tercih ederim. Kara toprak, aklını kullanamayan aptalların olsun.

Gülmemden rahatsız olan Arda, "Akıl hastası!" deyip itercesine saçlarımı bıraktı ve tekrar Yiğit'in yanına gitti. *Ben mi akıl hastasıyım?* Sanırım kendi sorununun hiç farkında değildi.

Ağrıyan boynumu umursamadan başımı öne doğru iyice eğerek baktım. Bakmaz olsaydım çünkü geri zekâlı adam, yerdeki kabloyu aldı ve Yiğit'in boynuna bastırdı. Naz acı çekercesine tekrar bağırdı. "Lütfen, yapma!" dedi ama hep olduğu gibi kimse onu ciddiye almıyordu. Naz onu tutan adamlara vurmaya başlasa da gücü onlar için yeterli değildi. "Yiğit!" diyerek gözyaşlarına boğulan kız, benim de ağlamama sebep oluyordu çünkü Yiğit ölüyordu. Evet, titreyen bedenini ta buradan görebiliyordum. Ten rengi kırmızıya dönünce yüzündeki tüm damarlar şişerek belirginleşti. Yanıyordu sanki, burnuma gelen hafif yanık kokusu beni dehşete düşürmüştü. Dişleri birbirine kenetlenmiş, gözleri baygın bakıyordu. Arda ona elektrik verdikçe nöbet geçirir gibi titriyordu. Gözleri kızarınca burnundan ve kulaklarından kan geldi. Bu görüntü hepimizin daha çok bağırmasına sebep olmuştu. Onun canı yandıkça biz de acı hissediyorduk. Yiğit kanadıkça hepimiz kanıyorduk. "Dur artık! Dur!" dedim çaresizlik içinde. Çırpınarak kendimizi kurtarmaya çalışırken feryatlarımıza kayıtsız kalıyordu. Biz çok yalvardık ama o, hiç durmadı.

Gözyaşları içinde bağırıp yalvarmak dışında hiçbir şey yapamıyoruz.

Yiğit'in gözleri kapanıp başı yan tarafına düşünce ona elektrik vermeyi kesmişti. Hepimiz, "Yiğit!" diye haykırsak da Yiğit bizi duymadı. Ona defalarca seslendik fakat o, uyanmadı. "Yi-Yiğit..." diyen Naz, çırpınmayı bırakmıştı. Şoka girmiş olmalı ki artık hareket etmiyordu. Yiğit'e doğru sarsak adımlar atınca, gözlerindeki yaşların yerine yenisi birikiyordu. "Uy-uyan," dedi kısık bir sesle. Naz yere düşmek üzereydi ki adamlar kollarını tuttu ve onu dışarıya doğru sürüklemeye başladı. Naz onlara direnmedi, Yiğit'e olanlar onu öldürmüş gibiydi. Hiç zorluk çıkarmadı. Sahi, az önce burada ne olmuştu? Ben neden böyle sessizleşmiştim? Şimdi anlıyordum, Tunç'un ölümüyle herkesin neden sustuğunu. Suskunlukları acıyı hissetmediklerinden değildi. Onları susturan şey, acıyı en derinlerde yaşamaktı. Canımız yanıyordu. Canımızı yakan kişi canımızdan bir parça olduğu için biz acıya boyun eğip susmuştuk. Burada ölen herkes bizden bir parçaydı ve biz hızla kan kaybedip ölüyorduk.

Naz depodan henüz çıkmadan onu durdurdum ve son anda kendimi toparlayıp, "Sana dokunmalarına izin verme!" dedim yalvararak. "Ne gerekiyorsa onu yap ama seni incitmelerine izin verme!" dedim. Naz yaşlı gözlerle başını çevirip bana bakmıştı. "Yiğit için bunu yapmalısın..." diyerek hıçkırdım. "Gerekirse öldür, Naz ama buna sakın izin verme," dediğimde gözlerinde oluşan nefreti gördüm. Evet, o gözlerdeki öldürme arzusunu görmüştüm lakin yenilgiyi de görmüştüm.

Hayır, şimdi pes edemez.

Naz'ı götürdüklerinde Arda, hepimizin perişan halini zevk alarak izliyordu. Vakit kaybetmeden yeni bir kart seçince, hissizleşmiş gibi hiç tepki vermedik. Belki de önünde sonunda sıranın hepimize geleceğini bildiğimizdendi bu suskunluğumuz. Yeni kurbanını seçmişti: "Araf!" Boş gözlerle ceza kartlarından birini çekip alışını izledim. Kartı parmaklarının arasında evirip çevirdi ve sonunda tek bir şey söyledi: "Dirgen." *Dirgen mi? Bu da nesi?*

Araf'ı çözmeden sandalyeyi çekerek orta alana getirdiler. Ben Araf'ın tepki vermesini beklerken o yine susmayı seçmişti. Kara gözleri kaderine teslim olmuş gibiydi. Dudaklarında belli belirsiz bir gülümseme vardı. Huzurlu görünüyordu. Evet, üzerinde garip dinginlik vardı. Hayır, bu kaderine razı gelmek değildi; ölüme meydan okumak hiç değildi. Onunkisi ölüme kendi isteğiyle gitmekti. Başta bunun nedenini anlayamadım ama daha sonra zihnimde tüm parçalar kendiliğinden yerine oturdu. Araf ölüme gözü arkada kalarak gitmiyordu çünkü Şafak burada değildi. Şafak kurtulmuştu ya bu, ona ölüm anında bile huzur veriyordu. Sanırım şu romantik zırvalarla uğraşanlar bir yerde haklıydı. İnsan çok sevince, ölüm anında bile sevdiklerini düşünüp mutlu oluyordu. Sanırım bu, bir bende işe yaramıyordu. *Ben burada acı çekiyorsam Alaz orada bir zahmet gebersin. Evet, gerçekten de sevgili Buzdağı benim tarafımdan çok seviliyormuş.*

Adamlardan biri depodaki raflardan ucu sivri, çatal gibi bir şey aldı. Onunla ne yapacağını gerçekten merak ediyordum. Adam, Araf'a yaklaştı. Saçlarından asılarak kafasını iyice arkaya doğru çekti. Sivri uçlu demiri Araf'ın çenesinin altına ve boynuna yerleştirince gözlerimi irice açtım. Şimdi ne yaptıklarını anlamıştım! Araf'ın artık ne kadar yaşayacağı tamamen onun irade gücüne kalmıştı. Başını öne doğru eğince demirin sivri uçlarından biri çenesinin altındaki yumuşak dokuyu parçalardı. Diğer ucu ise boynuna saplanıp nefes borusunu parçalayacaktı. Başını rahatsız edici bir pozisyonda tutarak arkaya doğru çekmişti. Boynu gerilirken yutkunamıyordu bile. Nefes almakta çok zorlanıyordu. Boynunu rahat ettirmek için öne doğru kıpırdamalıydı ancak bunu yaparsa ölürdü. Demirin sivri uçları başı arkada olsa bile çenesine ve boynuna hafif saplandığı için biraz kanıyordu. Ellerini kullanmadan o ölüm aletinden asla kurtulamazdı. Her şekilde ölecekti çünkü bu pozisyonda fazla dayanmazdı. Kendi sonunu kendi getirerek öleceğini biliyordu, işte asıl felaket buydu. Kahretsin, bu gerçekten berbat bir işkence yöntemiydi.

Bu Ahmet pisliğinin acaba Nazilerle bir akrabalığı var mı? Çünkü bu, insanları zehirli gaz ile eritip sabunlaştırmak kadar kötü.

"Saçmalık!" Kendimi tutamayıp yine sesimi yükselttim. "Kendi koyduğun kuralların dışına çıkmayı bırak. Ona sormadın, cezasını hayvanına verip vermeyeceğini sormadın," dedim.

Oturduğu yerden beni küçümsercesine göz devirdi. "Bundan daha zeki olduğunu düşünürdüm, sevgilim. Sence böyle bir cezayı yarasasına vermeyi kabul eder mi?" Sessiz kalıp düşündüğümde istemeden de olsa ona hak verdim. O küçük hayvan hemen ölürdü ve böyle bir durumda tıpkı Tunç'u öldürdüğü gibi gözünü bile kırpmadan Araf'ı öldürürdü. Araf cezayı kendi çekerek birkaç dakika da olsa zaman kazanıyordu. Gönülsüz teslimiyetimi gören adam gülerek elini beyaz fanusa doğru uzattı. "Diyecek sözün yok, değil mi? Ben de öyle düşünmüştüm," diyerek benimle alay etti. Söyleyecek çok şeyim vardı ama bir akıl hastasında işe yaramayacağı için susuyordum.

"Gereksiz ayrıntılarla boş yere zaman harcamanın lüzumu yok," dediğinde neyin peşinde olduğunu anladım. Alaz gelmeden önce hepimizden kurtulmak istiyordu. Naz'a da cezasını yarasasına devredip etmeyeceğini sormamıştı. Gerçi öyle saçma bir cezayı Naz o kuşa nasıl devredebilirdi, orası da tam bir muamma. Sanırım hayvanlara pas geçemeyeceğimiz cezalarla daha çok karşılaşacaktık.

"Kuzey Sancak!" diyene kadar ben onun tekrar bir isim seçtiğinin farkında bile değildim. Naz'ın üst kattan gelen çığlıklarını duymak beni mahvediyordu. *Lütfen, kendini bir şekilde onlardan korumayı başarmış olsun.* Bunu hepimiz için ama en çok da kendi için yapmalıydı.

Arda, Kuzey'e bakıp, "Cezan..." diyerek güldü. *Acımızdan zevk alıyor, aşağılık canavar.* "Seçim," dedi. Ne demek istediğini anlamadım. Neyin seçimi? Adamları durumu anlayıp Kuzey'i çözünce Kuzey yumruğunu maskeli adamlardan birinin yüzüne geçirdi. Sanırım Kuzey, adamın burnunu kırmıştı. "Şimdi hesaplaşma vakti!" diyen Kuzey'in çenesindeki tüm kaslar seğiriyordu. Ona doğru gelen diğer adamın yumruğunu havada tuttu. Adamın bileğini sertçe bükünce bu gece ilk kez rahat bir nefes almıştım. Adam kırılan bileğini tutup acıyla bağırınca çığlıklarından zevk aldığımı fark etmiştim. Kuzey onun işini bitirmeden saçlarımın arasındaki soğuk metali hissettim. "Kızı ölü görmek istiyorsan devam et!" diye bağırdı Arda. Tam arkamdaydı ve silahı kafama dayamıştı. Onun soğuk sesini duyunca Kuzey hareket etmeyi bırakmıştı.

Beni öldürmeyi göze alamazdı. Belki de alabilirdi, bilemiyorum. Sonuçta karşımızda tımarhane kaçkını bir deli vardı.

Adamlardan birinin silahını çıkartıp çocuklardan birine doğrulttuğunu gördüm. Ecrin'den gelen iniltilere bakılırsa ikinci kurban oydu. Arda, "İkisinden biri bu gece ölecek ama kurtulacak olanı sen seçeceksin," dedi. Kuzey yumruklarını sıktı. Bu herifin adalet anlayışına sövmek istiyordum. Aklınca seçim yaptırarak kendi adaletini sağlıyordu.

"Hadi!" diyerek silahı iyice kafama bastırdı. "Kimin hayatta kalmasını istiyorsan söyle!" Kuzey'e baskı yapıyordu! Kuzey'in gözleri endişeyle benim ve Ecrin'in üzerinde oyalanıyordu. Hiç konuşmasın istedim. Hangimizi seçerse seçsin bir diğeri ölecekti. O benim çocukluğumdan bu yana tek koruyucum ve ağabeyimdi. Ecrin için ise çocukluk aşkıydı, kalbini verdiği tek adamdı. Peki, Kuzey için hangimizin sevgisi daha baskındı? Bunun cevabını öğrenmeyi hiç istemiyordum, özellikle de bu gece.

Ecrin'in ağlayarak, "Se-Sedef'i seç," dediğini duyunca içim acıdı. Ölüm hep en büyük korkum olmuştu. Evet, bencilceydi ama ölmek istemiyordum çünkü beni benden başka koruyan hiç kimse yoktu. Fakat Ecrin'i de kaybetmek istemiyordum. İlla birini ölüme terk etmek gerekiyorsa bu ben olabilirdim.

"Ecrin'i seç," diye fısıldadım. Ölüm korkusu sesimin kısık çıkmasına sebep olunca derin bir nefes aldım ve daha kararlı bir şekilde, "Ecrin'i seçmelisin," dedim.

Kuzey, her ikimize de buruk bir tebessüm ettikten sonra başını kaldırıp arkamdaki celladımıza baktı. Ne yapmak istediğini anladım. Başımı iki yanıma *hayır* dercesine salladım. Ağlamaktan yorulan gözlerim nasıl bu kadar çok gözyaşını içinde barındırıyordu, bilemiyordum. Evet, yine ağlıyordum. Bana bakan çocuğun dudakları kıvrıldı. Bu, yetim birinin kırgın tebessümüydü. Ecrin'e baktı ve içi yandı. Ecrin'e de kıyamadı, onu ölümün kollarına itemezdi. Sonra yine gözleri beni buldu. Siyahları buğulandı, sis çöktü sevdiğim gözlerine ve yapamadı. Benden de vazgeçemedi. Çok denedi bir seçim yapmayı ama ne aklı kabul etti ne de yüreği buna izin verdi. Gözlerinde gördüğüm o yıkımın nedenini bilmek bile içimi acıtırken söyledikleri ölüm gibiydi. "İkisini de seçiyorum," dedi. "İkisinden birinin vebalini almaktansa ben onlar için ölürüm." İşte tam bu noktada daha fazla gözyaşı döktüm. Bu çocuk sert görüntüsünün aksine çok güzel seviyordu.

"Eğer istediğin buysa..." diyen Ahmet, namluyu ensemden çekip Kuzey'e doğrultu. Ecrin ile aynı anda, "Hayır!" diye bağırdık. Bizim itirazlarımız Kuzey'in bedenine giren kurşunu durdurmadı. Boğazım kanarcasına haykırdım. Onu vurmuştu! Kuzey, kanayan bedenine bakarak bize doğru bir adım attı. Sarsakça attığı son adımda vedalaşmak ister gibiydi ve sonra her şey bitti. İki kurşun! Karnına giren iki kurşun onun bedenini kanlar içinde bırakmaya yetmişti. Ecrin veryansın ederken, kendi attığım çığlıkları susturmak istedim. Çocukların hepsi acıyla Kuzey'in adını sayıklıyor ve yere düşen çocuktan bir ses gelsin diye yalvarıyordu. Fakat benim çığlıklarım susmuyordu. Arda'nın çığlıklarımdan zevk aldığını karşımda durup gülmesinden anladım. Ancak Kuzey yerde kanlar içinde yatarken hiçbir güç beni susturamazdı. Ona bunu hiç söylemedim ama o benim ağabeyim gibiydi. Peki, bu gece kim ölmüştü? Kimsesizliğimin kimsesi olan çocuk mu ölmüştü yoksa geride kalan ben mi ölmüştüm?

Bu gece kim öldü?

"Kuzey." Gözlerim ağlamaktan ağrırken hıçkırarak fısıltımı ona duyurmaya çalışıyordum. "Kuzey, uyan..." dedim. Neden hiç kıpırdamıyordu? "Kuzey uyan!" diye öyle bir bağırdım ki çığlığım yüzünden kafeslerdeki tüm yarasalar feryat ederek kanat çırptı. "Beni bırakma! Söz verdin beni bırakmayacağına dair!" dedim baygın bedenine bakarak. Gidemezdi, aldığı her kurşun benim tenimi yakarken beni bırakıp gidemezdi. Herkes giderdi ama Kuzey benden hiç gitmezdi. Ona yaptığım onca şeye rağmen bana hep kızar ama sonra affederek yanımda kalırdı. "Sana yalvarıyorum, kalk!" diye bağırdım. Kan neden bu kadar çoktu?

Eğer bu gece Kuzey ölür ve ben hayatta kalırsam... Yeni bir katil doğardı. Hepsinden daha gözü kara ve acımasız bir katil yaratırdım kendimden. Arda'nın eceli olacak kadar acımasız bir katile dönüşürdüm!

Arda'ya bakıp nefretle haykırdım. "Seç!" Ona olan nefretimi sesime vurup ağlayarak bağırdım. "Hadi, tüm kartları çek ve sonumuzu getir!" dedim. Kuzey bir ölü gibi yerde yattıkça ben daha fazla acı çekiyordum. Hani ölüm beni korkutuyordu? O zaman neden tam şu saniyede ölümü arzuluyordum? Hayır, ölüm korkunç değildi. Korkunç olan biz insanlardık. Ölüm kurtuluştu, ölüm tek kurtuluşumuzdu.

Arda bir kart daha seçti. "Efe..." Çıkan isim gözyaşlarımda boğulmama neden olurken ceza kartından "uyuşturucu" çıkmıştı. Bize açık bir kapı sunmuyordu. Cezalarımızı yarasalara bile devretmemize izin vermeden hepimizi öldürüyordu. O insan değildi, bunu yapan bir insan olamazdı.

Çekmeceden küçük bir kutu çıkartarak içinden bir şırınga aldı. Şeffaf şişedeki tüm sıvıyı sonuna kadar çektiğinde ağlayarak hıçkırdım. "Ta-tamam, buldum. Onun yarısını Efe'nin yarasasına ver, kalan diğer yarısını Hakan'a ver. Ne de olsa onun bünyesi alışık bu zehre," dedim. Gözyaşlarım Kuzey ve Yiğit için akarken, Ecrin'in hıçkırıkları ve Naz'ın yukarıdan gelen çığlıkları bana hiç yardımcı olmuyordu.

Hakan, "Ne diyorsun kızım sen?" dedi. Bir yandan da arkadaşlarımız için ağlıyordu. "Uyuşturucuyu bırakalı on gün oldu."

"İyi halt ettin!" dedim burnumu çekerken. Gözyaşlarımın içinde onu güçlükle görüyordum. "Bana mı sordun bırakırken? Bu geceden sonra bıraksaydın keşke."

"Sakar, yemin ederim, tam dayaklıksın!"

"Bağırma bana, Allah'ın pis bağımlısı!"

"Kızım bıraktım diyorum, nesini anlamıyorsun?"

"Bırakmasaydın," dedim daha fazla ağlayarak. "Efe alışık değil, hepimiz biraz alacağız!" Başımı çevirip Fulya yılanına döndüm. "Sen de alacaksın, herkes alacak!" O kadar öfkeliydim ki Fulya ilk kez benden gerçek anlamda korkarak sessizce başını sallamıştı. Hepimiz küçük bir doz alırsak Efe'yi kurtarabilirdik. Aksi takdirde aşırı dozdan komaya girer ve ölürdü. Bir kayıp daha vermeyi kaldıramazdım.

Tam o esnada Naz'dan gelen çığlıklar kesilmişti ve üst üste beş kez silah sesi duyduk. "Naz!" diye haykırdım. Onu öldürmüşlerdi, o da ölmüştü, herkes ölüyordu. Silah seslerini duyan Ahmet güldü. "Tamam, istediğiniz gibi olsun," dedi. Şırıngayı koluma saplayıp o sıvının birazını bana enjekte edince inledim. Sokaklarda her türlü pisliğe karışmıştım ama uyuşturucudan hep uzak durmuştum. Şimdi ise Efe için buna gönüllü olmuştum.

Ahmet diğerlerine de teker teker uyuşturucuyu enjekte ederken ben çoktan kendimden geçmiştim. O zehir kanıma karıştığı an gerçek dünyadan kopup rüyalar alemine çekilmiştim. Uyanmak istemediğim güzel bir rüyaydı bu çünkü Kuzey yaşıyordu. Hemen yanımda çimlerin üzerine uzanmıştı ve Ecrin ile dalga geçiyordu. Yiğit gülerek Naz'ın ismini yanlış söylüyordu. Naz, yine tepinerek çıldırıyordu. Hakan tüm sulu şakalarını benim üzerimde yapıyor, Efe bize bakarak tebessüm ediyordu. Evet, biz kimsesizliğin yitik çocukları çok mutluyduk. Gözlerim kapanmak üzereyken biri yüzüme hafifçe vurarak beni güzel rüyadan uyandırmaya çalıştı. "Uyumak yok sevgilim, henüz yeni başlıyoruz," diyen bir ses duydum. Bu her kimse rüyalarımın katili olduğu için ondan nefret ettim. Ona direnerek kendimi uykunun kollarına bıraktım.

Nehir kenarında çocuklarla gülüşüp konuşmak bana iyi geliyordu. Fakat bir anda güneşli hava yerini kara bulutlara bıraktı. Hepimiz endişeyle ayağa kalktığımızda kasvetli havadaki şimşekler yüzünden Kuzey'in arkasına saklanmak zorunda kalmıştım. Ve sonra karanlığın içinde bir gölge belirdi. Hangi ara gece olmuştu? Az önceki güneş nereye kaybolmuştu? "Uyan!" Gölge elindeki silahı bana doğrulttu ve beni korumaya çalışan Kuzey'i, Yiğit'i, Naz'ı ve diğerlerini vurunca çığlık atarak gözlerimi açtım. Nefes nefese etrafıma bakınca yerde kanlar içinde hareketsizce yatan Kuzey'i ve Tunç'u görüp yeniden ağlamaya başladım. Bu kâbus ne zaman bitecekti? Akli dengemi tamamen kaybetmeden bitmeliydi.

Arda'nın yüzümü ellerinin arasına aldığını uyuşturucunun tesiriyle hayal meyal hatırlıyordum. "Uyumak mı istiyorsun, sevgilim?" diye sordu. Uzanıp dudaklarıma bir öpücük kondurmuştu. Ona karşı koyamayacak kadar uyuşmuştu tüm bedenim. "Uyuyacaksın ama zamanı geldiğinde." Güldü. "Ve benim kollarımda." *Bu asla olmayacak! Buradan kurtulur kurtulmaz ilk iş dudaklarımı tuz ruhuyla temizleyeceğim.*

"Ahmet," diyerek derin nefes aldım. Gerçek adına hâlâ alışamamıştım. Başımı güçlükle geriye çekerek onun temasından kurtuldum. "Sen neden artık geberip gitmiyorsun?" Ciddi bir şekilde sorduğum soru, onun kahkaha atmasına sebep oldu. Yüzümü buruşturmak istedim. Fakat kafam uçmuşken bunu yapamadım.

Kendimi biraz toparlayınca uyuşuk bakışlarım onu buldu. "Alaz canına okuyacak," dediğimde güldü. "Bunun için önce beni bulması gerekiyor, sevgilim," dedi. *Bu saatten sonra bir Allah'ın kulu bana sevgilim derse yemin ederim üzerine kusarım.*

Gözlerim yeniden Kuzey'i bulunca gözyaşlarım büyük bir kederle süzüldü. Ecrin'in şu anda hissettikleri benimkinden daha kötü olamazdı. Uyuşturucunun etkisindeyken bile kalbim onlar için acıyordu. Baygın bir şekilde kirpiklerimi aralayıp Arda'ya baktığımda yeni bir kâğıt seçtiğini gördüm. Geriye kalan birkaç kâğıdı eliyle karıştırdı ve içlerinden birini alarak açtı. Çıkan isim her kimse bu gece ilk kez gerçek anlamda gözlerinde hastalıklı bir ifade oluşmuştu. Başını usulca kaldırdı ve sırasıyla herkese baktı. Gözleri bende durduğunda dudakları yavaşça kıvrıldı. "Yankı Sarmaşık!" *Harika! Hadi bakalım başlıyoruz. Ben bu gece ölmezsem daha da ölmem. Yaşasın fani dünya!*

Ben onun kırmızı ceza kartlarından birini seçmesini beklerken, masanın üzerindeki dizüstü bilgisayarı açtı ve telefonunu çıkartarak bir kabloyla bilgisayara bağlandı. Kısa bir süre sonra bilgisayara bakarak söylediği isim iliklerime kadar titrememe neden olmuştu. "Merhaba Sipahi," dedi. Konuştuğu kişi Alaz mıydı?

"Amacına ulaştığını mı sanıyorsun?" Mikrofonu açmış olmalı ki Buzdağı'nın soğuk sesini duymuştum. Sadece sesini duymak bile kendimi güvende hissetmemi sağlıyordu.

Arda güldü. "Evet," dedi. "Bitti, ben kazandım." *Şimdi sadisti öldür hakkını yeme, gerçekten de o kazandı. Adam burada bizi öldürmekten beter etti.*

Alaz, "Ben bitti demeden bitmez, bunu en iyi sen biliyorsun," dedi. Alaz'ın söyledikleri beni deli ediyordu. *Bu saatten sonra hiçbir halt bilmiyoruz oğlum biz.* O burada olmadığı için rahattı tabii.

"Hâlâ mı Sipahi?" Öcünün gözleri zafer ateşiyle ışıldıyordu. "İzlemedin mi?" İzlemek mi? Ne yapıyordu? Çektiği tüm kayıtları aynı anda ona mı gönderiyordu? Belki de doğrudan ona canlı yayın yapıyordu. Beynim uyuştuğu için hiçbir şey düşünecek durumda değildim.

"Her ayrıntısına kadar izliyorum." Ne diyebilirdim ki? İyi halt ediyordu. Ayrıca sesi neden bu kadar sakin çıkıyordu? Bize olanları umursamıyor muydu? Tamam, onun işi katili yakalamaktı ama biz o kadar mı değersizdik onun için? Bu ölümler bile onun taştan kalbini yumuşatmayı başaramamış mıydı? *Eğer öyleyse Allah versin artık belasını da hepimiz rahatlayalım!*

Ahmet sırıtarak arkasına yaslanmıştı ve gözlerini ekrandan ayırmıyordu. "Esad, Efe, Hakan, Ecrin, Halil, Fulya ve Yankı..." Her birimizin ismini özellikle vurguladı. "Hayatta kalan son Yarasalar. Onları kurtarmak istiyor musun? O zaman küçük oyunumuza katılmak zorundasın. Şimdi seçim senin, Sipahi. Ya kızı seçersin ve diğerlerini tek bir kurşunla öldürürüm ya da onları seçersin, Yankı ölür. Sana söz veriyorum, kimi seçersen seç diğerini bırakacağım." Bu teklif karşısında nefesimi tuttuğumun bile farkında değildim. Ayağa kalkarak bilgisayarı bize doğru çevirince Alaz'ı gördüm.

İşte oradaydı gönlümün yanlış reçetesi.

Gözlerimi onun soğuk kahverengi gözlerinden ayıramazken o, sırasıyla buradaki herkese bakıyordu. Yerde yatan Tunç'a ve Kuzey'e, deli gibi ağlayan Ecrin ile Efe'ye, korkudan çenesi zangır zangır titreyen Fulya'ya, tepkisizliğini koruyan Hakan'a, hâlâ boynundaki şeye direnen Araf'a, bir de hiç sesi çıkmayan Halil'e bakıyordu. Ve en sonunda kahve hareleri beni buldu, yutkundu. Baktım, gözlerinden ruhunu görmek istercesine baktım. Nefesini tenimde hissetmek istercesine baktım. *Yardım et, kurtar bizi* dercesine baktım. Ancak benim gözlerim ona yüzlerce sebep için yalvararak bakarken o, sadece soğuk gözlerle beni izliyordu. "*Üzül*" demek istedim. *"Üzül, endişelen, benim için kork be adam!"* demek istedim! Lakin sustum çünkü onun yaptığı seçimi soğuk gözlerinde görmüştüm.

"Söyle hadi..." dedim. Dudaklarım acıyla kıvrılırken onun karşısında ağlamadım. Gözlerim doldu ama ağlayamadım. "Hadi, yaptığın seçimi söyle!" *Nasıl da hissizim öyle, nasıl da ölüyüm bu gece.*

Aslında acı çekiyordu, bunu biliyordum. Gizlemeye çalışıyordu çünkü hayatının en zor kararını benimle veriyordu. Daha bu sabah öpüp kokladığı kadının ölüm fermanını imzalıyordu. Elbet onun için de zordur, değil mi? Ama bana olduğu kadar zor değildir. Baktı yüzüme, uykusuz gözleri bir süre sadece beni izledi. Alaz veda ediyordu bana. O kadar kişiyi ölüme atmayacak kadar mantıklı düşünürdü. Peki, hep aklıyla hareket eden adam, Arda'nın şakası olmadığını bilmiyor muydu? Kendi karısını öldüren bir adamın bana acımayacağını bilmiyor muydu? O, bunu çok iyi biliyordu. Bu sadistin beni bile öldüreceğini iyi biliyordu ama buna rağmen beni gözden çıkarıyordu çünkü başka şansı yoktu. Beni feda etmekten başka şansı yoktu. Benim hayatıma karşılık tüm çocukların hayatı... Bunu yapmaktan başka çıkar yolu yoktu. Her şeyden önce duygularını bırakıp doğru kararı vermeliydi. Evet, bunu anlıyordum. En doğru kararı verdiğini onaylıyordum ama gel gör ki ben de acıyordum. Aklım onun kararını destekliyordu fakat kalbim doğru ve yanlışı karıştırmış halde kırgındı. İşte en çok acıtan buydu çünkü bu iş aklımdan çıkmış, kalbimin meselesi olmuştu. Gözlerimin içine son kez baktı ve ölüm emrim dudaklarından döküldü. "Diğerlerini seçiyorum," dedi. Bana baktı, bunu söylerken gözlerimin içine bakıyordu. "Kızı öldürebilirsin!" Gözlerimden süzülen bir damla yaşa engel olamadım. Bu daha önce de olmuştu ve bundan sonra da olacaktı. Onun için gözden çıkarılan ilk kişi hep ben olacaktım.

Arda silahını bana doğrultunca tebessüm ederek bir zamanlar sevdiğim adama baktım. "Seni anlıyorum. Hayır, sana kızmıyorum da." Dudaklarım titrerken güçlü görünmeye çalıştım. Savunmasız ve kimsesiz hissederken güçlü değildim. Asla onun ilk seçimi olmayacaktım ve ben, bunu bilerek ölüme gidiyordum. Kimse farkında değildi ama benim de canım yanıyordu. Herkes bencil diyordu bana ama bencil diye yargıladıkları kişi en çok acıyı çekiyordu.

Tüm hayatım boyunca herkes yaraladı beni ama kimse yaralarımı sarmadı.

Kendimi toparlayıp ona baktım. "Çocukları kurtardığın için teşekkür ederim," diyerek ıslak gözlerle gülümsemeye çalıştım. Kirpiklerim titredi, konuşmak için kendimi zorladım. "Ama eğer ölmez ve bir şekilde sağ kalırsam, sana yeminim olsun yaşayıp yaşayacağın en büyük kâbusun olacağım. Evet, seni anlıyorum ama bir o kadar da anlamıyorum," dedim. Ben bazı şeyleri anlıyorum anlamasına da, onun için atan kalbim anlamıyordu ki. İnsan kendi kalbine bir şey anlatamazdı. Ben onu anlıyordum ama kalbim kırgındı, acıyordu. Onu ne yapacaktık?

"Kurallar, sevgilim," diyen Arda'nın parmağı tetiğe hafif bir baskı yaptı. Bilgisayarın ekranındaki Alaz'ı izlemeye devam ettim. Ve Arda'nın "Hepimiz uymak zorundayız," dediğini duydum. Son duyduğum ses, bana kendi kurallarını hatırlatan Arda'nın sesiydi. Hemen sonrasında Arda tetiğe bastı ve Alaz gözlerini yumarak başını eğdi. Göğsüme saplanan bu acı da neyin nesiydi? Neden kanıyordum? Alaz neden yenilmişlik içinde gözlerini kaçırmıştı? Hissettiğim bu acının sebebi neydi? Peki, dudaklarımdan süzülen bu kanlar?

Acıyor, tek söyleyeceğim bu... Çok acıyor.

MARAL ATMACA
YARALASAR

Ansızın bir fırtına başladı, tüm gerçekler saklandığı yerden bir bir çıktı.

Hikâyelerinin mürekkeple değil, kanla yazıldığını fark ettiklerinde kayıplar vermeye çoktan başlamışlardı. Mihrinaz Akşahin, geçmişinin kanlı pençesini ensesinde hissetmesine gerek kalmadan, çoktan dedesi tarafından şehirden uzaklaştırılmıştı. Fakat her gece gördüğü düş, onu hâlâ takip ediyordu. Zamir Hancıoğlu, rüyalarla ulaşabildiği kadını korumak için onu gölge gibi takip eden adamın ta kendisiydi. O kapalı bir kutuydu ve anahtarı kaybolmuştu. Geçmişin pençesi onları yakaladığında ruhları kirlenecek, derin kuyulara atılmış günahlar gün yüzüne çıkacaktı. Suçların bedeli ödenmeye başladığında ise geçmiş geleceği acımasızca kamçılayacaktı.

"Kirpikleri daima ıslak olan küçük kız, seni iyileştirmek bana borç olsun." Fakat iyileştiremedi beni. Tüm geçmişimi bıçak hâline getirip o bıçağı tam göğsüme sapladı.

Gelecek görüşlerinin değişkenliğiyle başa çıkmaya çalışan Hera, planladığı gibi sonuçlanmayan kurtarma girişiminin ardından yaşananları telafi etmeye çalışır. Üzerinde durmadığı bir gelecek görüşünü fark etmesi ile hayatı tekrar bir çıkmazın içine girer.

Çağlar Ataman ise birdenbire koparıldığı basketbol kariyerinin sarsıntılarıyla bambaşka bir adam hâline gelmiştir. Sevdiği insanlar tarafından sevgi ve destekle çevrelenmiş olsa da geleceğine dair ışık göremediği bir çukurun içine düşmüştür.

En başında hiç tanımadığı bir adamı kötü bir kazadan kurtarmaya çalışan Hera, sevdiği adamın düştüğü bu çukura ışık tutabilecek midir?

Üstelik bir kere yüreğine dokunmuşken...

"Benimleyken bile tükendiğini bilseydim onu hiç yalnız bırakmazdım. Ne olursa olsun, bir an bile..."

Yağmur taneleri, bulutlara ihanet edercesine süzüldü.
Sevgi, yaşatmak isterken öldürdü.

Arya Çilen, kaçmak isterken kendine yenik düştü.
Yankı Urağan, kendi yarattığı cehennemde pişmanlığıyla kavruldu. Yaşam Ağacı, zorluklara göğüs gerenlerin hikâyesine tanıklık edecek ve nice masallar anlatıp sevgiyi ölüm uykusuna gömecek ağacın adıydı…

Sevgi, çağın içinde kayboldu. Ölüm ise sevginin adı oldu.

Yankı Urağan ateşti, Arya Çilen ise bile bile ateşe koşan kız. İkisi de bu yüzden yanmaya mahkûmdu.

Çilen ile başlayan hik âye Urağan'la bitecekti.

"Gözlerimi açtım. Onun o dipsiz kuyuya benzeyen gözlerine tutundum. Sanki gözlerine bir ip sarkıtmış, duygularını incelemek üzere derinliklerine inmiş gibiydim. O kadar derin ve bir o kadar anlamlıydı. Yankı Urağan değişiyordu. Değişmemeliydi."

Söylendiği günden beri Amenta'nınduvarlarında yankılanan bir kehanet…

Ay Düğümü lanetini sona erdirecek bir kitap… Her şeyin sorumlusu acımasız bir kraliçe… Ve biz… Her ne kadar mısır tanrılarının kavgası gibi görünse de bu bizim hikâyemizdi.

Gecenin hâkiminin ve onun parıltısının…

Zamanın buzdan çarkları Ayliz Kılıç için dönmeyi bıraktığında, kumların arasından çıkarılan sırlar etrafa saçılmıştı. Karanlık gerçeklerin arasındaki yerini bulan Ayliz, hayatını ikinci kez değiştiren o zorlu kararı verecek ve kendini yeniden Aytun Karavera'nın dünyasında bulacaktı. Bir kez daha asıl ait olduğu yere döndüğünde her şeyi öğrendiğini, tek düşmanının Neftis olduğunu zannediyordu. Fakat öyle olmadığını çok geçmeden anlayacak, etrafını saran düşmanlarını teker teker tanıyacaktı.

Aytun, aşkının tuzağına düşerek Ayliz'i herkesten saklamaya çalışırken kurduğu intikam planının asıl kurbanı olduğunun farkına varabilecek miydi? Yoksa tüm bunlardan bihaber yaşamaya devam mı edecekti? İhanetler, büyülerin asırlardır süregelen etkileri ve azap ruhları…

Ay Düğümü laneti açığa çıktığında ipler kimin elinde olacaktı?